上

与我渡劫 1

纸老虎 著

CNS PUBLISHING & MEDIA 中南出版传媒
湖南文艺出版社 · 长沙
HUNAN LITERATURE AND ART PUBLISHING HOUSE

图书在版编目（CIP）数据

且渡无双. 1 : 上下 / 纸老虎著. -- 长沙 : 湖南文艺出版社, 2024. 10（2025.5重印）. -- ISBN 978-7-5726-2106-2

Ⅰ. I247.5

中国国家版本馆CIP数据核字第 2024SE9108 号

且渡无双 1 上下

QIE DU WUSHUANG 1 SHANG XIA

作　　者：纸老虎
出 版 人：陈新文
责任编辑：李　阔
总 统 筹：梁　洁
选题策划：邹学欢
营销编辑：熊丝予
装帧设计：罗静颖
封面绘制：RedMatcha
插图绘制：正版青团子　自是春山客
出版发行：湖南文艺出版社
（长沙市雨花区东二环一段508号　邮编：410014）
网　　址：www.hnwy.net
印　　刷：北京盛通印刷股份有限公司
经　　销：新华书店
开　　本：880 mm×1230 mm　1/32
印　　张：18
字　　数：640千字
版　　次：2024年10月第1版
印　　次：2025年5月第3次印刷
书　　号：ISBN 978-7-5726-2106-2
定　　价：68.00元（全2册）

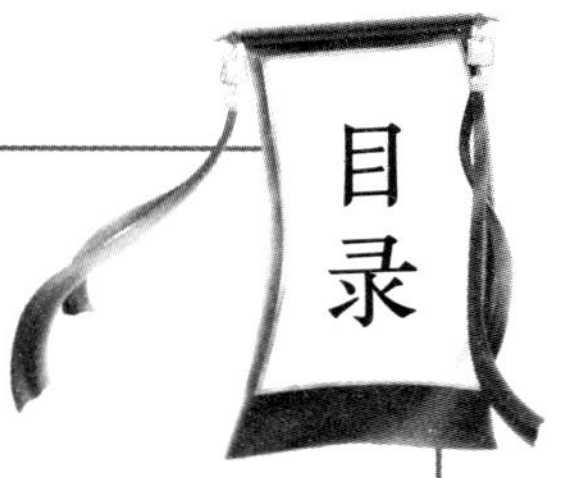

目录

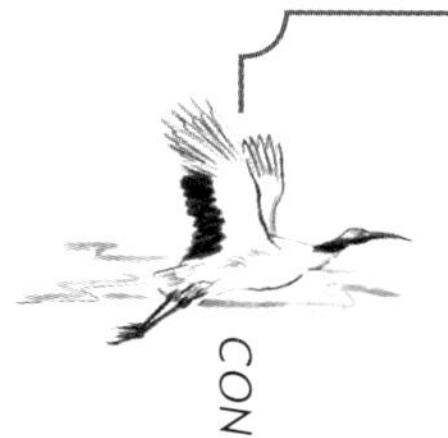

CONTENTS

霜雪覆林间，
何嫌春色晚。

第一章 入仙门

春暖化冻，万物伊始。

青山脚下是绵延十里的人群，唱喏声此起彼伏，在一阵喧闹声中尤其突显。

“骨龄十七，木三十，金七十。下一个！”

林渡在身后人的推搡之下睁开了眼睛，一阵心悸的感觉让她不禁蹙起眉头。

“前面的人快点儿啊！怎么还不动？”

“小声点，那人看着好像有点难受。”

“病秧子来凑什么热闹？哪个宗门敢收啊，别耽误了我们后面的人。”

“噤声！”维持秩序的修士肃着脸喊道。

前面的人迅速安静下来。

测灵根的修士见眼前的人迟迟不抬手，开口提醒道：“把手放上去默念自己的生辰八字。”

一只苍白纤细的手落到面前，瘦骨嶙峋。修士一怔，抬头看向手的主人。

那人瞧着年岁不大，身材细弱，套着件宽松的绿袍子，头发随意盘在脑后，额前的碎发乱糟糟的，有些发黄，似乎是营养不良所致。

偏她生了一张苍白倦颓的美人脸，垂着眉眼，神态清冷，宛若冬日枯枝落雪，稍有不慎就会被捏碎一般，簌簌化成薄雾。是个病秧子，但是是个实在好看的病秧子，可惜了。

五行感灵器的天干地支不断转动，最终停在了一个角度，接着光芒四射，柜台后登记的人顿时瞪大了双眼。

“……生逢小寒，晖水披冻，这是天生的满值冰属性，纯冰灵根。”

纯冰灵根，心性纯粹，修炼的好苗子。

柜台之后的修士如同发现了稀世宝贝，一嗓子吼了出来："骨龄十三，是满值冰灵根啊！"

林渡身后的人跟着哗然。今日是中州宗门大选之日，三宗六派十门等大小宗门都齐聚于此，只为挑选新入门的弟子。

每人生来便有五行属性。有人灵根相克，那便修行艰难；有人灵根相生，便更有利于吸纳灵气；而单品灵根修行迅速，更何况是应时的变异灵根，福生无量，难得一见。

诚然修行资质无论好坏，总有机遇踏入大道，但天性资质依旧是进入好宗门的必要条件。谁能想到这前面的病秧子，居然有这等好天赋。

拿笔的修士迅速记下了林渡的属性，将一块木符递给她："无量福，小友拿着吧，请向前至山顶的广场，等候宗门挑选，凭借木符上的号码报到。"

林渡颔首道谢，感受着心脏的悸痛，脸上挂着的笑也变得苦涩起来。这具身子……感觉随时都可能死。

测灵根是在山脚下，有修炼资质的拿着木符向前一跨，如同瞬移一般，瞬间便能至那宽阔石阶之前。

林渡仰头看向那浮云缭绕的山顶。这就是修真界吗？比她想的有趣些。脑海中出现了不属于她的声音。

"宿主怎么样？考虑好了没有？要知道，你只剩一天寿命了哟。"

林渡面不改色地踏上石阶："按照常规修真小说的套路，灵气是能续命的吧？"

系统一阵头大，谁家宿主会这么不配合啊。

"但是有没有一种可能，你根本就活不到开始修炼的那一天。"

林渡身体过于虚弱，走得很慢。她从小父母离异，一路见过许多人情冷暖，看人心看得十分透彻，索性当起了情感博主。因为她说话犀利，涨粉极快。

可惜不管是循循善诱还是毒舌辱骂，都救不了那一群"恋爱脑"。

谁知一次熬夜直播，下播之后突发心梗，随后进入了修真界。林渡一边上山，一边看着脑子里多出来的剧本。

被心上人挖灵骨的大师兄，被心上人剖腹取胎入药复活心上人的二师姐，被魔尊哄骗盗取宗门宝物后没了利用价值惨遭抛弃的小师妹，默默付出三千年最终被爱人献祭天道的师尊……

终于，林渡停下了脚步。系统等着她的回应。

林渡捂着心口，喘了一口气，然后因体力不支坐下了。

系统："……"

林渡翻到了结尾："这都能全员大团圆？你们这帮修真界的人不忙着修炼都在想什么啊？"

"就是因为这些偏缘被当成正缘，扰乱了修真界各人的命簿，所以规则动荡，宿主才会被拉进来。"

"跟我有什么关系？"林渡懒洋洋地抬起眼皮。

"可是宿主，你不觉得你快死了吗？"

林渡忍着极度不适："好像是。"

"因为宿主的寿命只有一天了哦，你在现实世界是被气到心脏病发去世的，宿主想回去也回不去了。

"每斩断一段偏缘，系统就会给出相应的丹药奖励，宿主则可以续命了。

"而且你先天不足，需要极为稀有的天材地宝，寻常宗门肯定供不起。如果宿主想要靠修炼续命，有没有考虑过身体不好也会阻碍修炼呢？"

林渡沉默不语，神识中也没有任何念头，像是放空了一样，系统忐忑地等着她的回应。

她大大咧咧地坐在石阶上，唇色因缺氧已然泛紫，脸色灰败而阴郁。

陆续有人从这个古怪孱弱的少年旁边路过，旁人看着潦倒，她却毫不在意，甚至有些怡然自得。

"卿卿，你听我说，以我的灵根资质，恐怕只有小门派才接收，可你的灵根资质那么好，肯定能进大宗门，我俩是未婚夫妻，将来定然要一起生活的，如何能分开……"男子语速极快，一面上着台阶，一面看着身旁的女子。

"我也不想和你分开，可是这门派收徒我如何能做主？"女子十分为难。

男子一把握住她的手，语气恳切道："你跟我一起去小门派吧，我真的不想与你分开，等我们一起筑基之后，我就和你结为道侣。"

女子一怔，随即面露纠结："可是……你让我想想。"

"卿卿……我是真的想要和你一直在一起啊，并且你又叫我如何放心你孤身一人在大宗门……"

两个人说话很专心，没有注意到路边的人。

林渡忽然开口："行。"

"宿主的意思是……"

林渡微微歪头，目光跟着那拾级而上面容苦涩的男女，嘴角勾起一抹似是而非的笑容："专业对口，包君满意。"

"宿主你好，拯救恋爱脑系统竭诚为您服务。

"叮，初级副本出现：女主角杜芍为了青梅竹马的未婚夫放弃进入大宗门，跟随未婚夫进入小门派，未婚夫却为了一颗筑基丹巴结上掌门之女，抛弃了杜芍，甚至任由掌门之女欺辱杜芍。最终杜芍因修炼资源不足，被赶去做杂役，潦倒孤苦，一辈子未能筑基成功，衰老而死。"

男子还在不断地劝说着，甚至直接拉住女子的手不让走："我发誓，若是你跟着我一起进小门派，我定然此生唯你一人，一辈子对你好，若有违誓言，必定、必定……"

"必定五雷轰顶，断子绝孙？"

一道懒洋洋的声音从侧边传了出来，两个人同时一惊，看向发声的方向。

原来是一个席地而坐的病弱青衫小孩儿。女子先是一怔，很快心生怜惜。

生得这么好，可惜身体孱弱到连登天梯都困难。只怕就算天赋上佳，也很难入大宗门的眼。

林渡轻笑一声，无辜地眨着眼睛："我看话本儿里都这么说，这位姐姐，你让他立誓，等这青天白日一声雷响，天地誓言成了，真心可就天地可鉴了，哥哥可真爱你。"

"啊，对了，一定要说清楚你的名字和这位姐姐的名字，天道为证，结为伴侣，生死不渝，如有背弃，必遭天谴。"

林渡一副"我就是单纯出主意"的态度，坦然到让男人语塞。

在修真界立下天地誓言，若有朝一日违背，则会被天雷诛灭。

男人勉强一笑："这天道誓言岂可随意发？小孩儿不知轻重。阿芍，我们先上去吧。"

"男子汉大丈夫，一言既出，驷马难追，难道你刚才不是真心想发誓，只是想让姐姐赶紧答应你吗？"

林渡好整以暇地持续输出，就算句句是挑拨，却也依旧让杜芍听了进去。

林渡的心悸之感再度袭来，她下意识地蹙眉捂住了心口，修长的手死死攥着衣领，薄若蝉翼的皮肤因为用力，筋骨凸显，看着格外可怜。

缺氧的她大口喘着气，脸色愈发白了。

“你没事吧？”杜芍心生不忍，挣脱开黎栋的手。

林渡暗暗在心底骂了一句，这身体真就跟纸糊的一样，随后将支撑不住的身体靠向杜芍。

“我……没事，姐姐真好。”

小孩儿实在太瘦了，倒在杜芍怀里的时候，身上坚硬的骨骼硌得人发疼。

好看且脆弱的生物总是会让人母性大发，尤其琉璃小人儿仰头看她的时候，一双黑白分明的眼睛里闪动着感激的光芒，像是可怜巴巴被抛弃的小猫。

杜芍心一软：“你这样想必一个人也走不上去，我扶你吧？”

“姐姐真好，这么善良的姐姐值得天底下最好的男人疼你。”

系统目睹了全程：确实很有一手。

林渡这句话倒是真心的，她感觉得出来，杜芍是真的心软，也是真的心善。

赤子心肠莫过如此。她一个人在世间行走多年，自然能感觉出来一个人帮她是真心还是假意。

杜芍扶起林渡，一时成了三人同行。

黎栋有些不满：“男女授受不亲，再说修仙之路本就只能靠自己一人，你这么帮他，岂不是作弊？而且他这个身体情况，只怕没一个宗门要他，上去对他来说反倒是个折磨。”

杜芍意外地看向自己的未婚夫，未曾想到自己认识多年的人居然如此凉薄，刚要开口说话，就听林渡说道：“实在对不起，让哥哥误会了，我是女儿家，不过你说得对，修仙之路本就是一人的修行。”

林渡这么说着，作势要挣脱：“姐姐快松手吧，免得被哥哥迁怒。我因生来带疾被抛弃，天生孤苦，姐姐是第一个对我好的人，我祝姐姐被大宗门收入门中，一路扶摇直上。”

这么一让，林渡站直了，腰间的木符晃荡了一下，赤金色字符露在黎栋面前。他脸色一僵，赤金字符代表拥有重点招纳的资质，就是杜芍木符上的字也只是红字而非赤金。

这小病秧子的资质居然如此之高。

杜芍听到林渡的身世，怜惜更甚："黎栋，你怎么能这么说？举手之劳而已，若是不帮才是我们的不是。"

这天梯并不算什么考验，着实不必如此苛刻。

三人并不知道的是，高山之上有数十双眼睛看着这一幕。

"纯冰灵根，天资非凡，只可惜病入肺腑，心脉闭塞，算半个废人，真是可惜。"一道沉稳的声音响起。

"我看这小孩儿不过十几岁便如此通透，心性上乘，只需用药疏通肺腑，倒也不是不能修炼，只不过……所耗资源之巨只怕无甚宗门敢要了。"另一道温润之声响起，接着轻轻叹了一口气，似乎有些惋惜。

云端的话传不到那连绵青山石阶之上，唯有微风轻拂，山鸟和鸣。

"不用管他，我带你是我自己的事。走吧。我叫杜芍，芍药的芍。"杜芍伸手拉过林渡，眉眼温柔，不像芍药，倒像是三月春桃。

林渡垂眸，掩去眼底的笑意，再抬眸一派平静，轻轻开口："林渡，我叫林渡，渡人的渡。"

杜芍稳稳扶着她："好名字。"

一行三人，因为中间有个身体孱弱的人，故而比旁人速度慢了些。

为了避免气氛尴尬，杜芍主动挑起了话题："林渡，你有想要加入的宗门吗？中州三宗六派十门，各有所长，听说资质绝佳之人还有反选的权力呢。"

林渡笑了笑："我吗？就我这副残躯，如同哥哥所说，哪里会有宗门要呢。倒是姐姐，说不定还有机会挑选，姐姐有想要进入的宗门吗？"

杜芍轻声道："何须妄自菲薄，你天资非凡，定然被许多宗门争抢。我原本想着能有宗门要我已经很好，如果有得选，悬壶济世，那自然更好。"

三宗之一，唯一专精于医药之术的济世宗。

林渡眼神微闪，心中感慨，接着抬眸认真瞧杜芍："济世救人是大道，姐姐志向高洁，定然能得偿所愿。"

"这还是没影儿的事呢，而且……"

"如果我是哥哥，定然会成全姐姐的梦想，毕竟心爱之人的心愿，不就是自己的心愿？且这心愿，亦是造福天下啊。"

林渡看了一眼嗫嚅着想要反驳却又无法反驳的男子，嘴角笑意更浓："济世宗附近总有小门派，哥哥舍不得你，自然会找济世宗附近的小门派，这样若是思念，随时可得见。”

林渡将路说得明明白白，杜芍顿时也眼前一亮，先前的为难在她的提醒下倒是顺利拐过了弯儿。

黎栋脸色一黑，可碍于有外人在，并不好说什么，只能等到了广场再行计较。

“当前任务进度50%，掉落奖励益气疏郁丹。请宿主再接再厉，渡人渡己，天道助你。”

一阵心悸之感再度袭来，林渡脚下一绊，杜芍没能拉住，她便如同冻硬的松针一样倒了下去。

慌乱间，林渡仿佛听到了一声轻笑。

这副身板真硬，硬到林渡差点被自己的骨头给硌死。她倒在地上，只觉得呼吸越来越困难，手心却多出了一颗丹药。这是系统的奖励。

“你没事吧？”杜芍吓了一跳，连忙要去扶她，却见林渡就地坐了下来，两条细长的腿顺势改成了田间老汉坐田埂的姿势，就差手上拿个烟斗磕灰了。

一套动作如行云流水，把两个人都给看愣了。在哪里跌倒，就在哪里趴下。

“我没事，姐姐别管我，我缓缓。”

林渡一面说着一面把丹药塞进嘴里，含了一下，没化。再嚼了一下，没咬动。她沉默了一瞬，梗着脖子咽了下去，噎得翻白眼。

为什么书里修士吃丹药直接进嘴就没了？你们修真界的人吃药都不用水送服吗？真的没人吃丹药噎死吗？

林渡被噎到怀疑人生。

“对不起宿主，忘记你是个凡人了。”

林渡面上不显，在心中问道：“恕我冒昧，你们修真之人的喉咙是铁做的吗？”

“修士身体强度高，主要还是宿主你太弱了。”

林渡一哂，刚想说什么，却觉得胃中有暖意散开，接着一股温凉之气攀至肺腑，呼吸倏然通了，那股乏力感慢慢消失。

她身上一松，闭上眼睛，感受着药力在自己体内化开的路径，自胃部到肺腑，顺着脉络慢慢弥散。

这种通畅的感觉是这具身体前所未有的体验，她大口呼吸着，舒服地叹了一口气。

杜芍站在一旁，本来想要将人扶起来，却发现那人大马金刀地坐在那里，隐约有风汇聚到了她身上。

“莫要动她。”一道声音从天际传来，“离远点，别扰了她吸纳灵气。”

杜芍一怔，忽然反应过来什么。吸纳灵气？可林渡分明是个凡人……

后头从山下过来的人也都看向了那石阶上坐着的人。

林渡只觉得舒畅，并且下意识地顺着药力扩散的方向在神识内描摹路径，周身有春风缠绕。

春风缠绵醉人，让人忍不住想要吸纳更多。身轻心畅，神静气安，适然无比。

青山若雾，林间万物初始，草木发芽，桃花始开，蜂鸟愉情，走兽步伐轻快，绿叶上脉络分明，还有细碎的绒毛清晰可见。

等等……

林渡忽然意识到了什么，自己为什么闭着眼睛也能看到林间景象？

“宿主，你的肺腑通畅了之后，自行感悟了脉络与灵力流动，加上天赋满值冰灵根，所以自动学会了吸纳灵气练气，已经达到了风初境初期。真不愧是天选修真人。”

林渡倒是很平静：“哦，练气了啊。”

胸不闷了，呼吸平稳了，挺好。就是……有点想呕。

林渡眉头一紧，猛然吐出一口淤血。

“系统，你卖假药！”

“我没有！那是你身体排出了陈年旧疾的淤血！”

林渡感受了一下，身体舒畅，没有什么不适。她慢慢抬眸，发现周围围了一圈人。

众人只见那小孩儿吐出了一口淤血后睁开了眼睛，接着抬起胳膊随意擦了擦沾染了些许血液的唇，随后顺势落下来搭在膝盖上，另一只手状似随意地捋过长发，头歪向一侧扫了一眼他们。

“别看了，再看收费啊，一人十块。”

毕竟这具身体一穷二白，因为在剧本中是个边缘人物，惊才绝艳但早夭，林渡自己都不知道前面这十几年原身是怎么过的。

她不过开个玩笑而已，正要坐起来，忽然不知从哪儿飞过来一袋灵石，接着传出一道戏谑的笑声。

“只是十块灵石未免太少了，一介凡人爬山就能入道，只花了一刻钟就入了凤初境，千百年来，你还是头一个，起码值千金啊。”

那话语傲慢又意味深长，林渡的评价是凭这一副好嗓子就能迷倒万千人。

众人本以为林渡会羞恼于这种高高在上的施舍，谁知她打开储物袋，扫了一眼，接着露出笑容，起身拍了拍绿袍上的灰：“谢了。”

一千灵石，天降横财啊。她这样散漫不羁，却让那道声音的主人低笑起来。

“好心性。”

林渡看了一眼杜芍，伸出一只手：“姐姐，走吧，上山。”

杜芍这才反应过来，应了一声，顺从地牵起她的手，全然忘了旁边还有个未婚夫。

入道之后的确和此前的凡人躯体不同，林渡走得很快很稳，只觉得身轻体健，如果忽略自己心脏的隐痛，她现在就是快乐似神仙。

她步子轻快，皮肤苍白，神情却生动了不少，吊儿郎当的表情在她那张脸上却似濯濯清涟，望之脱俗。

“危止，她入道了。”云端上传来一声警告。

那道傲慢的声音再度响起：“入道？佛道就不是道？我看她如此通透洒脱，修佛甚好。”

“妖僧，佛寺里容不下你的金身，跑来我中州宗门大选撒野？”

又是一声轻笑：“有意思，真有意思，妖僧？你们中州都是这么叫我的？”

“这孩子是我们中州的，我无上宗养得起她。”

“这孩子看着先天不足，只怕有隐疾，来我济世宗，我们能救她。”

“我觉得我也可以……”一道声音忽然插了进来。

“不，你不可以。”三道声音同时响起。

林渡这会儿浑然不知云端的几个“神仙”已经为她这么个小鬼争起来了。

现在她没有那么孱弱了，这青山看着似乎也没有先前那么高了，不过两刻钟就到了山顶。

踏上最后一级石阶，周遭的浮云自动绕开了顶峰，入目便是阳光普照。

春日暖阳落于巨大的八卦形广场之中，八面高台之上横列不少宗门匾额，桌案横列，各门各派的长老笑坐于案后。

并非林渡预想中的道骨仙风、满目白衣，反倒如同宝石锦缎，远远看着便流光溢彩，神妃仙子，莫过于此。

而广场之中喧喧嚷嚷，已有近百名待选弟子等候，或是呼朋唤友，或是茕茕孑立，却也不是白皑皑一片，绫罗绸缎，珠光宝气，应有尽有。

林渡下意识地看了一眼身旁的杜芎，发现她头上的发髻繁复华美，簪钗上缀着红粉宝石，红唇轻抿，香腮粉绯，一双明亮的杏眼中只有喜悦，并没有一丝惊讶。

随后，林渡收起心中的惊讶。

杜芎也注意到了身旁人上下打量的目光，随即想起了林渡这身明显不合身的青绿袍子，就连挽头发的发饰都只是一截桃枝，心中怜惜更甚。

“不要怕，中州地大物博，富庶者多，其实今日除了世家大族子弟，也有寻常乡村子弟，英雄不问出处。”

林渡沉默了一瞬，着实没人告诉她神仙还要衣着光鲜啊。

系统及时冒头向她介绍。

“有没有可能，我是说有没有这种可能，毕竟修真界有灵力，生产力是凡俗界的几十倍？所以绫罗绸缎也不是什么太值钱的东西，而且贵的是镌刻阵法的法袍啊！”

林渡哦了一声：“合理，非常合理。”

林渡在看众人，众人也在看她。无他，这年头这么朴素但好看的人不多了。

小孩儿虽然一双眸子中全是好奇和惊叹，却不是那种没见过世面的艳羡，仿佛没有察觉到自己跟大家一样，是被观看的景物。

那不合身的宽大青绿袍子衬得她有些消瘦，一张脸因为常年体弱显得冷清，黑沉沉的眸子里却显出了罕见的光亮，全然看不出落魄穷困，反倒令人觉得身居陋室的孤宝跳脱于人前，洒脱自然。

和归真人轻轻叹了口气：“落于尘土却不曾蒙尘的琉璃心，道心上佳。和尚，这人你带不走。”

广场上的众人都看不到的是，代表无上宗的座席一侧，有个僧人正饶有趣味地盯着人群之中的小孩儿。

“生老病死，八苦相随，渡人渡己，是我佛门的路子，若入我佛，自可断因果，了苦痛。”

他们都看得分明，那个女修天赋不错，入三宗也使得，如果真为了一个满口鬼话的男子进了小门小派，明珠蒙尘，未免可惜。

可是人各有命，世上最难改变的就是人的念头。

那小孩儿偏偏横插一脚，居然还真把女修说动了。

他们当然不会认为那小孩儿是无意的，很显然，她就是故意的。

看透了世俗却不点破，极尽挑拨之能事却又不直接挑破。

有趣极了。

和归真人按下隐怒：“怎么你们佛门一个云摩罗的信众还不够，非要来我中州抢人吗？你可是惹了众怒！”

危止闲闲睨了他一眼：“众怒？那有本事就灭了我们啊。”

和归真人冷笑一声，拳头硬了，但不能打，也打不过。

危止低头，用子平术算了一卦，接着嘴边的笑容僵住了。

这卦象……短寿早夭，绝命之卦，偏偏……生了异变，绝处又逢生，而这缘，却由己生。

太怪了。

林渡忽然察觉到一道灼热的视线，她抬头径直看向无上宗的座席方向。

无上宗的牌匾看上去格外简陋，甚至不如小门派精致，不过一块木板上饱蘸笔墨书写了“无上宗”三个大字，笔走龙蛇，入木三分，其中灵韵非旁人雕金铸宝可比。

返璞归真，浑然自在。

而这就是林渡所拿剧本之中的中州第一大宗——无上宗。

林渡勾唇一笑，无人可居其上，只收天才，偏偏出了一群恋爱脑，不知道的还以为无上宗有什么玄机，进去的人都成了恋爱脑。

接着，她忽然眯起眼睛，注意到了什么。

那端坐于桌案之后的大能，正皱着眉头，偏着头，似乎在和旁边的空气说话。

按照常规修真小说的定律，那定然不是空气，高低得是个人。

她微微眯起眼睛。

“阿芍，你知道，我是真的喜欢你，我也只有你，我恨不得每时每刻都陪在你的身旁，我们进一个宗门，一起修炼，不好吗？”

林渡收回了目光，显然黎栋碍于她在，正拉着人耳语。

只可惜……她已入道，这些话听得分明。

“姐姐，方才哥哥说这修真大道只能一人独行，怎么现在却又要跟姐姐一起修炼呢？”

她眨了眨眼睛，接着笑了。

“我知道了，定然是哥哥太爱姐姐了，所以舍不得姐姐，那哥哥干脆跟着姐姐进大宗门好了。若是姐姐开口，或许宗门也能让哥哥进去，虽说并非正式的弟子，但也可以日日陪着姐姐了。”

“那怎么能一样？那样我就只是个杂役，我堂堂一个大男人，如何能抛却前途跟着她。”黎栋下意识开口接话，紧接着就看到那小孩儿一脸惊讶。

“那哥哥的意思是，姐姐跟着你去小门派，就不是抛却前途了吗？”

杜芍一怔，的确，她纠结的就是该不该为了未婚夫抛却自己的前途。

可是……杜芍再度抬头看了一眼黎栋。

他对她真的很好。

“哥哥不愿为了姐姐抛却前途，又为何要姐姐为你抛却大道？”林渡不解地看着两人，“以己度人，我若是哥哥，定然舍不得让姐姐放弃大宗门的优越资源和我一起过苦日子。”

她说着，转头看向杜芍，粲然一笑，尖锐的小虎牙跳脱，显出一股羞涩的少年意气。

“毕竟姐姐这么好，值得拥有天底下最好的东西。”

林渡生得好看，如今在阳光之下，眼眸明亮，阳光给那苍白的皮肤也镀上一层光泽，湛然若神。

杜芍只觉得自己的内心被击中，狂跳了起来。

“宿主，是不是太过了，那男人看你的眼神中带有杀气。”

林渡一面收了笑容，一面看向黎栋，微微抬眉，一字一字地道：“哥哥，你说——对吗？”

这是赤裸裸的挑衅，但因为侧对着杜芍，神情不曾被她捕捉。

但黎栋看得分明，他忍不住伸手指着林渡，怒声道：“你这个小兔崽子！怎么老是花言巧语迷惑人。”

林渡恍若吓了一跳，攥住了杜芍的胳膊："哥哥好凶，姐姐我怕。"

杜芍也被骤然发难的黎栋吓了一跳，下意识地护着这个小孩儿，抬头对上自己未婚夫满是愠怒的一张脸，忍不住皱起了眉头："黎栋，你怎么回事？她还是个孩子，也不曾说错什么！"

"她分明在挑拨你和我的关系，她在蛊惑你！"黎栋怒声道。

要不是碍于杜芍在面前，他只怕就要指着这个小兔崽子骂妖孽了。

原本只要他磨一磨杜芍就会跟着自己进小门派，可是这小妖孽一插嘴，一切就跟野马一样拉不回来了。

生得不男不女像个妖孽，说话也怪会蛊惑人心。

就在他忍着怒气要拉着杜芍去一旁说话时，一锦衣大能悬于广场之上，声音中灌入了灵力，轻松传入广场上所有人的耳中："诸位——"

一句话让所有人都停止了说话，满场寂静。

宗门要开始选人了。

众人翘首以待，心中忐忑又期待，一双双眼睛看着那上头的大能们，宛若等待投喂的池鱼。

对，满满一池塘的鱼，等着被钓走。

三宗六派十门，以无上宗为先。

无上宗选人条件苛刻，非天才不要，每次能选进无上宗的凤毛麟角，满十个都算好的。

据说无上宗的长老更喜欢在外历练捡弟子，对此林渡想说——路边的野弟子不要随便捡。

剧本里那帮心怀不轨的人都是这么混进去的。

随后无上宗喊了一个号码。

"六百六十六号！"

林渡："什么人居然有这么个厉害的豹子号。"

"六百六十六号！"

见没人反应，台上之人有点无奈，接着意念一动。

林渡只觉得自己身上多了股力量，接着腾空而起，落到了高台之上。

……小丑竟是我自己。

大抵是林渡太冷静了，被无上宗选到的人再是面上不显，眼中也会有不自觉的欣喜，故而和归真人忍不住怀疑这个孩子是不是不知道被无上宗选中意味着什么。

他温和地开口询问道：“孩子，你可愿入我无上宗？我无上宗乃中州第一大宗，修炼资源丰富，定然不会亏待你的。”

林渡点头：“好啊。”

她的态度太淡然自若了，和归真人忍不住怀疑随便一个人站在她面前问她，她都会说一句“好啊”。

殊不知林渡是手握剧本的人，她甚至没有想过自己去别的宗门的可能性。

原著中她是和其中一个女主角一同入宗门的，着笔不多。

虽然林渡天生不足，可天资非凡，被将要飞升的老祖收为关门弟子。

女主角可怜这位先天不足的小师叔，故而在试练期间时常照料，因此得了林渡不少无言的关照，既体现了女主角的善良，又给女主角提供了不少升级道具，甚至给了女主角最关键的盗取宗门重宝的一块令牌。林渡得知真相后怒火攻心，日夜悔恨而死。

最后女主角还跟魔尊在一起了，甚至一次都没有想起那件事曾间接导致了自己小师叔的死亡，林渡死得真的毫无价值。

“其实孩子，我看你先天体弱，心脉涩滞，要是来我济世宗，我宗乃医修之中的第一宗，有朝一日定然能将你治好。”一旁一个须发皆白的真人忍不住开口说道。

眼见有人抢人，归元宗也开口道：“我们归元宗虽说比不上无上宗，但也是中州三大宗之一，天下法修万人，一半皆出自我们归元宗，不若看看我们？”

十几双眼睛齐齐看着这个林渡，恍若她是什么稀世珍宝。

“我吃药，很费钱的。”林渡开口道，“所以……”

她扫了一眼始终没有露面的那个空座。

济世宗长老期待地看着她，心中雀跃，吃药费钱，可吃自家的药不花钱啊！

归元宗长老挺了挺胸膛，他们法修没别的，就是不缺钱啊。

无上宗长老心中一梗，早知道也学着小门派找块好牌子了，装点门面还是很有必要啊。

“就无上宗好了。”

毕竟剧本里看着，无上宗的各位，都不缺灵石的样子。

但凡没钱，还能整天情情爱爱？那肯定是天天想办法搞钱啊！

归元宗和济世宗的长老脸上露出一丝疑惑。

敢问无上宗和有钱吃药有什么联系吗？

无上宗也愣了，接着立刻欣喜地站了起来，连维持高人的矜持都忘了。

“你放心，我们无上宗定然不会亏待你的。”

毕竟，祖上富过。

和归真人十分欣喜：“你体弱，先过来坐着吧。”

要不然站到最后怪累的。

林渡本来想走，却被一股力量裹挟着带到桌案之后的软垫上。

她愣了一下，忽然意识到了什么，刚要张口喊真人，却发现自己说不出话了。

剧本里可没这出啊！

“宿主，剧本里还没有你在上山途中入道被三宗争抢的情节呢。”

蝴蝶效应的风卷到她身上来了，是吧？

林渡无言，忽然觉得一双大手捂住了自己的眼睛，接着迅速移开了。

“转头。”一个慵懒酥麻的声音在她耳边响起。

林渡依言转头，只看到了前侧和归真人认真拿着册子喊人的模样。

“往左。”这一声带着些无奈的笑意。

林渡转头，对上了一双过分昳丽的飞凤眼。

剑眉浓黑，重睑深长，眼眸深邃，走势灵巧上扬，偏偏羽睫细密垂坠，显出一抹欲拒还迎的复杂，卧蚕饱满，眼尾染着一点莫名的绯红，细看却是天生的媚意，却并不女气。

但……这人头顶却带着青茬，居然是个佛修。

这佛修脖颈之上缠绕着赤黑二色的繁复纹路，越发显得这个人妖异非常。

“……怎么，看傻了？”佛修缓缓笑起来，饶有趣味地打量着林渡，“我要告诉你一件事儿，无上宗可穷得很。你要不要跟我？我保你就此成为修真界第一天才，如何？”

林渡不记得原本剧情里有这号人物。

她沉吟片刻：“这对你有什么好处吗？”

前面才给了她一千灵石，现在又要拐走她，钱多了烧得慌？

佛修愣了，系统也愣了。

她不应该问跟他走对自己有什么好处吗？

危止愣了一会儿，才闷声笑起来："你真是……"

果然是从世俗里摸爬滚打过来的，看得太透彻清楚。

是啊，对他有什么好处呢？

她在问他的目的。

"我只是觉得……"佛修带有侵略性的目光直视着她，"有趣，不够吗？"

"不够。"林渡也就这么看着他，"当然不够。"

世上只凭兴趣做事的，定然是家底雄厚的人。

若是之后觉得无趣了，一脚踢开，输的是没有资本的人。

佛修嗅到了一点同类的气息，在一个小病秧子身上。

"真不跟我走？他们能给你的，我都能给你。"

林渡开口道："光头太难看，我不想当光头。"

"你可以不剃度，我手上抢了很多密而不传的天品功法。"

"……什么好佛修不剃度？你自己都剃了，不要看我年纪小就诓我啊。"

佛修没想到这个小病秧子这么好玩，他捂着脸笑得发抖，修长的手指显出一分玉雕般的润泽光彩。

"自我介绍一下，在下危止，他们中州人称呼我为……"他顿了顿，抬眸仰头，肆意一笑，"妖僧。"

他指了指自己脖颈上的赤黑纹路，阳光落到他的脸上，愈发显得流光溢彩："这是妖纹，我吞了一条要化龙的蛟。"

几年以后，等林渡对修真界彻底了解之后，只想对着眼前这个妖僧道一句"我敬你是真汉子"。

以肉身吞蛟龙，从此成了半妖，也就此成了金身。

不疯魔，不成活。一个佛修，以此邪道入金身，偏偏还成功了。

一个佛修修炼到了金身，就是这修真界顶端战力级别的存在。

"嗯。"林渡平静地应道，"那你胃口还挺大。"

危止沉默了。

让整个修真界都闻风丧胆的妖僧危止，被一个刚刚入道的小病秧子一句话给弄沉默了。

不知道这小病秧子是真的无知，所以不觉得害怕，还是当真没有什么能激起她们这种生于小寒的纯种冰灵根的人心中的波澜。

“当前任务进度90%，掉落奖励益气疏郁丹。恭喜宿主已攻破关键节点。”

林渡感应到这个提示后回头，看到了一脸欣喜地站在济世宗弟子队伍里的杜芍。

“改变了杜芍的命运，还没到100%吗？”她眯起眼睛，神识准确地落在那帮池鱼之中面色阴鸷难以言说的男人身上，“还没分手？”

“是的，杜芍只是听了宿主的话，没有抛弃自己的想法，但偏缘依旧未断。只有彻底斩断偏缘，宿主的任务才算完成。”

林渡笑了一声，的确，是还没有到彻底斩断情缘的时候。

但既然已经分开，到了各自的宗门，不过早晚的事。

“满意了？”危止的声音再度在她耳边响起。

林渡垂眸，低声喃喃道：“还不够。”

危止定定看了小病秧子一眼，真是奇怪。

一个十三岁的小姑娘，怎么浑身上下写满了对这世间的疏离冷漠。

林渡一人坐在长老席上，下头还站着三个无上宗新收的弟子。

她将目光移到一个面若桃李的小姑娘脸上，心中大约明白，那就是倪瑾萱了。

“叮，主要剧情人物出现。倪瑾萱，无上宗亲传弟子，被混入宗门伪装成小师弟的魔尊花言巧语欺骗后，迅速坠入爱河。

“魔尊谎称需要宗门至宝治疗自己的疾病，倪瑾萱便甘愿为他盗取宗门至宝，接着跟他一起叛逃出宗，却被丢弃在魔界，经脉尽断，坠入万魔窟深渊。魔尊在获得至宝之后对无上宗大肆屠杀，无上宗元气大伤，不复原来的中州第一宗之辉煌。

“倪瑾萱受尽苦楚，吞噬深渊无数魔魂后堕入了魔道，却意外被捉至魔宫，成了魔尊的女奴。

“为了报仇，倪瑾萱委曲求全，变换容貌待在魔尊身边，伺机寻找机会杀死魔尊，却在日复一日的相处中重新爱上魔尊。最终经历几重反转之后，他们互相表明心意，生活在一起。

“事实上，女主角遭受过不少磨难，强行化身为魔，亏空不可弥补，且魔修没有转世，只能灰飞烟灭。即便后来魔尊不断寻天材地宝为魔后提升修为，本该飞升仙界的倪瑾萱却仍因为偏缘在命劫发生之时魂飞魄散。”

“宿主，现在一切都还没有开始哦，所以不着急。”

“你不急我急啊，我命还有几天？”

“一年。”

林渡在神识内看完了剧本内容，抬眸看向这剧本中的女主角——倪瑾萱。

少女眉眼纯粹，一身杏粉罗裙，梳着百合髻，上头缀着几朵小巧的宝石绢花，粉面含笑，白皙的脸上写满了将要进宗门的雀跃兴奋。

林渡看了一会儿，少女似乎也察觉到了她的目光，偏头对上了长老席上唯一坐着的弟子的视线，接着抿唇一笑，嘴边两个梨涡，显得她格外娇俏可爱。

危止开了口：“很羡慕？”

“什么？”

“我说，你很羡慕那样被娇生惯养长大的单纯小姑娘？”

林渡摇了摇头，她羡慕才怪。

这般少一个心眼儿的小姑娘她是真的一点也不羡慕。

但凡爹妈让孩子多长一个心眼儿，或者睡前多读几本话本，多听几场戏，这孩子也不至于被魔尊骗得团团转。

等等……话本？

林渡沉吟片刻，心中有了主意。

反正现在魔尊还没潜入宗门，一切都还来得及，防患于未然。

危止看着原本无比沧桑的小病秧子对着那小姑娘轻笑了一声，对，就是他每回想要气各宗门正派人士之前的那种笑声。

和归觉得自己似乎忘了什么，回头看了一眼新招的这个弟子，忽然心一惊，头皮发麻。

那妖僧呢？别把他好不容易抢过来的好苗子给拐走了。

如果他有异动，大不了几个长老拼着老命和他打一场。

危止不想让人看到的时候自然不会让人发现自己的身影，他察觉到了那犀利的神识正在窥探他，抬手捏了个诀。

“此地我不便久留，下次再见吧，小家伙。”

没能拐走林渡的确可惜，但危止看得出来，林渡不是个轻易被说服的人。

而且……危止觉得，小姑娘剃光头，的确不如现在这样好看。

罢了。

危止遗憾地走了。

和归没有察觉到妖僧的气息，心下一定，转头冲那小弟子一笑。

这回无上宗只招了四名弟子，无上宗总共来了三位真人，比起隔壁那一群人，他们无上宗显得格外冷清。

倪瑾萱天性活泼开朗，也不认生，好奇地问道：“敢问真人，为何无上宗每年只收几名弟子啊？”

和归真人是个极温和的人，他垂眸一笑，君子端方，温雅难言，他挥袖收了无上宗的牌匾：“宁缺毋滥，而且你们人已经够多了，再多宗门资源供应不上……”

何为少年天才，天才修炼迅速，吸收灵气比吃饭、喝水还要简单。

要是不控制人数，无上宗都快被每年加入的天才们吸干了。

就算无上宗山下埋着数条极品灵脉，但灵脉散发出灵气的速度终究有限，为了保持灵气浓度以供天才们修行，宗门只能弃车保帅。

收了天才，那是要付出代价的。

林渡悟了，无上宗是天才少年班，走的是精英教育路线。

从宗门大选之地到无上宗，距离颇远，饶是乘坐灵舰也需要两个时辰。

林渡这具身体堪称破败，甚至还没来得及细看灵舰之中的景象，一上灵舰在升空阶段就昏了过去。

和归真人看了一眼蜷缩在榻上的小孩，从储物戒中取出一张火狐皮盖在她身上，接着坐在软榻一侧，温润的眉宇微微拧起，接着轻轻叹了一口气。

其实，这孩子本来是不该收的。

可她天赋实在太高，天底下不管是谁看着都会生出一片爱才之心。

倪瑾萱却满眼都是兴奋，家中的灵舟比不上无上宗的灵舰，灵舰内里虽说古朴自然，但又无处不彰显着大宗气派。

金丝楠木为梁柱，成套的紫檀桌椅桌案，雕刻精美，四面有鲛珠以作照明之用，兽耳紫铜香炉中燃的是宁心静气的乳木白檀香，样样都是修真界难得一见的珍品，没有过多的修饰，阔朗大气，浑然自在。

“今年少收了两名弟子啊。”睢渊慢条斯理地沏着茶，“掌门师姐还说今年能招六个呢。”

小炉上水已经烧开了，散出袅袅的水雾。

对面的人收回盯着和归真人和林渡的目光，言简意赅道：“一个顶仨。”

说的是林渡。

不只是指天赋，也指她修炼所需要消耗的资源。

寻常人入道需要前辈引导，先学习人体经脉走向构成，再在引导之下感悟气机，能感受到气机之后，引气入体还要费一番功夫，饶是天才扎堆的无上宗，也只有一夜入风初境的，从没有人一刻钟入风初境的。

而且山上灵气并不算充沛。

天才何其多，可林渡当属天才之中的翘楚。

林渡觉得自己绝对是饿昏过去的，否则怎么会在睡梦中闻到了豌豆黄的香气，甚至还听到了仓鼠吃粮的声音。

肚子咕噜一声，她悠悠转醒，睁开了眼睛，对上一双明亮的杏眼，像家养的猫，单纯中透着一丝天真。

“你醒啦？我从家里带了豌豆黄，是十方斋新做的，可好吃了，你要吃吗？”

林渡慢慢坐起身，她垂眸，看到了身上沾染碎屑的火狐皮，以及那正在掉屑的豌豆黄，眼皮一跳，一手接过豌豆黄塞进嘴里，顺势起身将那火狐皮抖了抖。

“无妨，净尘诀即可处理。”和归一直含笑注意着面前这两个小弟子，于是开口阻拦，接着手指一动。

林渡隐约察觉到了灵力的痕迹，乖顺地将火狐皮堆在一旁，向和归和倪瑾萱都道了一声谢，接着慢慢咀嚼起来。

她吃东西向来没有声响，只是豌豆黄实在噎得慌。

林渡觉得修真界的人单纯就是喉咙管粗，不然怎么倪瑾萱连吃了三块都不见喝水，她刚咽下去一口就快要噎死了。

忽然有一道风袭来，她条件反射般伸手抓住，却发觉是一盏清茶。

水微微泼到了她的虎口之上，温度正好，她错愕抬眼，看向了风袭来的方向。

两个自始至终从未与新弟子说过话的长老正在一张小几前品茶。虽然他们没有看向林渡的方向，但其中一人微微含笑，垂眸低叹道：“好敏捷的身手。”

林渡听见了，因而微微低头：“多谢长老赐茶。”

小小年纪，大人做派。

和归今年没打算收徒弟，但觉得林渡实在可爱。

倪瑾萱见林渡好像精神些了，这才凑上来：“道友好，我叫倪瑾萱。”

“怀瑾握瑜，心若芷萱，好名字。”林渡笑了一声，“在下林渡。”

以现在来看，她是当真当得起这个名字。

“你还晕吗？我这里还有山楂糕和渍青梅。”

她盯着眼前少年的脸，皮肤白而通透，眼珠很黑，睫毛好长……天底下居然有这么好看的人。

林渡也不是没有发觉她的视线，犹豫了片刻，还是开口问道：“敢问，瑾萱道友为何一直这么看我？”

倪瑾萱下意识回道：“因为你长得好看。”

“……”

林渡现在好像知道为什么她那么容易陷入情感骗局了，原来是看脸，而那剧本之中，魔尊容貌冠绝天下，只是站在那里，就能令群芳倾倒。

时刻都在关注这边弟子的睢渊长老扑哧一声，把手中茶盏中的茶水都吹出了个泡泡。

对面的苍离长老到底没忍住，嘴角勾起，接着嫌弃道：“又糟蹋好茶。”

倪瑾萱发现林渡和自己对视。林渡本在榻上，比她所在之处高些，因而半垂着眼眸瞧她，睫毛浓密，似工笔钢骨，月下疏影，脸上挂着竭力隐忍的戏谑笑意。

于是林渡便发觉倪瑾萱在自己的注视之下，以肉眼可见的速度，从脖子红到了整张脸，并且逐渐从薄粉变成了熟透的番茄色。

“我……我知道你说看你要收费，我方才给你吃的，也算提前给过了。”

倪瑾萱方才登山之时，听到林渡说看她要收钱。

林渡听后就更想笑了。

榻上响起了低笑声，接着倪瑾萱听到了一声极为慵懒的回答。

“瑾萱道友谬赞了，对旁的不相干的人自然是要收费的，可对你，不收钱。”

无上宗位于中州北部，南部已立春，可北部刚刚雪霁初晴。

云雾缭绕之间，九座高峰错落有致，其间山峦迭起，雪覆山巅，松林苍翠，天穹之上隐约可见那拖尾的淡雾被风拽出一道长线。

灵舰停在了其中一座高峰之上，迎面而来便是一座巨大的广场，九根擎天石柱整整齐齐地矗立在广场当中，围绕着黑白纹样的八卦校场，一尊巨大的青铜鼎立在当中，里面三炷香刚刚烧至一半，赤色被灰烬埋着，影影绰绰显出它还在燃烧的迹象。

和归真人察觉到林渡的视线落在了那三炷香上，开口解释道：“这里是宗门主峰，三炷香用来敬奉天地祖先和大道。如今你们进了我们无上宗，自然要先见我们的掌门。”

和归真人话音刚落，广场前就多了两道身影，空气中除三炷香飘出的香气外，还多了一股淡淡的……酸菜炖白肉的香气。

林渡觉得自己肯定是饿疯了，不然怎么会闻到这等食物气味，她抬眸看去。

一人云鬟娇容，风流蕴藉，一身淡紫芙蓉缀银丝长袍，在夕照之下流光溢彩，耀如春华；一人更贴合林渡想象中的长老模样，一身清素白衣，上头缀着繁复的银蝶暗花，眉眼冷清，唯有眼角一颗红痣透出一丝别样的风情。

端的是神妃仙子，天仙下凡，如果忽略那紫衣女修手上还带着油的锅铲，以及那白衣女修手上还在滴着水的一把新鲜的绿叶菜的话，当真是好清纯不做作的仙子。

林渡后退一步，我是不是进错宗门了……

“见过掌门。”和归真人拱手行礼道。

身后的人有样学样，却听得那紫衣女修笑道：“行了，本来也就这么点人，假正经。”

林渡愣了一下，这宗门怎么跟想象中的好像不太一样？

紫衣女修扫了一眼和归真人身后的人，目光落在林渡身上：“哪儿拐来的这么小的家伙，怪可怜的。天无，回头带她给你师父瞧瞧，所需药材，宗门库房有的尽可以取。

“要是没有的……那看看咱们后山沃土能不能种吧。再不然，你们就多去几趟秘境。”

和归真人嘴角一撇，方才的温和模样十不存五：“掌门师姐，你给孩子们留点幻想吧。”

紫衣女修笑了一声：“骗都骗回来了，还能跑到哪里去？”

几个新弟子对视一眼，都从彼此眼中看出了一丝疑惑。

“既然只有四个弟子，今年你们两个收徒弟的就平分吧。”

睢渊和苍离对视一眼，又同时看向林渡，恍若她不是人，而是一只刚出炉的大鸡腿。

林渡：气氛忽然就焦灼起来了。

“那几个去种地的还没回来，所以今晚我掌勺。”风朝说着，笑意吟吟，“行了，都是自家弟子，不说那些虚的，都饿了吧，先吃饭，吃完饭再说。”

忽然，一道声音在广场中响起：“让那孩子吃完饭直接到洛泽来。”

洛泽万年冰冻，寻常低阶修士也不太能承受，唯有冰灵根才能待得住，那人口中的“那孩子”只可能是林渡。

风朝一怔，随即应诺，看向林渡：“想必是在禁地闭关的阎野仙尊想收你为弟子，他和你一样是天生的冰灵根，也是我师祖飞升前最后一个弟子。”

睢渊眼皮一跳，目光陡然诡异起来——我把你当徒弟，你居然要当我师妹？

一行人浩浩荡荡到了膳堂，桌上瞬间就多了一盆酸菜炖白肉、一盆铁锅炖大鹅、一大盆灵雏炖鲜蘑，还有馒头和米饭。

接着那白衣女修匆匆忙忙进了后厨：“还有最后一道菜，稍等。”

林渡深吸一口气，这无上宗，不对劲。

真的不对劲。

但是……真香。

一帮人坐到了桌前，很快几个孩子的眼睛都亮了。

“看来今日掌门师姐为了照顾你们，用的是低阶灵兽，对你们这些刚刚入道的修士来说，灵气刚刚好。”和归真人开口解释道。

要是吃超过自身品阶太多的灵兽，会因灵力过多爆体而亡。

“这是低阶灵兽炖我们宗门自己腌制的葵菹，我们无上宗土质极好，这葵菹是新腌制不久的，还有这个大鹅，非大节庆不吃，这是为了庆祝你们新弟子入宗门。”

三位真人开始给孩子们盛饭，用的是比林渡脸还大的盆。

林渡谦虚地说道：“我体虚，饭量小，就吃一口。”

和归真人点头，接着使劲把盆里堆得冒尖的米饭压实递给她:“来，一口。”

林渡：……也行。

一盏茶的时间后，瘦削虚弱的青衫少年一手捧着盆，一手拿着筷子，筷子上是真人夹给她的大鹅腿，碗里还有一只鸡腿。

而那被压实的米饭已经少了四分之三。

林渡吃得很有规律，一口肉一大口饭，咀嚼和吞咽都很安静，看着不紧不慢，实则速度飞快。

那剩下的三个弟子看着这个“体虚饭量小”的人吃完了一盆饭之后，从容地放下碗筷……随后拿起了一个馒头。

众长老一脸慈爱地看着林渡，看啊，这孩子在凡间受苦了，难怪这么瘦，这是过去十三年都没吃饱过啊！

“长老，你们不吃吗？”

“我们不吃，等你们达到了晖阳境，可以直接化天地能源为己用，也可以不用吃饭了。”

无上宗的几位长老，修为最次的也已经进入第四候晖阳境，掌门更是入了第五候乾元境。

终于，林渡在吃完一盆饭和一个大馒头之后停了手，真诚地夸赞道：“掌门做的饭当真好吃。”

修真界的食材比凡间滋味鲜美得多，而无上宗灵气馥郁，土地肥沃，所生长的食材更是有着天然的灵韵。

林渡摸了摸肚子，一不留神，好像吃得有点多。

凤朝眼中笑意更甚，站在她身后的和归真人欲言又止。

“新弟子吃这么多，不会出事吗？”

凤朝愣了一下：“比如？”

“比如她要进阶了。”

众人呆滞地看向座位上那个绿袍少年，但见她揉了揉肚子，下意识想要将胃里聚集的灵气引至中脉之中，于是灵气不断流窜，在体内循环，最终汇聚于丹田之中，形成一个淡淡的白色光团。

白色光团不断变大，原本有些撑着的肚子也慢慢消解了，可林渡依旧未能停下。

和归真人：你看吧！我就说我们宗门的天才吸收灵气比吃饭喝水还要简单！

天渐渐黑了，睢渊和苍离两位长老你争我夺分了那三名新弟子，现场拿着这个正在进阶的弟子当活教材。

“你看啊，咱们修炼打坐，讲究的是七支坐法，五心朝天，你看林渡，她完全不标准啊，这是反面典型，不能学。”

“她这么坐着也能进阶，是因为她的天赋够高，能感悟气机流转，而之所以让你们好好打坐，是五心朝天的坐姿能更好地感悟天地气机流转。”

三个小弟子乖乖听训，膳堂却多了一道身影。

“哟，练着呢？”

“上回师妹炼丹炸掉的思学殿已经被我修好了，师父，你不必让新弟子们在膳堂打坐啊！”

此话一出，原本在打坐中的小弟子没忍住都睁开了眼睛，发现膳堂内多了一个青年，剑眉星目，一身赤色锦衣，背上有一根玄金长棍，笑意吟吟，风流洒脱。

睢渊闻言一哂，向那青年指着自己新收的小弟子介绍道：“墨麟，这是你的小师妹倪瑾萱。”

墨麟冲倪瑾萱点了点头，睢渊又指了那两个并排打坐的少年。

“那是你苍离师叔的两个弟子，也是你的同门师弟。”

墨麟认完师弟妹，视线落到了尚未睁眼的林渡身上：“那是……”

“大约是你的小师叔，林渡。”睢渊沉吟片刻道，“你阎野师叔祖的未来弟子。”

墨麟沉默了一瞬，接过师妹给自己留的饭菜，忽然狐疑道：“今儿是二师妹做的菜？没加什么不该加的吧？”

“没有，天无只是打下手洗洗菜。”睢渊顿了顿，补充道，“应当无碍。”

墨麟这才放心地拿起馒头啃了一口，刚要坐下，桌对面的小师叔睁开眼睛，继而吐出一口黑血来。

墨麟拿着馒头的手微微颤抖："饭里有毒？"

林渡睁开眼睛，感受着越发轻松的身体，抬手擦了擦嘴唇上挂着的血丝，语气懒洋洋的："哦，那倒不是因为这个。"

雎渊眼神复杂，寻常弟子练气之时排除体内杂质不过是腹泻出汗，这位想是宿疾的缘故，每次进阶都会吐血。

林渡看向自己对面坐着的墨麟，他手上还端着饭菜。

"弟子墨麟，见过小师叔。"

林渡眼皮一跳，怎么突然辈分升级了？

"叮，主剧情重要角色出现。墨麟，无上宗第一百代弟子中的大师兄，天生灵骨，自诞生之日便可吸纳灵气，外出历练之时带回一名美貌女子邵绯。邵绯天生绝脉不能修行，只能以蛊虫入体形成假丹，且只能修炼而不得飞升。

"邵绯在与墨麟结为道侣当日挖了他的灵骨，用秘术将灵骨换给了自己，继而离开了。

"墨麟就此沦为废人，怒极之下自行兵解带着记忆转世重修，再度与邵绯相逢，成了她的小师弟，不承想邵绯却对他关怀备至，悉心照料，甚至一再为了他只身犯险。

"一次，两人被困于幻境之中，墨麟率先清醒，却意外发觉邵绯的心魔居然是自己，梦中两人顺利成亲，白头到老，邵绯被困其中，自愿不出。

"墨麟强行打破邵绯的幻境，对其又爱又恨，意外发觉邵绯对自己这么好是因为自己长得与前世有几分相似，言谈举止也极像，把自己当成了前世的替身。

"两人兜兜转转终于还是走到了一起，但此前的假丹余毒发作让邵绯生不如死，依旧不能飞升，墨麟日日喂血为解，最后归隐天涯，余生都在为她寻找续命之法。"

林渡看着眼前意气风发、眉目含笑的赤衣青年，一时间说不出话来。

"小师叔为何这样看着我？"墨麟睁大眼睛，下意识地咬了一口大鸡腿，"你也饿了？"

"没有，我饱得很。"林渡顿了顿，目光复杂。

她想不明白，这么一个风华正茂的青年，怎么就是个恋爱脑呢？

"对了师妹，我带你去洛泽吧，想来师叔已经等急了。墨麟，吃完带你师妹回两仪峰。”

已经入夜，北地黑夜浓重纯粹，不见丝毫云遮雾绕，天上洒满了星星，清晰可见星辰流转，峰峦迭起之处宫殿楼宇灯火通明。

天上寒星，地上暖灯，人间与天上泾渭分明。

林渡一时看呆了，睢渊却也不催促她，反倒是安静地站在她的身旁。

“这样的景色日日都有，年年都见，但我现在仍忘不了第一次见到这番景象的那个晚上。”

林渡转头，对上睢渊含笑的朗目，那一袭宝蓝绣苍龙的袍子在他身上并没有喧宾夺主，反倒显出这人身上的朗朗正气，头顶的镶宝银冠在夜里闪着光芒。

这一定是个极为正派的俊朗人物，林渡想，可这等一身正气的师父，是怎么教出倪瑾萱和墨麟两个恋爱脑的?

大概是因为太过正气，所以不懂那些阴谋诡计!

洛泽是禁地，寻常低阶弟子进入不足一刻钟便会被冻成冰雕。

林渡被睢渊带着飞到空中时还有些恍惚，直到这一刻她才明白，原来自己真的来到了修真世界，以后自己也能飞了。

林渡无法拒绝这种快乐小神仙的未来生活。

直到一股冷意刺入骨髓，林渡从幻想中醒来，她看到了山谷里倾泻而下的瀑布，一路汇聚成河流。

诡异的是，那瀑布分明是冰冻的，河流上结了厚厚一层坚冰。

坚冰之下，居然传来了流水声。

四面皆为冰冻貌，非皑皑白雪，而是纯粹的冰，将万事万物都冻住了一般，可见青松翠竹和一片雪莲，唯一一点艳色是那冻住的梅花和不知名的红色小果。

冰川之上静坐着一人，白发三千，松散地披着一件玄色外裳，内里却不见丝毫布料，一眼过去便可得见那人极佳的炼体成果，肌肉坚实，线条流畅，似乎是察觉到了来人，他睁开了眼睛。

林渡这才发觉，原来这人的睫毛都是白色的。

他分明是青年模样，却恍若一匹冰原上蛰伏的野狼。

一开口却是吊儿郎当的戏谑之语："哟，我那命中注定的小徒弟来了。"

林渡的师父阎野，无上宗第九十八代弟子，当今无上宗掌门的师叔，年龄却比掌门还小些。

"传闻中，他一旦出剑，剑气能封冻整个中州，是中州的剑道魁首。"

在林渡拿到的剧本里，从头到尾，对阎野只有这一句描述。

林渡一眼扫过去，看到了师父盘坐时精瘦有力的小腿肌肉。

她别过脸："师父，您还是穿条裤子吧。"

雎渊被冻得有些哆嗦，饶是他已达到晖阳境大圆满，却依旧有点受洛泽环境的影响，呼出的气都成了白雾。

"师叔，人我带到了，那我先告退了。"

阎野应了一声，抬手打了个响指。林渡只觉得眼前下起了一场纷乱的大雪，等到雪花即将落尽之时，那道玄色身影才慢慢变清晰。

白发玄衣灰眸，生得极高，肩宽腿长，蜂腰猿背，居高临下觑着眼前的小不点，看林渡如看冰雕一般，那眼神里不带丝毫感情，接着伸出了一只手，按在了她的头上。

林渡闷哼一声，只觉得一道冰凉的气体自头顶疾速冲向五脏六腑与经脉之中。

"啊……"阎野语调平平，开口清越似冰凌，"天品冰灵根，心脉有损，肺部涩滞过半，先天体弱，你是怎么活到十三岁的？"

不等林渡回答，阎野又开口道："别的也就算了，心脉最难全，不过你放心，既然你是我命定的徒弟，我定然会治好你，那帮只知道坐吃山空的混账大约养不起你，日后你跟着我便好。"

林渡乖巧答道："多谢师父。"

"叫什么？"

"林渡。"

"哪个渡？"

"渡人先渡己。"

林渡和阎野说话时并没有抬头，阎野用神识打量片刻，放在林渡头顶的手顺势向下，拎起她的后衣领，强迫她抬起头，感慨了一句："脏兮兮的小东西。"

这小徒弟半垂着眼眸，面上一瞬间闪过了狠戾，却在被迫抬头的一瞬间消散殆尽，只有一点疏离和倦怠。

“是不是觉得，你的师父和想象中不太一样？”

林渡想，大约是的。她对上他分明毫无轻佻之意的灰眸，不明白为什么这人和前面那帮真人全然不一样。

“既然渡人先渡己……”阎野的手忽然用力，弹指击破冰面，水瞬间涌出，接着迅速结成薄薄的冰层，林渡尚未来得及反应，就被人当作一个“锤子”。

林渡破开薄冰，接着坠入刺骨的冰泉之中。

她在慌乱间伸手抓住那有三四寸厚的冰窟边缘，接着用力攀附而上。

“那就先试试你能否自渡吧？”

阎野蹲下身子，用力将林渡攀在冰窟边缘的手拨开。

林渡在心底骂了一句，接着就被倏然湍急起来的水流拍入冰面之下。

刺骨的冷意自每一个毛孔透入皮肤深层，接着全身的肌肉经脉都跟着战栗起来。

她想要逆流而上，却被水流一路冲刷而下，这具身体的力量并不足以供她砸开厚重的冰层。

窒息和寒冷，还有巨大的冲击力接踵而至，系统的回话林渡没有感觉到，也顾不上了。

她今天必不能死于自己的师父之手。

总有一天她也要把这个不爱穿裤子的男人扔进冰窟窿里狠狠洗一洗他的脑子，看看里头都装着什么乱七八糟的东西。

不知道被冲刷出去多远，林渡已经快无法呼吸，肺部憋闷得几乎要炸裂，丹田里的灵力四处暴动，却被那经脉之中吸入的寒气压得越发凝实。

极度憋闷之时，林渡连意识都变得模糊，她恍惚间察觉到那股冲击力消失了，她仰头，发现自己离冰面越来越远，明明是夜晚，这洛泽之内却依旧有光，她透过那柔和的水流，看到了封冻的冰面。

不行，得上去。

林渡本能地向上爬去，腿用力蹬，连肺部憋闷的感觉慢慢减少了也没有察觉。

直到她摸到了结实的冰面，才心中一定，发现自己腰间的荷包已经被水冲走，浑身上下只剩下拳头能用了。

林渡狠狠咬牙，在心底咒骂了师父八百遍，接着重重抬起拳头，一拳砸向冰面。

冰面无事发生。

林渡感受到了丹田越发凝实的冷气团，试着调动灵力，丹田内的灵气自中脉慢慢向胳膊延伸，接着是手背。她心中一动，铆足了力气，丹田的灵气即将枯竭之时，蓄积力量，一拳重重砸向了冰面。

隔着水，其实这一拳并没那么有力量，但诡异的是，冰面一接触那泛着白光的拳头，就如同接触了同类一般自动破开了。

林渡顺势而上，破水而出的那一刻，新鲜的空气大口灌入肺腑之中。

她从未发现原来呼吸是如此美妙的事情，一时没有注意到旁边站着的人。

阎野有些意外，或者说，实在意外。

他其实做好了这孩子根本摸不到门道的准备，总归等她快撑不住了再把人捞上来，没想到她真的自己出来了。

被水彻底冲散的黑发还散在水中，林渡面色苍白，大口呼吸，浑身都在发抖，不是因为冷，而是因为用力过度。

阎野干脆将人捞到冰面之上，顺便烘干了她已然结了一层霜的头发。

林渡还在大口呼吸，没有任何反应，她伏在冰面上，浑身脱力，湿答答的衣服却瞬间干了，贴在她过度瘦削的身上。

那只大手再度覆上她的头，熟悉的灵力灌入她的身体。

“倒是比我想象中有用得多。”阎野低声道，“不要再大口呼吸了，对你刚刚冲开的肺腑并不好。你现在安全了，慢慢来，跟我一起吐纳。”

林渡很小很瘦，此刻胸膛起伏大约和一只猫差不了多少。

阎野见她迟迟未能缓过来，叹了一口气，意念一动，从手中取出一颗丹药：“也不知道药力变化没有，凑合着吃吧。”

她双唇间被塞了一颗冰凉的药丸，犹豫了一下，没张口，接着慢吞吞地爬坐起来，抿唇看向自己这个奇怪的师父。

即便她已经想明白，师父大约是想用这种方法冲开她的肺腑，可她依旧忍不住咒骂。

“师父教导弟子的方法还真是独特。”

阎野笑了一声：“我已有五百年不曾见过人了，若不是天命所指，接下来我都不会见人，直到飞升。”

“小徒弟，你要谅解，一个山野闲人为了更好地修炼，为了坐化于天地，独身一人不着寸缕也是寻常。”

他看得分明，眼前的人似乎小小年纪就经历了许多，那双眼睛里是千帆过尽的寥落，看上去什么都不在乎，却又什么都在乎，想要游戏人间又想置身事外。

天底下没有这么好的事情，这孩子就该被好好“涮一涮”，才会懂得这天下不是只有她能戏弄别人，旁人也能随意左右她。

“你要记住，在谁都能捏死你的时候，不管是你的师父，还是其他任何人，你都该留个心眼儿。”

林渡知道是自己大意了，她来这里就像是玩一场游戏，从来不曾想过修真界暗藏的危险。

那些东西来得太快太容易，让她觉得一切都很简单，直到她悬在空中，被阎野一把按在了湍急的冰河之中。

至少她现在清醒过来了。

“多谢师父教导。”

阎野笑了：“不过从现在开始，前面我说的那些话不作数，因为现在，有我罩着你了。”

第二章 无上宗

林渡觉得，在无上宗禁地以外，大致上演的是《我在东北刨土求生那些年》，而禁地之内，大致可以撰写为《我和我的缺德师父》。

这无上宗，唯一正常的，是刚入门的几个新弟子。

在阎野的教导下，林渡很快明白人体十二正经和奇经八脉，以及全身各处经脉上的穴位。

倒也不能记不住，阎野的教导方式极其极端，哪里记不住就再把她扔下洛泽，被冰水冲刷的同时封住那一脉，直到她自己冲破了才能浮上来。

日复一日的冰泉冲刷，不仅仅是为了锻炼她的心肺，打通她的肺腑，冰泉之中的力量也能压制她提升过快而有些虚浮的丹田灵气，让她的基础更加扎实，顺带炼一炼她脆弱的身躯。

阎野只道是等有一天林渡能逆流而上至瀑布之顶，她便不必每日受这等折磨了。

这日林渡再度一拳破开冰面，对上了自家师父饶有深意的笑脸。

“你果然是和我一样的天才。”

林渡冲阎野毫无顾忌地翻了个白眼。

修道境界共有七候，第一候就是林渡所在的凤初境，此后依次为琴心、腾云、晖阳、乾元、无相、太清，每一候可分为四小境，依次为初期、中期、后期、大圆满。

林渡的修炼速度快得惊人，入门的弟子们还处于凤初境中期，她便已经达到凤初境大圆满，快要筑基迈入琴心境了。

“都说师父是剑道魁首，出剑便能封冻整个中州，若我和师父一般，日后也能封冻整个中州吗？”

阎野听到这句话倒是一愣：“谁跟你说我一剑能封冻整个中州的？”

林渡也不能说是书上这么写的，信口胡诌道：“外面都这么说。”

阎野哦了一声，接着看她自己动用灵力弄干衣服，缓缓开口：“看来你的确对你的师父一无所知。”

林渡抬头，对上阎野冰冷的灰眸。

“无上宗或许曾经有过纯正的剑修，但你师父不是。

“这洛泽好似一处天然的寒冰阵法，只不过我稍作了改动，让它变成了真正适合我们冰灵根者修炼的阵法。”

阎野抬手打了个响指，随后他修长的手指上闪出无数个光点，看似毫无规则，却在消散的一瞬间让整个洛泽春暖化冻，冰雪消融，露出原本的地貌。

无数苍翠松木、奇花异草，褪去了表层的晶莹冰霜，无数道各异的灵气瞬间涌入空气之中。

林渡忍不住打了个喷嚏。

“你师父我，五十岁于阵法一道已算登堂入室，年仅百岁便在阵法大赛之中力压成名千年的三位阵法大师，夺得魁首。为了自保，才开始学习剑术，顺便拿了中州宗门比试的第一名而已。”他语气平静无比，恍若说的是再无所谓不过的小事，“若我不是冰灵根，难以掌控火焰，我大约还能在炼器与炼丹之上有所建树。

“所以……你为什么会认为，我是那等没脑子的剑修？”

林渡沉吟片刻：“可师父您就扔给了我几本书，《修真界基础法术大全》《经脉穴位图谱详解》《修真界杂谈》和《修真界大事纪年》，我不了解也很正常吧？”

“你才入凤初境。”阎野提醒她，“凤初境夯实身体基础最要紧，我八岁都比你现在壮实。”

“对对对，我就是病秧子，”林渡应道，“这病治不好了，等死吧。”

“死什么死，你以为洛泽的水是什么？”阎野弹了她的脑门一下，“人家济世宗的亲传弟子一年才有一瓶，被拿来炼丹都只敢放一两滴，我拿来给你当洗澡水，你能不能争点气！”

“我这天生的不足，能有什么办法？”林渡懒洋洋地开口，却也没真的认命。

“林渡……”阎野叹了一口气，“你看我这双眼睛。”

“在看呢，怎么了？”

“我是个盲人。”阎野开口道，“天生的。”

林渡愣住了。

阎野却笑了，笑得格外愉悦：“当一个盲人都能成为处处需要精准测量的阵法师时，还有什么是不可能的呢？

“所以，就算你身躯破败，注定早衰，我阎野既然是你的师父，那我就能让你成为这天底下的第二个奇迹。”

林渡没有问第一个奇迹是什么。

第一个奇迹是阎野。

林渡垂眸笑了一声，总算明白了为什么那双眼睛虽然看着自己，但里头神情一成不变，总是冷冰冰的，只有看他脸上的肌肉走向，才能看出他的戏谑轻松。

一个盲人的徒弟是一个废人，挺好。

修道之人虽目不能视，但时刻外放神识，也是可以做到“视”物的。

“你是我的徒弟，不求你青出于蓝，至少争点气，活下去。”阎野道，“得了，到点了，去晚了你鸡腿又要没了，赶紧吃饭去吧。”

林渡站起身，手上出现了一支木簪，随手绾起头发：“师父，要打个赌吗？”

阎野循声看去：“什么？”

“赌我比你少花一年时间成为阵道魁首，不修习剑术，亦能夺得中州大比的第一名。”

少年声音清越，带着特有的咬字韵味，与北地口音格格不入，在瀑布的轰鸣声中，依旧清晰入耳。

阎野笑了：“你最好可以。”

林渡一走，洛泽被重新封冻起来。

白发男子安静地坐在冰面上，沉默良久，抬手触摸眼睛，白色的睫毛轻颤。

林渡那孩子，甚至没有问一句能不能治好。

不管是问他，还是问她自己。

腾云境以下的修士需要借助法器才能飞行。虽然阎野闭关多年，但家底委实比外头那些需要土里刨食自给自足的真人丰厚许多。

林渡从阎野送给自己的储物戒内取出一件飞行法器，接着意念一动，直奔膳堂。

去晚了鸡腿可就真没了。

也不知道今日是哪位真人做饭。

就在林渡快要到达膳堂时，她忽然听到一道巨大的爆炸声，紧接着山间传来一阵回响。

“不好啦！二师姐煲汤把炉子炸了！”林渡身形一顿，今天的晚饭又得推迟了。

林渡落到了膳堂后厨所在的地界。

无上宗每一代弟子都不多，因而尽管师父不同，也都统一按进门的时间和年岁排序。

墨麟是第一百代弟子之中的大师兄，而这二师姐夏天无，就是大选那日随掌门一道迎接林渡的白衣女修，生得冷冷清清，给人一种稳重的感觉。

当然，那也只是表面。

夏天无拥有单火灵根，并且身怀异火，师从无上宗上一代唯一一个医修姜良。因为和异火尚未磨合完毕，一年内炸掉了宗门几座宫殿，后厨也未能幸免。

而就是因为这得天独厚的异火，她被心爱之人骗，怀了孩子，最后还被对方利用。

墨麟已经熟门熟路地飞上了屋顶，开始修补破洞。

夏天无对上林渡那欲言又止的眼神，一张脸还是冷冰冰的，只说出的话有些心虚：“小师叔……我只是，想给你熬一锅补气血的阿胶糕。”

“小师叔，来都来了，要不你尝尝？”夏天无指了指身后。

林渡顺着她指的方向看过去，墙壁被炸开了一个大洞，通过焦黑的洞口，可以看到那口四分五裂的小锅，锅底结着一层漆黑的不明黏稠物，在黄昏里泛着诡异的光。

真……焦（胶）糕。

林渡沉默了一瞬间：“我心领了，这个焦糕它实在……”

夏天无眼神一黯，显出了可怜巴巴的委屈神态，不管是谁看了，都会心生愧疚。

夏天无算个炼丹鬼才——别人炼丹救命，她炼丹要命。

只要是不按照丹方，自己发挥炼制的东西，那多半炼出来的都是“地雷”，还带着生化攻击。

这从某种意义上看，也是一种天才。

异火煮出来的东西，能不能吃是一回事，对旁人来说，或许只是一点点副作用，对林渡这种冰灵根来说，但凡火毒入心，就能直接送走她。

林渡认真地给出了建议：“虽然这个焦糕它看起来不能入口，但我觉得这个黏稠度，可以拿来给你大师兄砌墙补砖。”

墨麟从屋顶上跳下来，声音依旧开朗：“师妹，屋顶补好了，剩下这些东西怎么办？”

夏天无叹了一口气，低眉垂眼道：“也不能浪费，就拿去喂猪吧。”

墨麟星眸一动，隐约察觉到了什么：“师妹，兽园里那只公猪怀孕，不会是你干的吧？”

夏天无无辜地看着墨麟：“啊？师兄，我怎么可能……”

墨麟一看就知道她误会了，连忙说道：“我是说，你把炼废的什么丹药喂了猪，让公猪怀孕了！”

夏天无心虚地躲避着他的眼神：“都是难得的好药材，不能浪费，那不就喂猪嘛。”

“人才啊，这传说中的孕子丹不就出来了？”

林渡抱着胳膊摸着下巴看热闹，转头对上倪瑾萱闪躲的眼神。

她身后的新弟子排着队，眼神中都透露着一种绝望。

夏天无听到了林渡的话，眼睛一亮，将东西一丢，攥过一本记录本就跑向了丹房，留下一地狼藉。

恰在这时，此起彼伏的咕噜声响了起来。

四个少年齐齐看向大师兄墨麟，渴求的眼神中写满了“师兄，饿，想吃饭”。

平日里都是长老轮流做饭、照料宗门产业，包括那些良田和兽园，以及所属宗门的商铺，他们这帮小的只用乖乖吃饭，偶尔帮忙就行。

只是今日恰好轮到了夏天无的师父姜良做饭，姜良炼丹走不开，便支使自家弟子先去煮饭，炖上汤。

这便有了如今的局面。

墨麟无奈地撂开东西，道:“你们先去膳堂打坐修炼一会儿，我马上做饭。”

林渡今天在冰水里游了许久，是真的饿了：“我来帮忙吧，炒点菜凑合吃吧。”

大人不在，小鬼当家。

就在林渡掐着一把韭菜准备上手切的时候，久不开口的系统突然在脑海中说话了。

“按照剧情，墨麟将在今年夏日下山历练，到时会带回他命中的偏缘。”

林渡手上动作一顿，这些时日，她天天被扔在水里，出水就待在冰面上修炼，每天都想要晃晃自己脑袋看看里面是不是进了水，系统是不是被淹死了，要不为何这厮迟迟不说话?

彼时已经是三月底了，夏日也就快来了。

她扫了一眼正在专心致志给灵雏拔毛的墨麟：“我要跟他一起去吗？”

凤初境大圆满的确是该下山见见世面，可林渡不是寻常弟子，原身前面十三年在尘世中摸爬滚打，早就经历了人情冷暖，加上身体又不好，阎野是没打算叫她出去的。

“建议宿主从源头解决问题，让墨麟避开偏缘，这样也能尽早得到新的药材。”

“解决问题之后的奖励是什么？”

“一颗天心莲，可治疗宿主的心脏疾病。”

“如果完成 50% 呢？”

“因为是主剧情中主角的救赎任务，每通过一个剧情点都会有丹药奖励，但一旦剧情深入，主角与偏缘有了感情发展，就很可能完不成任务，无法获得关键药材哦。所以，我建议宿主快刀斩乱麻呢。”

“你对我是有什么误解吗？”林渡一手按在水灵灵的韭菜上，目光温柔，一手握着菜刀，一截一截切断了韭菜。

系统：这该死的代入感!

明明林渡什么都没有说，但又好像什么都说了。

韭菜当然要慢慢切，一截一截地切。

“只有菜炒熟了才好吃进肚子里。”林渡垂眸，“你想让我直接斩断墨麟的偏缘，不让他们接触，我看未必是好事。”

“我觉得……宿主你只是想灭我。”

林渡随手将五花肉扔进锅里，刺啦一片响声。

“什么系统会不让主角跟着剧情走，蝴蝶效应和剧情惯性在这个世界真的没有吗？”

就算切断第一次，根据剧情惯性或许还会以别的方式让主角和偏缘相遇，倒不如跟着剧情走，而她静观其变，该出手的时候再出手。

就她这些天的观察来看，三个剧本主角都只是赤子心肠的青少年，全然看不出日后的苦难迹象，都是鲜活的人。

在系统的言辞间，更多的是对这些天之骄子因为恋爱摒弃道统，失去天赋，跌落凡尘的惋惜，只想尽早斩断这些偏缘，将这些人拉回原有的人生轨迹。

如果她是天道修正偏缘的工具，那么原本的林渡呢？若剧情已经上演过一遍凄惨结局了，那她插手改变之后，真的没有代价吗？

“宿主，我不太懂呢，我也是第一次当系统，总要试试嘛，亲亲。”

林渡抡起锅铲，觉得这系统绝对是客服出身。

五花肉被煸炒出油，嗞嗞作响，渐渐成了金黄色。一把翠绿的韭菜下锅，爆起一片白雾青烟。

少年举着锅铲，身后不知什么时候站过来的粉衫小姑娘拿着盘子及时凑了上来：“小师叔，盘子。”

“对了，过段时日我要下山，届时要是长老不靠谱，小师叔你多担待，千万别让我二师妹进后厨。”

墨麟这话说出了白帝城托孤的悲壮。

被托孤的小师叔本人无辜地放下筷子，看了一眼对面的三个小孩儿，指了指自己：“我，十三。”

继而伸出修长的手，手心朝上，恍若介绍一般，依次划过对面排排坐的三个：“瑾萱十五，元烨十六，晏青十七。”

对面的三个人同时停下筷子，抬眼无辜地看向了对面的两个“长辈”。

林渡深吸一口气，伸出的右手在空中摊开。

面对小师叔真诚的眼神，墨麟放下手中的鸡腿，眼神同样坚定。

“虽然您年纪小，但是您按辈分是我们的小师叔，实在是孩子还小不会做饭，长老们又忙着春耕和搜罗修炼资源，大家都急着飞升，不想带孩子，可您忍心我们无上宗的幼苗挨饿吗？”

“咱们无上宗就这么缺钱吗？不能请个厨子？”

墨麟闻言，眼神瞬间忧伤了起来：“你要知道，宗门每一个规定背后，都有一段不为人知的惨痛经历。”

“从前，咱们宗门雇用的厨子被别的宗门收买，虽然不敢害人性命，但偷偷在我们外出历练前一天给我们下了药，表面没什么，但是只要一动用灵力，弟子们就放屁不止。”

林渡看着眼前还没吃完的饭，这故事听起来味道有点大。

你们修真界也搞这种不入流的小手段？

“确实惨痛，真是闻者伤心，听者落泪。”

林渡听完之后胃口不佳，只吃了一盆饭就收了手。

“放心吧，只是做个饭而已，我可以。”

有的千岁老人，一把年纪无所事事，每日坐在冰川边上钓鱼；有的十三岁小孩，年纪轻轻就是哺育三个孩子的“妈”了。

是谁她不说。

“不过说到下山，你们这些新弟子，还没有见过我们无上宗下属的定九城是什么样子吧？改日我带你们下山看看。”

虽然无上宗看着穷得天天土里刨食，但实际上整个定九城皆是无上宗的地盘，商铺交租和往来的过路费，那都是没有成本的营收。

而维护定九城治安的，便是无上宗下属的钧定府，当中自上而下的人员，皆可算作是无上宗的记名弟子，不讲修炼天赋，只讲个人本事，人才济济，实业为主。

林渡心头一动。那她计划中的一项便可以实施了。

阎野压着不让她太快筑基，这些时日她大多时候都在看书、做笔记、背书，她有大把自由时间。

于是，这日风和日丽，万物复苏，又到了人们春心萌动的时节，宜写书。

林渡挽起袖子，拿起毛笔，奋笔疾书，写下一个大标题“被路边捡到的美人碰瓷后”。

很好，很有噱头。

不眠不休熬了三日后，林渡看着眼前厚厚一本书，微微一笑，不愧是我！

今日是墨麟带着新弟子下山进城的日子，她揉了揉发红的眼睛，抬脚走出自己的洞府。

阎野迎面看见林渡，被小孩眼下的乌青吓了一跳：“你这几天晚上做贼去了，怎么一天比一天像鬼？”

林渡懒洋洋地应道：“啊，对对，偷人去了，怎么了？”

阎野道：“无上宗拢共那么几个人没闭关，你偷谁？”

“和你说了不要看那些乱七八糟的《修真界轶事录》和《风云录》，你要真想听英雄故事，拿个板凳在宗门口问问那些真人，哪个知道得不比那些破书上写的清楚？”

林渡眼皮一跳，没想到阎野居然还知道她去宗门书楼专找这些记录修真界名人轶事的书看过。

“今天你们下山去城里逛是吧？”

说着，他取出早就准备好的储物袋：“之前不是给了你一枚储物戒？那里面钱不多，只有一盒灵晶，这个里面全是灵石。”

林渡早就知道这修真界除了以物易物之外，流通的货币是灵石。因为机缘巧合构成了天然的禁锢灵气阵法，因而产生了灵石矿，每一块灵石都按蕴含的灵气切割，大部分灵石的诞生年份不同，吸纳和禁锢的灵气也不同。

灵矿年份越久，灵气越足，这就分成了上中下三品灵石，以百年为界。

在采矿后经过高级阵法师的修复，再封矿数百年，就又能复原，也算取之不尽。

而灵晶因为经过地壳运动深埋地底千年，形成了晶石，蕴含的灵气格外丰富，一块灵晶抵得上一千上品灵石。

林渡拿着那袋灵石扫了一眼，不禁有些感慨，她知道师父有钱，却不知道他这么有钱。

“一万上品灵石？师父，您这么有钱？”

阎野看不得她一副没见过世面的样子：“我是阵法师，炼器建筑都需要我，我出场费很高的，当年在阵法师盟会里可是挂牌五十万上品灵石。”

“知道了，知道你值五十万了。”林渡摸了摸下巴，觉得这词有点古怪。

她踩着飞行灵器到宗门口的时候，一帮兴奋的小孩早就到齐了，正围着大师兄问东问西。

倪瑾萱是最早发现林渡的，她远远地就开始招手：“小师叔！”

来人一身青衣，乌黑的头发用木簪盘在脑后，额前的碎发飘在空中，在阳光下仿若裹着淡淡的金光，皮肤在阳光下显出宣纸一样的苍白，眼下堆积着青黑，下三白的眼睛抬眼看人时带点冷漠的凶相，但她很快散漫地笑起来，一开嗓更是吊儿郎当。

“久等了，最近晚上看话本儿看晚了，今天饭馆的消费我林公子包了。”

定九城，中州北部第一大城池。

墨麟带着他们自无上宗山门下来，走过护山大阵的迷踪云海，至其中一片密林之内，不过眨眼间，移形换影，身后的密林消失不见，便至城中最大的一条街。

阔朗的方石板路，道路一边是钧定府，另一边是招待贵客的驿站，无上宗弟子也可暂住，院墙极高，灰白肃穆，极为森严。

一行人被墨麟带到更为热闹的东市，依旧是宽阔的青石板路，沿街却发生了变化，人声鼎沸，车水马龙，四通八达，一路过去商铺鳞次栉比，碧榜金匾，雕窗绮户，画栋朱帘。

人间繁华，莫过如此。

林渡仰头，远远还看到了天上的一群纸鸢，浓墨重彩，花花绿绿，飞在蔚蓝天空之上，相映成趣。

“怎么样？我们定九城是个好地方吧？”墨麟见一群孩子跟出笼的鸟一样，眼底都闪动着兴奋，脸上也跟着露出了爽朗的笑容。

林渡垂眸一笑：“是个好地方。”

“那里是我们定九城最大的成衣铺子，进去看看吗？”

倪瑾萱第一个响应大师兄的号召：“走！”

甫一进成衣铺子，倪瑾萱满眼放光，拉着林渡直奔其中一排：“小师叔，这件好看，感觉好适合你。”

“小师叔，你看看这个？”

林渡如同一条被拽来拽去的柴犬，被迫拿着好几件衣服比了比。

“忘了告诉你们，我们无上宗的弟子，全城的店铺都可以打折，还可以先记账，在他们上交的租金里扣，等你们有钱了交给宗内就可以了。

“而且所有亲传弟子每年在城内消费有一万下品灵石的贴补，小师叔不用担心没钱。”

墨麟笑容真诚，林渡心生暖意。

“你不必如此照顾我，我其实还有点钱。”

墨麟一哂，又想到要照顾小师叔的自尊心，轻声道：“花钱的地方还多着呢，小师叔自己留着吧。”

林渡看着那繁复的裙子有些头疼，她连穿都不会穿。好在今日一路过来发现也有部分女修着鹤氅大衫，只用冠而非各色精美发簪，修真界民风开放，并不关注修者究竟是何打扮。

就算是衣着装饰再夸张的，也不过有人夸一句鲜亮。

林渡很喜欢这样人人都可以做自己的世界。

行为、着装都不被定义的世界。

她挑了几件衣服去试了试，接着出来示意打包。

倪瑾萱和墨麟愁眉苦脸地看着那一堆衣服，黑的、灰的、苍的、青的，一件亮色的衣服都没有，就是她那几千岁的师父都比她穿得鲜亮。

“小师叔……其实你今年才十三岁。”

林渡抬起眼皮看了两人一眼：“你就看我这张病恹恹的脸，死了三天的人都没我白，穿红色的衣服出去，都不用把头发放下，人家就能吓个半死。”

一句话说完，连带着在打包的堂倌都笑了，出声附和道：“小师傅的气质与淡色相合，倒像是雪人一般精巧呢。”

买完衣服又买冠钗，倪瑾萱看林渡迟迟未动，本想开口询问，却不想她转头笑着瞧自己：“瑾萱，这些我都不认识，不若你教教我，这都是做什么的？”

她态度坦然，大大方方，反而叫先前欲言又止的几个人心生惭愧。

他们都知道林渡进宗门时不过一身绿袍，两袖清风，大约从来没见过这些东西。

谁知她如此坦诚请教，倒让先前想主动讲解又怕伤害到她的墨麟有些感慨。

倪瑾萱立刻笑开来：“我来教你。这里，笄、簪、钗、梳篦……”

她拿起一支粉宝蝴蝶金钗，在林渡跟前比了一下，一时有些难以想象小师叔如此打扮起来是什么样子。

“小师父喜欢这个？”林渡微微后仰，握着对方的手腕戴到她的头上，“既然喜欢，堂倌，劳烦包起来，记我账上。”

她说着，将弟子令牌递给了堂倌，垂眸含笑。

无上宗弟子令牌以紫金为底，上头刻了锁定气息和血脉的阵法，以确保不被旁人冒用，一面是无上宗的宗门徽章标志，一面则是该弟子的辈分和姓名，亦融入了旁人不能模仿的嵌刻技术，中州无人不敬此令牌。

那堂倌接了令牌翻到姓名一面，顿时一怔。

上头铁画银钩的字迹，分明写着的是：第九十九代弟子林渡。

一向总是挂着笑容的堂倌也忍不住抬头多看了一眼眼前的瘦弱少年，她懒洋洋地睨过来，微微挑起单侧眉头，似乎在问“怎么了”。

堂倌知道如今无上宗已传到了第一百代弟子，却不想眼前这个不过风初境大圆满的小弟子，居然与如今的掌门一个辈分，脸上的笑容立即更加真切了些。

倪瑾萱原本想拦住的，却也来不及了，绞着手思索着是否该回个礼。

林渡一眼看破她的心思，笑道：“你今日教了我这个，也算我半个小师父，日后这些东西，我只管问你，这支钗就算拜师礼，别多想。”

“小师叔不必对我这么好，我们是同门，应该彼此帮助。”倪瑾萱一双水灵灵的大眼睛望着眼前的人。

林渡一哂：“你需知道，一个人对你好不好，可不在一支小小金钗上，要看他平日里到底对你做了什么。”

在林渡拿到的剧本中，那魔尊随手送了一支金钗给倪瑾萱，就让她患得患失，以为那魔尊欺负她也是喜欢她。

这教育孩子，当然得潜移默化。

林渡在心底叹了一口气，看来这条路，任重道远。

林渡说要去书斋，趁一帮人都在里头挑书的时候，她走到掌柜的柜台前：“掌柜的，收话本儿吗？”

掌柜穿着一身水墨大袖，一手拿着一本书靠在竹椅上，眼睛半睁不合，闻言懒洋洋地回道："话本儿？什么话本儿啊？"

林渡将自己的心血递过去。

那竹椅上的人抬起眼皮，一字一字地念道："《被路边捡到的美人碰瓷后》？"

原本还有些惺忪的眼睛瞬间瞪圆了，震惊地看着眼前最多十几岁的小孩儿："你写的？"

林渡摆手，装模作样道："怎么可能，不过是替我师父跑个腿儿罢了。"

"您看，这书能印吗？我师父一把年纪了就这点爱好，我就算自己出钱，也不能让他老人家带着遗憾走啊。"

阎野此刻莫名打了个喷嚏，正在思索自己一个太清境的修士，难不成还能着凉了？

掌柜深受感动："你可真是孝顺啊。"

林渡点头，天下第一大孝子，舍我其谁。

掌柜低头翻开第一页，入目是歪歪扭扭的字儿。他嘴角一抽："这真的是你师父写的？"

林渡啊了一声："哦，我师父看不见，落笔难免粗糙，能看就行，能看就行。"

她一个只在小学上课时练过毛笔字的人，能用毛笔写成这样，不错了。

掌柜继续低头看书，书翻得越来越快，神情也跟着变化，从嘿嘿笑，接着慢慢瞪大了眼睛，逐渐憋闷愤怒，最后眼含热泪，忍不住拍桌而起："这就没了？大师兄就这么死了？那女修就这么得了那金丹飞升成仙了？"

"这个，我师父说了，若是有人看，自然有后续，您看能印吗？"

"能，能，能，我好久没看到这么让人难以自拔的话本儿了，你师父可真是个天才，就是这个书名……有些不雅。"

掌柜摸了摸下巴："这正道人士，只怕不会买啊。"

林渡挑了挑眉："不试试怎么知道呢？七情六欲，本就是人之常情，修真之人，难道就没有欲念了？变强是欲念，这情爱亦是欲念，欲念还分什么高低贵贱？"

她这分明是歪理邪说，掌柜却被说服了："得，您请好吧，咱们这里是三七分成，您贵姓？"

"林，双木林。"

“林小师傅，这印出来之后给你寄送样本，您的地址是……”

林渡微微一笑：“不必，不日我自会下山来取。”

她利落地在那契约上盖上了自己的手印，转头对上从里头走出来的几个同门疑惑的目光：“走，去吃香满楼！”

一群人嘻嘻哈哈地走了，竹椅上的掌柜眯着眼睛看着一行人远走的背影，甩了甩那方才按上手印的契约，看着那上头的手印，末了，轻轻一笑。

有意思，他分明递过去的是笔，可对方在接笔的时候，犹豫了一下，手一晃，改成了按手印。

是不想留自己的笔迹？

她口中的这个“师父”，当真不是自己？

掌柜没想到，这不日也就是七日后。

那人甫一进店门的时候他险些没认出来，已然不是初见的潦草青衣少年。

她一身云纹白鹤、苍青锦袍，头发用一根白玉短簪束在头顶，另用玉扣懒收网巾勒在额前进一步固定，那生得极好的眉眼和脸部线条终于清晰地展现出来。

“掌柜的，如何？印好了吗？”

那懒洋洋的声调响起，掌柜这才敢断定此人就是当日的大孝子。

“五日前就上了，您猜怎么着？”

他刚要说什么，就看见一男修鬼鬼祟祟地过来，左顾右盼看了一番，见林渡在迟迟不敢上前。

“要那本是吧，二十块下品灵石一本，不必从衣袖里拿出来了，钱放过来就带走吧。”

那男修袖口只露出一个书边，听到掌柜这么说立刻掏钱走人。

林渡沉吟片刻：“不会是我送过来的那本书吧？”

“嗯。”老板点头，从容一挥衣袖，将柜台上二十块蕴含淡淡灵气的椭圆石块收入囊中。

“有这么见不得人吗？”林渡抬手摸了摸下巴。

“但你有句话说对了，这名字虽然不雅，却也实在吸引人，从上架起，销量极好，只不过，大家都偷偷摸摸地买。”掌柜啧啧称奇，“不愧是你……的师父啊，见多识广，拿捏人心。”

林渡笑了笑：“也给我拿上几本，我要送人。”

林渡拿着几本书走出了书斋的门，接着跟墨麟他们会合。

今日是他们这帮人送墨麟下山历练的日子。

于是大师兄就收到了小师叔的临别礼物。

“你这一路难免有无聊之时，来，这本书你拿着，据说是最近最畅销的话本，如此畅销，定然深含大意。”

林渡将那本书递给墨麟，眼神真诚。

墨麟接过那本书：“早就听闻小师叔爱看书，宗门书楼日日都去，我定然仔细研读。”

“这就对了。”林渡格外欣慰，“这看故事，最重要的是代入感，代入主角，才能反思己身，收获更多。”

墨麟点点头，没看出来小师叔虽然年少，但读书居然如此有心得。他一面感慨一面看了一眼封面——《被路边捡到的美人碰瓷后》。

俊朗的青年一瞬间面色变得诡异起来，他抬头看了一眼继续吃饭后糕点的人，又低头看了一眼书名。

“小师叔……你这本书，是不是给错了？”

“没有啊。”林渡拈起一块驴打滚，“这驴打滚一份不够，再上一份吧，咱们五个人呢。”

墨麟默默将书收了起来，伸手招呼堂倌。

墨麟走后，林渡在回程的路上想到了什么，问道：“咱们宗门书阁有字帖吗？”

“大约没有。”夏天无回道，“怎么了？”

林渡点了点头：“没什么。”

谁知回宗门第二日，她就收到了掌门送过来的一沓书籍，最上面的是《千字文》。

凤朝目光和蔼：“前阵子我忙着清点冬季账目和开春之后咱们宗门属地的事务，倒是耽搁了，你师父大约也不注重这些。咱们虽说是修道的，但文化素养也要培养，这些你先学着，不懂的，可以来问我。”

林渡有些意外，接着迅速道谢。

“多谢掌门真人。”

“叫我大师姐便是。”

风朝一人料理宗门大小事务，忙得不可开交，却还能顾及林渡这微不足道的一件事。

“大师姐。”林渡其实结合上下文，看书也还是看得懂的，这东西就好像是华夏子孙的本能，只要放在语境中，是繁体字也能顺畅读下去。

风朝摸了摸林渡的头，接着感慨：“太瘦了，还是吃少了。”

“你好好研习，咱们无上宗从来都是以理服人，我就欣赏你这种好读书的弟子。”她说完又风风火火地走了，“得了，后山的笋还得挖呢，走吧。”

林渡拿着那一沓书安静地坐下，接着打开了《千字文》。

这时候她才发现，原来这《千字文》上设有刻录阵法，只要一打开，就能自动读出上头的每一个字。

“天地玄黄，宇宙洪荒。日月盈昃，辰宿列张……”

林渡觉得好玩，跟着读了一句，忽然注意到那书上的一个小人儿居然好像听得懂一般，一摇一晃地跟着她读的内容做动作。

她一停，那小人眉头就皱了起来：“不许偷懒，要一鼓作气，坚持不懈到学完为止，背不完就跟我去后山挖笋。”

林渡捂额一笑，坏心眼地想要关上书。

听到了一声尖叫：“你可是我们宗门未来的希望啊，怎可半途而废？”

“你真是我带过最差的一个学生。

“狗听了还回一句，就你还不吭声。”

书页缝隙越来越窄小，最后小人儿的语气改成了哀求：“先别走啊，再看看行不行，读完这遍再说啊。”

林渡就又将这本书打开了，忽然觉得修真界比自己想象的要好玩多了。

她安安静静地待在宗门书楼的一楼靠窗边，认认真真背完了《千字文》，再一笔笔描下来。

直到那书楼里头从未露面的真人传音给她：“到饭点了，去吃饭吧。”

林渡是新弟子中唯一一个每日都来书楼的，因为她那不靠谱的师父不屑教导那些基础的东西，让她自己看书。

这书楼离宗门后山不远，在一个小山头之上，出了大门就是一条青砖长阶。

两边是苍绿的树木，被薄雾裹挟，树木的颜色比别处都要深些，像是从水墨画里浮现出来的青山，薄雾是晕开的墨迹。

林渡落于膳堂之外，尚未进去，她就已经知道今日的食谱了。

过年尚未吃完的腊肉用蒜叶炒了，还有一锅鲜浓的鸡汤，汤里今天还多了一股子药材味，只怕是姜良师兄的手笔。

她踏进膳堂一看，果不其然，夏天无正挽了袖子帮忙，新弟子还没来全。

“师父，小师叔来了。”

“她来得正好，我给她备的丹药已经配好了，你去拿给她。”

林渡忙道谢：“多谢姜良真人费心。”

后厨里头，一个身着檀色窄袖的男子正握着铲子到处摇摆，闻言转过头来用手挡住脸：“你站那儿别动！”

林渡伸出的脚悬在了半空中。

“别过来！千万别过来。”姜良背对着林渡，声音都在颤抖，“我害怕活人。”

林渡看了一眼夏天无，难怪这位师侄话也少得可怜。

姜良，一个江湖盛传可以练出“活死人医白骨”的药的医修，在夏天无的剧本之中，总是以高人形象出现。

后面夏天无爱的男人幡然醒悟，自己不过是因为白月光救他一条命，出于责任必须救她，自己真正爱的人是夏天无，于是上演了一系列的追妻戏码，甚至亲手剖出自己的金丹供姜良炼丹救夏天无。

姜良却始终没有原谅这个伤害自己徒弟的男人，在得知自己弟子再次接受男人之后气愤闭关，再也不出。

可林渡没想到，这师兄，一个医修，居然害怕活人？

夏天无及时开口道：“小师叔，我师父不常见生人，今年的新弟子，还从未见过，所以有些……”

“我懂，我懂。”林渡默默将脚收回去，接着拱手鞠躬道，“多谢姜良真人替我配药，那我就先不进来帮忙了。”

“且慢。”一根银色丝线飞了过来，林渡下意识想要躲避，那根银线却如同长了眼睛一般绕上了她的手腕。

她一怔，接着感受到上面的灵力如同温泉水一般钻入脉中，并没有恶意，便乖巧站好。

“我给你把个脉，你师父给我飞书一封说了你的情况，但到底不如我亲自看来得准。”

姜良依旧背对着林渡站着，沉吟片刻，接着轻轻叹了一口气，自己转过身来。他蓄了短须，却如同文人雅士一般，依旧是清隽的，眉头微微皱起，脸上神色凝重无比。

“刚刚您不是还怕活人吗？”林渡原本还在想这样的医修如何治病救人，却没想到他进入状态比她还快。

“你不算在活人里。”姜良言简意赅。

夏天无脸色一变，师父的确恐惧生人，可只有一种情况会直面前来求医的患者，那就是已经昏迷之人或者将死之人。

她错愕地看向姜良：“师父……您是不是离得太远出错了？或是这银线……”

林渡不怒反笑，乐得抬脚走了进去。

总比说她不是人好多了。

“五师兄，您看，我还有救吗？”

“你有病，有大病。”姜良看着眼前的少年，沉声道。

他知道自己多了一个小师妹，差了有八百多岁。

他记得，自己那个小师叔，也是和自己同一年进宗门的。

姜良对生人极度恐惧，可那人主动走到他身边，告诉他自己是个盲人，看不到他的紧张，也不怕他说错话，所以不要怕。

姜良曾经对那个小师叔说过：“我一定会治好你的眼睛，就算天命如此，我也能逆天而行。”

可此后八百年，他逆天而行，救了无数人的性命，却治不好那天盲的眼睛。

对阎野，他问心有愧。

八百年后，那个让他束手无策的人，却又收了一个同样天命衰败的弟子，成了他这一辈最小的师妹。

姜良面色凄苦，继而心中发笑。

原来他一生的劫难，竟都应在这师徒二人身上。

他转头看向夏天无，发现她正皱着眉，一脸担忧：“师父，小师叔还有救吗？”

林渡脸上带笑，那张笑得散漫不羁、万事不挂心的脸，和八百年前阎野的那张脸重合起来。

姜良愣怔良久，接着低头深深吸了一口气："真是上辈子欠了你们师徒二人的。"

他说着，一把搭上林渡的脉，闭上了眼睛。

夏天无拜师九十多年，这是头一回看到自己的师父弃用丝线直接上手，甚至为了免除干扰，还封闭了听觉和嗅觉。

"你的肺气不足，你师父都在用法子替你弥补，就是这心……"

一个人心脉残缺，天生不全，甚至每活一天，这心脏就衰竭一分。

天材地宝填进去，也只能延缓，不能彻底修复。

偏偏这人的心脏特殊，并非血肉，恰似琉璃破碎，换是换不成了。

可就是这样一个心脉残缺，肺腑尚未完全冲开的人，入道两月，已然要筑基。

姜良想不明白，这人到底是天道厚爱，还是天道深妒。

"你平常没有任何难受的地方吗？"

林渡眨眨眼睛："你是说胸闷气短，无法长时间活动甚至动作大一些就会心脏剧痛，像是心脏被炸成了碎片一样吗？"她脸上笑起来，"如果是这个话，那确实有一点不舒服。"

少年笑着看了一眼一脸凝重的师徒二人："都好说，不要紧张嘛。"

"我林渡相貌堂堂，天赋非凡，人见人爱，厨艺还好，天道哪能让我一个人把好处全占了？"

她自吹自擂，继续开解道："能治就治，治不了算了。生死由命，富贵在天，我名林渡，自然能自渡，你们安心便是。"

她就没指望宗门能救她，要不留着系统干什么呢？

"那配的丹药，一日一粒，能通肺腑，补不足。我会再给你研制延缓心脏衰竭的丹药，让你的师兄们在外历练也注意寻找修补心脏的药方，还有……你怕疼吗？若你……"

"我不怕，一点疼算不得什么。"林渡摆摆手，"我没那么娇气。"

"哦，那就算了，我说如果你怕疼，我可以研制一份药暂且压制你的不适，并且让你行动更自如一些。"姜良捋了捋胡须，"既然你不需要……"

“但是话说回来，这人合该生于安乐，是吧师兄？还得劳烦您替我研制那份药。”林渡话锋一转，拱手一笑，“我吃甜，不吃苦。”

能好好舒坦着，谁乐意疼啊！

夏天无忍不住开口询问：“师父，小师叔她，能拖多久？”

姜良见林渡态度坦然，也并未瞒着：“不延缓，只有一年；但如果一直用天材地宝延续，加上修为增加，或许能一直拖延也未可知。”

三个人都不曾注意到，后厨门外静静站着一个姑娘，一身粉色纱裙，头上的粉宝蝴蝶金钗颤巍巍地抖着金须。

倪瑾萱那张向来带笑的脸上此刻毫无笑意，一双杏眸里满是不可置信。

她一直知道，小师叔是新进宗门的弟子中天赋最高的。她会在长老们互相抵赖不想做饭的时候拿起铲子，填饱他们这帮还不能辟谷的弟子们的肚子；会笑吟吟地任由她吃饭也盯着自己；会给她买金钗；会把点心都让给她吃……

可她不知道，林渡居然是一个时常忍受痛苦的将死之人。

“我吃甜，不吃苦。”

轻松的语调从里头传了出来，倪瑾萱抬手抹了抹脸，粉色的衣袖沾上了细碎的水珠。

她仰起头，默默握住了拳，下定决心。

林渡推开门时发现倪瑾萱坐在桌旁，一双眼睛跟兔子似的，深感稀奇地道：“这是怎么了？今儿你师父训你了？不应当啊。”

倪瑾萱性格活泼且天赋极高，是个坚韧努力的小姑娘，且运气极好，算是个小锦鲤，这辈子的坏运气就是栽在那魔尊手上。

怎么今儿哭了？算算日子，魔尊要倪瑾萱进入腾云境的时候才来啊。

倪瑾萱摇摇头：“来的时候御剑不好，被风沙迷了眼睛。”

林渡一哂，哄孩子一般从怀里掏出一本话本儿：“拿着，晚上藏被窝里偷偷看，别让你师父看见。”

倪瑾萱收了书，迷茫道：“这是什么？”

“好东西。”林渡嘿嘿一笑，“山下最流行的话本儿。别哭丧着一张脸了，你笑起来好看。”

这小兔子藏不住事儿，情绪都写在脸上。

倪瑾萱一想到自己明明想要照顾小师叔，没想到还要小师叔反过来安慰自己，一张小脸又垮下来，含着眼泪，用力挤出一个笑，脸都憋红了。

林渡无奈地看着那皱巴巴比哭还难看的笑容：“怎么了这是？再不然，过两天，我请你看戏去好不好？开心点啊。”

倪瑾萱努力憋住情绪，用力点头，接着开始帮林渡盛饭，林渡想要摆碗，就听到她一面举着饭勺，一面高声道：“小师叔，放着我来。”

林渡稀罕地看她：“今儿这是被你师父说了？要勤奋做人？”

倪瑾萱摇了摇头，举着饭勺用力将饭往里头压了压：“小师叔你坐着，以后这些脏活儿累活儿都我来干。”

她说着，再次用力按了按。

林渡拿到手上的一盆饭是往日的两倍重，用力后筷子才勉强插进去。

她沉默地看着快被倪瑾萱压成砖头的米饭：“瑾萱，你应该很会打年糕吧。”

这力气，未来可期啊，她铁饭盆的盆底儿都被压凸出来了。

林渡从此就用这个被饭撑得变形的饭盆吃饭，每日饭后还有一瓮苦药汁在等着她。

每回夏天无抱着那黑色瓦罐出来，她总怕这位天仙儿似的师侄吐出一句：“贵妃娘娘说了，药要喝尽了才好呢。”下一瞬间再给她续上第二杯。

喝完药，那边巴巴看着的倪瑾萱递来一盘子糕点。

那糕点初时不成形，头一回是打得还能看见饭粒子形状的年糕，之后因为林渡实在咽不下去，换成了各色的糖果和蜜果。

倪瑾萱的手艺倒是比她二师姐强多了，不过四五日，已经能做出味道还不错的橘子糖了。

林渡倒是没什么意见，只系统有点意见。

“按照剧情发展，倪瑾萱要在被抓进魔尊宫殿里当女奴时，为了讨好魔尊，才亲手做糕点。”

“嗯？所以呢？你觉得我不如那魔头值得？”

系统一时语塞，那倒也不是，就是觉得不对劲。

“原剧情中，你修的是无情道。

“道友，这无情道可不兴修啊。”

一千本小说里八百个修无情道的都会出岔子。

显然林渡不想当那第八百零一个。

“冰灵根是修无情道的好苗子。”

“你送我一个好苗子，我还你一个……”林渡忽然收了声，因为她看到姜良远远站在门外，背影萧瑟，似乎是在等她。

“去跟你师父说，你该筑基了。”

林渡一怔：“现在？”

“尽快，这瓶是你筑基受天劫之后的补丹。”

姜良扔给她一个小玉瓶，依旧背对着她，一派高人风范。

没人知道，他这样是因为不想与人对上视线。

修真七候，第一候凤初境与凡人同寿，唯有筑基之后方能超过常限，永葆青春。

而对于林渡来说，只有尽快进阶，才能延长些许寿命。

“我知道了，您早说啊，我这压半个月了，也憋得慌，赶明儿就筑基，给您助助兴。”

林渡是真的压制许久了。

姜良无奈一笑，他知道林渡性子散漫，跟那几个世家出来的子弟不一样，但这样的滑头并不讨人厌。

林渡刚想走，忽然想到什么：“您为什么不直接飞书给我师父？”

姜良身形一顿，垂下眼眸，半晌方才开口：“禁地洛泽有阵法，外人气息进不去。”

林渡挑眉，那当初睢渊带她进去的时候也没看着受阻碍啊。

两个加起来一千六百多岁的老头儿了，闹什么别扭呢？

她心里犯嘀咕，面上却不显，笑嘻嘻地说道：“那是我师父的不是，我先走啦，多谢师兄。”

林渡乘叶而去，直入洛泽，跟自家师父说明了姜良的想法。

“他为什么不自己来跟我说？”阎野皱起眉头。

“你问我？指不定人家怕人的毛病就是因你而起的呢？”林渡懒洋洋地坐到了他对面。

阎野却也没反驳，只是笑了一声：“他这次给你治病估计要掏家底了，我这里有枚储物戒，里面有些我用不上的药材，你去问他能不能用上。若用不上，就拿去卖了换钱也好。”

无上宗天才众多，丹药和天材地宝消耗极快，寻常修士或许不能一次承受的天品药材，他们这帮人就是一口吞也能消化。

林渡接了那枚戒指，应了一声。

“明儿你入道三月，收拾收拾，准备闭关筑基吧。”

“行。”林渡说着就要转身进洞府。

“林渡。”阎野忽然喊住了她。

林渡转头看向静静打坐的阎野：“嗯？”

“你能撑过天劫的，对吗？”

林渡笑了：“看不起谁呢？您等着吧。”

阎野用神识静静地看着自家的小弟子，不过短短两月，这孩子已经在抽条了，背脊挺直，眉眼似遒劲的松枝，带着自然野性。

他压着林渡不让她筑基，是因为筑基时要受一九天劫。以她当时的瘦弱病躯，只怕撑不过一道雷劫。

只是……如果再不筑基，恐怕这孩子就活不久了。

只能拼一把。

林渡当真不知道这一举动很冒险吗？她知道。

但她无所谓。

天命叫我救人于水火，若不怜我，那就另请高明。

林渡进入自己的洞府之中。这是一处极为简陋的洞府，一张万年寒冰床、一方石桌凳，再无其他。

林渡盘坐在寒冰床上，忽然神识内出现一则消息。

“当前墨麟剧情任务进度5%，掉落奖励凝碧丹1颗，功效：延缓宿主心脏衰竭，时效：三年。”

林渡愣了一下：“墨麟那边的剧情任务完成了？”

“是的，宿主要看吗？”

林渡点头，神识内出现了一幅画面。

俊朗阳光的青年大马金刀地坐在树下，背上的玄金长棍此刻横在身前，而他手上拿着一本书。

篝火红光摇曳，墨麟垂眸翻着那本书，眉头紧锁，翻书的速度越来越快，接着抬手一拍，灵气如同伏虎一般咆哮而出，继而在空中爆裂开来，瞬间就多了一片血雾。

书再度翻过一页，密林之间传来一声惨叫。

“何人敢坏我好事？你这个小子……”

说话间，一个虽然衣衫凌乱，但我见犹怜的美貌女修仓皇跑向墨麟所在的方向，接着被脚下的石头绊倒，扑通一声摔倒在墨麟边上。

女修抬起一张娇艳且楚楚可怜的脸，伸出一只手：“真人，您瞧着是正道弟子，求您救我，他们是邪修，要抓我去做炉鼎。”

墨麟手里还拿着那本书，皱着眉头吐出一句话：“你身上没有灵气波动，分明是绝脉，什么邪修会抓绝脉之人做炉鼎，他们脑子有问题吧？”

女修：什么正道弟子能对一个弱女子说这话啊？

墨麟拿起玄金长棍，女修眼中升腾起希冀：没事，只要他能出手。

墨麟拎起长棍，记下书的页码，将话本儿塞进衣襟里，转身就走。

这分明就是书里说的盗贼惯用的仙人跳啊，可不能上当。

林渡看着神识中的画面，扑哧一声笑了。

无上宗的修士实力强悍，背景强大，寻常阴谋诡计用不到他们身上，这才酿成无数修士被人玩弄感情的惨剧。

他们这种人，并非愚蠢，只是在温室长大，没有太多经历，在面对别人的恶意时第一反应不是愤怒，而是茫然。

林渡在那话本儿中将剧情换了，觊觎灵骨改为觊觎金丹，但依旧是一个宗门的大师兄，在路边救下一个可怜美人。

话本一开始就是二人结伴游历人间，遇上仙人跳，仙风道骨的大师兄出手救人，反被救的人下药。先前在路边救的美人设计截和，与大师兄春风一度，之后美人告诉大师兄，方才那是仙人跳，是我救了你，两人的故事就此拉开序幕。

这就是书名《被路边捡到的美人碰瓷后》的由来。

可直到大婚之时，大师兄被剖腹取丹，这才明白，原来自己救下路边美人的那一次，也不过是一场设计深远的仙人跳罢了。

墨麟刚看到大师兄大婚之时被剖腹取丹，但也足够记忆深刻了。

青年脚程甚快，不光是身后勉强爬起来的女子，就连后头的邪修也没能追上。

直到他们的动静吸引了密林间最为棘手的群居动物，数十双幽幽的目光宛若鬼火，在黑暗中倏然亮起。

墨麟甚至听到了这群锯齿野狼喷鼻的声响，他止住脚步，面无表情地拎起长棍，腾云境的威压汹涌而出。

几乎是一瞬间，那灵力威压如同被风暴席卷的海浪，你追我赶，层叠滚过丛林杂草，十几只野狼同时龇起森森尖牙，发出低吼声。

女修慌乱的脚步声在墨麟背后响起："真人、真人……"

墨麟皱起眉头，这人动静这么大，只怕威压无用，注定有一场恶战了。

女修见墨麟不走了，慌忙伸手想要拽住他的衣角，就在那纤纤素手快要碰到衣袍时，他骤然动了。

墨麟手中握紧长棍向后蓄势，棍子后半段刚好顺势扫飞那女修。

墨麟倏然一惊："什么东西？"

他转过头去，只能看到一抹白色幽影没入草丛中。

"这林子里居然还有地缚灵啊。"

墨麟摇了摇头，觉得自己好像忘了什么，但他无暇顾及身后之事了。

墨麟后撤一步，全身蓄力，如同伺机而动的猎豹，劲瘦的腰身绷出曲线。

几乎是一瞬间，对峙的两方都动了。

玄金长棍在空中横扫出一片金色光弧，所到之处，剑气带着肃杀之气，轻松擦过野狼的尖锐利齿，撕开那大张的嘴角，接着一往无前，砍向了野狼。

狼是群居动物，互相配合，死了一只，还有一群从四面撕咬而来。

但这对于无上宗第一百代弟子之中的大师兄墨麟来说，从来不是个问题。

他甚至没有拔出长剑，就轻松将这一群开智五阶到七阶的妖兽尽数斩杀。

寂静的林间，狼的哀号、长棍扫过空气发出的声音、剑气破开血肉之躯的声响不绝于耳。

不过半盏茶的时间，就只剩下那只刚刚进入化丹境的狼王了。

就在这时，异变陡生。

狼王咆哮一声，发动了妖兽的天赋，蕴含巨大妖力的虚影与头顶的月光交相辉映。

妖力如同一张巨大的狼嘴，切断四面树木，地下土木翻涌，头顶妖力如大厦倾覆。

墨麟却并不慌张，他已达到腾云境中期，这妖兽相当于人类的腾云境初期，他照旧能应付得了。

但墨麟的长棍不轻不重地敲在地面，他一步一敲，七步之后，翻涌的地下如同狼的下颚一般，几根獠牙虚影骤然破土而出。

七星步罡霎时连接起来，如同星斗入地，瞬间爆开巨大的金色灵力波，将那獠牙尽数斩断，埋入地下。

而长棍脱手，如同一支穿云箭，击穿虚影的上牙膛。

“真人小心！”一道女声惊叫起来，接着宛若水中清莲的身影挡在了墨麟身后。

那只巨大的饿狼不知何时已经绕到了墨麟身后，利爪直冲他的后背。

“聒噪！”墨麟的声音稳稳地落入女修耳中。

女修瞪大眼睛，看到一道金色剑气从她面前暴射而出，自下而上，穿透了狼身。

女修彻底愣住了。

墨麟伸手，接住从空中落下的长棍，抬脚向前走去。

这里都是血腥味，会引来更多嗜血的妖兽，定然是不能待了。

“弱者之躯，就不要不自量力替人挡灾。”

这是话本儿中的大师兄在女子挡灾之后说的一句话。

直到此时，墨麟才悟了，书中说得很对。

当一个弱者替一个强者抵挡伤害的时候，或许是出于善心，但也意味着，原本就可以自己应对的强者，会付出比自己受点轻伤更大的代价。

无论是对保护的人，还是对被保护的人来说，都不值得。

在原来的剧情中，女修邵绯从一开始扑倒在墨麟跟前时就被他救起，甚至为他挡了邪修一掌，受了伤，这才被墨麟带回宗门疗伤。

但今时今日，邵绯没有替墨麟挡任何伤害，墨麟自然对她没有任何亏欠。

“你赶紧跑吧，晚了这里会有更多妖兽。”

墨麟说完这句，彻底消失在了密林之中。

神识之中的幻象至此结束，林渡摸了摸下巴：“不愧是大师侄啊！”

妖兽分为开智、化丹、显灵、收性、化神五境，每境共七阶。

墨麟杀了十三只狼，自己毫发无损，虽说这些狼的修为境界不如他，但狼群可是能以低阶耗死高阶的生猛兽类。

“请宿主再接再厉。”

在林渡不知道的地方，刚刚还尽显高人风范的墨麟一晃身形又回到了案发现场，取出一把锋利的短匕，一边剥皮剖丹取狼牙，一边碎碎念。

“好险，还好没人来捡便宜，再慢一步这狼皮就卖不上好价钱了。”

林渡服下那枚凝碧丹，如今的她已经习惯了生吞丹药。

甫一吞下丹药，她就知道了系统出手的效果和姜良出手的效果不同。

姜良给的丹药也能缓解她心脏的疼痛，但只能缓解，可服下这枚凝碧丹后，她日常持续不断的隐痛都消失不见了，那种时刻能感受到心脏不适的虚弱感彻底消失了。

不愧是系统啊。

她深吸一口气，先前肺腑的顽疾因一枚益气疏郁丹就消了一半，她又练了两个月的冰泉逆流勇进，服用了将近半个月的苦药，如今肺腑已经通了近八成。

这第二枚丹药，或许用来筑基最合适。

林渡服下那枚一直留着的丹药。

“舒坦。”她喟叹了一声，正经打起坐来。

一股清凉的药力自胃部化开，紧接着经脉中的灵力迅速顺着药力运转起来，林渡深吸一口气，按照阎野教她的吐纳方式呼吸起来。

少年盘腿坐于寒冰床上，整张脸都显出一种脱俗的安恬。

不过几息之后，四面灵气呼啸着席卷而来，少年周身形成了一个巨大的气旋。

与此同时，一直静坐在洛泽之上的白发青年忽然站了起来，瞬移到一个石洞之外。

他站在洞府门外，神识扫过门口用麻绳挂着的牌子，上头龙飞凤舞地写着几个大字：请勿打扰。

阎野轻嗤一声，脸上露出一抹笑容：“小兔崽子，本事不大，花样不少。”

阎野抬手，袖中飞出几样散着淡淡银光的东西。这些东西落在洞府四周，继而迅速连接成一个结界，银光一现，又迅速消散在空气中。

阎野转身就走，身后一切景物如常，宛若他从未来过。

外界发生的一切林渡都无知无觉。

她能感受到自己吸纳的灵气越来越多，这些灵气在她体内奔涌着，汇入丹田。她觉得丹田内鼓胀难言，甚至像要炸开了。

林渡想要停止吸纳灵气，身体却也全然不受控制，倒像一个永不知足的大胃王。

她只能忍受着丹田之内灵气挤压的鼓胀感和经脉中灵气的猛烈冲撞。

她心有余，但力已不足，只能任由它洪水滔天。

终于，丹田之内的灵气越来越多，越来越挤，丹田却并不能伸缩。

众所周知，气体会在高压之下变成液体。

当丹田内出现灵液的那一刻，林渡松了一口气。

谁知她还没真的放松下来，更多的灵气又涌入了她的体内。

林渡堵也堵不住，干脆躺下，任由体内丹田的灵液一点点变多，看着那无数泛着光的小水滴慢慢融合汇聚。

灵气旋从狂暴的龙卷风慢慢变小，成了寻常的气旋。等到月落日升之际，林渡的身体终于达到了饱足的状态。

她睁开眼睛，抬手挥开洞府的门走了出去。

头顶本该是青天白日，可此刻黑云压城，不见天日。

林渡极目远眺，发现别处依旧是晴天。她安静地站在原地，发现自家师父远远站在一旁，正安静地看着她。

“师父，你信不信，老天都听我的，就比如现在，我让雷劈我，它都不敢劈别人。”林渡说着，举起手，“雷来。”

阎野眼皮一跳，骂了句“小兔崽子”。

那本就越来越浓密的劫云感受到了选定的人物，黑云中闪过一道紫色光芒，林渡顿时感觉身上一麻。

她不曾注意到，天雷被不可见的结界拦截了一瞬，落到她身上时力量已经被削弱了许多，光芒也暗淡了许多。

不过一息，一声炸雷淹没了她的叫骂声。

很好，修真界也不能违背物理定律，光速大于声速。

林渡脑子里第一时间想到了这个，继而感受着在自己体内乱窜的电流，她试着调动灵力，梳理着这些电流。

就在她好不容易快要梳理完的时候，第二道天雷又毫无征兆地来了。

第三道、第四道……林渡闻到了烤肉的味道。

她骂了一句："我半个月都不想吃烤肉了。"

她勉强坐在地上，闭着眼睛，也不管到第几道天雷了，浑身每一个毛孔都被电流穿过，带着麻痹感的疼痛持续不断地在每一寸皮肉上蔓延。

林渡已无暇顾及体外情况，只管内视自己的身体，全身的经脉骨骼和五脏六腑都在被雷电打磨。

不知是不是灵气的原因，此时她的神志还算清晰。

阎野是个盲人，平时都是散开神识，但此刻他不能这么做，否则会干扰天道的判断，所以他只能侧耳听着那一处的动静。

林渡从未在他面前喊过一句疼，现在也是这样，他听不到林渡的任何反馈。

这是一场豪赌，就算他在天道允许的范围内布阵，替林渡挡住了一定的伤害，但对于身体孱弱的林渡来说，这只能算是一星半点。

因为平时有神识当眼睛，阎野很长时间都无所谓自己眼盲了，却在今天头一回生出一丝"如果眼睛能看到该多好"的念头。

很多年了，大约自修道之日起，他就没再生出过这种念头了。

阎野轻轻眨了眨眼眸，洁白的羽睫轻轻一颤，如同枝头落雪。

"林渡还活着。"一道声音落到阎野的耳边。

阎野意外地挑了挑眉，神识微微外放，落到自己身后："姜良？"

"这雷劫比寻常的一九天劫的力量要强，但你的阵法挡住了五成，现在落到林渡身上的，相当于寻常一九雷劫的强度了。"

姜良捋着胡须，不去看阎野，视线只落在劫雷之上。

"不应当啊，我当年的雷劫，也不过比寻常筑基天劫的力量强了三成而已，难不成我的徒弟比我的天赋还高？"阎野皱起眉头，"这天道是不是年纪大了糊涂了？还是单纯就不想林渡活？"

"你慎言。"姜良打断了他的话。

阎野扭过头，面上显出一抹担心："最后一道了。"

"林渡可以，她比我们想象的还要强。"姜良顿了顿，补充道，"只要还有一口气，我就能救回来。”

阎野啧了一声。

无上宗的每个人在自己最擅长的领域都有着绝对的自信。

最后一道雷降下的时候，受凝碧丹保护的心脉也遭受了一次打击。

林渡猛地皱起眉头，先前尚且还算平静的脸色瞬间变了。

她一手不受控制地捂住胸口，四分五裂的剧痛比起被电击更让她难以忍受，大脑也如同被人砸了一板斧，连思维都被拍散了。

早知道渡天劫这么苦，她还修什么仙啊。

林渡心里骂骂咧咧，可依旧咬牙坚持着。

嘴上骂一骂，身体还是诚实的。

她用仅存的最后一点意识摸出姜良给她准备的丹药，不顾喉间溢出的腥甜塞进了嘴里。

药力化开，修补着受损的五脏六腑，安抚着剧痛的心脏。

劫云渐渐散去，天上淅淅沥沥地下起了饱含修复能量和生命之力的雨水，这是修士渡劫后能带给自己所处土地的灵雨。

冰凉的雨水洒在瘫在地上的少年身上，她衣衫褴褛，一身青袍成了焦黑的破布。她怔怔地仰头，任由灵雨修复着自己的躯体，生长的痛痒让她懒得动。

姜良和阎野走了过去，这孩子的眼窝里还蓄积着雨水，一双眼睛黑白分明，带着些疲倦。

良久，林渡轻轻笑了一声：“来之前大家都说当修真者是份体面工作，飞升成仙就什么都有了。可没人告诉我还得挨雷劈啊。”

阎野和姜良对视一眼：“我徒弟被雷劈坏脑子了吗？你快帮我看看，我那么聪明的徒弟呢？”

姜良还真蹲下去探了探：“没坏，好得很，神魂凝实，体内也修复得七七八八了，心脉好像被什么药力护住了，没有衰败的迹象，肺腑也通了九成，其他不足还需要长年累月养着。”

慢慢地，雨停了。

天边逐渐现出一道格外绚丽的彩虹，霞光万丈，染红了半边天。

林渡还没动，她是真的疼麻了，就算现在心脏被修复好了，但还是能感觉出丝丝隐痛，一开口先往外吐了口血。

看到这一幕的阎野吓坏了，把人抱起来："林渡！林渡！你还好吗？跟师父说句话啊。"

林渡喉咙一动，又是一口血涌上来。

真不是她不想说话，而是她说不出口。

师父把她抱起来，她喉咙里溢出来的血就刚好卡在喉管中间，上不去也下不来。

她费力地拍了拍阎野的胳膊，接着利落地翻滚趴到了地上，呕出一口血。

姜良没眼看，默默背手转过身。

有这种师父在，林渡真晦气。

林渡吐完血才觉得舒畅了些，肩头多出了一件鹤氅，是姜良的。

她这才发觉这位师兄身上套着一件狐裘，就这样还冻得直哆嗦。

洛泽的阵法滴水成冰，就算是已经达到晖阳境的真人，不用灵气护体，一会儿也就成冰雕了。

林渡道了声谢，直起身发现体内灵气充沛，神识力量也比先前强了许多，原本只能勉强看到体内的经脉的轮廓，现在已经能彻底内视自身，神识散开的范围也比先前大了许多。

她站起身："饿了，到点了没？我想吃饭。"

姜良点头："还差一会儿，但是应该在做了。"

"正好我可以换身衣服。"

林渡施施然要回她的洞府，一点儿没有刚从生死关头走过一遭的感觉。

"林渡。"阎野忽然开口喊她。

林渡转头，冲自家师父挑了挑眉："怎么样？我说什么来着，别看不起我啊。"

"今日的功课还没做，洛泽在那边，自己进去。脏兮兮的，猴儿在泥里滚过一遍都比你干净。"

林渡啧了一声，拖长了声音："知道了，你别看哦。"

阎野垂眸："我看不见。"

林渡没理他，自己走到冰瀑布前，抬手将身上的鹤氅收入储物戒中，挠了挠头："头好痒，我是不是要长脑子了？"

一次筑基雷劫让林渡整个肉身几乎焕然一新，她估摸着自己身上都是新结的痂，难免痛痒。

她伸手用灵力敲开厚重的冰壳，接着纵身跳了进去。

洛泽里的水是仅次于天道甘霖的天地福寿聚集之处的灵水，阎野是怕她光靠天道甘霖不够，再加上趁热打铁，或许可以彻底冲开肺腑。

林渡什么都知道，所以也没顶嘴。

就像先前她为了让阎野放心，还在渡雷劫前与他嬉皮笑脸一样。

师徒两个心里什么都清楚，却又总说不出肉麻的言语。

姜良看不懂师徒二人的相处方式，摇了摇头，打了个喷嚏："我走了。"

"嗯。"阎野点了点头，"难不成还要我这个盲人送你？"

姜良嗤了一声，挥袖离开这冰雪之地。

就在林渡忍受着冰面之下的激流冲刷时，中州浮云山上一根通天落地的石柱金光大现，上面的字符自行涌动起来。

天道之力涌动，引得山下驻守之人急急上山观望。

那石柱之上赫然多出一排字——林渡，十三岁，琴心境。

小字有注曰："入道两月筑基，为青云榜天赋第一。"

"林渡……林渡。"那道人盯着上头的字，"青云榜天赋第一。"

这浮云山的青云榜通天达地，是天道所生，上有一根通天柱，名曰青云。另有海上一座岛，名曰瑶台，瑶台之上亦有一根通天柱，名曰重霄。

青云直上，记载修真界辈出的青年才俊，那上头见证过许多名字的消散，或是因为天才陨落，或是因为泯然众人。

重霄高耸，记载修真界次第崛起的强者，皆因修真受天道监督，若有进阶，除非遮蔽天机，否则天道将第一个知道。

民间榜单无数，评判标准总有人质疑，唯有青云、重霄二榜，无人敢置喙。

林渡的名字，在短短一天内，传遍了整个中州。

与之一起出现的，是"青云榜天赋第一"这一名号。

第三章 初试炼

“林渡是谁？”

“林渡师承哪家啊，怎么悄无声息地就冒出来了？”

“哦，无上宗啊，那没事了。”

在无上宗，上不了青云榜能被笑一百年，上不了重霄榜能被笑一千年。

到了夏日，晏青和元烨也陆续筑基上了青云榜。等枫叶红了，倪瑾萱也跟着上了榜，虽说名次都不算太靠前，但来日方长，总有变动之时。

天赋虽重要，但靠努力也未尝不能追平天赋。

被许多人惦记上的林渡，此刻正在宗门书楼靠窗的位置写字，她的面前铺着一大张宣纸，上头密密麻麻地写了一串数字和一堆符号，地上也落了许多张废纸，坐上的人却全然没有捡起来的意思。

细狼毫毛笔被人粗暴地按在了宣纸上，字写得也越发粗糙，接着咔嚓一声，毛笔从中间被折断。

林渡重重地一拍桌面：“终于算出来了。”

她猛然站起身，拿起这一张早就洇开墨迹的宣纸，大步流星地走出书楼，桌上没被镇压的纸张皆被风卷到了地上。

林渡却无暇顾及，身形一闪，用最快的速度到了阎野面前，将那一张宣纸拍在冰面上。那纸一落在洛泽上，迅速就被冻硬了。

“我就说嘛，这道题就该这么解，乾位和巽位若是你非要放青金和火石，算出来的能量压根儿就不能成圆阵，就该是曲形阵，你非要我算成圆阵！”

她泄愤一般吼了出来，站在阎野面前：“你故意误导我？”

“对，我骗你。”阎野用神识扫了一眼那上头算出来的阵法排列和各自位置该摆的东西的分量，悠悠然抬手，拿起那张冻硬了的宣纸，动作格外优雅。

“只不过是想看看你有没有质疑权威的能力，很显然，你通过考验了。”阎野话锋一转，“不过，你居然花了一天的时间，有点长了，心不静吧？”

他说着，夹着宣纸的手指轻轻一动，林渡脚下的冰面直接缺了一块。扑通一声，她落入水中。

隔着水声，阎野听到了叫骂声。

阎野脸上浮现出一抹放肆的笑容：“既然心不静，那就下去静一静吧。”

半个时辰之后，林渡卸了力，任由激流将自己冲到静水之中，而后一拳砸开冰面，爬了出来。

她抬手弄干衣服，咽下自己大逆不道之言，颓废地坐在冰面上。

自从筑基之后，阎野就扔给她一本《四十九种阵形基础》，要求不高，熟背之后会算就行，要是不会算他再亲自教。

俗话说：学好数理化，走遍天下都不怕。没想到在修真界这句话也适用。

所谓阵法，原理在于修真界五行属性的能量相生相克，在不同方位摆上不同属性的东西，彼此之间形成了能量场，最终在能量场中，达到一定的特殊效果。

阵法源自天然，也能脱胎天然，为人力所改。

基础阵法有四十九种，大致可以分为方、圆、曲、直、锐五种阵形。

她花了两个月算清楚了四十九种阵法的能量牵制，从距离、重量、结阵所用的物品，到最后的阵形，接着全部记住。

还没喘上一口气儿呢，阎野就给她扔来一本《上古阵法奇门十阵》，还都是残阵，只有文字记载，没有阵形记录。

她现在算的这书上的第一个阵法，阎野还骗她是圆阵。

任谁在做实验做到一半时猛然惊觉自己的导师给自己的实验方法是错的，都要崩溃骂人。

林渡咽下这口气，抬头看了一眼天：“到点儿了，吃饭。”

阎野没意见，任由她走了。

等人走了，阎野抬手将那张宣纸认真收好，不羁的眉眼中闪过一抹不易察觉的骄傲。

“小兔崽子真行啊，当年我可是花了七天呢。”

林渡现身膳堂时，吃饭的人已经差不多到齐了。

她一出现，摆碗的摆碗，盛饭的盛饭。

“今天来得这么早啊，不是秋收忙吗？谁做的饭？”

虽说收获和种植都用法术，但也得有人施法。

真人们秋天一忙起来就忘了这群嗷嗷待哺的小崽子，全靠墨麟和林渡两个人轮流掌勺。

“今天是掌门做的饭。”

林渡挑起眉头：“大师姐？”她看向后厨，“今天是什么特殊的日子吗？还杀舒雁了？”

铁锅炖大鹅非大节日不会端出来，今天这是怎么了？

“掌门真人说，一会儿有大事要宣布。”

林渡琢磨了半晌，直觉不对劲，给自己多拿了一个馒头，方便一会儿压压惊。

风朝没一会儿端着一锅炖大鹅走了出来，接着宣布了一件事：“年底有个小秘境，那小世界最高只能容纳琴心境的修士，所以你们四个，刚好都可以去。”

不管秘境分给各宗多少名额，无上宗从来没有什么争夺名额的戏码，因为人太少了，能去的都得去。

“小师妹，你身子弱，不如问问姜良再做打算？”

风朝看向林渡，修习阵法之人遇到危险通常没有自保之力，从不参与对战等事宜，只有组队的时候才能发挥最大的作用。

林渡握着筷子：“小事，不是还有两个月嘛，”她笑眯眯地道，“大家的实力都差不多，没什么可担心的。”

这半年，她一直在研修阵法，加上天赋非凡，轻轻松松便到了琴心境后期。

“其实我可以保护小师叔的！”倪瑾萱第一个响应。

“还有我，还有我。”

林渡眼皮一跳，自己在这群孩子眼里这么弱吗？

“说到这个，前阵子瑾萱也顺利筑基了，新弟子筑基后，可以到我们无上宗的藏宝阁取一样法器。开一次藏宝阁挺麻烦的，明天你们四个一起跟我去一趟。”

风朝将话说完，拍了拍林渡的肩膀："你拿个防御法器，到时候我也放心些。"

林渡看着对面三双殷切笃定的眼眸，倒吸一口凉气：自己在他们眼中，不会是那种柔弱不能自理的小师叔形象吧？

林渡一直觉得自己是个矛盾的人，她看似随心所欲，什么都不在乎，实则容不得旁人说她半句不行。

人可以不想，但不能不行。

于是阎野就看到一向晚上用过饭之后就在洞府自行修炼的弟子，又坐回到了他对面。

"怎么了？"

"师父学剑是为了防身，那徒弟我该如何填补短板？"

这是林渡第一次自己开口要学。

阎野觉得稀奇，稀奇到他甚至以为这会儿天上出的应该是太阳。

林渡这个弟子虽然入他门下不足一年，但他敢说一句对她还算了解。

这人和自己心性很像，一直是游戏人间的态度。

能让一个随遇而安的人奋发图强，阎野很想知道是哪一路神仙显灵。

他想着，也这么问了。

林渡回了一句话："人不能说自己不行。"

阎野心说这是个什么回答："你以为我每日让你泡洛泽是为什么？"

还能为什么？锻炼肺腑，强身健体。

林渡敛起平日总挂在脸上的懒散的笑容，一个人就那么落拓地坐在冰面上。

"林渡，你那破冰一掌，如今腾云以下，应该无人能接。"

阎野轻轻笑了起来，忍不住伸手摸了摸难得丧气的小徒弟的头。

"你的身体不适合剧烈运动，刀剑那种粗笨兵器。你练不了，法修那些花里胡哨的，倒也不是不能练，只是它们也得配合姿势，所以你……"阎野顿了顿，"现在会这一招也够了。"

"不过体术也不能不练，日后等你好了总能练的，什么时候都不晚。"他忽然想到了什么，"实在想用东西防身，你找姜良要点毒粉，行不行？"

林渡翻了个白眼，起身要走。

阎野忽然喊住了她："其实，倒也不是没有巧宗儿。"

布阵需要时间，但有一种阵，在布阵之时就带有杀伤力。

林渡脚步一顿。

"只是，你那双手，够灵活吗？"

林渡面无表情转过身："要不我给师父表演一个摇花手？"

阎野愣了："花手？什么花手？"

林渡伸出一双修长的手，分明只有十三岁，但骨骼生得十分好。

随后那双手手掌交叠，十根手指疯狂摇转了起来。

阎野：……

什么东西上了他小徒弟的身，他就说今天不对劲！

林渡还没忘问一句："够快吗？不够快我还能更快。"

阎野捂住额头。

林渡收了手，正儿八经地将那双手并排放在了面前，攥成拳头，接着吹了一口气，十根手指极为听话地从一侧开始展开，接着又一根根归位。

的确够灵活。

阎野这才收了想要除魔卫道的手："给我点时间，我让人锻造个法器赠予你。"

林渡乖乖道谢，全然没有刚才故意捣乱的样子。

阎野有些无奈，第一次收弟子没什么经验，也不知道别人家的弟子是不是跟林渡一样，花样多得很。

林渡转身离开的时候，阎野忽然又问："是有谁说你体弱无能吗？"

"没有。"林渡没有回头，声音如同簌簌落下的薄雪，"只是我不想真到那一步的时候无能为力。"

阵法师耗费大量心血布出阵法，无论阵法的用途是什么，总归是要花大量时间进行前期准备的，绝不适合直接对战和野外求生。

千万年来都是如此，但阎野不信那个邪。

如今林渡更不信。

她在十大上古残阵中，选的第一个阵法就是杀阵。

宗门藏宝阁在尘封许久之后，终于重见天日。

之所以说打开麻烦，是因为设有二十一道阵法，每道阵法开启的方式都不一样。

林渡在听到风朝抱怨的时候想到了魔尊偷的宗门至宝。

什么宗门至宝是从放药材的库房里偷出来的？那能是个什么宗门至宝？

这藏宝楼二十一道阵法难道是摆设不成？

林渡扫了一眼，前面十一道阵法她还能猜出来大致是什么，后面十道她压根感觉不出来。

剧本里的无上宗到底是怎么败落的？

哦，是人都被魔族杀了，剩下为数不多的大能，还有一个献祭天道去了。

林渡腹诽，这个家没了我迟早得散。

“到了。”风朝忽然出声。

四个少年同时仰头看向眼前这座九层高塔。

那无疑是一座宝塔，塔身用琉璃砖砌筑，琉璃砖上雕有各色符文和花鸟走兽鱼虫等，在深秋的阳光下流光溢彩，耀眼无比，若是时间长了甚至能看到在琉璃砖上游走的金龙飞凤和猛虎。

人站在下面，便觉得有无穷的灵力压得人不敢直视。

青山之下，方知人与自然之差，宝塔之前，方知人与仙灵之距。

“你们进去吧，我就不进去了，这宝塔里头是我们宗门历代弟子从各地获取的灵宝，因为对自己没有用，所以都捐献给宗门，留给后人。这就是我们大宗的底蕴。

“这宝塔已设下禁制，你们一人只能选择一件，进去之后闭眼感应，宝物亦会择主。”

修真界的器具由劣到好，可以划分为法器、灵器、法宝、灵宝，每层内部又可分为天、地、玄、黄四品。

其中最为稀有的是上古灵宝。传说中亦有上界遗落的仙器，只是到了下界也大多只剩下蒙尘的残骸。

依风朝所言，能有资格收至无上宗藏宝阁的，都至少是最高等级的灵宝。

无上宗，是真富户。

四个少年同时走进宝塔。

几乎是一瞬间，先前还在身边的三道气息就消失了。

林渡瞬间了悟，他们四人踏入的是不同空间。

宝塔内的阵法是由各种复杂的阵法叠加得来的，自然不会让进来的人像无头苍蝇一般乱撞。

宝物有灵，自行择主。

林渡感受不到自己在哪一层，只好看着眼前的景象。

从外面看分明是琉璃砖石铸就的宝塔，内部却又是另一种风格。

朱砂墙、青铁柱，当中八件灵宝分列于八方，上面飘着一层淡淡的薄雾。

林渡将神识外放出去，一一靠近，接连三件灵宝都把她的神识弹开了。

如果灵宝能说话，大概说的是："谢谢亲，婉拒了哦。"

直到第四件灵宝才隐隐有了回应。

林渡又去试了试第五件灵宝，也有回应，灵宝跟小钩子一般，钩了钩她的神识。

接着是第六件灵宝和第七件灵宝。

八件灵宝里面五件都有回应，第五件灵宝尤其主动，她去试探别的东西的时候，那灵宝的气息还阻拦了，恨不得挥舞着小手绢儿喊一声"客官别走"。

林渡很快就知道它为什么能这样拦着自己了。

那是一根线，又或者说并不只是一根线。

赤色的丝线之上，细细看过去密密麻麻地刻着金色和墨色两种符文印记，而这根线，这大半年在书楼看了许多杂书的林渡居然看不出它的材质。

林渡看了一眼最后那一把和自己灵魂共鸣很强的折扇。

一时有些犹豫。

"不行，不行。"林渡轻轻碎碎念着，左右摇摆不定。

当她想要伸手去拿折扇端详一番时，那丝线猛然动了，跟游鱼一般绕上了她的手腕。而就在这时，她的手也恰恰握上那把折扇的扇柄。

电光石火之间，还没等林渡反应过来，她就感受到了一股空间之力。她的择器条件达成，宝物被藏宝阁放出来了。

不过一瞬间，她就与等在外头的凤朝面面相觑。

林渡低头看了一眼自己手上的折扇，又看了一眼自己的手腕，那里绕着一根赤金色密织红绳。

她瞳孔猛然颤抖起来，不确定，再看看。

这个东西什么时候绕上来的？

林渡抬头又看了一眼掌门师姐，接着虚弱地举起两边的手，做投降状：“大师姐，如果我说是它主动勾引我的，你信吗？”

说出这样的话，林渡自己都有些不信。

谁知凤朝点点头：“我信。”

“我其实还没选它就把我弹出来了，我可以再……”林渡刚想继续解释，语速飞快，等脑子反应过来凤朝说什么之后，“嗯？”

凤朝笑了：“你不必惊慌，虽说宝塔设下禁制，一人只能拿一件灵宝，但是你手上那把折扇只能算半个先天灵宝，它本身并不残缺，是缺一个能让它发挥出真正能力的物件。

“而你腕上那个，我依稀有点印象，据藏宝阁录记载，此物气息分明是仙器，只是谁也不知道这是干什么的，大约是个仙器的残骸，或许是一把剑的剑穗，或许是什么捆扎之物。

“所以，一件只能算半个灵宝，一件是仙器的残骸，倒也不算你违规。”

林渡嗷了一声：“意思是我捡了两个破烂儿？”

她说着，看了一眼手中的折扇，不等凤朝安慰她，就迅速把折扇扣在红绳上，握着折扇的手顺势捂住了两件灵物。

“孩子还小，你们当没听见吧。”

凤朝：……好赖话都让你一个人说了？

林渡其实并不觉得自己捡的是破烂儿，她就是嘴犟，习惯性调侃。

从小别人丢掉的破烂玩具，在她眼里都是宝贝。

凤朝看着眼前垂眸拿着东西的小师妹，她今日穿着淡烟青的窄袖长衫，因为天天沉迷计算和画图，怕墨迹沾染，所以还戴了皮质护腕。

整个人挺拔纤薄，如同远山雾霭。她一贯是那样的，好像游离在人事之外，冷眼看着人间，疏离又倦怠，咧嘴开玩笑的时候眼神也是散漫的。

林渡抬眼冲凤朝笑笑：“其实算我占便宜，往后我会给宗门多搜罗些好宝贝，放进藏宝阁的。”

凤朝只当她年少爱开玩笑。

另外三个人陆续出来了。倪瑾萱手上握着一根玲珑长鞭，卷着挂在腰间，走起来还有铃铛碎响；晏青拎着一把玄铁大刀，神情复杂，他一贯书生打扮，就是为了看起来斯文些，不曾想到会和这把刀最亲近；元烨倒是很快乐，他笑吟吟地提溜着一把奚琴。

林渡眉头一跳，不确定地再问了一遍："你这是……"

"奚琴啊。"元烨眨眨眼睛，"这居然也是件地品灵宝呢。"

元烨能进无上宗，除了他灵根优质以外，还因他是皇族后裔，身上有龙气庇护。

现在这位皇族后裔，拿着把奚琴，乐得全然没有一个皇室中人的模样。

林渡忽然觉得自己的灵宝也没有那么不靠谱了，她拍了拍元烨的肩膀："你是懂琴的。"

元烨不光懂，还想当场给小师叔表演。

林渡抬手："婉拒。"

她怕这孩子把自己送走。

一帮得了灵宝的孩子快乐地回去自己玩了。

林渡也是个得了灵宝的孩子，还是两件灵宝。

林渡回到洛泽，阎野和往常一样坐在洛泽的冰面上，林渡来一次，他才动一次。

每一回皆是如此，林渡甚至怀疑，他不是在等飞升，而是本就该化于这无边冰雪之中。

林渡绝对不会在一个地方待这么久，什么也不做，甚至动也不动。

"得了什么好宝贝？"阎野睁开了眼睛。

林渡觉得他睁不睁眼睛也没什么所谓，但他那双眼睛很好看，灰瞳白睫，像是荒原上无情无欲的野狼的眼睛。

她忽然想到了什么，便开口问阎野："师父，你修的不会是无情道吧？"

"无情道？"阎野睫毛一颤，"是什么给了你这样的错觉？"

林渡说不上来，因为她觉得阎野应该跟洛泽一样，生于冰雪，化于冰雪。

冰雪有情吗？

她也没想追根究底，这念头就是忽然冒出来的。

"随便问问。"

阎野垂眸，将落在小徒弟身上的神识收了回来："不是，我修的并非无情道。"

这修真大道三千，根据个人专精的东西，可以分为剑修、刀修、体修、器修、阵修等，这个在入道之时就能选择。

但真正决定修士们能否在大道上走到飞升那一步的，是在经历许多之后，或许第三候，或许第五候甚至第七候时才选择的道统。

比如太上忘情，甚至无情，抑或刑杀、欢喜等诸如此类的修士所感悟出的天道规则之一。

那甚至不由自己选择，是天道规则选择的你。

阎野不知道小徒弟为什么会突然问这个，但他极为负责任地告诉她：“我修的是命。”

林渡愣了一下：“命？”

阎野点头：“命。”

阎野一生精于计算，算出他此生唯一的师徒缘是春日逢寒，林泉渡水。

于是有了林渡这个徒弟。

林渡歪着头想了想，她大约之后也会踏上修命的道路。

“那师父就没算到，你的徒弟大约是活不长的？”

阎野伸手精准无误地弹了弹她的脑门：“你再说这话，就自己跳进洛泽里洗一洗脑子。”

“旁人我不知道，我和姜良要你活，你就必须活着。”

林渡日日用功计算，怕头发扰了自己，所以日常都勒着束发网巾，这会儿被他一弹，隔着黑色密织的网纱也能瞧出上头的红痕。

第二日林渡从入定中睁开眼，就看到了自己额上的青紫。

这老东西，下手实在狠。

先背书，后去用早膳，早膳过后就去书楼计算阵法残片，接着回到洛泽摆完阵法给阎野检验，再自觉破开厚冰进洛泽，用完晚膳之后回洞府入定修炼，这就是林渡的一天。

日复一日，平凡朴素，习惯了好像也没有多累。

林渡觉得修真界缺冰美式，但很快她就找到了冰美式的替代品。

洛泽周围有冰山，冰面之下有茶树。阎野听过她抱怨为什么没有冰茶，于是亲自采摘，用古法炮制，给她制成了茶叶，用洛泽之上悬瀑口的灵水泡开，浸泡一晚出来的冰茶水，色泽淡绿，入口微苦，茶香清冽，格外沁人心脾。

而这茶叶本身，来自一棵三千岁的茶王母株，以天然冰雪覆盖，集天地馥郁灵气，积累了几百年，得出来一斤茶叶，天然是化解心魔、益神清心的珍品。若是放到市面上，一百灵晶也不一定买得了三两。

林渡只觉得喝了茶之后，计算阵法残片的速度更快了。

这日她只花了半天时间就算完了最后一道残阵，也不急着去找阎野，干脆拿出那把折扇来把玩。

那道只会在吃饭时间催她的声音忽然响起："那扇子缺个东西，但也并非全然无用。"

林渡一怔："前辈？"

她甚至不知道守着书楼的人究竟是谁，就连阎野好像都不甚清楚。

"会打神识烙印吗？"

林渡当然会，这等小法术，她都是自己看书学的。

她将神识放出来，将折扇全面包裹，接着等待灵宝软化并接纳自己。

"这是一件天品灵宝，不过现在只能算半个天品灵宝。"那道声音再次响起。

原先浮在表面的神识忽然一荡，如同陷入了深不见底的黑洞之中。

林渡抬手结印，将自己的神识拓印在这件灵宝之上。

那从未打开过的折扇表面此刻如同高温下逐渐熔化的金属，显出一丝金属光泽。

林渡在这一刻，知道了这件灵宝的名字——浮生。

它的确不是完整的灵宝，因为它还有个共生的灵物——梦笔。

梦笔绘浮生。

林渡伸手握住扇柄，唰地打开了折扇。

里头依旧光可鉴人。这折扇的材质并非寻常竹木，而是复合熔金，扇柄上有刚硬的斜角突起，除此之外不见任何雕刻。

不管是扇骨还是扇面都是工整的尖锐冷硬的形状。打开的瞬间，扇面宛若贝雕一般流光溢彩，隐约还能窥见林渡本人的面容。

接着那扇面底色化为苍青，上头慢慢结起了冰霜，清晰可见上头各色雪花的生长过程，晶莹剔透。

林渡先是一怔，而后很快意识到了这件灵宝为何名为浮生。

她收起扇子，觉得这东西很厉害，谁知下一瞬，书楼里的人开口道：“这亦是一件杀人利器。”

“一把折扇，如何杀人？”

“如知生平，即能杀人。”

林渡愣了一瞬：“幻阵？”

这一回，没人回答她。

林渡也不在意，握着折扇起身走出书楼。

接着，向扇柄灌入灵力，向前一扫，无事发生。

林渡一哂，摇了摇头，她在做什么仙侠美梦呢。

果然拿了灵宝也还是很弱啊！

她刚要转身回书楼，忽然听到了结冰的声音。

窸窸窣窣，但这对五感灵敏的修士来说，格外清晰。

林渡猛然回头，发现书楼石阶两侧的苍青雪松在一寸寸结冰，而石阶之上，也慢慢爬上了冰白之色。

枝头一只尚未反应过来的鸟，细小的爪子已经被连着冻在了树枝上，而那冰霜还在向上攀爬。

林渡想要赶紧解开，一时不得法，动了动散在灵宝内的神识，但那急得张开翅膀也飞行不了的鸟已经被冻到了脖颈处。

“我今天没想杀生啊，鸟兄，你等等我啊，我这就来救你。”

林渡试了试，合上折扇，再度灌入灵力，遥遥指向树枝的方向。

一道灵力化为细小的冰刀，一刀切下枝干，连鸟带树枝，砰的一声落到了地上。

“呃……算了，回去吃饭吧。”

“今天吃什么菜呀？小师叔。”自从林渡主动跟他说话之后，元烨现在对她也敢主动挑起话头了。

林渡应了一声：“吃点热乎的，这天太冷了。”

墨麟道：“确实冷。”

十一月了，无上宗又在北地高山，虽然还没下雪，但已经结了霜。

“天无，你上次炼的一扔就炸的废丹还有吗？给我一点吧。我到时候去秘境，当天雷扔着玩。”林渡看向夏天无。

夏天无沉默一瞬：“小师叔，那是火绒丹。”

火绒丹，名中带火，实际是极为温和的丹药，能够滋阴补肾。

林渡十分歉疚：“对不住，我没有说你不……”

“我的意思是，炼坏的火绒丹威力不够，要不换成炼坏的炙龙丹？那个威力大。”夏天无说这些话的时候，一张清丽的脸上依旧没有什么表情。

林渡放心了，原本以为伤害了二师侄的自尊心，但很显然——无上宗的弟子，没几个人心思重。

林渡觉得这样的日子很好，好到她快忘了来无上宗的目的。

直到前往秘境当日，她在中州那数百名弟子之中，遇见了自己接的第一个副本任务的女主人公——杜芍。

那个想要济世救人的杜芍。

杜芍也一眼看到了林渡。

林渡早就不是初见时一身潦草青袍的瘦弱少年了，她看起来过得很好，好到焕然一新。

任何人一看到林渡，心里都会无端生出一点怜惜和想要靠近她的念头——她看起来好像太孤独了。

林渡察觉到一道格外慈爱的视线，这种慈爱太不寻常，因而她毫无意外地抓到了那道视线的主人杜芍。

这眼神有点像她从前看自己收养的那只猫的眼神。

林渡说不上来自己心里现在是什么滋味，她想，那猫是来短暂治愈她那无望的人生的。

如今，她或许也是来治愈她们那不该无望的人生的。

林渡遥遥冲杜芍一笑，却不知道多少人因为那一笑愣了神。

如同春日消融的冰雪，一瞬间就叫人嗅到了春水的味道。

人群中此起彼伏地响起了声音：“无上宗那个穿青袍的弟子是谁？”

今日入秘境的弟子用林渡的话说叫“实力都不怎么样”，各宗各派来的都是刚入琴心境和凤初境的修士，其中一小部分便是今年入门的新弟子。

林渡转头算了算时间：“还有一刻钟秘境就开了，这秘境的地图你们都拿好了，如果遇到危险记得喊我。”

三个弟子看着眼前的小师叔，又彼此看了一眼，觉得小师叔这句话大约是说反了。

虽说她的修为是他们四个里头最高的，但是她身体孱弱，没有自保之力，遇到危险可怎么办?

就连掌门都很担心，特地从库房找了一件附有二品防御阵的大氅，送给小师叔保命。

但三人没有反驳林渡,都乖巧点头,打算在进秘境之后第一时间找小师叔。

他们宗门的弟子令牌设有感应阵法，能够找到附近的同门。

林渡看出来他们不信她，但也没点破。

其实当个病秧子也挺不错的，至少她在来的时候，清晰地听到了关于自己的议论声。

“青云榜天赋第一?我今儿倒要看看，这天赋第一有多大的能耐，能不能在我剑下走过十招。”

“也不知道这天赋第一到底是个什么模样的小孩,十几岁真能拿得动刀?”

林渡听见了，也只是笑一声。

这些人还真猜对了，她确实提不动刀。

至于能不能在人剑下走过十招，那就要看对方能不能使出十招了。

为表尊重，林渡可以不动用浮生扇。

所以当有人凑上来自报姓名，接着问林渡是谁的时候，三个弟子同时挡在了林渡身前：“你找小师叔有何事?”

“没事儿，就是想瞻仰一下天赋第一的风姿。”

来者是个剑修，看着二三十岁模样，但已经是琴心境大圆满，放在中州也算青年英才，也是这次来的修士里面的翘楚。

他扫了一眼无上宗的四个人，最后把目光停留在背着玄铁大刀的晏青身上，虎目灼灼，跃跃欲试。

林渡眼睫一动，她筑基之后算是脱胎换骨，人也长高了不少，此时她已经和十七岁的晏青差不多高了，所以三个人挡在她面前，也没能真挡住她。

她一抬手，一道气劲轻轻拨开了挡在身前的元烨和倪瑾萱，接着平静地看向面前的健壮青年，声线清越，淡然如冬日青松落雪。

“在下林渡，无上宗第九十九代亲传弟子，青云榜天赋第一，阁下是在寻我？”

原本热闹的人群诡异地安静下来。

那青年有些发愣，目光从晏青身上移到林渡身上，接着又震惊地后退一步，目光在四个人身上扫来扫去。

“你叫林渡？”

林渡点头：“如假包换。”

青年觉得不对，就那么定定地盯着眼前的人看，恨不得看穿林渡这个人。

任谁被这么看都会有些愠怒，林渡却又开了口，语调懒洋洋的：“看完了吗？再看，收费，一人二十块灵石。”

当中一帮人觉得这话有点耳熟。

“小师叔，你怎么还涨价了？”

林渡微微一笑：“哦，因为是青云榜天赋第一，双倍收费。”

等她上了重霄榜，她一个人收一百块灵石。

青年愣了，他看着眼前清瘦无比的少年，那脸蛋白得跟纸一样，感觉他一拳头下去能把对方打得吐血。

青年抬手挠了挠头，两条粗黑的眉毛皱起：“你怎么能是林渡呢？林渡怎么能是这样的呢？”

林渡笑了：“那你觉得，林渡应该是什么样子的？”

不光是那青年，在场的所有人都一脸复杂地看着林渡，青云榜天赋第一怎么能是个病恹恹的少年呢？

这样的人，怎么会是天赋第一呢？

落在林渡身上的目光一时格外纷杂，有人惋惜，有人质疑，有人不屑。

“天赋第一的人居然是个病秧子。”有人讥笑出声。

“莫不是天道弄错了？”

“天道能出错？”

天道错不了，错的只能是林渡。

“真是浪费了。”

“大失所望。”

期望越高失望就越大，众人都以为天赋第一是个什么了不起的人物，没想到居然是个天生不足的病秧子，甚至隔着几尺都能闻到她身上散出来的淡淡苦药味。

倪瑾萱皱起了眉头，手叉腰大声道：“我说你们瞧不起谁？我们小师叔入道两月筑基，你们能吗？”

林渡笑了一声，在别人回嘴之前抬手捂住了倪瑾萱的耳朵：“别听。”

林渡早就料到了，凡事和“第一”沾边，总会有人不服。

尤其在他们发现原来这个第一也不过如此的时候。

倪瑾萱这孩子心性纯善，有些话还是不要让她听到。

倪瑾萱只觉得自己两边耳朵倏然贴上一团冷玉，那双手没什么温度，甚至有点冷硬，但她心情无端好了起来。

青年看着林渡：“你能打架吗？”

林渡甚至没有抬起眼皮看他：“你觉得我能吗？”

此话一出，等着向天赋第一讨教的人都按捺住了自己蠢蠢欲动的心。

欺负一个病秧子也不是什么值得炫耀的事，就算这个病秧子是天赋第一。

林渡眼看着即将动手的场面被自己悄然化解，于是收回了捂在倪瑾萱耳朵上的手，那双手又落到了厚重的狐裘之下。

倪瑾萱一看到林渡那张笑脸，心里的气就都消了。她说：“小师叔，你等着瞧，等从秘境出来，咱们无上宗所取出来的宝物数量，定然排在第一位。”

大抵是中州人的天性，什么都喜欢排个名出来。像是这种被前人发现并且定期定点打开的秘境，尤其被宗门打下烙印给弟子历练的，也会按照收获给人排名，顺便判断这处秘境要再养多少年才能再度打开。

林渡应和道：“那是自然。”

这次坐镇秘境的是雎渊真人，同时他也是无上宗的领队，此时他被请至大堂。

里头人已经坐满了，但雎渊一进去，所有人都站了起来。

雎渊倒是规规矩矩拱手致礼，然后才到当中的座位坐下。

一旁济世宗的君迁道：“这回你们宗门的林渡来了吗？”

雎渊点头：“来了。”

一提起林渡两个字，在场的人们都竖起了耳朵。

“哦，她身体可还好？”君迁可是听去宗门大选的人说了，那林渡天生不足，身体孱弱，也不知道这些年在外头搜刮资源的无上宗能不能养得好。

“好得很，一顿三大碗米饭加两个馒头，这算不好？”雎渊做饭的次数也不少，因为自己家有两个嗷嗷待哺的徒弟，所以对林渡的饭量还算清楚。

济世宗的君迁愣住了：“啊？”

末了笑起来：“您可真会开玩笑。”

雎渊抬起眼皮：“你觉得我像是在开玩笑？”

君迁的笑声像是被掐了脖子一般戛然而止，他看了一眼雎渊的表情，不像假的。他又去看看林渡，那病恹恹的样子，怎么看也不像是一顿能吃三大碗的样子啊！

“欸，秘境开了。”

话音未落，桌案之前倏然闪动一道金光。

今年众人不至于像往年一样，蹲在秘境之外等家里那群熊孩子出秘境了，因为无上宗的雎渊带了一件法器。

这件法器并不算珍贵，但厉害之处就在于能融入小世界的天穹，让他们这帮人看一看孩子们都在秘境里面干什么。

有这个便如同天眼一般，虽不能将秘境中的每个角落看得完全清晰，因为要是被树和洞穴挡住了，自然窥探不得，但只要是在开阔的地面上，就能看得一清二楚。

雎渊看着水镜，想到了小师叔的嘱咐——多关注林渡。

阎野的阵法堪称天下第一，多少人梦寐以求，但自从他进入无相境之后就再也没有为人设计过阵法，此次为了林渡，他居然自己主动画了这天眼的阵法图送给和归，让他去锻造这个天眼。

原来，不管是有多大能耐的人，当了师父也会像个老父亲一样万事不放心啊！

雎渊丝毫不怀疑，如果林渡当真在秘境中出了事儿，阎野会直接让他撕开秘境，把林渡带出来。

所谓秘境，一则可能是大能的遗府洞天，二则可能是退化坍缩或初生的小世界，因时空与中州交汇，意外被修士发觉。

这次历练的秘境，是个退化坍缩的小世界。

林渡踏入界门之后眼前一黑，再睁开眼睛，映入眼帘的是一片荒漠枯木，周围没有旁人。

林渡的记忆力很好，但她还是掏出了“祖传”的地图，看了一眼。

退化坍缩的小世界中的天道把她扔到了无尽沙漠里，说是无尽，是因为这片沙漠占据了这方小世界将近三分之一的面积，流沙和沙尘暴随处可见。最重要的是，没人完全探索过这片沙漠里到底有什么。

因为过度荒芜，传说有人进来七天都没走出沙漠，因而那地图上标了个存疑的圈和问号，另有一行小字：补全地图的人有惊喜哦。

她冷笑一声，想杀人的心都有了。

“你给我翻译翻译，什么叫惊喜？”

这个时候偏偏系统跳了出来。

“宿主，这次杜苎和她的未婚夫也在秘境之中，任务进度还有最后的10%，完成任务你的肺腑应该能彻底治好了。”

林渡垂下眼眸，不过瞬间，手中多了一把折扇。

唰的一声，沉铁一般的折扇倏然展开，显出一片雪光。

“都说假以时日沧海也能变成桑田，系统，你猜我现在能不能将这沙漠变成冰川？”她抬眼，“我也想看看，我的浮生能有多大威力。”

系统觉得宿主不太对劲。

林渡感觉到了系统的心思。

与其说她被系统植入，倒不如说，她和系统之间是心意互通的。

“人哪有不疯的，硬撑罢了。”

她淡淡吐出这句话，接着她体内的灵力涌动，自丹田疯狂涌流而出，顺着经脉，抵达掌心，被灌入浮生之中。

扇面在空中划出一道堪称绚丽的弧光，接着隐入尘烟之中。空气之中响起了细密的结冰之声，连被风吹起的尘沙都被迅速冻结，蒙上了一层冰白霜冻。

那一身青衣的少年收了折扇，安然看着迅速向前延伸的冰霜，接着身形一动。这是她的浮生，意味着她可以出现在任意一处地方。

天眼之下，这一幕一览无余。

满屋子的惊叹声。他们不是没有见过冰灵根，林渡的师父就是修真界传言可以一剑封冻整个中州的人，但是一个十三岁的孩子，这样云淡风轻地抬手一挥，封冻至少三丈远，那这天赋就有些恐怖了。要知道寻常琴心境的剑修，剑气挥出三尺都算有天赋的。

外头那些弟子初见林渡时的轻蔑，他们其实都看在眼里，此刻若是那些弟子亲眼看见，定然能够知道，何为天赋第一。

天道从不会估错每一个孩子的天赋，因为每个人本就是天生天养。

有人轻轻叹了一句："真叫人嫉妒啊，我学剑三百年，剑气都不一定能挥这么远。"

叫人妒，也叫天妒。

睢渊开口找补："可能是那灵宝的能力，毕竟我们无上宗穷，只能给孩子一人发一件灵宝护身。"

几个小门派的掌门彼此看了一眼，听听这说的是人话吗？还不如不解释。

谁不知道无上宗虽然消耗修炼资源快，但是搜罗的速度也快，不然怎么供出这帮"气人"的天才。

他们还不敢抢，一则灵宝挑人，抢了也不一定有用；二则，敢抢无上宗的东西，那可真是活得不耐烦了。

林渡发觉这浮生还真有点意思，她走到哪里，冰霜就会再向前延伸。所以当她路过那两个被冻住脚的人时，她还有些歉疚。

但等看清脸了，她的歉疚之心荡然无存。冻住的不是人，是人渣，人渣是不用管的。

林渡问系统："这男的天赋不高，怎么过来的？我记得小门派最多一两个名额。"

"还能怎么过来的？"

此话一出，林渡就懂了，原来是攀上了掌门的女儿。

林渡眼睛都不眨地准备走，却被人叫住："林渡，你是林渡吗？"

林渡脚下一顿，目光落到和男子相隔不远的女子身上："我不是。"

女子开口道："我叫倪思，我父亲是虹真派掌门。"

"哦，我父亲是个孤魂野鬼。"林渡抬脚继续走，四下连风都寂静，只有冰不断向前向上凝结的声音。

那声音落在林渡耳里十分悦耳，但对于她身旁的两个人来说，无异于催命符。

"林渡道友，我知道你是中州天赋第一，你不受这诡异的冰霜的影响，也一定有法子救我们对不对？我现在动不了。”倪思连忙喊住她。

林渡转头：“你动不了？这冰比我做的冰糖葫芦的糖壳还薄，你就动不了？”

倪思沉默了，她总不能说是因为她太弱了。她的脚被冻住了，就算用灵力挣开，还没等她拿出飞行法器，就又被冻住了。

而且这冰不只是从脚底蔓延的，在他们所处的这个区域，冰就好像在不断生长一般，从四面八方蔓延开来，好似要将所有的地方都冰封住。

太冷了，冷得她全身都僵住了。

这分明是沙漠，怎么会有冰雪呢？

“求道友救命，我倪思必有重谢。”

倪思本有些看不上林渡，可没想到这天赋第一的确有点本事。

林渡问道：“你们俩怎么这么快就凑到一起了？”

所有人进入界门都会被随机传送，对方应该有什么手段能找到彼此，不知道可不可以拿来找那三个小崽子。

“是并蒂莲的种子，我和他一同服下，天道也会认为我们是一体。”倪思很快回答。

那是修真界道侣常用的宝贝，方便随时在一起。

林渡哦了一声，看向了黎栋。

林渡的眉眼生得极好，眉骨恰到好处地锋锐，眉毛浓密如墨，重睑深长，走势向下，偏偏眼睛本身却又向上微扬，眼神就时常带了点阴郁韵味。

黎栋心一紧，生怕林渡又说出什么来。

林渡的恶劣性子黎栋是领教过的，就知道装虚弱博得女人怜悯，实则句句阴险，给人下套。

但此刻是求人救命的时候，黎栋只好赶紧截断话题：“林道友，你是正道第一大宗的亲传弟子，想必也不会见死不救吧？”

一开口就道德绑架，林渡扭头就走。

“我没爹没妈，所以我没有道德。”

她留下来才是找死，毕竟，这是她的浮生，她在哪儿，浮生就会落到哪儿。

两个人都不知道林渡和这诡异冰霜有关，因而都高声喊了起来。

“林道友，林道友留步！”

“林道友，一百块灵石，若你救了我，我给一百块灵石。”

寻常人说灵石，一般说的都是下品灵石，只有上品和中品才会特地强调品阶。

林渡停了脚步："一百？"

倪思咬咬牙："一千，救两个人，不能再多了。"

这时候都没忘了黎栋。

林渡哦了一声："行吧。"

她说着，轻飘飘地隔空弹了道灵气过去，已经蔓延至倪思脖颈的冰壳，从心口处碎裂开来。

果然是薄冰。若是洛泽的千年厚冰的话，她就得上拳头了。

那日她琢磨了许久，才发现解浮生不在折扇上，而是在自己身上。

"这就好了？这么简单？"倪思发现身体虽然被冻得有些僵了，但的确能活动了，"不会再冻上吗？"

林渡很不喜欢愚蠢的人，她站在原地："好了，钱。"

倪思眼珠一转："就这一下，一千块灵石，未免太过分了。林道友是第一大宗的弟子，难道还缺这点小钱吗？"

林渡更讨厌占她便宜的人，她点了点头："缺，我爹不是掌门。"

倪思愣了。

林渡看了一眼还被冻着的黎栋，笑道："这位道友，现在有两个选择：一是你给我这一千，二是我亲自动手，拿到你身上的全部东西，你选一个吧？"

倪思感受到了刺骨的冷意，忍不住打了个哆嗦。

她不是看不出来，林渡那笑面之下是森冷的煞气。

可这怎么可能呢？无上宗的弟子，怎么可能是这样的人物？

"宿主，如果在任务完成之前抹杀偏缘，算任务失败。"

林渡握着折扇的手一顿，垂下眼眸，轻轻叹了一口气："真可惜啊！"

她这句话就这么轻飘飘地说出来了，没有像往常一样用神识回话。

就这么一句，倪思觉得浑身汗毛都立起来了，她倒退一步："我给，我给。"

黎栋还被冻着，赶紧出声喊了一声："思思。"

倪思恍然回神，匆匆取出一千块灵石："你得救他，救完我就给。"

林渡的眼珠慢慢移动，将视线转到男人身上，脸上的笑意更浓："好啊。"

她抬起手，一步步走到黎栋身后。

短短几步路，倪思和黎栋连大气也不敢出，如同熬过了什么酷刑一般。

直到林渡倏然出手，两道气劲重重打在男子的脊柱两侧。

接着冰壳碎裂，黎栋浑身都冻得有些麻木，所以一时也没察觉出有什么不对。

林渡挥袖收走那一千块灵石，抬脚就走。她走得很平稳，一步就走到了这片冰霜的边缘处。

倪思看到这一幕，愣了一下，紧接着大感不可思议地出声道：“琴心境的修士怎么可能会瞬移？那是什么步法？”

黎栋觉得身体还是冷，这种冷像是从五脏六腑里渗透出来的，再具体一点，就是从腰里渗透出来的，森寒刺骨。

众长老通过水镜将这一切尽收眼中。

雎渊不动声色地看了一眼身后，还好水镜无法将秘境里的说话声传递出来，只能看清三个人的动作。

若是他没看错的话，林渡之所以特地绕到那名男修身后，打在他的脊柱两侧，大约是冲着他的腰去的。

肾脏离后背更近，否则林渡没道理非绕到男修背后解开冰霜。

雎渊又看了看那名男修，隐约想起来，好像就是宗门大选那天林渡遇到的那个心胸有些狭窄的青年。

他想着，竟觉得自己的腰也有点发凉。

林渡可是纯种冰灵根，日常待在天底下最冷的洛泽。若是某人肾脏中藏了她的一丝至寒之气，那可真是废了……没点天材地宝，温养不回来。

这对于一个男人来讲，大约比死了还难受，真是个再阴损不过的法子。但一想到是阎野的徒弟，居然也觉得正常。

林渡在沙漠里走得百无聊赖，她走着走着，忽然觉得不对劲。

沙漠不对劲。

她收了折扇之后不再用灵力维持冰霜，最开始结出来的薄冰此时已经化了，但化得格外诡异，先化的地方纵横交错，方正有序。

林渡起初没有察觉，后面放出神识确认了那两个晦气的人没跟上来时，才注意到这一诡异的现象——沙漠之下，有东西，而且是人为制造的东西。

林渡的脑子转得很快，这片沙漠里面充满未知，还占据了这个小世界这么大的面积，而且这还是个坍缩的小世界。根据她看过的书上记载的内容，一般天道坍缩的小世界收获更多的是修士遗迹，可这个小世界地图上修士遗迹很少，大部分是灵植妖兽。

倘若修士遗迹是在沙漠中呢？

“底下有东西。”水镜之前，睢渊轻声道，“很可能有城池遗址。”

这个秘境他们多少都了解，除了沙漠，其余地方都被探索得差不多了，里面有上古血脉的灵兽和食肉的灵植，但因为天道坍缩境界受到限制，只要这些东西不发狂逃生，遇到了也并不麻烦，要不也不会把刚进门的新弟子都送进来。

但现在看来，一切都是未知数。

“如果林渡聪明的话，就该让其余弟子一道过来，以她一人之力，只怕发掘不了这么大面积的遗址。”一个修士开口。

但很快他们发现这孩子显然不聪明。林渡不光没喊人，还一个人走到了那处薄冰已经消融的地方，蹲下来，用折扇柄在沙地上写写画画。

林渡在画薄冰消融时的轨迹结构。

她画完之后琢磨了半晌，没看出来是什么，于是开始掏家伙。

夏天无炼废的丹药，只要稍稍注入一点灵力，就会迅速炸开，效果比地雷都要好。

接连八声巨响，尘烟四起，不光把还没走远的倪思和黎栋吓了一跳，也把水镜前的众人吓得不轻。

一片尘沙之中，那道苍青色的影子稳稳立在一侧。

最后一声巨响之后，林渡睫毛轻轻一颤，低声道：“陷。”

随着这轻飘飘的一声，沙地剧烈震动，流沙疯狂下陷，露出一个足有三丈深的坑，但依旧是茫茫一片沙。

“这么深？”林渡皱起眉头，她站在深坑旁边，像是下一瞬间就要跳下去一般。

“林渡这孩子，这么虎吗？”一众长老都不管那帮在林子里和妖兽斗智斗勇的小徒弟了，看着沙漠中的深坑。

这动不动就炸的操作，怎么那么熟悉呢？

轰隆隆一声巨响，另一处也爆炸开来。与沙地不同的是，飞溅出来的都是泥土和石块，紧接着一个穿杏粉衣衫的姑娘钻了出来。

她不比方才身上不沾分毫尘土的林渡，头和脸都是灰，看着跟偷偷跑出去在泥里滚了一遭的狮子猫似的。

那双大眼睛眨了眨，似乎有些茫然。

众长老：没记错的话，这小姑娘也是无上宗的吧？青云榜第九十九名，是这小姑娘没错吧？

“你们看，那小姑娘手上拿的是天品灵植五彩石花。”

“不愧是无上宗的弟子，哈哈哈。”

“真不愧是中州的青年英才，真了不得。”

一众长老迅速吹捧起来，要知道，这五彩石花极难遇见，地图上记载只有第一批进入小世界的其中一个修士侥幸得了一株。

且这东西生在溶洞深处，内里崎岖错综，有成百上千条石道，相互交汇，稍有不慎就是死路，里头还有嗜血的蝙蝠群与妖蛇，算是最危险的地方之一。

许多人曾在其中迷路，最后都没能出来。

但很显然，无上宗的弟子手段都很简单粗暴。找不到出路，那就炸出一条路。

天雷子并不是容易得的玩意儿，那是最后的保命符，爆炸符也是同样的道理，并不常见，也就无上宗这群家底厚的败家徒弟，能一口气扔这么多，还不眨眼。

谁都没想到，他们扔的只是夏天无因无法控制异火炼废的丹药而已，这些废丹中蕴含爆裂灵力，堪比天雷子。

当又一处爆炸痕迹出现的时候，长老们已经有些麻木了。

“又是无上宗的哪个弟子吗？”

雎渊咳嗽了一声：“也许不是。”

他话音刚落，就见那尘土之中出现了一道玄金身影，一对黄色的、状似龙角的东西恰恰顶在了那少年的后腰上。

雎渊：……哦，还真是我家的。

元烨，那个皇族后裔。

少年被状似龙角的东西一顶，哀号一声飞到了天上，口中大声嚷嚷着什么。

睢渊抬手按了按太阳穴，还好天眼听不到声音。他实在不觉得那孩子能喊出什么好话来，而且他又觉得腰有点疼。

“欸欸欸，你这老牛怎么回事！是我拉的奚琴不好听吗？你不是要我拉对曲调才送个珠子吗？我拉得不对吗？”

那灵兽闻言喷了一个响鼻，又冲了上去。

元烨捂着腰在空中利落地转身，接着跳至一块巨石上，见那头牛还要撞过来，只好继续向前跑。

“就算我拉得不好，你也不至于顶人啊！”

“顶屁股也不行！”元烨一边高声嚷嚷一边躲闪，看似狼狈不堪，脸上却丝毫没有焦急和紧迫之色。

“那是……有囚牛血脉的龙蛇？”有长老在一片狼藉中认出了那只灵兽。

黄角牛头蛇身四足，并未完全化龙，但能看出是龙的血脉。

按道理来说，有囚牛血脉的灵兽性情温顺，喜爱音律，并不暴虐，根本不会伤人。

在这秘境中，这条有囚牛血脉的龙蛇守着一条灵溪。溪水潺潺，林间鸟鸣清悦，正是天然的绝佳音律。

“这无上宗的弟子果真都不走寻常路啊！”睢渊听着众长老的议论，勉强保持着微笑。

那不是他的亲传弟子，但他依稀记得，这孩子从藏宝楼中取了奚琴。这孩子的师父是苍离，精通音律，算半个音修。

一个有龙气庇护的皇族后裔，本该和拥有龙族血脉的灵兽亲和力最强，而龙族之中最和善的一支血脉就是囚牛血脉，囚牛还好音律。

但元烨还把这条龙蛇逼得暴走，某种程度上，这也是一种本事。

龙蛇穷追不舍，少年不断逃窜。

睢渊很快发现，元烨一直在吊着龙蛇，保持着龙蛇往前一扑就能碰到的距离，却没真的让它伤到自己。

“晏青！你好了没？让你捞珠子不是让你捞鱼！”元烨眼看体力快要不支，且那龙蛇越发暴躁，握着弟子令牌大吼一声。

“好了好了！这灵兽在灵溪底下挖了好几个洞，这才花了些时间。”弟子令牌里传来晏青的声音，“你撤吧，我往西一里路，你甩开那条龙蛇来找我。”

元烨回头看了一眼龙蛇，接着嘿嘿一笑：“牛兄，回见，有机会再请你听我拉曲儿。”

他说着，身形利落地一晃，恰好躲过那条扫过来的粗壮蛇尾。树被蛇尾生生撞断，他却浑然不怕，脚步轻点，宛若游龙一般，须臾之间，已走出去一丈远。

龙蛇本性喜爱囤积天材地宝，尤其爱好宝石珠子，秘境地图上有标注，只要曲调合心意，那这条开了智的龙蛇便会打赏一颗自己收藏的珠子。

其中甚至有蚌精蕴藏百年千年的上好灵珠。

来的大部分修士都遵守着规则，好聚好散，不遵守游戏规则想要强行屠杀这条龙蛇抢占宝物的也都被龙蛇一口吞了。

晏青和元烨离得最近，提前会合之后发现前方就是那条龙蛇，彼此对视一眼，元烨就掏出了他的奚琴。

元烨的确有天赋，他在皇室中没有沾上一点阴谋诡计，日日提着鸟笼去看戏，所有曲调过耳不忘，但架不住他故意捣乱。

那龙蛇说一句，元烨用奚琴跟着拉一句，连音调和断句都一模一样，最后连起来，又给龙蛇演奏了一遍，成功把龙蛇给激怒了，撵着人一路追到了林中。

躲在一旁的晏青就施施然跳进灵溪里开始捞珠子。

无上宗的弟子从不遵守规则，要拿什么东西，那一定是连锅端。

将这一切收入眼中的长老们：倒也真不愧是无上宗的弟子。

有人欲言又止，但他们很快见到了更可怕的操作。

先前那个炸了千岩洞的无上宗女弟子，运气极好，找到了丛生的无幻草。只不过，还另有一群妖兽虎视眈眈。那女弟子似乎擅长使鞭，鞭子如同钩子一般，一卷一收，一丛灵植不管有无杂草，尽数被卷走。

鞭影交错，不过片刻时间，原本葱郁的草原，如同被一百头牛啃过一般，一点绿色都没了。

睢渊心情良好，大不了这小世界多封一段时间不开，养一养，这帮孩子可是带了一袋种子出来。

果不其然，倪瑾萱在将灵草席卷一空之后，掏出一把种子撒了下去，接着转身急匆匆地走了。

七日时间，她想要尽可能地多给小师叔采些灵植，多采一些，总归有能用的。

而此刻被倪瑾萱惦记着的小师叔依旧在黄沙大漠里。

“这林渡是不是有病？自己炸了个坑跳下去了？挖个坑把自己埋了？”

黎栋一面抱怨，一面还是忍不住想过去看看。

这大漠委实有些荒芜，虫子都见不到几条，他们打算跟着无上宗弟子走，毕竟至少人家是天赋第一，总有点办法。

谁知道一回来就看见林渡往自己炸出来的坑里跳。

林渡正在看着坑里裸露出来的一块岩石，上面的骨头明显是鱼类的骨骼化石。

冰先化，证明那下面有温度传导能力明显优于泥土的东西，林渡以为是带金属的阵法，现在看来是石头。

这沙漠之下，很有可能是城池。

林渡想着，忽然察觉到有沙土下落，她抬眼，看见了正在用剑往下拨沙子的黎栋。

她直起身，一手拿着那块被风沙掩埋的化石，随便施了个净尘诀，似笑非笑地看着被当场抓包的人：“黎道友，这是何意啊？”

黎栋心说还能是什么意思，想把你埋了啊。

但他不敢，他摸不准林渡如今的境界修为。而且他还没有筑基，至少林渡已是琴心境，他只能迎着那道视线，咽了咽唾沫：“我……手抖。”

林渡哦了一声，点了点头，接着转身，手上的石头随手往上一扔。

这坑极深，但她就那么轻飘飘地一扔，那人脸大的石块就这么被扔出了深坑，黎栋转身就跑，依旧被那石块咚地一下砸中了肩头。

他痛叫一声，身形一歪：“啊！”

一道轻慢的声音从底下传到他的耳边：“我也手抖。”

林渡说着，飞身而上，白狐大氅随着她的动作在空中划出一道好看的弧线，她与一旁的倪思对上眼，挑了挑眉：“有事？”

倪思后退了一步：“路过。”

林渡点头，没在意，转身就走。

分明是个身体孱弱的修士,可步伐快得连健壮的黎栋和倪思都有些跟不上。

就在他们快要跟不上的时候，前头的人忽然停住了脚步。

“我可不记得我养了两条狗。”

林渡向来嘴损，偏她天生嗓音偏低，尾音却又上扬，哪怕骂人，也跟说俏皮话一般。

身后的两个人脸色一僵。

“顺路而已。”黎栋犹自犟嘴。

林渡没回头，哦了一声，接着径直走向她视野之内唯一的一株植物。

那是一株极大的红柳，肉眼看着树干至少有十人合抱那么粗。

眼看快到近前，林渡却停住了脚步，等着身后的两人。

那两个人见林渡不走了，也想停下来，可是碍于先前说的顺路，并不想真当跟在林渡后面的狗，于是硬着头皮越过了林渡，继续向前走。

“什么味道啊？”倪思娇贵，总觉得有股奇怪的味道。

黎栋用力嗅了嗅：“没啊，沙漠不就这味道。”

就在快要走到巨树之下时，异变陡生。

簌簌之声像是沙地里爬着一条虫蛇一般，接着那柳条倏然直冲已经走至树冠之下的两人袭去。

林渡抱着胳膊，眼中闪过一丝兴味。

谁知下一秒，那张牙舞爪的枝条竟还有一部分冲她而来。

林渡脚尖一点，向后疾速掠去，顺手扔过去一颗漆黑的“丹药”。

砰的一声，枝条被生生炸断了。那断开的地方却并没有像寻常树木那样被火烧过后变得漆黑，反倒迸溅出无数猩红的汁液。

林渡眉头一拧，这棵树不对劲。

红柳是灵植，汁液绝非血红色。何况那枝条爆开后除了浓重的药味和焦味以外，还有一股腥气。

这柳树妖化了，并且一定吃过血肉。

难怪这一片沙地什么动植物都看不见。

林渡眯起眼睛，看着已经被柔软却粗壮的树枝吊起来的两个人。赤色的柳枝如同八爪鱼一般缠绕着他们的身体，此时还在用力收紧。

黎栋疼得大叫出声，倪思也在尖叫，接着拿出一道灵符，运起灵力，费力举起胳膊，贴在了缠绕自己的柳枝上。

火焰燃起。柳枝发出刺耳的灼烧声，不像是树木，倒像带了水的猪皮被生生按在了油锅上来回摩擦，刺啦一声后嗞嗞作响。

林渡不觉得自己能打得过这东西，她扭头就走，神识进入储物戒中，看着自己单独收拾好的可能用到的东西。

下一瞬间，沙地震动，林渡本就高度紧张，听到动静立刻顺势跃起。

几乎是同一时刻，沙地中有猩红树根破沙土而出，和那道青色的身影几乎是相贴着一擦而过。

林渡猜到了这柳树在沙土之下的根系极广，可不知道居然这么广。

她所在的位置到树干已经有三丈之远，这树根显然还能延伸。

林渡不想当肥料，正面迎敌对她这种专精阵法的人来说格外吃亏，但已经到了这种地步，她避无可避。

林渡抬手，方才就开始疯狂运转的灵力尽数灌入右手，接着一拳重重挥出。

砰的一声，赤黑腥臭的汁液溅开，刚刚飞到空中，就迅速被冻成了冰霜之花。

刺骨的寒气在空中迅速扩散，那是林渡的灵力余波。

刚刚逃出生天的倪思被那寒气压得呼吸困难，她呼出的气在空中便迅速成了白雾。

林渡落到地上，四分五裂的赤色冰坨也跟着稀里哗啦落了一地。

水镜之前，方才还担心不已的睢渊长老长出了一口气，后头跟着此起彼伏的吐气声。

林渡没学过体术，剑术和刀法也一窍不通，谁也不知道那一拳为什么有那么大的力量，只能相信是她天赋非凡。

唯有当事人此刻正若有所思地看着自己的拳头，因为磅礴灵气的阻隔，她手上并没有沾染任何鲜血。

没错，是鲜血。

这妖化后的红柳枝条早就成了血肉之躯。

林渡想到了那日阎野所说的“一招也够了”。

腾云以下，无人能接自己的破冰一拳。

她若有所思，彻底明白了阎野的意思。

林渡转头看了一眼被她的灵力余波压得瑟瑟发抖的人，接着抬脚打算离开这个是非之地。

倪思被那居高临下的一眼看得又是一哆嗦，没人比现在的她更知道什么叫青云榜天赋第一。

那股灵力寒冷刺骨，这会儿顺着她的毛孔进入她的皮肤，她甚至无法运转灵力抵御这股寒冷，她的灵力在接触对方的那道灵力时瞬间缩了回去。

妖物有灵，只要不被刺激到发狂，失去理智，在遇到比自己更强的东西时自然也不会再主动出击。红柳很快意识到这个有符咒的小修士不好惹，那个一拳就能砸烂它的修士更不好惹。

林渡保持着那睥睨一切的眼神，转头就走，脚下没注意踩到了一样东西。

她踉跄一下，大氅下摆扫过沙地，接着她顺势蹲下来，恍若刚才只不过是蓄势而已。

绊倒她的是一块头骨，那头骨嵌在沙地里，只露出顶端的一部分。

林渡蹲下身，用指节敲了敲这个绊倒她的罪魁祸首，试图轻轻敲醒沉睡的魂灵。

但显然魂灵早就不在了。

林渡凭借从杂书里学到的知识判断了一下，这人至少死了有一百年了。

恰好是这小世界上一次打开的时间。

她皱起眉头，她来之前做过功课，进入小世界的死亡率很低，就算这红柳把之前小世界开放时进来的人全部吃了，妖气也不足以强到能让一株灵植化为血肉之躯。

林渡从储物戒中掏出了一把铁锹，在倪思和黎栋复杂的目光中，娴熟地开始挖土，把铁锹插进沙土之中，一脚踩上去借力，接着顺势一翻，一副平日里做惯了的样子。

“这个林渡想干吗？”

“那东西是……铁锹？”

雎渊抬手扶额：“是铁锹。”

他们无上宗的弟子，筑基之后多多少少都会被抓去学一学种灵植和养灵兽的法术，美其名曰学会如何自力更生。

这铁锨其实是辅助用品，所有弟子都会拿到这个东西，拿来翻看土地和植物的情况。

“你们无上宗弟子可真是多才多艺啊。”有长老笑道。

林渡的动作越来越快，很快众人都知道林渡为什么要拿铁锨了。

红柳树根虬结盘曲，根根有成年人手臂粗，露在天光之中，显出一种透着血红的黑，铁锨不带灵力压上去的时候，撼动不了那树根分毫。

饶是见多识广的长老都忍不住倒吸一口凉气。

那柳树已经吸取了无数血肉，凝结成邪气四溢的赤黑枝干，盘桓交错，散落其间的，分明是人的白骨。

林渡垂眸，看到一块头骨，有两枝树根似乎是从后长出的，穿过了两个眼睛处那黑洞洞的窟窿，只有那一处是细的，往前延伸越发粗壮，像是由白骨血肉滋养出来的地狱枝蔓。

而这已经是距离红柳树干三丈远的地方，林渡只挖了一个小坑，甚至只够一个成年人躺下去的位置，就已经有十几块头骨。

林渡抬头看了一眼天穹：“这秘境至今不过开放了七次，死人的怨气能养出这么邪的红柳？”

她是阎野的徒弟，自然知道天眼传不了声，但这么大的动静，总有人会看到。

座中有的长老腾地一下站了起来，读出了林渡的口型。

君迁一瞬间头皮发麻：“七次，一共死了一百九十七名修士。”

但那一百九十七名修士，还有很多不是因为红柳死的。

这株红柳的怨气大得不对劲。

林渡看了一眼那边已经被吓得面无血色的倪思和黎栋，收了铁锨。

红柳的根系暴露在天光之下，很快有些躁动。

林渡掏出浮生扇，当着两个人的面，挥出一扇，冻住了蠢蠢欲动的柳枝。

那诡异的冰霜慢慢凝结，黎栋大喊起来：“居然是你！”

林渡抬起眼皮看了一眼因为过度害怕离自己越来越近的两个人，他们在看到那冰霜慢慢凝结的瞬间，同时露出了惊恐的表情，接着一脸难以置信地看向林渡。

“你是故意要坑我的钱？”

林渡又垂了眼皮：“不是，别自作多情，意外而已。”

这次她动了念力，绕开了倪思和黎栋。

倪思气得跺脚：“明明就是因为你，我们才会被冻起来的，你这个罪魁祸首居然还敢问我们要钱？”

林渡已经蹲下了身子，头也不抬，取出一把短匕，切下了覆着薄薄冰层的树根，那树根刚要暴起，切面就被蔓延的冰霜给封住了。

她低头，看着被自己攥在手中还在扭动的树根，陷入了沉思。

不对，还是不对。

不只是血肉，还有怨气。

漆黑的怨气在树根内里，外层才是妖气凝成的血肉。

也就是说，这柳树之所以妖化，是因为受到大量怨气刺激。

林渡拿出了个阵尺和检测的阵盘，阵盘上阵法感应线迅速汇聚。

“林渡！你今天必须给我们一个说法！”倪思和黎栋还在喋喋不休。

林渡烦了，打了个响指，那冰霜就自觉爬上了二人的脚，吓得二人连忙往她的浮生法力范围外逃。

但已经晚了，二人又迅速被冻住了。

林渡屏蔽了那两个人的咒骂声，抬头看向红柳：“原来是这样。”

红柳生长在曾经的城池之上。

她大致猜测出了城池的范围，红柳刚好在城池中心。

而这城池中心，居然有个聚拢法阵。

聚拢的，是怨气。

大量怨气滋养着本就属阴的红柳，红柳就此妖化。

那怨气的来源，是沙漠下的城池？

第四章 少年意气

林渡从小运气就不好，她被送进沙漠时也只是抱怨了一下，遇到嗜血的红柳反而有种“果然如此”的感觉。

既来之则安之，林渡的心态其实很好。

衰人有衰福。

就比如这怨气极重的红柳，是至阴之物，本是极好的阵法材料。

林渡看着妖气极盛的红柳，露出了一个温和的笑容。

来都来了，总得带点东西走吧。这么一大棵红柳，够她布阵用了。

林渡笑了，那两个被冰封的人却被这一笑吓得魂都没了。

这林渡是真有病！对着要人命的红柳竟然还能露出那种笑容。

林渡开始动手破阵，虽说在地底下，但只要在阵法中，能量就能相互影响，只要让阵法中的能量遭到破坏，或者逆转，这阵法就算破了。

即便无法接触构建阵法的东西，林渡也只需要在原有阵法上叠加一个反阵就够了。

她拿着阵盘越走越远，终于确定了阵法的具体位置，接着利落地开始布阵。

你聚拢，我消解。

逆阵倒推，对于林渡来说还真不是什么大事。

问题就是这阵太大了，她一个人布阵有点累，加上阵一破，只怕红柳会发狂，底下的城池也会因为力量反噬出问题，还是得找人过来帮忙。

林渡左手解了自己腰间挂着的弟子令牌，用灵力激活，向几个小师侄传音。

几乎是同一时刻，原本正在到处挖宝的少年们的弟子令牌轻轻泛起了白光，他们同时看向一个方向。

“小师叔喊我们，只怕是遇到了什么麻烦，这窝鸟蛋就先算了，我们赶紧过去。”

元烨看着弟子令牌指示的方向，皱起了眉头。

晏青放下手中砍树的刀，点了点头：“距离似乎有点远，得抓紧了。”

倪瑾萱是天生的好运，在接连找到几株天品灵植之后，看到了弟子令牌的召唤，连忙冲向沙漠的方向。

水镜外的不少长老都已经见怪不怪了。

无上宗总共来了四个人，一对兄弟联手作案，祸祸了不少高阶灵兽的巢穴；一个就是随便走都能遇上珍稀灵植；另一个……虽然暂时没什么收获，但实在很能折腾。

到底沙漠距离遥远，林渡还在大漠中心。

她此时正在任劳任怨地布阵。还好阎野给了很多布阵材料，她甚至有个储物戒指专门放各种属性的布阵材料。

两个时辰过去，这阵也才将将布好。

林渡抬头看了一眼天。

坍缩的小世界被中州的修士用秘法拴着，所以这天上没有日月星辰，自然也没有白天黑夜。她只能靠掐算确定时间。

等到最后一块青金和阵中的灵石摆好时，林渡因不断计算，已经体力透支了。

她取出一瓶灵液喝下，老老实实把今天还没吃的丹药吃了，接着将灵力注入阵眼中，阵法缓缓启动。

这是林渡第一次布这么大的阵法，她站在阵中，安静地等待阵法彻底被激发。

气机源源不断地自阵眼涌出，在阵中的另外两个人也察觉到了这股向外爆发的力量。

至刚至阳的阵法之力泛着淡淡的金光，少年身着青色大氅，脸色因体力透支而苍白，衣摆无风自动，她独立其间，举世无双。

金光不过一现，接着有一道看不见的波浪拍来，向外扩散的金光像是被扼断了一般，瞬间消散。

“呵呵，我以为多了不起呢，神神道道地布阵，没想到学艺不精，这就断了啊。”黎栋的声音很大，足够传到不远处的林渡耳里。

水镜之前，也有不少长老扼腕：“阵法消失了？”

“失败了？”

“不对啊，这阵法分明是个反阵，她要干什么？”

阵中的林渡却垂眸微微一笑：“成了。”

抵消了。

底下的阵法失效后，先前被聚拢压制的怨气必将反噬，就算已经被红柳吸收的也不例外。

怨气渐渐躁动，红柳受到了反噬之力的冲撞，挣扎着发出怒吼。那怒吼像许多魂灵在尖叫，像男女老少发出尖利的泣诉，鬼哭一般叠加在一起，不断刺激着人的耳膜。

林渡握紧拳头，做好了红柳暴走的准备。

果不其然，不光是垂着的血色枝条，连脚下的根茎也一同颤抖起来，林渡甚至能看到那树皮之下涌动的怨气。

这些怨气比之林渡的至寒之气更让人不适，在侵入人的皮肤时像是毒蛇吐着芯子，舔过人的皮肤。

那种冷让拥有冰灵根的林渡也有些发颤，她恍惚间看到巨大的树干上出现了无数张人脸，那些人脸像是被困在树干上一般挣扎着想要冲出厚厚的树皮。那嶙峋粗糙的树皮被撞出鼓胀的五官，人的鼻梁、眼睛和嘴巴，反复不断。

好好一棵树，恍若成了空心的人皮鼓。

林渡头皮有些发麻，接着她感觉大地在震颤，宛若大地的心跳。林渡知道那是千万亡灵的怨气反噬，他们想要逃走，想要解脱。

那是人的心跳，是古城的心跳。

林渡浑身绷紧了，宛若蓄势待发的猎豹，温雅的装束之下是寸寸紧绷的肌肉。

白狐毛领在呼啸的阴风中微微颤动，少年举起拳头。

红柳枝条冲破了林渡的浮生冰霜，带着嗜血的森森怨气，想要将这个破了它几千年怨气修为的人吞入腹中。

柳妖内里有怨灵横冲直撞，伤得不轻，它需要补充灵气。

林渡是现场灵气最足的人。

无数枝条被拳头砸烂，又有无数枝条出现，林渡不断挥出拳头，身体一步步直冲树干而去。

水镜前的众长老都有些呆滞。

那用剑都砍不断的枝条，在林渡的拳头之下如同熟透了的西瓜，被一拳拳砸烂。少年宛若闲庭信步，终于走到了暴动的红柳跟前。

她布了个叠加阵，反阵之上还布了鬼门阵。她把鬼门开在了红柳所在之处。

阴魂冲鬼门。林渡垂眸一笑，感受着地底越来越大的动静，加了最后一点力。

砰！鬼门大开，阴魂冲天。

无数阴魂直冲鬼门，这股冲力将红柳生生震出了沙地。

林渡顺势用灵力锁住了红柳，防止它被这爆发的力量冲到天上去。

而接到小师叔召唤的三人在感受到沙地的震动之后心中着急，将速度加到最快，直冲爆发的阵地而去，恰好看到了这一幕。

他们以为小师叔陷入了危难之中，但林渡此时衣袍完好，连大氅都丝毫不乱，托举着那棵巨柳的树干。

巨柳已经被连根拔起，根系发达，大部分都被扯断，往外渗着黑红的黏稠汁液。几乎有几十个小师叔那么粗的树干，被小师叔一手轻飘飘地托举着。

看到这一幕的元烨瞳孔微微一颤，惊恐地道："小师叔……小师叔她自己一个人，拔出了这千年柳树？"

林渡把红柳举起来这一幕，震惊的不只是在场的几个人，还有水镜前的各门派长老。

"这林渡……"

"是阵法。"专精阵法一道的连衡派长老玉衡开口道，"林渡的阵法没出问题，第一道金光是反阵，反阵用于破阵，需要极为精密的推测和计算。阵法被破，怨气反噬，阴魂不散，自鬼门开。"她顿了顿，眼眸中出现灼热的光彩，"这林渡在阵法一道，绝对是个天才。"

"就这反阵，我家那帮弟子，给他们七天都不一定能算明白，肯定早早在红柳树上吊着了。"

"这林渡师从哪位大能？"

睢渊虽然觉得这个小师妹委实厉害，但连衡派长老玉衡夸得有点过了，听到这一声询问连忙找到了台阶：“林渡啊，她的师父是阎野仙尊。”

“哦，阎野仙尊啊，那没事了。”玉衡想起当年中州阵道被阎野支配的恐惧。

林渡是阎野的弟子，那就很合理了。

这师徒二人，都是令人嫉妒的天才。

红柳遭受到镇压多年的阴魂怨气的反噬，此刻已是强弩之末，林渡可不想让红柳垂死挣扎后自爆，那从鬼门放出来的阴魂显然也不好惹。

她抬眼看到三个目瞪口呆的师侄，高喊道：“过来帮忙。”

林渡松手将红柳放倒，轰隆一声，接着利落地站到一侧。

“阳魂法会吗？元烨列东方位，晏青列西方位，瑾萱列南方位，结阵！”

少年身形瘦弱，在那血红的柳树映衬之下，清淡得如同墨笔稀释的一点。

鬼啸声越发尖利，红柳妖气暴涨，赤红枝条纷乱飞舞，浓郁的妖气冲天而起，几乎凝成了实质，森森阴魂遮天蔽日，直冲云霄，盘旋成黑灰的龙卷风，从先前树干所在的巨大洞口处不断破土而出，咆哮之声震耳欲聋。

天地都在震颤，似有崩裂之势。

水镜之前，已有不少宗门长老站了起来：“不好！林渡放出了这么多怨气深重的阴魂，只怕小世界会崩塌！”

“要不要提前打开界门，让孩子们赶紧出来？”

睢渊还稳稳坐在当中，只有宽大衣袖之下的手已紧握成拳：“不急，再等等看。”

“林渡不是那等不给自己留后路的莽撞孩子。”

“你都说了她只是个孩子！”君迁也有些着急。

若天地崩塌，则小世界不保，小世界中的所有人都可能被波及。

先前还在发呆的无上宗三人在林渡喊的瞬间飞身而出。

四道少年身影分列四方，几乎是同一时刻，双手在身前飞速掐着手诀。

阳魂法，需用生人阳魂，释放修士的最大阳气，以自身爆发出的阳气来震慑恶鬼的阴魂。

四人神情肃穆，身上气势节节攀升，瞬间爆发出极强的金光。

无上宗的弟子人人天赋超凡，他们四人，林渡灵根属水，镇北方；瑾萱五行俱全，可为火，镇南方；元烨有龙气庇护，灵根为木，镇东方；晏青灵根属金，镇西方。

这就是绝佳的四象阵。

林渡抬手扔出小七关阵的七样材料，呈北斗七星之势，将四人的阳气聚拢，压在那黑洞中的阴魂和狰狞的红柳之上。

四方阳魂爆发出来的金光瞬间冲天而起，裹挟着阴魂，几乎是一瞬间，鬼吼声被震慑得停下来。

林渡抬眼，高声喝道："晏青！破煞！"

晏青抬手拔出背后的玄铁大刀，毫无惧意，眉眼坚定，一刀劈向被阳魂镇压的阴煞之物。

晏青眉眼清秀，颇有几分书生气，可手持玄铁大刀时，整个人如同暴起的猛虎，刀气刚直不阿，一往无前。

一刀刺破金光，穿透阴魂和赤黑的妖气，一刀破煞。

无数阴魂发出最后的叫嚣声，怨气被金光吞噬殆尽。

大地震动，四人依旧稳稳站在其上，衣袍被狂风卷动，他们的身形却似四把出鞘的长剑，笔直锋锐，四双眼睛倒映着金光，衬出少年人的无畏。

水镜前久久没有议论的声响，良久，睢渊率先开口："就因为还是孩子。"

那些阴魂被压制了几千年，所蕴含的阴煞之气，足够毁灭一个坍缩的小世界了。

但孩子们在面对强大的危险时是不会退缩的，他们一往无前，全力以赴，尽管天摇地动，在消灭眼前的阴煞之气后可能要面对更大的危险，却依旧愿意爆发阳魂，让自己处于虚弱状态。

少年意气不许他们做伺机而动的逃兵。

"四人联手居然破掉了如此强的阴魂怨气，真是……后生可畏啊。"

"真不愧是无上宗的弟子啊。"

外人看到的都是这帮孩子过于耀眼的优点，只有孩子的家长会在意他们付出的代价。

睢渊的目光扫过四个孩子，最后将视线停在那个一出手就惊天动地的小师妹身上。

林渡状态不太好，她先天体弱，如果要爆发和其他三人同等的阳气，势必比他们透支更多，但她不想拖后腿。

结阵如果能量不匹配，造成的结果绝对不仅仅是阵法失败，还可能被反噬。

林渡深深喘了一口气，第一次感觉身体被掏空。

宗门为所有进秘境的弟子配备了一些日常所需的丹药，她取出一颗补元丹吞了下去，骨头里的阴冷感如同附骨之疽，让人浑身不适。

林渡皱起眉头，她是冰灵根，并不怕冷，这是因为爆发阳气之后体力透支。

一颗不够，她又吃了一颗，用灵力化开药力。

她脸色白得吓人，倪瑾萱连忙跑过去："小师叔？"

"我没事。"林渡摆了摆手，"有事的是地下。"

红柳中的妖气被他们方才的阳气打散，煞气已无，又没了根，可以直接扛回家了。

她指了指柳树："你们谁要，这么难得的至阴之物，拿点儿？"

元烨看了一眼还在往外渗血的树干，打了个哆嗦："不了吧？"

他们纷纷摆手敬谢不敏，林渡就安然取出金线，金线属阳，阳封阴物，将那柳树绑了，扔进了储物戒指里。

沙漠这处的动静极大，早有修士闻声赶来。

狂风慢慢停止，林渡身心俱疲，慢慢佝偻着身子，双手撑着膝盖，大口喘息着。

她忽然注意到了什么，盯着那个红柳拔出后留下的深坑。

透过纵横交错的树根和白骨，她看到了些许银光。

林渡眯起眼睛，那是阵法中的银块反射出的光芒，但忽略银光之后，她看到了深处打坐的一具白骨。

那具白骨已经成了玉质的，说明其修为极高。

那具白骨对面是排列整齐的白骨，一眼看去，再考虑到地底的深度，至少有上百人，也都是高阶修士的骨骼，泛着宝玉一般润泽的光芒，和柳妖所吞吃的生人骨骼截然不同。

林渡忽然有些头皮发麻，她直起身，嗓子发紧："不对。"

"数一数一共有多少人的白骨。"

倪瑾萱一怔，晏青率先数了起来。之前红柳盘踞的范围内，一眼望过去都是森森白骨和纵横交错的血色树根，被冲击力拽断的树根截面还在往外渗着黏稠的黑红色液体。

“一百九十七块头骨。”

林渡补充道：“一百九十七块低阶修士的头骨，他们都是琴心境和凤初境的修士，最老的一块头骨距今六百多年。”

说明柳树妖化之后吃的都是他们中州的修士。

“但是……我们就进来了七次，有死那么多人吗？有那么多人折在大漠之中吗？”林渡的声音不高不低，极为平静。

另外三人闻言，同时觉得背后升腾起一股凉气。

“小……小师叔，会不会……是你多心了？”倪瑾萱有些害怕，伸手拽了拽林渡的大氅边缘。

元烨和晏青同时摇了摇头，接着看向林渡。

“小师叔的怀疑不是虚妄的揣测。”晏青的年纪比他们都大一些，来自中州一个小世家，自幼读过不少书，虽然走的是刀修的路，思维却比师弟师妹有条理得多。

小世界坍缩之后游荡在虚无之中，空间之间碰撞进入此界，而后被中州的宗门发现，因为发现的人恰好是大宗修士，几个宗门合力开发，其余门派会上缴一些租金作为供奉，所以成了中州各派弟子的历练秘境。

这小世界是出了名的供低阶修士进入且折损率低的秘境。

晏青抿了抿唇：“据我所知，七次，折损的不足两百人，而其中很多死亡地点都不在大漠之中。”

林渡天生对数字敏感，几乎能做到过目不忘，而晏青的思想更成熟，很快跟上了她的思维。

“先前出去的人……很有可能出了点问题。”

林渡接着道：“或者换句话来说，出去的人当中有鬼。”

元烨倒吸一口凉气，瞪大了眼睛：“有鬼？”

“化身。”晏青说完又补充道，“身体被柳妖吃了，魂也就散了。有个秘术，名为柳枝化骨，可用柳枝代替断骨，古书中记载，修为深厚的柳妖能化血肉之躯，食人后柳枝可化为被食之人的身躯。”

被柳妖吃进去的是人，吐出来的东西虽然一模一样，但实际不再是个“人”。

这是一盘大棋。

阴魂怨气使得红柳妖化，而这下面的阴魂也借柳妖吃人，钻进柳枝生出来的躯体内，换一个新身份。

界门打开，就能顶着中州弟子的样貌出去，反正柳妖只吃人，不吃弟子令牌和储物戒。

林渡和晏青对视一眼，都看到了彼此眼中的忧虑。

元烨骂骂咧咧："亏我还想拉首曲子慰藉一下他们呢。"

林渡垂眸："也不是不行，我们下去看看。"

元烨啊了一声，拿奚琴的动作慢下来了。

倪瑾萱有些担忧："小师叔，你看着不太好，我们先歇歇吧。"

"在那帮人来添乱之前，我们先直击一下第一现场吧，要不然一会儿来看热闹的能把这些头骨都踩破了……"

林渡说着，看了一眼远方分散的正朝沙漠飞速移动的黑色小点。

晏青也同意："我先下去，小师叔你小心些。"

林渡一哂："我又不是纸糊的，你放心便是。"

元烨小声道："小师叔还能倒拔千年柳妖。"

林渡有些无奈："我不是……算了。"

晏青率先持刀跳下，林渡紧随其后，倪瑾萱拽着林渡的大氅，跟着她跳下，元烨挠了挠头，嘟囔一声，也跟着跳了下去。

这坑极深，落下去的时候四个人动用了灵力帮助身体缓冲，但依旧被震得生疼。

甫一落地，林渡就皱起了眉头："好重的阴气。"

骨头里的阴气还没散，她情不自禁地拢了拢大氅。

地下的确是座城池，他们所在的地方是城池中央，当中有一张用于供奉的桌案，桌案之前有一具维持着打坐姿势的白骨。

林渡扫了一眼，大约是个祭坛。祭坛周围密密麻麻是一片坐化的白骨，约莫有数百个人。

"这么多人都在这里坐化了？"倪瑾萱轻声吸气，她方才没有往下看，所以和这么多白骨打了个照面，心里还有些瘆得慌。

元烨下来时没站稳，扑通一声直接扑进了一具白骨怀里。紧接着周围的白骨如同多米诺骨牌一般，一具接一具地散落一地。

眼睁睁看到这一幕的林渡着实无奈。

晏青正在查看祭坛供桌上的东西,听到动静转身一看,默默地闭上了眼睛。

就这样还是皇室子弟?

少年整个人扑在白骨胸前，两只手还按着两截肱骨，他抬眼一看，也知道闯下大祸了。

“小……小师叔，我就是腿有点软，但是没关系，我们还跟之前一样，数头就行了，你看这头盖骨它多整齐啊……”

林渡点点头：“你要是把你的头盖骨放上去也是一样的整齐。”

元烨艰难地爬起来，苦着一张脸：“我错了，您看，那不是还有好几个没散的吗？”

晏青走到供桌前那个明显是主导位置的白骨跟前，刚刚伸出手，那具白骨应声而散。

林渡抬手按了按眉心，总共四个人，居然出现了一对“卧龙凤雏”。

晏青沉默片刻，默默收回手：“如果我说我还没碰到，小师叔你信吗？”

林渡敷衍地点头：“你说我就信。”

晏青有点委屈：“我真的没碰到。”

砰的又是一声，林渡皱着眉头看向声音发出的方向，以为又是谁碰到了。

但这次没有。林渡眼神慢慢凝重起来。

晏青连忙大声道：“小师叔你看，我就说……”

他话还没说完，又一具白骨散落。

林渡眯起眼睛：“总不能说是你声音太大，吓着这具白骨了吧。”

她话音刚落，又一具白骨散落到地上。

倪瑾萱瞪大了眼睛,声音颤抖:“小师叔……是还有什么邪祟没被打散吗?”

“你怕什么？我们是修士，什么邪祟打不跑？”林渡脑瓜子疼，先前计算量太大了，但看了一眼胆小的倪瑾萱似懂非懂的模样，又放低了声音，“不用怕，这天道将修为限制在琴心境，我们四个都是琴心境，不管是什么出来，我们都能压制对方。”

林渡说着，又接连出现几声白骨散落的声音，现在完好坐着的白骨只剩下二十具了。

林渡忽然意识到了什么：“元烨，去碰一下那几具没散的白骨。”

元烨有些疑惑，但还是过去碰了一下，没散。

“用力。”林渡道。

元烨啪地一下给了头骨一巴掌。

白骨纹丝不动。

反倒是元烨哀叫一声，吹了吹拍红的手。

“发现了吗？”林渡问道。

“发现了。”晏青接话，看向那几具依旧坐着的白骨。

“发现什么了？”元烨一脸无辜。

“数一数散在地上的头骨，元烨。”林渡开口。

闻言，元烨乖乖数了起来。

“一百九十六……一百九十七，加上供桌那边的，一共一百九十七，小师叔。”元烨说着，忽然脸色一僵，“这数字听着有点耳熟啊，小师叔？”

林渡垂眸，轻笑起来：“是啊，耳熟。”

一百九十七具散落的白骨，是因为白骨的阴魂已经不在此界，没有阴魂之力维系，所以散了。

而柳树树根下同样有一百九十七具白骨。

换句话说，一共一百九十七个化身走出了小世界，混迹在他们所在的世界中。

如果今天不是林渡破阵，这一回，或许还有二十个化身跟着他们一道出去。

它们以邪道复生，混迹人间。

先前只当凶柳吃人，如今挖开了才明白，凶的从来不是柳，是人。

深坑处陆续来了一些人，有人见下面四个无上宗的弟子站在森森白骨之中，有些害怕，高声问道：“是无上宗的道友吗？你们在下面还好吗？”

林渡觉得这句话有点不对劲。

元烨仰头高声回道：“谢道友关怀，我们在下面挺好的！”

林渡眉梢一挑，更不对劲了。

上面的人觉得底下阴气深重，有些犹豫，但听到这一声，还是决定下去看看。

林渡看了一眼倪瑾萱和元烨，清了清嗓子：“什么该说什么不该说，你们知道吗？”

晏青同样反应过来："这事儿只能出去告诉长老。"

林渡补充道："单独告知睢渊长老，六百年，足够一个寻常弟子变成宗门长老了。"

睢渊没有来过这个秘境，算起来，这秘境出现的时候，他至少已经是腾云境，进不来。

元烨和倪瑾萱虽然单纯，但也知道其中利害，闻言迅速明白了话里的意思，郑重地点了点头。

林渡蹲下身，随手拿起一根玉质的白骨，轻轻敲了敲那人的头盖骨。

"小师叔，你这是……"

林渡又敲了一下："敲木鱼攒点功德。"

她隐约觉得事情的真相比树皮之下是血肉，树根之下是累累白骨更为可怖。

因为那怨气，绝不只是两百个阴魂聚集而成的。

不说方才那冲天怨气和怨灵，光是那树妖内脸的数量，就不止剩下这还没出去的二十个。

他们四个方才打散的阴魂至少成百上千。

冲鬼门的阴魂多到凝成了如实质般的黑色，男女老少的哭嚎声皆有，但这里都是高阶修士。

因为世界坍缩，没有能力飞升，但修为极高的修士可以。

哪儿来的孩子？也许还有一种可能：这地下城池之中有更多具白骨。

三人觉得小师叔有点不对劲。

那高阶修士至少已经达到晖阳境，因而骨头历经天劫被淬炼成了近乎通透的白玉质地，虽然积年的聚阴消磨了它的光泽，但敲起来是好听的，跟敲玉质的盅一样。

晏青忽然开口："小师叔，你知道问灵吗？"

林渡抬眼："侥幸在书楼中一册奇门道法的书中看过。"

那是一门只动用神魂的法术。

他们同时看向那几具依旧立着的白骨。

"方才阴魂都从鬼门冲出来，已经被我们的阳魂打散了，但这些应该还留有残念。"

还有残念，所以白骨不倒。

两个不爱看书的小孩儿只有呆呆看着师兄和师叔分析的份儿。

林渡对上两道清澈无知的眼神，叹了一口气。

倪瑾萱也觉得自己有些没用，小声道："小师叔，我们是不是特别没用？"

林渡摇摇头："怎么会呢，你们很可爱。"

元烨顺口道："真的吗？"

"对，有种没有被知识'污染'过的纯真可爱。"林渡站起身，伸手摸了摸倪瑾萱的头，另一只手还拎着那根肱骨。

倪瑾萱乖巧地哦了一声："小师叔，你吃糖吗？你看起来还是很虚弱。"

小师叔虽然比倪瑾萱小，但已经比她高了，她微微仰头，掏出荷包里的糖："前天刚做的。"

林渡不想用碰过骨头的手碰吃的，就着她的手吃了一颗糖，元烨也伸手去要糖，将硬糖嚼得嘎嘣响。

恰逢几个外宗弟子降落下来，扑通几声，接着就是一阵哀号。

骨头散落一地，稍有不慎一脚踩上，脚下一滑就摔倒了。

林渡抬起眼皮睨了一眼那几个修士。

那几个修士揉着屁股一边骂骂咧咧，一边看向林渡他们四人，忽然觉得画面有点怪。

他们四人安然地站在一地白骨之中，脸上笑嘻嘻的，其中一人甚至还拿着一根骨头，还有一个人嘴里发出咬碎骨头的声响。

几个修士目光渐渐惊恐起来。

"你们……你们居然，吃……吃尸骨？"

元烨嚼糖的动作一愣："不是，不是。"

一人指着林渡手上的白骨："那你们拿骨头做什么？"

林渡顿了顿，比画了一下，道："我……问个灵。"

几个修士将信将疑："真的？"

"那不然呢？"林渡拿着骨头往那几具没倒的尸骨旁走。

所谓问灵，不过就是用神识与残留的执念沟通。

她敲了敲尸骨的头盖骨，这个修士大约没有中间的修士修为高，骨头并没有完全被淬炼成玉质的，声音也更沉闷，不清脆。

但很快，林渡知道这头骨敲出来的声音为什么更沉闷了。

只一瞬间，森冷的气息顺着她的指节攀爬上她的手腕，接着她的神识也被一道冰凉的东西勾缠而上。

那道灵魂气息格外冰冷，像是被封存了千年的湿冷黏虫，带着腥冷潮湿勾上了她的神识。

“小师叔！它的神魂没散，还寄居在白骨之内！”倪瑾萱一直亦步亦趋跟着林渡，这会儿迅速察觉到不对劲，扯下腰间的鞭子欲向那具尸骨打去。

“别动！”林渡垂眸，直接将手上的骨头扔了，抬手盖上那人的头盖骨，语气森森，“想干什么？夺舍吗？你也配？”

众人的目光全部落到了林渡的身上，她身上覆着厚重的大氅，只有一只手伸在外面，手看着比那白骨还要苍白一些。

但接下来，林渡的举动更让人害怕。

她抬起另外一只手，用灵力将那些尚未散架的尸骨推到自己跟前，不顾那一地四散的白骨堆，胡乱架着，就算整个歪倒也不在意。

“都看好了，我是来问你们话的，不想说，那就连你们最后的栖身之所都要砸碎。”

林渡的神识的确不如这些老东西强，但是……

“这小世界的天道坍缩，管你从前是第几候，现在你都只能使出琴心境的实力。”

林渡面无表情地抬手，灵力灌入手掌，修长的五指捏着那头盖骨，慢慢用力。头骨慢慢结上细密的冰霜，接着，林渡轻轻一笑：“瑾萱，可以了。”

咔嚓一声，头骨应声而碎。

寄居在头骨之中的神魂没了依附的东西，叫嚣着就要逃走，被一旁的倪瑾萱一鞭抽散。

天品灵宝云魄鞭，不止伤肉身，亦可伤神魂。

林渡笑着往另一具完好的白骨面前走了一步，接着抬手，食指轻轻扣了扣它的头盖骨，神识散开：“那么你呢？”

众人齐齐打了个寒战，恍惚间白骨都好似在颤抖。

林渡并没有什么耐心，尤其在她明知自己会得到什么结果的时候。

头盖骨里的阴魂没有回应，只有一片缄默。

咔嚓一声，头骨碎裂。

紧接着就是破空的鞭响，白骨四散。

围观的众人又齐齐打了个寒战。

“那么你呢？”

这一次林渡得到了回应，她闭上眼睛，看到这个阴魂给自己的答案。

此地名为兰斯城，是兰句界的中心城池。

最初没人发现兰句界有什么不对，直到灾害频发，沧海成湖，日月渐渐黯淡无光，有千年无人飞升，灵气也越发稀薄，灵脉和灵石矿需要更长的时间才能产生灵气时，才有高阶修士确定，兰句界兴许在坍缩。

世界坍缩，修士会无法从内部走出去，无法飞升，最终灵气消耗殆尽，最先死的是修士。

没人想死。等到日月不见之时，人们与天道的最后一丝联系也消失，只剩下纯粹的规则压制。

于是高阶修士们联合起来，想了很多办法，想打开界门，可始终无果。

最后的殊死一搏，是献祭。

献祭那些修为不高的人，汇聚那些人身上的灵力和魂力，将其引入整个世界修为最高的二百一十七名高阶修士体内。

当他们身上的修为瞬间超越此界限制时，或许就能迫使小世界送他们出去，但坍缩的小世界天道规则已经不全，所以他们失败了。

这个世界爆发了有史以来最强的沙尘暴，将兰斯城彻底淹没。

二百一十七名高阶修士也就此被掩盖。但千年的积累让大阵悄然发生了变化。

林渡看完这个阴魂给自己讲述的故事，顿了一会儿，笑起来：“这个时候还要三分真七分假，演给谁看呢？”

字字句句是迫于无奈的挣扎，可有人在意那成千上万条卑微的人命吗？

这话或许可以诓骗瑾萱和元烨，却实在骗不了她。

大阵一层叠一层，她只需要往城内走一走就会知道，究竟是几重大阵叠加，他们的后手究竟又是什么。

“不老实啊。”林渡说着，手上用力。

又是咔嚓一声。

阴魂在空中发出一声不甘的嘶吼，被倪瑾萱用力一鞭子抽中。

林渡闲闲抬眼："这里是兰斯城，一场天灾将其掩埋，但东西大多都还在，你们去吧。"

那几个围观的人却不太敢动："你……你们先？"

林渡摇了摇头，手放到另一个头盖骨上："还没问完。"

围观的人彼此对视了一眼：这还没问完？这是没碎完吧？

"晏青，你也来。"

晏青面上平静，实际内心波涛汹涌。

他记得问灵之法施展之后，还需要晓之以理动之以情，若是阴魂愿意开口，问灵才顺利。

哪有小师叔这般上来就威胁人的，阴魂能理她只能说是迫于淫威。

晏青抬手，施法凑上去，但随即神魂就感受到凶灵的撕扯，他迅速抬脚踹上去，接着顺势拔出背后的大刀，一刀劈开白骨。

"夺舍有损阴德，这位前辈请好自为之。"

刀气刚烈至极，甚至连祭坛的地上都被划出一道刀痕。

几名修士齐齐后退一步。先前觉得晏青是无上宗四个弟子之中看上去最正常的，故而他们离这人最近，这会儿刀气险些波及他们的脚趾。

现在他们悟了，他们无上宗没一个人是正常的，得离他们远点。

越来越多的人赶来，一个接一个落地。

就见先前来的人缩手缩脚地站在祭坛角落，当中一地白骨，四个无上宗的弟子一人提刀，一人拿鞭，一人架着奚琴正在演奏安魂曲，琴声凄厉如嘶鸣，听着便叫人瘆得慌。

剩下一人看着无比瘦弱，却徒手捏碎了一个头盖骨。

一旁拿鞭的粉裙娇俏女修紧跟着一鞭甩了过去。

"这无上宗的弟子在干什么？"

这场景太过诡异了，所以无人注意角落一侧，有人忽然捂住了自己的头，痛苦地发出了无声的嘶吼。

林渡终于得到了她想要的答案。

根据这个阴魂所述，当年这二百一十七名修士做了两手准备。

若是献祭力量不够，那就开启聚阴养煞大阵，防止死后阴魂消散。小世界已经坍缩，无法转世，寻常人的三魂七魄四十九日便会彻底消散。他们打算等世界之外的力量开启界门时，再夺舍出去。

红柳是个意外，但也不完全是意外。

从红柳妖化的那一刻，那个布阵的人就想出了一个更好的办法，红柳恰长在阵眼之上，只要源源不断地用阴魂怨气供养，这红柳就能修成大妖。

夺舍不易，容易生出更多异变，比如一体双魂，或者修士拼死自爆。

但如果红柳食人之后枝条化身成原本的人形，他们的阴魂钻入柳枝之中，再动用力量和红柳切割，拾了别人原先的身份，等秘境历练时间一到，外界之人开启小世界界门之时，他们便可混入人群之中，到达新世界。

“吃人的是柳树，与我们有什么关系？”阴魂森森怪笑，“如果能出去，谁想困死在这一片天地？”

“毕竟真的害死那一百九十七名修士的可不是我们，是你们这些打开魔盒的外界修士，不是吗？”

林渡笑了笑：“不对，当然不对。”

她抬眸，动手捏碎了阴魂的头盖骨：“当然不对。”

“从你们献祭无辜低阶修士甚至平民的那一刻，就不对了。”

如果不是那成千上万不知情被献祭的平民，这红柳不会妖化。仅仅是二百一十七名修士的怨气，滋养不出一个大妖。

“你们的逃出生天，是用无数生人的血肉撕开的口子。”

林渡自诩不是什么正道人士，她只知道，自己的事，绝不牵连无辜之人。

“反正他们都会死的！提前死，献祭出来，还算死得有点价值！”

林渡眨了眨眼睛：“如你所说，你现在没有价值，那就该死了。”

“瑾萱，鞭子。”鞭子破空发出锐鸣，那阴魂想要逃走，发出凄厉的嘶吼，渐渐在空中显出一道灰黑色的虚影。

就在此时，角落处的一个人歪了歪头，掐住自己身旁一个人的脖子，接着直接将人扔向了祭坛当中。

黑影随即撞进那被扔出来的修士躯体之内。

原本凄凄切切的奚琴陡然变了调，瞬间如同万马奔腾，激昂慷慨，长音之间的间奏如同马蹄踏地时的地动，引得那被林渡布阵炸出来的洞口也簌簌落下些沙土，但无人在意。因为两个阴魂夺舍了两个修士。

对于他们这群至多琴心境的修士而言，是无法阻止夺舍进程的，只有杀死。

无上宗那四个不太正常的天才无疑已经动了杀念。

原本还带了点书生气的高大少年已经提刀蓄势，另一名娇俏女修的鞭子甩成了长蛇。

而林渡，那个先前被众人轻视的天赋第一的人，将最后还完好的七具尸骨彻底捏碎，咔嚓声不绝于耳。

她姿态闲散，甚至在捏碎骨头之后从容地拍了拍手，抬眼看向站在角落的人。

“什么时候上身的？是晏青问的第一个？”

的确是那一个，晏青那一刀不比倪瑾萱的灭魂一鞭，刀气虽刚烈，但只能震慑阴魂，而瑾萱的那一鞭兴许只抽到了一点，便让那阴魂躲了过去。

以他们的修为，只能感受到阴魂的大致位置。

元烨坐在一片白骨堆上，全心全意沉浸在乐曲之中，连面部肌肉都在跟着用力，两根弦被少年拿着的弓揉搓得格外动情。

没人比一个音修更知道什么是精神攻击。

但前提是，不要无差别伤人。

原本在元烨身前的人默默散开，并不想被伤及。

林渡忍着神魂的躁动，道：“出来，别逼我说第二遍。”

那人狞笑起来，抽出一把灵剑：“你让我出来我就出来，凭什么？这具身体已经是我的了，如何？有本事你杀了我啊。”

林渡哦了一声：“你们都听到了，是他自己找死。”

“林道友，且慢！”有人慌了神，“此人是三大宗门之一归元宗的亲传弟子，万万不可啊！”

“归元宗的亲传弟子这么容易就被人夺舍了？”林渡又往前走了一步，“那真是可怜啊。”

“林道友！”

林渡轻轻嗯了一声，又往前走了一步，那把灵剑已经直冲她的面门而来。

“林道友若是杀了他只怕会惹上是非啊！”

“那你有更好的办法吗？你知道他本人的神魂是不是已经被这老东西

吞了？”

林渡讨厌麻烦，但她更讨厌被威胁。

先前阻拦的归元宗弟子见状也拔出了灵剑，斜地里替林渡挡住了那一剑，急声喊道：“巫曦师兄，我知道你还在，你醒醒啊！”

林渡握着浮生扇的手一顿，瞳孔一颤。

巫曦？那不是夏天无命中的那段偏缘？

这人多大了？还跟他们一帮小孩儿一起玩？

系统道：“对，他就是夏天无的偏缘。”

林渡：“真是万万没想到。”

说话间，巫曦已经推开拦着他的同门，直奔林渡而来。

这人是琴心境大圆满，只差一线就能突破结丹，所以才来这个秘境找一找机缘。

林渡的修为差他一层。她拧眉，既然现在不能死，那就往死里揍一顿吧。

眼看灵剑就到了眼前，林渡抬手以扇挡住了寒光凛凛的剑尖，接着顺势打开折扇：“你不出来？那我就好好教训教训你，我看你到时候要不要出来换第二具躯壳。”

她语调轻缓平静，不带丝毫感情，如同雪雾簌簌。

接着浮生扇打开，冰霜顺着剑尖一寸寸爬上人的指尖、手腕，接着以一种近乎恐怖的速度。冻结了对方。

被附身的巫曦初时还试图用灵力挣开冰霜，却徒劳无功，至寒之气进入他的毛孔，连带着肌肉都开始变得僵硬起来。

男子因为用力，脖颈和额角的青筋暴起，但肌肉无法动弹，甚至连眼前都蒙上了一层薄薄的冰雾。

前所未有的恐惧席卷而来，巫曦的神魂也抓准时机进行反扑。

身体本就不能动，神魂又在撕咬搏斗。

男子出声，声音嘶哑无比：“这是……”

回答他的是当头一拳。

就算是琴心境大圆满又如何，阎野说了，她的一拳腾云之下无人能接，那就没人能接。

林渡这一拳是冲着人的脸去的。

“出不出来？”林渡收了拳头，一把扼住了人的咽喉，接着慢慢用力。苍白的手背上皮肤薄透，青色经脉突出，饶是这样狰狞，却也实在好看得像是个艺术品。

奚琴的曲调越发激昂起来，倪瑾萱拎着鞭子站在一旁：“快出来！你有本事出来跟我打啊！”

林渡眼皮一跳嘴角一歪，但忍住没笑。

归元宗的几个弟子急得团团转，却也没人敢上手救人。

他们都亲眼看到过林渡是如何一个个捏碎那些尸骨的头盖骨的。

这青云榜天赋第一是不是真的病秧子他们不知道，但一定是疯子。

巫曦的面部一点点涨成了青紫色，连带着瞳孔开始往上翻，声音也越发粗重，混着奚琴突然变得刺耳的长音，一道黑灰之气顺着鼻孔钻了出来，直冲林渡的面门而去。

那阴魂带着决绝的断杀意味，谁知居然没能撞进去。

它错愕地穿过了林渡的身躯，被倪瑾萱看准机会一鞭抽得四散，变成纸灰碎屑飘在空中。

奚琴嘶鸣声起，恍然间似有无形的声波将这些纸灰碎屑彻底消灭。

林渡这才松开了那人的喉咙。

男子张了张口，觉得喉咙和神魂都痛得厉害。

林渡看了一眼归元宗的其他弟子：“看好他，别让他走在你们的背后，出秘境之后让你们的长老探魂。”

那几人乖乖点头。

另一边鞭声再度响起。

晏青用大刀的刀背砍晕了人，那阴魂在元烨的音律声中不堪其扰，又被原身的神魂反咬，仓皇出逃，下场如同前面的阴魂一样，被打散了。

倪瑾萱收了鞭子，一双杏眼依旧亮亮的：“小师叔，你累不累，手疼吗？”

围观了全程的众人：你们无上宗的人都有病！

奚琴声戛然而止，元烨站起身拍了拍屁股：“这人骨头硌得我屁股疼。”

“走了。”林渡招呼人。

“去哪儿啊，小师叔？”

“去捡破烂。”

四个人率先离开，走得轻快悠闲，看起来像是来闲逛的。

刚刚拐过一条路，林渡就跑了起来。

剩下三个人一愣，不明所以，也跟着跑了起来。

“小师叔，我们跑什么啊？”

“晚了抢不到好东西了，先去那些卖灵器和天材地宝的店铺，把好东西都搜罗起来。”林渡安排着，“我估摸着大府邸里宝贝也不少，我们分头行动，动作快些，不然等他们都反应过来，我们就抢不着了。”

其他三人眼睛一亮，扫了一眼，先往大府邸去了。

无上宗的人一走，几名心有余悸的修士如梦初醒：“走啊，方才林渡说了，这是座城池，城池里面总归有东西可捡。”

几个人四下散开。

“刚刚无上宗的人从哪儿走的？”

“就那儿。”

“哦，那我换个方向。”他实在不想跟无上宗的那帮人杠上。

有人看了一眼地上散落的头骨，好奇地踹了一脚，随后抱着脚跳了起来。

“这头骨如此坚硬，林渡她是怎么徒手捏碎的？”

这谁知道呢？

众人嘻嘻哈哈地散了。

大地之上，狂风呼啸，如同暴走的龙，带着灭世一般的力量，刮过大漠，大地震颤哀鸣，原先掩埋在黄沙下的城池彻底揭开了厚重的面纱。

那些残忍的真相，如同那堆皑皑白骨一般，彻底显露在众人眼前。

街道上摊贩的木车已经散架，一路随处可见姿势古怪的白骨，有的还僵硬地站着，有的似乎正弯腰挑拣货物，有一对白骨还保持着十指相扣的姿态……

直到大风刮过，城池彻底露在天光之下时，这些姿态各异，还保持着死前姿势的白骨终于轰然倒塌。

进来的中州修士们看着开始倒塌的白骨，都同时停下了手中的动作。

恍惚间，他们好像听到了轻轻的叹息。

世界坍缩，沧海桑田，人不过是这世间最脆弱的生物。

天地还在，草木生生不息，飞禽走兽重新诞生，只有修士，只留下最惨烈的遗迹。

这是他们的兰句界，他们以为自己是这个世界的主人。但世界坍缩之时，反而是修士率先失去了性命。

世界并不在意这累累白骨，无论未来是否会彻底坍缩成虚无中的一颗不起眼的微尘，都是演化，死而复生是人之所求，并非世界所求。

林渡站在一间店铺前，睫毛轻颤，抬手施了个净尘诀。

“叨扰。”她轻轻说了一声，那柜台后的白骨已然听不到了。

这些低阶修士的阴魂，早在她设鬼门阵的时候就被彻底消灭了。坍缩之地，无法连接冥界，亦无法超度。

她低头默哀三息，然后开始清空货架。

有些东西因为时间太长失去了灵力，成了破铜烂铁，但封存在盒子里的东西都还有用。

林渡轻车熟路地开始搜罗，只伸手一探，该扔的扔，该放进储物戒的一下就放进了储物戒。

无上宗四人如同蝗虫过境，连抽屉、柜面和后面的仓库都没放过。

后来的修士只要看到店铺干干净净一点灰都没有，就默默收回了欲迈入的脚，转头就走。

无上宗这帮人前面表现得像暴力狂一样，但搜罗东西时偏偏能细致地把所有值钱的东西掏得一干二净，就差把门口的石狮子都拖走了。

那名修士正在腹诽，忽然就听到重物在挪动的声响。他回头一看，那个纤弱清瘦的青衣少年正在搬大宅院门口的铁狮子。

“不是，林道友……你不至于吧？”

林渡回头看了一眼那修士：“什么不至于啊？你没看出来吗？”

修士愣了愣：“什么？”

“这铁狮子是用陨铁乌金做的，如今乌金价钱几何？”

修士摇了摇头：“我是个法修。”

法修要乌金干什么。

林渡哦了一声：“不说别处，就咱们中州，一两乌金，就这个数。”她伸出两根手指头，顺手弯了弯。

法修还在发愣：“二百灵石？”

林渡啧了一声：“你们法修是真一点儿不懂材料啊。”

“到底多少，还请林道友赐教。”那名法修也不恼，就是纯好奇。

“两颗上品灵晶。”

法修瞪大了眼睛：“那不就是两万灵石一两？”

他慢慢将目光移到了另一头铁狮子上。

林渡忙不迭把手头的扔进储物戒，身形一晃挡在另一头铁狮子前，随后将其收入囊中，拍了拍手，心满意足。

“先告辞了，道友。”她抬脚踹开府邸的门，约莫一刻钟后，笑容满面地走出了宅子。

果然高门大户就是有一堆好东西啊。

此时,腰间的弟子令牌忽然响起了一道急促的声音:“小师叔,速来城主府,内库有阵法。”

是元烨。

他们入门不足一年，除却林渡这个专修阵法的人之外，其余人对阵法所知寥寥无几。

林渡看了一眼弟子令牌上指引的方向，绕路不便，还是直接抄近道吧。

身着青色白狐毛大氅的人飞身跃上了院墙顶端，接着一路飞跃，轻灵得如同飞雁。

刚进入一家院子里的法修一抬头就看见一道青影飞了过去，空中掉下来几根狐毛。

法修沉默片刻，到底是谁说林渡是个病秧子的？

“小师叔，这到底是什么阵啊？你都看了半盏茶的时间了。”元烨挠了挠头，“要不然，就算了？”

“你试过炸开吗？”林渡拿着探测阵盘皱着眉头，觉得这孩子实在聒噪。

元烨啊了一声：“没有。”

林渡抬眼，收了阵盘：“那就炸。”

反正夏天无一炉废丹十几二十颗，一天至少炼一炉，攒了两个月的废丹都给他们带着了。

元烨从怀里掏出几颗废丹，轻轻一弹。

轰隆一声，无事发生。

林渡抬起眼皮："不愧是城主府。书房在哪儿？"

"啊？"元烨还没回过神。

林渡抬脚就走："阵法师一般会给主家留下基础的阵法图。"

元烨挠了挠头："是吗？"

"让你读书你非去喂猪。"林渡抬手敲了敲和自己一般高的少年的头，"你是不是压根儿没往书房去？"

元烨的确没想着往书房去，他觉得这都千年过去了，什么书籍都快化成灰了。

他捂着额头，倒也不觉得疼，就是觉得不对劲。

小师叔是不是比他还小两岁？但是为什么教训他教训得这么自然？难道这就是传说中的辈分压制？

两人一路寻找过去，最终站在一扇房门之前。元烨抢着走了两步，替小师叔抬脚踹门。

门没踹开。

他无措地叹息一声，无辜地看向林渡："这门……"

"禁制。"林渡眉头一拧，"这间房应该很重要。"

禁制姑且可以算阵法的一种，只不过融入了空间规则，并且涉及的东西不太多，只阻隔，并不主动攻击。

林渡看了一眼元烨："你……体术行吗？"

"啊？"元烨疑惑地道。

"算了。"林渡叹了一口气，这孩子分明是会看眼色的，但偏偏就是读书少了。她面无表情地举起拳头，运起灵力，一拳砸向了旁边固定的槅门。

一拳砸破。

元烨瞳孔一颤："禁制是这么破的吗？"

林渡收回手："不是。我这是错误示范，但快。"

元烨觉得这个错误示范有点耳熟，但一时想不起来在哪儿听过。

"下次遇到禁制，最快的办法就是绝对的力量压制。"林渡说完，指了指门上的破洞，"你上脚吧，用点力。"

元烨点了点头，抬脚一踹，四道门板应声而倒。

啪的一声，扬起一片细密的灰尘。

两人同时屏息眯起眼睛，接着意外地看到了一具被巨大铁链捆住的白骨。

“这人是犯了天条吗？”林渡看了一眼铁链，比她胳膊还要粗上一些，每一截都快赶上她的脸大了。

元烨咳嗽了两声：“反正不是好人，要不然为什么用这等铁链拴着？”

林渡垂眸：“倒也未必。”

元烨愣了一下：“和先前的阵法有关？”

林渡点点头：“或许只是我的臆测而已，没关系，人都死了，先找东西吧。”

这里的确是书房模样，书架上的玉简和竹简尚且完好，应该是因为禁制。

林渡看了一眼当中的书案：“这桌案雕花还挺复杂，写东西的时候不硌得慌吗？”

元烨扫了一眼：“是暗格，掩饰而已。”

他走过去，随手捣鼓了几下，桌案中间的雕花处顺利升出一个箱子，接着从那出来的箱子中又拉出了七八层小抽屉。

林渡目睹了全程：厉害。

“藏这里自己都会忘记吧？”

元烨笑了笑：“可不止这些暗格。”

他极为娴熟地开了抽屉，从抽屉里也找出一个暗格，接着是桌角、桌底。

林渡捂着额头：“一块木头能做这么多暗格吗？”

“暗格嘛，放重要物件的，我那帮叔父都这样。”元烨淡然地把找出来的东西都堆到了林渡的面前。

少年脸上还带着尚未褪去的婴儿肥，神态自若地转头去摸书架上的暗格，像是做惯了的模样。

只有这会儿，林渡才从元烨身上看出了一份泰山崩于前而面不改色的皇族气韵。身在波谲云诡的皇室，再纯真的小孩儿，也已经习惯了那些弯弯绕绕。

“找到了，是这张吗？”元烨将图纸递给林渡。

林渡垂眸看了一会儿，心中有了计较，取出笔墨算了起来。

她在计算，元烨就翻找书房中有用的物品，等所有柜子都翻完了，元烨就将目光移到了那个被巨大铁链锁住的人身上。

那白骨之上还覆着近乎完整的法衣，腰间的白玉佩和储物袋都还保存完好，只有手足上拴着铁锁，那铁链被钉在地上，似乎是后来钉下的，青砖四分五裂。

元烨道了一声“得罪”，俯身想要取那人身上的储物袋和储物戒。

就在这时，一股残留的巨大灵力弹开了刚刚靠近的元烨。

元烨早有防备，用灵力稳住身形，在地砖上摩擦出一道鲜明的痕迹。

“我不拿还不行吗？”

屋内忽然响起一声叹息：“汝从何来？”

元烨和林渡同时看向尸骨。

那些有能力附在白骨上的阴魂早就被他们四人联手绞杀，其余被献祭的平民能力不够，早已被打散，那么，这人是什么情况？

元烨下意识地看向小师叔，林渡使了个眼色。

“晚辈元烨，无上宗第一百代亲传弟子，来此历练，无意冒犯。”

那道沧桑的声音再度响起：“无上宗？”

林渡搁下笔：“洞明界中州第一宗。”

“那是……通天大世界之一的洞明？”

林渡颔首：“阁下尚存遗志，晚辈力弱，但若有能帮得上忙的地方，定当相助。”

空中传来一声轻轻的叹息，随后道：“敢问，城中可有祭坛？”

“有。”林渡算完最后一笔，收了东西，走到那具白骨面前，“但现已被彻底破坏。”

“那就好，那就好。”

“吾乃兰斯城城主，兰句界开始坍缩之后，二百一十七名高阶修士聚集在兰斯城，名为商量如何拯救兰句界，实则妄图以献祭之法撕开界门，逃出生天。吾想要将消息告知众人，联合所有人一同反抗，但被他们发现后锁在城主府内，不得脱身。”

元烨了然，这城主也是高阶修士之中的一员，是因为发现献祭计划才被锁在这里。

那些修士为什么不直接杀死他？

“晚辈有个请求，前辈您能提供那两百一十七名修士的名录与特征吗？

现有一百九十七个阴魂违逆天道，借助妖柳逃入洞明界，定然要吃人害人，还望城主相助。”

元烨看了一眼小师叔，忽然觉得她像极了自己那索要逆贼名录的皇叔。

林渡得到了那两百一十七名修士的名录，还有他们各自的特征以及擅长的功法。

或许一开始，这帮人是真的想要救世。可救世之人，最后为了自己的生路，成了灭世之人。

兰斯城城主的这一道残念在给出名录之后已近力竭。

林渡思索片刻，道：“城主，您的执念是救世，可兰句界的世人已死。现在晚辈有个请求，那一百九十七人本是逆天而行，他们对于我们洞明界是多出来的人，为了遮蔽天机很难说他们究竟会做出什么，我人微言轻，需要一份更强有力的证据。”

说完，她从储物戒中取出一块养魂木，这东西金贵，一般人用不上，若她不是阵法师，也不会带出来。

“您愿意救一救我们洞明界的世人吗？”林渡问道。

“吾辈修道之人明生死，求正道，惩恶扬善，利益苍生，自当尽力。”

林渡恭恭敬敬地行了个礼，将那道气息微弱的残念请至养魂木中。

“小师叔，”元烨眼中闪过一抹思虑，“你这是……”

“总要留证据。”林渡指了指自己，“你觉得，一个小弟子的话可信度有多高？睢渊长老会信我们，但中州大小宗门无数，他们会信吗？”

即便妖柳吃人，但谁又能证明那一百九十七个人真的都逃出去了？

谁能为了他们口中的一百九十七人，花费时间和精力去验证、去追捕，甚至互相猜忌？

元烨总觉得小师叔这个人好像对世界充满了怀疑。

她方才用中州第一宗引得城主信任，自己却并不信中州第一宗在中州各宗门的号召力。

她思索在先，求真在后，步步深思算计，如同想尽办法让父皇相信有坏的皇叔们一样，可小师叔今年才几岁？

饶是皇室中人，这个年纪，大约也不会如此猜忌人心。

林渡不知道元烨在想什么，就算知道，她也只会一笑而过。

两个人并肩走向了城主府库房。

“小师叔，你说这城主说的有几分真几分假？如果是真的，那些人为什么不杀了他？”

“或许是因为他们不想浪费。”

“什么？”

林渡重复了一遍：“他们不想浪费一个活着的高阶修士献祭出来的力量。”

如果提前死了，那这个城主就没了利用价值。

在献祭之前，他们想要这世间的人都好好活着。

林渡破了阵，接着跟元烨一起扫荡了整个库房。

各种材料和灵药归林渡，法宝灵器归元烨，灵晶宝石对半分。

“我们还带着城主的残念，就这么搜罗他的东西是不是不太好？”等走出城主府时，元烨忽然小声问道。

“没关系，我装在另外一枚储物戒里，他看不到。”林渡伸出手，食指和大拇指张开，两个宽面银戒闪着朴素的光辉。

元烨自愧不如，还得是小师叔。

二人再度分开，林渡进入一间药铺时发觉里面已经有人了，刚想转身离开，却听得一道极惊喜的温柔女声：“林渡？”

林渡转头，杜芍一身济世宗的九叶铃莲水色弟子服，发髻上簪着一枝水晶芍药，眉眼之间是欣喜的笑容。

“终于碰上你了，先前就想和你打招呼，只是那时人多，你看着不太方便。”

林渡冲她颔首，站在门框处，向巷口扫了一眼：“杜芍姐姐，近日可好？”

“都好，你进来吧，这药铺我还没有搜完。”

林渡点点头：“这就来了，姐姐先拿你需要的东西。”

杜芍闻言继续翻找起来，不多时，就听得林渡在一侧问道：“这间药铺的库房有禁制，你破开了吗？”

杜芍摇了摇头：“这间药铺似乎是这城中最好的，连装药用的都是寒玉盒，药性都在。你缺什么药吗？我给你。”

林渡笑了笑，没有接受她的好意，只是抬脚走向库房：“那我去试试。”

她说着，探了探禁制，接着一拳砸过去，禁制消散，她从容地推开门，道：

“咱们进去吧。”

杜芍怔怔地看着那被砸破的门框：“你的手？”

“灵力而已，无妨。”林渡已经开始娴熟地搜刮东西了。

杜芍不信，凑过去看了看，那只右手的确没什么，只有骨节处轻微泛红，是她身上为数不多的血色。

“我看你脸色不好,大约是心脉有问题,使用灵力需注意,千万不可过激。”

医修典籍深奥，五年也只能算学得皮毛，何况她才入门不满一年。杜芍有心想要帮林渡，如今却也只能嘱咐一二。

林渡笑着应好，两人正要出门，突然听到了一阵嬉笑声。

杜芍尚未反应过来，林渡便抬手拦住了她。不等她开口询问，一道冰凉的灵力钻进她的喉咙，如同雪天舌尖一点落雪，很快消弭殆尽，但雪的冰冷触觉还在，她的声带也跟着不再发声了。

林渡看的杂书不少，这法术并不伤人，要是强行用灵力冲开也是可以的，她用神识传音解释道：“等等，一会儿给你解开。”

杜芍无措地看着林渡，这才惊觉先前比自己矮了半个头的少年，不过短短一年工夫，已经和自己一般高了。

这孩子在宗门吃的什么？长得也太快了。

但很快，杜芍的神色就变得凝重起来。

外头那个说话的男声，似乎是来自她的未婚夫黎栋。

黎栋所在的宗门只有两个名额，杜芍倒是不在意他们一男一女两人结伴而行。但他们接下来说的话却让她瞪大了眼睛，让她甚至忘记思考，为什么林渡要拉着她躲在药铺库房，而不是出去和黎栋碰面？

“你怎么样？吃了丹药还觉得冷吗？”女子关切地问道。

“是有点，没事，我是男人，能扛住。”男子故作无所谓地道，“不过这林渡真是有病，你回去也该跟掌门说说，总不能因为她是无上宗的弟子，就随便欺负我们小门小派的弟子吧？”

倪思闻言冷笑道：“林渡的确可恨，讹人钱财还把我们冻在那吃人的柳树下见死不救，还好我们顺利逃走了，回去我定然让我爹给我们讨个公道。”

“思思，不知道为什么，我总是觉得冷，你不冷吗？”

“我倒是无妨，你若是冷，一会儿去找你那个济世宗的妹妹要点丹药。

你不是说她答应这次历练之后会到宗门兑换筑基丹给你筑基吗？你之前所说的，从秘境回去之后就向我爹提亲，还作数吗？”

小门派没有医修，丹药是紧缺物件，一颗筑基丹在外的价格极其昂贵，并且就算服药，还有一定的概率会筑基失败，门派中唯有倪思这个掌门的女儿吃得起。

黎栋犹豫了一瞬，他是笃定杜芍会给他筑基丹的，只是上次提了一嘴杜芍没听出来他在索要。

杜芍已经达到凤初境大圆满，马上就要筑基了。

“我一会儿碰上她就找她要，思思，等我顺利筑基之后，便立刻向掌门迎娶你。只是我担心我资源不足，筑基失败……”黎栋说着，压低了声音，语气诚恳，“你信我，我是真心喜欢你，只是唯有我顺利筑基，方才有资格挺直腰板迎娶你，不是吗？”

倪思闻言也软了声音：“我父亲只在乎我喜不喜欢，不会在意你的修为。不过你说得也对，那我回去让我父亲多给你一些修炼资源，好让你顺利筑基。”

两人在外间说着话，忽然听见里头一声闷响。

“谁？”黎栋皱起眉头，握起手中的灵剑，“偷听旁人说话未免太不道德。”

“道德？”一道极为熟悉的散漫的声音从里头传了出来，青色衣摆从里头的槅门边缘晃过。

“黎道友，脚踏两条船才叫不道德，你说对吗？”林渡独自从里头踱步而出，眉眼之间是愉悦的笑意。

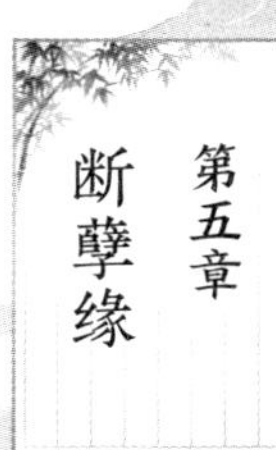

第五章 断孽缘

林渡笑得堪称和蔼可亲，却让立在橱柜之前的黎栋和倪思齐齐后退了一步，再次想到了那刺骨的寒冷。

林渡往前一步，他们就退后一步，一直到她走到堂中，三人才停下。

“你们好像很怕我？”她微微抬起眉毛，目光扫过两人手上的寻常木盒，那是方才杜芍不要的东西。

木盒并不能保存药材的药性，这千年过去，里头的草药只怕是一抔皱缩干枯的废品了。

黎栋心想能不怕吗？一言不合就把人冻住，要不是那树妖发疯把薄冰弄没了，他和倪思只怕早没了。

林渡笑了一声，将目光投向倪思：“你不好奇我方才说的话吗？”

倪思怔愣片刻：“哪一句？”

林渡好脾气地拢着大氅揣着手：“脚踏两条船。”

黎栋的眼中闪过一抹杀意：“思思，你不要听她胡说！”

“倪道友就不好奇，我为什么认识黎栋吗？”林渡又往前走了一步，“因为宗门大选上，第一个扶了我一把的姐姐是他的未婚妻，如今是济世宗的内门弟子，我想大约是黎栋口中的……妹妹吧？”

“林渡！你不要胡说，那不过是我的同乡而已。”黎栋握紧拳头，他转头拉倪思的手，“思思，你不要信外人挑拨。”

林渡一直注视着倪思，见她娇俏的脸上似有异动，笑了笑：“我只想告诉你，心疼男人倒霉一辈子，给男人花钱倒霉三辈子。”

她不信黎栋和倪思最后能和和美美。

林渡闲闲拢了拢袖子：“走了。”

黎栋直接转身挡在倪思的面前，双手捧着她的胳膊，目光恳切：“思思，别听她瞎说，这人一开始就讹你，如今还信口雌黄，离间我们的关系，不过是……是个天生看不得旁人好的坏种罢了。”

林渡顿住了脚，天生坏种？她轻笑一声，这才哪儿到哪儿啊。

“姐姐，不走吗？”林渡朝库房的方向喊道。

黎栋闻言，浑身一震，诧异地转头。

那黄花梨木槅门之后，又出现了一道水色身影。

是杜芍。

林渡隐在大氅之后的手虚虚一弹，解了禁言法术。

杜芍却如喉头哽塞，说不出话。

“姐姐，需要代骂服务吗？对你的话，我不收钱哦。”

杜芍定定地看着眼前无比错愕的黎栋，相识二十年，她竟然从未看出他是个朝三暮四的人。

自从各自进了宗门之后，两人见面的次数不多，只靠传信，黎栋因为她的坚定选择十分生气，有一段时间没有理她，直到她寄了些衣物和基础药液过去，才又和她通信。

现在想来，只怕都是为了她在济世宗的资源。

可这怎么可能呢？

她记忆中的黎栋，是什么好吃的自己舍不得吃也要留给她，用身上为数不多的零花钱给她买珠钗，因为母亲回家探亲，不想和她分离躲在被子里偷偷哭的少年。

不是现在这个字字句句都是筑基、资源，抱着别人说要提亲，满口谎言的男人。

杜芍深吸一口气，感觉全身一阵剧痛，良久后，道：“我最后……给你一个解释的机会。”

林渡表情一僵，万万没想到杜芍会说出这句话。

黎栋被她打入了至寒之气，所以她能感应到他的位置。

倪思和黎栋定然是不愿意分开行动的，所以她特地在发现那道气息越来越近之后，趁着杜芍翻找东西，飞速出去布了一个简单的引路阵法。

她费尽心思将这三人凑到一起，黎栋也不负她所望正常发挥了，杜芍现在却还要给对方机会。

林渡捂着胸口，只觉得心脏都要被气得裂开了。

林渡抬手，苍白的手背上青筋毕露，她按了按眉心，在神识内说道：“系统，今天他们还不分，我真的不干了。”

“宿主，请控制好情绪，你也不想被气死第二次吧？”

“阿芍……我……”

倪思盯着杜芍，上下打量一番，目光不善：“你是黎栋什么人？”

黎栋心一紧，抢白道：“是同乡。”

杜芍闭上眼睛，怒极反笑：“既然只是同乡，那么我们订婚的信物就交还彼此，我还你玉佩，你还我灵剑，我们的婚约就此作罢。”

她说着，用力扯下随身佩戴的香囊，上面的同心结在空中跟着剧烈晃荡起来。

为免磕碰，那玉佩一直被她装在刻有防御阵法的香囊之内，那不过是寻常玉佩，灵力微末，但她一直视如珍宝。

杜芍直直看着眼前的人：“你还有什么想说的吗？”

黎栋握着灵剑的手一紧。

倪思也注意到这一幕，皱起眉头：“你曾跟我说，这把灵剑是你父母传给你的。”

杜芍冷笑起来：“若是之前，的确也算半个父母，只是如今，却不过是同乡所赐而已。”

黎栋迟迟没动，终于下定决心，开口怒斥道：“阿芍，我一直把你当亲妹妹看待，那玉佩并非定情信物，这灵剑乃是我家传，你是不是疯了才会这般胡言乱语？”

林渡听到这话眉毛一抬，忍不住想给黎栋的心理素质鼓掌，眼看和杜芍挽回不了，就果断弃车保帅，真是诡计多端。

杜芍也被黎栋的厚颜无耻惊到说不出话来。

黎栋不等她发话，继续皱着眉头装出恳切的兄长语气教训道：“是，我知道你一直爱慕我，但是我一直把你当妹妹看待，那玉佩我看你喜欢就给你了，却没想到让你如此误解。我知道你听见我要迎娶思思，受到了刺激，可我是真心爱她的，她也会是你未来的嫂子，你别闹了好不好？

“从小到大，我只爱过一个人，就是思思，进门派的那天，我对她一见钟情。”

倪思听到黎栋的话，脸色微微一松，接着挑眉抬起下巴：“你都听到了？别痴心妄想白日做梦了。”

杜芍面色惨白，脸上肌肉抖动，像是被气得说不出话，向来温柔明亮的眼睛里闪动着蒙眬的光。

“副本一当前任务进度 100%，掉落奖励益气疏郁丹一颗。”

“我打断一下，”林渡将手心多出来的丹药放进储物戒中，瞬间心脏也不疼了，人也精神了，“你们订婚，就没有婚书吗？”

杜芍这才想起婚书这件事，从储物戒中拿出一个木盒，木盒内有一张红纸，上面写着的正是杜芍和黎栋的生辰八字。

黎栋脸色一变，抢过婚书：“这是什么？我从未见过，你怎么不知羞耻地连婚书都写下了？虽说我们父母相识，你知道我的生辰八字，但也不能如此乱来。”

林渡听烦了：“打住。”

她走过去站在倪思身后，声音刻意压低，学着黎栋方才的缱绻语气：“其实我倒是有个办法，既然黎栋非你不娶，绝口不承认他曾经和人订过婚约，那就发誓，天道誓言。发誓他从始至终只爱过你一个人，不曾和任何人订过婚，如果对你说了一句假话，就天打雷劈。这样对你也是个保证啊，让你们感天动地的爱情接受天道的见证。”

林渡轻轻笑了一声：“你说对吗？倪思姐姐，我也是为你好啊。我就看不得好看的姐姐被坏男人骗。”

她声音轻缓，咬字清晰，尾音缠绵，宛若诉说情话。

在修真界，没人敢随意发誓，老天爷真就看着呢。

说被雷劈就真的会被雷劈。

倪思骄纵，从小到大门派内的人都上赶着巴结她，若不是黎栋生得一副好皮囊和不管面对谁腰杆都挺直的性格，她是不会注意到这个男人的。

她转头，对上林渡含笑的视线。

这人笑起来时黑眸依旧雾霭沉沉，脸上的表情却是真切的，认真看人的时候含情脉脉，与平时的淡漠不羁全然不同，被注视的人难免会生出一种被重视的错觉。

倪思就这样听进去了她的话。

“漂亮姐姐，长点心眼吧。”林渡伸手在倪思耳旁打了个响指，接着看了一眼杜芍。她在等杜芍的反应。

林渡不喜优柔寡断的人。

杜芍忽然伸手夺了黎栋腰间的灵剑，长剑出鞘，发出一声清悦的低吟。

那是一柄天品法器，对于没有背景的普通低阶修士来说，已然算得上重要家产了。

黎栋下意识地按住剑鞘，却见杜芍含恨笑了一声，接着一剑斩断了玉佩上的同心结，将那玉佩摔进他的怀里。

“家父之物已收回，灵剑尚且锋锐，还可再另配剑鞘，你我就此恩断义绝，日后便是陌路人。”杜芍柔和的五官显出一份难言的坚毅与犀利，拎着那柄灵剑向店外走去。

黎栋错愕地喊起来：“你怎可夺我佩剑！”

他想要追上去，灵剑寒光凛凛，破空而出，稳稳架在他的衣襟之上。

女子身形挺拔，执剑手法有些生涩，但目光比剑锋还要寒上三分。

“泥人尚且有三分土性，你今日辱我至此，若再口出狂言，我不介意与你动一回手。”

林渡意外地抬了抬眉，这杜芍倒是……比她想象中有气性得多。

黎栋知道杜芍的性子婉约温和，耳根软，最容易受人摆布，没想到她如今居然真的敢将灵剑架在他的脖子上。

杜芍并不通剑法，但剑刃锋利，她出剑后往那脖颈上压了压：“你若再动，剑刃入内一寸，便是你的颈动脉，你那唯一心爱之人，身上也会溅上你的血。”

她是个医修，自然知道何处轻易便可要人性命。

黎栋僵得一动不敢动。杜芍收了剑，剑刃擦过男子的脖颈，留下一道血痕。

黎栋痛呼一声，杜芍却没回头。她走得决然，孤傲如化雪沾湿的冷梅。

“不擦擦剑吗？那人的血，未免太过污浊。”林渡的声音在她身后响起。

杜芍听得这一声，接了手帕，眼睫一眨，落下泪来。

水珠落到银色剑身之上，顺着又滚落下去，留下一道逶迤的小水痕。

林渡轻轻叹了一口气：“这铸剑师不行，好的剑身应该过水不留痕。”

杜芍原本强撑着，直到林渡开口，心中的委屈和痛楚才汹涌而出。

可这会儿这孩子说的话又让她忍不住笑出来。

她取了帕子，抬手揩眼泪，一面哭一面笑："我都忘了，你还是个孩子。"

林渡眨眨眼睛，没有反驳。

杜芍笑着笑着眼泪又止不住地流，她自觉狼狈，以帕子覆面，心中却越发委屈，忍不住呜咽出声。

林渡本想离开，见她这样，叹了一口气，抬手用灵力带着她走到一座无人踏足的宅院门前，一脚踹开大门。

"你先待在这里，我去搜刮东西，马上就回来。"她说着，飞速进了宅子，对那白骨道了一声得罪，接着开始迅速翻找。

见林渡这般，杜芍又忍不住笑，擦了眼泪，吐出一口浊气。

她看着那孩子在屋子里头晃过一圈，响起一声拳头砸破东西的声响，忍不住又操心起来："怎么老是用拳头？"

林渡没答话，挑拣了点有用的东西走出屋子，随手递给杜芍一块玉佩："给，天底下玉山那么多，灵韵足雕工好的一个赛一个，我随便在路边捡个破烂都比刚才那块玉佩强。"

杜芍接了，玉质入手温润，有浅淡的灵气涌出，她轻声道："不一样的。"

"姐姐，你听我一句劝。"林渡抬手捏了捏眉心，"不管玉佩上寄托了什么情感，就算它是你姥爷传给你的东西，它是一块普通石头，那就只是块石头。"

"只有价值连城，保质期长，不会随着时间贬值，反而越来越珍贵的，那才叫传家宝，一块石头算什么宝贝。"

林渡难得匪气外泄，眉眼中也多了些往日没有的生动。

杜芍一直看着她，这会儿忽然露出了点笑意："林渡，有没有人说过你真的很不像个孩子？"

林渡抬起眼皮："有爹有妈的才是小孩，没爹没妈那顶多算个人。"

不等杜芍反应过来，林渡抬手掐算一番："剩的时间不多了，我去捡东西去了，那两个人看着心眼不大，估计会报复，你要跟着我吗？"

杜芍先是应了一声，随后取出一个小包袱："我看你方才似乎心脏不舒服，过来我给你扎一针。"

林渡眼皮一跳，抬脚准备走：“不了吧，姐姐。”

杜芍揪住她的衣领：“不是说不是小孩吗？小孩才怕扎针，不是小孩就给我老老实实过来。”

林渡到底还是被扎了几针，别的不说，先前隐隐作痛的心脏倒是真舒坦了些。

只是杜芍在施针之后，眉眼之间满是忧愁。

林渡的心脏状况太差了。

林渡本人倒是一点有事儿的模样都没有，这座古城内的东西被搜罗得差不多了，越来越多的人赶来，林渡眼瞧着走几步就能碰到人，干脆抬脚往别处走了。

她似乎天生运气不太好，与灵植没什么缘分。

她走的地方几乎没有什么灵植，而杜芍选的方向总能收获一两株灵植。

林渡觉得这是天道对她的恶意。

她好像注定不能靠自己搜集到系统口中能够治疗自己心脏的灵植，最多找到些许可用于炼器或是刻阵的材料，诸如树脂、鹿角等等。

七天时间转瞬即逝，界门缓缓开启，分散在小世界的修士同时停下了手中的动作。

林渡定定地看着那天边出现的金色界门，曾经有千万人的性命和灵力被利用，只为求打开那道界门。

“发什么呆呢？不走吗？”杜芍轻轻喊她，“心脏又不舒服了？”

林渡条件反射地远离了杜芍伸出来的手：“不是，我很健康，不需要扎针。”

她祭出自己的飞行法器，轻轻跳了上去：“我们走吧。”

几百道身影带着灵力光弧往同一个方向飞去，远远看过去便如同无数颗升起的新星，灵光各异，赤橙黄绿青蓝紫，数百道光影于这空茫的天地之间掠过，像是交织的华彩缎带，耀目又神秘。

各宗长老已经出了茶室，在外等待自家的孩子。

睢渊身后站着一名白衣女修，冷冷清清，唯有眼角一点红痣带着些昳丽的风情。

林渡远远看到夏天无，就想到了那个被她一拳揍破相的巫曦，原本夏天无今天是不该来的，怎么突然来了，什么孽缘？

“睢渊师兄，”林渡落至睢渊面前，目光却越过他，看向夏天无，“天无怎么来了？”

睢渊轻轻咳嗽一声：“还能为什么？你和那柳妖缠斗之时，用了阳魂法，透支不少吧？跟你五师兄说了，寻常补阳的丹药对你来说药性太烈，所以他特地炼制了温补的丹药，让天无送来。”

“回去也就几个时辰，哪里需要劳烦她亲自送过来。”林渡的余光搜寻了一下人群中的巫曦，发觉自己那拳打得太重了，现在那人的脸还肿着，显得格外滑稽。

那夏天无过来看到也挺合适。

“我不放心你，过来，我给你把脉。”夏天无伸手过去握住林渡的手腕，娴熟地把脉，指尖如同触在寒凉的冰块上一般，一时眉心微蹙。

“小师叔你……居然还活着？”

林渡无辜地看着眼前的二师侄，这孩子是真跟他师父一样不会说话啊。

“我活着呢，不要怕。”夏天无面部表情向来极少，此刻除却眉心微蹙，眼中含着担忧之外，面上依旧平静。

她取出一个玉瓶：“小师叔，补阳丹，先吃两粒看看。”

林渡狐疑地看着比寻常丹药大些的补阳丹：“你是在为难我？”

“为了温补，所以多加了些东西稀释，以延缓药力释放，小师叔不必害怕，不是我炼的丹，是我师父炼的。”

“哦。”林渡硬着头皮吞了下去，身上的冷意慢慢消散。

无上宗另外三人也陆续出来，他们的状态明显比林渡好许多，在被逼着一人吃了一颗寻常补阳丹后，头上慢慢冒出了些白雾。

林渡以为自己眼睛花了，一晃眼：“虽说是冬日里，但你们热得冒热气是不是太离谱了些？”

三人无辜地看着小师叔：“我们也不想的。”

那补阳丹服下之后，他们体内阳气喧沸，浑身都热起来了，接着就跟水壶的水烧开了一般，从头顶冒出了热气。

夏天无脸上表情不变，只有睫毛轻颤，昭示了她的歉疚：“抱歉，你们的补阳丹是我炼的，可能火大了点，浓度高，所以药性烈了些。”

睢渊和林渡同时抬手按了按太阳穴，顺便遮住了自己的眼睛。

三人顶着头上的水雾，此时正是白日里，阳光下三道白雾越发明显。

晏青觉得有点丢脸，试着抬手挡了挡，发现自己伸出来的手也在冒热气，只能作罢。

林渡倒是没忘了正事："睢渊师兄，我有件事想跟你谈谈。"

睢渊看了一眼各宗长老："马上要验收弟子的收获了，很急吗？"

林渡想了想："不是特别急。"

"那就等会儿说。"

"因为事情已经发生了，想要挽回耗时耗力，不差这一个时辰。"

睢渊听着不像什么小事，道："先说吧，总归我不到场他们也不敢评判。"

林渡指了指耳朵："劳烦师兄设下能让在场所有人都听不到我们的对话的结界。"

睢渊愣了一下，抬手布下结界："你放心说。"

林渡言简意赅地将数白骨的事讲了一遍："所以我怀疑，进过这秘境的人中，大约有一百九十七个人已经不是中州原来的弟子了。"

睢渊的脸色慢慢变得凝重起来："师妹，你可知这个猜测，可能会掀起中州各宗各派的风雨？"

林渡点头："我知道，但我不是猜测，我有证据。"

她说着，手中多出两根骨头。

白骨在林渡的右手中优雅地打了个转，她的声音极度平稳："这是那名最早死亡的修士的尸骨。"

睢渊的目光落到她的右手上，接着那左手的白骨也打了个转："这是兰句界中一个高阶修士的尸骨。当然，我还有个证据，但那残念的力量估计只够说一次。师兄，你要确保听到那残念所说之话的宗门长老，都完全可以信任。"

睢渊的视线向上，落到了林渡脸上。她嘴角还含着笑，但言语之间已经把中州大小宗门的长老都盘算得明明白白。

睢渊压下心中的惊诧与意外，郑重地点头："你放心，我心中有数。"

睢渊在整理好说辞之后才解开结界，抬脚走向用以记录各宗弟子获取灵物数量的四方台。

一群人正在争论在古城中获取的东西积分该如何计算，见无上宗的真人来了，便将问题抛给了他。

睢渊依旧是那副君子端方的模样，闻言只问了一个问题：“古城是谁先发掘出来的？”

“自然是你们无上宗四名弟子。”

“那除却他们之外，还有人付出过努力吗？”

有修士想说进去搜罗也费力，毕竟年份久远，需慧眼识珠，寻常修士的门户自然也设有禁制和阵法，以防止偷盗。但他们不得不承认，若是没有无上宗四名弟子，或者说，没有林渡布阵，那这古城势必不会重现人间。

“这林渡，当属第一。”说话的人是归元宗的长老，他已经得知林渡救下了险些被古城阴魂夺舍的弟子，虽说……手段粗暴了些，但对于他们低阶修士来说，这是最有效的办法了。

连衡派长老亦应和起来，不说旁的，只说林渡布下的那几个庞大阵法，就是她自己也是入门多年之后才能布出来。

鬼门大开时，林渡随机应变的几个阵法更是天赋非凡。

饶是学习阵法多年的修士，遇上那样的境况，做得也不一定比林渡更好。

睢渊听着那些附和的夸赞声，眼中闪过一丝笑意：“高估我家师妹了，孩子还小，当不得你们这么夸。只不过，我的意思是，今日积分，还按照此前一贯的计算方法，不将那古城中的东西算进去，如何？”

众人闻言，沉吟片刻：“只是这样，未免对你们宗门的弟子太不友好了。”

毕竟他们最先到沙漠中，还耗费了许多时间布阵，不比旁人是看到动静之后才动身前往的。

睢渊摆摆手：“林渡第一，是因为她做的贡献是突破性的，其余三人你们就按照原来的规则来吧。”

毕竟……就算不算那古城里的，那三个人也没少搜罗好东西。

几位长老一看无上宗三个弟子登记的积分，果不其然，倪瑾萱凭借五株天品灵植积累的积分遥遥领先，而元烨和晏青因为大量宝珠和兽丹等物，积分紧随其后，依旧将其他宗门弟子的积分甩在后面一大截。

积分本就是根据东西品阶和年限各有加权，天品灵植难得，进一次秘境能取上一株已是走了大运，倪瑾萱有五株千年天品，积分自然最高。

济世宗长老君迁看得眼睛都红了：“你们无上宗弟子可真厉害啊。”

厉害，想拐跑。

就在几个长老商量期间，林渡走到四方台前登记东西，她看了一眼台面：“在古城中获取的东西也要都放出来吗？”

这次登记工作的确极为繁杂，几个负责登记的长老忙得一头大汗，闻言随口道：“都放台上吧。”

林渡哦了一声，只听得一阵巨响，四方台的木桌桌面生生被压塌了。

“不好意思……忘了还有两尊铁狮子了。”林渡抬手挠了挠头，伸手将那两尊铁狮子装回去，接着小声问道，“都是些破铜烂铁，你们要怎么登记？”

一群长老盯着那堆成小山的“破铜烂铁”，一时无语凝噎。

别的也就算了，为什么还有一根梁柱？什么人会连人家梁柱也拆下来？

就算那是如今少见的化金乌木，那也不至于如此雁过拔毛，兽走留皮啊！

那边长老们已经决定还是按此前的规矩计算积分，不算古城中得来的东西，听到这边的动静，都看了过来。

林渡看着有些不好意思：“我也没想到能把桌子给压塌了，要不我赔钱？”

睢渊抬手扶额：“师妹，把你的东西收起来吧，不用验看了。”

林渡哦了一声，乖乖把那堆东西收了起来，拢着手站到了一旁。

睢渊状似不在意地问了一句：“说起来，你们谁之前进去过这个秘境吗？那时候怎么没人发现沙漠里埋藏的古城呢？”

归元宗和济世宗的长老都摇了摇头：“不知道，没进去过。”

“不过我记得，这回来送行的长老里面，确实有几个进去过吧？”

睢渊垂眸：“是吗？是哪几位啊？”

君迁直觉睢渊话里有话，他抬手指了指几名修士，接着用神识传音给睢渊：“有事？”

“有点，三宗六派十门，这些大门派里头有人吗？”

君迁点了点头：“有一个，飞星派的印仲，先前听他说过。”

睢渊若有所思地将目光落到了印仲身上，飞星派主修炼器，器修居多，也就意味着，这人是看得懂林渡在大漠中布的阵法的。

虽说修士生命漫长，无上宗的弟子对占卜、体术、义理、道术、符箓乃至音律等都会有所涉猎，但个人专精的只有一两项。

既然炼器，难免遇上阵法，印仲若是那一百九十七人中的一个……

睢渊垂眸思虑片刻，算了算济世宗和归元宗两个长老的年纪，确认他们当时不可能还没结丹，便给了两人一个眼神。

归元宗长老裴钦有些莫名其妙：“睢渊真人，你眼皮抽筋了？我看看，左眼皮跳财，右眼皮跳灾，你今儿……”

睢渊翻了个白眼，用神识传音给他：“闭嘴吧，今儿就算是我闹灾，也是整个中州闹灾。”

裴钦嘿了一声：“怎么呢？展开讲讲？”

睢渊是在场修为最高的，也不客气，抬手设了禁制结界，将事情三言两语讲了个清楚。

裴钦听完忽捂着右眼：“我的天，我的右眼皮开始跳了。”

君迁沉吟片刻：“你就这么相信我们不是那一百九十七人中的一人？万一我们诓骗你呢？”

睢渊笑了一声：“你也不想想自己今年多大了，三四百岁才进人家第二候小秘境，丢人不？”

君迁脸色一黑：“你别仗着你比我们小两百岁就嘲笑人啊，也不知道是谁当初没上重霄榜哭着去重霄台下战书挑战别人的？”

“行了，你俩能不能成熟点，说正事呢。”裴钦说着看了一眼林渡，“那孩子……”

“她身后是我们无上宗，谁敢碰？”睢渊也变了脸色，“我无上宗虽说人少……”

“差不多得了，放狠话对别人放。”君迁最烦无上宗收了一堆天才还非要装人少势微的可怜模样，哪一个放出去不能直接灭一个山头？

“查是要查的，只是要怎么查，查出来之后作何打算，还要有个章程。我回去会禀告掌门，之后，咱们三宗六派十门再开个会吧。”

君迁和裴钦倒是不怀疑这则消息的真实性，无上宗在除魔卫道之路上的决心和行动，无人可置喙，要不也不会明明是最古老的宗门之一，当中数次险些断代，至今才只传到第一百代。

如今新入门的弟子虽说看着不太靠谱，可不是所有人都敢透支阳魂的阳气剿灭怨气冲天的阴魂的。

三位长老正说着话，忽然听得一声晴空霹雳。

“什么动静？谁渡劫了？”

“不可能啊，没劫云啊。”

“天道誓言？”

林渡和三个头顶上冒着烟的弟子齐齐看向天雷降下的方向。

刚刚发誓的人似乎是黎栋！

看来那杂书中所说的暗示之法，还有点用啊。

杜芎自然也看到了发誓之人是黎栋，只是看了一眼，便收回视线，转而走向林渡。

“我想我摸到了一些进阶的门道，此次回去之后就要闭关筑基了。林渡，你等我学好针灸，给你治心脏。”

林渡闻言摆摆手：“我没事，还有我师兄呢，你应当听说过他的名字，他叫姜良。”

杜芎还真听过这个名字，据说姜良只救将死之人，外号活判官。

“姜良最擅炼丹，从未用过针灸等术法，我且学着，你好生休养，或许有一天，我能帮上你的忙，治好那些疑难杂症。”

杜芎此刻一如初见时一般，眼中充满对未来的希冀，只是从前如同收拢在锦囊里的玉石，如今却似阳光下的水晶钗，盈盈可见，眩光流动。

林渡歪着头想了想：“好啊，我等你学成。”

她其实不在意他们能不能救自己，因为她自己会救自己。

但人嘛，总要有点盼头。

站在林渡身旁的夏天无轻轻眨了下眼睛，到底没有说话。

“林道友。”一声嘶哑的喊声让一排站着的五人齐齐偏头看向了声音传来的方向。

“道友，你这脸……”元烨瞪大了眼睛。

原因无他，眼前这人看着委实有点惨了。

半面青紫肿胀，脖颈之上还有清晰的指痕，不看脸只看身形还是个玉树临风的大好青年，一看脸倒像是……猪妖化了形。

青年闻言眼珠子慢慢移动，目光落到林渡身上，即便他脸部肌肉不能动，但依旧一副受了委屈的模样。

林渡忽然伸手握住夏天无的手腕：“二师侄，帮我个忙，你有活血化瘀的伤药吗？我在秘境中不慎打伤了这位归元宗的巫曦道友。”

她顿了顿，努力调整了一下面部表情，让自己看起来更诚恳一些：“只是我没想到，一拳而已，居然给这位道友造成了这么大的伤害，实在是在我意料之外，毕竟……我看他修为分明比我高，本应很快就好了。”

巫曦听着这话觉得不对劲，胸口起伏都大了些。虽然当时他的神魂被压制了，但也能听到林渡的话。林渡分明是冲着要他命去的，怎么到了她嘴里就只是一拳呢？

闻言，夏天无的目光移到了巫曦身上：“我家小师叔入道尚未满一年，年幼力弱不知控制，道友见谅，看道友鼻骨似乎有些歪斜，需要正一正。”

她说着，道了声得罪，接着走到巫曦面前，一张冷冰冰的天仙面孔，目光如同看一个死物一般。

巫曦吓得往后退了一步，道：“不……不必，归元宗也有医修。”

夏天无面无表情地伸手捏了上去，只听得咔嚓一声，她退回一步，端详一下，确认正了之后，认认真真给自己施了个净尘诀，取出两个玉瓶和一支小药膏。

“这是活血化瘀的丹药、涂面的伤药，还有治疗喉咙的药液，服下之后暂时不要喝水。”

巫曦以为会受些折磨，结果还没喊出声，对方就已经收回了手。

“我……我不是来找林道友算账的。”

闻言林渡站出来，她这会儿显得乖巧极了，全然没有当时扼住他喉咙时的森冷诡谲，恍若那一瞬间爆发出来的摄人气势都是他错乱间的一场梦，只有喉咙的隐隐作痛才证明这一切是已经真实发生过的。

“巫道友，我让二师侄给你伤药，是心里过意不去。虽说当时乃情势所逼，但到底伤了你，我林渡从不愿意亏欠旁人。”她说着，手中多出一个燃着炭火的紫金团鹤纹手炉，随手递给了夏天无：“暖暖手。”

这人被阴魂夺舍过，身上沾染着阴魂怨气，夏天无接触了他的面庞，定然也沾染了一些。

她暂时还不想让巫曦看出来夏天无有异火。

夏天无接了过去，有些意外，但也没有开口询问林渡这是何意，面上依旧是冷清神色。

按照原剧情，巫曦是在一次中州大比上注意到身怀异火的夏天无的。

这会儿巫曦尚未结丹，离原剧情所说的时间还早。但林渡想让夏天无每次提到巫曦，脑子里浮现出的都是这副猪头样子。

“林道友，我来，是想向你下战书的。在秘境之中控制身体的人不是我，我想要和你再真真正正……打一场，九年之后的中州大比，我们届时……一较高下。”因为巫曦当时被掐住喉咙，声带受损，脸又肿着，所以说话格外含糊。

林渡眯起眼睛，转头看了一眼身后的三人：“他说什么？”

“好像是说，他要和你打一架。”元烨开口道。

林渡哦了一声：“可是我修的是阵法啊，巫道友，你是不是误会了？”

阵法师极少参与擂台比试，这是修真界历年来的定律。

这么多年，参加擂台比试的阵法师并不精于阵法，就像林渡的师父阎野，他们对战定然用的不是阵法。

巫曦却不管，他取出一张战帖，当场用灵力刻下他的印记，又写上了林渡的名字，动作无比娴熟，像是做过无数次一般。

林渡：什么人会随身携带已经写好只差名字的战帖啊？这事儿没少做吧？

巫曦双手拿着战帖，弯下腰：“请林道友接战。”

不等林渡反应，那战帖就以迅疾之势飞向林渡的面门。

林渡下意识地后仰，伸出手接下战帖，接着那战帖便迅速录入林渡的气息。

巫曦直起身：“既然道友接了，那我们届时再见。希望道友九年之后已经结丹，否则我赢得问心有愧。”

他说完这一切，转身就走，背影看着倒是格外英姿勃发。

林渡还保持着拿战帖的姿势，转头问了一下元烨：“他说什么？”

“他看不起你。”元烨尽职尽责地翻译，“他说你九年后不一定能结丹，他怕胜之不武。”

“意思是你花九年时间最好能赶上他。”晏青进一步拱火。

林渡面上格外匪夷所思：“巫曦他一个剑修，比我大十岁，他占便宜还看不起我？”

“小师叔！下次继续揍他！”倪瑾萱率先响应。

林渡转头看向夏天无：“二师侄，咱们宗门弟子入道一般多长时间结丹？”

“短则五年，长则二十年。”

第一候到第二候是脱凡，第二候至第三候是得道。一结丹，则丹道初成，飞行自在，延寿千载，故而琴心境到腾云境是所有修士的一道大坎儿。

林渡哦了一声：“行吧，我知道了，明年就结丹，他最好回去立马结丹，不然算我胜之不武。”

没等林渡再放狠话，又一个人走到她面前，手上拿着战帖。

林渡抬手扶额，顺便给了旁边的人一个眼神。

元烨会意，开口道：“想给我小师叔下战帖啊？往后捎捎，想打她的人已经从这里排到我们定九城啦。”

林渡觉得不对劲。

她一个阵法师，为什么会收到这么多战帖？这中州的修士未免太过好战了些。

在推拒了三张战帖之后，林渡叹了一口气，转头看了一眼夏天无：“能不能放个消息，说我寿数只有一年了？”

“如果你寿数只有一年，来找你约战的人定然络绎不绝，在你死之前，能战胜天赋第一，就够他们吹一辈子了。”

林渡沉吟片刻：“即便胜之不武？我可是个病人啊。”

“你在秘境中看着可不太像个病人。”晏青诚恳地做出评价，“尤其徒手捏碎高阶修士头盖骨的时候。”

“那个头盖骨还没洛泽的冰面硬呢。”林渡懒洋洋地拢了拢大氅，“师兄怎么还没好啊，咱们再不回去，找我们下战帖的人真的要排到定九城了。”

晏青客客气气地接了一个人的战帖，声音沉稳：“谁挑战了青云榜或是重霄榜上的人，只要天道认定这一场比试是公平的，那赢的人的名字便会取代被挑战之人的名字。于是每个榜单上的新人都会被人下战帖，这几乎成为中州老传统了。无上宗没有一人能逃过被人下战帖的命运。”

林渡觉得不对：“我五师兄也是？”

“曾经有人在咱们山下守了一百年，就为了和姜良师叔比试炼丹，取代他在重霄榜上的位置。”

林渡问：“然后呢？”

“那人没等到，师父一百年都没下山，没见生人。”夏天无接了话。

林渡一哂，她就知道。

四个人抱着一堆战帖跟着开完“家长会”的雎渊上了灵舰，谁也没在意那宣读排行的长老念的积分名单。

反正四个人的名字整整齐齐排在最前面，无上宗也依旧在宗门里排行第一位。

“所以小师叔一共收到了多少战帖？”

林渡解了大氅：“不知道，我都以身有顽疾不得妄动灵力给拒了。”

除了巫曦那个乘人不备硬盖章的，其余倒也都不是强人所难的人。

“咱们四人里，应该还是晏青收得最多吧？”

晏青无奈地点头：“我一介读书人，他们非要跟我喊打喊杀。”

他说着，意念一动，手中出现了一沓战帖，纸张颜色大小各异，但垒起来厚得跟砖头一般。

林渡摸了摸下巴，看向元烨。

唰地一下，少年手中也出现了五张战帖，如同开扇一般抖动了几下：“五张而已，不足为惧。”

毕竟和他斗的大多也是音修，属于文斗，并非和晏青一样是武斗。

“瑾萱呢？”

倪瑾萱掰着手指数了数：“不多不少，七张，一月对战一个，等到七月凤仙花开的时候，就打完啦。”

甚至连档期都排好了，林渡挑了挑眉。现在想想，无上宗那些闭关修炼的弟子，是因为实在不想接战帖才闭关的吧。

四人歪在桌椅之上闲聊，顺带清点这次带回来的药材。

“小师叔有什么需要用的药材吗？”倪瑾萱清点着自己采的草药，看向夏天无。

夏天无看了一眼:“那一株天品石花可以炼制填补先天不足的降元生骨丹，其余的，倒也不是不能用，但作用不大，你自己留着吧。”

“除去上交给宗门的三成,其他的都给小师叔吧！”倪瑾萱很快有了主意。

林渡原本懒洋洋地支着胳膊靠在软榻上写写画画，听到这一声，抬起了眼皮:“可以,但是没必要,留给自己,再不然放到宗门的寄卖所也能卖出天价，给你自己买点有益于修行的东西吧。”

虽说宗门什么都不缺，但有钱也不是这么个花法。

“但是……”

“没有但是，我林渡不爱欠人情，你若是要给我，我可以与你等价交换。”

“但是我是自愿给小师叔的！不需要任何回报。”倪瑾萱杏眼瞪大了。

林渡收了笔墨，一骨碌坐起来：“知道你不缺，但修行之路漫长，给自己留点家产吧。小师叔今儿教你一句话，升米恩斗米仇。”

她坐也不好好坐着，一条腿支起来，另一条腿仍旧歪着，脸上是笑的，眼底却雾霭沉沉：“还有一句话，叫大恩即大仇。你小师叔不想当你的仇人，小师叔也不希望你以后养育更多的仇人。人各有命，若是小师叔的病需要你盗取宗门至宝，难不成你还要违背宗门门规？”

原本只当孩子们说笑，睢渊没插嘴，这会儿听着林渡越说越离谱，忍不住开口插话：“哪有师妹你说的那么严重，咱们无上宗同门如手足，再是什么宗门至宝，那也是留给自己人用的。”

眼见倪瑾萱原本兴奋的脸上慢慢显出一份不解的落寞，林渡叹了一口气，放软了声音，向她招了招手：“同门情谊我心领了，俗话说，亲兄弟，明算账，乖啊。”

她很难不怀疑，倪瑾萱这小孩，不管那对象是不是魔尊，都会帮忙盗取宗门宝物。

这孩子心也太好了些。

剧情中魔尊还跟倪瑾萱一起共患难了，她可是一点事儿没干就收获这么一大株向阳花，不太妙。

倪瑾萱乖乖走到林渡的软榻前，得了一盒灵晶。

“那石花算我买的，好不好？”林渡说着，捏了捏她的发髻，“我不缺钱，你不缺药，咱们合作共赢。”

倪瑾萱知道林渡虽然声音温和，但态度坚决，不情不愿地收下了。

她其实不太懂为什么大恩即大仇，但总归小师叔不会害她，也总有一天，她能听懂林渡言语里沉甸甸的让她摸不透的东西。

“不过师妹，”睢渊想起了什么，“你哪儿来这么多钱？”

林渡哦了一声：“我师父有点钱，然后我还在古城里头搜了一大堆东西，能换不少钱。怎么啦？”

睢渊收回视线，低头叹气："那没事了。"

"小师叔，你缺什么药材，我这里也有……"元烨刚笑着要说话，忽然响起一道沉重的撞击声，灵力罩剐蹭发出尖锐的声响，紧接着灵舰一荡，他一下没坐稳滚下了椅子。

睢渊神色一肃，站了起来："似乎有人撞上了咱们的灵舰，天无跟我出去，你们四个在里面不要妄动。"

灵舰停住了，舱内的四个少年也都坐直了，只是有些心神不定。元烨想要到窗子旁边去看一看外面的情形，但见另外三人没动，他也没敢动。

林渡收了填补好的地图，摩挲着手中的浮生扇。

晏青解下背上的大刀，拿一块小兽皮慢吞吞地擦着宽刀刀面。

倪瑾萱眼睛盯着林渡，一只手无意识地把玩腰间的长鞭。

舱内设有禁制，门外的声音听不分明。

没过多久，元烨率先忍不住了："小师叔，你不好奇吗？"

林渡没说话，琴心境修士的神识能覆盖的范围并不算广，到不了偌大的船舱之外。

"万一外面有贼人呢？"元烨站了起来，"万一睢渊师叔遇上麻烦了呢？"

"如果外面是小贼，那我们不必出去，师兄一人便可解决；如果外面是凶恶之徒，我们更不必出去，师兄解决不了的，我们更解决不了。"林渡开了口，"我们能做到的，是别添乱。"

她懒洋洋地转着扇子："必要的时候，最好能自保。"

"咱们坐的是有宗门标识的灵舰，别说在中州，就是整个洞明界，也没多少人敢惹无上宗。"晏青弹了一下长刀的刀背，手指有点疼，默默地将中指蜷起，脸色依旧沉稳。

无上宗在中州意味着强大，不管是几乎不出门的姜良，还是舱外的睢渊，都在重霄榜上好好地列着。

又是一阵震动，四人齐齐看向窗外，却见爪钩撞到了防御阵上，爆出激烈的火花。

林渡忽然站了起来，走向船舱一侧的梁柱旁："元烨，暗格。"

元烨立即过去开了暗格，防御阵法的核心露了出来，上头是纵横交错的几个棋盘格一样的东西。

林渡往里头扔了颗灵晶，接着抬手拨动了几处地方。

“小师叔，你这是？”

“这灵舰的防御阵法是我师父所创。”林渡言简意赅，“只是师兄他们不会用，以为防御阵只有一层。”

元烨应了一声，虽然看不懂，但是觉得很厉害。

外头灵力碰撞的声音越来越大，连带着灵舰也在摇摆。林渡微微皱起眉头：“这群人是有备而来，难道是云盗？”

可云盗怎么敢打劫无上宗的灵舰？

晏青也站了起来：“这里离宗门约莫还有两个时辰的路程。”

倪瑾萱有些紧张：“师父不会有事吧？”

灵力的威压倏然爆发开来，屋内的四人齐齐闷哼一声，肩上的威压如同万重山峦，压得人抬不起头。

“小师叔！”倪瑾萱看到不远处的地上有血，吓了一跳。

神仙打架，小鬼遭殃。

这具身子实在太弱了，林渡在心底骂了一声，抬手抹去嘴角的血，竭力咽下喉头的腥甜，开口道：“情况不太妙，去看看。”

这时候给掌门传信已然来不及了，掌门只有乾元境，赶过来需要些时间，唯有无相境以上的修士才能及时赶到。

灵舰外的状况的确如林渡所说的那样不太妙。

睢渊蹙紧眉头，感受着对方比自己高出一境的灵力威压，脸上显出一丝凝重。

“你撞了我的船，撞死了我的爱宠，总要给我们一个交代。”

对面的灵舟刚刚显形，通体漆黑，甲板上立着一个戴着繁复花纹银质面具的人，他套着古怪的白色长袍，遮盖了全部的身形，一开口却是个老妪的声音。

无上宗的灵舰阔朗，目标极大，此刻四面围着数十个人，皆是覆面白袍之人。

他们稳稳悬停在空中，手中还都拎着匪盗常用的钩爪，即便身上用了掩盖气息的东西，依旧能猜出这些人至少都已达到腾云境。

唯有腾云境以上的修士方能不借助飞行法器飞行于天地之间。

十人包围了无上宗的灵舰，叫嚷着要偿命，可招招想将船扣下甚至拖走。

雎渊没想到当真有人敢明目张胆地惹无上宗："灵舰会自动识别避让，你怎么证明你们的畜生是我们撞死的，不是被你们自己的人吓死的？"

夏天无没说话，只是放出了异火，将面前的爪钩一一烧熔。

她心里现在并不好受，因为那人的威压也压在她身上，虽说有法衣阻隔，但要调动灵力十分艰难。

白袍首领冷笑一声："分明就是你们的灵舰无人掌舵，撞到了我们的船尾，恰好我家爱宠站在船尾看风景，就被你们的防御阵撞倒在地，这会儿定然是死了！"

雎渊拧眉怒目，刚要反驳，舱门之内忽然传来一道仓皇的少女哭声："不好了，他们放出来的威压把小师叔给压死了。"

夏天无的脸上当即浮现出一丝不可置信，就连雎渊的脸色也僵住了。

林渡死了？

紧接着，后头跟着传出来一道少年的喊声："师叔！小师叔她死得好惨啊！要让这些人偿命啊！"

雎渊骂了一声，祭出一杆银枪："你那被撞死的畜生我没见到，我们家小孩儿却被你们放出来的威压压死，今日定然要你们来给她偿命。"

就算对方比自己境界高，还有十个至少腾云境的帮手又如何？今日谁都别想走。

这些人本就是来打劫的，雎渊何尝不知，只是他不欲惹出事端，船上还有四个孩子，高阶修士打起来的威压波及孩子，难免会伤到他们。

"哟，你这是想打了？不想跟我扯了？"那老妪怪笑一声。

雎渊立在船头："哼，你不配！"

雎渊手中的长枪在空中晃出一道光弧，接着银枪枪头直指白袍人，温厚的眼神骤然变得犀利起来："你不就是想要打架吗？可以，但畏畏缩缩的鼠辈不配与我为敌。"

白袍人尖声笑起来，接着手中打出一道眩光，直直刺向雎渊，却被他面前骤然发力的防御阵弹了回去。

白袍人轻咦了一声，四面忽然响起了铜铃声。

那铜铃声重重，逐渐变得急促起来，防御阵也跟着簌簌颤抖起来。

睢渊的长枪倏然闪出数十道虚影，接着宛若离弦之箭，带着万钧之势穿出屏障，直奔那白袍人的面门。

“不自量力！你分明知道我的境界比你高，你又如何打得过我呢？”那白袍人从容挥袖，数十道虚影便如泥牛入海，没入虚无之中，眨眼间被灵力绞碎。

睢渊长枪一晃：“境界比我高又如何，乾元境多少人尚未上榜，你以为我是怎么上的重霄榜？”

他仰着下巴，话语掷地有声，抬脚跃出船舱，没听到里头短促的一声：“别出去！”

一道银光倏然在白袍人身后炸开，激得那人闷哼一声，甩袖跃至空中：“你耍诈？”

睢渊双手握着长枪，早已蓄势待发：“本就是战术，何来的耍诈？”

夏天无原本紧绷的心弦倏然一松，转头看向船舱门口。

那个“死了”的人此刻拢着大氅，皱着眉头，神色凝重地道：“完了。”

本来她是想以其人之道，还治其人之身，但这群人一看就是坏人，分明是想将他们都扣下来，如今睢渊一出去，船上只剩下他们五人，现在只能自己应对了。

林渡顶着威压，转头看向舱内：“元烨，取奚琴，随便拉什么，打乱铜铃的节奏。”

元烨当即拿出奚琴，席地而坐，合目拉起哀怨的小调。

铜铃声被哀怨的奚琴声打散，但元烨远没有表面看起来那么轻松，平日里闭眼是为了沉浸其中，此刻却全然是因为吃力，眉毛紧蹙。

晏青意识到了什么：“是蚀破铃？”

以此铃破阵，那是滇南的法子。

林渡没工夫匀出精力回答问题，扔给他一样东西：“晏青，乾七。”

晏青接了，才发现是一块南无天石。

“天无，燃火，离五。”林渡扔给夏天无一样东西。

接着几个人被林渡支使得到处跑，堪堪替她布好锁群阵法。

林渡站在阵法中心，面无表情地擦去嘴角溢出的鲜血，放下一颗灵晶，她用尽全身的力气，方才在高阶修士战斗的威压下逼出一点灵力，激活了阵法。

一道浅淡的金光浮现在地上，纵横交错成八卦图样，接着竖起八道金光柱，犹如一个金色牢笼，将五人牢牢罩在里头，先前如同泰山压顶的威压顿时消失不见。

元烨眉头一松，小调陡然加快节奏。

林渡感受着体内乱流的灵力，暗道一声不妙，不受控制地抬手捂住了胸口。

她太疼了，疼到像是身体被液压机碾碎了一般。

林渡皱着眉头咬牙翻找出姜良给自己炼制的缓解疼痛的丹药，咽下一颗也不管用，干脆塞了一把囫囵吞进去，转头看向正和那白袍人缠斗在一起的睢渊师兄。

在哀哀切切的奚琴声中，睢渊的背影也变得悲壮起来，宛若孤军奋战的战士。但他的情况比林渡想的好得多，甚至隐隐占上风。

睢渊一身苍蓝龙纹长袍在空中鼓荡，背后的龙像是活了一般在云间遨游。

那一杆银枪破空宛若龙吟，寒光凛凛，睢渊的金色灵力在云层之中爆发，带着正气凛然的雄浑气魄，毫不相让地抵挡着分明比他高出一境的修士的诡谲攻击。

斑斓的眩光四散，睢渊嗅到了馥郁的香气。

现在是冬日，哪来的花香?

他拧眉屏息，再度提枪刺出，枪杆在空中甩出一道光弧，枪花朵朵，在男子手中灵活得不像话。本是刚直之道，却又回转千绝，叫人眼花缭乱，摸不透男子下一招的落点。

一道白光斜地里刺破金色灵力，裂帛声次第响起。

睢渊脸色一白，抬手将枪横在身前，挡住那一道白光，枪杆震得人手心都发麻。

“被天道眷顾的天才，也不过如此。”白袍人宛若老妪一般的嘶哑嗓音显出一份讥讽，继而抬起右手，微微招了招。

白袍人招手的那一刻，铜铃声戛然而止。

一道破云弩瞄准灵舰，灌入了灵力，暴射而出。

林渡眼皮都没动一下，按住了夏天无想要起身的动作，用神识传音道:“利器破不了的。”

她师父布阵不走寻常路，旁人做的防御阵都只能顶住大面积压力，只要集中力量攻一点就会被打碎。但这灵舰的防御阵法利器和单人都奈何不了它。

除非所有人一同攻击。而且爆发性的力量奈何不了它，需要持续性的压迫力量。基本上可以把包围着灵舰攻击防御阵的修士们的灵力耗干。

倪瑾萱紧张地看着那道蓝色身影："我觉得师父可能打不过那个怪人。"

"为什么会有这种想法？"晏青沉稳开口，"这人藏头露尾，看功法却并非重霄榜上的人物，就算她不是个人，比你师父厉害的，也该在重霄榜上。"

重霄榜上，人妖皆有，只要在此界，就逃不开天道。

晏青言外之意是那人不可能打得过睢渊。

林渡忽然开口道："倘若是本不该在这世界上的人到了这个世界呢？"

晏青倏然一怔，接着错愕地看向那正在持续攻击着防御阵的十人："兰句界？"

万事万物皆有定数，并非此界天道所生，自然不会被此界天道承认。

"我运气一向不好。"林渡说着，轻轻笑了一声，"老爱招惹麻烦。"

在原来的剧本中，从没有这一幕。没有大漠之下的古城，没有这些白袍人。

她造成的影响远比自己想的更为巨大，这的确是一个完整的世界，即便他们中很多人已经被安排了剧本，但林渡就是那个介入其中的变数。

还是太弱了，林渡想。她讨厌这种没有能力的感觉，一直都很讨厌。

防御阵岌岌可危，在数十人持续施力下发出碎裂的声响。

元烨吓得手一抖，曲调拐了个弯儿，像是老太太跌了一跤。

夏天无抬手运起异火，做好了一个人应对十个同阶修士的准备。

林渡看着那几个已经灵力耗尽只能勉强让自己悬停于空中的修士，因为疼痛而过度惨白的脸上显出一分讥讽，握着扇柄的手慢慢用力。

就在她想要展开浮生扇的瞬间，云海中倏然出现一艘大型灵舰，还未见人，就听到了一声调侃："我就说你今天右眼皮跳了你还不信，这下好啦，遇灾了吧？"

一道剑意带着与声音截然不同的凌厉，在空中分成十一道剑气，次第发出爆鸣。

"小崽子们，归元宗的师伯请你们看白日烟火。"裴钦的身影倏然出现在船头，迎面一道犀利的弩箭射向他的胸口。

"你们云盗现在还带弩机？装备越来越好了啊。"裴钦提剑而上，"你们用破云弩，礼尚往来，我给你们放个炮吧？”

他抬手挥剑，眉眼之间却毫无戏谑之意：“天火雷爆。”

就在裴钦挥剑的一瞬间，原先处于下风的雎渊在空中翻了个身，继而扫出一枪。

“长龙入海。”在不断响起的剑气爆炸声中，奚琴声激越高亢，龙啸雄浑。

剑气带着爆裂的凶煞之气，逼得数十个本就未到晖阳境的人接连后退，接着如同下饺子一般跌落云层。

站在船尾的白袍人被那长枪化龙生生撞退了数丈之远，银色面具的下颌边际挂着黏腻的血液。

“都说了我是重霄榜上的修士啊，你就算境界比我高，又如何？”雎渊的银枪枪尖指着白袍人，眉目之间依旧正气凛然，“不如我送你下去，找一找你那宝贝畜生？”

雎渊和裴钦皆已达到晖阳境，虽说裴钦尚未进入重霄榜，但到底是归元宗长老，越阶杀敌或许艰难，但揍那几个小喽啰不成问题。

眼看只剩下船上的乾元境修士，雎渊和裴钦对视一眼，皆提着武器朝白袍人而去。

两人合力，一人干扰，一人应敌，难得配合得如此默契。

因裴钦正面硬扛不住，只能见机侧击白袍人几下。白袍人被弄得不胜其烦，威压滚滚而去，却见裴钦晃着手中的灵符，丝毫不惧怕他的威压。

雎渊趁白袍人愣神之际蓄势刺出一枪，将他的船直接斩破。

白袍人见今日已难以达成目的，即刻转身就走。

“想跑？”雎渊却不愿意放过，“今儿你必须偿命。”

林渡听到这一声，抬手扶额，合着雎渊是当真以为她死了？她大概知道倪瑾萱的“别人说什么就信什么”的天真是随谁了。

银枪抵达白袍人面门的一刹那，那人撕开了传送卷轴。

枪头刺破卷轴，白袍人却已跃入卷轴的空间通道之中。

雎渊遗憾回身落到甲板上，看到被众人包围的师妹，她脸色惨白，嘴唇上染血，脸上却挂着诡谲的淡笑，甚至颇有些气定神闲的味道。

他沉默了片刻：“师妹你……没死？”

林渡敷衍着开口：“啊，我又活了。”

睢渊：阎野师叔到底是怎么把这个徒弟养得这么贱兮兮的？难怪当年师父不让我和阎野师叔多说话。

“欸，小崽子们，你们无上宗不太行啊，不如跟我回归元宗？”裴钦扫了一眼睢渊，腰杆挺了挺，“至少我们归元宗的灵舰能顶住云盗的攻击。”

林渡懒洋洋地开口：“您真觉得那是云盗？”

云盗会动明显印着大宗门门徽的灵舰？除非那云盗是想报复宗门，找个轰轰烈烈的死法。

裴钦看了一眼林渡，收了笑容：“那倒不是。”

“我记得这个时候你们快到封云城了吧，怎么绕路过来了？”睢渊收了枪看向裴钦，“你们归元宗要投奔我们定九城了？”

“对对对，去你们定九城扶贫。”裴钦蹲在灵舰船沿上，“真不识好歹，我是接到你的传音赶过来的好不好？”

睢渊老老实实低头：“谢了啊。”

让无上宗的人道谢，裴钦自己都觉得有些奇怪：“如果我不来，你们会怎么办？”

睢渊垂眸：“那就只能……传音给掌门了。”

他宁愿就近求助裴钦，也不想回去挨大师姐的揍。但是真到了他一人抵挡不住的时候，自然会舍了脸面和性命，以保住船上的孩子。

“师父一直没有通知宗门吗？”倪瑾萱忽然眨着眼睛开口。

睢渊苦笑一声。比起白袍人，还是宗门里等着对他问责的掌门大师姐更让人害怕。

睢渊承诺之后跟裴钦好好打一场，随后送走归元宗的灵舰，转头看向船上的五个人。

“今日求助之事，你们……不要告诉掌门，只说有人劫船，被我击退了。”睢渊真诚地看着眼前的孩子们，一贯正派的脸上显出了一份恳求。

倪瑾萱沉默地看着眼前气势突变的师父，没想到师父还有这样一面。

两个时辰之后，灵舰甫一落到无上宗的地界，风朝就笑吟吟地站到了他们面前：“听说你们这次在回来的路上出了点岔子？还让我们家小师妹惨兮兮地在灵舰上自己布阵抵御你们打架的灵力威压？”

睢渊悚然，瞪大了眼睛：“大师姐，你怎么知道？”

风朝和善一笑，艳光四射，声音温柔至极："啊，因为归元宗的掌门跟我传过音了。咱们无上宗上下一百代，你是头一个打不过求助外人的，真给咱们无上宗长脸啊。"

雎渊后退一步，浑身上下的汗毛都竖起来了："大师姐，那一个乾元境加上十个至少腾云境的修士，我一个人是真的……"

"懂了，还是练得少了。"风朝眯起眼睛，"既然打架不行，那就老老实实干活儿吧，以后别给我出去丢人了。"

她笑眯眯地数了起来："咱们宗门九道峰，所有山头和后面的良田，明年春耕的活都归你了。冬日也别闲着，给我去钧定府算年账收租，算错一块灵石，当心你的皮。"

雎渊垮着一张脸："师姐……我还有两个徒弟要教呢。"

"没事，这期间我会亲自教导他们的功课。"风朝看了一眼林渡，"林渡的功课都是我教的，你看看她现在的素养。"

林渡想到书里的小人，嘴角一抽。

雎渊，一个上了重霄榜的中年修士，此刻在一帮新弟子的面前，被大师姐训得头都不敢抬，缩着头跟鹌鹑一样乖乖听训。

林渡下了船拢了拢大氅，看到风朝身后的姜良师兄和自己鲜少露面的师父阎野。

这是什么奇景，他们怎么都出来了？

"哟，师父，您怎么舍得从冰窟窿里出来了？"

阎野的神识落到林渡身上，这小兔崽子居然在幸灾乐祸？她在幸灾乐祸个什么？快要死了很开心？

很快，他就知道林渡为什么那么开心了。

"师父，您猜怎么着，您给宗门灵舰刻的防御阵，它被破啦。阵道魁首，挂牌价五十万上品灵石，重霄榜第二，给自家人设计的防御阵，被十个腾云境的云盗破啦。"

阎野面无表情地闭上了眼睛，开口声音冷淡："姜良，你去给我那个不中用的徒弟看看脑子，我看她只怕也是被不干净的东西夺舍了。"

姜良不习惯有这么多人，背着身子，等着林渡自己过来。

林渡抬脚走了过去，手腕被扣住。

“威压之下强行动用灵力？你想死？”姜良冷声道。

阎野眉头一动，抿着唇，身上气息越发冷寂。

“死不了，不是有五师兄吗？你可是活判官啊。”林渡依旧嬉皮笑脸。

姜良骂了一句：“我就是真判官，你要再这样，你的名字我一天能在生死簿上划四五次。”

林渡咧着嘴笑嘻嘻的不说话，被阎野又敲了敲头：“蠢。”

“我再蠢，我做的防御阵可没有被攻破。”林渡笑着道。

阎野狞笑起来，咬紧牙关挤出话语：“你是打算拿这件事笑我一辈子？”

“嗯，不能吗？”林渡有意岔开他们对自己的教训。

“在不能自保的情况下强行逞能可不是英雄，那是蠢材。”阎野又敲了敲她的头，“知道了吗？”

林渡忽然仰头笑起来：“那无上宗的宗训在师父眼里，也是蠢材之举？

“无上宗宗训第七条，若我族道友陷入危难之际，无上宗弟子当舍生取义，以身救世。”

阎野垂眸，灰白的睫毛微微颤动：“放肆，不许顶嘴。”

晏青忍不住开口解释：“其实小师叔是为了让我们都免受灵力威压，如果不是那阵法，小师叔或许更难受。”

阎野听到陌生的声音顿了一下，语气温和了些：“怪我。”

晏青吓了一跳，躬身拱手：“晚辈没有怪罪师叔祖的意思。”

阎野继续开口道：“怪我忘了坐船的都是一帮孩子，也没想到现如今居然有人胆大包天敢来无上宗找死，更不知道带孩子的人居然没能力保护孩子，所以没加抵御灵力威压的阵法。”

晏青面色一僵，他大概知道小师叔的那张利嘴是随谁了。

第六章 风雪故人归

倪瑾萱拿回来的天品五彩石花，很快被姜良拿去炼制成了降元生骨丹。但林渡还不能吃，她得养好因为灵力逆流造成的亏损。

风朝拿着林渡在路上补全的秘境地图十分感动。

“所以给我的惊喜就是这个？”林渡沉默地看着手中的内库令牌。

某种意义上，这剧情中的钥匙还是到了她的手上。

“是呀。”风朝摸了摸她的头，“我不在的时候，你也可以自己开内库了。”

林渡沉吟片刻：“大师姐，你给我令牌也就算了，为什么还要给我账册？”

风朝笑眯眯地收回手，理所当然地道：“以后有人要从内库拿东西，也可以找你，你只需要登记一下就好，很简单的。”

“我还是个孩子。”林渡想要把账册这等烫手的东西甩出去，“我不会记账。”

“你想骗我啊？我给你的那一摞书里好像就有《算经十书》吧，你不会没学吧？你师姐我可是特地刻录下了我的神识……”

“怎么会呢，哈哈。”林渡假笑几声，“我当然学啦，没有师姐的教导，我怎么会开始学阵法呢，我就是……”

“哦，对，你学阵法，算术一定很好，记内库的账这样的事，对你来说定然很轻松。”

面对风朝脸上亲切无比的笑容，林渡默默接了账册。

别笑了，她害怕。她那个师父给她的压迫感都没这么强。

林渡默默接受了新任内库管理员这个身份，总归这内库不常开。

“真乖，好好调养身体，明天跟我去开会。”风朝笑得更和蔼了，“你从兰句界带出来的残念力量所剩几何？”

林渡探了探，道："不太好，它只能附着在养魂木上，太碎了，甚至都不能称之为魂，养是养不起来了……那就让能助益神魂的音修跟着去吧，至少让残念坚持到把事情讲完。"

林渡点点头，音修很重要的能力之一就是抚慰心灵，增强人的意志，让人爆发出最后的潜力。

风朝一连安排出去许多任务，长长出了一口气，脸上显出一份松懈后的疲惫："要是没什么别的问题的话，就先去歇着吧。"

林渡还真有问题："师姐，若是不被此界天道承认的修士，是否无法出现在重霄榜上？"

"这是自然，那是此界的天道排行榜，若不是此界天道所生，肯定是排不上去的。"

林渡又问："虽说是天道排行榜，我查过史书，这两根天柱上此前并无排行榜，那两个榜单究竟是何时出现的也都没有记载，有明确记录的是六千年前，有人第一次挑战榜单上的人，登上了榜单。"

"是。"风朝不明白为什么林渡突然对这两个榜单这么感兴趣。

"从此之后，榜单上的人被频繁挑战，陨落的、被废的比比皆是，还有人特意研究榜上之人的功法特征。"林渡顿了顿，"我总觉得上这两个榜单并非好事。"

木秀于林风必摧之，这是谁都明白的道理。

若天道当真眷顾，又为什么会在两个榜单旁边降下天道比试台？

风朝眼神微闪，不知想到了什么，目光悠远沉痛。良久，她轻轻开口道："只要足够强大，即便木秀于林，风亦不可折。"

林渡垂眸，轻声道："除却风，还有不易惹人注意的蚂蚁啊。"

参天大树，亦可溃于蚁穴。

风朝没听清："你说什么？"

"我说天道那两个榜，跟靶子似的立在那里，就差直接跟人说，上面的人最厉害，只要打败他们，厉害的就是你们了。可这上榜的好处除了挨揍还有什么？"

林渡话音一落，就见风朝的眼睛清亮有神，犀利如出鞘利刃："你没看我给你的《心法》对吧？"

林渡罕见地心虚了："我光顾着算阵法了，心法对我，加成不太大。"

主要那些东西是文言文，她可以背，但很难理解，实在是有些为难她这个理科生。

"心法中有一句话，不争而善胜。"风朝声音清透，暮色之下，身上的法袍折射出绚丽的金色光芒，落在林渡的眼中，"可以不争，但要善胜，这是我们无上宗弟子的宗旨。"

林渡怔然片刻，默默起身俯首："多谢师姐指教。"

可以不争第一，但一定要有实力赢。

翌日一早，被勒令不得动用灵力，不能修行，只能睡觉的林渡从寒冰床上下来，耷拉着眼皮整理衣冠。等到了船上后对上同样睡眼惺忪的元烨，她才有了点反应。

"怎么是你小子？"

元烨摊开手："师父说，我的功夫足够让一个残念撑住。"

林渡应了一声，跟他并排垂着头打瞌睡，直到风朝亲自过来将他们两个揪起来。

三宗六派十门的掌门已经到了。

林渡还没完全醒，冬天人总是睡不够的，尤其是现在不能动用灵力的她。

"……事情大概就是这样，不知道诸位掌门有什么想法？"风朝言辞简练，但将秘境中的事讲清楚了。

"这……若是柳枝化人，离枝之后，没有血肉精气很难活下来吧？"

"若真有邪修食人精气，中州不可能六百年都没人发现啊！"

"若是突然调查，也会让弟子们心生恐慌吧？"

济世宗的君迁忽然开口："但白骨是事实，我们当日在现场的所有长老都能通过水镜看到，你们回去问一问这次进去的弟子们，也定然会知道，的确上下都埋有白骨。"

"我还是觉得有点小题大做了，这些年都没有任何异样，就这样大动干戈还要验魂？"

"没有确凿证据啊！"

"哦，那倒是有的。"风朝淡淡开口，见身后迟迟没有动静，喊了一声，"林渡，元烨。"

一直在后面打瞌睡的二人齐齐咚地一下抬起了头。

元烨下意识地抬起袖子擦了擦口水，接着掏出一把奚琴："我准备好了，小师叔。"

林渡从怀里取出养魂木，里头的残念微弱至极："证据是有的，此乃兰句界兰斯城城主的残念，被我从兰句界带出来了。"

不少掌门对林渡早有耳闻，传闻中这位连古城的梁柱子和门口的铁狮子都扛回了家，没想到她连人家的残念都不放过，这可真是什么都捡啊！

元烨开口道："诸位稍候，我给它过个门儿，不然这残念没劲儿开口。"

几位掌门齐齐一愣，你们无上宗还真是来唱戏来了？

中州大宗掌门齐聚一堂，装饰古朴肃穆的明堂之中，此刻却传出了哀哀切切的奚琴音调，悲壮萧瑟，恰似大漠孤月高悬，风沙之下，古城轻叹。

而那曲调之中，混着一道远古苍老的声音，讲述着兰句界的兴衰，修士们的殊死一搏，最后的献祭和自己被困阵中无法消散，却因为怨气之故浑浑噩噩，脑中只剩下了一道执念——阻止献祭。

"整个古城我都走过。"林渡忽然开口，"除了献祭之外，还有一个聚阴养怨的阵法，从一开始，那些人就做了两手准备。"

"阴魂夺舍。"城主接过话道，"他们说过，如果兰句界注定坍缩成小世界，成为后来人任意妄为的后花园，那总要让后来者付出些代价。这本来是我们生长的地方，凭什么成为你们掠夺资源后弃之不顾的秘境。既然进来，那就要做好被他们夺舍的准备。只是我没有想到，他们还养了红柳。柳树之中，生于大漠的红柳最凶。吾给了林渡小友全部的名单，吾知命数已尽，过去的无可挽回，往者不可谏，来者犹可追，但愿你们不会走上吾辈的老路。"

最后一声叹息化入空气之中，乐曲也慢慢进入尾声，一室寂静。

残念并非残魂，残魂还有更多复杂的念头利害，但残念只会反复固守死亡前内心最深刻的执念。

元烨抬手抹了抹眼睛。

风朝看了一眼："到底是孩子，怎么就哭了？"

元烨没好意思说，自己是打了个哈欠困的，摇了摇头。

"但这个城主也未亲眼看见红柳吃人啊。"

“关于这个问题，倒也有些间接证据。”林渡扔出一副骨架，堆在堂中。

众长老齐齐扶额，这林渡果然名不虚传——真的什么都捡啊！

“还有一件事，我们无上宗四人从秘境回来之后遭到了一群白袍人袭击，领头人的功法我们从未见过，境界也已经达到乾元境，却并非重霄榜上记载的人。”凤朝顿了顿，“如果这帮人形成组织混迹在大小宗门，想要掩盖食人精血的事情，可以用很多方法。”

比如，历练之路上死一个弟子，也是常有的事。

“为什么急着在我们回去的时候就截杀，算算时间，或许真的有鬼物混迹在其中一直监视呢？”

众掌门都沉默了。

那这些人就藏得太好了。但比起前面所有的证据，没有比截杀无上宗弟子这件事更能显出端倪的了。

但凡是中州，甚至是洞明界中人，都不会截停无上宗的灵舰。以为人多且装备齐全就能成功截杀无上宗弟子的，那一定是外界来客。

别的不说，阎野仙尊和前任掌门还没飞升呢，那些在外头历练的弟子就是无上宗最大的情报网，一旦遇到宗门通缉之人，不论因果，就地斩杀。

“那这么看来，的确是有并非此界的鬼物混进来了。”

“那就找出当年那些人，探魂？”

接下来的话就不是林渡和元烨这等小弟子能听的了，他们被其他宗门的长老带到了弟子们那桌，开始吃茶点了。

林渡啃着桂花糕，手上拿着一本《心法》。元烨看小师叔这么认真，又看了一眼周围别的宗门的长老，有点心虚，也拿出了一本书。

长老打眼一看，感慨不愧是中州第一宗。

元烨瞥了一眼自家小师叔，忽然觉得页面有点不对劲。谁家《心法》那么厚？还有两层书脊？好不容易等那几个长老出去闲聊了，他凑过去看了看。

“小师叔，你看什么呢？”他眯眼一瞧，只看见了几个大字——《被娇养的小妖》。

元烨默然了一瞬：“小师叔……这是什么东西？”

这是林渡写的新话本儿。林渡咽下嘴里的桂花糕，灌下一口茶:“想看？”

元烨点了点头。

“给你了，妙笔客的新书，我送了你二师姐一本，这是第二本。”

“天无师姐还有这爱好呢？”元烨瞪大眼睛，“她怎么看也不是像喜欢看话本儿的人。”

“哦，我让她看完之后拿去当柴火烧也行。”

虽说没有办法直接告知剧情，但是，按照原剧情逻辑编的故事，林渡可以写一百个，这第二本就是专门写给二师侄看的，只要他们能看进去，总归能长点心眼儿吧。

虽说那些话本儿里的故事多少有点狗血，充斥着虚伪和矫情，但是直戳读者的心呀。

光看每月的分成，林渡就知道这些话本儿销量还不错。

元烨接过去看，看着看着，龇着的大牙收起来了，眼泪汪汪地看着小师叔。

“看标题我还以为是个金屋藏娇的爱情故事，怎么后面那么残忍？”

“对啊，娇养啊，养肥了不就吃了。”林渡摊手，“跟咱们养猪和大鹅一样啊。”

元烨挠了挠头，娇养是这种娇养法？

“那话本里的小狼妖，就真的没喜欢过小草妖？真的只是为了把她养好了孕育出腹中灵胎，提纯药效之后给族人吃？”

“从一开始就是这个目的，到最后也下手了，你要问有没有爱过……”林渡笑了一声，“就算爱过，那也照吃不误啊。”

元烨沉默了：“可是小狼妖教冷冰冰的小草妖什么是笑，什么是热，什么是感情，到头来，他根本就不知道这些是什么对吗？”

林渡觉得孺子可教，难怪元烨在她拿到的剧本里着墨不多，几乎没怎么提过。

林渡感慨着拍了拍元烨的肩膀，是个明白人啊。

大抵是她的面部表情太过感动，元烨有些惶恐，正要说话的时候，听见门被打开。

林渡镇定自若地翻过一页《心法》，元烨有些手忙脚乱，藏在《律历志》当中的话本儿掉了下来。

前来接人的凤朝一眼看见了落到地上的书本封面——《被娇养的小妖》。

元烨扑通一下倒地，顺势盖住封面：“掌门真人来了，小师叔，我们走吧。”

“……倒也不必行如此大礼。”凤朝将人扶起来，顺势用灵力将那本书揣进了袖中。

“对了，林渡啊。”

林渡淡然合上《心法》：“师姐您说。”

“你看《心法》喜欢倒着看吗？怎么从右边翻页呢？”

林渡握着《心法》的手微微颤抖。

大意了。

修真界的书的书写方式和古书相同，以左为阳、右为阴，上为阳、下为阴布局的，翻页是从左往右，和现代刚好相反。

她没有认真看书，所以保留了现代人的习惯，下意识地从右往左翻页的。

凤朝微笑着看着两个装模作样的小孩儿：“不好好读书还学会装模作样了。”

她整了整衣袖，微微抬起下巴，笑容之中暗藏压迫感：“刚好冬日里宗门耕种用的法器需要修理，你们一个是阵法师，一个研学鲁班书，正好都能用上，这个月之内给我修好，我会亲自去检查。”

林渡和元烨对视一眼，默默低头应和。

急景凋年，岁暮天寒。

一场大雪将无上宗连绵的山峦落成了雪峰。哐当一声响，屋檐的积雪被震得簌簌落下，四面漏风的农具库内响起两道叹息。

“差不多结束了吧？今天都约好了一起下山吃古董羹，那片得极薄的灵羊肉一涮，蘸上麻酱裹进芝麻饼里，嘿，不能说了，肚子叫得比风刮得都响。”

元烨揉搓了一下手，往手心哈了口气，又揉了揉被风吹得通红的耳朵。

林渡最后给“伤痕累累”的法器补全阵法，这才收了手：“不是约了辰时一起下山吗？这会儿还早。”

“这雪下得分不清白天黑夜。”

元烨跳起来拨转了一下八角琉璃挂灯上的夜明珠，单薄柔和的光芒照亮了仓库的一个角落，那里整整齐齐堆放着各样农具。

灵力催动后，它们就可以自己耕地、播种、浇水、施肥、除虫，各式各样，琳琅满目，仔细看可以看出缝缝补补的零碎痕迹。

林渡叼着一根棍状的晶条用以照明，眯着眼睛，专心致志地拿镊子检查着阵法线路。

元烨只好又拿起锯子和木头，抬脚踩在条凳上锯起了木头。

修士没有过年的习惯，但今日的确是旧年最后一天，唯一能看出过年热闹之处的，就是各座城池为了促进人们消费举办的各种活动了。

“听说每年过年城中每家商户都会制冰灯呢。”

林渡挑眉：“冰灯？”

“嗯，今儿大师兄还想着给小师妹弄一个，可惜他修房子行，雕工实在不太行，改成用铁锹堆雪人了。”

木屑簌簌落下，冷风混着雪吹了进来，昏暗之下，让人分不清雪和木屑。元烨骂了一句，默默拎起木板去钉窗棂。

一身绯红长袍的人走进来，抬手调动灵力布下一个止风雪的禁制：“下这么大的雪还在干活儿？去歇着吧，没真让你们这个月就干完。”

林渡转过头，道：“师姐。”

凤朝眉眼微弯，扔给他们一人一个红色织锦储物袋：“亲传弟子的年例，可别新年头一天就花光了。墨麟、天无他们在等你们。”

两个苦工被赶着撂下了手里的东西，用神识扫了一眼储物袋里的东西，灵石、伤药、基础丹药分别用箱子装好了。

“师姐，这是今年的还是明年的？”

凤朝横了他们一眼：“计较这个？”

林渡懂了，显然是新年的，每到过年才发。

凤朝替他们关了仓库门，赶羊回圈一样让他们赶紧走。

元烨还没忘记邀请掌门一道下山。

凤朝笑着摇摇头：“你们小孩儿自己玩吧。”

修士过了一百岁之后，就很少计较年岁了。

林渡和元烨是后到的，倪瑾萱正在前头一座小雪山滑雪，墨麟就负责在山顶给她推车。这会儿刚好滑到林渡脚跟前。

“这个形状……那是不是我们刚刚修的脱壳机上缺的木兜啊？”元烨的眼神慢慢犀利起来。

林渡抱着胳膊：“晏青踩着滑下来的，我没看错的话，是从两把铁锹的头和木棍上卸下来的。”

“好像……是。”

两人齐齐冷笑了一声，看向眼前两个给他们增加工作量的冤孽。

“不是，谁教你们这么干的？”元烨嚷嚷开来。

“什么？”晏青一手拎着一根棍儿，脚踩两片铁块，“你说这个啊，天无师姐说他们刚进宗门的时候，师父和睢渊师叔就带着他们这么玩的。”

合着是上梁不正下梁歪。林渡抬手按了按眉心，算了。

“走吧走吧，下山吃饭，好不容易今天不用修炼。”

墨麟飞身落下来，旁边跟着夏天无。今日她的衣衫不再只有白色暗花，缀着斑斓的百花穿蝶绣纹，头上的红梅也给这位添了些人气儿。林渡多看了几眼。

在夏天无用疑问的眼神看过来的时候，轻轻夸了一句：“红梅很衬冰雪，也很衬你。”

夏天无抿着唇笑起来：“你给我的话本我炼丹的时候看完了。”

林渡积极采访了这位。

“我觉得……这狼妖还得多学学炼丹，药引不是这么用的。这笔者定然是没有学过炼丹。”

林渡罕见地吃瘪了：“你说得对。”

她真没学过。

这样冷冰冰一心修道的二师侄，到底是怎么变成剧本里的恋爱脑的？

“话本儿而已，写的是个故事，又不是写的医道典籍。”

“但的确是谬误，按照书里让小草妖怀孕之后取灵胎入药的法子，胎魂已成，虽然提纯了药力，但是大凶之物，那服下的人，很可能会怨气缠身，甚至……胎魂附体。”

“不管哪个修士，就算是食人精血的邪魔，都干不出这等得不偿失的破事儿。”

林渡眼神微闪：“是吗？”

“是啊，如果不是作者杜撰，那小狼妖就实在蠢了。”夏天无声音淡淡的，“不过说起来，狼本身的智商也不高，脑子那么小，不聪明是应当的。”

林渡点了点头，挺好，蠢点好。

一帮人热热闹闹进了早就订好的包厢，统共六个人，堂倌上来点菜。

“先来一百盘灵羊肉和二十个芝麻烧饼。”

堂倌端着茶水的手微微颤抖，音量拔高了：“多少？”

“一百盘……是不是有点少？”墨麟扫了一眼，“那就……一百二十盘？”

堂倌手抖了，杯盏摇摇晃晃发出清脆的声响。

“一百二十盘？今年无上宗的师父们都来吃饭吗？这包厢是不是太小了？”

“没有，就我们六个人啊。”元烨摩拳擦掌，“快上吧，饿啦，记得多来点芝麻酱。”

堂倌游魂一般走了出去，走到后厨对上正在切羊肉切得不耐烦的厨子。

“说吧，要多少？二十盘？”那握着刀的厨修不耐地抬起眼皮。

“一……一百二十盘。”

“多少？！”厨修举起了菜刀。

“无上宗……天字号包厢，一百二十盘。小师父们说了，饿了，急，快点。”

厨修骂骂咧咧把刀往木桩上一砸：“让他们自己来，让他们自己来！一百二十盘，要我命是吧！”

“无上宗加起来有一百二十个人在宗里吗？”

“哦，他们来了六个人。”

看到又有人受惊吓，堂倌就快乐了。

“多少？”

“六个。”

厨修咬紧牙关提起刀：“一会儿我拿着羊亲自去他们包厢切，我倒要看看，六个人怎么吃完一百二十盘。”

包厢之内，厨修片肉片得风生水起，桌上的六个人也吃得津津有味。

啪嗒一声，又一摞盘子空了。

六双眼睛眼巴巴看向厨修。

厨修一抬眼，差点气乐了。

什么宗门能养出这么一群吃饭堪如卷残云的弟子。

饿了三年才下的山？

倪瑾萱看着窗外街道上的冰灯，一脸艳羡：“都好精致啊。”

林渡忽然开口：“想要？”

倪瑾萱小声道：“要不咱们下去买一个？反正肉还没上来。”

厨修切肉的节奏忽然就加快了。

林渡笑了笑：“你想要什么样子的？”

倪瑾萱歪了歪头：“比大师兄堆的雪人精致就行。”

林渡一哂，那用铁锹堆的雪人，跟一座小山一样，能精致到哪里去？

封了将近半个月的灵力倏然散开，热气腾腾的铜锅上方水雾持续弥散，本该是暖洋洋的屋内却突然冷下来。

厨师忍不住抬头，以为谁把门窗开了，可窗子依旧封得好好的。

屋内响起了结冰的声响。

那铜锅之上的水雾奔涌而出，却又迅速消失不见，像是被什么东西横空挪移了一般。

一道盘旋的白色灵光悬在林渡面前，她神情严肃，似乎在酝酿什么。

屋内冷得让厨修打了个哆嗦，刚要开口，却听得一声：“好了。”

他偏头，座中一个年纪尚小的青衫小师父闲闲伸手，白色灵光渐渐消散，一只晶莹剔透的冰兔出现在她的掌心，虽然线条简洁，但活灵活现，当中似乎有一颗浑圆的夜明珠。

林渡随手取出一截桃枝和红绳将那冰灯拴上：“给。”

她分明年纪不大，却跟哄小孩儿一般将冰灯递给了那个穿红白衣衫的小姑娘。

倪瑾萱接了，杏眼中闪动着欣喜明亮的光。

元烨拍案而起：“我也要！小师叔，我也要！”

林渡敷衍地摆摆手：“可以是可以，但你稍微等一下。”

元烨刚要撒泼，就看见林渡快步走到了内间。

“我先进个阶。”封了半个月的灵力，刚一动用，琴心境后期的壁垒就要破了。

她快速布好聚灵阵，又怕引起饭馆骚动，摆了小山似的一堆灵石将自己圈起来。

只是进阶大圆满，要不了多长时间。

厨修深吸一口气，忽然觉得这趟来得值了。

能够看到六个人吃六十人份的肉，还能看到无上宗的小师父吃饭的中途进阶，这辈子真的值了。

以后遇到什么事情他都不会觉得离谱了。

林渡这一次进阶的确很快，最后一颗益气疏郁丹吞下去，肺腑彻底畅通，灵力跟大坝开闸一般，猛地灌入体内冲刷着经脉。

外面的人吃了二十盘肉之后，林渡就已经进阶到了大圆满，周围的灵石已经没有一丝灵气，成了寻常碎石，灰扑扑的，暗淡无光。

四周一片寂静，林渡将神识外放出去，却碰到了壁垒。

她察觉到不对，睁开眼睛，手上迅速祭出浮生扇，顺势起身："谁？"

居然有人敢在定九城对她下手，是活得不耐烦了吗？

寂静之中，忽然响起一道清浅的男声："不过顺路而已，你师父没教过你在外进阶的时候，最好布个防御阵吗？不然……万一有坏人可怎么办呢？你那师父不行，考不考虑换一个？"

林渡立即就听出了是谁，一副好嗓子，阴阳怪气也跟说情话一般。

"危止，你来定九城做什么？"

那人哎呀一声："我真的只是路过，只是你喊了我，我就不得不现身了。"

"你们宗门不是最近下了对戴银质面具的白袍人的追杀令吗？恰好在你进阶有灵力波动的时候，被我抓到了一个。"

空间微微波动，先前隐于结界中的人忽然显形。

林渡起身的瞬间握住了腰间的浮生扇，目光落在了危止身上。

危止今日戴了个箬笠，似乎是为了避雪，一身寻常海青僧衣，淡素极了。他帽檐压得极低，只露出下半张流畅窄瘦的脸，倒是比初见着云锦袈裟时看着入眼许多，很有些青灯古佛纤尘不染的味道。

但让林渡更为在意的是，危止跟前还有一人。

那人戴着银质面具，一身月色长袍，背后两把弯刀。但此刻，这人的喉咙被危止单手扣住，从那暴突的青筋和挣扎的手脚来看，已经临近死亡。

林渡闻到了危止身上浅淡的风雪味道。他是刚来的，但那个面具人不是。

林渡一时不知道到底哪个更危险，扯下腰间的弟子令牌准备喊人。

"别喊，我是好人。"

"坏人都说自己是好人。"

危止还牵制着那个人，一只手轻而易举扣着那人的脖颈，一只手轻轻取下那人背后的一把弯刀，指节轻轻用力，天品级别的弯刀应声而断，恍若他折的只是寻常的一根筷子一般。

林渡浑身都紧绷起来，目光落在可以布阵的缺口上。

“你这一天到晚吓唬小孩儿的毛病怎么还没改？非要把自己弄得人人生厌，才算败坏佛门？”

一道淡漠的声音落进危止设下的结界之内，继而林渡闻到了来人身上的酒香。

危止弄断那人的两把弯刀，箬笠遮着半张脸，叫人看不清他的表情。

但林渡能感觉到这话里的古怪，而且危止身上气势一凝。

林渡看向那个轻而易举走进危止布下的结界中的人。

那人一身宽大的重紫法袍，头发如同刚进宗门的林渡一般，胡乱束在顶上，额前脑后都散乱着碎发，分明是矜贵无比的一张脸，偏偏比林渡还不讲究，手里拎着个酒壶，醉眼蒙眬，神色淡然。

与此同时，一直沉寂着的系统终于有了反应。

“宿主，这就是你一直没遇上的那个终极恋爱脑，为了恋人无私奉献了三千年，最后献祭天道的那个剧本里的师尊，你师父的大师姐，上一任掌门，如今的重霄榜第一，临湍仙尊。”

林渡忽然拱手躬身：“晚辈无上宗第九十九代弟子林渡，拜见临湍仙尊。”

她从入宗门到现在都没碰上临湍一次，得先在这位辈分最高的仙尊前挂个名。这一声太过正气，危止和临湍，连同地上那被危止的灵压禁锢着的人都被吓了一跳。

临湍调整了些脸色，开口也带了些温和的醉意：“第九十九代？我这一代还没飞升的家伙不多了，难道你是我哪个师弟的关门弟子不成？”

“晚辈师承阎野仙尊。”林渡还维持着原来的姿势。

她不是个守礼的人，阎野都没有受过她的礼，此刻却也浑然天成，演得像模像样。

“啊，那小屁孩啊。”临湍辈分高，年纪大，只是因为心结而一直无法飞升，如今修真界已经很少有人提起她的名字了。

天下第一避世不出，天下第二闭关正待飞升，天下第三半途以邪道成金身。

林渡觉得修真界正常人太少了，大家都不太正常，所以正常的也不正常了。

“你怎么知道我是临湍？就连阎野都很少见到我，只怕也不会在你面前提起我。”女子主动起了话头。

林渡不能说自己有剧本，反应极快地找了个理由。

“仙尊手中的酒，是无上宗宗门内库的醉玉山，晚辈刚好有宗门内库的令牌和出入库账册。”

这酒别处都没有，是无上宗的特产，内库里不对外出售的陈酿。

饶是第七候太清境的修士，喝了也会如玉山倾倒，故名醉玉山。

临湍诧异地看了林渡一眼：“风朝倒是越来越不讲究了，滥用童工啊。”

林渡的脸上终于浮现出往日的生动，她用力点头，一脸凄惨：“今天我还是刚修完农具过来的。”

临湍嘶了一声：“不过你师父小时候也修过那些，你这也算……师徒传承？”

这宗门的两任掌门里面，林渡一时分不清到底谁更靠谱点。

也是某种程度上的——宗门传承。

“说真的，这小孩儿的师父不行。”危止忽然插话。

临湍用酒壶敲了敲危止的头，连名带姓喊他：“楼危止，没有你这样当面撬我的人的。”

“楼临湍，我可是帮了你们无上宗一个忙。”危止转头看她。

“劳烦你喊我的道号。”临湍的桃花眼毫不畏惧地对上危止的眼神，里头含着深夜的风雪。

“那也请您喊我的法号。”危止微微抬手，扶起箬笠，分毫不让。

林渡只觉得火星子都要溅到她身上了，本着帮亲也帮理的原则，她收敛了眼中的好奇和审视，开口打破了两人的僵局：“你知道我师父从无上宗下来需要多长时间吗？”

“若这人能在一息之内杀了我，那我今天的确不该毫无防备地莽撞进阶。”

“但……”林渡微微抬起下颌，勾唇轻蔑一笑，“可能吗？”

危止一愣，他总是说不过这个小病秧子。

危止继续低头默默干活，拎着不知何时已经如同死狗般的人，将他扔进一个粗麻布袋里，咔嚓声不绝于耳。

“临湍仙尊……那人大约是我们无上宗追杀的人之一。”林渡倒是没忘了正事，“那面具上的图腾，我曾经在兰句界见过。”

“我知道，我看到风朝签署的宗门追杀令了。”临湍顿了顿，复又补充道，

“胆敢截杀无上宗弟子，该杀。”

林渡欲言又止，既然是无上宗的追杀令，那这危止一副要把人带走的模样是什么意思？他可不是自己人，甚至连中州人都不是。

中州佛修寥寥，佛修的聚集地在云摩罗，从中州过去还要向东南走很长一段路。云摩罗八大佛门，密宗为最，危止便出自那密宗。

中州道修流行修内丹，跟佛修不是一个路数。这人是实实在在的外人。

临湍过去轻轻摸了摸林渡的头：“这件事有我们大人呢，你别管。”

临湍的指尖是微凉的，林渡眨了眨眼睛，忽然下意识地拉住了她的衣袖。

已经有两千多岁的临湍愣了一下，不知想起了什么，一时没动，默许了这个有些冒犯的动作，将目光落到了这个逾矩的小师侄身上。

小孩儿仰着头看人，巴掌大的小脸上满是莫名的仰慕，一双眼睛黑白分明，方才对着危止时眼神分明疏冷，甚至带了戒备与杀意，这会儿却完完全全用依赖的目光看着自己，像是初生的奶猫。

临湍恍了一下神，先前淡漠的桃花眼中的疏冷已融化，她伸出手，又摸了摸林渡的脸：“无妨，信我。”

“那……师伯你现在就要走吗？不和我们新弟子一道用顿年夜饭？”

林渡想，这回一松手，还不知道什么时候才能见到这个任务对象呢，她至少得留个下次再见面的理由，或者留道气息以后方便传音也行啊。

这句话又戳中了临湍的内心，她的目光变得悠远起来，盯着眼前的林渡看了一会儿，接着笑起来，混着酒意的嗓子微微沙哑：“果然还是个小孩子。”

“我就不去了，等你大了，来禁地桃林找我喝酒。”

危止忽然插嘴：“那帮光顾着吃的小孩儿终于想起来要看看你这个进阶的人了。”

临湍看了危止一眼：“打包带走，不许见血，到时候吓着我的孩子们。”

危止轻笑一声：“我是佛修，眼里见不得血。”

那人被他塞进麻袋了，定然见不了血。

临湍分明是在故意吓唬小孩儿，让小孩儿知道怕，别插手。

空间微微波动，危止被临湍催着，随后消失在内室之中。

林渡若有所思地留在原地，或许有些藏在剧情之外系统都不知道的东西。

比如……原剧情从未出现的危止和临湍仙尊似乎很熟。

她打算回去再仔细看一看临湍的那本剧本，忽然她意识到了什么。

“不是……结界！开门！我还在里面！”

重霄榜第三设的结界，她要破开，可能这座酒楼也要炸没了。

林渡无奈地看着眼前的结界，心中默念骂人的话。

不过几息之后，空间再度波动，结界缓缓消散，一道仓促的道歉声传入林渡耳中：“抱歉，差点忘了，下次给你赔罪。”

看着开了的窗，寒风裹挟着薄雪落入屋内，林渡无奈地拿着浮生扇抵了抵自己的额头。恰在这时，结界之外慌乱的找人声传入她的耳中。

“小师叔呢？”

“小师叔！你去哪儿了！难不成是发现我们没给你留肉，走了？别啊，我们还能再点！”

“小师叔！你从哪儿出来的？”

高阶修士的结界化得无声无息，在墨麟他们的眼中，只能看到原本杳无人迹的室内突然多了个青衫修士，迎着窗前风雪，正抵着扇子笑得戾气横生。

墨麟看着眼前的一幕，小声道：“天无，你觉不觉得小师叔这个造型，像极了南风谷花魁大赛参赛的堂中名人出场的模样？”

夏天无想了想：“那堂中名人的眼神中可没有杀气。”

“大过年的，给你们个惊喜行不行？”林渡横了他们一眼，“大呼小叫的，一点没有大宗弟子风范。”

厨修拿着菜刀闯进内室，恰好看到林渡给他表演了一个大变活人。

厨修默默地握紧了菜刀，算了，适应不了，无上宗的弟子，真的很离谱。

无上宗六人组的吃肉战绩最后止步于一百五十二盘，林渡最后一个放下筷子，看了一眼那揉着胳膊的厨修，心中生出些迟来的歉意。

“天无，要不给咱们厨师几张膏药吧？”

夏天无应了一声，厨修握着刀的手都抖了：“不会贴完还要继续吧？”

林渡其实没吃饱，但实在不好意思继续吃了：“哪能啊，您歇着吧，记我账上。”

一帮人浩浩荡荡出了门，恰逢外面嗖嗖两声，烟花蹿到漆黑的夜空，继而绽放出绚丽的光雨。

“嚯，今年这个烟花可真好看，原来修真界也放烟花啊。”元烨抄着手仰头看夜空。

林渡眯起眼睛：“我怎么觉得，那个烟花……当中好像有人？”

墨麟一个激灵，仔细看了看，脱口而出：“天！”

“钧定府守卫呢?!什么人胆敢在定九城城内斗殴！”墨麟说着，手上多出了一根玄金剑棍，就要飞身而上，被夏天无拉住了。

“大师兄，那人好像是……”

“不管谁来了也不能在定九城斗殴啊！”

“好像是咱们掌门。”

墨麟动作一顿，回过头来，眼睛瞪得圆圆的，眼中满是不可置信：“你说谁？”

六人齐齐地仰头看向上空，但见一道红色身影悬在空中，一道灵力直奔高空而去，继而炸出一道格外绚丽的灵力光波，赤色灵力璀璨无比，范围极广，弥散开来，如同极为华美的牡丹怒放。

“对，咱们掌门今天好像就是穿的红色衣服。”元烨仰头看了一会儿，而后反应过来，大声惊呼起来。

“咱们掌门炸出烟花了？”

林渡眼角一抽，一本正经地说道：“掌门趁着过年，给你们放个烟花开心开心，让我们说，谢谢掌门。”

倪瑾萱乖乖地第一个响应：“谢谢掌门。”

元烨下意识地附和：“谢谢掌门。”

晏青觉得不对，但出于礼貌应和道：“谢谢掌门。”

墨麟嘴角一抽：“不行，什么人要掌门亲自打，我去看看。”

他刚蹿上去，就听到了一声极为熟悉的呼喊。

“大师姐！不可啊！你是掌门！这是咱们的定九城！你不能亲手破宗规啊！别打别打，大师姐，你怎么连我都打！”他那个被罚在定九城对账的师父，手上还拎着个算盘，似乎害怕被误伤，离得远远的，正扯着嗓子大吼。

“别让我听见‘掌门’这个词，我听见就来气！”风朝冷笑一声，悬在空中衣袍猎猎作响，转头指着灵力波动怒声道，“你还知道回来？”

“不是自行离开师门了吗？又回来干什么？是男人就一辈子别回来！临

阵脱逃算什么本事！把掌门的事就这么甩给我了，你还好意思回来拿无上宗的东西？给我滚！无上宗的地界都别想进！”

林渡见墨麟上去，也跟着祭出飞行法器飞上了天，刚一上来就听到了这些话，忽然意识到这场面在临湍的剧本里见过，立刻看向风朝破口大骂的方向。

灵力光波之中有个男子的身影，那人青年模样，一身白衣飘在风雪夜中，并未如无上宗这帮弟子一般束发，他的墨发随风飘扬，唯有额心有一道金色神印微微发光。隔着茫茫风雪，林渡对上了那双浓黑淡漠的眼眸。

那是一双毫无温度的眼睛，即便被人指着鼻子骂，也毫无波动。

饶是万年的寒冰，也能给人以森森的寒气，但他并不冰冷，更像是个没有任何情绪的人，俯瞰着苍生，无悲无喜，无忧无惧。

这一刻，林渡终于懂了，为什么临湍三千年都焐不热这样一个人。

“师姐，咱不生气，师弟当年固然有错，可这大过年的，来都来了……”雎渊还在劝架。

风朝轻蔑地笑一声：“大过年的就来添堵，来了也给我赶紧走。”

“咯咯咯。”风朝被灌了一嗓子风，忍不住咳嗽起来。

“大师姐，风雪这么大，怎么还在外吹风呢。”一道肆意中带着关切的问候穿过风雪和尘世的喧嚣，抵达了几近暴走边缘的风朝的耳中。

林渡接着抬手，浮生扇中的灵力倾泻而出，轻轻开口：“止。”

一时间，冰雪止息，恰恰悬停于空中，恍若凝滞一般。

“风太大了，或许那位道友听不见您的骂声，现在好了。”林渡笑着收了浮生扇，歪了歪头，“对了，这位是何方散修啊？”

风朝只愣怔了一下，很快笑了起来：“来来来，小师妹，给你介绍一下，这位是上一任青云榜天赋第一，后苍。”

她热情地冲林渡招手，用灵力将她挪至自己身边，极为开心地搂着林渡的肩膀，看向后苍：“这位按原来你在无上宗的辈分来算，是你的小师妹，如今的青云榜天赋第一，林渡。”

前后两任天赋第一遥遥相望，一个淡然若雪，一个恣意若风，两人目光相接，到底是林渡先开了口。

“原来是前辈，久仰。”林渡抱拳颔首，姿态恭敬，目光却不羁，若长风千里。

对面许久才传来一声回答：“小师妹有礼。”

凤朝指了指后苍，对林渡说道："小师妹，记好了，这是咱们无上宗上一任掌门的关门弟子，六百年前曾是新一任的掌门人选，只可惜他忤逆师长，不告而别，至今才归来。依你之见，此人你该唤一声师兄吗？"

一席话说得一旁还抱着算盘的睢渊冷汗涔涔。

林渡忽然歪头一笑，空中凝滞的雪恰好突然又开始飘落："大师姐，今日风雪大，不如问问后苍前辈，何故来定九城做客？"

有的人，你以为她是来灭火的，结果她是来拱火的。

林渡一开口，睢渊都恨不得亲自上去捂嘴，但他不能。他只能庆幸，幸亏林渡的师父是阎野，重霄榜第二的阎野。

阎野是修真界到达第七候中最年轻的修士，他之于凤朝、后苍，就如同林渡之于墨麟、天无，年纪小，辈分高，修为后来居上。

如今的后苍，修为看着倒是还和凤朝一样，卡在第五候乾元境。昔日的天赋第一，已泯然众人。凤朝恨不得给林渡鼓掌，还得是阎野教出来的孩子会说。

对方却依旧没什么反应，无论雪是停还是下，都激不起他内里的丝毫波澜。

"来故地，寻故人，我没有违背无上宗宗规，掌门师姐何故将我排除在外？"

林渡大致理解凤朝为什么那么生气了。

凤朝的师父并非上一任掌门临湍，她从未想过要接手掌门之位，突然有一天，因为正经继承人撂挑子不干了，所以她被迫赶鸭子上架，最后自己的人生规划全部被打乱。

这个撂挑子不干的人消失了几百年，如今又跟没事人一样回来了，凤朝没下死手完全是因为宗规和个人道义。

林渡在心底啧了一声，恋爱脑身边的正常人，真的都承担了太多。

凤朝刚要说话，一阵风吹来，有人迎风雪而来，重紫法袍被风吹得鼓起。

喑哑的嗓音在风中飘荡。

"回来了？"

这不过是再普通不过的一句话，林渡却在后苍脸上看到了轻微的波动。

那双漆黑的眼睛一瞬间晃过许多种情绪，复杂得像是林渡验算阵法所用的草稿纸，反反复复重叠了许多不同的东西，细密谨慎到最终的静默都堆叠在那张纸上。

不等后苍回答，风雪中忽然响起一道正气十足的喊声：“弟子林渡，见过临湍师伯！”

紧接着在林渡的眼神示意下，跟上来的几个弟子排成一排，齐齐跟着小师叔拱手躬身行礼，气势恢宏：“见过临湍师祖。”

临湍被逗笑了：“小孩儿，怎么又是你？”

这小孩儿耿直得有些可爱，连行礼都这么可爱。

林渡笑容灿烂，全然没有刚刚对后苍的那股狠劲儿：“听说在我之前的青云榜天赋第一来了，特地来看看我以后会是什么样的人……”

风朝忽然截断了她的话：“别说这话，不吉利。”

那晦气东西怎么能和他们家小师妹比？

后苍意外地看了临湍一眼：“师父您……不是闭关不出？”

“今日有客。”临湍说着，目光却还在林渡身上。

方才那一招凝雪术，以林渡的修为和入宗门的年纪来讲，未免太强了些。

难怪是天赋第一。倒是……让她想到了从前的后苍。天赋卓绝，意气风发，为了让别人夸几句，拼命修炼，经常会给她意料之外的惊喜。因为身世凄苦，所以格外黏人。大约就和林渡现在这样一般无二。

只不过那孩子被捡回来的时候像是一匹桀骜不驯的狼，林渡看着乖乖巧巧像是只柔弱的猫。

临湍的视线在林渡身上停留得有些久，久到后苍忍不住开了口：“客人，是我？”

林渡忽然握拳抵住了唇，接着剧烈地咳嗽起来，掩饰住了上扬的嘴角，也覆盖了临湍脱口而出的“不是”。

这男人流露出难得的不自信。

“小师叔！”身后人齐齐喊了一声，“你没事儿吧？药呢？”

“药还有吗？”

一帮人手忙脚乱，围着林渡嘘寒问暖，就连一直阴阳怪气的风朝都无暇顾及后苍了。

临湍也吓了一跳，这才想起来这孩子看着的确瘦弱了些，是先天不足的模样，一步移了过去：“还好吗？”

林渡好得很，就是戏快演不下去了。她要赶紧回去再专心看一遍临湍的剧本，不然实在摸不清这两人现在到什么地步了。

系统出声："亲亲，现在大概就是……"

"你先闭嘴。"林渡在神识中回道。她脑子里装的东西可太多了，一时之间消化不了。

楼危止和楼临湍，兰句界那些人，还有后苍。这些人的事情，比她师父给她出的上古残阵还复杂难算。

临湍探了探林渡的脉，接着拧着眉："姜良有想出彻底治疗的法子吗？"

林渡摇头："先续命，再慢慢看吧，万一以后在哪个孤本里就找到治疗方法了呢。"

临湍沉吟片刻，林渡心脏的情况不是普通的虚弱有疾，可以说是四分五裂，就像是已经被捏碎却还维持着原形的碗，不知道什么时候出现一股力量就彻底崩坏了。

她这具身体有些古怪，姜良应该尽力了。

林渡似乎看出了临湍的心思，笑着开口："师伯也是头一次见我这样虚弱的活人吧？我在这世间天赋独一无二，绝症也是独一无二的。"

系统开口："宿主，你是不是演太过了，刚才临湍没来之前你根本不是这样的。"

临湍眼中闪过一丝触动，忍不住又摸了摸她的头："缺什么药材尽管开口，直接下宗门令，让所有云游在外的弟子搜集。"

她说着看了一眼自己的弟子后苍："你也是，替林渡留意留意。"

后苍看了一眼林渡，抿了抿唇，沉声应是。因顾及林渡的身体，大家便就此散了。

林渡在神识内与系统说道："我就是明着演啊，他能拿我怎么样？"

她就是仗着自己是个病秧子，所以为非作歹还不怕被人套麻袋敲闷棍。

"孩子还小，身体不好。"光这两点，林渡就是谁也不敢动的活祖宗。

"不是……这师徒两个都是恋爱脑吧？"林渡看完了整本剧情，沉沉叹了一口气。

这是最复杂也是最让她无从下手的，因为这是所有剧本里唯一一个不算圆满结局的。

后苍是无上宗掌门临湍路过妖界之时顺手解救的一个奴隶，从小被扔在狼群里，忍受欺辱折磨，被临湍刚带回宗门的时候浑身是刺，对所有人都极度不信任。

他以为临湍也不过是他第二个主人，谁知她却让他叫她师父，让他吃饱穿暖，还引他入道，甚至因为他过分的依赖和占有欲，答应他不再收其他的弟子。

自此，后苍成为掌门临湍的关门弟子。

浑身是刺的阴郁少年成长为芝兰玉树光风霁月的佼佼青年，是位列青云榜天赋第一的天之骄子。

谁知长大后有了犯上的心，结婴进入晖阳境之后向师父索要的贺礼是一份独有的爱。

道门之中，一日为师终身为父。

临湍的回答便是如此：“你是我的孩子，我怎么能和我的孩子在一起？”

原本被作为下一任掌门培养的后苍怒道：“那我便叛出师门，你不再是我的长辈，这样我是不是就可以和你在一起了？”

临湍回道：“若要叛出师门，那自此我们便没有任何关系。”

无上宗掌门在卸任之后，都会专心闭关以待飞升。

临湍也是如此，她前半生忙于修炼和宗门事务，后半生只想抓紧时间修炼飞升，从未考虑过道侣之事。

后苍不舍临湍，怒而离宗，甚至弃了先前修的人间道，中途改修无情道，此前道统尽废，百年修为化为乌有，算是从头开始修炼。

林渡看到这里，忍不住感叹，真的有人修成无情道吗？

看后苍今日见临湍的那副样子，无情道修得不太彻底啊。

之后的剧情便是后苍回宗，接着发现师父一直在默默帮助他。因为他半途改道统，道心受损，师父一直在为他的进阶和飞升铺路，用了很多资源给他送机缘，也一直包容他的冷言冷语。

直到后苍于一处秘境之中接受了天道传承，发现自己一直在受天道指引。

他是天命注定的献祭品，受万种蹉跎，受万人恩惠，入世后出世，有情后斩情，为太上忘情。

天道有兴盛衰弱，当衰弱之际，为了维持洞明界不致塌缩，需要新的强大的力量补充进天道。

天道不会对任何生物有偏爱，万物皆由他掌控，万物皆在规则之内，万物皆为蝼蚁。

后苍的执念始终落在临湍身上，到了天道衰弱之期修为却迟迟未达到化身献祭的境界。

而洞明界的规则开始紊乱，有灭世天灾的前兆。

临湍发现自己就是后苍忘不了的那段情，而后苍也是她飞升前最后一个解不开的心结。

后苍为了应劫，当众宣布叛出师门，要求临湍和自己做七年的道侣，之后自己就会彻底放下执念。

临湍答应了。

这七年中，两人四处游览大好河山，恰似神仙眷侣恩爱非常，后两人意外从滇南一处得到了偷龙转凤向天道献祭的秘法。

只是那秘法所谓的偷龙转凤，也不过是将天命转移到另一个天赋、修为、心性同样符合天道要求的人身上。

全世界，符合的只怕只有一个临湍。

后苍本不愿用，却意外误会临湍跟自己在一起七年是为了天下苍生，等他献祭后了却救世心愿便会飞升。

他本就恨临湍当掌门时关爱所有弟子和同门，对天下所有人都心怀善意，对自己却从没有丝毫私情，于是动用秘法，让临湍去献祭。

然而在秘法启动之际，临湍恍若早就知情一般，摸了摸后苍的脸，告诉他：“我愿意的。”

愿意代替他，献祭给天道。

从始至终，临湍未说过一句爱，只是永远包容，永远保护，永远无私付出。

最后后苍在离天道最近的水天一线，永远地陪着天道，直到生命的尽头。

这是一个偏执的人无私奉献的故事。林渡看完甚至不确定临湍到底爱不爱后苍。后苍应该是占有欲和执念作祟，所以一直放不下。

整个剧情迷惑得让林渡狠狠抓了两把头发，接着长长叹了一口气。算起来，还有将近一千年，她要怎么拯救他们？

林渡按着太阳穴："系统，问你个问题，你老实回答我。"

系统："你说。"

"你跟天道有点关系吧？讲讲到底是什么关系？"

系统："今天晚上的月亮好像挺圆的，你不出去看看？"

"第一天你说，天道助我，为什么？"

林渡并不理会系统，步步紧逼。

忽然，她的脑子里自动播放起了音乐，还是机械音。

不对劲，林渡拧眉，这系统不对劲。

她走出洞府，快步走到洛泽之前。

阎野大多数时候在入定，因为神识外放太费力，只有林渡刻意弄出动静了他才会从入定中醒来。

"师父，今儿晚上月色不错。"

阎野睁开眼睛，灰眸中一片冷寂，开了嗓："放。"

林渡从未在这个时候来找过他，阎野用神识扫过去，发现她身上也没有什么问题，那定然是又来挨骂来了。

"天气这么好，你给我探探神魂啊。"

阎野匪夷所思地偏头转向林渡："天气好和探魂有什么关系？"

更何况今儿是风雪天，哪来的月亮？她做梦呢？

林渡坐到阎野对面，她盘着腿也并不规矩，将头凑到阎野面前："今日我进阶大圆满之时，曾有一面具人潜藏于我们预订的包厢之中。"

阎野神色冷肃了些："是兰句界那帮鬼物？"

"大约是，那人背上有两把弯刀，那兰斯城城主给我的名单上，有个修士，擅使双弯刀。"

阎野倒是不怀疑林渡的判断能力，这孩子虽然欠，但打小就聪明。

"那人呢？"

"哦，被危止抓了。"林渡顺便主动分享了一件事情，"师父，你知道危止和临湍师伯的俗家姓吗？"

阎野也被林渡带得不好好坐了，用胳膊撑着头："不知道。"

"他们姓楼。"

阎野哦了一声，手肘忽然从膝盖滑了一下，好在他收住了，没磕冰面上，接着迅速反应过来："楼？可危止他是……"

他意外地蹙了眉："怎么可能呢……"

林渡清晰地看到，他往日凛冽冷峻的面容上出现了一丝深深的困惑。

有问题。

"怎么了？"林渡问道。

阎野沉吟片刻，不知道该不该跟林渡说，但这孩子看上去不是个好敷衍的。

他斟酌了一下措辞，开了口："我记得你看过不少书，但有件事情，不在《大事纪年》中。"

"你知道云摩罗此前是个国家，之后国灭，彻底成为佛门圣地，当中只有佛修和过路人，对吧？"

林渡点头，这段历史她读过，并不算久远，差不多在八百年前。

"事实上，"阎野顿了顿，"此前婆娑国曾三度灭佛，却始终阻止不了佛门兴盛。"

"最后……据你师祖当年所说，婆娑国大乱，内部王权更迭出现问题，自相残杀，生灵涂炭，佛门横空救世，自此婆娑成为云摩罗，是天下佛修的圣地，八大佛门分立，人人入佛道。婆娑国的皇室，便姓楼。而婆娑国灭亡之后，云摩罗再无楼姓人，传闻，楼氏已被灭族。"

林渡摩挲了一下手指，也跟着蹙起眉头，懂了她师父话里隐藏的意思："所以事实上发生了什么？"

阎野笑起来："为师不知道。"

林渡跟着敷衍一笑："你还挺得意？"

阎野收了笑，又去敲她的脑门："没大没小。"

林渡没躲，顺手攥了阎野的手腕："我害怕今日那兰句界的人趁我不注意给我神识做什么小动作，师父，你来给我探探脑子。"

阎野也就顺着将手张开放了上去，但很快皱着眉头按住了她的头："你太戒备了，让我的神识进去。"

紧接着，那道比林渡强出许多的神识就覆盖了她的神府，自头顶滚滚蔓延，最终将神府尽数包裹。

她如同落入寂静深海之中，这对旁人来说极度可怕的寒冷与深厚不见光芒的海洋，她却觉得十分舒适。

因为眼盲，阎野从入道之日起就要比寻常人维持更长时间的神识外放。

外放神识就好比人的胳膊一直举着，总会酸疼疲累最终支持不住的。

所以阎野即使用神识“看见”了，也比常人累得多。

神识消耗过多和体力消耗过大还不一样，神识消耗过多会使整个神府若针扎一般，混着酸疼疲苦，需要很久才能恢复。

像阎野这样的盲人，因为总是这样不断训练，所以神识比同境界的人有力许多，因而探魂之时也比寻常人懂分寸得多。

“没问题，好得很，没有任何问题，就是……”

林渡等着下文，接近天道力量的阎野能探到她神识内的系统吗？

阎野沉吟片刻：“你这个神识，是你这个年纪该有的吗？”

未免太深厚了些。

难不成这就是林渡算阵法算得这么快的原因？

林渡看到阎野脸上闪过一丝迟疑和嫌弃，道：“我确实没怎么锻炼，这不是师父没吩咐我吗？你给我个修炼神识的功法，我给你一天熟读，七天背诵，手到擒来。”

修道一途充满未知，修炼任何东西，没有师父指引，稍有不慎就会出岔子。

林渡无人指引，凭自身入道，是因为天赋非凡加丹药。但有了师父之后，从吐纳到入定都是由阎野指点的。

阎野点了点头：“这样吧，你和我灵根相同，适合我的就是适合你的，只不过我那修炼的功法过于劳累，但效果同样猛烈，你不嫌苦就拿去练。”

于是林渡拿到了师传的神识修炼功法，还是个天品功法——《天池炼神诀》。

“那等我背完就还给师父。”

“不必，我记住了。”

林渡点点头：“我最多三天也就记熟了，也不用拿着。”

“那就等你飞升之前捐给书楼好了。”

“上面有我的注解，明日起你在我面前练，神识这东西，容易练出问题。”阎野说着重新拐回了先前的话题，“危止今天来定九城了？但是为什么你把临湍和危止放在了一起？”

这两个人，看上去实在八竿子打不着。

“因为，”林渡抬眸一笑，“临湍是和危止一起来的。他们喊对方‘楼危止’‘楼临湍’。”

阎野眯起眼睛：“我记得危止比我还小些，可临湍比我大出许多，但具体多大我也记不清了。”

因为危止是在他之后出现在青云榜上的。

此时师徒二人飞速在脑子里拉出了一条时间线，琢磨着其中的蹊跷。

阎野今年八百多岁，危止应该还没八百岁，八百年前……差不多正是婆娑国内乱之际。

倘若楼危止当真是皇室遗孤，那若是入了佛门，按阎野隐而不语的意思，岂不是认贼作父？

林渡一惊，继而想到了临湍进门时说的那句话——非要把自己弄得人人生厌，才算败坏佛门？

一个佛修，何故败坏佛门？

危止还没反驳。

“其实危止天赋奇绝，可谓天生佛种，入佛门也不算奇怪。而且当年危止横空出世，几乎算是佛门一宝，云摩罗人人尊称小师父，七岁就代表密宗辩经论道，慧根极佳，八大佛门之中七位大法师都败于他手，只是……后面不知为何，他离经叛道，把一条康庄大道走窄了。”

阎野一看就知道林渡也想到了方才令他惊讶的东西，他们师徒二人好像知道了什么不得了的佛门秘闻。

楼临湍若也是皇室中人，算起来那时候已经长大，她没有回去救国？

林渡手指扣了扣膝盖，忽然眼前一亮。后苍是临湍路过妖界捡的，而云摩罗和妖族聚居的月璃恰恰相邻，说不定那时临湍真的想要回去拯救婆娑国。

算起来，时间也大致能对上。

但林渡又皱起眉头，聪明人总是会想得更多更深，所以容易聪明反被聪明误。

“兴许他只是别处的楼姓，并非皇室遗孤吧。”林渡看了一眼自家师父。

“也对，跟咱们有什么关系，想多了也没用。”阎野点点头。

就算如他们猜测的一般，也就是让他们道门鄙夷佛门一辈子而已。

钟磬声响起来时，林渡正跟着师父修习神识功法。

无上宗的冬日格外漫长，但对于林渡师徒二人来说，是绝佳的修炼季节。

钟声只响了一下，林渡已经迅速站了起来。

“宗门有召，师父，我先去了。”

阎野敷衍点头：“赶紧去，早点回来，要是因为这种低级任务带伤回来，我真看不起你。”

那是无上宗传召内弟子的钟磬声，一声传召低阶修士，三声传召第三候腾云境以上的修士，以此类推。

林渡在禁地之内，离主峰有些距离，是最晚一个到的。

和归的神色不似中州大选初见时那般慈和，反倒是一脸肃穆，此时正跟那几个弟子说着什么，见林渡来了，眸色微微柔和：“其实小师妹不来也是没事的。”

林渡摆摆手：“我不是那一碰就碎的瓷娃娃。有何要事？”

和归也就继续讲了起来，毕竟危险系数不算太高，否则也不会叫低境界的弟子去办。

“河定村向宗门发了求救信号，说是附近有妖兽下山伤人，你们先去探探，保护好村民和他们的灵田。若是抓到妖兽，能绑回来就绑回来，扔兽园给你们对打练手。”

冬日野兽饥饿，下山伤人也是常事，这附近一般不会出现大妖，都是一些还没化形、在开智期的妖兽。

身为大宗门，享受天地灵脉滋养，修炼资源集中，不单是为了养出一帮厉害的修士，与别宗比谁更厉害，而是为了守护灵界，守护宗门属地，守护那些灵根不佳的寻常人。

正道的高台永远尸横遍野，济世救人是代代相传的道统。

他们有这个责任保护人和世界。

“要是绑不回来呢？”元烨开口问道。

能伤人的妖兽可不是什么听话的好兽，就是他们圈养的猪和舒雁，抓来杀时至少得围追堵截半个时辰呢。

“那就直接杀了。”林渡笑吟吟地接话。

和归笑着看了林渡一眼：“小师妹说得对。”

倪瑾萱跟着开口：“小师叔说得对！”

河定村离得并不远，一行六人连飞舟都没要，四个尚未到第三候腾云境的人祭出飞行法器，跟着墨麟、天无两个人一路疾驰，袍子被吹得猎猎作响。

刚下过一场大雪，遍地是皑皑厚雪，天色还是灰白的，透着蒙蒙的日光。

这样的天气飞行也不至于太惹眼，天无怕小孩们笑闹呛着风，强迫他们围上了纱巾掩住口鼻。

“这还是我们头一回接到宗门任务。”元烨莫名有点兴奋，纱巾捂着口鼻也没忘了说话。

晏青沉稳接话：“不知是熊还是金丝虎，终于可以正正经经打上一场了。”

林渡偏头看了一眼晏青：“我记得，你说你自己是个读书人。”

“小师叔，你不懂，咱们中州北部，练过体术的修士都想打一头虎证明一下自己。”晏青隔着纱巾，说话有些闷。

墨麟非常认同地点头。

林渡是真的不懂他们。

她转而看向元烨，他一双凤眼此刻格外精神：“好！打老虎！我要骑着老虎打！

“不过只怕你们到了会失望，毕竟凶兽少见，上回我来处理时发现，那个村子只是因为隔壁家养的狗偷吃灵鸡，结果被村民以为是山上野兽所为。”

墨麟叹了一口气。

元烨有些失望：“那然后呢？”

“我们调查了一天之后抓了那条狗一个正着，两家就闹起来了，差点大打出手。大师兄为了调解，就挡在两家中间，最后头上还被砸了鸡蛋和烂白菜叶子。”夏天无开口补充道。

林渡看了一眼此刻在最前面俊朗挺拔的青年，忍了忍，想到戴着面纱，不忍了，笑出了声。

感谢二师侄的面纱，不然多少有点不太礼貌。

河定村并不远，离定九城不过十几里路，一帮人笑闹着很快就到了。

但很快他们就笑不出来了。

空气中浓厚的血腥味昭示着这里刚刚发生过一场袭击。

六个人齐齐掏出了各自的灵宝，神色严肃。

长风刮过积雪的道路，吹起一片盘旋的雪花，自高空看去，本该安详宁和的乡村，此刻家门前堆积的雪却无人清理，雪光有些刺眼。

一声无助的短促的嘶喊声响起：“啊……啊啊……”

那声音像是从喉咙里挤出来的，出声之人像是失去了说话的能力。

林渡常年生活在洛泽之中，不受寒光的影响，只是微微眯起眼睛，锁定了一处地方：“在那儿。”

她率先用意念调动法器向那处混乱地挪去，深绿色的竹叶在空中打了个转，留下一道白色灵光。

“在下无上宗亲传弟子林渡。”林渡落到院落之中，顿了顿，只是表明了身份，没有再说什么。

屋门大开着，地上跪坐着一名中年女子，神色哀伤，看着地上的血迹不发一语。

林渡没有动，安静地站在门口，良久，方才开口：“抱歉，您节哀，我们会抓到那妖兽的。”

因为刚过年，屋门前还挂着红色的福字和对联，这是村里的习俗，在城中已经很难见到了。

此刻那些东西已经变得碍眼，对联在冷风中被吹裂了一角。

屋内人恍然间回头，冻得紫红的脸上显出一丝绝望，女人低声喃喃道：“孩子……我的孩子啊！”

她恍然回神，接着痛哭出声。

“你们……你们为什么也来晚了?!我的孩子啊！”

林渡沉默着偏过头，来晚了。

人生总是有许多来晚了。

但她很快注意到话里的关键，什么叫……也?

元烨站在院落里，看了一眼内里，接着皱了眉头。他一贯受不了这种血腥场面。

林渡试探着问道：“在我们之前，还有别人来过吗？”

地上的人显然不能给她回答。她听到了脚步落在雪地里的响声，尚未来得及转身，神识里系统的声音出现：“你的任务目标来了，并且她现在正在你身后。”

“太多了，哪个冤孽？”

“邵绯。”

站在寥落木门前的苍衣少年微微一顿，食指点了点手心握着的冰冷折扇。

“这是来活了啊。”林渡尚未转身，已经听到越来越近的声音。

村长也已经来了，正在和墨麟说着事情的经过。

“昨儿晚上才死了一头牛，只剩下骨头架子，那牛棚外头的脚印有磨盘那么大……我就说那东西只吃一头牛估计不够，赶紧向无上宗的师父们求助了。谁知你们还没来，那妖兽白日里就出来吃人了。

“还好有这位临时借宿的修士过来赶跑了那妖兽，不然只怕这孤儿寡母两个人都逃不过。”

墨麟看向村长身后的女修，她一身白衣冰清玉洁，几乎和雪融为一体。

他撇过脸不想看，本来雪光刺激得眼睛就疼。

“道友，”那女修大大方方地行了个道礼，“又见面了。”

林渡忽然有点头疼。

墨麟愣了一下：“我们，见过吗？”

邵绯脸色一僵，但微微笑起来：“自然见过，此前在蒲丹城外的森林之中见过，当时道友救过我，还激励了我。”

“你说，弱者之躯，就不要不自量力替人挡灾。你看，我现在能修炼了，你说我还是弱者吗？”

女子容貌娇美，在雪地里如同一朵傲视霜雪的梅花。

墨麟摸了摸头，努力回想了一下，先是想到了小师叔给自己的那本书的书名，接着想起了这个人：“噢，不好意思，穿了衣服没认出来。”

林渡再也绷不住了，诧异地回头，连带着晏青和夏天无都看向了墨麟。

什么衣服？

女子忍不住展颜一笑：“是啊，再也不会那么狼狈了。”

林渡深深地看了那女子一眼，这倒是和数月前判若两人了。

林中楚楚可怜的小姑娘已经蜕变成了自强不息的修士，如果不是知道她心怀不轨的话，这人从露面到现在为止的每一句话都极为大方可爱，初次见面的人都会生出些好感。

“在下邵绯，飞星派外门弟子，敢问道友如何称呼？”

林渡忽然开口：“无上宗林渡携师门弟子，特来护佑河定村。敢问道友，你方才赶走的是何妖兽？境界几何？”

众人这才将注意力都转移到了林渡身上。

苍衣少年立于简朴的砖瓦屋前，纱巾掩口，只露出半张脸，眉眼带了些惫懒倦怠，脸上没多余的表情。

村长这才注意到，她身前还站了四个人，一侧两个，高低错落，都以纱巾覆着口鼻，眉眼之间皆是一副审视的模样。

五个人气场强大，甚至隐隐带了些煞气，看着不像是大宗弟子，倒像是林间拦路抢劫的匪徒。

当中那个说话的少年抬手将灰色纱巾拉下。

随着她的动作，另外四人也拉下纱巾。

墨麟跟他们兵分两路，他去找村长，另外四个人跟着林渡，这会儿就让他显得有些格格不入。

青年默默顿足后悔，小师叔身侧的那个位置明显是他的！

他站那里才显得更有气势啊，人家门口的石狮子还知道选两个凶的呢，现在旁边一高一矮多不和谐！

村长小声地询问道：“敢问道长，这些人，也是无上宗弟子吗？”

墨麟嗯了一声：“对，方才问话的那位，是我的小师叔。”

林渡冲村长微微颔首，接着转头看向邵绯。

其余四人也齐刷刷看向邵绯。

邵绯对上五个人的目光。平心而论，无上宗弟子的相貌就没有差的，清冷姣美、温雅俊朗、清逸矜贵，可她就是觉得瘆得慌。

这无上宗的弟子……怎么看起来不太正常？

就是被控制的傀儡，动作都不会这么整齐吧？

林渡微微挑眉，道：“邵道友？”

邵绯回过神来：“恕我见识浅薄，那东西也跑得很快，我并不知道那是个什么妖兽，我只看到了一道巨大的黑影。”

林渡眯起眼睛，晏青抬手摸着下巴，墨麟也偏过头，三个人齐齐在脑中回忆着可能沾边的描述。

元烨开了口：“以后还是少喂猪多读书吧。”

劝诫语气沉痛，和从前劝他读书的小师叔一般无二。

邵绯那带着温和坚韧笑容的脸上终于出现了一丝疑惑：什么喂猪？什么厉害的修士会喂猪？

她勉强一笑："多谢道友指点。"

元烨点点头，一副孺子可教的样子，转头看向小师叔，却发现她已经转了身。

"抱歉，请允许我看一看现场，可以吗？"

林渡抬脚准备跨入门中，忽然听到背后传来一道温和的女声："林道友，那位村民刚失去了亲人很伤心，我们先让她缓一缓吧。"

林渡本来还在等里头的意见，听到这一声，直接跨进去了。

勘查现场要趁热。

林渡拦住了想要跟上来的人："先都别进来，劳烦村长好生安置这位村民，天无给她开个安神平心的补药，瑾萱顺便问问情况，晏青跟我进来，元烨和墨麟去牛棚看看。"

她一口气安排下去，随后大家都行动了起来。

村长看着那道瘦弱身影，忍不住咂舌，不愧是无上宗的小师父啊，小小年纪就已经跟个仙人一般了。

第七章 我即是阵

凄冷的风穿堂而过，原本残留的热气尽数被驱散，屋内极冷。林渡眯起眼睛，神识外放至整个屋子里，感受着残余的妖力。

残余的妖力并不算太强，住在屋里头的似乎是个尚未入道的凡人，不需要太强的妖力，就足以轻松伤到对方。但村民通常都会在家门口贴上从城中买来的灵符，用于驱赶冬日下山的妖兽。按常理来讲，妖兽要是破门，门窗之上会残留强大的妖力。可这里的妖力只残留在屋内。

林渡皱起眉头，看着跟进来的晏青，轻轻摇了摇头。

晏青沉吟片刻："确实是救不了了。"

林渡深吸了一口气："我的意思是，现场不对劲，有蹊跷。"

身为无上宗的弟子，平日里除了要修炼，还要学习各种修真界的生存技能。比如检测妖气，判断妖力和了解各种妖兽的特征。

"……这妖不掉毛啊。"林渡在屋子里转了一圈。

可北方本就寒冷，不长毛的妖兽早该冬眠了。

晏青试探着开口："小师叔的意思是，这妖兽或许是外来的？"

林渡摇了摇头，手上拿着罗盘，走到大开的窗户前："我不知道。

"这家似乎没有贴任何驱赶妖兽的灵符。"

晏青四下看了一会儿："不对啊，每到冬季，无上宗都会给住在深山中的村民免费发放一张有高阶修士威压的灵符，以此震慑妖兽。"

通常门口有灵符，屋内妖兽是不敢闯的，只敢吃门外的牛羊。

窗外似乎有妖兽来过的脚印，但被雪覆盖了。

林渡叩了叩窗户，忽然看到检测妖气的罗盘转动了起来。

“晏青！”苍衣少年一手按着窗台，飞身跃了出去，身背玄铁大刀的颀长少年紧随其后。

两个人在雪地里飞速低掠，晏青一面跑一面拔出背后的大刀。

林渡手中的罗盘铜针悬浮，那尖尖之角直冲西北方。西北方是这村子靠近山的那一边。妖力留存不足维持半个时辰，或许就在他们接到宗门召令后不久留下的。

林渡脑子里飞速思考着，腰间的弟子令白光忽现，她随手摘下令牌：“讲。”

“小师叔，吃牛的妖兽，很可能是一只处于开智期七阶的金丝虎。”墨麟的声音稳稳地传了出来。

开智期七阶，基本相当于人类修真者达到琴心境大圆满，也就是林渡现在的境界，但妖兽攻击力更强，而林渡并不擅长战斗。

“若小师叔查到妖兽的踪迹，千万不要轻举妄动，我怀疑那妖兽下山狩猎那头近三百斤的牛，是因为还有幼崽需要哺育。”

寻常情况下，单只金丝虎不至于将那么大的灵牛吃得只剩下骨头架子。

惹怒一只有孩子的金丝虎，必定十分棘手。

“晚了。”林渡抬眸。

墨麟在风的呼啸中没听清林渡说的是什么，又问了一遍：“小师叔，你说什么？”

“我说，晚了。”林渡手中的罗盘不断震颤，昭示着金丝虎已经近在眼前。她将弟子令牌顺手揣进怀里，一手祭出浮生扇，运足灵力，一扇挥出。

白色灵光化作一道冰刃，因为速度极快，在风中发出一声锐利的啸声，接着擦过一根粗壮的树干，带起一片被卷起的雪花。

此刻两人都看清了那树下滚了一身雪的东西究竟是什么。

是一只硕大的金丝虎，双目圆瞪，它怒吼一声，树上的积雪都被震得簌簌落下，连带着周围的树叶都在轻颤。

林渡及时用灵力封住了自己的听觉，妖兽金丝虎的虎啸对神魂有攻击性，虽然现在境界不高，对人的伤害不大，但也有很大的影响。

晏青晚了一步，脑瓜子被震得嗡嗡响，出刀的手也慢了一步。

他高喊道：“小师叔！放着我来！！”

那只金丝虎已经跃出，浑身肌肉紧绷，直奔林渡而来。

“来什么来。”林渡又挥出一扇，勉强用冻结的霜限制了空中跃出的金丝虎的速度。

但那只能延缓几息时间，很快金丝虎就带着一身冰霜俯冲下来。

林渡眯起眼睛，果然还是妖兽皮糙肉厚啊，但很快她便发现不对劲：“晏青！叫人来！这虎妖暴走了！”

她这些时日跟阎野试过浮生扇，同境界的不可能有冻不住的。

金丝虎爆发出巨大的妖力，冰霜飞入空中，在雪光里折射出刺目的眩光，冰霜封不住金丝虎，甚至被迅速挣开，那就只有一种可能性——金丝虎暴走了。

刚烈的刀气横在林渡面前，紧接着暗青色的大刀带着气势自下而上斜劈上来，逼得金丝虎后退几步。

林渡骂了一句，忘记他们现在都封闭了听觉，拿起弟子令牌飞速后退。

四个新弟子之中林渡的修为最高，晏青还只到琴心境中期。

林渡飞速喊人，接着迅速跃至一旁，向晏青用了一道神识传音：“帮我压制虎妖一会儿，能拖多久拖多久，拖不住就撤。”

方才雄心壮志要打虎的人此刻已经被逼得边走边退。

晏青听了神识传音，神色一肃，口中还在讲道理：“不是虎兄，干什么一见面就动粗？不考虑坐下来好好聊聊吗？

“你想要什么就直说，何必动粗呢？

“我们修士肉少骨头多，不好吃啊，虎兄。

“有道是虎为百兽尊，什么事儿能让虎兄您如此动怒啊？”

他口中说着话，大刀却在空中不断格挡着虎爪的攻击。

锐利的妖力擦过厚重的钢刀，溅出一片火星子，继而虎爪狠狠碰上了刀面。那虎妖的爪子泛着金光，质感接近于钢铁，与钢刀相击发出刺耳的声响。

晏青并未退却，稳稳地站在原地，一抬手，宽袖微微鼓起，他横着宽刀，稳稳抵住了那扑抓过来的虎妖。

“小师叔！我最多再撑七息！”

一人一虎，一个横刀直立，一个前肢立起，隔着一把玄铁大刀，四目相对。

虎目带着惊人的威慑力，原本气质温和的书生此刻却毫不避让。

“虎兄，你要这样谈？那也可以。”

一旁飞速布阵的林渡扔下最后一块灵石，合拢的折扇向地上重重一戳，灵力顺着扇顶迅速灌入阵中，眨眼间雪地里浮起灵光，形成一道繁复的阵纹。

她抬起眼，看向那因为支撑不住而微微颤抖的少年。

沉稳清越的声音传入晏青的神识之中：“好了，放心撤。”

晏青手一软，借着金丝虎扑来的力量迅速后撤，脚在雪地里拖出两个明显的深坑。

浅埋于雪地里的白色灵力倏然拔地而起，盘旋流转，形成一个灵力牢笼，笼壁恰好卡在晏青的脚尖前。

那金丝虎重重撞上了灵力壁垒，又被阵法的灵力重重反弹出去，它哀嚎一声，摔在了地上。

晏青一屁股摔在地上，偏头看了一眼依旧风度翩翩的小师叔。

“我就说，读书人就不该拿刀，拿把扇子才对劲啊。”

开智期七阶的虎妖的力量不容小觑，晏青这会儿浑身脱力，有点儿站不起来，坐在雪坑里看着小师叔从容迈着步子过来了。

他眼巴巴地看着小师叔，指望着小师叔拉自己一把。

而林渡只是走到他跟前，低头看了一眼：“嚯，这雪可真厚啊，有十几寸了吧？这底下都结冰了，你居然还能陷进去，我都看到泥了。”

晏青伸出的手僵在了空中：“啊？”

林渡吐槽完绕到晏青身后，一手拎着他的后衣领，用了点灵力，将人拎得站了起来。

“差不多得了，没吃饭？”

晏青腿一弯，又扑到了雪面上。

“算了。”她叹了一口气，取出一枚归元丹，蹲下身，塞进晏青嘴里，然后将人拎起来，翻了个面。

晏青咽下丹药，才发现自己丹田内空乏得厉害，他刚要说话，一股比冰雪还要寒冷的灵力灌入他的中脉，接着到了他的胃部，替他化开了丹药。

他冷得打了个哆嗦，但很快反应过来那是小师叔的灵力。

冰冷、纯粹、深厚、凝缩，如同灵泉，带着浅淡的冰雪消融的味道。

很快丹药被化开，那道灵力随之抽离，晏青的身体立刻暖了起来，原本无力的肌肉也慢慢有了力气。

晏青刚要开口道谢，就听到小师叔嫌弃地叹了口气：“经脉有点窄啊——我记得你是天品金灵根啊——害得我都要收着灵力才能灌进去。”

晏青咽下欲说的感谢，小声道：“金灵根归金灵根啊，可小师叔，你是天品冰灵根不说，听说生辰八字也刚好在冰属性初生之日，也就是冰力最猛烈的那天，天命和天赋完全吻合，正常人能有那么好的命吗？”

就好像有人虽然灵根不算好，但生辰八字显示的命格极好，比如天医星命，就算灵根寻常，那也注定是极佳的医修。

晏青说完林渡命好又觉得有点不对，抱歉地看了一眼脸色苍白的小师叔。

林渡却无知无觉，笑了一声：“那不然怎么我是青云榜天赋第一呢？”

两人说话间，困在阵中的猛虎暴躁地不断撞击灵力壁垒，咆哮声和指甲抓挠声不绝于耳，让原本不习惯高声说话的林渡忍不住皱起眉头，接着在晏青惊恐的表情中，握着折扇走入了灵力壁垒之中。

林渡的阵法，只有林渡能来去自如。旁人找不到阵的活门。就连她师父阎野都要花点时间，不然只能强行用境界闯进去。

林渡喜欢用隐门，寻常阵法师都不会用这种东西，一是复杂，二是难解。

她一开始学还是因为阎野想要为难她，故意给她增加计算量，结果她算上瘾了。

墨麟一行人也恰在这个时候赶来。邵绯跟在墨麟身后，十分担忧：“那林道友看着身体很是不好，只怕遇上虎妖凶多吉少。”

“呸呸呸！”元烨开口，“我们小师叔再弱，那也定然有自保之力。”

“嗯，也不会不自量力干扰人战斗。”墨麟补充道，脚下却越发快了，将其他人都甩在了后面。

他赶到的时候就看见，林渡徒手揪着那比她高出许多的虎妖的脖颈，一只脚结结实实踩在它脊柱上，生生压得它伏在地上。林渡那张苍白瘦削的脸上带着微笑，不知道在循循善诱地说着什么。

一如当日古城问灵之时，要了命了，小师叔这是被惹毛了啊。墨麟停在阵外，想试着找个活门，没找到。

后面的人也陆续赶来，邵绯就看见晏青拄着刀坐在地上，满头满身的雪，看起来似乎已经用尽了全部灵力。墨麟站在他身后，只能看到阵法结界，先前那个一脸冷淡能支使所有人的林渡却不在了。

“这位道友想必经历过一番恶战吧，你还好吗？我这里有些基础丹药，你需要吗？”

晏青抬头：“不必，多谢，你是个好人。”

邵绯直起身，抿着唇笑了一下，又问道：“那位小道友呢？我瞧着她身弱体虚，想是道友为了庇护同门，耗费力量极大吧？”

晏青决定收回“你是个好人”这句话：“您这话说的，同门之间，本就应该相互扶持，这是道义。”

“不过道友看着没有同门，估计还不理解其中含义吧。”

邵绯笑容微敛：“自然是有的，就在村中呢，只不过他受了些伤，故而借宿养伤不曾出来。”

她又抬头问道：“这阵法，是墨麟道友布的吗？真厉害，不愧是腾云境的修士。”

晏青欲言又止，却听得一道轻慢的声音从身后传来：“不是，是正在和你说话的这个晏青布的，咋的呢？”

无上宗的几个弟子齐刷刷看向方才被墨麟挡住的阵中的人，那人骑在虎背上，微微抬着下巴。

和归先前一人发了一条的捆妖索此刻已经勒在了那虎的脖颈上，被林渡极有威慑性地左右交叉勒着。

林渡歪头和善一笑：“你说对吧，晏青？”

“我是个读书人，”晏青对上林渡威慑的目光，“熟读圣贤书，自然不会骗人的。没错，阵是我布的。”

墨麟：“……”

慢一步的元烨：“……”

晏青用力点了点头。

林渡满意地腾出一只手，笑着摸了摸虎妖的额头——孺子可教。

邵绯信了：“道友可真厉害，不愧是无上宗的弟子。”

元烨站在阵法外:“小师叔,让我骑一下呗？我也想要,我要骑着揍虎妖。”

“等会儿，先让我问完。”林渡说着，没了先前的耐心，神识直接闯入虎妖的神府之中，试图搜寻答案。

她很快就知道了虎妖暴躁的原因。

它的孩子不见了。

林渡想到了那屋子里的浅淡妖气，的确，妖气不重，本来以为是风吹之故，现在想来，那妖气和这只虎妖系出同源，只怕是那只丢失的虎崽的。

因为没了，所以下山来寻。

虎妖对这道闯来搜寻的神识极度不满，却因为妖力被捆，脊椎被林渡用灵力打入的冰霜封住，无法靠蛮力将人掀翻，神识又没有这个闯来的神识强大，只好被迫打开自己的神府。

林渡探到了最近的一段记忆：虎妖闻到了自己孩子的气息，走到那道窗下焦躁地绕了一圈，却没有发现自己的孩子，只有另一个孩童躺在那里。不是它的孩子。这说明有另外一个母亲失去了她的孩子。虎妖感受到了同样的绝望和悲伤，所以走了，去别处寻找它的孩子了。

最后，林渡被窗下的妖气引到了这里。

林渡眯起眼睛，看向邵绯："劳烦邵道友再跟我说说，你看到的，是个什么东西？就是这只虎妖吗？"

邵绯犹豫了一下，接着用力点了点头。

林渡嗤笑了一声，接着低下头摸了摸虎妖的头："你乖乖地跟我回宗门，我们杀猪给你吃，只要你给我的小师侄们打一打，好不好？"

虎妖没办法说不好。因为林渡已经招呼墨麟拿出了灵兽袋。

一行人收了虎妖回村，晏青和墨麟不知道小师叔为何要否认阵法是她自己布的，一路上都在看那个把玩着折扇垂眸含笑的少年。

那把看着就冻手的扇子在雪地里呈现出一种诡异的苍铁色彩，不像是一把折扇，更像是一把沉沉的杀人利器。

可先前他们曾见过林渡展开扇子的模样，那扇子流光溢彩，上头是冰雪之象，却没想到这扇子合上后居然会自晦。

林渡随手把玩着扇子，短直的铁块在空中打了个转后，像长了眼睛一般稳稳落在林渡张开的手心。

她看似漫不经心，实则脑子里已经将所有细节盘了一遍。

牛是虎妖吃的没错，但人可不一定是虎妖吃的，那虎崽太小，捕猎技巧有限，而且现场的血是迸溅状的。

像是……人为的。

这局做得太粗糙，是看不起无上宗弟子的智商？

“邵道友，你那位受伤的同门，也是被妖兽所伤吗？”林渡忽然开口。

邵绯一怔，看向了被众人围在中心的苍衣少年：“是。”

林渡用扇柄点了点下巴：“那让天无去给那位道友看一下吧。”

不等邵绯开口，她又继续道：“道友不用拒绝，在我们无上宗的地界，路过的蚂蚁折了腿我们都得接好后再走，你说对吧大师侄？”

她偏头笑看了一眼墨麟。

原本正在思考小师叔那把扇子到底是个什么灵宝的墨麟，瞬间直了直背脊：“小师叔说得对！”

邵绯哂笑一声：“那再好不过了，只是我那同门怕生且脾气古怪，受伤了模样也不太好看，有些讳疾忌医……”

“好说，大不了打晕了再治，”林渡充满匪气地一笑，“身体要紧，事急从权嘛。”

邵绯腹诽：你管什么东西叫“事急从权”？道祖再世都没你会定义啊。

她假笑一声：“林道友真会开玩笑。”

林渡嘴边只余一点若有若无的浅笑，施施然对上她的视线：“我从不开玩笑。”

“对，我们小师叔从来不开玩笑。”元烨跟了一句，“我们宗门门风如此，实事求是。”

毕竟她说捏碎头盖骨就捏碎头盖骨。

邵绯彻底说不出话了。

无上宗弟子是不是都有点毛病？

倪瑾萱正在村长的堂屋之内，她人可爱又随和，很快和村民打成了一片，见到有人掀开门帘，立刻站了起来，笑吟吟喊了一声：“小师叔，你们来了？”

元烨还维持着掀开门帘的动作，等着小师叔先进。

林渡一路过来，身上的寒气一步重过一步，见到里头都是带着些笑意的脸，微微驱散了些方才一路过来收敛着的煞气，并调动灵力驱散了身上的寒气，这才踏进了门内。

“那位母亲怎么样了？”

倪瑾萱开口道："二师姐给她喂了安神汤。"

"问过话了？"林渡点点头，顺手从腰间取下一个锦囊，抓了一把橘子糖送给了那正靠着瑾萱的小孩儿。

"小师叔让我问的，自然是问过了。"倪瑾萱想要汇报，却被林渡抬手做了个手势制止了。

邵绯温声道："这样未免有些不近人情，事情刚刚发生，就让那位母亲回想，不是在她心上扎刀吗？不如先让那位母亲歇下吧。"

村长刚想说这也是没有办法的事，就听得那位分明是领头人的小师父开了口："你说得对。从邵道友身上看不出境界，冒昧一问，境界几何？那虎妖看见你就逃走了，你修为一定很高吧？"

夏天无恰好从内间走了出来，温声道："她喝了安神汤，这会儿已经睡熟了，估摸醒了之后情绪会平稳一些，到时候我会再留几包药，劳烦李婶回头照顾一下她。"

墨麟顺手接了她手上端着的药罐和汤碗："师妹你亲自煮的药？"

这煮出来的药没问题吗？

夏天无用神识传音："我不至于连煮个汤药都能炸锅。"

"可是上回你给小师叔煮了一锅焦糕。"墨麟传了回去。

"我那时想试试用我的异火，这回是正常火！"

邵绯的视线在两个青年身上来回移动，那清清冷冷的女子亦是一身白衣，只不过布料极好，带着繁复的暗纹，领口、袖口的红梅明艳傲寒，此刻她正看着墨麟。墨麟不苟言笑的脸上也有了波动，两人对视，眼神中荡漾着莫名的情愫。

邵绯忍不住开口转移众人的注意力。

"我不比你们，本是绝脉，不过侥幸在滇南的时候得了个蛊的传承，所以现在借助这个蛊，也能修炼，只是也没有具体的境界。

"但我相信，这是上天给我的机会，我一定会努力修炼，到时候报答墨麟道友的救命之恩。"

"不必，我没救你。"墨麟警觉，"我真没救你。"

路边的美人不能随便救，谁知道报恩会报成什么样子。小师叔说了，大恩即大仇。

“宿主你不是明知故问吗？我没给你剧本？”

“什么明知故问，我这叫不耻下问。”

“你是不是用错词了？”

“那倒没有。”林渡握着扇柄，无意识地用扇柄敲着下巴，看了一眼夏天无，见她果然微微皱起眉头。

“原来是蛊师啊。”夏天无眼睫轻颤，又看了一眼墨麟。

墨麟无辜地抬手挠了挠头：“这个我们无上宗真没有，不了解。”

蛊师那是真旁门，连道门都算不上，而且外界只有传说，这东西代代相传，没有典籍详细记载。

“道家三千六百旁门，旁门里头也有成道的，只要心正，有根基，天叫你成，你定然能成。”林渡笑眯眯地站在了倪瑾萱身后。

不知是不是错觉，倪瑾萱觉得“心正”这个词，小师叔咬得极重。

“小师叔说得对。”倪瑾萱偏头看向邵绯，“道友，你坐？”

“不急。天无，跟我去拜会一下飞星派的道友，据说是被妖兽所伤，借宿在此。出于道义，咱们也该去诊治一番，不然这大雪封山的，救治不及时可怎么办？”

林渡说着，按上了倪瑾萱的肩膀。

倪瑾萱会意，用神识传音给林渡：“村长说了，这两个人是昨日过来借宿的，之后牛在晚上被吃了，邵道友说看着那妖兽可能境界较高，她一人能力低微应付不来。村长说他们这里是无上宗的属地，受无上宗庇护，若是再出事，就通知无上宗，让她不用有负担。

“但邵道友说，还是早点通知的好，那妖兽脚印很大，定然境界很高了，吃一头牛可能填不饱肚子，要是见了血腥，把主意打到人身上就不好了。村长想想也有道理，就通知了咱们宗门。我们过来之前，大伙儿都窝在家里不敢出来，突然听到一声喊，接着邵道友就说出来看看。

“之后的事儿和我们之前知道的差不多，邵道友赶跑了那只妖兽，但是晚到一步，孩子已经没了。这户人家的男人秋日里为了囤冬天吃的粮食冒险进山，失足摔死了，因为没有男人打猎，所以孤儿寡母冬日里生计艰难，那母亲出去，是想换两个鸡蛋给孩子吃点好的。”

林渡听完，忽然就懂了为什么那户人家没有贴灵符。

因为无上宗的灵符是每年十月左右按登记的庄户信息在定九城里发放的，那孩子还小，身边不能离人，且她家是普通人家，只能勉强维持生计，代步工具是没有的，只能步行二十多里进城。

十月份，差不多就是他们家男人死的时候。那母亲只怕没来得及，或者根本没有心思去想这事儿。

麻绳专挑细处断，厄运专拣苦命人。

她握着扇柄的手微微用力——人作孽，不可活。

这事儿没完。

邵绯是被迫带着林渡一行人去看自己的同门的。

偏屋之内没有火炕，寒冷对于修道之人倒是无所谓，但屋内还有一股阴晦森冷之气扑面而来。

床上窝着一个人，日光照不进来，屋内一片晦暗，那里头蜷缩着的人就显得更加阴沉。

元烨忍不住抬手在鼻子前挥了挥，林渡若有所思地看了一眼斜上方的小窗。

他们六个人鱼贯而入，反客为主，站在床前，低头看向那床上的人。那人初时还想装睡，可这六道视线压迫力太强，而且这帮人嘴里还在喋喋不休。

“床上这团是个人吗？”

“大白天还在睡觉啊，不起来打坐疗伤吗？难不成伤太重了？”

“道友，你醒着吗？我们是无上宗的弟子，来给你看一看伤。”

“不会已经伤势过重昏过去了吧？那要不二师姐你直接上吧？我们负责按住他。”

床上的人慢慢转过身来，睁开了眼睛，迎面对上六张期待的脸。

“道友你醒啦？”

“要不你再睡会儿？”元烨搓了搓手，看准了那人颈侧的穴位。

那人忽然觉得脖颈有点凉，刚要说话，就听得一女子开口说道：“等一下，先问下症状。”

望闻问切，夏天无虽然师承姜良，不太看重病人口述的病情，但该走的流程还得走。

那人却蜷缩起来：“我这不是你们寻常医修能治好的病症，就不劳你们费心了。”

林渡挑眉：“不是妖兽所伤吗？这有什么治不好的？”

那人一僵，邵绯已经开口：“的确，只是那妖兽不是寻常妖兽，是乌雪青蛇，虽然我及时为他逼出了毒素，但残留的毒素也需要一段时间才能化解。”

“乌雪青蛇？那东西居然还存在？”晏青感到匪夷所思，皱起了眉头，“我以为这等毒物……”

林渡眯起眼睛：“天无，小心毒。”

夏天无伸出的手一顿：“劳烦道友伸出手来。”

那人脸色复杂地看了一眼床前齐齐整整的几人。他们人实在太多了，挡得邵绯挤也挤不进去。

银线从夏天无的手中飞出，绕上病人的手腕。

这人生得寻常，唯有一双眼睛极黑。黑瞳透着诡异的阴霾，让人深感不适，仿佛是被某种藏在泥地里的毒虫盯上了一般。

饶是役鬼炼尸的旁门中人，也很难有这样的眼睛。夏天无的银线甚至还没缠上那人的手腕，不过触碰上他的袖口，立刻就黑了。

林渡眯起了眼睛，这余毒有点意思，都到衣服上了，是吧？

墨麟开了口：“天无……不行就别……”

“你也是蛊师？”夏天无面色如常，唯有和她相处多年的墨麟听出了她语气里的疏离和疑虑。

“你是受了蛊虫反噬，毒入肺腑。”她声音淡淡的，“我救不了你，你要么放弃这门功法，要么……一味压制，只怕不会好。”

那人颓然一笑，接着抬手。

无上宗的六人齐齐握住各自的武器，就连元烨都拎出了一个琴弓。

银线自没有发黑的中段被那人挥出的灵力切断，夏天无直接将手头的银线搭起，压住一旁已经运出灵力的林渡的肩膀。

“无妨。”夏天无淡声道，“他伤不了人了。”

那是他能使出的最大力量了，越用灵力，毒素蔓延得越快，除非他真的想死。

林渡将灵力默默收了回去。

“这里有颗丹药，可在你放弃功法逆回之时留你一命，用不用，在你。”

夏天无取出一颗丹药，林渡一瞥，就知道那的确是她自己炼的丹药，火灵力浓郁得不得了。

她的异火天生克阴煞邪魔之气，能烧尽一切病灶残留，这也是她一直执着于用自己的异火炼丹的原因。

那异火是天生地长的灵物，是世界上火属性凝结的本源之物。

如果能灵活运用异火，夏天无会是超越姜良、最适合炼丹救人的圣手。

那修士犹豫了，邵绯的声音却突然再度响起："劳烦道友费心，这蛊术到底并非道友所长，等我们回了滇南，自有长辈相救。我相信，戚准会挺过去的。学蛊的难免受到反噬，这也是寻常。"

她继续柔声说道："不知道友有无缓解那症状的丹药，我不想看我的同门那么痛苦。"

晏青忽然开口："你倒是懂同门道义的。"

戚准谢过了夏天无的好意，接着只说要休息，将人请出了屋子。

六个人出了门，走在最后的元烨顺手就将门关上了，让慢一步的邵绯迎面吃了个"闭门羹"。

林渡抱着胳膊走在前面，垂眸默然许久方才开口，声音沉沉："飞星派为什么会收蛊师？"

中州三宗六派十门，飞星派是六派之一，也算大门派，尤擅炼器及观星卜命之术。

其余人自然也察觉出了古怪，墨麟沉吟片刻："虽然飞星派和蛊门都在滇南，但蛊门大多是村寨分立，世代相传，并不与外界相通，弟子更不会进别的宗门。有点蹊跷，我会告知掌门。"

元烨小声问道："晏青，那个什么什么青蛇，到底是个什么东西啊？"

"深山中的一种特殊的毒蛇，中毒之后人会被冻住，接着慢慢死去，过程跟冻死差不多。除了指甲、眼下和全身血液发乌之外，尸体跟被冻死的人几乎一模一样。"

晏青倒是没刻意压低嗓音。

林渡听到了，接话道："不止，古籍中记载，这东西的毒是奇毒之一，是纯正的冰属性毒。乌雪青蛇曾被滇南的蛊师炼成霜降蛊。霜降蛊是个万能蛊，和任何蛊都能同时使用，所以乌雪青蛇如今已经绝迹。"

晏青愣了一下：“我只知道这妖兽已经绝迹，却不知道是蛊师大肆捕杀的缘故，小师叔你怎么知道的？”

“书楼中看过一本书，我记得大概是《中州风物志·滇南篇·雪山中》里头提到了这个，据说将这蛇剔除毒囊之后炖汤，有冰雪的清凉味道。”

林渡看了一眼他们，发现几个小孩儿脸上都一副崇拜的神态。

“难道你们不喜欢看风物志吗？以后下山游历去各个地方不知道各地风俗特产和注意事项怎么行？”

“倒也不是……”元烨挠了挠头，“每天功课就已经够多够满了，还要干活儿，闲下来的时间不是入定修炼就是累得睡觉，根本想不起来看闲书。”

林渡“哦”了一声：“一会儿晏青、元烨跟我去给他们村布个简易的驱兽阵，大师侄你带瑾萱、天无一起，给村中没有灵符的人家发个灵符吧。”

她顿了顿，又说：“天无，那人身上的毒，常人碰到会怎么样？”

“修士有气劲护体，无妨；常人沾染后，毒入体内，需要即刻解毒，但也不难解，宗门年例里的五味解毒丹就足够。”夏天无说完又问，“小师叔，那个案发现场有阴煞之气吗？”

林渡对上她的眼睛，微微一笑：“那就要劳烦二师侄去看看了。”

“对了，你能看出那蛊师炼的什么蛊吗？”

夏天无摇了摇头：“蛊师若是被人知道了本命蛊，别人就很好针对他了。蛊毒不好解，但那人体表的毒是各类毒药，而非蛊毒。我怀疑，那是个嗜阴嗜毒的蛊。”

林渡垂眸，握着扇子的手点了点扇柄：“蛊师遭受蛊虫反噬，要靠什么压制？”

夏天无稳稳走在她身旁：“若炼阴毒，则用阳毒压制反噬，这是蛊师常用的以毒攻毒的法子，但也会损伤自身根基。”

“童子？”林渡忽然停住了脚步。

夏天无脚步一顿，继而摇了摇头：“不至于食血肉，没必要。”

再说伤人性命背负因果，就算是蛊师，也会有命劫的。

她又看了一眼林渡，斟酌着措辞：“要不小师叔你看话本的时候，再看点基础医书？”

现在除了繁千城的邪修，还有什么修士会觉得童子阳气大补啊？

林渡就知道自己又犯了常识性错误，乖乖低头："你说得对，我回去就看。"

"不过那蛊师的确有点奇怪。"夏天无微微蹙了下眉，"他的脉搏规律得像是《脉诀》上显示的那般，没遇到过那么标准的毒发脉，我若是有徒弟，定然会叫他来亲自感受一下。"

林渡心一动，摩挲了一下折扇上那道斜纹："那人大致什么境界？"

夏天无想了想："现在这种状态，元烨都能把他揍趴下。"

"巅峰状态呢？"

"比师兄强。"

林渡若有所思，墨麟是天生灵骨，真论起来，吸收灵气的速度无人可在其上，所以不会用太长的时间入定修炼，可以花费更多的工夫在别的事上，他的体术之强是一百代弟子之中的翘楚。

"但不太一样，师兄是体术灵力超群，那人是体内力量诡异。"

林渡懂了，一个物理攻击，一个魔法攻击。

一行人分散开来，林渡带着两个小师侄，由村长指引，来到了早就被大雪覆盖的农田："这阵法简单，就是要走得多些。"

"但是小师叔，这个时候，田里还有什么吗？"元烨看着那一望无际的皑皑雪地。

"冬小麦啊，还有一些秋日下种的灵植。"晏青不等村长反应脱口而出，"瑞雪兆丰年，冬天麦盖三层被，来年枕着馒头睡嘛。"

"小师父居然还知道这个？"村长诧异地看了一眼蓝衫少年，"我还以为……"

"虽然我是读书人，但也不能四体不勤五谷不分啊。"晏青看了一眼元烨，"你们皇族子弟，不知道也是正常的。"

"那倒也不是，我二叔就喜欢种田，还想拉着我一起种。"元烨挠了挠头，"就是我想学唱戏。"

林渡确定了农田和村落的方位。

"不过小师父，这防御阵耗材不菲，我们庄户人家，最多也就是损失一点田地和家畜，你要是都布上，划不来啊。"

"我方才探过虎妖的神魂，这山上还有一群狼妖、一头尚未冬眠的熊和一些偷鸡摸狗的鼠辈。"林渡顿了顿，"更何况，你们的灵植不也有三成要供给我们宗门吗？我师兄说了，务必保护好你们的村子。”

她笑了笑：“您放心，是我们的属地，无上宗就有义务保护好。”

再说这等低级阵法，简单得都不需要特地计算，直接就能布阵，材料和归先前也给了她，算不得什么大事。

在村长有些惶恐和感动的神情中，林渡从储物戒里掏出来一个铁狮子。

铁狮子重重落在积雪上，猛地陷下去好几寸。

村长后退一步：“小师父，咱们村用不上铁狮子来镇妖兽吧？”

“哦，不是。”林渡伸手，扣在那铁狮子飞起的耳朵上，接着慢慢用力，生生将那块乌金掰了下来。

村长瞳孔一颤，看着那缺了耳朵的狮子又被林渡收了回去。

林渡掂了掂：“差不多了，够了。”

她说着将那块乌金放在腹前，双手用力，飞速地掰成了小块。

村长看呆了。

“让您见笑了，我这乌金个头有点大，所以做了个狮子样子好玩，就是用的时候有点麻烦。”

一旁的晏青欲言又止，和归不是给了驱兽的阵法材料吗？那些材料并不算贵重，小师叔为什么还要拿乌金这种非高级阵法不用的东西？

林渡却已经开始布阵了，晏青和元烨按照林渡的指挥开始跑腿，几乎等到天色昏沉之时才彻底布完。

村长谢了又谢：“我们早就准备好了席面，略备薄酒，都是乡野菜式，还望小师父们不要嫌弃。”

晏青本想谢绝，却听得林渡说道：“那就劳烦村长了。我们修真之人食量小，只吃一点，实在不必准备太多。我们待一个晚上，明日确认没问题，就回宗门。”

一行人步行回村长的院子。

晏青走到林渡身旁，用神识传音：“小师叔，你布的是不是不止驱兽阵？”

林渡笑看了一眼个头已经蹿得很高的少年：“以防万一而已，不过是些许阵法材料，不值钱的。”

不管市价如何，到了林渡手中的东西，作用都只有一个，那就是用来布阵。

更何况那两个铁狮子，够她用到天荒地老，甚至还能卖出去几十斤赚点小钱花。

那边三人也已经发完东西回来了，林渡和夏天无对视一眼，就明白夏天无在现场发现了些蹊跷。

“的确有阴煞之气，很淡，我还在窗棂边缘看到了一点残留的毒素。”

林渡拿着筷子的手微微颤抖：她刚刚洗手了吗？之前在案发现场，她的手好像按上去了。

夏天无还没说完，就看到小师叔面色古怪地施了两遍净尘诀，甚至在手中凝结了点冰块搓了搓，接着又吞下一颗五味解毒丹。

好险，差点就被毒死了。

林渡复又扬起笑容，在村长的询问声中从容道：“没事，是我天生体弱，所以用饭前才需要吃药。”

一帮人倒是都默契地绕过了这个话题，唯有邵绯轻声询问身旁看起来天真单纯的倪瑾萱：“你们这小师叔何故天生体弱？是天生有疾？她这样，也能修炼吗？”

倪瑾萱有点不开心，却不是冲着邵绯的。平日里林渡没有太多不适的样子，刚刚瞧着面色都不好，也不知是不是和虎妖打斗动用了灵力的缘故。

她出于礼貌回道：“能呀，我们小师叔可是天赋第一，新弟子中就她修为最高啦。”

“那她这么孱弱，能修炼那些功法和体术吗？”邵绯又补充道，“我没有别的意思，因为我觉得你们都听小师叔的，想必她定然很厉害。”

倪瑾萱本能地觉得不对，因为小师叔教她，一般说“我没有别的意思”和“我不是那个意思”通常就是有那个意思，不是好话。

她刚要张口说什么，神识里忽然响起那道熟悉含笑的声音：“告诉她，我只有修为高，旁的都不能练，所以只负责发号施令，手无缚鸡之力，全靠你们保护我。”

倪瑾萱不知道小师叔为什么要叫她这么说，但她向来听话，于是歪头笑着说道：“我们小师叔只要有脑子和修为就够啦，我们负责实施和保护她！”

邵绯闻言笑了笑：“你们同门感情真好，我真羡慕你们。”

“那当然啦，同门情深，道友想必也深有体会。”元烨忽然接话，接着开始夸起桌上的饭菜好吃。

“从前没觉得元烨这孩子这么能说啊。”墨麟瞠目结舌。

“长袖善舞。”晏青言简意赅。

林渡若有所思，这是触发了被动技能了？

一顿饭，村长和村里的几个长老被元烨夸得合不拢嘴，宾主尽欢。

林渡用了一小碗饭就停下了筷子，别的人有样学样，也只吃了一碗饭，嘴里还是捧场地夸个不停。

墨麟多看了林渡一眼，小师叔并非挑食的人，从前有的长老做饭手生，盐放多了、焦了，或者煮饭夹生她都跟没事人似的吃了，今日的伙食口味也不错，小师叔怎么吃这么少？

等吃过饭，一帮人出了屋子，倪瑾萱才问了一句：“小师叔今日受伤了吗？看你今天胃口不好。”

已经是晚上，睡得早的人家早就熄了灯，外面灯火阑珊，林渡站在院子里，随意倚靠着一棵枯树，抱着胳膊笑了一声：“那是他们过冬的余粮，我们少吃一顿又不会饿，他们呢？不吃像是不给他们面子，礼貌吃一碗算啦。”

冬日大雪封山，村里的人修为低，饶是入道的修士，大多数也只是第一侯凤初境，只有村长是第二侯琴心境，也不像他们一样有极好的功法和体术可学，都是微末功夫，甚至还有不少不曾入道的，想要进城采购必定耗费极大。

墨麟这才知道往日一顿吃得跟他一样多的小师叔心里想的是什么，一时有些发怔。

小师叔很多时候都像是在人群中冷眼旁观的那种人，但她做出来的事，却又永远在红尘之中。

倪瑾萱窸窸窣窣地从怀里掏出个烤红薯：“刚才和师兄师姐去给人家贴灵符，人家给的，他们说可甜啦，我想着小师叔爱吃甜，就给你留着了，谁知道你们布阵回来就到了饭点，还没来得及给你呢。”

林渡懒散地站在那儿，没伸手：“你吃吧，小师叔不饿。”

她看了一眼墨麟：“布个结界吧。”

墨麟抬手布下了隔绝声音的灵力结界：“小师叔你说。”

夏天无先开了口：“那蛊师有问题，被反噬的那个。”

“戚准。”林渡开口，“咱们墨麟救下的那位是这么叫他的。”

她口吻戏谑，带着些好友之间才有的调笑口吻。墨麟瞪大眼睛：“小师叔，我真没救她，是她自己赖上我的。”

“你说，她是不是馋我的金丹？”

林渡忍俊不禁：“小师叔不知道，但提高警惕总是好事。不过那姑娘看着倒是挺喜欢你的。”

元烨补充道：“岂止啊，十句话里七句话是咱们大师兄，剩下三句话拐着弯了解大师兄。”

他年纪小，但看得多，经验丰富极了：“后宫那帮妃子参加宫宴的时候都是这么看我父皇的，就算在和别人说话，眼睛也一直盯着父皇。今天在那饭桌上，她就多看了小师叔几眼，别的时候都在看你。”

林渡看了一眼墨麟，发现这位大好青年居然脸红了。

玩脱了这是。

林渡清了清嗓子，开始力挽狂澜：“墨麟，那姑娘其实不是真的喜欢你，知道吗？她只是觉得自己喜欢你。听说过吊桥效应吗？”

几人齐齐摇头。

“所谓吊桥效应，就是当我们陷入危险境地，比如走在只有一根绳子没有任何依靠的摇摇晃晃的吊桥上，会心跳加快。这个时候如果碰巧遇到一个人，就会误以为自己的心跳加速是因为对方，也就是会以为自己对他心动了。”

林渡说完，看向面前懵懵懂懂的一帮小孩儿，以及一个冰块脸、一个沉思脸，直觉不妙。

果不其然，元烨积极提问：“但是我们可以直接飞过去，为什么要走吊桥？”

林渡微笑起来：“小师叔的意思是，如果现在放一只开智期七阶的虎妖在后面追你，你是不是心慌慌呢？”

元烨忽然觉得屁股有点疼：“嗯。”

“要是这个时候突然天降一个仙子帮你赶跑了虎妖，你就很容易误把刚才剧烈奔跑导致的心跳加速当成是对她的心动，然后，”林渡直起身，走到元烨面前，啪的一下拍了下巴掌，吓得小孩儿一个激灵，“然后你就以为你坠入爱河啦。”

元烨还没来得及说话，林渡就转头看向墨麟：“大师侄，你打小就聪明，应该明白我说的是什么意思吧？”

墨麟沉思片刻，用力点了点头：“邵绯她不是真的喜欢我，如果有只狼妖帮她，她也会喜欢狼妖，我们之间有误会，有很大的误会。”

林渡沉吟片刻，他这么想也没错。

“但是宿主，前期邵绯根本不喜欢墨麟啊，那只是利用。”

林渡点了点扇柄：“喜欢墨麟的灵骨，不就是喜欢我们家大师侄？”

只要墨麟这孩子知道邵绯不是真的喜欢他，许多事情都好办多了。

“那邵绯言语中漏洞很多，”林渡转而说起了正事，“吃人的不是虎妖，她赶走的也不是虎妖，还不肯我们多看她的同门。飞星派这门派里头不敢说，至少外门弟子多少有点问题。”

她顿了顿：“今日邵绯从一开始就一直在试探我们六个人的修为和能力。”

倪瑾萱恍然大悟，接着瞪大了眼睛：“那小师叔你让我那么说是……”

林渡笑眯眯地捏捏她的发包：“钓鱼啊。”

她招呼一帮人靠近：“我一直在想，那人的脸，你们不觉得不对劲吗？”

夏天无眼神一闪：“易容，今日我就觉得肌肉走向不对。”

六人彼此对视一眼，都跃跃欲试。

哪个正道弟子不梦想斩邪魔呢？

“但是我们今天那么一闹，会不会有点打草惊蛇？”晏青摸着下巴。

林渡苍白的脸上露出了一丝笑意：“你觉得我为什么要拿乌金布阵？今夜无人能从我的阵中出去。”

合法钓鱼，关门打狗。

入夜，万籁俱寂，唯有寒风在窗外鬼啸，屋内倒是暖融融一片。

林渡看了一眼村长特地叫人生起火来的炕，沉默了一瞬间，找了张椅子，原地坐下了。

倪瑾萱倒是觉得很奇怪：“小师叔你不上炕吗？”

林渡懒洋洋靠着椅背：“凡火畏我，我要是上去一会儿你就等着睡冷炕吧。总归也不是要休息，你自己待着暖暖，珍惜这会儿不必用灵力取暖的时间。”

她是至纯的冰灵根，还生在寒冰初生的那一天，只要动用灵力，凡火都会被压制，甚至直接熄灭。

这也是她和她师父没有办法炼丹和炼器的原因。

倪瑾萱这才想起来还有这茬，难怪每次小师叔掌勺的时候总要她不断加柴，但是她师父做饭就从来不需要加柴。

林渡抱着胳膊仰着头合目假寐，神识却一直放在外面。

这时候她也算体会了一回阎野从前入道时候的苦，神识这东西跟眼睛不一样，一直外放，时间长了的确有些疲乏，也不知道阎野是不是因为这个才不爱出门。

倪瑾萱乖乖盘腿坐在炕上入定修炼。

风初境的修士每日都需要一定的睡眠，但琴心境的修士需要的睡眠已经很少了，几天不睡也不会有大碍，修炼时间大大加长。

入夜许久，久到林渡已经将神识收回来歇了好几回，她才感受到了一丝不同于冬夜寒冷的古怪阴冷。

那气息她很熟悉，是那日鬼门大开之后的冲天阴煞之气。

正道弟子没人会喜欢那股气息，正邪天生不两立。

林渡还在假寐，抱着胳膊仰着头，唯有右手握紧了浮生扇，灵力已经运至手心。

寒风骤然猛烈起来，重重撞上了木窗，接连几下，砰砰声不绝于耳，终于破窗而入。

原本盘坐在炕上的小姑娘人还没站起来，手中的鞭子已经挥出，迎着那破窗的冷风爆出一声破空的巨响。

林渡叹了一口气。到底还是年轻，性子急，怎么也得等人进来啊。

她睁开眼睛，看向窗外。

外面一片漆黑，不见任何人影，只有灰黑的风自木质窗框狂啸着灌入屋内，本是人间乡村寻常小窗，如今却恍若成了当日黄沙大漠中的鬼门。

林渡一个挺身站了起来，手上的扇子也唰的一下利落地展开，在深夜里绽放出绚丽的流光。

没有实体，没有人。

林渡身形在动，脑子也在飞速地转。

今日让墨麟他们家家户户走访，就是为了确定村内还有没有其他东西的存在，而他们在村子边缘布阵，也是为了确保没有东西藏在附近。

除了和归让布好的驱兽阵之外，林渡布下的还有个“金刚墙”，这是个俗称，外头的邪魔进不来，里头的也出不去。

乌金是阵法的主要材料，天生克阴煞邪魔之气。

黑雾一灌入窗内便显出诡异的情状，森森冰霜被风刮成纷纷扬扬的大雪，宛若凝固一般。

长鞭鞭尾的铜铃在风中发出清脆的声响，周围诡异地形成了一些肉眼可见的真空地带。

一切在这一刻恍若静止下来。

但也只是恍若，三方的灵力顶撞，相互挟制，很快，外来的黑雾就打了个卷儿，强行卷着那带着肃杀正气的雪，冲向了身形伶仃的苍衣少年。

只不过一瞬间，林渡就被黑雾包裹了。

下一瞬间，林渡居然收了灵力，任由这阴煞黑雾卷走了她。

那带着细碎刻花铜铃的长鞭只来得及擦过林渡的腰身，还没能绕上去，黑雾已经将人卷走了。

一道甚至带了点如愿以偿的声音在倪瑾萱的神识中响起："一刻钟后去喊你大师兄，说我被妖怪抓走了。"

林渡被阴煞之气缠绕裹挟，风很冷，刮过她的脸，像是要渗透进她的皮肉里，丹田之内的灵力却在躁动，被外力往外吸。

她知道，那的确是妖魔的法子，先抽灵力，再食血肉。

林渡脸上带着诡谲的笑，在狂暴的旋风之中竭力抬起手，手中的扇子不知何时又合拢，神识倾泻而出，黑雾之中点点雪花在这一刻倏然被点亮，继而盘旋成一个小小的旋涡，对撞着黑雾旋风。

"敢在一个阵法师面前阴魂离体，你是真的活腻歪了啊。"

周身的黑雾倏然一顿，林渡经脉内流窜的灵力随之一滞。

林渡的声音带了些嘲讽："你还知道怕？"

阵法师或许不能打，但神识力量一向比体修和法修都深厚得多。

旁人抓不住的阴魂，阵法师能抓住；旁人攻击不了的神魂，修炼过神识攻击的阵法师能攻击。

就算不是特意修炼神识攻击的阵法师，在日复一日的计算和布阵之中，神识都会比旁人强大许多。

林渡练的功法，《天池炼神诀》，大海洪川，原夫造化，非人所作，故曰天池。

修炼者神识增长迅猛，如同深海，看似静默，狂暴起来吞山蚀天。

她笑着看黑色雾气抽身离去，穿着古怪的鸦青圆领衣袍的人出现在眼前。

果然是戚准。

那人白日里蜷缩在炕上，连背都佝偻着，显然是被那蛊毒的反噬冻狠了，如果接了夏天无的丹药，他还有一线生机。

这会儿林渡看清了，这人其实个子很高，高得有些怪异，像是被拉长了的人，不像是正常生长的，这会儿浑身都在抖动，她甚至听到他的牙根在咯咯作响。

但她很快反应过来，蛊毒反噬，乌雪青蛇的毒没那么好解，这人没被冻死，但也被冻了个半死。

解这毒依靠外界取暖无效，所以这人宁愿阴魂离体来抓她，也不愿意带着这皮囊拖后腿。

林渡想到了那窗边残留的毒素，倘若也是阴魂离体，那又是怎么留下的毒素？

邵绯是第一个到达现场的，说只看到了黑影破窗而出，现场一地狼藉。

她分明句句破绽百出，恍若极力隐瞒，但又句句将人引向了戚准。

黑影、蛊毒、庇护同门。

林渡看向戚准的神色中带了些怜悯和好笑，好一个同门情义啊。

她问他：“在动手之前我有两个问题，那个孩子是你吃的吗？虎妖的幼崽是你偷的吗？”

墨麟没想到会有人在半夜敲门，他正和两个师弟凑在一个炕上，灵气稀薄，也不太能入定修炼，元烨正在絮絮叨叨说着今日的不对劲。

“大师兄，你跟我讲讲，小师叔到底为什么不让我们说她真的很厉害啊？她之前也不这样，难不成是因为那个邵绯？”

“小师叔这么做一定有她的道理。”晏青倒是很乖觉，“大人的事小孩儿少管。”

元烨：“我怎么记得小师叔比我还小两岁呢？”

“你喊她什么？”晏青抱着胳膊拿着书。

元烨即答：“小师叔啊。”

晏青将书往膝上一拍：“那不就完了？”

他顿了顿又说：“再说，这邵绯的确有问题。”

墨麟也微微颔首，忽然灵光一现：“前言后语破绽太多，欲盖弥彰，一直在打听我们的能力，不知道是不是那些贩卖信息的组织派来摸底的。”

四个新弟子刚上青云榜，总会有人明里暗里摸底——修的哪一门？到了什么程度？天赋体现在哪儿？修为几何？特性、体术、战斗，诸如此类的信息，之后挂出高价。

当年他筑基上青云榜后，信息就被开出了七千灵石的高价。

他浑然忘了，先前他们一帮人还笑嘻嘻讨论过邵绯到底喜不喜欢他。

很多事情总要静下来想一想，才会后知后觉想出诸多可能。

邵绯这人浑身透着股不对劲，无上宗六个人都感觉到了。

“那如果这是她为了探察我们的实力做的局怎么办？”

元烨是皇室子弟，在他眼中，这种细作早该拉进地牢里好好拷问了。可这是灵界，他不懂灵界的规矩，但总归是不能随意伤人性命的。

墨麟摩挲了一下竖在手边的剑棍：“自然是给她个教训，告诉她背后的人，我们的价值——可贵得很。”

当年他的信息之所以价值七千灵石，是因为那些信息组织前后派了七拨人设计探听，都没能探清楚他的底。

门倏然被敲响，紧接着女子颤抖的声音传入屋内：“墨道友，你在吗？”

她来得仓促，声音里带着哭腔，带着恳求的意味，甚至还有些慌乱。

三人意外地对视一眼，墨麟拎起了剑棍：“道友，夜已深了，何事啊？”

邵绯压低了声音：“道友能不能放我进去细说，我心中惶恐，只怕酿成大祸，无奈力微势弱，只能求助于你们。”

墨麟看了一眼晏青：“来都来了，引进来套套话？”

晏青合上书抬起头，元烨也露出了一点笑。

难怪那些师叔师伯都喜欢云游，这在外面一天遇到的事可比在宗门修炼一年还有趣得多。

墨麟开了门，一手撑着门框，乍一看被黑夜里头的白衣吓得够呛。夏天无也爱穿白衣，但不至于跟眼前迎风飘摇的人一样。

他仔细想了想，大约是因为二师妹不管何时总是很冷静挺拔，衣服上也有旁的色彩和暗纹。尤其今年冬日，二师妹的鬓发上总是缀着一枝红梅，像她眼角的朱砂痣一样，给她整个人都添上了点艳色。

“何事引得道友如此不安？”墨麟开了口，因为不想让女子靠自己太近，后退了一步。

他曾经听师妹提起过，蛊师用蛊，防不胜防，故而周身萦绕了一点灵力护体。

邵绯仰头，对上俊朗青年垂下的星眸，一时有些恍神，但迅速反应过来：“还请道友救救村民，先前白日里我一直在犹豫说不说，我的同门修炼出了岔子，被蛊毒反噬，十分痛苦，我们这才借宿这山村，只是没想到……”

她说到声音微微颤抖，带出了些哭腔：“白日里我听闻出事了，赶紧赶到了那屋内，但只看见了一道黑影，我心说作恶的或许只是虎妖，不是我那同门。”

女子仰头，眼泪大颗大颗落下来。青年微微蹙着眉头，似乎在认真听她说话。

“我心存侥幸，但今天晚上，我那同门盯着我看了许久，像是盯猎物一般，我都能听到他咯吱咯吱咬后槽牙的声响，我才心知那不过是我一厢情愿的想法，我不想让你们去看他，也是怕他会盯上你们，毕竟……修士的灵力血肉比之凡人更是大补。墨道友，还请你……”

她深吸了一口气，像是要止住自己的哭腔，一口凉气吸进去，声音变了调。

元烨再也没忍住，扑哧一笑，接着为了掩饰尴尬，只好捂着脸仰着头，另一只手死死捏住了晏青结实的胳膊。

晏青神识传音给他：“你笑得太大声了。”

元烨忍得浑身都在发抖：“对不起，我就是想到我二叔说宫里的女人告状像是在唱戏，让我学唱戏找宫里的娘娘就够了。”

墨麟听到这里终于有了些动作，他收回了挡在门口的手，偏头看了一眼不让人省心的师弟。

恰在这时，一道急促的脚步声传来。新弟子中能够修习体术的大部分都学过步法，跑起来不至于有如此大的声音。

连邵绯都止了哭声，看向脚步声传来的方向。

“小师妹？”墨麟看清人脸之后吓了一大跳，立刻向前迎了上去。

倪瑾萱按照小师叔的吩咐喊出了台词：“大师兄不好了！小师叔被妖怪抓走了！”

墨麟握着剑棍的手一紧，随即觉得有个词有点奇怪："妖兽？还是怪物？"

"是一片黑雾。"倪瑾萱开口，"像是阴魂。"

墨麟脑子被浇了一盆冰水，整个人一个激灵，左手甚至下意识地摸向了剑棍末端真正的剑柄处："去什么方向了知道吗？你们去找二师姐，她会保护你们，我去救小师叔。"

倪瑾萱摇了摇头，她皱着眉头，也是担忧的，但她还是老老实实，真的等了那么长时间，抢在差十息的时候跑出了门，喊大师兄的时候刚好一刻钟。

她心里莫名没有那么慌，因为小师叔走的时候，声音里带着自信的笑意。

那种感觉就好像……她是故意让对方抓走的。

林渡和他们这群新弟子有些不太一样，寻常新弟子入门总是会亦步亦趋像雏鸟一样跟在师父和师兄身后，有事第一时间找长辈拿主意。

但小师叔不知是不是辈分高的缘故，有时候气势甚至压过了大师兄，永远游刃有余地布局指挥。

墨麟很慌，他是真的慌，二师妹跟他说过一点小师叔的身体状况。

林渡是不能动用大量灵力的，她也从未使出过全力，一旦妄动，比敌人更危险的是她自己的身体。

戚准没想到邵绯口中那个只有修为和脑子，却没有任何自保之力的林渡居然是这样的。

她就这样气定神闲，甚至反客为主，敢向他发问。

可凭什么呢？

林渡忽然开口道："在死之前，我能看看你原来的容貌吗？"

戚准眼神一颤，身子抖得更厉害了，他以为自己的反噬发作到了极点，便不想再耽搁，伸手就要掐林渡的脖颈。

"还是个哑巴？我可不记得……"林渡说着，手上拿着的折扇啪地一下精准无比地打在了那人的手上。

戚准只觉得更冷了，那扇子冷到他觉得骨头都被冻脆了。

眼前面色苍白的少年抬眸含笑："兰句界中走出来的修士，有那么个哑巴。"

戚准的脸一瞬间扭曲了，牙齿咬得咯咯作响的声音越来越大，眼睛都瞪大了。

“很意外？”

“你看不出年龄，但阴魂的力量极强。”

林渡一只手一直背在身后，一只手随意抵挡着被躯壳耽误的人：“这具躯体看起来也很怪，答应我，下次生病的时候，不要照着教科书上生了。”

尽管自始至终都是林渡一个人在说话，对方抖得如筛糠，但她依旧得到了应有的答案。

“很好。”林渡说着，背在背后的手倏然一动，一块乌金悄无声息地落到了距离她身后不过三寸之地。夜里很黑，对面的人没有注意。

紧接着，她笑了一声，抬脚一踹，重重对上那人抬起的胳膊：“你这副身躯现在已经是强弩之末，凭什么认为可以拿捏我？”

戚准挡住那一踹，终于开了口，声音都在颤抖：“那你这么聪明的人，被困在这样病弱到除了修炼什么都做不了的身躯里，又凭什么认为可以抵抗得了我？”

林渡歪了歪头，灵力蓄积到右手，已然充沛，她骤然发力，一拳砸向了对方。

还好晚饭前吃了解毒丹，这个时候药性还在，就算灵力包不住，也不至于中毒。

这一拳林渡用了平日里蓄势砸冰面那一拳的力量。

洛泽的冰面极厚，并且越靠近瀑布处越厚。林渡如今肺腑已好，天生的不足也在慢慢填补，又有系统给的凝碧丹护住心脉，早就不是任由水流冲刷到静潭那种，只有薄冰的地方才能有力气一拳砸开冰面的弱者了。

戚准本已蓄势完毕，调动了自己体内能调动的最后的力量，抬手挥出了一记森冷诡异的攻击。

那气劲很怪，是绵里化骨的功夫，像是一拳砸进了泥沼之中一般。

但无所谓。

夏天无说过，现在的戚准，一个元烨都能放倒，除非燃烧躯壳本源加速反噬，才能达到墨麟的水平。

林渡出于本能地相信她。

除了炼丹和炖汤之外，夏天无大多数时候都很靠谱。

因而这一拳裹挟着细密的冰霜，带着让戚准极为厌恶的寒冰之气，在被那诡谲的力量绵软一挡之后，依旧带着拳风劲气到达了戚准面前，并且精准地砸中了他的胸膛。

戚准死死瞪大了眼睛，颤声吼了出来："怎么可能？"

一个身体不好，只有修为的病秧子，甚至没有学过任何的身法和体术，这样简简单单的一拳，就这么破了他最强的一招。

林渡的拳头已经结结实实贴上了他的胸口，但作用还未停止。

灵力重重打入他的胸腔，拳头陷进他的胸膛之内，只听到沉闷的声响。

戚准慢慢垂眸，看到自己的胸膛已经凹陷了下去，继而他重重摔在了地上。

林渡收了拳，站在戚准面前，黑眸深沉，笃定地道："你果然不是人。"

戚准费力地想要挤出一点笑，却发觉这具身体没什么力气，终于放弃："之前不是说了吗？怎么现在才确定？"

"之前是诈你的。"林渡垂着眼眸，语气坦然，"现在才确定。"

那拳头砸进去，胸膛之内没有心跳。戚准笑着笑着咳嗽起来，接着一片黑雾从他僵直的身体内脱壳而出。风啸若鬼泣。

苍色的锦袍被这股阴风吹得微微鼓动，林渡却恍然不觉："我最后给你一个机会，回答我刚才的所有问题。"

"你既然知道我是兰句界出来的，便该知道，我的阴魂力量不是你一个小小顽童可以比的，先前何故还来激我？"

那声音已经变成了纯粹阴魂的声音，带着空茫的怨鬼厉气，字字泣血一般诘问着林渡。

"我只想活，数千年前如此，现在更是如此。天不让我活，我偏要活！你不让我活，那你就得死！"

林渡的神识力量再度倾泻而出，丹田内的灵力急速流转至手中的折扇。接着，他倏然俯身单膝跪地，折扇扇顶灵力灌入地底，一瞬间光芒大绽。

她抬眸，眼中显出一分讥讽："最后教给你一个道理，千万不要在阵法师的主场留给她充足的布阵时间。"

想靠阴魂离体，用比她多出千年的神识力量压过她？

千万阴魂，千年怨气，都是她林渡破的，更何况是这一个把自己身躯弄得乱七八糟破败至此的阴魂？

无数道金光在村落四面亮起，继而由点成线，不断在地面纵横交汇，最终汇聚成一圈繁复的阵纹，金光大绽。

林渡直起身，抬了抬手，一道肃杀的金光由她身后蹿出，继而直冲黑夜，化成阵纹悬于他们所在的地界之上。

风瞬间静止，冲向林渡的阴魂被阵法压得不能动弹，惊恐地挣扎扭动，不断变幻着形状。

“你不是……不会……你什么时候布的阵法？明明我出来的时候只有村子外围有金刚墙！”

金刚墙能困阴煞，却不至于有压迫甚至抹杀阴魂之力。

林渡忽然曲着几根手指，宛若招手一般，那道阵纹便重重压在了阴魂之上。

戚准痛苦地发出一声嘶吼。

“果然是外界人啊。”她轻慢的语调在冷寂的寒夜响起，“那就重新自我介绍一下，在下林渡，无上宗第九十九代弟子，师承阵道魁首阎野仙尊。”

“区区一个内阵而已，刚刚才布下。

“在我的地盘，我就是阵本身，我在哪儿，阵才在哪儿。

“现在，回答我的问题，否则每慢一息，这阵压就会下降一寸，你的阴魂就会被压缩一寸。阴魂被压迫的滋味比身躯受反噬还不好受些吧？”

“你故意泄露给邵绯错误的消息？”黑雾痛苦地怒骂着。

“第一个问题，白日里是你吃了那孩子吗？”

林渡姿态从容，苍白的面容被金光映出些神圣的光彩。

见戚准不答，她又弯了弯手指。阵纹又下降了一寸。

戚准痛苦地扭曲成了一团浓黑的不明物体：“我说！我说！是我！！”

“很好。”林渡带着笑，声音却一点点冷了下去，“为了嘉奖你，再下一尺吧。”

戚准活了一千多年，又以阴魂形态存在了几千年，如今却被一个十几岁的孩子玩于股掌之间。

他自以为舍弃了那累赘的皮囊就能赢，却依旧被一个孩子困住了。

一具千疮百孔的皮囊，和一具天生不足的躯体，一对一不过五五开，一开始谁都在故意拖延时间，因为残破的身躯只能缓慢调动力量，谁也不知道谁调动的力量更多，谁的状态更差，无论谁输谁赢都带了一点运气。

可舍弃皮囊之后，千年的阴魂对一个十几岁的活魂，他却依旧棋差三招。

林渡早就先了他几手。

阵法可分内阵与外阵，外阵在外，借用地理位置和阵法材料布阵，为常规阵法；内阵是布在人身上的阵法。

林渡以身为阵，连通村外的金刚墙，借了金刚墙大半的基础阵形，等到和戚准见面之后确定了最后一处方位，划下最后一笔，内外相交，她即阵心。

这内阵虽然灵巧多变，但寻常阵法师不会用，一是变数太多，不能算无遗策，二是稍有不慎必定反噬自身。

戚准没想到自己招惹了个太过聪明还会伪装的疯子。

如果这时候还不知道自己上当了，戚准就实在枉为人一回了。

“你是从什么时候开始发现不对的？”

“囚徒没有提问的权利。”林渡好整以暇地再度将阵纹下压了一寸，声音落在戚准耳中，宛若黑夜中恶魔的低语。

“但作为奖赏，我可以告诉你，是邵绯告诉我们不对的。”

黑影先是诧异一颤，随即脱口而出：“不可能。”

林渡跟着问道：“怎么不可能？你没发现吗？就是她引我们来看你的呀。”

“但她分明……”戚准被阵纹压迫得声音都像是压扁了一般，只能挤出粗糙的音节。

“在帮你解围？迫不得已？你觉得那是在帮你解围吗？那不是在让我们起疑吗？戚准，蛊师想要控制一个人的确很容易，可人心是多么复杂的东西，你不是最清楚吗？”

林渡嗤笑出声：“现在回答我的第二个问题，那头虎妖的幼崽在哪儿？”

“什么幼崽？”

林渡一怔，接着眯起了眼睛：“邵绯和你都没遇见过虎妖吗？”

到了这种程度，戚准实在没有必要装蒜。阴魂被困，就算他不老实说，林渡也有的是办法强行搜魂，只不过千年的阴魂要搜需要费些工夫而已，对她的神识来说也不友好，会受到一些怨气侵扰。

那就怪了。还能丢个老虎崽子？

“没有，邵绯好像跟我说过，你们今天打了个虎妖。”

林渡微微蹙起眉头，来不及细细思索：“最后一个问题，你是谁，真名是何，借了谁的躯体，又为什么会和邵绯混为同门？”

戚准没有再说话，甚至破罐子破摔地将自己团成了一团泥泞般的黑雾团，怨气森森。

林渡却烦了，她让阵纹强行下压，直将那人压到了地面之上一尺，垂眸睥睨着那团东西："我问你话是给你面子，你觉得我就不会搜魂了？"

"你可知道千年养出来的怨气，你沾染上，会变成什么样子？你会做出比我偏激百倍的事。今日我栽在你手里，不过是我尚未找到合适的身躯！你以为……"

林渡回道："你以为我怕吗？我今日便让你知道，什么叫人比鬼更可怕。"

她面无表情地将神识倾泻而出，阵纹将那阴魂禁锢得动弹不得，只能任由林渡的神识探入。

少年的瞳色深若浓墨，黑得惊人，她像是全无情感的机械一般，冷眼翻阅着戚准的记忆。

戚准只感受到了一股极冷的寒意，让他误以为自己回到了那具残破的躯壳内，受着那该死的乌雪青蛇的寒毒。

那毒可真冷啊，他的血肉之躯是红柳枝所化，嗜阴嗜怨，可依旧被那毒冻得浑身骨头都疼，甚至有种自己要被冻死的错觉。

他是不会死的，他怎么能死呢?

只需要一点血肉，最好是修士的血肉，红柳枝就会修复这具躯体的。

他还能活，他一定能活。

孩子的血肉还不够，他需要修士的，带着充裕灵气的血肉。

邵绯说，林渡是最好的选择。她年幼，修为高，还没学过体术，没有自保之力，阵法符术她都不会。

结果都是假的。

林渡不会体术，但她一拳就能砸凹红柳所化血肉之躯的胸膛，林渡还会阵法，比谁都会。

戚准想，果然重点应该在那一句——林渡有脑子。

最烦这种心里主意多的人了。

邵绯……邵绯也是这样的人。

明明是他救下的连修炼都不会的废物，可这人居然还敢背叛他。

当着他的面说他是对她有再造之恩的救命恩人，什么都愿意为他做的人，转头就能在无上宗的人来的时候把他卖了。甚至邵绯的体内有他的子蛊，他每时每刻都可以探听她的动静，只要动动手指就能杀了她。

林渡也在奇怪。

她奇怪的是戚准为什么过得这么凄惨还非要活。

他是一百年前才从秘境之中出来的，阴魂之中的怨气冲天，身上还有柳妖的气息，原身居然穷得让他连找个法宝遮掩的钱都没有。

外门弟子也无师承，在秘境中表现不好，没能顺利筑基进不了内门，他也害怕被人发现异样，干脆偷偷出逃，在滇南时误入了一个蛊门寨子，被人以为是天生的阴煞体质，这样的体质养黑蛊最好。

从此他成了蛊师，借用蛊虫的阴煞之气遮掩阴魂之内的怨煞之气。

但柳妖化的血肉，需要血肉维持生气，否则便会逐渐衰败。

戚准从前也是位光风霁月的君子，他修君子剑，行君子道，人人都说他是正道一门最为有礼的剑修，或许也会有机会飞升。

直到人们惊觉，兰句界已经许久没人能够飞升，甚至连第七候的修士都没有了。

修士们或许没想过飞升，可是谁都想活。

那一段记忆，在戚准的阴魂里都是极度混乱的，像是蒙着一层黄沙，支离破碎，前言不搭后语。

看来对于戚准来说，那也是一段令他都感到错愕的梦魇。

但在洞明界的记忆，就是现实的荒唐了。

修君子剑的人为了活，像是阴沟里的老鼠，觊觎着血肉，游荡在人间，修着至阴至邪的蛊术，成了邪修，不敢以正道进阶，怕天劫之时洞明界的天道发现他是个外来者。

是啊，他们是以特殊的方法进入洞明界的，最该怕的不是任何人，是天。

到头来，都是老天作弄人。

邵绯是他一时兴起救下的，他不想再吃人了，他想有个正常人的躯体，想要搜集好能顺利夺舍换魂的材料，但要想彻底成功夺舍，避免所有的意外，还需要有个忠心的仆人。

一个绝脉之人，性命捏在他手里，再合适不过了。

谁能想到这人居然还敢联合外人来噬主。

林渡看完了他的记忆，一字一字道：“入洞明界百余年，你吃了五十七人，你还记得吗？”

那些人都被吃得很干净，无声无息，无人被惊动，蛊师用蛊毒炼制的化骨水也是个掩藏证据的好东西。

起先戚准还在克制，甚至直到前一阵子，他感觉自己的躯体在衰败的时候都还在克制，克制到躯体老化，蛊虫反噬，毒伤自身。

他的躯体之所以诡异地被拉长，是因为红柳太久不吃血肉，在慢慢地往原形退化。

但他终究每一次都克制不了对血肉的渴望。

而白日里，在他吃那孩子的最后关头，邵绯跑了过来，仓促地说：“村长喊了无上宗的修士来了，你快跑，我帮你善后处理。”

现场居然留下了那些痕迹，很显然就是邵绯的杰作了。

林渡探完魂，忍不住笑起来，这个邵绯，当真厉害啊。

第八章 不平之事

林渡很多时候会想，人为什么要活着呢？活着了无生趣，可真等要死的时候，却又怕得厉害。于是为了活着，为了活得好，有人抛却底线，抛却一切良知，剥夺他人性命。

对于天道来说，这兰句界进来的一百九十七人，都是早该死去的人，不该存在的东西，势必会直接被抹杀。林渡甚至不能用送鬼入地这个阵法，因为冥界不收。她问："为什么非要活着呢？"

"不惜吞噬无辜之人的血肉，活得不人不鬼，痛苦绵延。活着就那么好？"

戚准开了口："你不也在拼命活着吗？不然你这具身子，只怕早死了吧？"

林渡点了点头："是啊，我早该死了。"

她说着，面无表情地抽离了神识，接着抬手想要将阴魂彻底抹杀。

墨麟就是这个时候赶到的，他提着剑棍一路疾驰，通过弟子令牌之间的感应，一路奔向了那金光之中的一个方向，身后还跟着那个飘飘忽忽的白衣女子。

冬日里，他却生生跑出了一头的汗，这对于一个腾云境的修士来说实在罕见。

"小师叔！我来救……"

眼前的一幕让他生生止住了脚步，那带着点紧张、悲怆和急促的声音戛然而止，甚至匪夷所思地在尾音处拐了个弯。

"你……您这是……"

苍衣少年站在金光阵中，袍子上的金属暗绣在金光下反射出冷冷的光华。

她对面不远处横着具"尸体"，那尸体上没有任何的生气，甚至胸口都凹陷了下去，看得出“死前”受了极大的苦楚。

比起眼前的场景，墨麟倒是宁愿相信倪瑾萱那句“大师兄不好了，小师叔被妖怪抓走了”。

林渡听到他的问话，这才懒洋洋地偏过头去看他，声音不自觉地带了些戾气：“嗯？”

邵绯刚想开口，就对上了林渡横过来的视线。那道视线毫无温度，黑白分明的眼睛，偏偏内里苍茫得如同寒夜大雪，让人不敢直视。

邵绯吓了一跳，却看见林渡抬手转身之际，面前的阵法和被阵法压得薄薄的一片浓黑显露出来。

那一眼看得墨麟以为自家小师叔被夺舍了，手中的剑棍哗地一下指向了林渡：“给我出来！哪来的妖孽敢上我们无上宗亲传弟子的身？”

林渡落在邵绯身上的视线移到了墨麟身上，面无表情，无悲无喜，语气凉薄：“哪个妖孽？是你那个被妖怪抓走的柔弱不能自理的小师叔。”

墨麟就收了剑棍，好险，差点以为自家小师叔被怪物附身了。一开口就是小师叔的味道，错不了。虽然语气冷了点，但话的确只有小师叔能说出来。

“小师叔，你没被什么脏东西附身啊？”

林渡摩挲了一下手指：“有。”

墨麟刚想往前走，听到这里，剑棍就又横向了前方。

林渡气笑了，垂眸看着几乎扫到自己下颌的剑棍：“大师侄，我知道你是个实心眼，但有时候那个心眼能不能透点气？”

墨麟看到了小师叔脸上那不带任何喜气的笑，笑出来的时候带了点不耐烦的气声。彻底确定了，的确是他的小师叔没错。那天跨年夜，她在内室窗前就是这么笑的，连弧度都没错。错不了，的确是小师叔本人。

他收了剑棍。那剑棍很长，每次横扫过去的时候波及范围极广，他练剑习惯了，下意识就挽了个弧度回来了。他又是最直来直去的爽朗性子，收棍也收得虎虎生风。

林渡只是腰微微后仰，避开也就罢了，但他身后的人就没那么幸运了。

一声闷响之后，墨麟下意识回头，看到了在风中飘零倒地的白衣女子。

这一幕有点眼熟，不确定，再看看。

“对不起，邵道友，你没事吧？”

邵绯艰难地从地上爬了起来，不知道是什么东西，硌得她掌心发疼。

“我没事……”谁能想到离得近还有这等风险。

“你没事就好，就是你的同门有点事。”墨麟斟酌措辞，“他好像不太好。”

岂止是不太好，胸腔被打凹陷了也就算了，阴魂已经快被林渡的阵法压成薄片了。

阴魂虽然没有明确的实体，但大抵还是和一个人的体形差不多大，现在整个被碾成了一张薄纸，还是被泼了墨的纸。

邵绯开口道：“我与他并非同门，我不过是受他驱使的奴仆，若非今日无上宗诸位道友在此，我冒险求助，只怕此生都要沦为恶人的奴隶。今日之恩，我必定……”

在她说话之际，林渡忽然察觉到了不对：“你刚刚碰到了什么？”

阵法的力量歪斜了一角，只有那么一道力量歪斜了。但阵法的计算极其精密，摔出去的那一瞬间，邵绯出于本能用了道气劲护体，将那块阵法最后的活口带出来一些，让原本平衡下压的力量出现了歪斜。

林渡几乎瞬间强行调动了身上的灵力，飞速补齐那道歪斜的力量平衡阵法。

但千年的阴魂到底也是摸爬滚打的老手，瞬间就爆出本源力量，挣脱了枷锁，接着飞快地落入自己的皮囊。

“墨麟！杀！”林渡脱口而出，声音落在寒夜里，字字如同落下的冰雹。

墨麟已然动了。邵绯的话存疑，但抓小师叔的是这个人，小师叔叫杀，那就必须杀。

玄金剑棍爆出金光，带着凛然的罡风，直奔那地上的人而去。

电光石火之间，邵绯哀叫一声，七窍都流出了鲜血，她挣扎着抬手想要结印，戚准也在此时挥出了一掌。平平无奇，根本不算有力量的一掌。

剑棍毫无障碍地落到了那人的面门，接着咔嚓一声，剑气如玄雷，穿透了他的神府。

林渡也已经迅速将阵法的全部力量集中到了戚准所在的地方，折扇牵动阵法之力，尽数灌入戚准体内。肉身破败，神府被毁，阴魂湮灭，尘埃落定。

林渡很疼，心脏疼痛的感觉对于她来说已经不算陌生了，可这一回，在她强行调动灵力的时候，奔涌的灵力流窜，心脉在那一瞬间被冲击得岌岌可危。

凝碧丹的药力不断填补进裂缝之内，试图修复心脏。

林渡这时才发现，这具身体连心脏都和常人不同，她见过小鼠、兔子和人的心脏，总归一团肉而已。

可她这会儿内视自己的躯体，那颗心却泛着琉璃一般的光，根本不像血肉。

当日姜良说的“和常人不同”，居然是这个意思。

林渡喉头一腥，吐出一口血来。

夏天无刚好看到了这一幕，往日冷冷淡淡的声音一瞬间拔高，连名带姓地喊道：“林渡！”

林渡还站着，一只手下意识地按着胸口，本该是西子捧心的脆弱场景，偏偏那张煞白的脸上显着不容错辨的戾气。她还站着，背脊挺直，看向那个已然七窍流血气息微弱的女子。

她问：“不是想要借我们的手噬主吗？那你别给我拖后腿啊。”

其实她知道这事儿不该怪邵绯，最多只能说是墨麟收剑棍莽撞。本是乡间土地，又是黑夜，邵绯也不知道自己的气劲会碰到她最后一块活阵石，内阵本就风险极大，一步错漏就会万劫不复。

可她真恨这该死的天意啊。

只差几息，这人就死了，偏偏墨麟和邵绯来了。

一句造化弄人就可以掩盖世间许许多多的凄惨和不如意。

林渡蹙着眉，不再去看那瘫软在地上还在用自己的血飞速画着诡异蛊阵的人，慢慢仰头，去看天上雾蒙蒙的月亮：“啊，二师侄，你怎么来了？今晚月色不错。”

夏天无没看地上的人，错过了那伸出来想要拽住她衣袍的一只手：“不是说了不能妄动灵力吗？”

她站在林渡面前，那张向来冷清的脸上带了点怒意：“我不来就看不到你光荣吐血的一幕了，手伸出来。”

林渡将视线慢慢从天上往下移，对上了那双冷极也艳极的眼神，本来还想说点不着调的话，却被那眼神的寒气给冻得不敢说话了。

她老老实实低了头，伸出手。

夏天无一把扣住她的手腕，灵力灌进去，接着气笑了。

“我道小师叔今天怎么让我去看着那个母亲，不让我和你待在一间客房里，打的竟然是支开我的主意。怎么，我一个医修，就算不亲眼看到小师叔妄动灵力，难不成把脉还把不出来了？”

夏天无很少笑，就算一帮浑小子嘻嘻哈哈地说笑话，她那张绯唇也顶多勾起来一点弧度，如今被林渡气得笑出了声，说出来的话让人连插空解释的机会都没有。

墨麟看天看地看尸体，就是不敢看小师叔和二师妹。

二师妹性子看着平和冷淡，实际要真爆发起来，那可是比她体内的异火还让人害怕。

林渡当然是不敢说话，刚才还握着扇子力挽狂澜，觉得自己霹雳无敌帅的人，这会儿规规矩矩地连腿都并拢了，夹紧尾巴做人。

夏天无把完脉拧着眉：“你知不知道如果你的心脏没有药力护住，一旦灵力再爆开一些，会是什么下场？心脉破碎，回天无力，我和我师父都救不了你。怎么就不听话呢？”

林渡觉得自己还能再撑一撑，毕竟系统出品质量有保证。

她琢磨了一下：“整日克制又有什么用？我就不能莽一回……我错了。”

她对上了夏天无犀利的眼神，认错认得干脆利落，嘴里被强行塞了两颗个头明显有点大的丹药，她也囫囵咽了。

咽完半天喘不上来气儿，林渡都不敢说一句。

活像做坏事被发现的猫，梗着脖子夹着尾巴不吭气。

夏天无是真的气，医者对着不听医嘱的患者，总是又气又急的。

但这是个患者，还是那个唯一肯定她废丹价值的小师叔，那个嘴利心却软的小师叔。

她分明是知道后果的，明知不可为而为之，只是为了斩除妖邪。

夏天无浑身的气没处撒，转头看向墨麟：“不是来救小师叔的？这就是你的救法？是小师叔救你吧？”

墨麟哪敢说话，唯唯诺诺了一会儿，又担心小师叔的伤势，想问又没脸问，忽然灵光一现，指向地上的人：“都怪她和她那个同门！要不是他们作祟，小师叔不会被抓走，也不会以身犯险，我们把他们抓回来，好生审问！”

夏天无这才注意到地上还有两具“尸体”。

林渡简直想给墨麟鼓掌，因为随着他这一嗓子吼出来，系统终于冒了出来。

“当前任务进度 30%，掉落奖励凝碧丹一瓶。”

林渡对于那“一瓶”倒是很满意：“你是懂事的。”

系统刚要表示谢意，就听到林渡问道：“为什么只有 30%？这种情况下墨麟还能爱上她是要气死我吗？”

“……”

“当前任务进度 50%。”

林渡挑眉，还没开口，就看到系统飞速地补了一句话。

“不能再多了，亲亲，根据推算，偏缘没有被彻底斩断，暂定目标完成值 50%，随时可能调整哦，亲亲。”

林渡深吸了一口气：“等会儿我再找你算账。”

她现在有心无力，那两颗丹药，一颗温补一颗止疼，对于她这具残败身体还不够，那疼撕扯着她的神志，让她无力思考太多。

林渡忽然就懂了那邪修渴望血肉的时候为什么脑子是混沌的了，因为太疼了。

疼到没有办法理智思考，只受本能驱使。

戚准忘了自己曾经是第四候晖阳境的正道剑修，忘了他是抱着救世的想法参加了那个会议，只记得自己等了千年，被求生的执念养出了千年的怨气，在看到出去的希望之后又与其他阴魂互相撕咬，等待了足足五百年，才抢到了一个出去的身份。

都这样了，只能活着，必须活着。

林渡恍然惊觉，她被那怨气影响了。

夏天无正在看地上的人，邵绯还有气，或者说，是她命悬一线之际，绝地逢生，生气居然又回来了。夏天无俯身去看。

墨麟皱着眉头，抱着的胳膊下意识松开，想要拦住她：“二师妹，那是蛊师，别碰她，小心有诈。”

林渡忽然意外地抬起了头，目光落在墨麟的侧脸上。

青年眼中是正气凛然的责任和担忧，视线往下落到那血阵之中的女子身上之后，明显露出了一份审视和疏离。

林渡不明白，这怎么还能成？

她本能地觉得不对劲，墨麟虽然心眼实，但也正因为实心眼，所以他拥有所有正道大师兄拥有的责任感和正义感。他从一开始，就是看不惯邵绯这个蛊师的。

她在神识中问系统。

“你这个剧情，是不是根本不是全知视角？或许剧情并不全面，存在其他你我不知道的东西？”

系统沉寂了许久，久到林渡以为它不在了。

“一本小说的故事，本身不就是站在单方面视角看问题吗？”

有些东西看着怪异，只是因为角度不同，大家看到的不一样。

林渡当然知道这个道理，她就是这样想的，所以她才会问系统，想要证实这一点。

但她头一回感觉出了一点怪异，因为这个系统正经起来说的话，有点熟悉。

就好像，她和系统在一辆车上，她是主驾驶，系统是副驾驶，他们看的道路方向、接受的信息尽管有差别，却是同一条路上的。

“那这人怎么办？”夏天无出于医者的本能想要救治，却被墨麟拦住了。

“押去钧定府。”墨麟声音很冷，他皱着眉头，一手拦在想要蹲下的师妹身前，目光却落在了小师叔的身上。

小师叔看着……很不好。

那张脸上此刻毫无表情，金光早已收敛，只剩下寒夜薄白的月光，衬得她像是比雪还茫然三分。

“小师叔状态很不好，是不是丹药还不到位？”墨麟顿了顿，在夏天无投来“你敢质疑我”的视线之时补充道，“你看，她都疼得做不出表情了。”

夏天无转头，发现林渡就站在那里，眼神很空。

她说：“想是累极了，先带她回屋吧。”

这摊烂账就让钧定府中关押邪修的差役们去慢慢算，和归和睢渊真人就在钧定府内看着。

无上宗人少，宗内和谐又平静，但掌管定九城的钧定府，不仅仅守着定九城的和平，也守着无上宗所有属地的和平。

那些胆敢挑衅正道属地的邪门歪道，作乱的、违反城规的、伤人性命的东西，都被押在钧定府的十八面地牢里。

正因如此，定九城是中州治安最好的一座城池。

林渡点点头，挺好，剧情总算又过了一个坎儿。原本邵绯会被带入无上宗疗伤，兜兜转转，也带回去了，就是进的是钧定府的地牢而已，好歹也算带回去了。

林渡懒懒的不想多做表情，也不想多说话，看着墨麟用本该捆在妖兽身上的捆妖索捆住了邵绯，和他们一同回了小孩扎堆的屋内。

倪瑾萱第一时间扑了上来："小师叔，你没事吧？"

林渡竭力露了个笑，伸手拍了拍她的肩："小师叔没事，你做得很好。"

墨麟和夏天无同时看了一眼这个说着违心话的小师叔。

林渡进屋之后被夏天无强行押到了炕上。

倪瑾萱不知想到了什么，忽然问道："小师叔，你骗我，这炕下的火还没有灭。"

林渡勾了勾唇："是吗？"

她的手轻轻按在了炕上，灵力只往外泄露了那么一点点，只是一点点，火应声熄灭。

初时还没什么，很快元烨先跳了起来，他本就娇生惯养的没怎么受过冻："怎么说凉就凉了？嘶，好冷。"

林渡无声地笑了起来，她不泄露灵力火的确还能燃起来，但灵力一外泄，火感知到了她的存在，就立刻怕了。

冬日里寒冷，之前为了等林渡，一直没关门，这会儿又没了火炕的温度，屋内很快就凉透了。

林渡一个人坐在炕上，撑着头笑得愉快极了："你看，小师叔从不骗你。"

"元烨，冷的话就动一动，跑一跑，跳一跳，多跳跳还能长个儿呢。"

她本来只是想戏弄小孩儿，但元烨还真就跳起来了，腮边还没消下去的软肉跟着一颤一颤的，像只圆润的兔子。

"忘了个事儿，那只虎崽子。"林渡撑着头看向墨麟。

墨麟一拍额头，这事儿林渡晚上提过，她怀疑有人刻意做局。

现在的问题在于，就算现场留下的蛊毒和血肉是邵绯想摆脱戚准的控制刻意布置的，现场的幼崽有妖气却依然解释不通。

邵绯受了子蛊反噬，似乎又用了什么秘法，已经几近昏迷，没法问话。

林渡就又起身过去搜了魂，反正一次也是搜，两次也是搜。

邵绯的记忆里也没有那只虎崽子。

那就怪了。

屋内哼哧哼哧响起了喘粗气的声音，还带着咚咚的震动声，像是妖兽下山的脚步声。

“什么动静？野猪进屋子了？”墨麟转过头。

几个人都看向了在角落里跳着的元烨。

元烨其实也有炼体，毕竟他和晏青的师父苍离不仅仅精通音律，还善炼器。法器除了金属的，还有木质的，元烨对木质结构有天然的领悟力，学的就是鲁班书，做木匠也要体力，每日他都得扛着木头爬山。但今儿天冷，他就喘得大声了一点。

他停下来，委屈地看着大师兄。

“抱歉……”墨麟十分歉疚，“忘了你在跳了。”

还是小师叔让跳的。

林渡是蓄意作弄，见状仰头忍着笑，最终忍不住笑出了声。

元烨哀怨地看着小师叔：“小师叔，你笑太大声了。”

林渡仰着头：“抱歉啊，小师叔不是在笑你。”

她就是想笑。

林渡笑完了，又撑着头看元烨：“还冷吗？”

元烨被这么一打岔，忘了冷，点点头又摇摇头。

林渡点点头，招呼他帮忙布个阵，让墨麟把那虎妖放出来，拔点毛留道妖气，寻一寻同源的妖兽。

虎妖不太配合，墨麟勒着它的后脖颈给了一拳，元烨找准机会拔了它屁股上的一撮毛。

有同源的妖力，或许可以碰运气找一找。

林渡不喜欢有人挑战她的智商，在乱局上还要添上一笔。

墨麟忽然开口，狐疑地搓了搓胳膊：“为什么我也觉得有点冷？”

他听过禁地里有个终年严寒的洛泽，他师父雎渊进去过一次，回来冻得直打哆嗦，就是那种冷。

林渡却忽然冷了脸，心中打了个突，看向夏天无：“给他把脉。”

墨麟乖乖伸出手，还没忘记把护腕往上扯一扯。

夏天无站在他面前，把着把着眉头就皱了起来：“师兄……你的冷，能用灵力驱散吗？”

修士可以调动灵力抵御严寒，墨麟依言调动了一下，还没来得及让丹田里的灵力走入中脉，经脉之中忽然涌入了夏天无的灵力。

那灵力带着火元素本源的烈性，和他这个变异的雷灵根也算系出同源，没有任何不适，反倒格外亲切。

他就不动了。

“怎么了？”

夏天无低声道：“别动，我来。”

墨麟的经脉不排斥这同源的灵力，乖乖等着夏天无的灵力在自己的经脉里游走了一个周天。

把经脉交托给他人，对于修士而言意味着极大的信任。

夏天无探完一圈，又问：“还冷吗？”

墨麟感受了一下：“现在不冷了。”

灵力慢慢从他的经脉内撤出来，墨麟下意识地用另一只手按住了夏天无的手。

她诧异地抬眼，用眼神询问自己这个大师兄怎么了。

墨麟有点委屈，大眼睛闪了闪：“你灵力不在的时候就冷。”

夏天无又垂眸，看着那按着自己的手：“我没想拿开手，所以先把你的手拿开。”

墨麟觉得今日自己作为大师兄早已威风扫地，默默缩回了手，小声道：“好冷啊。”

林渡忽然开口：“天无，是什么毒？”

墨麟诧异地瞪大眼睛，猛然转头看向小师叔：“啊？”

夏天无缓缓吸了一口气：“别怕，无论是什么毒，我都会救你。”

屋内忽然静默了下来，几乎冷得能掉下冰凌。

墨麟眨了眨眼睛，想到了什么，小心翼翼地询问在场唯二还在思考的人：“是蛊毒？我现在吃五味解毒丹还有用吗？”

林渡和夏天无同时避开了他明亮的视线。

良久，林渡开口，声音低哑含糊："是我的错，疏忽了。"

墨麟却截断了她的话："小师叔，这事从来和你没关系，也不会是你的错。"

"你是小师叔，可我才是这一辈的大师兄，比你年长，本来就是我没有看好你们，没能第一时间发现吃人的是戚准。好在现在中毒的是我，不是小师叔你。我身体健壮，没看只是有点冷吗？"

元烨忽然就插嘴进来："大师兄，要不你也跳一跳？跳一跳真能暖和。"

夏天无急着想要带墨麟回宗门医治，林渡让元烨布好的追踪阵法却突然有了动静。

那小小一圈阵法之中，忽然有了细弱的灵力波动，继而妖力鼓动，一簇火苗猛然蹿了起来，飘飘摇摇撞向西北方位。

"我带着孩子们去，你带着师兄回去吧。"林渡开口。

墨麟有点不放心，想跟着去，但夏天无已经封了他的经脉不让他动用灵力，防止蛊毒扩散。

"没事，我有师父，大不了关键时刻喊他老人家，反正他这么多年不出门，出来松松筋骨也好。"

才一会儿工夫，林渡又嚣张起来了，分明是好了伤疤忘了疼。

打不过就找人帮忙，无上宗的"传统美德"。

夏天无目光和善："方才怎么没想到你还有师父呢？"

"啊，这个阵里的虎毛烧起来了，看样子这个幼崽距离不远。元烨，走，小师叔带你去打虎。"

林渡转头要走，忽然觉得被某种神秘的力量限制了行动——她的衣领被夏天无揪住了。

她无辜地转头："二师侄，什么事啊，我急着去抓老虎。"

"不许妄动灵力，有事让瑾萱他们上。"夏天无定定地看着她的眼睛，目光之中是沉甸甸的威慑。

林渡之前没发现原来一个医修的压迫感能这么强。

她干脆利落地答应了："好嘞。"

"把我的话重复一遍。"夏天无还没松手。

林渡觉得自己和那只被揪着后脖颈的老虎也没有什么区别，小声开口："二师侄，你先松手。”

夏天无纹丝不动。

两人僵持了片刻，林渡闭着眼睛飞速重复了一遍：“不能妄动灵力，有事让晏青他们上。”

夏天无倒是无所谓她偷换人选，松了手，拍了拍她的头：“要乖啊，我会把脉的，连你的灵力一共用出去多少，蓄积了多长时间，我都能把出来哦。”

好一个无形的威慑。

林渡带着人就跑，几乎是夺门而出。

风打着旋儿飘进屋内，远处细碎的铜铃声响渐行渐远。

墨麟打了个寒战：“好冷啊。”

夏天无看了他一眼。因为常年练功修习剑术，墨麟的衣料很薄，这会儿没有灵力护体就冷得厉害。

“伸手。”

女子的声音冷冷淡淡地响起，墨麟有点害怕，缩了下肩膀：“干吗啊……我很听话的，不像小师叔。”

“不是冷吗？虽然你不能动用灵力，但我的灵力里有异火，可以克制邪魔阴毒，不会加速蛊毒扩散。”

墨麟乖乖地伸出手，由她扣着自己的手腕。一股带着至纯至阳气息的火灵力灌入他的经脉之中，原本那寒气像是从骨头缝里蹿出来的，却在灵力流过之后被迅速驱散。

他看了一眼夏天无，女子神色依旧淡淡的，垂着眼皮抿着唇，羽睫纤长，像是春日里落在他剑上的雾茸茸的柳絮，眼角的朱砂痣好像才是她本人的生气所在一般鲜艳。

“师妹。”

“嗯？”夏天无抬眼看她。

“你今日火气真大啊。”

夏天无：“……”

“不用异火我怕压不住你的蛊毒。”

墨麟心说他说的倒也不是这个，是说她凶完小师叔又凶他。

他害怕。

但是又觉得暖和。

好像夏天无鲜活起来了一样，不再是冷冰冰的。

四个少年顺着那追踪阵法指引的方向一路跑到了村子的边缘，冷风扑面，他们却并不觉得冷。

元烨张口想要说话，被灌了一口凉气，这才想起来要罩个纱巾：“风大，你们戴纱巾，嗝……”

四个人齐齐将纱巾戴上了，一路飞跑，终于找到了人。

“瑾萱和晏青正面对敌，吸引对方的注意力，元烨听我安排布阵。”林渡飞速地进行了安排。

“谁！敢偷我们无上宗的虎崽子？”元烨远远地喊了起来。

那人一惊，紧接着就听到了破空的一鞭甩来。

云魄鞭带着看似和缓，实则刚烈的罡风，直接甩上了他的面门。

修士急急想要挡住，就看见一人飞身而上。朦胧的月光下，那蓝衫少年双手握着一把泛着玄青冷光的宽背大刀，高高跃起，整个人如同一只暴起的猛虎，刀风犀利刚直，带着沉重的威压兜头而下。

男子仓促应战，两道攻击来势汹汹，尽管只是琴心境修士的攻击，依旧不容小觑。

鞭子甩出的厉声和刀破空的锐响接连不断，男子先是被那犹如龙蛇的鞭子缠得不堪其扰，接着又被那烈烈刀气逼得接连后退。

眼前灵力炫光不断，甚至那鞭尾几次都抽到了他的身上，内劲让人火辣辣地疼。

“干什么？我只是路人！”

“路人？路人就可以偷虎崽子？这里的一草一木一山一石都是我们无上宗的！”

元烨一边按照神识中小师叔报的方位布阵，一边高声喊道：“此山是我开，此树是我栽，要想从此过，留下虎崽子！嗝……”

那人错愕地循声看过去，想要快速结束战斗，于是放出了腾云境修士的威压，却在一瞬间听到了一句轻飘飘的话：“好了，撤。”

修士还没想清楚那一句话是什么意思，就发现自己的威压调动不起来了。

“玄品三阶绝灵阵？这怎么可能？不是刚入门的新弟子吗？”

他抬头，扫了一圈，发现四周刚好站着四个人，纱巾覆面，只有四双神色各异但目光灼灼的眼睛在寒夜里看着他。

还真是拦路土匪?

“你身上有虎妖幼崽的气息。”林渡开口，“白日里，你带着虎妖幼崽去过邪修吃人的现场，对吗？”

空气突然安静了下来。

无上宗的四人虎视眈眈，都盯着阵中的那人，那人一时被盯得寒毛倒竖。

“我不是……”

林渡歪了歪头：“都听到了？他不肯说，那怎么办？”

“揍他！”元烨振臂高呼。

倪瑾萱紧随其后：“用鞭子！手不疼！”

修士：这帮无上宗的新弟子到底是些什么玩意儿?

晏青收了刀，撸起袖子：“小师叔，我来吧，我劲儿大。”

“不是，别打，我说，我刚把虎妖幼崽放归山林了，你们现在去追还来得及！”

林渡眯起眼睛：“所以你看见邪修吃人了？”

那人沉默不语，林渡点了点头，面无表情地走进阵中，照着人的脸就是一拳。

林渡的拳头就算不带灵力也是极为强大的，她虽然不能如同常人一般打熬筋骨，可日日进洛泽里也不单单是为了洗脑子。

逆流而上，练的不止肺腑，还有肌肉力量和耐力。

“你看见邪修吃人了？”林渡又问。

她声音很冷，在寒夜里就更像是带了冰碴子一般，落入耳中都能带出一丝凉气。

那修士满以为自己能抬手挡住这一拳。

他的的确确抬手挡住了，只是那拳头打上他胳膊的一瞬间，震得他又麻又酸，甚至骨头都产生了不耐的疼痛。

可怕的是这拳头的势头还没停，推动着他用来格挡的胳膊，砸上了他的面门。

他听到那道委实年轻却让人胆寒的声音再度响起："你看见邪修吃人了？"

还是这句话。

固执又低沉，煞气四溢。

修士彻底麻了。

"是，我是看到了。"

回答他的是重重一鞭。

"小师叔，放着我来，别用拳头。"

是一道很清脆甜蜜的女声。

修士先是被拳头砸得脑瓜子嗡嗡响，身上又被抽了一鞭子，彻底爆发了："不是，你们是正道大宗弟子，知不知道什么叫仁义礼智信啊！"

一道端方温润的男音响起："那你知不知道什么叫仙道贵生，无量度人啊？你就这么坐视不管？你无德无义无悲无悯！就是路边的狗路过看到邪修吃人都知道叫两嗓子，你居然无动于衷？不配修道！不配为人！不配存世！"

"我又不是你们正道弟子！"

一道嚣张贵气的少年音响起："哦，原来这也是邪修！抓起来！押送钧定府！"

四个人一拥而上，也没如同那人预料的一般直接把他捆起来押送。一个大个子先对上他，三下五除二将他按在地上，紧接着就有一个人骑了上来，沙包大的拳头如雨点般沉重地落下，还有人在其中暗下黑手，拳头直往他的腰上砸。

双拳本就难敌四手，更何况他们四个人八只手，还都是蛮力正大的熊孩子。

等一切安静下来的时候，带着的三条捆妖索就都绕上了这修士的身子。他的双手双腿和身上各捆了一条，远看就像一条被捆绑的蛹虫。

四人同时直起身拍了拍手，林渡支使人去收绝灵阵。

元烨忽然在一处树下喊了起来："小师叔！嗝……你看！小虎崽子！"

晏青正要将人拖起来，刚抬了一半，闻言啪地一下松了手，抬起头，和另外两人一起看向元烨的方向。

一身赤金长袍的少年此刻高高举着一只虎崽子，双手刚好叉着那小虎崽子的两条前肢。虎崽子的后腿还在拼命蹬，但尾巴很好地保护了自己的隐私，夹得紧紧的。

林渡眯起眼睛，总觉得元烨能把那虎崽子端到王座上去。

“得了，走吧。”

元烨把虎崽子抱到自己怀里，那虎崽子还试图挣扎，一口咬上了他的袖口，嗷呜一声，把晏青和倪瑾萱吓了一跳。

“你没事吧？”

“我没事儿……就是……”

元烨从自己的外袍大袖里拈起一颗小虎牙：“虎崽子的牙硌掉了……”

晏青吓了一跳：“你炼体已经到这种程度了吗？能把虎妖的牙给硌掉了？”

林渡失笑，伸手探了一下那虎崽子：“五六个月了，刚好在换牙期。”

晏青舒了一口气，还好，没输。

不然回去他就要加大训练量了。

定九城钧定府，此刻天色泛着淡淡的蟹壳青，透着点灰蒙的冷意。

门口的晚班守卫正是疲乏懈怠的时候，刚刚跟两个亲传弟子打过招呼，一个激灵，转头就又对上一双黑白分明的疏冷眼眸。他一怔，很快看到了领头的人腰间的弟子令牌。

“来者何人？”钧定府的规矩比无上宗严密得多，尽管看到了弟子令牌，守卫还是问了话。

“无上宗第九十九代弟子林渡。”

“原来是林师叔，那是……”守卫看向了她的身后。

三个人身旁还有个飞行法器没收，那上头搁着一个大约是人类模样的东西，甚至能看到衣服和眼睫上的冰霜。中州北部冬日极冷极长，若是没点灵力护身，上天飞一会儿定然会冻成个人棍。

“携三个师侄从河定村驱兽归来，恰好在村子边缘抓到一鬼祟邪修，所以顺路带来钧定府。”

林渡说完，身后三个人同时端着脸微笑地点了点头，颇有些正道弟子风范。

守卫感叹：“自古英雄出少年啊。”

林渡礼貌颔首，带着人进去，顺着守卫指的方向，直奔北侧的十八面地牢。

钧定府总有宗门的真人轮守，除却被发配来算账的雎渊，今年值守的真人是和归。

那十八面地牢的禁制需要专人打开，林渡着意看了一下，是她师父的手笔没错。

每个阵法师布阵都会有自己的一点怪癖，若是熟悉的内行人，其实很好分辨。

林渡对阎野的怪癖很熟悉，他喜欢在复杂的阵法中融入一道自己的剑意，仿佛非要证明他是个能修出剑意的阵法师。

十八面地牢不是指十八间牢房，而是指十八个大的区域，按罪行和危险程度关押着犯人。

一进里头，也没有想象中的森冷黑暗、血腥嚎叫等情状，反倒有淡淡的草药苦味，是个彻头彻尾的绝灵地。墙上也没有刑具，干净整洁得连一点干草屑都没有，静悄悄的，偶尔会听到一些妖兽邪魔睡觉时发出的巨大呼噜声。

这还是四个新弟子头一回进十八面地牢。外界传言很多，有人说钧定府内有许许多多坏事做尽的邪道妖魔，被关押之后饱受地狱一般的酷刑，如今看来并非如此。

走过一条燃着长明灯的青砖小道，就到了一间堂屋。

还没等他们带着人走进去，就听到了熟悉的数落声。

“你也是，我都说了要小心，藏锋剑法把你脑子都藏没了？怎么就不知道……怎么就不知道保护好自己呢！你的灵气护体呢！怎么就中了蛊毒了？你……”

雎渊的声音从里面传了出来，倪瑾萱加快了脚步。

“师父。”

一拐进堂屋内，迎面就看见雎渊站在墨麟面前，手上还拿着一本账册、一个算盘，那乌木算盘正敲在墨麟的头上，算珠子哗啦啦地跟着他的胳膊动。

雎渊脸上一派恨铁不成钢，林渡却瞧见这个师兄握着账册的手背青筋毕露，甚至在微微颤抖，厚厚一本账册都攥出了扭曲的褶皱。

墨麟比雎渊还高一些，此刻垂着头，任由自己师父数落，一点也没有在外的俊朗锐气。

一旁的夏天无倒是劝了一句：“蛊师用蛊防不胜防，并非是没有用灵力护体的缘故。”

“等我弄醒邵绯，问清楚究竟是何蛊毒，我会配置好解药，一定能解救你大师兄。你也不用护着你大师兄，只要足够强大，一切阴谋诡计都不过是虚妄，他就是……”

睢渊话还没说完，林渡忽然开口：“是我布局不够完善，师兄要怪，就怪我吧。”

“是我没有提前通知大师兄，师父你要怪就怪我吧！”倪瑾萱抢着开口。

睢渊哑了火，嘴巴张张合合，良久才憋出一句：“怪我！徒弟受伤，自然是师父教导不力，都怪我。”

林渡笑着摇了摇头，那笑很淡，带着些落魄和自嘲：“与其在自己身上找原因，不如好生料理清楚那些真正的罪魁祸首。”

与其责备自己，不如埋怨他人。

这话不该是正道人士说出来，林渡想了想，没有说。

元烨说了：“我知道，我父皇就是这么干的，与其责备自己，不如惩罚他人！统统下狱抄家！”

林渡：还得是他们老元家啊。

新入门的弟子头一次见识了十八面地牢是如何审讯犯人的。

元烨抱着胳膊小声说道：“这和我们凡俗界一点都不一样。”

林渡点点头，深表肯定——和电视剧里演的也完全不一样。

没有鞭打，没有酷刑，先上供案，三炷清香，问候天地道祖，接着就将人好端端地领到座位上，倒上一杯热茶，客客气气地询问姓名、出身和师承何处。

邵绯还昏迷着，先审问的是被冻成了人棍的修士。

那修士哆哆嗦嗦喝了一杯热茶，睫毛上的霜才化了，对上和归真人格外慈和的目光，又看了看那一排抱着胳膊站着睥睨着他的无上宗弟子，忽然觉得有点割裂。

和归生得极为温润和蔼，说话也很温和：“所以道友，你姓甚名谁，从何处来？”

“李伟，从泾即岛来。”

和归微微一笑："李伟？道友这个名字好生质朴。"

林渡垂眸掩而深思，在修真界这么质朴的名字可不多了。

不等那修士回话，和归转而又问了另一个问题："你来无上宗是何目的？"

"路过，云游。"

和归点点头，目光更和蔼了，又随意问了几个问题，那修士也回得简略，谁知问话人话锋一转："那么张伟道友，你究竟为何会出现在邪修吃人的现场呢？"

"路过，不巧。"修士丝毫不曾察觉和归话里已经给他改了个姓。

和归又长长地哦了一声，眼中闪过一道精光，转头对守卫说道："带去九幽阁吧，想来这位道友失忆了，连姓李姓张都忘了，需要时间好好回忆一下自己是谁，究竟是干什么的。"

几个小孩儿不知道九幽阁是什么，好奇得要跟着去看。

和归一身淡色长袍，依旧笑得温和："小孩子不用去看，没什么意思的，无趣极了。"

可不是无趣极了，绝灵之地，还隔绝五感，看不到，听不到，摸不到，闻不到，什么都没有。

感知不到时间的流逝，也做不了任何事情，甚至神识都探不出去。

林渡听完解释，又看了一眼那燃烧着的三炷香。

半炷香还没烧完，那边就传来了守卫的汇报。

"招了？"端坐着的和归忽然抬起头。

守卫从另一侧小道现了身。

"招了，是受富泗坊的坊主雇佣，前来试探咱们宗门四个上青云榜的新弟子的实力的，选了附属地的山村，引诱虎妖下山吃牛，好让村长向宗门求助。这种小事，一般也就是低阶修士下山处理。

"谁知在暗中观察时恰好遇上了邪修吃人，就抱着幼虎在那儿走了一圈，想给几位师兄和师叔增加点破案的难度，这样可以暗中考查几位的实力和智力，只是没想到在试探完之后趁夜色离开之时，被几位小师兄和师叔抓住了。"

和归见几个小弟子心情有点沉重，笑着拍了拍他们的肩膀："都是聪明的孩子，你们这几个人的信息的价格，现在至少值一千灵石了。"

"那有点低。"林渡做出评价，"咱们无上宗信息最贵的一个是谁？"

和归沉吟了一下："难说。"

"目前一百代弟子里头，墨麟的信息是最值钱的。他修藏锋剑，当年七拨人，无人能让他拔出剑。

"我这一辈的，是姜良师兄，因为他从不出门，有市无价。

"上一辈的我只知道阎野师叔，他和姜良年岁差不多大，也不爱出门，当年信息的价格是五千灵石，但和墨麟一样，没人摸到过他阵法成就的上限。"

林渡若有所思地摸了摸下巴："青出于蓝而胜于蓝，那我至少得值个六千吧。"

"那个李伟还是张伟，怎么办？"林渡问道。

和归笑意融融："先在咱们钧定府改造一下，等之后张贴犯人姓名入罪画像，等着他的雇主来捞就是了。"

睢渊手上的算盘啪啪响："等人来捞，又是一笔进项啊，今年钧定府的年例就有着落了。"

元烨小声问道："怎么改造啊？"

"像他这种普通犯人，服管教的话，寅时起床，开始晨诵戒律和慈悲经，卯时开始做手工。因为是绝灵之地，所以做的都是一些不用灵力的粗活……"

林渡福至心灵——修真界版踩缝纫机？

"缝衣服修雨伞？"

"也有，"和归继续说道，"一般是替城中搬砖砌墙，还承接各类工坊的活计，毕竟我们钧定府很缺劳工。"

"干到酉时继续背诵戒律，然后所有囚犯轮流大声背诵自己的忏悔书，必须情真意切，真正认识到自己的错误。"

"那要是有不服改造的呢？"

"那就——"和归看向了深处的甬道，"血湖、九幽、泰山这几间屋子也不是白做的，好好关着，总有忏悔之日。"

"只要配合改造，就还有出头之日。"

他将目光转回几个小弟子身上："你们也是，要遵守戒律和宗规哦，若是犯了大错，这里头也不是没有正在改造的宗门弟子。

"而且住在这里，需要上交每日费用哦。"

这十八面地牢，造价还挺贵，钧定府很大一部分进项，都出在这帮邪修身上了。

四个人齐齐挺了挺胸膛，正气凛然地点了点头：“谨遵真人教诲。”

进牢房是不可能的，谁都不想进牢房。

一帮孩子进来的时候是一排骄傲的小树苗，出去的时候是一排深受教诲的小白杨。

林渡神识内的怨气还没完全消解，打算先回洛泽旁边自己的洞府消化消化，半道上被一道空间波动直接拐到了洛泽冰面上。

“哟，回来都不敢来见我了，心里有鬼？受伤了？”阎野依旧盘坐在冰面上，阴阳怪气地开口。

林渡罕见地心虚道：“我没有……是当时情势所迫……”

阎野噢了一声：“你没有——是当时情势所迫——”

他卡着嗓子学林渡说话，尾音拖长了，怪腔怪调的。

林渡忍着没有犯上。

天道好轮回，苍天饶过谁。上回她笑阎野，这回轮到阎野笑她了。

“坐过来。”阎野喊她。

林渡硬着头皮坐到了他对面，盘着腿垂着眼睛。

“你身上哪儿来的怨气？”阎野微微皱皱眉头，伸手抵上她的额心。

深海一般的神识强行涌入林渡的神府，接着迅速如潮水一般将她包裹。林渡那泛着白光的神府上此刻蒙上了一层淡淡的阴霾。

“林渡……”

阎野难得这样连名带姓喊她，语气也严肃起来：“你知不知道，你太喜欢独自承担所有事了。这世上多的是不平之事，也多的是妖魔鬼怪，不是你一个十四岁的孩子可以独自承担的，你可以更多地相信宗门内的兄弟姐妹一些。”

阎野顿了顿，他并不太会教育孩子：“我知道你前面十几年孤零零一个人，靠自己惯了，关键之事或许习惯自己亲自动手，但先前我叫你所有事都留个心眼儿，是不让你乱说话得罪人，不是让你必须事事亲力亲为。”

在任何事上都游刃有余的人头一次遇到了难题，还是教育上的难题。

林渡在修炼上一点即通，但脾性上却实在是个犟种。

阎野眼见她不说话，愁得忍不住叹了一口气：“听见没有，有些事情做不到，与你毫无干系，你是个……除你师父之外，千年难遇的天才，但你师父在你这个年纪，也有许多以个人之力难以达成的事情。”

林渡：怎么教育着教育着还自夸上了？

她深知自己的毛病，比任何人都清楚自己身上的缺点。

重要的事情交给旁人她总是不放心的，说得好听点是英雄主义，难听点就是那个出头的鸟和离群的猪。

她反复告诫自己人各有命，但其实同理心强烈，自己过得并不好，却看不得世间的疾苦。

林渡清楚地知道自己从未放下一些东西，但已然习惯了假装洒脱。

倘若一早和墨麟他们说清楚所有计划，结果定然是不同的，但她习惯了把最重要的事留给自己做。不过这种需要林渡以身犯险的计划，他们大抵也不会同意。

墨麟中蛊毒本质上并非她的责任，可她就是会不自觉地去在心底反复演算各种布置的结果，觉得是自己的计划不够严谨。

林渡什么都知道，什么道理都懂，依旧陷在里头出不来。

阎野从来没觉得带小孩是这么麻烦的事，想了一圈：“不然你去找掌门聊聊天？”

他前半生被阵法和剑术占据，后半生又被最复杂的命道占据，是真的没想过要收徒弟，偏偏他命中注定会有一段师徒缘分。

原本他觉得有这么个又聪明又独立的小徒弟可真是他的福气，现在忽然觉得头大，徒弟知道太多道理就实在不好骗不好哄。

林渡看着他：“哪个掌门？现在的还是以前的？”

“都行。”阎野撑着头，丝毫不觉得把烂摊子丢给别人有多可耻，“你的神魂沾染了千年怨气，之前给你的神识功法先别练了，去找你苍离师兄净化一下。”

林渡眉梢一挑：“净化？”

“嗯，赶紧去，他们音修挺会治神魂上的小毛病，别到时候传出我徒弟十四岁就受怨气影响生了心魔的消息，那我真的要被笑到飞升时。”

阎野直起上半身，催促她。

“岂止啊，你飞升之后都会有人笑你，说这个阎野仙尊什么都好，就是不会养徒弟。”

林渡利索地从冰面上爬起来，在阎野反应过来之前一溜烟地跑远了，徒留自己师父愣在冰面上，半是无奈半是好笑。

日头已经升起来了，落到满是冰霜的洛泽地界，连带着在那冰面上的人身上都落下一点反射的眩光。

他轻轻眨了眨眼睛，野性张扬的脸上显出一丝错愕，接着抬手轻轻碰了碰眼睫。

他好像看见光了，为什么？

很快他反应过来，是因为他在林渡神识里头留下的一道神念。那本来是担心她出事留下的一道保障，方才他下意识地想通过那道神念查看林渡跑去的方向，所以连通了林渡的感觉，“看”到了眩光。

那感觉很奇怪，神识扩散出去能感受到物质的很多细节，却不会“看见”这样的眩光。

阎野安静地坐在冰面上，他对命道的领悟已经停滞许久，此刻修行的壁垒却有了微微的松动。

无上宗有九道高峰，苍离居其中之一，位列西北，名天心峰。

林渡落到峰顶的时候元烨和晏青还没回来，峰顶的宫殿清朗规整，一棵光秃秃的树下，有人支起了一个炉子，煮茶烤橘子，旁边摆着一把黑漆朱髹桐木古琴。

“师兄。”

“这就来了？我茶还没煮好，先等一等？”苍离看着那冒着水汽的炉子，极为自然地指了指那桌案对面的坐垫。

林渡也就坐了过去，她和这位师兄交集并不算多。苍离生得文雅，与和归的温柔不同，他身上带了些清高儒雅的文人气质，如同这落叶已尽却依旧挺拔遒劲的树，孤傲又清苦。

苍离抬头看了一眼林渡，这个让和自己并没有太多交集的师叔特地传信来再三嘱咐的小师妹。

才进宗门一年，她已然比先前看上去好多了，那个潦草的黄毛小丫头这会儿规规矩矩坐在自己对面，道髻规整，额角网巾的玉扣……

在林渡疑惑的眼神中，他忍不住伸手，替她挪正了网巾，让两边的玉扣彻底对称。

“好了。”

舒服了。

林渡：合着这位二师兄还有强迫症。

“阎野师叔已经与我说了，你探魂之时沾染了千年阴魂的怨气。”苍离说着，开始认真泡茶，“探魂这事儿正道人士少做，一是不算光明磊落，二是容易受旁人神魂影响，万一有个怨气心魔的，于修行不利。想是阎野师叔不在乎这些细枝末节的小事，不曾与你讲起。”

林渡点点头：“我师父是不太讲这些。”

“其实我也没和我那两个徒弟讲，一般正道小弟子想不到要搜魂。”

林渡：就她乱七八糟的杂书看多了，是吧？

“毕竟翻阅那些记忆，极其消耗神识。”苍离顿了顿，“饶是我这个境界的修士，搜一次也要修养许久才会好。”

被搜的人活得越久，搜魂消耗的神识力量就越多，几乎像是在看一本极为无聊满是世俗乱象的书，还要在其中抓取自己需要的重要信息，对施术者来说也是种酷刑。

但林渡看上去可全然没有不好的意思，阎野也没有在传音中提到这一点，以他方才紧张的劲儿，说明林渡的神魂只是沾染上了怨气，根本没有过度消耗神识力量。

那可就太厉害了。

苍离看着眼前的小孩儿，这是这个年纪的小孩儿该有的神识力量吗？

茶泡开了，苍离行云流水般分了茶：“喝了这杯茶，我们就开始吧。”

林渡拿茶盏的手一抖，这话听起来怎么像是喝完孟婆汤好上路呢？

苍离修长的手探出去，掠过古琴，落到了一旁的紫檀唢呐上，接着把唢呐拿到了身前。

林渡刚刚一抬眼，就看到二师兄把那唢呐放在胸前开始运气起范儿了。

“不是……等一等，师兄，您为什么要拿唢呐啊？”

苍离刚提起来的气泄了，唢呐吹出了个气声，他开口解释：“你不是神魂里沾染了怨气吗？唢呐最适合驱阴送魂、激发阳刚正气，凡俗界战场的军号，也曾用过唢呐啊。”

林渡心中泛起了嘀咕，小声道："我就怕把我也送走了。"

唢呐一响黄金万两，不是升天……她也只能升天了。

苍离腾出一只手，将她放下的茶盏摆正了位置，复又举起唢呐："这是最快的方法了。小师妹，可能神魂会有点震荡，忍一忍啊。"

林渡抬眼，原本清正文雅的师兄面部肌肉紧绷起来，嘴拉成了一条立体的线，跟只清秀版的河豚似的。

她忽然觉得自己对音修有误解，有很大的误解。

唢呐声高亢嘹亮，极具穿透力，裂石流云，莫过如此。

林渡不动声色地想要往后挪一挪，却在二师兄不赞同的眼神中默默停住了。

她硬着头皮听完了一曲，见二师兄停了下来，刚刚松了一口气，就看见苍离端起茶盏润了润喉咙，接着又举起了唢呐。

林渡绝望地闭上了眼睛，神魂震荡还在其次，主要是耳膜也有点震得太过了。

那音调的确格外雄浑有力，振奋人心，带着有如千军万马的威慑力，逼得她神魂内的阴翳都退缩聚拢，越来越淡。

一曲终了，再来一曲；一盏茶完，再泡一盏。

苍离的两个徒弟晏青和元烨回来的时候，林渡如同遇上了救星。

但很显然，苍离似乎并没有停下来招呼两个归来的小弟子的意思。

他们和倪瑾萱一起先去找了凤朝掌门，所以才回自己地盘回得晚了些。

元烨和晏青看到树下的师父和师叔，也全然没有意外之色，恍若平日里他们师父也这般，小师叔来也只不过是多了个人而已。

晏青自己走到一块巨石旁边挥刀，元烨对上了自家师父的眼神，福至心灵，掏出了自己的奚琴，顺势盘腿坐到了树下。

在被自家师父横了一眼之后，元烨默默调整了位置，刚好和晏青所在的位置对称，在另一侧拧眉认真拉起了琴。

奚琴声和着唢呐声，林渡有那么一瞬间觉得，自己真的快要被送走了。

她神魂内的怨气在这些激昂的乐曲中几乎被震碎，约莫半个时辰之后，林渡神府中的阴霾消散，神识中也只剩下极为浅淡的怨气。

元烨有些累了，对神魂有作用的乐曲其实还是很耗费灵力的。

苍离过去探了探林渡的神魂："等晚上再来找我，再有两次就差不多了。"

林渡一听还有两次，揉了揉耳朵："师兄，就不能缓几天吗？我怕我的耳朵聋了。"

"不会的，"苍离面色和蔼，"吃橘子，橘子对耳鸣有好处。"

原来是等在这里，林渡默默接了橘子，泄愤一般一口塞进嘴里，嘴巴被撑得连咀嚼都困难。

苍离欲言又止，递过去一块帕子。

林渡费劲咽下橘子，还得老老实实给师兄道谢："师兄吹了这么久，应该很累吧？我这里还有茶王母株上采的茶叶，师兄辛苦这么久，喝点好茶？"

苍离眼睛亮了："这可怎么好意思呢！是你们洛泽旁生长的茶王母株吗？那要冰泉水来泡才好啊。"

林渡心领神会："晚上我会带洛泽悬瀑口的新鲜灵水过来。"

元烨远远地喊："小师叔！我也要！我也要！"

苍离头也不回："不用准备他的份，年纪轻轻的，糟蹋好东西。"

那茶实在难得，若是修炼遇到瓶颈，对规则领悟不够的高阶修士能得那么一两，或许就有机会破除迷障，再上一层。

低阶修士还没有开始领悟规则，让他们喝了实在浪费。

林渡欲言又止，她能说她算阵法算烦了，下午就会去泡一壶吗？

算了，回头让元烨到书楼来喝一壶好了。

在物质生活上，阎野从来没亏待过她。

当然也是因为他不缺钱。

林渡落到主峰上的时候，凤朝已经正襟危坐在等着了。

"来了？"凤朝身为掌门，惯穿重紫大衫，丰容盛鬋，端丽绝伦。

林渡忽然有种才出龙潭又进虎穴的紧张感，仿佛又回到了小学五年级，第一次被老师叫到办公室，站在门口提心吊胆敲门的时候。

"大师姐。"

无上宗这么多人，她也就见到凤朝才气稍弱三分。

"坐。"凤朝今日没有在书桌前接见她，反倒是在侧间的会客堂。

她胳膊旁的红木高几上摆着紫金兽耳香炉，有一缕青烟穿过雕花镂空的盖子直升而上，散着清净香的味道，似乎是刚点的，还没有完全弥散开来，等林渡走进里头才闻到了些。

风朝没有开口提阎野方才絮絮叨叨拜托的开解之事，反倒说起了钧定府中的情况。

“邵绯醒了，她的确是飞星派的外门弟子，为了两宗交际，还是需要飞书一封商议这人的具体处置方法，不过这段时间她会被关押在十八面地牢内。

“她本是绝脉，借用蛊虫得以吸纳灵气修炼，体内却还有那个邪修的子蛊，邪修死前最后一瞬间牵动了她体内的子蛊，尽管她立刻反应过来消耗本源压制子蛊，却依旧元气大伤，我瞧着是活不长了。

“飞星派外门这些年有些乱，不过我总怀疑是上梁不正下梁歪，内里有了蛀虫，要不也不会有那么一个邪修在外门。

“邵绯说，邪修戚准是黑蛊寨子出来的，用蛊手法防不胜防，你以为他是在挥出一掌的时候下的蛊，实则是在最后的尸体上留下了蛊咒转移术法，不需要接触，甚至不需要风，就算对方有灵气护体，也能对最近的一个人起作用。”

林渡听到这里，忍不住皱起眉头：“这蛊术这么厉害？那岂不是防不胜防，谁都有可能遭殃？”

“如果修士境界比蛊师高，那蛊虫也穿透不了修士护体的灵力，或者如果身上带有那蛊虫惧怕的东西，也不会中毒。但我们不是蛊师，也不知道对方修炼使用的蛊虫是什么，所以才无从应对。”

风朝说道：“我们到底位于北地，对滇南的蛊师知之甚少。”

她坦然看着林渡：“小师妹，我说这么多，也只是想告诉你我们调查到的东西，别无他意。”

林渡点点头，她听得明白。

“如今那蛊的名字我们已经知晓，叫九寒阴蛇蛊，你五师兄已经在找治疗之法，不过只怕还得去滇南寻一寻线索。”

林渡有些坐不住了，但风朝伸手按住了她的肩膀。

“我的意思是，你要是想去的话，就一道去看看？”

林渡闻言抬眼，有些意外地看向风朝。

她脑子里已经将自己看过的滇南和飞星派的资料都过了一遍，甚至已经给自己安排了未来在书楼里寻找蛊术相关记载的任务。

风朝收回手，笑着看她，凤眼含光：“我就知道，以你的性格，一定是想去的。”

“那样也没什么不好，大胆去吧，前提是，准备充足。

“墨麟现在的毒还能靠和天无双修压制，那邵绯虽然为了自己生存情有可原，却心机太重。”

林渡先被前面“双修”两个字吸引了注意力：“双修？这个双修，它是正经双修吗？”

风朝忍俊不禁：“年纪不大，想得倒是挺多，都是看那些乱七八糟的话本儿看的？”

林渡：玩手机玩的。

“只是天无用她的灵力每日替墨麟压制蛊毒而已，用一方的灵力在另一方的经脉里如同日常修炼一般游走汇聚，就是双修。”

林渡哦了一声，低头摸了摸鼻子掩饰尴尬。

人尴尬的时候总会抓住一切能转移话题的东西，更何况是本就该问的重大事情。

林渡的脑子从来不会忘记任何一个重点，她又问：“师姐你说邵绯心机太重，是出了什么事儿吗？”

提到这个，风朝微不可察地蹙了蹙眉头：“邵绯，其身世经历的确可怜，在那样的成长环境之下有那种遭遇，没有心计只怕也活不到今天。她内里的自私自利和算计皆因这世道的残忍和荒唐，只是……却也实在让人喜欢不起来。”

“可怜之人必有可恨之处嘛。”林渡倒不意外，她当时只是查了邵绯最近一天内的记忆，并没有往前搜，但邵绯的经历她也能从戚准说的话中窥得一二。

风朝就将在钧定府问话的情况讲了一遍。

这邵绯说来也可怜，生来是绝脉，不能纳入灵气，因此被家族抛弃，被一群匪盗捡了之后，从小便被拿来当作吸引过路人注意和同情，接着趁之不备下迷药盗取钱财的工具。

那日墨麟在森林之中遇到的，就是邵绯出落得亭亭玉立之后，匪盗向来的伎俩——利用她布下的仙人跳圈套。

林渡给的书墨麟倒也不是白看的，他逃过了这么个仙人跳。但邵绯也因为这唯一一次失手，被暴怒的匪徒打骂欺辱，在她拼死反抗之际，戚准救下了她。

戚准不光救下了她，还给她找了用蛊虫吸纳灵气修炼的办法，因此在遇上飞星派收外门弟子时，邵绯顺利被选上。

他们此行来这里，是因为接了宗门的一个任务，需前往北地寻一株灵药。

那东西在滇南稀有，在冬日的北地却可以收获许多。

邵绯的一生从一开始就充斥着欺骗、暴力和虚伪，她见过形形色色的过路人，也知道怎么扮演一个可怜的弱女子；知道怎么低声下气苟且求生，也知道找准每一个逃出生天的机会。

那些年她在森林里，是真的想要等一个人救她于水火，结果她错过了墨麟，遇上了戚准，从一个火坑被带进了另一个火坑。

林渡听到这里，已经感觉到了剧情线的力量，原剧情里墨麟救下了邵绯，带她回宗门疗伤，之后在偶然发现的一本古籍之中，邵绯找到了蛊虫化为假丹修炼的办法。

如今邵绯直接遇到了蛊师。

冥冥之中自有定数。

林渡歪着头听风朝说话，冷不丁听到了一句感慨深重的话。

“她的生存环境如此，算计人心倒也不能全怪她，所以我让他们教导她读书写字，还准备了二十几本开蒙和德育的书，想必她全部读完熟背之后定然能有所收获。”

林渡：不愧是大宗门啊，这就开始普及教育了。

风朝顿了顿：“不过小师妹，你小时候也无人教育，也没长歪。我记得你虽然一开始笔画不全，书写难看，但总体还能认得一些字，且一点即通，更不提你实在是个天生的道门中人，人情世故你也极为通达，慈心于物，忠孝友悌，正己化人，几乎不用我们引导。”

林渡被夸得有些不好意思，这都是九年义务教育和大学勤工俭学的功劳啊。

“读书读得多，看的人多，自己也就懂了。”

“也是，之前给你布置的，每天十张大字，拿给我看看？字练得怎么样了？”

林渡突然就坐直了，眼见凤朝要继续训话，她连忙找补，眼神真诚：“冬日手冷，等春日里，我定然每日都写二十张。”

“你一个天品冰灵根，怕什么冷！”凤朝扬起眉毛，“在洛泽里泡着，在万年寒冰床上修炼，也没见你喊过冷啊！”

她像是抓到了另一个教育的漏网之鱼，盯着眼前的小师妹：“从明日起，日日吃饭的时候顺便带过来给我看，你现在拿笔不成，不能随心所欲控制笔锋，那回头画符的时候可怎么办？”

“我还要学画符吗？”林渡下意识地问道。

“你师父那是因为字跟你一样不成形，又忙于阵法和剑术，师祖看他天生有疾，在阵法上已经足够出彩，所以才没有勉强。再说你师祖收他的时候已经临近飞升，他是被师兄师姐们带大的，总有顾不到的地方。”

林渡头一回知道了那位天才也有不擅长的东西。

“你可不能像你师父一样啊，画出来的符咒比鬼画符还可怕。咱们无上宗培养的弟子虽然各有师承绝学，但基础的服饵、丹法、玄典、体术、符咒都是要学的，总要大体了解，只不过择其中一门专精而已。”

林渡大彻大悟，不怪无上宗是中州第一宗，这是要培养全能型高素质人才。

把人培养得一个个根红苗正，就是出了那么几个以为所有人都接受过正规教育的傻白甜也不奇怪。

林渡又问：“大师姐，那我的符咒谁教啊？”

凤朝叹了一口气，面露无奈：“还能是谁？我啊，你师父交代过我了，长姐如母，崽啊，当年临湍掌门就是这么带你师父的。”

林渡懂了：“临湍师伯说了，这是师门传承。”

凤朝欲言又止，咽下对那不会教育孩子的小师叔的大逆不道之语，转而继续方才尚未讲完的话题。

“那个邵绯，在讯问之时，言明她可以动用蛊门的秘术，替墨麟压制蛊毒，并且希望能戴罪立功，带我们去戚准当年拜入的黑蛊寨求得解药，但我们直觉不简单，故而并未轻信。这女子心性坚定，能于绝境谋算，以微小之力搏一条生路，倒也的确是个人才，若是能走上正道就好了。”

林渡听到凤朝的评价，忍不住点了点头，又摇了摇头：“只怕难。”

"所以要教化嘛，教化不了，就关着她好好改造。"

"说起来墨麟那孩子也是……一听到那人说自己有办法替他压制蛊毒，立刻跳起来大声喊"我不信你"，转头跟他师父说她就是图他的金丹，倒有点一朝被蛇咬的意思了。"

林渡措辞了一番："大师侄还是长点心眼儿为好。要不，师姐你给咱们无上宗的小孩再加两本必读书目吧？"

凤朝往前倾了倾身："什么书？"

"《孙子兵法》，还有《反经》。"

林渡神色诚恳，凤朝若有所思。

话音刚落，系统也跳了出来。

"当前墨麟任务进度60%，奖励升元还心丹一颗，心脏超负荷破裂时可紧急修补，请宿主珍爱自身，不要轻易使用。"

林渡若有所思，这是个……紧急时候保命的玩意儿？

第九章 寻医解蛊

无上宗的书楼终年静默。

旁的有师承的弟子会拿了书回自己峰头的洞府阅读，唯有林渡日日都在。

书楼有个终年只闻声音不见其人的宗门长老驻守，林渡想或许是和阎野一辈的哪个师伯，或者是更年长的前辈。

毕竟修士光是到了第三候腾云境寿数就有千载，更何况那些高阶修士。

人生这么长，除非心如死灰等待坐化，否则总要找点事情做。

书楼对亲传弟子也没有什么限制，每一层的书基本都能翻阅，只不过宗规规定不得抄录外传，修炼功法要问过长辈是否合适再行修炼。

无上宗对弟子管束宽松，林渡总觉得不真实，或许也是因为这个，才让那几个路边捡到的野弟子有了作乱的余地。

她想，这是个好地方，是个安宁的好地方，合该一直安宁下去。

林渡写完那十篇大字，又上了书楼，她要尽可能地找记载蛊术和滇南方面的书。

她已经大致摸清了整个书楼哪一类的书在哪一个地方。

“你如果要找蛊术相关的书籍，你五师兄已经来过并且抱走了。”

书楼那宗门长老沉声提醒，林渡倒也不气馁：“那我找找与滇南有关的书籍和地图。”

滇南地形复杂，她想要彻底了解，有个准备。

在某些方面，她是很能听进去话的，比如风朝叫她做足准备。

元烨来的时候，林渡正一面看书，一面用一本小册子记着什么东西。

风朝说得没错，她如今控制毛笔的能力还有限，所以为了记笔记方便，她将先前折断过的一支毛笔削成尖圆头，沾了墨，像用钢笔那样书写。

元烨过来的时候，便看到了这样古怪的一幕。

“小师叔，你喊我下午来书楼做什么？”

“不是要喝茶吗？”林渡指了指一旁放着的茶壶，“自己倒吧，还用我伺候你？”

她向来那样说话，元烨也不介意，乐颠颠地凑过去，又想到了昨天晚上和今天早上小师叔面如死灰地离开天心峰的模样，多问了一句：“小师叔，你的神魂好了吗？”

林渡听到这一句，觉得自己的耳膜又在嗡嗡作响，脑瓜子里更是响起了唢呐和奚琴合奏的战歌，握着笔的手抬了抬。

也就是这么个动作，却让元烨愣了一下，连心心念念的茶水端起来也忘了喝：“你这个拿笔的动作，当真眼熟。”

林渡这会儿用的是先前记忆中的拿笔姿势，她心一紧：“你见过什么人也这样拿过笔吗？”

“倒也不是，”元烨挠了挠头，“我从前有位伴读，他有一次这样拿笔，说是教导他的小师父在发呆时就会这么拿笔，他想那位师父的时候，正好想到了，就这么比画了一下。”

林渡其实一直不知道元烨这个皇子怎么会从凡俗界到灵界，听到这儿，一时有些恍神：“是吗？”

“是啊，可惜他后来去了前线杀敌，我跟着国师来了灵界，也不知道如今他怎么样了？那西夏铁骑凶残，谢家只怕……”

元烨恍然觉得自己说得太多了，那张白皙饱满的脸上罕见地有了一丝担忧和愣怔，像是在回忆什么：“当时国师跟我父皇说，我有慧根，一道前去，学成后便能找到救国之法。可等到了灵界，我被无上宗选中，进了宗门，才知道修真界的人已经不能再问凡俗界之事。”

林渡没想到这个一脸“我被骗了”的小包子居然也有这样忧国忧民的时候:“难不成你还想着学成之后回去夺位？”

“皇帝那东西只有傻子才会当！”元烨脱口而出，接着意识到不对，小声辩解，“反正我不当，谁爱当谁当吧。我那父皇没有那个金刚钻硬揽瓷器活，内忧外患，到处都是一堆烂摊子，我宁愿唱戏，都不要学那个老头硬撑！”

林渡：难怪一个要唱戏，一个喜欢种地。

她抬手，用气劲微微推了推他面前的茶：“喝点吧。”

“那个国师好像灵根不是很好，无上宗是先挑人的，他当时跟我说，人各有命，殿下你且去吧，我们的缘分到头了，他救不了国，至少可以救得了我。”

元烨顿了顿，垂下眼眸，当时他身上没有灵力，被选走之后即便特别努力地找，也没能再找到那个国师。

“其实我知道国师为什么只带我，因为只有我不想当皇帝，也不会指着他的鼻子骂妖道误国。国师问我最喜欢哪一出戏，我说我爱看《黄粱梦》。”

元烨说到这里，忽然嘿嘿笑了一下：“那国师之所以要带着个皇子，还不是为了让我父皇给他充足的钱财，还不被怀疑他会骗钱跑路，我父皇私库里那些金玉之物他都带上了，路上累得像头驴也不肯松手。

“结果渡舟一晃到了灵界，上岸走了好久，到吃饭的时候才发现原来凡俗金玉在这里如砖石，灵石才是硬通货，最后我们被迫留在后厨洗了好几天的盘子。”

他说累了，呷了口茶，眼前一亮：“果然是好东西，我师父他得了你的二两茶叶，恨不得数着叶子泡。”

林渡也跟着笑，转头又听到元烨叽叽喳喳说闲话，从后山又有一只公猪怀孕了，说到今天看到大师兄一脸小媳妇样地跟在二师姐后面。

元烨说着，贼眉鼠眼地凑到她面前：“当日邵绯不是说自己有法子救大师兄，希望以此求得他的谅解？

“大师兄当时本来坐着喝热水呢，当即就跳起来说无论她有多无奈，她都当真把小师叔当作人选告诉了邪修。如若不是小师叔聪明早有防备，那后果是什么呢？他不会原谅她，宁死也不愿意受这样的人的救治。

“当时邵绯跑过来告密的时候，算起来小师叔你都被抓走快一刻钟了，邵绯又不知道小师叔你的本事，邪修吃人，一刻钟后才过去，人都凉透了，她肯定没安好心！”

元烨啧啧摇头：“大师兄也就是看人看得少了，我打从一开始就发现了，那邵绯一口一个救命恩人，那定然是把主意打到大师兄身上啦。”

林渡抬手敷衍地给他鼓了鼓掌，真不愧是皇室中人啊，虽然读书少，但是很懂这些算计。

她忽然察觉到了一点气机波动："元烨，你要进阶了。"

元烨啊了一声，才发现已经有灵力向他奔涌而来，琴心境初期到中期的壁垒，早就咔嚓一声破了。

书楼不是供人修炼的地方，林渡无奈，笑着给他让位，顺手布了个聚灵阵法，方便元烨更快进阶。

这一进阶就到了晚上，林渡为了护法甚至错过了晚饭，只能给墨麟传了信，让他留两人份的晚饭。

墨麟不能修炼，闲着没事儿，直接将饭送到了书楼门口。

林渡就干脆坐在书楼外下山的石阶上用饭。

"小师叔，我的事，你不用自责。"墨麟是步行上来的，这会儿也陪着坐在石阶上。

林渡神识还放在身后书楼中，一筷子下去，拨出了饭底下埋着的两个鸡腿："今儿怎么是两个鸡腿？"

墨麟摩挲着自己的剑棍："元烨的那份给你了，反正他刚进阶，吃太多灵食也没必要。"

林渡一哂，倒也没客气。元烨真能说，害得她今天下午计划完成的任务根本没能完成。

"我和天无打算后日启程，越快越好，宗门正好有位师叔云游到了滇南，到那里之后也会有个照应，新弟子我们就不带了。"

墨麟不太会劝人，他斟酌着语言："掌门师伯说，你也会一起去？"

"嗯，我不会给你们拖后腿的。"林渡咽下口中的饭，腾出说话的时间，"后日启程，明天一天时间，足够我做好准备了。那些小阵盘我前段时间一直在刻录，应该够用，常用的大阵法的材料也都分门归类好了，还大致记下了滇南的地图和风俗，其他的路上再看也不迟……"

她知道墨麟想劝她留在宗内："你忘了？我已经琴心境大圆满了，结丹需要契机，和筑基不同，有些坎儿，躲避不如直面。"

这最后一句成功地说服了墨麟，倘若这是小师叔的心结，那要结丹，必然是需要解开心结，如果林渡不去，反而不好。

等天上寒星四坠，元烨才堪堪进阶完毕，囫囵吃完了饭菜，三个人才散了。

林渡回洛泽的时候阎野也正在寻她，两人对上了眼。

“精神挺好？看来教育孩子的事还是得交给有经验的人来做才好啊。”

阎野用神识看了一会儿明显恢复了往日从容姿态的小徒弟，再看着那明显很有精神的状态，放下了心。

林渡走到阎野对面坐下：“我有件事情要和师父说。”

“巧了，我也有件事和你说。”阎野笑了笑。

“我近日要闭关一段时间。”

“我后日要出一趟远门。”

两人同时开口出声，接着同时僵了一下，面对面消化着对方说的话。

“我觉得不行。”阎野率先出声，“这不行，风朝就是这么教育你的？这不合理。”

林渡点头：“我觉得合理，很合理，就是大师姐喊我去滇南的。师父，你正好趁机安心闭关，我安心办事，这不是很合理吗？”

“哪里合理了？我不准你去。”阎野伸手要去敲林渡的头，“你这几天是不是听唢呐把脑子给听坏了？苍离也是不行，你再让我看看你的脑子。”

林渡没躲，被敲得额头生疼，接着她说：“我不是小孩子，我知道自己在做什么，就好像师父你，其实本来也根本没想过要怎样教育我不是吗？你命中必须收我为徒，而剩下的一切，都交给我自己来，我会把自己教好的。”

就像前面二十几年一样，一直都是她自己把自己教好的。

阎野还没完全缩回去的手停顿在空中，脸上气极反笑，接着又慢慢收敛，陷入了长久的静默之中。

良久，久到林渡也觉得方才那话说得太急太过分，吐出一句：“对不起，师父。”

话音未落，她听到阎野轻声道歉。

他说：“对不起，我的确不知道怎么教一个孩子，也从来没有想过要怎么教导你。你说得对，我的确知道我命中有一段师徒缘，而那个缘在你身上，所以我为了飞升，必须收你为徒。”

林渡听着那罕见的迟缓又毫无戏谑的音调，一时愣住了。

“我是第一次当师父，也会是最后一次当师父，所以林渡，你能不能告诉我，该怎么当好你的师父？”

阎野从前只觉得这是命缘逃不开。他并不喜欢吵闹的孩子，什么都不会，笨得厉害，难不成还要一个盲人教导一个笨笨呆呆连照顾自己都不会的孩子？

见到林渡的那一天，他心中是有些对命缘的困惑。

因为和归传来消息，告诉他有个和他一样有天品冰灵根的孩子，只是天生不足，问他要不要收。

他下意识收了，他在第七候太清境，对天道规则的感悟已经很深了，甚至都说不上来到底是本人在答应，还是命替他答应了。

初见林渡那天，他清楚地看到了藏在那孩子疏冷乖巧外表下的戾气和反骨，像只扎手的刺猬。

比他预想的还要难搞。

可后来，他发现这个徒弟的确天赋非凡，甚至他扔给她的书她都能乖乖看完记住，很少会有问题，教导起来轻松得很，可惜就是身体不好，脆得像是人手心的琉璃。

“我从前只想，不把你养死了就好了；我现在想，你要哪里都好才好。所以，林渡你告诉我，我该怎么教你？”

林渡愣了很久，她甚至不敢抬眼看阎野，尽管她知道他看不见，他的眼中大约不会有什么情绪，只会是一片灰冷的阴翳。

“可是，我也是第一次当徒弟，我不知道。”

她说：“那就放我走？或许我出去的时候，看看别人是怎么教导徒弟的，就知道了？”

阎野被气笑：“就这么想离开？”

“不离开我可能这第一关都过不去。”林渡硬着头皮，也替阎野心累，“我不是个听话的好孩子。”

“不，你很好。”阎野顿了顿，“比我想的，好了特别特别多，出乎意料的，举世无双的。”

林渡不太习惯这样古怪的氛围和赞美：“你这词是不是用得有点问题？”

阎野点点头：“确实，不是无双，我是第一个天才，你是第二个，那就举世有双吧。”

林渡：还造上词了？

“算了算了，我在你神魂上留了一道神念，你感觉到了吧？”阎野觉得棘手，比最难算的阵法还要棘手，“有事的时候碰一碰我的神念，我会立刻到。”

林渡点了点头：“我准备得很充分的……”

阎野掏出一样东西：“先前说给你打造个杀器，但现在还只是个雏形。我让人用特殊材料做了几把无柄短刃，上头刻着不同性质的法阵，也算是灵器，不仅能直接用，还能组合成不同的阵法，比临时摆杀阵更快，只要按你所想扔出去便是，只不过需要灵力连缀，我还没想好怎么改进。

“反正你看得懂里头的属性和阵法是什么，我就不给你解释了，你自己打完神识烙印练去吧。”

林渡接过那个盒子，看到里头摆着各种材质的无柄短刃，隐隐可见刻画的阵法，她感叹了一句，没想到自己也有练习小李飞刀的这一天。

临行前的凌晨，林渡还在书楼里，好在她是琴心境的修士，熬一个通宵也没什么。

虽然已经做了很多准备，但有几本书她还没有做完笔记。

天光正在一点点破开灰霾。

林渡放下笔叹了一口气，下意识摩挲了一下中指骨节，却意外地发现那一处生了许久不曾有过的薄茧。

倒是稀奇。

书楼里的那道声音倏然响起。

“看不完的带走就是。”

林渡下意识回道：“不合规矩吧？毕竟……书楼的书，我记得有宗门禁制。”

“可以为你破例，毕竟你手中的书不是功法，只是记载蛊门历史和滇南秘闻的，不算什么机密传承。”

林渡愣了一会儿：“前辈不用回禀掌门或者……”

“不必，书楼我能做主。”

林渡就站起来，给那前辈行了个礼：“多谢前辈。”

空中多了些浅浅的灵力波动，接着林渡被一道浑厚的灵力直接托起。

那道声音说：“不必如此，你是无上宗的弟子。”

只要你是无上宗的弟子。

等到天色一点点亮起，屋内夜明珠的光亮一点点暗淡下来，最终天光灌入窗内，盖住了那已然晦暗的明珠壁灯。

林渡那本册子已经只剩下几页空白。

她把笔放下来，安安静静看着外头一点点升起来的红日，远山高耸，浮云缭绕。

此刻宗门内的远山宝殿笼着一层浅淡的金光，就好像静默的青山拥有了灵性。

林渡其实并不困，但却因为这样的金光微微眯起了眼睛。

她无端想起刚来无上宗的时候看的夜色，那时候雎渊说，这样的景色日日都会有。

林渡从前觉得不过一场游戏，无关紧要，尽管初见时处处惊艳，也不曾生出一点惋惜和留恋。

短短一年，她的心境已然天翻地覆。

这是她近日来第二次觉得，无上宗它就该长久存在，或许人丁并不兴旺，但重峦叠嶂，神霄绛阙，都该永远这样，神圣无匹，无其他宗门可在其上。

倪瑾萱就是这时候从书楼的边窗上冒出头的，她并不常来，因为她受掌门教导，功课安排得很满。

林渡听到一声细碎的铜铃声响，还没转过头，她就知道是谁来了："今儿起得挺早，赶在早课之前跑过来做什么？"

窗棂上冒出来一个梳着百合髻挂着零零碎碎翠色琉璃花钗的小姑娘，杏眼桃腮，一双大眼睛已经笑弯了："小师叔，今日早上膳堂蒸的是豆沙包，我记得你不爱吃，我昨天晚上做了打糕，你吃不吃？"

太阳已经上升到足够的高度，阳光照在那些琉璃花钗上流动出极好的光彩，林渡身上的青袍上也落下一道阳光，于是那袍子上的金银线都亮了起来，好像仙鹤一下有了灵，当真在那祥云里翱翔，就连手腕上的红绳好像也有金色的符文在流转。

林渡笑起来："走吧，去膳堂吃，黄豆粉呢！"

"超级多的黄豆粉！都是新做的！可香啦！"

倪瑾萱嘿嘿一笑，等林渡将书收完，跟着她一道去膳堂。

做打糕的步骤很简单，但也费时费力，需将泡过的糯米蒸熟捶打，之后裹上磨好的黄豆面儿。

就是这样最朴素的东西，糯米香和豆粉香都是本来的味道，打糕甜糯，豆面清香。

倪瑾萱做过很多次，除了糖之外，也只有打糕做得好，还捶坏了宗门两个石瓮。

一帮人用过早膳，墨麟他们三个要出远门，率先起身，剩下的小孩儿都罕见地没有第一时间离开。

毕竟他们洗碗是轮流洗，吃得慢走得慢的人也会被当日洗碗的人抓去帮忙。

就算有清洁法术，但还要将一切东西放到该放的地方。

人一扎堆，抢着早点吃完早点走，不必干活儿也成了一种竞争的乐趣。

墨麟灵力、经脉、穴位都被封得很彻底，林渡还没结丹到腾云境，他们三人是打算乘灵舟去的。

三个人站在膳堂门口，身后是齐齐整整的三个小孩儿，今日做饭的长老在后厨，特意没有出来打扰这些孩子。

修士外出游历很是常见，聚散离合，都不过是漫长人生中的寻常事。

年长者已经习惯，少年却依旧不舍。

晏青一双眼睛沉潭一般看着眼前的人："小师叔，师兄师姐，祝你们布帆无恙，一路福星高照，大师兄、小师叔注意身体，二师姐辛劳，路上饮食多留心，此去你们定能得偿所愿，早日安然归来。"

元烨站在旁边，用力点了点头，把先前准备的那句一帆风顺咽进嘴里，附和道："早日安然归来。"

倪瑾萱点点头，面上乖巧："大师兄定然能找到解毒之法，二师姐一路小心，小师叔你一定保重身体，路上吃食不好，记得用我给你新做的打糕和糖垫肚子。"

林渡他们就坐在飞舟上冲他们摆摆手。

"去做早课吧。"说话的是墨麟。

"别忘了洗碗，今天轮到谁了？"林渡向来不着调，她始终不太适应这样太过温情的场景。

元烨脸一下子垮了，接着看到那灵舟已经启动，向高远处的云海里去了。

倪瑾萱下意识踮起脚："小师叔！"

元烨忽然若有所思："不对啊，小师叔和大师兄都走了，马上春天到了，长老们要忙春种，又要顾不上我们了，谁给我们做饭啊？”

晏青方才脸上的深沉一扫而空，瞳孔颤抖：“是啊……瑾萱只会做打糕啊……咱们更是一点也不会做饭。”

三人齐齐跳起来，高声喊道：“小师叔！”

林渡回头，看着越来越小的三个人。

小姑娘头上的琉璃钗流光溢彩，旁边晏青的束发带飘扬在空中，元烨身上的金色绣线宛若游龙。

“小师叔，我会想你的！”

“小师叔，你们什么时候回来啊！小师叔，不然你带我走吧！”

“小师叔，没有你我们怎么活啊！小师叔！”

灵舟骤然加速，少年的喊声被风拖拽着拉得很长，最终消散在风中。

灵舟从无上宗出去，落在了定九城钧定府的院落之内。

今日出行的不止他们三人，还有飞星派来捞人的修士和邵绯。

飞星派的人刚刚交了罚金，又老老实实道了歉，一抬眼就看到了三个神色各异的人，俊朗的男子神色凝重，清冷女子神色莫测，他们身边带着的小的倒是带了点笑。

那笑看不出什么含义，好像就是来看笑话的。

“在下无上宗第一百代亲传弟子，墨麟。”

那人听到这个名字，心中知道要一起上路的祖宗也就是这三位了。

飞星派两个外门弟子搞邪门歪道，被扣下了，论理上门派是不会管的，只会直接逐出门派。外门弟子能值几个钱？哪里需要特地来赎。

可那弟子祸害了无上宗的亲传弟子，还吃了无上宗地盘上的人，被钧定府扣下了，钧定府那是什么地方？

当年祸乱一方的大妖被抓进去，都要老老实实写一封认罪书，公示天下，那认罪书现在还贴在钧定府门前的一面板子上，每日换新，每日有每日的忏悔感想，已经五百多年了。

妖魔会真心认错吗？可钧定府就是有办法让那妖亲笔写出悔过书。

鬼知道大妖在钧定府里都受了什么样恐怖的折磨。

无上宗是中州第一大宗，中州的门派哪个敢与之为敌？

宗门长老派他来是缴的罚金吗？那缴的是人情世故。

他恭恭敬敬地拱手："墨麟道长，在下飞星派印仲真人座下大弟子陶显。

"我宗外门管束不力，才致使那两个孽障作乱，让您受害，实在对不住，我此行也是特地代表飞星派来道歉的，这件事我们定然会负责到底。"

"听闻您要前往滇南，师父说了，滇南形势复杂，为免诸位意外受害，我会当向导，也好叫诸位少些烦扰。"

陶显低着头慷慨陈词，听到身后有细碎的铁链声响。

他回头，看到被钧定府守卫押过来的那个外门弟子。

那姑娘看着面色惨白，眼下青黑，虽衣冠整齐，倒像是在里头受了大苦，整个人飘飘摇摇如风中柳絮，清丽的眉眼之间尽是憔悴，手上和脚腕上都戴着锁灵扣，一走动，双扣当中连接的锁链摩擦碰撞，当啷作响。

林渡在邵绯出现的一瞬间眼睛就眯起来了，用神识传音给夏天无："所以飞星派到底给了多少罚金，才让她被赎出来了？"

"五万。"夏天无淡然道。

"那也不多啊。"林渡的眼神一瞬间带了点蠢蠢欲动的杀意。

"上品灵石。"夏天无清淡的声音在她神识内响起。

林渡偃旗息鼓，那没事了。

五万上品灵石，也就是阎野挂牌价的十分之一，今年钧定府诸位的年例可以提前满额发放了。

还得是地牢的创收方式好啊。

收租收税都不如收罚款啊。

"敢问道友，她……要一直这么戴着吗？"陶显对上邵绯的眼神，到底有些不忍心。

修士有灵力加身，所以受些轻伤或者疲乏之后可以动用灵力慢慢修复它，那锁灵扣锁住了修士的灵力，被扣之人与凡人无异，还有咒戒，一旦触发戒律，会有数道不同层次的惩罚。

严重的时候，直接绞杀。

"这一路过去，未免太扎眼，她一个小女子如何承受那些异样的眼光？且一个修士不能动用灵力，只怕内伤无法修复，于寿数也有碍。"

他话音刚落，听到了一声轻笑。

紧接着，一道略带轻慢的声音就落了下来："你也知道啊？那我的大师侄受害，不能动用灵力，又该找谁算账呢？"

陶显意外地看向了那个小的，刚要赔笑解释，就听得那小修士继续道："再说扎眼又如何，进了钧定府的邪修，不都要写忏悔书公之于众吗？"

林渡歪头一笑，既然现在杀不了，那就让她当众丢脸也挺好的。

"实在对不住，墨麟道长的事。我们必定负责到底，可奉师父之命，这人我们必须带回宗门，还请小道长谅解。"

"谅解你不是我的事，活着有天，死后有地，"林渡抬了抬下巴，"但你说了这么多，却不曾真的对我大师侄负责。"

"我们不是正要一道去那苗寨寻找解蛊之法吗？小道长说的负责，敢问是何意？"

陶显此刻人在屋檐下不得不低头，低声下气地询问着这几位的意图。是要邵绯偿命？

师父说了，要把人带回去，定然是得保住人的性命的。

那是要什么赔偿呢？灵药？

"得加钱。"

三个字掷地有声，陶显愣住了。无上宗的亲传弟子，怎么还坐地起价呢？但他咬了咬牙，问道："加多少？方才不是已经交过罚金了吗？"

"那是你们从钧定府捞人的费用，旁的补偿那是另外的价钱！我大师侄受害，性命攸关，培养一个腾云境修士要花多少资源你知道吗？还有那村子里失子的母亲，你们给过慰问金了吗？"林渡说得飞快，"哦，还有我。"

"因为你们宗门两个外门的邪修，我刚刚治好的心脉再度受损，这吃药的费用又该谁来承担呢？"

她说着，仿佛为了印证这一点，单手握拳，剧烈咳嗽起来，瘦削的身形犹如被大雪压枝的翠竹，仿若被气狠了一般，身形伶仃，神色落寞。

接着一只手不知从哪掏出一块帕子，哇地一下吐出一口血来，那淡色的帕子上骤然洇开一片血迹。

陶显彻底呆了，他颤颤巍巍地取出一个通信符："要不……道友，还是跟我们去宗门，再当面商量商量吧。"

"且慢，跟你们回宗门，到时你们人多势众，若是赖账，甚至扣押我们又怎么办？还是在这里说好了，给了钱，咱们再一道启程。”

“那道友，你先等我向师父禀报。”

林渡捂着帕子垂眸，胭脂果是个好东西，看看这果子的汁液，真像那么回事儿。

阎野告诉她，洛泽的灵果随便采点带上倒也不是没有别的用途。

夏天无吓了一跳：“怎么又疼了？药不顶用了？止疼的丹药呢？”

墨麟也紧张地看着林渡，两个人挡在她跟前，眼睁睁看着她冲他们眨了眨眼睛，接着给他们一人塞了一个艳红的小果子。

夏天无：她就说她师父还不至于医术退步。

等那边人商量完，陶显咬着牙，一副大义凛然要上断头台的做派，走到林渡面前：“小道长，您说，要加多少？”

“五十万上品灵石。”

不能输给她师父。

墨麟和夏天无齐刷刷看向林渡。

陶显沉默一瞬间：“我要找你们掌门亲自面谈，要不再蹦出来一个临时加价怎么办？”

林渡忽然站直了身体，用帕子顺手擦了唇上的果汁，凛然站在那里。

“陶道友，你可能不知道我的身份，在下无上宗第九十九代亲传弟子林渡，当今掌门是我的师姐，我虽年幼，亦执掌宗门事务，我说的话自然算话。”

宗门内库的事务也算宗门事务。

旁边的两个人和守卫们都没有开口，显然默认了林渡的身份。

陶显听过林渡的名字，师父让他来的时候顺便打听打听这位，可万万没想到，林渡本人，居然是这样的。

他忍了忍：“好，没有旁的补偿费用了吧？”

看把孩子吓得，林渡含笑：“没有。”

“你要立字据。”陶显心有余悸。

“好说。”林渡微微颔首。

钱到账，一切都好说。

自北往南，一路渐暖。

林渡的身体罕见地暖融融的，却不是因为南方春暖，是因为姜良逼着她连喝三碗苦药。

那药力至少能维持十天半个月。

这对她来说是个难得的体验。她是冰灵根，入道之后，灵气一运转，便如行走的制冰机。

出发前一夜高强度用脑，这会儿林渡大剌剌仰躺在宽厚的甲板上，用一本书盖着脸，打算补个小觉。

夏天无守在船头，身旁的炉子上滚着热茶。墨麟缩在船篷里头，他如今没有灵气护体，只有夏天无的灵力罩着，为免意外，还是躲着点好。

船尾蜷缩着飞星派的两个人，陶显虽然没做错事，但无上宗的三个人里，两个是受害者，一个看着冷冰冰的不好惹，他是没那个脸再凑过去寒暄。

万一说着说着又要加钱怎么办？

林渡昏昏沉沉地睡着了，云海中沉沉浮浮，不算好睡，但勉强足够养些精神。

从中州东北到西南，有将近两个多时辰的路程。

林渡迷迷糊糊地醒过来，拉下盖在脸上的书，慢悠悠坐起来看了一眼云海之下的人间。

今日一路难得地顺畅，不见风雨，就是天时阴时晴。林渡睁眼的时候天正好是晴的。

她忽然有些恍惚，直到听到细碎的咯咯声。起初她没反应过来，只觉得耳熟，但很快想到了那日与戚准对峙他蛊毒发作时，所有牙齿都因为颤抖咯咯作响，她回头：“很冷？”

墨麟抱着剑棍，整个人还端坐着，连背都是笔直的，只是双手抱着胳膊，那比寻常剑要长出很多的剑棍被夹在怀里，如果不是那剑棍末端磕在底板上发出频率极高的声响，倒真的让人看不出任何异状。

他开了嗓：“还好。”

无上宗的人说“还好”的含义，大抵约等于没死。

林渡起身：“天无。”

她捏着书脊，替换了夏天无的位置。

墨麟无助地看着小师叔的背影，眼见二师妹过来，眼神里满是不赞同，还有些头皮发麻。

“冷怎么不和我说？”

“还好，能撑得住。”

他们没有说是蛊毒发作，毕竟船上有外人，墨麟的身体状况，最好还是不要让他们知道的好。

夏天无微微蹙着眉，眼看着他身上每一寸肌肉都在战栗，叹了一口气，坐到了他对面：“劳烦小师叔替我看一看船上。”

“好说。”

林渡在船头留下一道神识，转身布置一个小结界阵盘，路过船篷的时候顺手扔了进去，潇洒得没留给里头的人一个眼神。

禁制和结界这东西需要一点对空间规则的领悟，墨麟会一点，但夏天无不会，如今的墨麟无法施术，只得林渡来。

脚步甚至都没顿一下，她抱着书绕到了船篷后头，对上那两人有些茫然的目光，将手上的马扎撂下来，接着大马金刀地往那儿一坐，正好面对着他们，和善一笑。

陶显不知道为什么，面对这个笑容，条件反射地就想捂紧自己的储物袋。

那五十万上品灵石，他给的是欠条，他自然是没有那么多灵石的，五万上品灵石他这辈子都是第一次见，更何况是五十万。

也不知道师父为什么会无条件让步，对方说给多少就是多少，这得搬空一个小灵石矿吧？

“林……林道长，您这是……”

林渡微微颔首：“睡醒了，有几个问题想请教。”

陶显打眼一看，她手上的书封上写的是《滇南民俗录》，他直了直背脊：“您问。”

“这个时节，你们滇南是不是没有灵枞吃了？”

陶显：啊？

以为是什么大事，结果你给我问这个？

他老实回答：“还是有的，如今这时节，直接去滇南西部的山村里还是能吃到的。”

林渡又将话题拉扯到了滇南的和别处有些区别的炼器和打花行当上，话语里全是一个从没去过滇南的小孩儿的好奇。

陶显说话也就带了点笑，不再那么谨慎了。

“其实滇南也得作区分，那些寨子里的特殊炼器方法都是不外传的，有些只传女，有些只传男……”

林渡一面听一面用余光看着邵绯，她似乎在发愣，目光直直地落在林渡背后船篷的竹帘上。

因为那阵盘上的结界，邵绯也瞧不见里头的人在做什么。

便携的小型阵盘，大多用于测绘感应，也有的有聚灵、布置结界等功用，但作用范围较小，和空间规则相关的大规模阵法，都还要靠地形布阵。林渡扔进去的结界，笼罩的范围只有小小一方，刚好落在船篷之内。

“说起来，墨麟道长和那位在做什么呢？”陶显忍不住问道。

蛊毒发作，是随时间递进的，明明是朗朗朝日，墨麟此刻却如坠冰窟，那是一种从骨头里渗出来的冷，不仅冷，还带着骨髓被抽出一般的空洞痛楚。

夏天无的灵力起先只要游走一圈就能起压制作用，如今却不行了，要反复游走好些周天。

林渡听到这句问话，并未正面回答：“陶道友有道侣吗？”

陶显摇了摇头。

“那成年人的事你就不要问了。”林渡笑眯眯地回了这么一句。

灵舟开始慢慢减速，穿过云层。滇南地势高，一路过去已见连绵苍翠青山，比北地更为潮润。

“小道长，墨麟道长有没有说，咱们是先去宗门拿灵石，还是先往那有名的蛊医所在的凤凰城中去？”

陶显看向林渡。

林渡看了一眼邵绯，她莫名有种感觉，这个人还是放在眼皮子底下的好。

她从凤朝那里得知，那次会议之后，三宗六派十门只清查出了三十九个人是鬼借妖身，无上宗当年进去的两人，一人还在闭关中，一人早在多年前就已身死。

飞星派没查出有妖，可偏偏戚准也是飞星派的外门弟子，还顺利接了任务，如今飞星派还愿意花五十万上品灵石，一定要将邵绯这个外门弟子带回，当中定然有些猫腻。

“去凤凰城。”林渡回道。

滇南凤凰城有位德高望重的蛊医，无人知道她何日来的，也无人知道她到底存在了多久，寻常蛊师都是群居，世代家族维系，不与外人通婚，她却离群搬至城中，只医治受蛊毒侵害的外乡人，且条件极度苛刻，稍有不合便不予医治。

记载中说，这位蛊医让人称呼她为麻婆婆，曾有人长跪百日，也不曾得到她的医治。

他们如今上策是找这位麻婆婆，下策便是直接找到戚准学蛊的那个蛊寨了。

接近凤凰城的时候，陶显神色有些古怪，像是陷入了一种回忆一样，但很快又自己摇了摇头。

林渡看得出来，似乎他自己也觉得奇怪。

飞舟缓缓落在城门前的空地上，凤凰城的规矩，城中上空不得飞行，无论是何身份。

墨麟和夏天无从船篷中出来，依旧是一个俊朗、一个清冷的模样，背脊挺直，看不出丝毫异状。

进城需要一人十块灵石，林渡看了一眼陶显。

陶显掏灵石的手一愣：“啊？”

“我们这一趟是为什么来的？”林渡问。

“为了给墨麟道长治病。”陶显立即回道。

“那这进城的灵石？”林渡抱着胳膊盯着他，眼中的意味不言而明。

陶显：“……”

他含泪掏出了一行五人的进城费用。

这些可都是他存着要娶妻的灵石呀。

“敢问，城中可有一位麻婆婆？”

守卫点了点头：“有，你们也是来求医的吗？”

他的目光落到当中一个拢着手面色惨白的女子身上。

“是，还请您指个路，那位麻婆婆的住处在哪儿？”

守卫收回目光，看向眼前的男子，接着伸手比了个二。

陶显咬牙又掏出二十块灵石，强笑着塞给了守卫。

那守卫顺手放进自己的储物袋里：“南街石台巷子尽头，有个藤蔓最多的院落，就是麻婆婆所在之处。”

陶显道了一声多谢，这才带着人进去了。

邵绯走得很慢，像是下一步就要栽倒了一样。

陶显频频看她，似乎随时想要伸手搀扶：“你这是怎么了？有伤？还是没吃饭体力不足？”

无上宗三人走在他们两个后面，墨麟见状，下意识开口：“怎么可能没吃早膳！我们钧定府每天给犯人两顿饭，一早一晚，馒头稀饭管够！”

林渡顺口接话：“我们钧定府一贯善待犯人。”

不光给饭吃，还进行素质教育。

邵绯也开口：“用过早膳了，陶师兄不必担心。”

甚至在陶显来之前，她已经背过了早课上的戒律规范，还因为声音太小，被狱卒抓到前面领读。

“只是我先前在戚准的胁迫下，遭他的子蛊反噬，伤了本源。”

邵绯的声音的确极度虚弱，像是下一口气就要上不来了一般。

陶显哦了一声，再没多问。

本源受伤那就算了，他帮不到。

又不是无上宗的亲传弟子，修炼资源充裕。飞星派那么多弟子，修炼资源都要靠争，丹药也是宝贵资源，更何况是修补本源的，他没有那种东西。

有邵绯拖后腿，他们走得就慢，林渡有些不耐烦，干脆掏出一大把灵符，跟数钞票一般找出一张黄品一阶疾走符，灌入灵力之后一下子拍在了邵绯的背后。

风朝把从前教导弟子时画的没用的低品阶灵符都一股脑塞给了林渡。

陶显瞳孔微微放大，看着那厚厚一沓灵符被林渡随手又塞了回去，甚至都没整理一下。

万恶的富家子弟！

知道现在灵符多贵吗？光那画符用的符纸，最便宜的批发价一张也得十几块灵石啊。

在背后被拍的时候，邵绯下意识回头，却发现自己的身体已经跟不听使唤一般健步如飞。

她穿着有些飘逸的素白衣裙，生得也是弱柳扶风，面色从狐疑警惕到惊恐可怜，偏偏脚上还戴着锁链，此刻就如同那转起来的自行车轮，衣袍翩飞，露出底下沾着红漆的衬裤和靴子。

林渡：很好，知道昨天钧定府给犯人们安排什么活儿了——刷漆，或是粉墙。

其余人也都加快了脚步。

“不是，等会儿，还没问清楚走哪条道。”

陶显走到十字路口，找了个摊贩问路。

邵绯没有办法停下来，一直往前走，林渡眼疾手快，伸手拎住了她的后衣领。

可疾走符的效力还在，邵绯的腿还在不自觉地原地疾走，如同疯狂空转的电机。

等陶显转头指明方向的时候，就看到林渡老神在在，一只胳膊伸出来，稳稳拽着邵绯。而邵绯还在不受控制地原地疾走，因为身材娇弱，还没有十几岁的林渡高，所以像极了被抓起来还在挣扎的耗子。

已经有不少路人奇怪地看向他们。

甚至有胆子大的问道：“敢问道友，这位是中了什么奇怪的蛊吗？看着像是病得不轻快要癫狂了？”

林渡开口道：“啊对，看到她腿上的脚链了吗？就是为了防止她发癫跑得太快了，实在对不住啊，让您看笑话了。”

邵绯羞愤欲绝，抬手遮住了脸，却又被陶显出于好意地拉着转向了正确的路，林渡恰到好处地松了手。

像是幼时玩的拉线玩具一样，一松那根拉线，就向前蹿了出去。

林渡甚至还没忘记对那问话的路人道一句告辞，接着笑吟吟地挥袍从容赶上。

少年锦袍玉簪，眉眼生动，脚下飞快，让过路人忍不住又多看了一眼。

凤凰城城内有些杂乱，小摊贩一路络绎不绝，挤挤挨挨。向南街走过去，建筑却大变样，成了井院窑洞，和定九城中整齐一致的建筑风格全然不同。

找到藤蔓覆盖的院落，林渡才伸手揭下邵绯身上的疾走符。

邵绯没了灵符加持，一个踉跄就跌在了地上。

她满以为陶显会来扶她，抬头却发现陶显微微拧眉，怔怔地看着眼前的院落。

林渡也注意到了陶显的异样：“陶道友，怎么了？”

陶显摇了摇头：“只是觉得，这藤蔓生得如此之好，若住在里头，岂不是不见天日？”

可不是。那奇异藤蔓如同瀑布一般，不只是覆盖了院落里头的整个屋顶，还从院墙上倾泻而下。落在地上的藤尖纤细翠绿，打着卷儿，还散发着淡淡的异香，全然不像是有人住在这院落里的模样。

墨麟上前叩门，自报姓名：“晚辈无上宗墨麟，求见麻婆婆！”

那院落的门是寻常木门，只是格外低矮，上头甚至可以看到斑驳的裂纹。

一连敲了许久，也无人应门，反倒是那两扇门因为墨麟的力气，已然错开来。

吱呀一声，院门开了。院子里的木架子上满是奇异藤蔓，背阴的地方还开着白色小花，异香扑鼻。

夏天无忽然微微皱起眉头，这个味道……好像在哪儿闻过？

可这藤蔓，却从未见过。

不知是不是门开了，触动了什么禁制，那密密麻麻的藤蔓忽然往回缩了一些，接着走出来两个妙龄女子。

她们穿着霓裳银装，走动时头上的双排银冠一步一摇，宛若银铃，面上浮着奇异的笑，甜蜜到有些诡谲，面如桃花，眸似星辰。

“有客来了，你们是来找麻婆婆吗？她进山去了，今日不在。”一个女子说道，声音脆如黄鹂。

“进山去了，今日不在。”另一个重复道。

林渡敏锐地察觉到了什么，开口问道：“敢问，麻婆婆去了哪座山？何日归来？”

“我们不知道，麻婆婆进山去了，今日不在。”

“我知道，我知道，麻婆婆走之前说了，如果有人来就说她进山去了，不在；若有急事，就请访客去青泸村寻她。”前头那个姑娘说道。

林渡道了谢，转头看了一眼陶显，他盯着其中一个姑娘，似乎在想什么，想得很用力，额角都起了青筋。

不对劲。

林渡皱起眉头，陶显和这两个姑娘都不对劲。

林渡的神识蠢蠢欲动，肩膀上却倏然压来了一只手：“小师叔，走吧，我们去青泸村。”

是墨麟。

他极少主动伸手去碰林渡。

林渡按下疑虑，冲那两个姑娘再度道谢，顺便伸手关了门。

几乎是关门的瞬间，林渡透过院门，看到那两个姑娘齐齐转身走向屋内，身上银饰簌簌响动。

一行人走出了这个巷子，墨麟方才开口，剑眉微拧：“是尸傀。”

林渡心一紧，脑子迅速想到了前日在笔记里记录的内容。

夏天无也跟着点了点头：“奇花异藤掩盖了她们身上的死气，使她们看起来和常人无异，所以你才没有察觉。炼制他们的人手法格外特殊，肉身与死前几乎没有差别，表情语气都保持得很好，而且……那两个少女，大约死的时候都很幸福，所以身上没有一点怨气。”

林渡已经回想起来了，滇南西部，有一帮人，名为炼尸匠，能将尸体炼制成傀儡。但大部分傀儡只能按照指令行动，外表还保留着被炼制时的模样，大抵都不会太好看，且身上阴煞之气极重，不会像那两个少女一样，还爱说爱笑的。

她方才觉得像是有意识的傀儡，但又觉得古怪，才迟迟不敢确认。

书中记载，有那么一种尸傀，意识不到自己已死。

墨麟不让她探查，或许是怕激怒尸傀。

果然纸上谈兵不如实操啊。

陶显也听到了这句话，却没说话，只是机械地跟着。

“陶道友，劳烦你去问个路？还是说，你认得那村子？”林渡偏头看向陶显。

陶显这才回过神来：“只怕得问个路。”

他虽然是滇南人士，对各个地方的势力分布和民俗熟悉，可此处是滇南西部，不在飞星派的势力范围，那些小山村错落在山中，想要找到还要费些工夫。

林渡哦了一声："我还以为陶道友对这附近的山村很熟悉呢。"

毕竟在船上的时候，他说吃灵枞可以去滇南西部山村里，那里是出产地，最新鲜。

兴许，也和她一样，只是纸上谈兵？

陶显又找了个小摊贩问路，那摊贩用木板车摆了一车的山货。凤凰城上云岚缭绕，阳光并不算刺目，林渡却眯起了眼睛。

她有点想敲开陶显的脑子，看看里头到底藏着什么。

毕竟对飞星派的人，她总有些不放心。

尽管这人身上毫无阴煞之气，只有正道弟子的灵力波动，可他身上的确古怪。

从一早出门，到午后降落凤凰城，邵绯和墨麟体内无灵力运转，他们已经有些饿了。

倒也不是没有辟谷丹，但那东西是给进山中洞府闭关修炼之人用的，不适合在外赶路的人。

"先吃饭后赶路。"林渡看了一眼又开始发冷的墨麟和已经面色惨白的邵绯，拍板下决定。

陶显愣了一下："道长，你们不用辟谷丹吗？"

"那东西有点腻歪，"林渡抱着胳膊，"而且吃不饱。"

辟谷丹用的是人参、茯苓、山药等健体之物，加上花生、栗仁、核桃之类的饱腹，根据富裕程度用料有简有奢。

简单来说就是大量蛋白质，碳水以及不饱和脂肪酸。

打坐冥想修炼时，消耗量不大，那么几颗就能提供一天所需营养。

可林渡在长身体，外号"吃不饱"；墨麟常年炼体，诨名"老是饿"。一个人一天的饭量大得离谱，辟谷丹得吃很多才够。

他们也不爱吃。

无上宗非必要不吃辟谷丹，反正最多几百年进阶第四候就能不吃不喝了。

陶显：……这该死的富家子弟。

知道纯正灵食在外多贵吗？

寻常田地里长出来的凡食，杂质太多，不利于修行。

这帮人活像不知民间疾苦的富家子弟，理所当然地觉得这不过是件小事。

陶显小声与林渡商量："我就是飞星派普通的亲传弟子，以后还要攒钱娶媳妇的，道长可饶了我吧。"

"你们宗门没有设招待费吗？"林渡问道。

看来飞星派收益也不好啊，什么好门派不给外联人员招待费啊。

陶显觉得胸口又中了一剑，苦巴巴皱着脸摇了摇头。

"那算了。"林渡还有点良心，"但是，你都没老婆，为什么要攒老婆本？"

修道之人除却一部分道统特殊的之外，都可以自由婚配。

陶显挠了挠头："我进宗门，就是为了攒老婆本。"

他说着，忽然有些怔然，他为什么要攒老婆本来着？

大概这年头，娶老婆要好多钱。

最后，五个人找了一家小店，吃米粉。

无上宗三人身上的锦袍玉带与小店内杂乱的环境格格不入，但三人一无所觉，店内也只有夫妻二人，一个上菜，一个煮粉，酸辣热气扑面而来。

"老板，先来十二碗鹅肉粉。"墨麟照惯例开口点菜，"圆粉还是扁粉？扁的吧。"

陶显愣了一下："墨麟道长，十二碗是不是太多了？我只用吃一碗，邵道友估计也……"

墨麟回头看了陶显一眼："啊，你们也要吃吗？"

"老板，再加两碗，钱另算。"

陶显：啊？

他无助地看向林渡，只见那人满是疑惑，接着吐出一句："十二碗够吗？方才那个门口的小妹妹跟我说，一碗粉才二两，要不，一人五碗？"

陶显捂住了心口，他居然以为林渡能说出什么正经话来。

五个人围着一张小小的豁了口还带着刀痕的小木桌，刚上来四碗，林渡就顺手将那两碗粉推到飞星派两人面前。

陶显有些感动，接着看到林渡和墨麟一人拿了一碗，那自始至终都没有和他说过话的高冷女修面不改色，给他们两个人塞了两双筷子："先吃，别饿坏了，你们两个的体温快比冰块还要冷了。"

目睹了这一幕的陶显忽然觉得碗里的粉不香了，他真该死啊。

怎么忘了这两位都是受了伤的，邵绯她怎么吃得下去？

但很快陶显的愧疚就被吃惊所代替，两个麟凤芝兰的无上宗弟子抱着碗将一碗粉吃得风生水起，不过一会儿工夫，邵绯才吃完一筷子粉，那两碗粉就空了。

“啊，好饿。”林渡接了夏天无给她的手帕擦了嘴，这粉口味酸辣，扁粉浸了汤汁很是入味，肉也早卤烂了，直接囫囵下肚也没什么阻碍。

一碗开胃，两碗垫饥，三碗有味，四碗半饱，五碗收工。

直到他们吃完五碗粉，陶显和邵绯甚至都还没彻底吃完自己面前的那一碗。

“老板，结账。”林渡站了起来，自觉给了十五碗粉的钱。她回身看了一眼呆滞的陶显，“你们吃完了没？吃完好上路。”

“姐姐，你们知道青泸村怎么走吗？”林渡见那两个人还没吃完，自己也懒得再坐下，站着问了一嘴站在门口歇息的老板娘。

老板娘年龄已然不小了，个子不高，圆脸大眼，还带了些少女神态，听到那小少年开口一句“姐姐”，脸上先带了三分的笑，手在围裙上蹭了蹭，这才开口：“青泸村？小师傅去青泸村做什么？”

“听说这个时节，村子里有灵枞吃。”

话一出来老板娘就笑了，转头问了一句还在忙碌的老板：“老苗，那个青泸村，你认得吗？我有点记不得了。”

那汉子正在煮粉，将粉捞出来后，白米粉哗啦啦极有弹性地在空中抖动了两下，然后被他利落地扣进瓷碗里。他头也不抬，扯着嗓子在喧嚣的店内回应女人的话。

“你这个婆娘，青泸村就是那个寨前村啊，你那曾祖不就是那里出来的，死之前还叫儿孙去寨前村埋她，我们找了好久，才知道那里五百年前就改名叫青泸村了。”

老板娘恍然大悟：“这个我知道，小师傅，你且出了城往西走，西边最靠近城中的那座山，山脚下那个就是了。”

“这个寨前村啊，就是那山里头好多蛊寨和山寨前的一个村子，依山傍水的，是个灵秀地儿呢。”

林渡道了谢，转头看到陶显和人起了争执。

“你们不是吃了十七碗粉，怎么只给了两碗粉的钱！”

林渡：哪儿的恶霸都得污蔑人多吃了几碗粉是吧？

“你别狡辩，老板我可跟你说，我看得真真的，他们只在桌上放了两碗的钱！”

老板娘刚要说什么，就看到陶显高喊：“我只吃了一碗粉！她也只吃了一碗粉，当然只给两碗的钱。”

老板用刀尖指着那桌上，那是切卤肉的刀，刀背漆黑，刀刃雪亮：“那桌上摆着十七个空碗，你还说你只吃了一碗粉？”

一旁有看热闹不嫌事大的拱火：“还穿着飞星派的弟子服呢，居然吃饭不给钱。”

陶显被人污蔑，自然不忿：“不是，我们两个人怎么能吃十几碗粉，我看着像是那么大胃口的人吗，那分明是她……”

他指向人群之外，墨麟和天无在门口等着，唯有林渡还在老板娘身旁站着，清瘦无比，脸色苍白。

老板回头看他，满脸写着“你看我信吗”。

那帮故意挑事的人围堵成了人墙，老板娘想要去解围，却怎么也挤不进去。

“我来。”

老板娘听见这声音，转头看向身旁的病弱小师傅。

一道气劲轻轻拨开人群，沿路的人都察觉到了那刺骨的冷气，下意识地让开了道。

老板娘忙不迭进去跟老板说话，围着陶显的人还在喋喋不休。

陶显脸红脖子粗，跟公鸡似的和那故意拱火的本地人面对面地解释，差点就要和人动起手来。这时，一把沉铁折扇倏然横在了两人之间。

林渡刚吃完辣的，声音略有些沙哑，横插了进去：“你怎么证明这位道友吃了十七碗粉？”

“我两只眼睛都看到了！”那人瞪着眼睛看向横插进来的人，见是个面色苍白的小孩儿，顿时又有了底气，“怎么？我就是好心提醒老板！”

林渡倏然一笑：“两只眼睛都看到了？看来看得不甚清晰，要不我亲自送你两个眼珠，进我道友的胃里，看看他到底吃了几碗粉？”

日头快要落了，有些昏暗，店内烛火还没亮起，她抬着眼看人，下三白的眼睛里带了些冷漠的凶相。

那人也恶狠狠地盯着她，周围还聚了一帮人。林渡见状，挑衅地抬了抬眉。

那边老板娘已经训完话，拎着老板的耳朵来道歉了。

老板老老实实道了歉，也不敢得罪那举报陶显少给钱的人，只道是自己没注意。

林渡多看了这帮人一眼，他们身上的布料是典型的滇南西部盛产的青蓝印花布，一旁还搁着蓑衣、齐眉棍、钢刀、梭镖，很多武器上面还带着暗沉的锈迹。

一刀下去起码得破伤风。

林渡现在可以肯定，这帮人绝对是故意的。

墨麟原本抱着剑棍在门口，一回头就看见本来在门里不远的小师叔没了，吓了一跳，忙和夏天无进去给林渡撑腰。

众人只见一高大青年赤袍玄裳，抱着剑棍，微微蹙着眉，抿着唇，神色不善，接着拨开人群站到了那小少年跟前，开口便是："小师叔，出什么事了？

"瞪着我们干什么？我们也是好心，你们大宗门弟子了不起啊！有本事出去比试比试！尤其是你，看着就不像是好人！居然给女人戴镣铐，你别是什么假冒的飞星派弟子吧？"

男人说着就要去拉一直沉默地坐在桌上的邵绯，一根玄金长棍横空挡住了他的胳膊。

"无上宗第一百代亲传弟子墨麟，奉掌门之命押送伤人邪修。敢问道友，不曾看清那锁灵扣上的无上宗的标志吗？"

墨麟一手握着剑棍一侧，朗声道："无上宗，只除妖邪，不伤好人。"

他黑亮的眸子直直盯着那人，全然看不出中了蛊毒不能动用灵力的病弱之相，一直盯得那人悻悻放下了手。

林渡若有所思地看向那群人，手上的扇子一翻转，变出来一把短刃："敢问道友，你分明知道那十五碗粉是我们三人吃的，却故意误导老板他没给钱，想要留下他们两个，为什么？"

她的目光从邵绯身上移到了后头那帮人身上。

"今儿羊肉粉不好吃，不吃了，走。"一直窝在后头拿着一杆竹制烟筒的人说道。

林渡福至心灵，笑问道："想关羊啊？"

她道为什么这几个人突然发难，原来是这滇南西部的土匪。

书中说凤凰城城规宽松，城内打架斗殴、敲诈勒索屡见不鲜，她一路过来还当是书中夸大，如今看来却不假。

邵绯从前是林间匪盗，黑话自然也通晓，只怕是趁他们都守在门口，没注意她的动静，用了黑话或是手势和这帮土匪通气。

那帮人见林渡也懂他们的黑话，甚至直接拆穿了他们，脸色齐齐一变。

林渡笑吟吟地看着这帮人："诸位，要向我们无上宗弟子讨教讨教？"

那一帮人齐齐摇了摇头，本以为那三个和陶显他们不是一伙的，也不过就是寻常世家子弟，谁能想到居然是无上宗的。

再孤陋寡闻的土匪也不会不知道无上宗，他们还不想招惹这么一尊大佛。

一道女声忽然插了进来："师傅们，你们不要在这里打，要打出去打，去武馆打啊！"

两方人的交锋，无上宗也不算占优势，能打的只有两个，那帮土匪却有六七个人，身上的境界似乎用什么秘法掩盖住了，难以捉摸，真打起来，还真不知道谁能赢。

只是这剑拔弩张的气氛，被老板娘那么一句话打破了。这帮土匪齐齐抄起了武器，哗啦啦地走了。

林渡见人走了，转头看了一眼邵绯，脸上笑容扩大："所以你跟他们打了什么暗号？"

邵绯咬牙摇头，却见林渡收了折扇，手上把玩着一把银色无柄短刃，那短刃泛着冷光，在那人指间灵活地翻转，从这头到那头，最终倏然抵上了她的脖颈。

女子吓得要往后，却又不敢轻易动弹，脖颈间的刀面冰凉，紧紧贴着她颈侧的动脉。

"小师叔！"

"林道长！"

"你不说那我就来猜猜，"林渡微微倾身，声音压低了，宛若山间雾岚，"倘若被我说中了，你的脉搏定然会有变化，那贴着你脉的，就会是刀刃；倘若我说错了，我们就维持现状，你觉得如何？"

"对了，忘了告诉你了。"她盯着邵绯的眼睛，轻声细语道，"我师父给我打了几十把无柄短刃，可我出行匆忙，这些短刃有的还没来得及开刃。我随手拿了一把，你要不要猜一猜，这把开刃了还是没开刃？”

邵绯瞪大了眼睛，看着眼前的林渡，她分明是个精致玉人模样，脸上还带着笑，可眼底是沉沉雾霭，那笑就显得格外残忍阴郁。

“好了，深呼吸，别紧张。我猜，你在路上就注意到那群城里的土匪了，对不对？滇西有一帮势力极大的土匪，土匪头子的灵器是个竹制烟筒，看似无害，可敲人脑瓜子的时候，就跟开西瓜一样。

“你给他们留下了暗语？大概内容或许是，你可以里应外合，而这陶显身上有钱，有很多钱，是只肥羊？所以他们跟着我们进了粉店，然后伺机发难。”

林渡说着，还没忘笑着偏头看一眼陶显的表情。

陶显的脸色已然冷了。他是飞星派亲传弟子，但亲传弟子那么多，他一直是给多少钱办多少事。他固然同情邵绯，却依旧会按规矩办事。

“难怪……难怪你突然说了一声还是羊肉面好吃。”他恍然醒悟过来。

先前他只觉得邵绯看着可怜且内向少话，大约也是为人胁迫。现在看来，只怕也不完全是戚准的过错。

“你明明好不容易从土匪的狼窝里逃出来，如今却宁愿重回虎穴？抛却这身美人皮，里面却是恶人骨，居然还妄想得道飞升？”

林渡的手倏然一翻：“戒律德经，诵读过后便如云烟？知识流过了你的大脑你却分毫不取，真是浪费。我就不一样了，二师侄让我去看医书，我就看了，所以，这探脉一项，我还算能上手。”

刀刃倏然立起，林渡微微一笑，轻软的语气落入旁人耳中却恍若冰凌落地：“你的脉搏可真快啊。”

被刀抵着脖颈的人瞳孔微微放大，连呼吸都紧急起来，颤声道：“别，别杀我……”

悬顶之剑轰然而下。

邵绯是真的怕，她天生对于危险的人和物有敏锐的感知，从一开始见到无上宗这帮人，她最害怕的就是那个最小的林渡。

她布局从容，宗门弟子皆以她为中心，不管何时何地，一双眼睛中都充斥着浓郁的、邵绯读不懂的东西。

邵绯见过形形色色的人，大多数时候都能听出一个人所说的话的真假和当时说话的情绪，可林渡总是笑着的，她读不懂，看不穿，分不清是真虚弱还是假无力。

可只有一点她知道：林渡太聪明，她害怕。

所以在试探出林渡只有修为高的时候，她第一时间就想到借戚准的手，除了林渡。

邵绯总觉得在林渡的视线之下，她做什么都无所遁形。

林渡是个碍事的人。

可她现在更知道，林渡是个疯子。

“你疯了？你是正道弟子！不得妄害人命！你就不怕杀生的果报吗？”邵绯喉头发紧，说出来的话都像是绷紧了的弦在微颤。

“当前墨麟任务进度70%，奖励金乌玄元丹一颗，可用于补足宿主虚弱不足的本源。”

林渡心一定，知道揭穿了这一回，墨麟对邵绯只怕已经接近厌恶了。

“我连搜魂都做过了，你觉得我怕什么果报？”

她不避不让，一字一字煞气升腾：“恶、人、可、杀。”

只可惜，这短刃自然是没开刃的。

阎野怕她把自己玩伤了，只有尖端锋利，两边是无刃的。

她欣赏着邵绯惊惧交加的苍白芙蓉面，短刃收回后夹在指间，利落地用手刀将人打晕了。

林渡转头：“二师侄，你看我学得是不是……”

她打住了话，瞥着近在咫尺的剑棍。

“不是，大师侄，你的棍子为什么在我脑后？”

墨麟收回自己的剑棍：“怕小师叔你真的把人杀了。”

有那么一瞬间，他们觉得林渡真的会下手，谁知道那短刃立起来压到了人的命脉上，却毫发无伤，只有那个高度紧张，被吓得无心思考的邵绯还一直慌乱着。

林渡疯起来，他怕自己拉不住。

陶显也明显松了一口气，恶人该杀，可邵绯要是死了，回去他没法交代。

“但是小师叔，你把人打晕了我们怎么……”墨麟忽然收声，看着林渡掏出了个灵兽袋。

那东西和储物袋最大的区别就是，将妖兽塞入灵兽袋里头，妖兽只是昏睡，且能有口气儿。

灵兽袋这辈子也没想到自己还能装一大活人。

“几百斤的虎妖都能装下，一个女修应该也能装下吧。”林渡说着，施了法诀，顺利将人收了进去。

她不能杀了邵绯，至少拯救墨麟的任务没完成之前不能杀。

“只能放七天。”墨麟见大局已定，也不再劝说。

也就是缺德了点，不把人当人了点，小师叔只要不杀人，想怎么样就怎么样吧。

“知道了。”林渡懒洋洋地将那灵兽袋挂在了自己的腰带上，“死不了，但醒着实在添乱，我可不想再闹出一次这样的事。”

一帮人出了城，重新坐上了飞舟。

夏天无忽然开口问了林渡一个问题：“小师叔，隔着那短刃，真的能探到脉搏吗？”

林渡笑看了一眼坐在飞舟尾不知道在想什么的陶显，用神识传音给她：“不能。”

当然不能。

但邵绯的反应等同于承认了一切。

她林渡从来不是光风霁月的君子圣人，挡在她前路上的一切阻碍都该被踢开。

红日西坠，霞光万道。

四人落在山村之前，青石黄土黑瓦，有炊烟垂直而上，混入山岚之中。

那老板娘说这里是灵秀地，倒是不假。这里几乎算半个天然的聚灵之地，风水极佳。

林渡感受着周身的灵气，虽然不能和无上宗比，可比他们先前经过的其他地方，还是要浓郁得多。

此时正是牛羊归圈的时候，山上恰好下来几头闲庭信步的黄牛，都不用人赶。

有人从屋内出来，大声喊着听不懂的号子。不远处似乎有小溪，银铃碎响，有姑娘在唱小调，清越婉转，恰似溪水潺潺。

歌声越来越近，四人同时看去，远处夕阳落尽前的最后一点霞光，化成了小姑娘衣襟和百褶裙上的金边。

林渡忽然若有所思地看了一眼陶显，霞光落入人的眼睛，恍若神光。

“敢问姑娘，此处是青泸村吗？”陶显主动问路。

那姑娘脸上带着绯色，眉眼水润甜蜜，闻言歪头一笑：“是啊，客人是要借宿吗？”

“我们是来找人的，找麻婆婆，她还在村内吗？”

姑娘歪了歪头：“麻婆婆？应当还在村子里的孕妇家中，只是不知道在哪家。”

“村子里有很多人怀孕吗？”林渡顺口问了一句。

“快到春天了，是时候了呀。”姑娘似乎并不理解林渡的话，不过目光在触及林渡那张脸之后很快又笑了起来。

“你生得可真好看，跟月神一般好看呢！想来月神幼时大约就生成你这般模样吧！”

林渡一怔，接着垂眸一笑：“那倒是我高攀了。”

《滇南风俗录》中记载，滇西村寨信奉的神明各有不同，山、水、风、雷，万物皆有神明。

“若是穿上白袍，就更像啦。”那姑娘比画了一下，“不过青袍也像，像月光藤化身哩。”

夏天无听到这里，眼神一闪：“我是个医修，对植物格外有兴趣，敢问这位姑娘，这月光藤是个什么植物？能教我认识认识吗？”

“你居然不知道月光藤是什么吗？这是代表月神的圣物啊，月光藤生长的地方，会被月神赐福，要是……”

那姑娘忽然羞涩一笑：“要是月光藤的花落在谁的床头，那人就会是月神的新娘……”

“宛夏！在那儿干什么呢？还不回来？”

身后有人喊了起来，姑娘倏然回头，伸手摆了摆：“知道了，回来了！”

她转头笑着看了一眼四人：“我要先回去了，再见了，外乡人。”

少女的裙摆翻飞，脚上的银铃在空中留下细碎的响动，像是远去的小孔雀。

林渡摩挲着浮生扇，若有所思：“这月神，老流氓了啊。”

花可是植物的生殖器官啊。

送花到床头，那可真是过于直白的表达了。

“这些村子信奉的神明……真的存在吗？”墨麟皱着眉头，总觉得那姑娘话里有些古怪。

他们修道之人，信奉的就是自己的道，与这村子里直接供奉神明并非同道。

各人有各人的道。

“如果存在，大约也不会是什么真神。”林渡沉吟片刻，“但高于人类，强于人类的，对他们来说也算神明，倒也没错。”

什么好人家的真神会插手灵界的一个村庄事务，还大剌剌耍流氓强抢民女呢？

神明的新娘这种事情，听着对姑娘来说就不算是什么好事儿。

四个人走进村庄里，站到一家青石堆叠的院落前询问麻婆婆的消息。

“你问麻婆婆？她现在约莫在村长那里歇脚呢。如今立了春，正是时候。”

那人站在院中，身后有个七八岁的小孩儿正在跑着。

“正是……什么时候？”陶显问道。

“正是我们村子里下一代发芽的时候啊。”那人笑了笑，“你们找麻婆婆何事？”

“我们找她寻医。”林渡开口插话，“敢问婶子，村长家在哪儿？”

“就在最里头，靠近那月亮井的地方。”

林渡道了声谢，带着人往里走，一路上还能闻到呛人的辣椒油烟味道，锅铲之声不绝于耳，几乎掩盖了那一点哭声。

夏天无和林渡同时看向那一家。

那一家静悄悄的，没有任何做饭的迹象，只有哭声。

“怎么……怎么会是个女孩儿呢？”

“我不想要女孩儿，若是男儿，还有走出这村子的机会，可……”

女人的哭声断断续续，很快被一道隐忍着怒气的男声打断。

“别乱说，女孩儿怎么了？那是月神眷顾！再说我不也没有走出过村子，怎么了？”

夏天无微不可察地皱了皱眉头，陶显偏头，看到林渡脚步没停，对上他的目光时甚至还笑了一下，只是握着沉铁折扇的那只手笔直地垂落在身侧，手背上的青筋微微凸起。

一路过去，果然找到了一口井，那井周围盘着一圈藤蔓，盘虬卧龙，绿得几乎发黑，上头布了一层水雾一般的东西，让那些藤蔓带了点诡谲的灰白，藤上散落着白色花苞，在晚霞里倒显得有些半透明。

夏天无顿了一步，转头低声和林渡说道："是麻婆婆那个院落里的藤蔓，虽然看着有些区别，但的确是这个味道，我不会认错的。"

林渡眯起眼睛，这个布局……

如果这藤是本来就有的，那可真是得天眷顾。

"怎么了？有什么古怪吗？"

"只看一路过来的布局，是天然的聚阴困灵阵，这个井上藤，是阵的脉。"林渡顿了顿，"也不一定对。"

天然阵法很少有，林渡学了基础四十九阵、上古残缺十阵，如今正在学那一百零八阵法集合。

那一百零八阵法是修真界阵法师统统要吃透的东西，若是将一百零八阵法吃透，能布阵刻阵，就已经可以在阵法师盟会里有个位置了。

不知道是不是因为算过上古阵法，那一百零八阵法林渡学得极快，如今只有后面不常用的阵法还没学完记牢。

夏天无倒是不在意林渡说的那一句"不一定对"，小师叔的猜测就没出过错，更何况还是阵法这种东西。

她沉吟片刻："听小师叔的意思，你觉得这藤蔓是人为布置的？"

"一个猜测，不一定对。"

林渡看了一眼手中检测阴气的阵盘，那指针已经飙到一半了，说明阴气极重，但却因为混在浓郁灵气里，又靠近山中，修士只凭五感很难察觉。

"也有可能是天然的，这村子，或许是养尸傀的好地方。"

夏天无面色一凝，看向那村长的院落门口。

陶显和墨麟已经在院门外叫门。

院落里极为干净敞亮，却也没有比一路上其他村民的院子宽敞豪华，一眼看过去，竟都是一样的。

很快屋子里出来一个肚子微微凸起的中年妇女，她手扶着腰，看着院门外的人："你们来找麻婆婆吗？请进吧。"

一行人进了堂屋内，方才见一黑发老妪坐在那四方桌的一面，一旁坐着个年老的汉子，却不见一个青壮年。

夏天无又嗅到那股浅淡的花香——在那老妪身上。

她不动声色地将手按在自己腰间的玉带上，看着墨麟上前道明来意。

"晚辈无上宗亲传弟子墨麟，偶遇邪修食人精血，出手之时意外被种下蛊毒，久闻前辈大名，今日前来，是为请您出手诊治。"

（上册完）

纸老虎 著

CNS PUBLISHING & MEDIA
湖南文艺出版社·长沙
HUNAN LITERATURE AND ART PUBLISHING HOUSE

目录

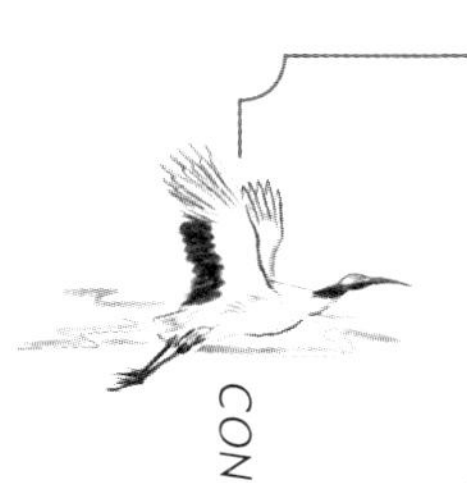

CONTENTS

渡人渡己，天道助你。

第十章 山村诡事

村长见状早已出了屋子，屋内只剩下那老妪和错落站着的四个外乡人。

墨麟躬身弯腰行礼，那四方桌旁的老妪却纹丝不动，只问了一声："邪修食人精血？那邪修是蛊师？"

"那邪修的确修炼蛊术，只是蛊师并非邪修，吃人的方才是邪修。"墨麟直起腰，不卑不亢。

老妪深深看了他一眼："我倒是觉得蛊师都是邪修，你如今中蛊已有几天，深受其害，还不觉得蛊这东西，就应该消失吗？"

墨麟面不改色："人各有道，于我而言，枉杀人命，方为邪修。道家三千六百旁门，佛门八万四千旁门，旁门里头也有成道的。只要心正，根基已成，天道所授，自然就算正道。"

林渡：道理是这个道理，但是这词儿怎么听着怪耳熟的呢？

照抄答案就算了，还替她添补上佛门？

老妪冷笑了一声："正道弟子，脑子都被洗了，都一个样子。"

墨麟下意识看了一眼林渡。

林渡在心底叹了一口气，含笑上前："晚辈无上宗亲传弟子林渡，见过麻婆婆。我们所见不多，故而不敢妄下论断说'蛊师都是邪修'。"

她话锋一转："只是，晚辈年幼，见识了两个蛊师，皆为心路不正之徒。这阴邪的蛊，依晚辈之见，还是毁了的好。"

那老妪起初依旧没有正眼瞧他们，听到最后一句，转过头看了一眼说话的人。

林渡站在墨麟身后，目如点漆，眉似工笔画中人的，唇角一点笑，却是少年意气的讥讽。

麻婆婆定定地看着她，忽然一笑，脸上的皱纹如陈皮般堆叠起来，泛着蜡一般的黄：“你说得好。”

林渡跟着笑，脸上是少年才有的被人认同的得意。

墨麟无端觉得，小师叔这会儿的笑，大抵不是真的。

“你这个小孩儿合我的意，中蛊的这个是你什么人？”

林渡拱手笑道：“是对我而言很重要的人，若墨麟他成不了仙，我大约会亲自下黄泉捞他。”

墨麟一怔，却听得那麻婆婆一声轻嗤：“小孩子，你懂下黄泉有多难吗？他若死了，百年之后，你还记得他？”

“百年之后，兴许记不得，但那是百年之后的事，若他现在死了，那我定然立马下黄泉捞人。”

“什么东西经得起时间的消磨呢？可当时当刻，情深义重痛不欲生也全然是真。”

林渡的声音在堂屋里回荡，有不容争辩的峥嵘意气。

麻婆婆闻言倒是愣了一会儿，像是在想什么，嘀咕了一句：“小孩儿说笑话。”

却没再反驳。

“你，坐过来给我看看吧，那小孩儿年纪小，这个胳膊腿儿，怕是捞不了你这么一个傻柱子。”

林渡转头，见墨麟还有些愣怔，伸手推了一把：“去坐。”

墨麟这才回神坐下，将胳膊伸了出来。

夏天无跟着走了一步，站到墨麟身后，一只手压在他的肩上，防止出什么意外。

那老妪抬眼看了她一眼：“医修？不放心老婆子诊治？”

夏天无张了张口，林渡的声音却又横插进来：“哪儿的话啊，婆婆，哪里是不相信您，那是因为她紧张她道侣呢，心中担忧，又离不开他。”

墨麟和夏天无齐齐转头看向了谎话满天飞的小师叔，只见她面上全然没有一点心虚，反倒带着点揶揄的笑。

麻婆婆这才将手重新按了下去：“道侣啊，难怪你身上有她的灵力气息。”

夏天无睫毛一颤，墨麟也觉得这话不太对味。

麻婆婆不耐烦地按着他的手腕："你心跳太快了，中了至阴之蛊，怎么还火气这么旺呢？"

墨麟嗫嚅了几下，到底没能说话，耳朵从耳根红到了耳尖。

就连夏天无的耳尖都有些绯红。

陶显错愕地瞪大了眼睛，视线在两人身上来回打转。

来之前没人告诉他这两位是一对啊。

无上宗也没办典礼，那《修真界轶事录》他是期期不落，怎么没看过这一番故事呢？

要说这无上宗一百代弟子之中的墨麟，谁人不知他修的是藏锋剑。修剑百年间，只有在凤初境时有个琴心境修士强行与他决斗，剑才出鞘了一次。

修真界同境修士之中，目前还无人能摸准墨麟的真实战力。

这墨麟一心修剑道，而那夏天无最出名的是她是"活判官"姜良的开门弟子，据说是目前通过天医盟医修考核的人中年龄最小的，只是她的消息很少传出。

陶显实在看不出来这两个人是怎么凑成一对的。

他看不懂，于是看向了林渡，先前在飞舟上还可以说是玩笑，如今她当着那两位的面直言，两人也没反驳，只怕是真的了。

"当前墨麟任务进度79%，奖励金乌玄元丹1颗，可用于补足宿主虚弱不足的本源。"

林渡意外地挑了挑眉："这也可以？难不成他们彼此才是正缘？"

"我不知道哟亲亲，亲亲觉得是什么就是什么吧。"

林渡抱着胳膊歪着头，握着扇子的手横在外头，有一下没一下敲着胳膊，看不出来在想什么。

"中蛊毒后你们及时封住了穴位，又用了法子每日压制，想来也费了不少功夫吧？

"不过那也只能防止蛊毒在经脉中流窜，你如今觉得寒是从哪里透出来的？骨头？"

墨麟点了点头。

"那这东西已经附着到了你的……"

就在麻婆婆说话，屋内人都侧耳认真倾听之际，林渡忽然抬手，折扇扇顶便流出一道白光，封住了陶显的听觉。

陶显只觉得耳朵嗡的一声，接着就听不见了。

他吓了一跳："我怎么听不见了，我也中蛊了？"

林渡走到陶显跟前，敲了敲他，因为这人不够信任她，她没法神识传音，只能站在他面前开口说话："不是你该听的。"

"你说什么？"陶显不知道自己说话声音有多大，大声读着林渡的唇语，"不该盯的？"

陶显声音极大，像是在跟对面山头的人扯着嗓子对山歌："我不该盯哪儿啊？这蛊毒这么厉害？我盯一下就中了？"

林渡无奈了，伸手将陶显的喉咙也用灵力封住，强行用自己的神识压制入侵了他的神府："不是你该听的你别听。"

陶显先是哦了一声，但发现喉咙说不了话，改为用神识说话，接着反应过来，慌张地看着眼前的锦绣人物："林小道长你只有琴心境大圆满，今年也才十四岁，我的神府并不信任你，你是怎么进来的？"

林渡的声音再度在他神府内响起："我也没想到，你一个四百多岁的腾云境修士，神府居然这么好进。"

陶显捂住胸口，痛心疾首地看着眼前的林渡，心中暗暗骂道：万恶的天才！

"我还在你神府里面，能感觉到你在骂我。"林渡的声音很淡。

侵入神府不算礼貌，她本来没想这样的，只是一时情急，选了最简单的做法，但又发现这人的神府有点怪。

虽说很少有低阶修士专门修炼神识，可这人的神府与其说是没有特地修炼导致的脆弱，不如说是……受过什么伤，有些残缺。

林渡皱起眉头，却也没敢妄动，毕竟这是个大宗弟子。

就在她慢慢撤出来的时候，却察觉到了一股反噬之力，她迅速收回神识，避免了和那道反噬力量交锋。

因为撤出来太猛，陶显皱着眉头抱着头嘶了一声。

这种被强大力量划拉过去的滋味可真不太好受，跟脑瓜子被撬开来一样。

"那这东西已经钻进你的骨头里了，你现在没死，大约是因为你的骨头并非凡骨。"

麻婆婆盯着墨麟："你这个年纪便已经是腾云境大圆满，就算在无上宗的弟子中也属少见，是天生灵骨？"

林渡转头看向了麻婆婆。

"严格来说，你不是中了蛊毒，是那人用秘术，将蛊转给了你，所以你身上不只有毒，还有蛊虫，因为阻碍及时，那蛊虫无法进入你的经脉丹田，你的修为倒是保住了，只是如今那蛊应当是附着在你的灵骨上。"

夏天无神色一冷："敢问前辈，那蛊虫于灵骨可有碍？"

所谓灵骨，外界众说纷纭，唯有她和她师父知道，所谓天生灵骨，是骨内有仙灵之气，灵气出自世界本源，仙灵之气是高层次的本源之气，灵气本能依附仙灵之气，因而他自出生就能吸纳灵气。

而修士想要飞升成仙，最为重要的一环，就是将灵气转化为仙灵之气。

墨麟的路，天生就比旁人的要好走许多，也通达许多。

"为今之计，先拔蛊虫，后解蛊毒。"

"蛊毒好解，蛊虫难拔。"

夏天无顿时意识到了什么："难不成……"

"找到蛊虫寄生之处，拔除之后还得刮除被寄生后坏死的骨面，至于这骨头之后会怎么样，也不是我这个老婆子能预测的了，毕竟是天给的，后果不可揣测。"麻婆婆定定地看着墨麟，"这蛊虫，要交给我，彻底杀死。但挫骨之痛，非比寻常，且后果难料，你自己考虑清楚。"

墨麟察觉到肩膀上的手慢慢扣紧，他几乎没有任何犹豫地开口："挫骨而已，我能忍住，再说只要还能修炼，我的路就不会断绝。"

麻婆婆看着眼前眉宇浓墨重彩刚直不弯的青年，倒也没急着应允："你别后悔。"

"若天命如此，这灵骨注定折损，那便折损，我不后悔。"墨麟昂首笑道，"就算没了这灵骨，我的剑术还在，道统就还在。"

墨麟之所以是墨麟，不是因为天生灵骨。他修藏锋剑，习神霄道，以神霄雷法驱邪斩妖，这才是他。

林渡站在陶显身前，倒也不意外。

麻婆婆说得也没错，墨麟是个傻柱子，脑筋比身板儿还要直。某种程度上来说，他是最正派的正道弟子。只是过刚易折，他也最容易被那些心术不正的人算计。被规则束缚的人，哪有抛却规则和钻漏洞的狠人适应弱肉强食的世界。

麻婆婆听到这句话也不意外，转过头去，轻声嘀咕了一句：“正道弟子。”

那话没有褒奖之意，听着很像是在骂人傻。墨麟也没在意，唯有夏天无有些心酸。青云榜上的人跌落凡尘，总归是叫亲者扼腕，旁人笑话的。

“既然如此，那等我备齐东西，就开始。”麻婆婆收回手。

林渡这才注意到，老人的手虽然泛着蜡一样的黄，有些松弛，却没有皱缩，也不见任何老年斑。

“多谢前辈，敢问前辈，需要什么药材？我们一定会全力寻找。还有，如此大恩，何以为报？”墨麟拱手道谢。

“要天上的云、地下的黄泉、琉璃的人心和银龙的本源元阳，你能找到？”麻婆婆不喜这正道弟子客气到近乎虚伪的模样，脱口而出。

墨麟挠了挠头——天上的云不可采；地下的黄泉也不能舀；人心哪有琉璃的；龙性淫，无所不交，只怕也留不下元阳了，更何况是真心交付的带有本源的元阳。

林渡想，琉璃的人心，她还真有。碎归碎吧，但还能发光呢！特别炫酷！

麻婆婆睨了一眼蠢蠢欲动的林渡：“怎么？你也跟他一样傻？真以为有？”

林渡嘿嘿一笑：“一切皆有可能啊。这云则雨也；地下黄泉，黄泉亦是地下泉；这人心为何不能是琉璃的？龙虽性淫，万一那是条幼龙呢？”

“滑头。”麻婆婆脸上却笑起来，“我可找不到什么琉璃心，反倒是看出来了，你这位重要的人是个木头心。得了，我要天劫后的灵雨，之前倒是收过一瓮，封存得好但也不知灵力消散了没。”

“这个我有。”夏天无眼睛一亮，“那日小师叔筑基渡天劫，我收了一小罐，还没舍得拿来炼丹呢，保存得很好，天道的灵气还没消散。”

“那小滑头说得不错，我要天上福水，也要地下灵水，还要至纯的雪茶心，和至阳的龙精草。”麻婆婆这才说出真正的药材。

前两样还好，可后两样都是世间难得一见的天品灵药。

林渡笑了：“这不是巧了吗，雪茶心，我有啊。”

当时师父他老人家千叮咛万嘱咐，雪茶茶心是这世间最纯粹最洁净的好物，让她别乱糟蹋，等以后成了高阶修士心境有碍再说，特地用寒玉盒施术封存了，可以存放千年。

她就这样大剌剌拿了出来，随手往那被擦得锃亮，都快起毛刺儿的四方桌上一摆，接着转头冲墨麟一笑。

那笑没什么太多含义，大约就是“你放心，小师叔有钱，有家底”。

麻婆婆稀罕地看了林渡一眼：“你这东西放出去几百灵晶只怕也有人买，就这么给他入药？”

“不论什么东西，在自己手里没用的，那就没有价值，对有用的人来说，才有价值。”林渡冲墨麟抬抬眉，“我和我师父那是修真界绝顶的天才，还用靠一个雪茶心才能突破瓶颈，感悟天道规则？”

“用不上，用不上，完全用不上。”

“年纪不大，心倒是大。”麻婆婆垂眸看着桌上的那个盒子，“也罢，地下灵水，去月亮井……”

“地下灵水，我二师侄是个医修，自然也有。”林渡冲麻婆婆一笑，“我们无上宗的弟子向来自力更生，自给自足，宗规如此。”

那月亮井里的水，别的不敢说，阴气够足，能是什么好东西？

“最后一样别急。”林渡抬手，从储物戒取出一本厚厚的账册，砰地一下摆到了木桌上，“给我一刻钟！”

如果没记错的话，他们无上宗在治病方面很有一手。

什么叫家底厚，这就叫家底厚。

“哦，就是上回瑾萱从秘境中拿回来一堆天品草药，她刚好缴了这个在内库。”林渡传音给两人，接着直接燃起一道传音符，联系掌门。

林渡安排好一切，心头一松，身上劲儿一卸，丹田内的灵力就运转了起来。

她碰到了一点境界的壁垒，不多，只有一点。

林渡强行压制住灵力的运转，不动声色地赶跑了周围凑过来的灵气，忽然想到了什么，转过身想要解陶显身上的禁制，却对上了一双深邃到近乎慑人的眼睛。那不是陶显的眼神。

林渡抬脚走到了陶显的面前，直直看了进去。她盯着陶显的眼睛，很快想到了神府的异样。

屋内没有点灯，光线已经彻底暗了下来，陶显眼里也没有丝毫的光亮，因而映不出林渡的那张刻意带了凶戾之气的脸。

林渡倏然笑了，她盯着眼前的人，轻声道：“借人躯体，听人墙脚，窥人隐私，如何？看到你想要的了吗？”

“你有多少个躯体可借？来一个，我杀一个，如何？”

一只修长的手伸了出来，就要扼住陶显的脖颈的时候，陶显眼睛一眨，嗷一嗓子喊了出来，连着后退了几步。

“林小道长，您这么盯着我做什么？”

陶显捂着胸口，心说这林渡也太吓人了，本来屋里就黑，那苍白小脸和大黑眼睛，笑得还跟要吃人一般，说是从地狱里爬出来的厉鬼他也信啊！

林渡的手上倏然多出了一把沉铁折扇，那扇子在骨节上打了个转，接着她垂眸意味不明地道：“一般人一直盯着另一个人看只有两种可能，第一种，是要亲上去……”

陶显吓得魂都没了，听到这话恨不得给林渡跪下，这孩子才多大……

“第二种，是要揍上去。”林渡抬眼，往前走了一步，语气森冷，“很显然，我和你，只可能是第二种。”

陶显哦了一声：“那还好。”

但很快他回过神来：“不不不是，林小道长，你揍我干什么？”

林渡抬手，在陶显惊恐的眼神中，指了指自己的耳朵：“你猜呢？”

“我猜不出来。”陶显老老实实地回道。

林渡定定看了他一眼：“你的耳朵什么时候能听见的？又是什么时候能开口说话的？”

陶显的修为比林渡高，其实是可以主动冲破的。但很显然，原本的他是个乖觉人物，既然林渡不让他听，他就应该知道那不是他可以听的东西。

林渡看过许多人，自觉看人还算准确，原本的陶显是个按部就班的老实人。可方才的陶显，可不像个老实人。

陶显恍然回神：“对哦，为什么？”

“你刚刚在干什么？看来实在不老实啊，你莫不是飞星派派来探查我们无上宗亲传弟子秘密的探子？”

林渡又往前逼近了一步。陶显吓了一跳，又往后退了一步，心说今天这心脏算是废了，指不定墨麟还没死他先死了。这林渡的压迫感怎么这么强?!

夜黑风高的，要是她再拿把刀，就跟那杀人犯似的。

“我……我没什么印象，我这人老爱发呆，你封了我的喉咙又封了我的听觉，我无聊，就发呆来着。”

林渡盯着惶然的他，接着笑了一下：“发呆发着发着破了我的灵力封印？那你还真是天赋异禀啊。”

陶显这么一想还真是，林渡虽然比自己修为低，可到底是琴心境大圆满的修士，还是天赋第一，难不成，他当真有什么自己还没发现的潜力？

林渡看着这老实人把心里想的都摆在了脸上，轻轻哧了一声，转过了身：“逗你玩呢，我也无聊，你的封印是我解的。”

两个人的互动已经吸引了那边三人的注意，麻婆婆看着小少年转过头来一瞬间扬起的笑，一只手摩挲了一下手腕上的刻花银镯。

这小孩儿，是真的鬼精灵。

发现被戏弄了的陶显：谢谢，不要有下回了，这大起大落的，他年纪大，心脏受不住。

林渡垂眸，抱着胳膊等夏天无询问如何引蛊、如何刮骨，握着扇子的那只手无意识地敲着自己的胳膊。

“那蛊倒也不是不会动，用它最害怕的力量和最吸引它的力量，一个赶，一个引，我再用秘法拔除就是了。”

麻婆婆看了一眼林渡：“你方才身上的灵力波动，是至纯的冰灵力？”

“是。”

“等药来，回我那地方，就行了。”麻婆婆顿了顿，开口道：“至于报酬，我要你们找到一个蛊虫的原始母蛊，再灭了它。要立下天地誓言，我只给你们十年时间。”

林渡愣了一下，一个蛊虫的原始母蛊死亡，就代表着一个蛊师传承的彻底断绝，若已有人继承母蛊，那就相当于废了一个蛊师，甚至很有可能直接杀了一群蛊师。

麻婆婆是真的恨蛊虫，难怪她治天下人的蛊毒，却又离群索居。

林渡来不及深思其中的含义，怕墨麟又开口讲什么不该说的，自己开口道：“敢问麻婆婆，除此以外，别无可替？毕竟我们这帮人，一辈子都不一定能遇上几个蛊师，哪有那么倒霉？”

谁知那麻婆婆似笑非笑看了她一眼："你别跟我耍滑头，这村子后头的山里都是蛊寨，只要有心，哪里见不到一个蛊师，你无非觉得随便杀灭一个蛊师算是妄杀是不是？"

林渡抬手，用扇子敲了自己的头："您哪儿的话，这不是我年纪小，读书少，不懂吗，要不您给我几本跟蛊师和蛊虫有关的书？知己知彼百战不殆，您说是不是？"

"我原本想要在这里待几日，不过既然你们来了，那就明天午后启程，今日你们也待在这里吧。"

麻婆婆顿了顿，冲着林渡好心提醒道："日头落了，夜里山中瘴气多，你们想回也不好回，老实待在屋内，不要胡闹。"

麻婆婆说着，手中多出一本以牛皮纸包裹的册子："只怕你懒得看完。"

"那也要看啊。"林渡笑吟吟地接过那本书，"多谢婆婆。"

入夜，四个人被安排到了两间厢房里，林渡却说墨麟和夏天无必须待在一起，自己只能委屈一下和陶显挤挤。

一进屋子，林渡先放了一盏灯，灯上两颗圆溜溜的球，将原本点着的烛火映衬得如同萤火虫光一般。

原先还觉得别扭的陶显眼睛一亮，其实和富家弟子一道出行也还是很有好处的嘛。

林渡自顾自将那书往桌上一摆，翻开书，发现全是手写，还是最古老的文字，约莫是篆书，还带着一些象形字，不是如今修真界的书籍通用的字。

篆书她也是要学的，大师姐给她的书里是有的，只是那东西她学得不算快，要读一整本书还是有点困难，更何况还不只有篆书，还有全靠蒙的象形文字。

她深深叹了一口气："人啊，还是得多读书。"

陶显看了一眼灯前的林渡，那人坐在桌前，拧眉沉思，看着像是在苦读，甚至看着看着还掏出了另一本又大又厚的书，迅速翻了起来。

这帮无上宗弟子半夜不修炼还看书？那他们什么时候修炼？

"林小道长，你不用打坐修炼吗？我也可以坐凳子上，床给你。"陶显不想占小孩的便宜，开口提出换个位置。

林渡在翻译篆书，本来就烦，闻言不走心道："今天先不修炼了，要压制一下境界，不然我就要结丹了。"

陶显：和这帮天才在一起他得多备几颗保心丹。

林渡费了好一番功夫，才终于翻译出了其中全部用篆书写的一段话。

“情蛊，以蛊师本人心头精血饲养，被下蛊之人，蛊虫寄生于其心血之内，二者精血相融，中蛊者将渐渐爱上蛊师，无法自拔，愿为其奉献一切。

“如若见不到蛊师，则会心痛难忍，逐渐失去理智。

“如果中蛊者移情别恋，将心裂而死。”

林渡歪着头，怎么总跟心过不去呢？这控制感情的，应当是脑子才对吧？怎么不抓几只蛊虫塞进人家脑子里？林渡转头自己笑了一声，说是心，其实重点只怕是精血。

修士的精血是精华所在，若两人精血相融，就会出于本能地将对方视为血亲。这到底是不是爱情，还不好说呢。

林渡硬着头皮啃下一段内容，忽然听到了敲门声。

陶显倏然睁开眼睛，林渡一只胳膊顺势按在两本书上，指尖划过书页，听到声音也没动：“去开门吧。”

“这大半夜的，谁来敲门啊？”陶显心中犯嘀咕，有些不敢开。

“大半夜的，自然是鬼敲门啊。”林渡的目光就没从书本上移开过，另一只手在册子上记着一些复杂的东西。

陶显干笑一声：“林小道长你就爱跟我开玩笑。”

“我没开玩笑，你没发现吗？这村子里阴气很重，而且村长家的孕妇看着年纪不小了，实际骨龄才二十四岁；而村长看着像是个老头儿，但人家骨龄才三十岁，你说怪不怪。”

林渡掀起眼皮睨他：“难不成你没发现？”

陶显的脸色一点点变得煞白，嘴还咧着，但已经开始向下弯，像是被吓得不轻：“那小道长你们还敢在这里借宿？”

林渡这才想起来，这人神府有点问题，神识或许根本没有外放过，所以没看出来，而且一般修士比较讲礼貌，不像她百无禁忌，什么都要探查一下。

“更奇怪的是，这帮人虽然体内有灵气，却好像完全不知道该如何利用。”

若是正经修士，自然可以用灵气抵御阴气，防止自己被阴气消磨掉太多的生机，但他们如今这个状况，不如说是灵气的容器。

敲门声越来越急促，却并不重，与此同时，门外的人也终于发出了声音：

“敢问，外乡来的道长在吗？深夜打搅，实属无奈，民妇求见道长，是为了腹中孩子。”

陶显觉得这声音听着怪虚弱的：“还是个女鬼……”

林渡叹了一口气，一道灵气打着旋儿覆上了门把手，接着门吱呀一声开了。

门外站着的小腹微微隆起的妇人，见着门开了，里头的人还好好坐着，下意识捂住了自己的肚子。

“下午你在哭，为什么？”

妇人错愕地看向说话的人，那小道长看着年纪不大，是最朴素的修士打扮，只有身上衣料和一根白玉短簪看着不凡，依旧背对着她，大约是在伏案苦读什么东西，连头都不曾回。

似乎是怕妇人没听清，林渡翻过一页，又好脾气地问了一句：“你说不想生女儿，为什么？”

陶显愣了一下，他莫名觉得林小道长说这句话的时候语气冷了些。

那妇人犹豫了一下，走进屋子，小心地把门带上，然后扑通一声跪在地上。

林渡奋笔疾书的手一顿，转头看了一眼陶显：“不去扶？”

陶显觉得于礼不合，但被林渡一看，就还是老老实实下了床，想把人扶起来。就是这么一伸手，那妇人却愣了一下，接着一把握住他的手腕，也不起来，就着这个姿势带了点哭腔：“道长，求你带我走吧，再不然，就给我一副打胎药。”

林渡转过头去，意外地看了一眼那妇人。

陶显不敢妄动，小声道：“您起来吧，有什么事不能起来再说吗？再说，你跪我没用啊，你有手有脚的，谁还能拦着你不成？况且医修在隔壁，你敲错门了。”

那妇人抬起头，双眼含泪：“我没有敲错门，你都能回来，定然有办法带我出去的对不对？”

林渡握着笔的手一顿，陶显也跟着一怔，像是有些不解：“您说什么呢？”

“我不会错认的，只有村子里生下的孩子才会有月神留下的印记，你掌根有道疤。”

林渡一直放在那女子身上的神识顺势落在了陶显的掌根凹陷处，还真就有个疤痕。

陶显愣了一下，收回了手：“你胡说什么呢，这分明是……分明是……”

他想说指不定是他小时候皮留下的，就跟林渡一样，正是猫狗都嫌的年纪，说不准就被打了手板。可对于一个修士来说，身上有个不能消退的疤痕，无疑是不正常的。

林渡又将神识收回来，转过身装作还在看书的模样，实则轻轻用神识戳了戳自己神府里阎野留下的那道神念。

接连戳了好几下，那道神念才迟迟有了反应。

“有事？”阎野的声音在她的神府响起，有些缥缈空灵。

“师父，有个问题。我遇到一个人，四百多岁的腾云境修士，他的神府像是受过明显的伤或者有残缺，连我的神识都可以随意闯入，并且有时候感觉他好像完全换了一个人，好像有人透过他的眼睛和耳朵在监视我，这是什么？傀儡？还是被人掌控了神府？”

阎野的声音实了一些：“他有别的异常吗？比如失魂、记忆残缺。”

“我觉得有记忆残缺，并且他不记得自己被人操控时发生的一切，而且我从他神府撤出来的时候感觉到了一股不属于他的力量。”

“他应当被洗过记忆，因为手法粗暴，事后没有修补好，所以神府残缺。至于被人操控，其实如果对方神识强大，是可以暂时接管覆盖的，有点像是分神烙印。”

阎野顿了顿：“比如我现在就分出了很少很少一点神识在你脑子里，但只是寄居，没有强行留下烙印。我比较礼貌，尊重你的隐私……”

林渡截断了他的话：“说重点，闭关闭得太闲了？太久没说话了？”

神府内那道比林渡气息冷上百倍的白团倏然化为了个手的模样，接着弹了林渡一个脑瓜嘣。

林渡捂着头，手背上绷出了青筋，咬紧了牙关：“你是寂寞空巢老人，我这儿可是要上演山村诡事了，求您了。”

阎野：……

“就是施术的人分的神识比较大，并且神识很强，留下了分神烙印，可以直接接管被打下烙印的人的五感甚至躯体。这不是什么正经人干的事儿，邪魔都很少干，算是缺大德了。好了注意安全我继续闭关了。”

阎野语速飞快，说完那道神念就又团成了团，不动了。

林渡倏然站起来，将桌上的书和笔墨都收走了：“我去隔壁找我师侄，你们聊，你们聊。”

陶显有点害怕：“小道长你就这么走了？你什么时候回来啊？真要把我一个人留在这里？这男女独处一屋不合适。”

这个村妇只知道拉着他的手哭，却又似乎什么都不肯说，实在叫他为难得紧。一上来就说些乱七八糟叫人听不懂的东西，这会儿又光哭不说话，谁能不害怕啊。万一人家男人找上门来，他找谁说理去？

林渡看了一眼那村妇，头也不回出了门，还贴心地把门关好了：“很快，去找打胎药。”

陶显：还得是林渡啊，不管什么时候说话都那么缺德。

林渡出了门，抬头看了一眼天。

山间的月亮好像总是蒙着一层水雾，月光落在地上也是惨白稀疏的。

她一面从怀里掏出一个镜子，一面抬手敲门：“是我，林渡。”

门很快开了，夏天无低头看着林渡手中握着的水镜：“那是什么？”

“一个我和二师兄前阵子根据我师父设计的秘境天眼修改制作的东西，我管这东西叫监控。”

林渡笑了笑：“它比起我师父的天眼来说，能监视的范围更小，功能更少，但能传音。只是有距离限制，不能隔太远。”

水镜里头已经传来了说话声，林渡却好像心不在焉，抬头看了一眼屋内。床板正中间竖着根玄金剑棍，墨麟已经躺下了，似乎睡了一会儿，这会儿迷迷糊糊挣扎着抬起头，努力想要睁开眼睛，连眉毛带抬头纹都在用力。

墨麟如今不能动用灵力，白日里又好一番折腾，现在是真累了。

林渡也没管他，自己找了个板凳坐下，听着水镜里的动静。

夏天无也不知道小师叔大半夜为什么非要来他们房间里测试一个新做出来的法器，但很快里头的说话内容让她微微蹙起了眉头。

“难不成时隔太久你不记得了吗？”

“青泸村的人虽说吃穿不缺，可我们世代不能外出，在这里出生的女孩，一辈子都不可能走出这个村庄，要么成为村子里男人的新娘，要么就只能成为月神的新娘，唯有男孩儿……唯有男孩儿才有可能在十五岁时被选中带离村子。”

“我听村长说过，被使者选中带出去的男孩儿掌根处都有印记，使者说那是月神的印记，让他永远记住自己的出身，这样就算以后不回来了，也不会忘。道长，你怎么回来了呢？怎么都忘了呢？”

“你能回来，是不是证明，你也能带人出去？”

林渡垂眸，十五岁，难怪要清除记忆。

夏天无冷清的声音响起：“如果是掌根的话，是神门穴。”

林渡点头：“是神门穴，我看了。”

“小师叔，不是看医书了吗？神门穴和什么有关？”夏天无忽然问她。

像极了课堂抽背，林渡想到了被风朝说鬼画符的师父，心说以后决计不让二师侄给徒弟说自己在医术上一窍不通，开口道：“与心和神志有关，按此穴可主治疗怔忡、健忘、失眠、痴呆、癫狂……”

林渡慢慢收声:“陶显已经是腾云境修士,经历了两次天劫,算是脱胎换骨，那疤痕却还存在，说明神门穴被毁得很彻底？”

夏天无点了点头，不愧是小师叔，脑子可比墨麟灵光多了。

林渡看着水镜里一脸茫然的男子。陶显甚至怀疑那妇人是山村里前来蛊惑他的鬼，站在一旁捂着耳朵，一副“不听不听我不听”的模样。

“我没有办法，麻婆婆说，我腹中是个女孩儿，你知道吗？她只有两个下场，一是成年之后不停地生孩子，二是被月神选中成为月神的新娘，那死得更早。”

陶显显然吓了一跳：“这怎么可能，简直荒谬，你们可以不生，难不成还有人能控制你们！”

“我们没办法，我们必须在春天……我们必须在每一个春天怀上孩子。”

“青泸村是月神眷顾的村子，村民们只能遵从月神的规矩。”

林渡慢慢皱起眉头：“难怪分明是个小姑娘，看上去却已经有些老态了。”

接连生产对母体伤害极大。

“这个月神只怕是个邪物。”墨麟的大脑终于开机了。

“你安生一点，现在也轮不到你逞英雄。”夏天无兜头给他浇了盆凉水。

墨麟泄了气，抱着棉被窝在床上，闭上眼睛，眼不见心为净。

“那麻婆婆和月神有关系吗？”夏天无心中忧虑，“她允许我们找到这里，就不怕我们揭穿其中隐秘吗？”

林渡扣了扣桌面：“咱们无上宗在滇南云游的那位真人如今在哪儿呢？”

墨麟又睁开了眼睛：“我来联系。”

他也就这点用了，再不让他参与，他抓心挠肺地睡不着。

林渡的视线重新落回那水镜上，忽然注意到陶显的身体姿态不太对劲。她马上一手拉过夏天无，另一只手祭出浮生扇，飞一般蹿出了屋子，到了另一个屋子前，接着一脚踹开门，手中折扇唰的一下打开，一道白光就横扫了过去。一套动作如行云流水，屋内两个都没反应过来。

“不许动。”

林渡握着扇子，指着陶显：“我说过，你若再来，我就会杀了你，不管你有多少躯体可待，来一个，我就杀一个。”

细密的白霜已经爬上了屋内所有地方，并且在一寸寸生长，一瞬间屋内像是变成了极寒的漠北，温度急速下降。

陶显身上灵力一动，挣开了身上的冰霜，定定地看着眼前的人：“林渡，你要是想要墨麟活下去，那就只能遵守规则。”

“规则是用来打破的。”林渡手中倏然多出几把短刃：“我不遵守规则，别跟我来这一套。”

八把短刃飞到空中的那一刻，空中被陶显挣开的冰雾隐隐泛起亮光，接着八把短刃之间连缀起繁复的阵纹，若八道流星垂直下坠，如同一个巨大的钟，兜头落在陶显身上，发出嗡的一声闷响。

短刃刃尖落入地面发出铮然的响声，接着竖直卡在砖石之中。狠话归狠话，林渡这一下布的是困阵，而非杀阵。

“与外人披露本村机密者，将受到月神的惩罚，你不知道吗？”

陶显盯着地上的女子，抬手祭出一把长剑，试图劈开阵法。

地上那刚刚被冰霜绕开的妇女捂着肚子仓皇地看着陶显：“怎么……怎么……你是月神使者？

“可你的母亲和姐妹都曾经在村子里，如同被圈养的母牛，死的时候只怕都不成人形，难道你就没有一点心痛吗？如今，你是被月神选中可以出去的人，所以才不愿意帮我？

“这一切，这一切根本不对啊，不应该是这样的，外面的世界，你比我清楚，你该清楚的……人不应当是这样的……

“我可以这样，可我的女儿，我的女儿不能再这样了……

“她应该嫁给自己喜欢也喜欢自己的人，有选择的机会……”

剑擦过阵法边缘，灵力碰撞摩擦，爆发出耀眼的光，八把短刃在地上震颤起来，刀面高频碰撞砖石发出细微的声响。

女子的哀泣声压过了那些细碎的响动，林渡将灵力灌入折扇之内，盯着陶显的眼睛。

就在那一刹那，陶显恍然回过神来，看着眼前的金色壁垒和门外影影绰绰的一些人影，脱口而出：“林道长，你这是干什么啊……我、我这是……被抓奸了？”

林渡抬手扶额，接着转身，对上了门外虎视眈眈的男人们的视线。他们拿着各样的农具和棍棒，由村长领头，看着屋子里哭得上气不接下气的妇人和外来的修士。完了，这下说不清了。

“欣芽，你怎么在这里？”村长身侧，一个男人黑着脸，两手空空，眉眼之间却满是怒意。

“走，跟我们回去。”村长开口，“你这孩子，大半夜跑出来，打扰人家道长安睡，实在不像话。”

他说着，示意身侧的男人进去带走欣芽。

夏天无挡在了欣芽身前:“她方才受了惊吓,我是医修,让我给她看看吧。”

清冷女子就那样站在那里，不避不让，目光澄澈，裙角都不曾因为人的逼近动一下。

“她来寻我，是因为夜间腹中不安，我小师叔在和那飞星派的人玩闹，她被吓了一跳，刚好瘫坐了下来。”

男人有些不信：“是吗？”

夏天无连眼睛都未眨：“在下无上宗第一百代亲传弟子夏天无，师承第六十九届医道魁首姜良。医者父母心，我会替她安好胎，再行送回。”

她说着，转头看了一眼小师叔：“我家小师叔年幼爱玩，闹出的动静有点大，让诸位见笑了。”

林渡默默背了这个锅，顺便感叹夏天无说谎话也是面不改色，当真是有天赋。

“这是我们村内部的事儿，不劳你操心了，哪个妇人生孩子都是这么过来的，怎么就她需要医修保胎，没那个必要。走了，欣芽！”

男子盯着夏天无，迫于她身上隐隐散发的威压，到底不敢上前，只能向还瘫坐在那里的女子施压。

女子仰着头，似乎格外惧怕，闻言一抖，嗫嚅着什么，终究没有说话。

林渡忽然站到了欣芽身前，彻底挡住了她。

男人不高，视线恰好和她齐平，林渡直直看了过去，嘴角带着一点笑：“我们正道弟子，济世救人是规矩，都到我们面前了，就是一份因果。若你将她带走，今日我二师侄这因果未了，于修行有碍。这样的话，你们村子就永远欠她一份因果。

“我们了了这份因果，自然会送她回去。”

林渡顿了顿：“你们是受月神眷顾的村子，月光藤在，我们自然不会做出对你们村子不利的事，你说呢？”

村长听到这里，这才开口唤人回来：“月神看着呢，如果欣芽真的做了什么触犯禁忌的事，月神的报应会来的。外乡人……有些东西，不是你们能触碰的。”

林渡笑眯眯颔首：“这个自然，我们道门的规矩，不可轻易沾染因果。”

一帮人呼啦啦地走了。林渡目光落在了门口的地上，看到了些许被蹭下来的铁锈。

什么村子的农具会有铁锈？他们无上宗的农具年年修整，虽然修修补补不大好看，却都是锃光瓦亮的。

林渡眯着眼睛，抬手关了门，接着激发了阵盘扔到了地上，看着正在给孕妇把脉的夏天无，一时没有说话。

“你受了惊吓，情绪波动又大，现在胎心有些不稳。”夏天无说着，一双清凌凌的眼睛看着被自己扶到床上的女子，掏出块帕子替她擦了眼泪，“先躺着吧，调整呼吸。”

过了一会儿，林渡自己挪了条板凳坐到床前，也不愿意废话：“我有些问题，不知道你介不介意回答。”

女子看向了林渡，微微抬起头：“小师父，答了你能带我走吗？”

林渡顿了顿："我不能保证带你走，但或许能给你们的下一代一点自由。"

月神大约就是给陶显留下神识烙印的人。

那月神究竟和麻婆婆有什么关系，又关系到墨麟的病能不能治好。

林渡在脑中理了理线索，决定先问一个对她来说最关键的问题："你们村中心那口井，是什么时候挖的？月光藤又是什么时候出现的？"

女子愣了一下："井很久之前就在了，我也不知道是什么时候。"

"我只知道，是很久以前，月神突然赐福，降下了月光藤。"

林渡像是闲不住一般，握着那沉铁一般的扇子，就这么敲着自己的手心。那手心本来血色不多，这会儿倒是被敲出一点淡淡的红印子。

她听完又问："那麻婆婆是什么时候来的？也是月神的使者？"

"不是，麻婆婆是个游医，有时候春日里会路过我们村子去山上采药，因而发现我们村孕妇很多。我们央求她帮忙，她让我们帮忙看着山上的动静。"

"山上的动静？什么动静？"

"山中的虫蚁走兽的动静本来都是散乱的，若是突然有一日，近山的地方静了下来，或者突然有了什么规律的异动，就把日期记下来，通知她，还有从山上下来的人，要记住其特征和样貌。"

林渡垂眸，书中有记载，滇西山中瘴气多，毒虫更多，蛊师抓来炼蛊，都是有定时的，每个时节抓的东西不一样，而不管是什么生物，都本能地对更强大的同类有敬畏之心，若是蛊王出没，山中的虫蚁会本能地"朝圣"。

麻婆婆对蛊师近乎深恶痛绝，却对蛊虫和蛊师都了如指掌，或许就是从蛊寨出来的。

这人或许不是月神，但和这个村子有了些联系，换句话讲，她或许更希望这村子维持现状。

但那月光藤还是解释不通。

林渡又问："月神使者通常什么时候出现？有什么标志吗？"

"要等到秋日里才会来，他们都穿一身白袍，戴着银质的面具，然后被挑中的男孩就会被带走，没被挑中的也会得到月神的赐福，吃下月光藤的果实……"

林渡闭了闭眼睛："白袍啊。"

她说着，手中灵力浮动，做出了一个白袍人的冰雕，举到妇人面前问道：

“是这个样子吗？”

这不过是个哄小孩儿的法术，林渡多花了点心思刻了面具和花纹，虽然还是一个冰坨坨，但妇人还是认出来了，点点头。

夏天无眼神微动，果然，那次根本不是意外。

当日林渡他们进秘境，破除古城大阵的时候被人看了个正着，虽然洞中发生的事因为有沙土和残余树根掩盖看不分明，但那帮人宁可错杀不愿放过，才会半路想要截杀。

而他们遇袭的地方恰好两不靠，定然是知道他们离开的时辰，再按照灵舰速度推算出来的。

这说明兰句界有人混在当日出席的长老之中，倒也正应了林渡的猜测。

如今看来，这帮缺德东西喜欢在神府上做手脚，半路倒也不一定是要截杀他们，只需要迅速拿下他们，在神府上做点手脚，清除记忆或者窜改记忆。到时候他们活生生回宗门，那秘境里的事情可能就这么过去了。

林渡面无表情地掏出另一个小册子，这册子是个折子，唰啦一下跟手风琴一样拉开老长。

夏天无看了一眼，发现那上头都是人名，后头还跟着宗门名字和年龄境界，细看，最上头是睢渊的名字，用墨笔画了个钩。

顶上三大宗门的名字都画了钩，接着一路往下，有个名字被圈红了。

飞星派，印仲。

林渡定定看了一会儿，收了起来，又掏出一个册子。

这册子就更恐怖了，上头密密麻麻都是赤黑二色，而且已经有不少名字被人用朱红色的笔划去了，活像是阎王的生死簿。

林渡就那么看了一会儿，然后像是确定了什么，收了东西，道了一声得罪，探身过去，修长的指节点在了欣芽的额心。

周遭忽然簌簌地响起来，像是蛇在底下爬行，又像是什么植物生长的动静。

陶显忽然觉得不太对劲，他本来老老实实蹲在林渡给他画的困阵里，生怕踏出去一步就被人拎过去捆起来，这会儿一抬眼，就看到了地砖上的短刃抖得厉害，颤悠悠的，眼看就要倒下来，像是……像是在被什么东西从下头顶着。

他倏然直起身，长剑亮如雪光，在刃尖彻底歪倒之际一剑劈了过去：“林小道长，地下！地下有东西！”

陶显喊的是林渡，动手的却是自始至终没和他说过一句话的夏天无。

夏天无握着腰间的玉扣，抽出来的却是一柄寒光凛凛的软剑，倒很像是她本人的性子。

那软剑在空中宛若游龙一般划出几道曲折的灵光，下一瞬间就听到了刺啦一声响——林渡留在屋内的冰霜还没散干净，这会儿空中的雾气就跟落到了烧过的铁锅上的水一样，直接沸腾了。

林渡没动，她的神识力量远超常人，但不代表她可以在看人家魂魄情况的时候随便抽出神识。

更何况这是个凡人，想要查看魂魄状况，要更小心，免得伤了人。

那破土而出的不是他物，正是藤蔓。

在光下青得有些诡异的藤蔓还带着一点泥土，突破了砖石。砖石崩裂，带出来的碎石稀里哗啦落雨一般洒了一地。

夏天无得到那异火不过几年的工夫，虽然熔炼尚未到位，太精细的活儿干不了，用于打架却游刃有余。她手中的软剑，打着旋儿就那么勾缠上了一根藤蔓。

陶显余光看到这一幕，刚要说这功夫怎么能刹住那邪物，就看见女子一收手，卷在那藤蔓上的软剑在被抽出的一瞬间点燃一圈细火，那藤蔓生生被割开，切面刺啦一下就被烧得枯黄。

方才他剑气挥出去的时候，也不曾这么干脆利落地将藤蔓斩断，且那藤蔓快速生出了新的枝条。夏天无这一出手，那东西居然没有再生出来。

她虽然早知道无上宗不养闲人，但还是觉得离谱。

床上的孕妇在此时仓皇地睁开了眼睛，嘴里不住地说着：“月神来了，月神来惩罚我了。”

林渡面无表情地转头，看到拿着剑在和不断增长的藤蔓搏斗的两个人，接着忽然就径直出去了。

她也不走门，直接掀了最近的窗，单手一撑就跳了出去，径直往那井边去，去的路上，手中忽然就多了一把黑漆漆的丹药。林渡慢慢调动灵力，将灵力尽数灌入丹药之中，然后将这一把丹药尽数扔进了月亮井里。

那一把丹药看似是随意洒出的，到了空中稀里哗啦落下去，却都稳稳地落在藤蔓之上，一点儿没浪费。

活像过年的时候胆大包天，不管往什么地方都敢扔二踢脚的小孩儿。

一声巨大的爆炸声响起，藤蔓被炸得四分五裂，无数青翠的枝条飞上了天，空气中弥漫的却不是硝烟味，而是各类草药气息。

灼热的火灵气扑面而来，林渡闭了气，握着折扇的手看似随意地抬起，却将那被炸到空中的断枝打飞了。

月光藤被斩断后能够再生，但如今这井边的藤被林渡炸得没一根完整的，想再生也要看从哪儿再生。

林渡忽然注意到一截藤被打回来了，一瞬间皮都绷紧了，丹田的灵力急速涌出，转过头去看，却没人。

这么大的动静，却没一个人出来。

林渡忽然意识到了什么："谁？是七师姐来了吗？"

"你那七师姐大约布不下这么大的结界。动静这么大，没人帮你隔绝声音的话，只怕现在你要被一村人按在地上揍了。"

空间微微波动，一个怎么都不该出现在这里的人就那么神色淡淡站在一地残藤之中，依旧戴着箬笠，除却那身天青僧袍，看不出一点和尚的模样。

林渡却倏然松了一口气，随即又提起气来："你来做什么？"

没大没小的，甚至连名字都不喊了。

危止没说话，走到林渡跟前，手中多出一个香板，啪的一下，金光一现，将那刚刚生出新芽的藤蔓生生按了下去。

林渡：还能这样？

她忽然注意到了什么："你的妖纹……"

又蔓延了。

至少比第一次见面时面积大多了，如今已经有纤细的赤色纹路延伸到了衣襟以下。

危止嗯了一声："没办法，消化一条龙，镇压它的妖气，需要时间。"

他坦然得厉害，像是没事人一样，林渡也不想管他，转头看向藤蔓真正的根。

"根也蔓延到了整个村子的地底，覆盖得很全。"

他出声提醒道："如果你拔除它，这村子就没了。"

“这就是他们没办法踏出村子的原因？”林渡知道危止和临湍大抵有些亲缘关系，因而没有上次那么警惕。

“差不多。”危止顿了顿，转头看林渡，“上次抓到的人身上的线索，指向了这里，所以我来看看。”

林渡微微皱眉，脑子迅速动了起来：“可是……”

“不是说这里是那个人弄的，是他曾经在这里进阶过。”危止一看她皱眉就知道这人脑瓜子又要想一大堆东西了。

“很奇怪对不对，遮蔽天机成功进阶。”他笑了笑，脸上带了些浅淡的自嘲，“所以我来看看，他们是怎么遮蔽天机的，这东西，于我有用。”

他干脆地说出了自己的目的，生怕林渡又问出那句“对你有什么好处”。

林渡又问：“这藤是什么邪物？”

“本不是邪物，你没发觉这藤的生机与灵气都很足吗？怎么会是邪物，说是灵物还差不多。”危止很好脾气地回答着她的问题，反正小孩有好奇心才是正常的。

他顿了顿：“你是阵法师，我不清楚阎野教你教到了哪里，但这村子的风水，是因为有了这个藤，才盘活了。”

林渡点头：“这个我知道。”

“但你要说它是个邪物也没错。”危止话锋一转，“因为它在源源不断地抽取村民的生机。”

林渡脑子已经转过弯儿来了：“这藤本不是邪物，但用它的人，是邪修？”

危止手中的香板又拍了下去，这回，刚刚蹿出来的藤蔓直接被拍成了细雾。

林渡大概知道这东西是什么了，名为香板，实则戒尺，真不愧是好老师啊。

危止低头看着林渡：“藤吸纳灵气抽取生机是本能，因为它需要生长，如果种到人的体内，不是邪物也成了邪物。”

“月光藤的果实。”林渡已经想明白了。

整个村子依山傍水，看似风水极好，却依旧是个死地，有了井做生门，月光藤做阵脉，这地才活了。

但背后的人自然不是来做慈善的，村子需要付出代价。

代价是人的生机和自由。

男子服下果实，成为提供生机的贡品，女子成为繁衍的工具。

如同被圈养起来的牛羊，公牛被宰了吃肉，母牛则用来生小牛。

“但……为什么是男人的生机……那些被月神选中的女子又是什么？”

林渡皱着眉头，忽然头顶响起一道笑音，那戒尺落到了她的额前：“小小年纪怎么老喜欢皱眉，想这么多，瞧，白头发都出来了。”

她一愣，下意识反驳：“你都没头发。”

危止收回手，接着侧身，一板子又狠狠打了下去，这一回不光是那冒出来的藤蔓新枝，连带着那地和井都裂开了。

林渡声音弱了一些：“出家人不打诳语，我怎么可能有白头发。”

“我骗你干什么？”危止气乐了，抬手隔空取了月亮井中的水掬成了一面水镜，“你自己瞧瞧后头，是不是白发，总不能说是你自个儿用霜染的吧？”

他怕林渡看不到，在她脑后也捏了个水镜，月光落下来，将那水镜照得有些朦胧。

林渡看到自己左脑后侧整整齐齐的发髻之下，露出了一缕毫无生机的白发。难看得厉害。

“其实也不难看……还怪……俏皮的，”危止弹手打破了那水镜，怕她丧气，出口安慰，“只是让你年纪轻轻少想那么多……”

林渡幽幽地冒出一句：“我看是这个藤蔓把我头发的生机也抽了。”

她转头，盯着那藤蔓，语气森森：“还是除了的好。”

危止：到底谁是邪修啊……

这小孩儿分明就是用脑过度了啊，怎么就不在自己身上找原因呢？

危止神色一凝，看向那刚才分明裂了口，此刻却已经完好无损的井。

这石头……有乾坤。

他道为什么这么个和“邪神”做交易的村落没有被天道发现，原来是因为这阵眼的材料。

要不是林渡炸碎了藤蔓，让这补天石露了出来，他还不曾发觉。

他看了一眼又要皱眉的小孩儿：“也行吧，这藤蔓，我来除。”

以林渡一人之力，还无法拔除覆盖整个村子的藤蔓。

林渡没有拒绝，阵她可以破，但她只能用蛮力破坏。藤蔓的根系遍布整个村子，几乎算是基石，她动手只会毁了这个村子。

而且……这个锅还是给危止背吧。

危止刚要抬手动作，忽然若有所感，看向一个方向。

月色下，佝偻着背的老人极为突兀地出现在结界之外，神色不明地看着满地的狼藉，还有站在当中的两个人。

高的那个僧人手上还拎着一把看着平平无奇的香板，旁边的孩子比他矮了一个头，那样子看着像是在挨训。

两个人一道看过来，眼神陡然都犀利了起来，像是冷月下的薄霜，怎么看都透着不容忽视的杀意。

林渡倒是先笑了，她一手握着折扇，已经灌入了不少灵力，面上却依旧看不出丝毫波动，只一双眼睛在月下泛着冷光：“麻婆婆，今儿晚上月色不好，您出来做什么？”

那人不咸不淡看了林渡一眼：“你惹大麻烦了。”

林渡依旧笑嘻嘻的，好像个整日里都嬉皮笑脸、没个正形的小孩儿：“婆婆，这不怪我啊，都是这和尚干的，我是听到动静才出来，谁知道就看见这和尚把这藤蔓炸了。”

站在原地莫名其妙就背了一口黑锅的危止：……

好在他背的黑锅多了，也不差这一口。

麻婆婆看了一眼危止，察觉到那人身上高深莫测的修为，没有说话，视线落回林渡身上：“你去过我在凤凰城的院子，如今应该知道了什么，还敢靠近我？”

林渡笑道：“比起那和尚，我还是更喜欢和婆婆你这头发多的人在一起，我要是老了头发还这么多这么好看，做梦都笑醒。”

危止之前也没发现林渡嘴这么欠，在原地想了一会儿，忽然觉得她是阎野的徒弟也挺好的。

阎野那一头白发，说不定都能被这小徒弟气秃。

麻婆婆听着林渡的油滑的话，不想笑脸上却也带了点笑：“若我说，这藤的确和我有关，但不是我的藤，你信吗？”

“有什么不信的。”林渡眨着那双正常看人的时候格外黑亮的大眼睛，“您甚至不需要和我解释，因为我有求于您。偏偏您解释了，您真是活菩萨。”

麻婆婆又看了一眼危止，那人穿着一身僧衣，还戴着箬笠，倒也分不清是否是个真和尚，可林渡是无上宗的弟子，无上宗弟子虽然特征各异，却也不会真有一个离经叛道到穿僧袍的。

"不过我大约真的认识这布局的人，他是我之前救治过的人。"

林渡眼中倏然闪过一抹暗光："是吗？"

"五百年前，我救过一个人，他屠了一个蛊村，缘由我不知道，但我看出他身上的异状，他的躯体，是一截红柳枝所化，那时候已经濒临崩溃。"

麻婆婆笑了笑："所以我给他换了个躯体，用那蛊村的灵藤。"

林渡越听，嘴角的笑意越深，垂着眼睛，手中的浮生扇灵力蓄积得越多。

好在浮生扇虽然缺失另一件伴生灵宝，但被林渡打下神识烙印就是林渡的东西，它的扇面映照的，是宝物主人的浮生，故而只有霜雪，暂时承纳一点灵力也没有任何问题。

"所以这灵藤，是他的本体？"

"不算，算分体，只是没想到，他居然真的修出了分体。"

林渡哦了一声，声音古怪而兴奋："婆婆，倘若我说，他杀蛊师之后，又创造了更多的蛊师呢？"

麻婆婆仿佛没听清，或许听清了，却又问了一遍："你说什么？"

林渡抬眼，漆黑的眸子闪着诡谲的笑意："如今飞星派外门弟子中，光我知道的，就有好些蛊师，我还亲手杀了一个。"

"婆婆知道那人的出身吗？"

"我治人，不问出身，只有你们正道弟子才会老老实实报名号。我治好他之后，没有再见过他。"麻婆婆脸上难得地显出一丝冷意，"后来我上山路过这个村子的时候，才发现村中多了这个灵藤。"

"村子里的人管这个叫月光藤，还说他们受月神眷顾。"

她说着，忽然伸手，一朵花落在了她的手上："有天早上死了个孩子，穿着整齐的未婚姑娘，走的时候脸上还带着笑，村子里的人却说，是月神过来接走了他的新娘。"

麻婆婆说完，低头笑了笑："村子里没有哭声，甚至还有些人在笑。"

"所以，那姑娘……如今在您的宅子之中？"林渡站在她跟前，目光却没落在那花上，而是落在那双眼睛上。

麻婆婆的眼睛不像是老人的眼睛，尽管眼皮松弛，仍依稀看得出是一双圆眼睛，黑眸里还含着水光，这会儿不知为何居然有一分悲悯的意味。

“我只是，刚好缺两个服侍我的小侍女。”

她这样说着，却止不住想起第一次见时那小姑娘的样子。

那时候，青泸村还没有疯魔到这样的程度，两个小姑娘在河边一道嘻嘻哈哈地洗衣服，也不急着回去，采了几朵花在玩儿。她们转头看到麻婆婆下山，都跑过去搀她，看到她篮子里的花花草草，以为她是采花去城里卖的人，将手中那几株含苞待放的兰花插在了竹篮子上。

她依稀还记得，那日河边小孩们玩闹，说的是：“也不知道凤凰城什么样子，我总有一天要出去看看。”

“可惜今年只怕进不了城了，去岁收成都不够自己人吃呢，今年天寒上山晚，那些山货都早被那些走兽给踩烂了。”

后来她又来了一次，那个大一点的姑娘死了。

麻婆婆从不是什么大善人，但她看到满村子的人都在高兴，唯有之前洗衣服的小姑娘躲在河边上哭，见了她，问：“姐姐成了月神的新娘，月神留下的聘礼够村子里吃好些时候，可新娘自己能享福吗？月神会在凤凰城吗？”

月神当然不会在凤凰城。

麻婆婆看着那小姑娘，不知出于什么心理，转头从村子路过时在那尸体上留了一道自己的咒印。

这村子原本就是个山环水绕的聚阴好坟地，停灵七天尸身都不会有损。

是以其死后七日下葬后，凤凰城内被藤蔓覆盖的小院中，多了个姑娘。

那姑娘是受麻婆婆的驭尸术操纵，自己进城来的，守城的侍卫一听是麻婆婆的侍女，倒也放了行，没要进城的灵石。

后来另一个小姑娘也和她的姐姐一样成了月神的新娘，在一个清晨无声无息地沉睡。

于是两个小姐妹在凤凰城重新团聚，生前的愿望，在死后达成，不过是一份迟到又畸形的圆满。麻婆婆将思绪从回忆里抽出来，抬头看向林渡。

林渡可远比那两个孩子油滑多了，山里的孩子单纯灵透，这孩子有着红尘中摸爬滚打出来的机灵。你明知道她在和你耍心眼，却也对她讨厌不起来。

死了大概没有活着好玩……罢了。

麻婆婆说不明白自己为什么对林渡这么纵容，她只是淡淡开口：“总之就是那样，不过一时不忍心而已，方才你说，飞星派，那人是飞星派的吗？”

林渡想大约错不了。

当日秘境外印仲在场，而印仲的大弟子陶显来捞人，说是师父说不惜一切代价都要将邵绯带回去。

陶显神府被人做了手脚，又偏偏是从这个村子出去的人，若印仲是个正经师父，总不会察觉不到他的怪异之处。

而印仲如今是飞星派说话最有分量的长老之一，偏偏飞星派外门混乱也是近些年的事。

当一切巧合凑在一起，那就不是巧合了。

墨麟前世今生的悲剧，都跟邵绯和飞星派有关，这笔账，林渡要算个清楚。

虽然林渡现在还没有能真正给幕后之人定罪的证据，但她最擅长的就是见人说人话。她想将麻婆婆拉到自己的阵线上，让对方治好墨麟的同时不阻拦她的清除计划，那印仲现在就必须是这事儿的幕后黑手，还得是一个被麻婆婆救了以后纵容蛊师致其横行的罪人。

林渡黑白分明的眼睛显出一点决然的暗光，继而倏然一笑，露出虎牙："我虽年幼爱玩笑，亦是无上宗弟子，妄语戒不得破，您说呢？"

危止默默转过了脸，他就当没听见吧。

林渡看得分明，对于麻婆婆来说，什么正道邪修她都无所谓，只要是能替她杀蛊师和蛊虫的人，那就是有用的，可以治的。

而最让她无法忍受的是，她治好的人，居然会收留甚至培养蛊师，任由其纵横肆虐。

麻婆婆得了林渡一句承诺，见她眼睛黑白分明，不闪不避，也知道无上宗的弟子大抵都是一帮傻柱子，就算林渡看着机灵油滑，可那一窝傻柱子教出来的，只怕骨子里还是个傻柱子，宗规戒律都得守，大约是不会骗她的。

她转身要走："早上我就会离开，你要做什么就做，与我无关。那藤，拔除之后给我，我会除去。"

林渡琢磨着这藤大约不只是说的村里的藤，应了一声。

她走出一步之后忽然回过头。

"你身上的咒印快压不住妖气了。"这话说的是危止。

白日里她还故意为难这帮傻柱子，夜里就生生撞见一条龙，还是个和尚打扮的龙。有些随口戏言，到头来还真就成了谶言。无上宗这帮人还怪离谱的。

她胡诌的四句话里最末尾一句只怕真就成真了。

麻婆婆走得很随意，谁知被林渡喊住了。

一把合拢的沉铁折扇倏然展开，扇面上落了七八朵花，都是方才从那月光藤上被炸出来的。

林渡用灵力把花捞起来的时候，顺便也用霜雪给花定了个型，月光之下，扇面流光溢彩，霜雪簌簌，扇上花似琉璃，纤弱盈盈。

“方才见您捞了一朵花，这些您需要吗？”

既是灵藤，花其实是有用的。

麻婆婆愣了一会儿，抬手将那花收走，没说什么，慢吞吞走回去了。

危止就那样看着林渡的动作，忽然就笑了。

林渡其人，不知道为什么，骨子里刻着悲天悯人的本能，她分明并不完全认同麻婆婆，但对于女性的悲伤好像总能感同身受。

即便麻婆婆不曾说，林渡也不曾问透彻。

大抵越是这样的人，承载的东西越多，久而久之，要么伤其自身，要么……总得找一个发泄口。

若没有无上宗的宗规戒律，林渡的杀性只怕不比邪魔小。

林渡转过身，看到了一个兀自笑得有些……慈祥的僧人。

或许也不是慈祥，但他比林渡高出许多，垂眸觑着她，箬笠掩去了那双飞凤眼的神光，正经看起来，就如同静默的松。

还真有点僧人那普度众生的气韵。

“为什么我没有察觉到你的妖气？”林渡又要皱眉，因为她忽然觉得自己有点弱。

“你察觉不到，是因为你是人修，”危止收回视线，“她能察觉，是因为她也是异数。”

麻婆婆不算人，她是尸王，在六道之外。

所以她驭尸，根本不需要自己到场，只需要下咒印招来。

林渡愣了一下：“可是她身上……是灵藤的灵气和花香掩盖？”

危止点头，孺子可教：“她手上的银镯里，也有清灵香，用灵气和花香掩盖尸气。”

林渡哦了一声，转头看向那不知何时又冒出来的灵藤，带了些蠢蠢欲动的杀意。

危止却要赶人了："这里交给我，你去找你的师姐吧。"

林渡没动："我师姐只怕还在滇南哪个角落赶路呢。"

"那就去找你那些……师侄。"危止说着，"大人办事，小孩子别杵这儿。"

林渡穿进修真界之后仗着小孩身份胡作非为，刚想说一句自己不是小孩儿，忽然就想到方才自己说的那句年幼爱玩笑，默默闭上了嘴巴，收了扇子，头也不回地走了。

冷不丁隔空有个什么东西被林渡扔过来，危止下意识接住，却是个琉璃灯盏，落到他手上，一下将那井映得雪亮。

其实光线昏暗并不会妨碍高阶修士视物，但他依旧稳稳接了，看了一圈儿，没处放，就拎在了手上。

林渡出来的时候是翻的窗子，可不知道为何此刻那窗子被关上了，林渡憋着气绕到了正门处，伸手那么一拽。这下好了，门板子就被她这么一用力给拽下来了，径直就要往外倒。

林渡条件反射伸出另一只手，两只手抱住那门板子，接着顺势进屋，将那门板靠墙搁住了，身体力行演示了一回什么叫真正的"夺门而入"。

屋内地面跟有人想不开了非要在家里种地一般支离破碎，底下的土都被犁了一遍，先前林渡坐的条凳已经被剑气劈成了两半，跟雷击木似的，断面还有火燎的焦黑印子。显然这门板也是那两人和灵藤打斗时被波及的。

陶显和夏天无一个提剑坐在桌前，一个坐在床榻之上，那孕妇看着是被生生吓晕过去的，生气已经不太足了。

两人转头看向进门的人，陶显对林渡的不走寻常路已经很习惯了，甚至觉得这个出场方式对于别人有些离谱，对于林渡来说正正好。

夏天无刚刚吊住了孕妇的命，转过头看向小师叔，就说了一句："方才打到一半，我刚想烧的时候，那灵藤自己退回去了。"

"我知道。"老根都被林渡炸了，还有危止那平平无奇但伤害性极强的一板子，灵藤哪里还有力气往这屋里使。

"我出去就是为了从根源解决问题。"林渡平平淡淡地说了那么一句话，听着倒有些冷意。

不光是陶显，夏天无都觉得有些稀奇。

林渡其实是个外热内冷的性子，但一般这冷很少会这么直白地露出来。

她也懒得解释，自己站到桌前，看了一眼陶显。

本来这屋子里就两张条凳，陶显坐了唯一完好的那张，他犹豫了一下，自己往边缘挪了挪。

条凳有一点不好，就是一头重了，另一头就容易翘起来，不太稳当，一个人定然是坐中央的。

在林渡冷淡的目光中，陶显往边上挪，一路挪到了最边上，那条凳就翘起来，那坐着的人就要往下栽。

林渡眼疾手快，一脚将那凳子踩下来，顺势坐上去。踩上去的腿落下来的一瞬间一个净尘诀就落下去了，坐下去的那一瞬间甚至连那材质极好的袍底都极为潇洒地落齐整了，继而转头不咸不淡看了一眼那头的人。

陶显：不是……你这样显得我很呆啊。

林渡掏出来个水镜，灌入灵力，里头就影影绰绰显出了月下情形。

只盼那妖僧别看出琉璃灯里的蹊跷。

原来她也没有那么想看，但他非赶她走，那她就不得不看了。

灯盏似乎被人拎在了手里，那僧袍时不时蹭在边角，被夜明珠的光照得像是地上薄薄的霜。

接着她听到了一阵古怪的金属或者别的什么重器发出的咕噜噜的声音，起先林渡以为是转经筒，很快她意识到那声音更坚硬锐利。

画面之中，一个泛着晦暗金属光泽的、如同自晦之时的浮生扇一般的金刚橛横在那僧人身前，此刻正泛着淡淡的金光。

僧人修长的手结了个法印，金刚橛的尖端就爆出强烈的金光，继而直直扎进那土地之中。

地底隐隐有轻微的震动，很快消弭于寂静深夜。林渡若有所思。那是佛门用来布法场结界的东西。

继而那镜头就又慢慢移动起来，接着是第二个、第三个……

僧人提灯夜游，如果不是那停下时带了些凛然惩戒封禁意味的举动，很有些闲庭信步的味道。

林渡看着看着有些出神，脑子里想的却已经不是危止的事儿了。

她在盘算这分身被除去之后，那“本体”此刻只怕也察觉了。

手是危止动的，他总得背下这口锅吧。

也不知道墨麟通知的七师姐到哪儿了。

如今他们无上宗，一个弱，一个病，再不来个强点的，怎么打？

“小师叔，你……”夏天无看着林渡手中的水镜欲言又止。

她方才在屋里看了一圈儿，也就桌上那盏灯不是这村里的东西，大约就是林渡所说的“监控”。

现在小师叔又是在监视谁？偏偏林渡回来之后也不怎么说话，就那么看着手中的镜子，那镜子里也没说话的声音。

“遇上个人，他在破阵。”

“还有小师叔你破不了的阵？”夏天无下意识脱口而出，但很快反应过来，林渡才入门一年，破不了才正常。

瑾萱和元烨天天在宗门里说小师叔的阵法多厉害，夏天无听着听着就忘了林渡还是个孩子。

陶显闻言开口：“这阵道难入门，更难精通，小道长今年才多大……”

林渡的声音已经响起：“我动手这村子就没了，还是让他来吧。”

陶显：他这张嘴就多余。

阵道法门繁杂，刻阵布阵是一门手艺，破阵也是一门手艺。

林渡之所以比寻常人学得快，是因为接受过现代数理化的熏陶，对阵法的原理接受度良好。

但很多精细的破阵之法林渡还没学，她现在破阵的办法就两个：一是逆转抵消；二是暴力破坏能量场，让能量失衡，后果不可预料。

大约就是破起阵来不顾他人死活。

夏天无瞧见了林渡那一缕白发，倏然拧了眉，走过去搭了林渡的脉。

她本就本源不足，用药温养方能延续一点寿命，如今殚精竭虑，用脑过度，身体只能抽取头发的生机。

夏天无开口想骂人，却见小师叔忽然脸色一变。

第十一章 诛邪之夜

林渡看着手中的水镜，那上头出现了危止那张含笑的俊脸，一双眼睛仿佛在透过琉璃灯直直看向她，那灯照得他的眼睛若琥珀琉璃，连那细密下垂的羽睫都显出一点灵巧的戏谑。她就知道危止迟早会发现。

耳边传来懒散含笑的话："看够了？出来帮我个忙。"

很好，看来是一直都知道。

林渡垮着个脸，心情不知道多糟糕，冲夏天无挤出个笑容："二师侄，要骂改日，我先出去破个阵，那人不太行，还得我出马。"

"二师侄，你去守着大师侄吧。"她嘴上这样说着。

夏天无下意识撒了手，也就那么一瞬间，那人就没影了。

门框空洞洞的，小师叔蹿出去的时候毫无阻碍，很快就没影了。

夏天无默然了一会儿，小师叔可以起个别名了，该叫"撒手没"。

"我回去看看师兄。"她面上不变，起身出了屋子。

月色愈发朦胧，林渡到井跟前的时候危止正拎着那琉璃灯，细细查看那补天石上镌刻的咒文。

"喊我做什么？"

"毕竟我不太行，还得你出马。"危止笑着看了她一眼。

他甚至能听到她出来时说的话！

林渡头皮都在发麻，已经想要把自己打包成一团就地埋了，但她面上还是稳住了，强行转移了话题，看了一眼那地上明明白白露出的根："还没有拔除吗？"

危止摇了摇头："还差最后一点，我镇住了整个村子的上层，但这东西还有一部分和地下阴水混在一起，要保这村子，就要填点东西，这对我来说不难。”

林渡一面敷衍地点头，一面明明白白地瞧着他。

“我要你帮我提个灯。”

林渡脸上那漫不经心的笑就僵住了。

要不是危止是重霄榜第三，林渡现在已经把他按到井里去洗洗脑子了。她师父是闭关久了脑子进水了，危止是消化龙消化傻了吧。

虽然她偷窥确实缺德，但危止分明一开始就看出来了那是什么东西。

这就是明晃晃的报复，她又不是那高僧跟前提灯的小沙弥！

“井水可能会溢出来，你挡一挡，别淹了村子。”

危止倒也不是不能在一瞬间办到，但……他垂下眼睫：“你是冰灵根，应当比我做得好。”

林渡忽然就收了声，伸手接了灯：“也行吧。”

不愧是高僧，那就是比家里那老头儿会说话。

危止祭出一个东西，和先前林渡在水镜中所见的金刚橛有些类似，却又不太一样。

林渡之前看书的时候光看文字描述总有些分不清金刚橛和金刚降魔杵，如今看了实物就更分不清了，两个都是三棱尖，另一头又都有繁复的纹路。

危止分明已经在施法，目光定定地看着眼前的灵宝，却依旧开了口：“是降魔杵。”

林渡一惊，他怎么知道她在想什么……

危止勾了勾唇：“你盯着那东西，眼睛没聚焦，显然是在想事情，但你不是在脑中思量算计，而是在回想什么，我猜是回想书中的内容，判断我在干什么。”

林渡后退了一步，她很讨厌这种被人“向下兼容”的感觉。

当你和一个人相处很舒服，不管你说什么对方都能接上，而那人不管什么时候都能顺应你的想法，那你多半是被向下兼容了。

林渡不喜欢棋逢对手，只喜欢单方面掌控局势。

得离这人远点。这次合作完，估计此后也不会再见面了。

危止已经正了神色，周身隐隐可见金光，那悬在他面前的降魔杵也已经慢慢旋转起来，金光大绽，分明是个不过巴掌长的东西，此刻尖头朝下，带着沉沉的压迫感。

那妖僧却已经合上了眼睛，口中念念有词，手中咒印不断，眉宇间不见丝毫媚气，一派清正。是林渡从未见过的模样。

危止倏然睁开眼睛，喝了一声，金刚降魔杵应声而下，直直扎入那藤的根系。他继而双手合十，结了个法印，周身忽然起了一阵风，将他的僧袍吹得猎猎作响。

四下灵力迅速翻腾，底下隐隐可以感觉到那涌动的藤潮，远处地面似有崩塌之势，他继而青山震动。

盘曲在青泸村下数百年之久，早就占据了极大空间的月光藤被那降魔杵一路穿透追逐，终是支离破碎，金刚橛的镇压之势亦同时发力，将那藤逼退拔除。

“起。”危止抬手，那几乎和人大腿一般粗的藤蔓破土而出，如同破布麻绳一般被抛至空中，继而一道黑色旋风兜头而下，尽数倒灌入其中。

不远处青山如同被扒了一层衣服，飞沙走石。一切不过瞬息之间。

栖息其间的虫蚁野兽只觉得好像起了一阵风。

就在那灵藤被拔除的一瞬间，林渡忽然收了琉璃灯，右手一张，浮生扇就已经出现在她手心，继而收手握紧，扇面利落展开，灵力尽数灌入井水之中。

那井水甚至已经跃出井面半人高，却都在这一瞬间被冻成了结结实实的冰块。

寒气森森。

“不愧是至寒的天品冰灵根。”危止轻轻赞叹了一句，继而不动声色地眨掉了眼睫上的霜雪。

林渡忽然注意到了什么，将手撤回来，漫不经心地转过了头，背着手不去看身旁的人。

危止那露出的半截脖颈在月色下泛着一点浅淡的银光——是龙鳞。

危止方才赶她走，大约是不想被她看出自己一动手就压不住妖气。

密宗危止，从前是人人敬仰的佛子，早在成金身之前就在重霄榜前列，林渡不觉得他会乐意被一个稚子看到眼前这一幕。

她不去看他，这叫什么？这叫紧急避险。

危止的声音轻轻浅浅地传了过来："怕了？"

"不是。"林渡没有回头，"你不是不让我看吗？"

"也不是，只是……怕吓哭小孩，到时候你向临湍告状怎么办？"他声音还带着笑，慢慢走上前，修长有力的手轻轻落在那冰块上，几乎是一瞬间，冰块就开始融化。但危止没有动用灵力。

林渡意识到按传统套路，没有意外的话这人现在是出了点意外。

她转头看向危止，他脖颈上的妖纹扩散得越发厉害，有的已经爬上了他的下颌，下端早就彻底蔓延进了衣襟之中。

而那妖纹之下，是数片若隐若现的银色龙鳞。

"把我吓哭了你不是更开心，那妖僧危止，如今又添一个威名，旁人可止小儿夜啼，你是能把从来不哭的小孩都吓哭。"

林渡尾音拖长，接着啧了一声："你这体温……和岩浆也差不多了。"

林渡方才爆发出来的寒冰之力凝结出来的冰块，按理来说，约等于十年不化的陈年老冰，遇热也化得很慢。

危止的手按上去，那冰居然迅速消融了，水滴滴答答落在井沿，很快汇聚成水流，渗进了土里。

那如玉的手背上纵横的青筋倒和那灵藤近似了。

林渡走过去找了个不值钱的储物袋，将已经彻底失了生机的灵藤直接打包塞进去。只是这么一会儿工夫，井口的冰已经全化了。

危止收回手，那本该湿漉漉的手却一下干了，水汽被体温蒸了个干净。

危止定定地看了林渡一会儿，继而低头："谢了。"

"实在不行，那边有条河。"

她也很想看看真"龙吸水"什么样儿。

"不必。"危止顿了顿，"我回极北待着压制妖力便是，那里寒冰之气重。"

他说着，看了一眼那口井："这砌井的石头，我带走了。"

林渡忽然开口："走归走，万一那本体察觉分身被销毁，怎么办？"

她眼里是明晃晃的"你要负责"。

危止想了想，抬手打了个法印，落在林渡身上。

"只能管一次用，但也足够了。"

危止不觉得这小祖宗遇到危险之际家里人会不出来，临湍和阎野他们两个应该都比现在这副鬼样子的他方便。

更何况，林渡这小孩儿长了八百个心眼子，逮着路过的羊都能薅点毛，总不至于不能自保。

林渡没什么感觉，就看见眼前一道金色的法印落到自己身上，接着消融了。

她不放心地问了一句："出家人不打诳语啊……"

"若他当真是你怀疑的人，那这法印足够保你了。"

就是那一百多个人都来打她一招，林渡也能好好活着。

危止说完，抬手施了个法，将那井上的石头直接拔起。

林渡脑子一抽："你听说过一个成语吗？"

"什么？"

"背井离乡。"

危止收石头的手一顿。

林渡脑子里甚至想好了明日《修真界轶事录》头版的标题：震惊！妖僧危止背井离乡为哪般？

危止神色复杂地看着眼前的小孩儿，她这张嘴颠倒黑白很有一套。

阎野这个师父，到底是怎么教的？

林渡脑子控制不住地想到了眼前的人扛着那口井狂奔而去的样子，转头忍了一会儿，还是没忍住，折扇握在手心，竖着压在脸上，顺势仰头看着月亮。

"啊，你看今天晚上这个月亮……像不像你搬走的那口井？"

危止忽然就觉得那石头有点沉，利落地将那东西收进储物袋："今日多谢你，走了。"

林渡空出的手冲他晃了晃，转身往回走，进屋之前，忽然对上一双黑洞洞的眼睛。

那人拎着星云剑，似乎正在思考为何自己出不了这屋子。

她轻轻叹了一口气："你说你，好端端的，出来干什么呢？"

林渡说着，脸上的笑意还没散，黑沉沉的眼眸之中蓄积着隐隐的怒气，边往前走，边将手中的折扇换成七把材质各异的短刃。

那七把短刃浮在林渡周遭，泛着淡淡的光，并不鲜明，但很快被主人的灵力驾驭，迅疾地破空暴射出去，在空中发出几道清厉的锐鸣。

“陶显”抬手出剑，将那七把短刃一剑扫开。

“区区稚童，不自量力。”

林渡却笑得肆意，眸光灼灼：“腾云以下，一拳而已；腾云以上，先手我也未必输啊。”

“不然，你以为你为什么出不去？”

那七把短刃在被拨乱之后才真正在空中化成了七星煞，继而一道白色灵光被挥出。本是初春，空中的雾气却凝成了雪，暂且挡住了那被困在屋里的人扫出来的剑气。

林渡岿然不动，看着对方酝酿剑意，最后一道阵纹在霜雾中缓缓成形，接着若万斤重的陨石，直落而下，砰的一声，大地都在止不住地震颤。

剑气终于突破林渡的霜雾，尚未至林渡面前，但她已经看到眼前的空间都开始扭曲。

分明是月夜，可眼前一片漆黑，古怪的吸引力让人犹如坠入黑洞，她浑身的血似乎都被拉扯成了血雾。

林渡死死瞪大了眼睛，抬手祭出一道灵符，灵力灌入其中。

地品一阶灵符天罡敕，凤朝在临行前特地给她画的护身灵符。

腾云境修士全力一击的星噬剑气重重撞到被激发的天罡敕上，磅礴神秘如黑洞般的力量瞬间被压至地下，只溅起一点尘土。

就在林渡激发灵符之时，七星煞阵已经朝陶显落下。

那是林渡在学完基础阵法之后，算的第一个上古残阵。

如今掌握这阵法的，天底下只有两个人。

七星煞，以煞镇煞。

地下的部分早在林渡几次出门的时候便已经布下，只差这七点关窍。

这是林渡留给陶显的最后一条活路，也是留给那幕后的人的第一条死路。

七方皆是煞，唯有一个生门，但那个生门，在阵法师身上。

林渡活着，生门不开；林渡死，生门毁。是个绝杀阵。

林渡手中的灵符慢慢化为灰烬，她抬眼，黑沉沉的眼底映出一片血雾。

血雾之中，有无数的剑光。

饶是亿万星河流转，也终究会有一天湮灭于沉沉黑匣子一般的宇宙之中。

就如同这灼亮剑光，却也始终穿不透七星煞的黑雾。

唯有阵外之人，可以看到七处流转的暗星阵纹。

煞气一旦压过了生气，就再也不会让生气反扑了，虽说林渡如今境界不够，阵法的杀伤力没那么强，但对付一个腾云境修士也足够了。

林渡忽然垂眸，拎起了弟子令牌："二师侄，还顶得住吗？"

"只来了七八个白袍人，顶是顶得住，就是……可能动静有点大。"

无上宗的弟子，哪个出手不是惊天动地？

十八道玄火流星垂直落于村外，接着接连爆出十八朵赤火滚出的蘑菇云，那灵力对撞的余波扩散开来，方才还被寒冰之力冻得宛若寒冬的小屋门口忽然掠过一阵灼人的热浪。

林渡觉得侧额有点烫，箍着的网巾应声坠下来，碎发一瞬间被热浪烧得卷曲。

她抬手扯下网巾，发现半边的系带被烧了。

林渡转头笑了一声："难怪二师侄不喜欢出手。"

林渡将那网巾扔了，火风越发烈，额前脑后的碎发被吹得往一处飘，还被烫得有点卷曲。这下她又成了当年那个头发乱糟糟的小孩儿了。

她无奈一笑，往嘴里塞了两颗丹药，一颗复灵，一颗补气。

夜还长，但黎明已经不远了。

林渡抬手开了生门，将早就只剩一口气的人捞出来，对上了他的眼睛。

她随意蹲下身子："你现在是谁？"

陶显眨了眨眼睛，身上看着没什么伤，但煞气早在里头翻腾，宛若砂纸刺着血肉，浑身上下的弟子服早就成了深赭色。

"小……小道长……"

林渡深吸了一口气，闭了闭眼睛："你别怨我，你控制不了自己，你要杀我，我只能杀你。"

此间因果，不算妄杀。

陶显苦笑了一声，他就知道，林渡虽然爱开玩笑，但很多时候，说的都不是玩笑话。

林渡逼问邵绯的模样，和白日在堂屋里逼问他时一模一样。

他是个庸人，灵根还算好，虽不如无上宗的那帮人，却也能在大宗门当个亲传弟子。

很多时候，他总觉得，自己分明只是在闭关修炼，一睁眼，体内却都有些不对，像是……刚出过门，鞋底有陌生的泥印。

他以为自己有些病症，比如游魂症，甚至或许是失魂症，在飞星派，资源都要靠自己争取，他不敢叫人瞧出端倪，所以对着师父更加战战兢兢，办事更加勤勤恳恳，生怕有一天被发现。

但那大多是在他闭关的时候，他没想到，今日到了这里，自己居然也犯了那般病症。

他竭力张了张口，喉头滚出一点腥甜，躺在地上，歪着头，过了一会儿，方才又开口："其实今日那村妇说的，我也不是没有怀疑过。"

"可我想不起来，也不敢想。"

"你说多荒谬呢，我怎么会……和这样的东西，这样可怕的东西，牵扯上……"

他当了一辈子的老实人，甚至所求不过在力所能及的范围内过得好一点，找个道侣，过些安生日子，直到寿终正寝的那一天。得道飞升成为大能，他都没有想过。他只想，好生活着，可为什么会这样呢？

林渡垂眸看着他，轻轻开口："你被人抹除过记忆，还被种下了分神烙印。"

"原来不是我有病，那我就放心了……"他轻轻咳了一声，但已经使不上多大的力气，倒像是滚出来一口生气，接着五脏六腑都被震得疼。

"不是你。"林渡垂眸，"但业障在你身上。"

陶显瞳孔微微放大："是哪个龟孙害我！"

他又想到能在自己身上下这种咒术的，只怕自己也打不过。自己窝囊了一辈子，到头来连罪魁祸首也不能亲自斩除，这让他又泄了一口气。

"我就想攒点家底，找个道侣，过好这一辈子，小道长，怎么过个安生日子……这么难呢？"

林渡眼睫轻颤，良久，她说："抱歉，我没有办法……让你想起从前的事。"

陶显的神魂已经受损，就算阎野在这里，也没有办法让他想起从前的事了。

"你现在有两个选择。第一个，我亲自送你下冥界。"

林渡顿了顿："我的师父修命道，我总能找到你的转世，届时送你一份机缘。"

“第二个，等我杀了主魂，主魂灭，没有旁的牵扯的话，分神烙印会失去控制，你自己养好身体后慢慢消解分神烙印。”

陶显现在反倒没了什么小心赔笑的老实人样，有什么说什么，笑了一下：“如今我算见到真的活阎王了。”

林渡说的那些话意思很简单：活不活看他自己，人她都是要杀的。

陶显忽然有些明白了：“小道长，你让我亲眼看到那幕后之人死，届时，再劳烦你送我一程吧。”

“飞星派大抵是不会养我这个废人了。小道长，你入道才几年？遇到你之前，我觉得我也算个好苗子，可真等见到你了，我才知道普通良才和天才的区别有多大。”

陶显费力地说完一长串话：“您和冥府沟通的时候能和他们说说，让我下辈子投个和你一样的好胎吗？”

“不一定是好胎，”林渡顿了顿，“但确实会有一样跟我相同。”

陶显眼中闪过了一丝希冀：“是什么？”

“神魂受损的人，先天会有不足。”林渡说道。

陶显：他就不该问那句话。

“那你等着吧。”林渡翻找出来一颗还元丹，暂且吊着陶显的命，让浑身早就失去力气的人靠在了门口，顺手还用灵力替他盘了个腿，看着倒像是受了伤在打坐调息。

林渡走了，陶显就在门口装作调息的模样，实则只有丹药强行替他续着元气。

一道高大的身影出现在陶显跟前：“你还好吗？”

陶显下意识回答：“区区致命伤……”

墨麟抱着剑棍，垂眸睨他：“致命伤？谁干的？”

陶显心说还能是谁，但他没说话。他知道这事儿怪不得林渡，今儿晚上他俩之中必须得死一个。

墨麟听到村口的打斗动静，拎着剑棍就走。

“欸，不是，墨麟道长，你不是不能动用灵力吗？”

墨麟没回头，脚步沉稳，先前林渡走之前给他留了个防御阵盘，让他别出来。

可送出去的传音符迟迟没有回音，小师叔没有太多自保之力，夏天无虽然功法猛烈，但不擅杀招，若是遇上专攻杀招的凶徒，被耗到力竭之后又该如何？

村子里自始至终没人敢出来，恨不得把门窗都锁死，唯恐被波及。

“不是！您别……”

陶显拦不住，转头在心里骂了一句：无上宗都养了些什么人？

一个中了蛊毒的人还能义无反顾抱着剑去送死。

夏天无看着眼前的十几道白色身影，神色依旧冷漠，唯有火光映入那双终年清冷的眼睛里，显出一份凛然的烈性。

方才林渡走之前，用神识传了话给她。

“阵被破，白袍人定然会来。二师侄，此处只有一条路与外界相通，能守就守；不能守，带墨麟走。”

夏天无知道林渡要做什么，阵法她不会破，但小师叔要她守村，她就能守。

“就是你破了这村子的阵？”

夏天无不管他说什么，抬手就要继续打。

一道声音懒洋洋地横插进来：“可不要冤枉好人啊，我们都不过是路人。”

夏天无意外地回头，林渡那身青衣在火光映衬之下成了暗淡的黑，额前的碎发胡乱蓬在脸侧，嘴角噙着点似是而非的笑。

“你们说什么阵破了？一个村子，能有什么阵？”

林渡装傻，白袍人却不信：“少废话，阵已被破，今日村中人都得死！”

林渡看眼前人不信，笑道：“阵我是不知道，但今日村里有个和尚来过，看他们村子里的井好看，所以就把井偷走了。”

她这么说着，灵力已经一点点蓄积到了手中折扇上。

但那白袍人直接动手，一个回旋镖都要打到她脸上了，林渡叹了口气：“不信，就让印仲自己过来，我亲自跟他说。”

她声音不大，除了对自己人，她对外人的态度都是能听见就听见，听不见拉倒。

都是修士，除非是天残，否则总不能耳背到这个地步。

白袍人与她对视一眼，对战一触即发。

“小师叔，你来做什么？他们都是腾云境修士，阵破了他们是来屠村的！”

夏天无有些急，抬手挡了那回旋镖。

林渡笑吟吟地道："还能为什么，我能放你一个人守村？"

她的扇子指了指眼前密密麻麻的白袍人："方才二师侄你说七八个而已，那你就对付那七八个，剩下的，交给我。"

狂妄到了极致。

全然没有当日在船上颤巍巍吐血的样子。

只要印仲本人不来，她就还能狂。

"小师叔……"夏天无这么说不过是想让林渡在村中安心待着。

"我说，你八个，我十个，刚好。"

林渡说着，掏出了一大把灵符，接着不要钱一般，统统用浮生扇扫到了白袍人身前。

无上宗别的不行，就是祖上够富。

她犹嫌不够，喊了一句："给诸位提前烧点黄纸。"

几十张灵符一起被甩出去，多为黄纸赤字，漫天飞卷的样子，还真有点祭奠亡者的时候烧黄纸的意思。

夏天无忙着对战，听到这么一句，心道灵符能不能杀死人不好说，但小师叔光靠这张嘴，大约能把人气死。

黄符大多品阶不高，但架不住量大，且有些稀奇古怪。

有人抬手抵挡，却发现那不过是个水龙符，叠上了雷符之后当即阴云密布，水龙与雷翻滚成了小型雷雨；有人眼前被一堆火球接连盖上，沉沉浮浮，晃得人眼睛生疼，连白袍都被灼烧出一个个黑洞；有人被泰山符压得没入地下半尺；有人被符纸招来的蝙蝠劈头盖脸覆了一身……

不致死，甚至伤害性不大，但格外扰人。

村口一时间热闹得像是个菜市场，一片混乱。

林渡顺势扔出去一手短刃。那几乎是她的全部身家，一共四十九把，是阎野为她预估的最大阵法，亦是林渡能控制的短刃数量极限。

而借助三面环山一面有水的地形，再加上这村口是聚气口，她或许真能布出超出她自身极限的一个大阵。

一人横起一刀，正朝林渡面门而来，另有一人烦躁于这小孩的捣乱，一记气势磅礴的杀招带着朔风而至。

而此刻那四十九把短刃还有小半不曾连缀好，林渡需要专心驱使，没办法分出精神来抵挡。

林渡心道自己这个阵法师果然还是需要有一个能打的人从旁协助。

刀气和朔风裹挟着巨大的灵力，就快挨到林渡衣袍之时，一道金色法印忽然显现在她的身躯之上，但听得铮然一声响，巨大的反冲力将那两道灵力碾散。

林渡嚯了一声，最后一把短刃落在村口一棵树上，阵法已成。

在另一侧巨大爆炸声的映衬之下，一场格外森冷的寒雪自林渡周身以狂暴之势席卷而去，如同海啸山崩，带着浓浓的杀意。

数十人齐齐一怔。

旁边那帮人在应付烈得快把骨头都烧化了的异火，这边倒是遇上了能把人骨头冻脆的寒冰。

好一个冰火两重天，偏偏那寒雪冲撞出来，边缘擦过异火，居然过了好一会儿才消融。

林渡只是个琴心境大圆满的修士，除却一个天品冰灵根，应当没有任何特殊。

但这场寒雪格外冻人，即便是腾云境的修士，也都忍不住打了个哆嗦，看着衣袍上附着的冰霜，连出招都慢了好几息。

在这场寒潮的掩盖下，无人注意，纵横交错的阵纹在迅速连缀成形。

林渡轻轻合拢浮生扇，身形一晃，挺直的背佝偻下来，吐出一口血来。

她毫不在乎地擦掉，唇角勾出了个诡异的弧形，直起身看着那七八道向自己席卷过来的杀招，打了个响指。

下一瞬间，空间剧变，袭来的杀招突兀地被截断。

青山震荡，水湾激沸，山鸟惊起，走兽四散。

山河之灵是天地之间最厉害的灵力，而斫龙煞水阵借山河之灵，引天地之势，无论是人是鬼是妖是魔，都不能抗衡。

那是林渡算的最后一个上古阵法，传闻是远古一位上神拿来捍卫自己陵墓的强悍大阵。

当初这道阵法，林渡花了将近九天才解开，其间还被迫拉下脸请教了一次阎野。

饶是你人多势众，也走不出这道阵法。

以她现在的境界和神识力量，杀是杀不了十个人，困还是困得住的。

林渡吐出一口气，接着抬手按了按额头，神识用得太多了，现在疼得厉害，身上因为动用了大量涌动的灵力，现在身体很虚弱。

她胡乱找出一颗凝碧丹和一颗金乌玄元丹塞进口中。

接着踉跄走到了生门——村口的那棵树前，顺着树干就滑坐了下去。

实在没力气了。要是现在印仲亲自来了，她跑都跑不了，只能喊阎野。

但她猜印仲不敢来，也不能来。一个好不容易有了新身份的人，并不想那么快暴露，所以才派这群白袍人来屠村销毁一切证据。

七师姐像是迷了路，就这十几个腾云境修士喊阎野也不太划算。

杀人就要背因果，渡天劫就要多受几重责问，阎野还是早点顺利飞升的好，多看见他一天都烦。

她仰头靠着树干，懒洋洋地偏头一看，一口丹药噎在喉咙里，唇上的笑也没了。

墨麟他怎么来了？还真是个傻柱子不成？

不光是林渡支棱不起来了，夏天无也快到强弩之末了。

夏天无对付的白袍人已经有四五个横尸地上，或者已经不能叫“尸体”了，叫炭。

但夏天无灵力消耗巨大，已经接连服了几颗复灵丹。

她看了一眼林渡，在心中思忖逃跑的路线，却意外看到了一个不该出来的人。

高大劲瘦的男子自村口缓缓走出，那把比寻常剑长出许多、状似长棍的剑被他双手拿着。

剑身上缠着的赤金纹路，此刻在火光映衬之下显得流光溢彩，像是活了过来。

灵力冲撞将他的袍底也吹得微微鼓动，男子眉目俊朗坚毅，在夏天无错愕的喊声中，走到了她身旁，右手蓄势发力，长剑缓缓移动。

“你疯了？你不能动用灵力。”

“我知道，我不动用。”

墨麟声音沉稳：“到我身后来，剩下的就交给我了。”

藏锋剑，从来不是为了藏而藏，墨麟不轻易拔剑是为了有朝一日，剑锋出鞘，力破鬼魅，锋锐傲世。

几十年如一日地挥剑，每一次出招，挥出的剑气都不是墨麟一招的真正实力，至少有五成，在剑鞘之中蓄养。

那些灵力和剑气，藏了许多年，不是为了争什么第一第二，对于墨麟的道来说，是为了诛杀邪魔，护佑世人。

就算此刻不能动用灵力，那些年蓄养的剑气也足够了。

墨麟右手陡然发力，拔出长剑，天地之间风云变动。

一剑挥出，成百上千道惊雷在村口炸开，林渡顺手牵动阵法，将那剑气引入阵中。

无数道雷光将山前照得恍若白昼，震慑妖邪的浩然剑气在村口爆发扩散，将那些人的杀招一一击溃，犀利刚烈的剑气刺入十几人的身躯，带着神霄玄雷的寂灭之力，将人直接洞穿。

远处的凤凰城中，有人夜闻惊雷，翻了个身，哄着身边被惊醒的小孩儿：“春雷响，万物长。”

春雷响，万物长，邪祟灭。

天淅淅沥沥下起了小雨，那雨丝连绵如山间岚雾，落在身上也轻若无物。

林渡还靠着树瘫坐着，抬手撤了大阵，最后一人应声而倒，她终于勉强喘了口气，幽幽地笑：“胆子真小啊，印仲真人。”

林渡的声音透过雨幕传到夏天无和墨麟耳朵里倒显得有些气若游丝。

墨麟吓了一跳：“小师叔，你没事吧？师妹！小师叔她好像不行了！”

她被迫站起身来，摆摆手表示自己无恙。这个身体虽然破破烂烂的，但能活。

林渡现在神识乏得厉害，实在不愿意起身，但她实在害怕大师侄又说她快不行了。

她走入雨幕之中，身上的细水珠随着她的步伐一点点滚动至土地里。

林渡随手挑了最近的一具尸体，扒开衣袖——神门穴处一道疤痕。她闭了闭眼睛，吐出了一口浊气。

夏天无想要去给林渡搭脉，却看见林渡慢慢向那几具已经烧成了炭的焦尸走去。

林渡盯着看了一会儿，接着徒手拆了人一条烧得焦黑的断肢。

目睹这一幕的夏天无：很好，很有力气，看来没大碍。

那断肢被林渡折断的时候发出一声类似于灶房烧的柴火被随手折断扔进锅炉里的声响。

林渡若有所思地看着眼前的尸体，轻轻叹了一句："可惜了，雷击阴木，不值钱。"

只有四个是兰句界出来的柳躯阴鬼。

他们三人将尸体验完，搜罗出尸体身上的东西，等着之后慢慢查询身份。

十四具神门穴带有疤痕的尸体被好好摆放在一边，接着由林渡找一块风水宝地，三个人同时掏出了铁锹。

无上宗的规矩：一杀二埋三送入地府。

雨水将黄土打得潮湿，但三人闷头挖坑，丝毫不顾这些。

麻婆婆在远处看着这一幕，忽然看了一眼那看似在屋檐下合目养神，实则只剩了一口气吊着命的人。

她看了一会儿，问他："你想活吗？"

陶显睁开眼睛，愣了一下："谁不想活呢？"

麻婆婆答："无上宗的那帮傻柱子。"

若是有人告诉他们死能换来河清海晏天下太平，那帮傻柱子定然会甘心赴死，无一例外。

这话陶显没法接。

他真没看出来那帮人会这么傻。

毕竟无上宗的哪个不是奔着飞升和成为一方大能去的。

邪魔是杀不完的，要不正派的存在还有什么意义？

他想了一会儿，决定举个例子证伪："我觉得林小道长她不是那种人。"

麻婆婆没反驳也没认同，转而说起她的目的："我可以将你转化为活尸。"

"和你院子里那两个女娃娃一样？"陶显下意识想到了自己脸上两抹红晕还带着甜腻得瘆人的笑去开门的样子，顿时一阵恶寒，打了个激灵。

"你修为还在，若化为高级尸傀，神志还在，大约和我一般，之后修行有限制，也要堕入六道之外，再不入轮回。"

陶显愣了一下，第一反应却是那院子里的尸傀难不成也不能入轮回了？

麻婆婆似乎看出了他心中所想：“那两个姑娘已经不能入轮回了。”

“什么意思？”陶显悚然。

“她们不是正常死亡，魂魄被吞了，只剩下些本能意识。”麻婆婆淡淡道。

“月神还吞魂魄？这不是邪魔吗？”陶显情绪激动，一口气差点没上来。好在麻婆婆伸了一根指头卡在他的喉咙上，他就又把那口气咽回去了。

“邪修食人精血，妖魔才吃人魂魄。”

陶显：无所谓，反正邪魔不分家，都是缺德玩意儿。

天泛着淡淡的青色，卯时已经过了。

“知道他们在干什么吗？”麻婆婆忽然问道。

陶显摇摇头。

“我带你去。”

她变出一辆木质四轮车，隔空将陶显搬上去，也不见她施法，那车子就自动跟着她走了。

雨幕里有三道忙碌的身影，他们道门中人对于下葬还是虔诚的，并没有不靠谱地用灵力直接炸出来一个大坑，而是老老实实地挖坑。

土坑旁边横着十四具尸体，忽略身上破败的白袍和致命伤，那一致的银质面具倒是戴得整整齐齐，雨水清洗着尸体上的血污，一地泥泞。

这场面未免有些诡异，但偏偏三个人都做得娴熟。

无上宗近年来唯一一个追杀令，是针对白袍银面人。

不论因果，就地斩杀。

陶显：真就离谱。

原来传闻中无上宗管杀管埋是真的，他还以为就是句戏言。

林渡察觉到他们来了，看坑挖得差不多了，就用了点灵力飞跃上去，抬手掀开那十四个人的面具。

几乎是一瞬间，陶显刚准备戏谑嘲讽的笑脸就僵了，紧接着本就灰败的脸显得更加惊恐，颤巍巍地吐出一口气，眼睛一翻，眼看就要昏死过去。

麻婆婆：……

她拍了这人胸口一下，将人又给打活了。

陶显长吸一口气，睁开眼睛，痛心疾首地喊叫起来：“二师弟！三师弟！

小四小五，小八，还有……还有我们峰的内门弟子……”

林渡埋人的动作一顿，收了铁锹，招呼人上来：“埋不成了。”

墨麟愣了一下，接着跳出了深坑。

“你们峰怎么都是腾云境？”

林渡数了一下，从腾云境初期到腾云境大圆满，就是没有晖阳境的。

“他们上不去。神府有损，元婴难成，没法进阶到晖阳境。”夏天无也翻身上来，声音冷淡。

陶显抿了抿唇，忽然低下了头。他是个庸人，但不是蠢人。很多东西他不是猜不到，而是不敢猜。与他朝朝暮暮相处的师弟师妹们，如今成了一具具冰冷的尸体。每个人的手上都有疤痕，早在他自己手上疤痕的来历被人一语道破的时候，他就知道了。

从前他还开过玩笑，师尊收的弟子手上大多有疤痕，定然是夜观星象，算过命了，只和这样的人有缘。

他茫然地抬眼看着林渡：“林小道长，你最聪明，你告诉我，是不是……我从前，也穿过这一身白袍？”

林渡眼睫轻眨：“那不是你。”

“陶显，那不是你。”

陶显一只手痛苦地握住了四轮车的把手，手上青筋毕露，眼中血红，表情越发痛苦狰狞，一字字挤出喉咙。

“他怎么会！”

“我们是他的弟子！他亲自养了我们几百年，他怎么会！”

“难道就没有一点感情吗？一点都没有吗？”

他红着眼睛看着林渡：“我的命不值钱，三师弟其实……其实已经有了心上人，今年才打算向师父请命。”

“老二还想要练好剑法，见识一下墨麟道长的藏锋剑出鞘。小四小五本该在等我回去请他们下山吃顿好的……”

“小道长……”

“小道长……我恨啊……”

“我这个师兄，没用啊……”

墨麟忽然握着剑走了过去，轻轻拍了拍陶显的肩膀，沉默了良久后道：“至少你二师弟在死前愿望达成了。”

林渡抬手按了按抽疼的太阳穴——真是会安慰人啊，这个棒槌。

一声惊呼打破了僵局。

“不好了！月光藤没了！月光藤没了！月神赐的福不在了！”

紧接着传来了村民们哭天喊地的声音。

陶显浑身发抖，胸口起伏，却在听到声音之后嗤笑出了声，含泪骂了句：“没了好，没了好啊。”

林渡忽然问道：“这些里面，就没有生面孔吗？”

“倒也有，”陶显勉强稳住了情绪，“有几个不太眼熟。”

林渡一一记下，打算回头找找线索。

修士寿命漫长，几百年可以发展的产业和退路可太多了。

她将灵藤交给了麻婆婆：“婆婆，一根藤可以有几个分身？”

“分身多了本体的力量会被削弱，一般都是两个。”麻婆婆收了那灵藤，手中燃起幽蓝鬼火，将那储物袋连同里头的东西烧了个干净。

林渡欲言又止，那储物袋里还有几百块灵石呢！

“那些村民体内的种子呢？”林渡问道。

“我可以研制杀死那东西的药，年龄大些的灵藤扎根太深，拔除不了，年轻的还有救。”

“还请麻婆婆……”林渡顿了顿，“救救他们。”

麻婆婆深深看了她一眼：“你打算什么时候杀了他？”

林渡坦然对上老人的眼睛：“墨麟拔除蛊毒之后。”

麻婆婆早知道她机灵，只是一笑。

“我有最后一个疑问，请婆婆解答。”

“男子被种下种子抽取生机，灵根好的被带走，女子全部被留下繁育后代，那些被选为新娘的女子又是什么道理？”

“妖食魂魄，以滋养阴魂。当日我给了他新的肉身，他受伤的阴魂我却没有办法医治。”

“那两位姑娘，都是阴时所生，阴气尤为重。”

林渡若有所思，她道为什么都有了新的身躯，那人却依旧要作恶，原来是阴魂有损。

“所以那东西，最初只是想要阴时出生的姑娘的魂魄？”

“不错，生机这东西，自然也是好物，但按理来说……没人会走这等捷径。修真岁月漫长，冒进才是大忌。”

“灵藤种子能控制人生育吗？”林渡又问。

“不能，但冬日里，灵藤种子会停止生长，被种下种子的男子在冬日里，反而阳气最佳。”

林渡倏然领悟到了什么：“所以……这些女子被迫一个接一个地生育，并非全是因为这灵藤？”

身后哭喊声越来越近，麻婆婆定定看着林渡：“我说过，你惹大麻烦了，世上最麻烦的不是得罪一个强者，而是得罪一群愚民。”

“邪魔不会觉得这是麻烦，唯有你们这帮傻柱子怕。”

林渡垂眸：“我知道。”

她当然知道。

麻婆婆拊掌转头：“你看吧，我就说，她也是个傻柱子。”

一样米养不出两样人。

陶显居然诡异地认同了麻婆婆的话。

那群人的声音已经越来越近了，林渡忽然抬手，以最快的速度将那些破碎的白袍尽数卷走，接着飞快地握着扇子装作无事发生。

“都怪那四个外乡人！”

“没了月神守护，我们村子日后可怎么办啊！”

一群人顺着车辙印找到他们，手上拿着各样的农具，村长手里还拿着个诡异的法器。

“看啊！他们，真的是他们！他们杀了这么多人！”

“他们是邪修！”

“月神一定是觉得我们收留邪修，所以才愤而离去了。”

“杀了他们，献祭给月神，月神是不是就会息怒了？”

无上宗一直以来都是正道第一宗，竟也有被打为邪魔的一天。

几块石头扔向了无上宗三人，好在三人都能顺利躲过去。

林渡再度抬手按着被吵得生疼的头，接着抬脚走到了众人面前。

打头的是村长，对上那双黑沉沉的眼睛，他居然下意识退了一步。

林渡忍着神识的空乏疲倦，开了口：“村长来得正好，来看看，这些是否是你村子里走出去的人。”

她声音很平静，平静到像是全然无视了那些激愤绝望的村民，仿佛那些“妖邪”和其他混乱的脏字不是在骂他们。

村长下意识顺着她所指的方向，看向了那一排尸体。

忽然村长瞳孔一缩，看着那当中最年轻的人：“哥！”

墨麟刚想拦住那帮想要上手的村民，闻言手一顿，一双大眼的眼珠子都吓得晃了晃。

让他惊讶的并非是那村长的一声“哥”，而是小师叔连这个都能算到。

忽然有个老头儿模样的村民也惊呼了一声：“那不是，那不是那年被带走的那个？我记得他的脸！”

林渡眨了眨眼睛，果然啊。

她随手拎出银质面具戴上：“你们觉得，我们是妖邪吗？”

那早就被雨冲刷干净的银质面具遮住了林渡的脸，接着她歪了头，露出小半张脸，语气森森：“真是，放肆啊。”

众村民齐齐一怔。

“那不是……那不是月神使者的面具吗？”

墨麟的眼神中明明白白显出了一丝惊讶，合着刚才林渡连白袍和面具都收走是为了这个。

林渡一不做二不休，干脆开口：“我养了你们五百年，如今缘分已到，化身前来，将这些死去孩子的尸体带回来，准他们魂归故土，往后你们好自为之。”

她说着，转头看了一眼墨麟和夏天无：“埋了吧。”

众人惊疑不定地看着眼前的人，不知是谁率先跪下，接着很快一个接一个地扑通跪下。

“月神恕罪，月神恕罪。”

“求月神继续赐福我村。”

林渡垂眸看着那一排排黑压压的后脑勺，轻笑一声，声音却陡然拔高，怒火熊熊：“这些年我养着你们，你们却实在让我失望，看看你们现在的样子，如何算得上虔诚的信徒，不过都是些……米虫罢了。”

灵力威压倾泻而出，众人抖若筛糠。

云纹靴子停在了犹豫片刻还是跪了下去的村长面前，林渡微微倾身，压低了声音:“你应该都知道吧？那些姑娘,为什么被迫接连不断地生,除了生育，没有任何价值。”

她想到了那孕妇魂魄里的记忆，凡是没被月神选中的女子，都会被村子里的男子瓜分。

她们是繁衍的工具，除此以外，没有别的身份。

只有生出的孩子越多，月神才会赐予更多的食物。

林渡能感受到那孕妇骨子里的绝望和迷茫。

欣芽听过那些偶尔过路的人说的外面的世界，而她面对的却是把她当作用品甚至淘汰品的男人们。

“分明是你们自主地供奉，而不是月神的要求，不是吗？”

林渡轻声定论。

村长浑身一震，接着跪伏下来，以头抢地：“月神恕罪，月神恕罪。”

“只是这些年都是这样的，我们以为，我们以为这就是月神给我们定的规矩。”

林渡叹了一口气，忽然没了多说的心思。

那边墨麟和夏天无已经将人埋好，立了个无字木牌。

夏天无口中念诵着往生咒，手中灵符默默卷起火舌，接着一阵西风，将符灰吹散。

“敕救等众，急急超生。敕救等众，急急超生。”

一行人以这样诡异的方式离开了青泸村，村民们又敬又怕地跟在他们后面，却始终不敢阻拦。

谁知行至村口，忽然有个人越过人群冲了上来：“月神大人！”

一张有些眼熟的脸出现在林渡面前，黑葡萄一样的眼睛闪出含情的柔光：“月神大人……你昨夜还送了我花，你走的话，也要将我带走吧？”

林渡沉默地看着眼前的姑娘，接着目光落到那人手心的月光花上，一时有些僵硬。

连带着麻婆婆都愣了一下。

林渡抬手扶额，什么叫搬起石头砸自己的脚啊？这就是啊。

林渡眼珠一转，直接又吐出了一口血，往夏天无怀里一倒，晕了过去，顺手扯了扯麻婆婆的衣袖。

遇事不决，原地装死。

麻婆婆认命地顺着林渡的话瞎扯：“宛夏，她现在已然不是月神化身了，月神不过借她的躯壳一用，如今她承受不住神力，已经昏了过去。”

墨麟欲言又止，到底没开口。

宛夏一脸遗憾：“我还以为……月神是来接我的。”

陶显忍不住腹诽：傻姑娘，要是你真被月神接走了那魂可就真没了。

别看人家好看就觉得是好事啊！天底下长得越好看的越会骗人。

麻婆婆被迫又摸出了辆四轮车，只不过这辆比陶显身下的精致许多，甚至还雕了兽纹。

陶显幽幽地看着那辆四轮车：“为什么她的就这么高级？”

麻婆婆回头看了一眼陶显身下用木板子搭成的四轮车，甚至上头毛刺都还没磨掉。

“因为她年纪小。”

“可我都快死了！”陶显居然闹起了脾气。

林渡还在装死，一直到走出村子一段距离后，她还没开口，陶显才慌了。

“不是，小道长？你还装啊？这都走出去二里地了，人家追不上来了。”

“林小道长？不是，我只是抱怨抱怨，也没说想要你的四轮车啊。”

麻婆婆嫌他聒噪，开了口：“她没事，就是睡着了。”

陶显：“她这个年纪是怎么睡得着的？”

夏天无把过了脉：“累昏过去的，一天内布了两个大阵，神识严重透支了，能撑到现在已经很好了。”

方才那血也是真吐，心脉承受的灵力冲击不小。

从青泸村到凤凰城的路几乎不算路，一路草地树林，颠簸无比。

这样颠簸，陶显觉得自己骨头架子都快散了，林渡却是一点没醒。

墨麟怕小师叔真的睡死过去，走几步就要去探一探。

麻婆婆从前不觉得自己古怪，现在快到进城的时候居然有点没脸。

两辆四轮车上躺着两个看着半死不活的，还有两个正道弟子一左一右跟护法一样，这个组合她有点不想加入。

于是麻婆婆先他们一步走进了城门，总归守卫都不敢拦她。

后面的古怪四人组被守卫一拦，墨麟指了指麻婆婆，顶着一张格外正直的脸，理直气壮道："我们都是跟着麻婆婆的。"

守卫看了一眼径自走路的麻婆婆，又看了一眼四轮车上半死不活的两个人，想到麻婆婆的身份，也觉得合理，放下了阻拦的刀，示意他们直接入城。

一行人到了那被灵藤覆盖的院子，院门一开，却看见一个人在院门内坐得安然，旁边站着两个带着甜蜜微笑的侍女，正在安静饮茶。

若不是麻婆婆确信这是她的院子，她都以为是自己走错了家门。

那人悠闲地呷了一口茶，也不抬眼："回来了？"

墨麟和夏天无抬手行礼："见过七师叔。"

女子头上还梳着高髻，蓝衫月裙，腰间那块腰牌很有分量，的确是无上宗的身份牌，薄薄的眼皮显得利落又带着威严。

"昨儿收到了你的传音符，当时我正在用饭。"她放下茶盏，站起身，耳上夸张的耳饰纹丝不动，接着她恭恭敬敬地抬手，向麻婆婆行了个礼。

"无上宗第九十九代弟子封仪，见过麻婆婆。多谢前辈善心，救我家晚辈于垂危之际，特备了些薄礼，还望前辈笑纳。"

她身形清瘦高挑，站在那儿宛若一柄出鞘的寒剑，姿态和话语都恭敬，可偏偏没人觉得她是恭敬的。

封仪身上带着俯视众生的雍容气度，不像是来求人及道谢的，倒像是什么勋贵来给赏赐的。

麻婆婆忽然有些心累。

旁的宗门把弟子都打磨成一样的松竹，虽然无趣，但到底也不会横生枝节叫人无从应对。无上宗像是一堆生得花里胡哨的花，你永远不知道下一瞬间他们之中会有什么奇怪的人出现。

"我已要了他们的报酬，不会再收礼。"麻婆婆如是说道。

封仪手中多了个盒子："只是一点薄礼，不成敬意，婆婆一看便知。"

麻婆婆原本并不想收，却看到封仪将那手上的盒子慢慢打开。

她愣了一下，深深看了封仪一眼："无上宗的弟子，当真都是能人。"

天神琀珠，对尸王来说的确是个难以拒绝的宝物。

神明遗体口中的琀珠，旁的修士拿了略显缺德，无上宗这帮人拿倒是有几分理所当然。

不管什么修士闯入古神遗府，也很难想到要动人家的尸身。

但无上宗弟子的土匪性子，雁过拔毛，兽走留皮，远近闻名，居然连古神遗府也不例外。

麻婆婆算是服了。她接过那盒子，顺势原谅了鸠占鹊巢还指挥自己的尸傀给她泡茶的封仪。

封仪转而走向四轮车，犀利的目光扫过车上的两个人，最终精准地站到了林渡面前。

“这就是咱们宗门那个中了蛊毒的孩子吧？天可怜见的，怎么瘦成这样？”

在旁边好好站着的墨麟默然了一瞬后道：“七师叔，那不是。”

封仪瞬间收回想要摸林渡脸的手，面有难色地对上了陶显的视线：“好好一个孩子，我记得进宗门的时候长得挺俊，如今怎么长残了？”

墨麟清了清嗓子开口：“七师叔，我在这儿，那位是飞星派亲传弟子陶显。”

封仪这才将目光移向了墨麟：“啊，墨麟，你都这么大啦，小时候师叔还抱过你，你记得我吗？”

墨麟当然记得，但封仪显然根本不记得他了。

“不是你中了蛊毒吗？那这个小东西又是怎么个情况？”

封仪将目光转移到了林渡身上：“长得还怪好看的，一看就是我们无上宗的人。”

“昨夜我们遇到了白袍人袭击，求助七师叔，但七师叔没来得及过来，所以小师叔神识透支，昏睡过去了。”墨麟老老实实开口。

封仪脸上还是那副雍容神色，只是眼珠子不动声色落在了别处：“我接到掌门调令的时候以为自己在滇南。”

“但实际上，我在粤南。”

墨麟沉默了一瞬：“所以……”

“所以我连夜赶路赶过来了，拐了好几座城，才找到了凤凰城，天亮之后收到你的第二次传音，说是要前往凤凰城麻婆婆的小院，我就先到这里了。”

“您夜行千里辛苦了。”墨麟默然，随即又行了个礼。

很显然，这位师叔是个路盲，她半夜接了传音符，大约走错了不止一点。

林渡刚刚被安置下来，院门就再次被不速之客敲响。

封仪正在床榻前认真地看着睡着的林渡，看了很久，方才若有所思地叹了一口气。

“师叔真是，我道他这个逆天之人怎么做了一回顺天之事，原来是因为你这个小家伙。”

“居然还要我把那神墓中的天神琀珠拿出来，为你了结因果。”

封仪定了定神：“罢了，反正神躯是他摸的，这东西本来就是他的。”

林渡睡得并不安稳，她很累，乏得厉害，却隐约做了个噩梦。

梦中她鬓发花白，面容惨白，病骨支离，看着已经油尽灯枯。家里那个缺德师父看着她，满面愠色，最后却化作一声叹息。

“你道心已碎，还要如此耗费心神，逆天而行，值得吗？”

梦中的林渡笑了一声：“弟子道心已碎，飞升无望，不若以我这三尺薄命，换无上安泰。师父，我走后，眼睛给您，您感悟之后，定然能够飞升，还请师父届时成全我。”

“你连我也要算计？”阎野千年不变的灰眸中闪动着一点怪异的怒火，继而换成了一抹凉薄的讥笑。

“也是，我这个徒弟，打小就聪明，还不要命，我何苦逆天而行，吊着一个求死之人的命。”

“如今你连自己的死都已经算好了，更何况是你师父的飞升，天底下怎会有你这样大逆不道的徒弟。”

阎野转身就走，林渡却瞧得出来——他走得急，不是被气走的。

他被梦里的自己气哭了。

林渡差点看笑了。

原来这样就能气哭自家那个缺德师父啊。

很快梦境转换，林渡坐在一座峰顶，冷眼看着山下张灯结彩，满眼皆是喜气的红。

酒宴喧闹，人人喜气洋洋，那些熟悉的脸上都带着笑，闹哄哄的。

无上宗居然有这么多人。林渡脑子里想的是这个。

一声“新郎新娘送入洞房”响起，林渡依稀分辨出来，那是元烨那小子的声音，只是听起来成熟多了。二师兄的唢呐吹得嘹亮，喜气洋洋。但很快，那唢呐突兀地停了，接着宾客离散，红绸撤去。

她那大师侄穿着一件红色里衣，上头染满了鲜血，头发凌乱，状若癫狂，他被睢渊和苍离合伙按住，挣扎着，不受控制地发出哀号。

林渡知道这是梦，不管她是什么境界，也不能坐在一峰峰顶，看到他人屋内的情形。

那往日永远身子挺直硬朗的青年不受控制地蜷缩在床上，捂着心脏哭嚎，一只手染着鲜血，颤巍巍握上了一人的手。

林渡愣了一下，低头看了一眼自己的手，她的手腕上出现了一点潮湿的血印。

墨麟的手还是热的。

下一瞬间，她已经在墨麟床前。

墨麟素日总是明亮的星眸此刻黑沉沉的，透着癫狂的光亮，他握紧了林渡的手腕，哭道："小师叔，小师叔……"

"你知道我的，我不能没有她，小师叔……求求你，求求你……"

林渡听到自己在说话："墨麟，你醒醒，这不是你，根本不是你。"

"小师叔，我好疼，小师叔……"

林渡倏然回头，红着眼睛看着苍离："二师兄，真的没有办法吗？"

"他神魂无碍。"

林渡的声音有些发抖："什么叫神魂无碍！他怎么可能无碍！他怎么可能亲手挖出自己的灵骨！他是无上宗第一百代的翘楚！是开门大弟子！"

"他修神霄道，练藏锋剑，以除邪魔为己任，他怎么可能会为了道侣就断送自己的道途！"

苍离按住了她的肩膀："小师妹，你不该来的，你的道心……"

林渡骤然吐出一口血来，心脏绞痛得厉害。一片混乱之中，她看到了五师兄姜良的背影。

姜良开口："没办法，看那样子，神魂是无碍，肉身却无解，只能自行兵解。我找到了秘法，可保墨麟转世后留有记忆，重归无上宗。"

林渡猛然转头，画面却已经是藏锋剑最后一次出鞘。

剑刃对着自己的主人。

林渡的心脏痛得厉害，她感觉得出来，她在难受，梦中的她在痛哭，可……

那不是她。她林渡什么时候哭过呢?

林渡骤然又回到了峰顶,接着一个失足坠落,让她从这场混乱的梦中惊醒。

封仪好奇地看着眼前猛然坐起身的小师妹，这人额上还有细汗，眼角潮润泛红，眼睫粘成了一团，看着可怜巴巴的，可那双眼睛抬起的瞬间宛若深渊寒潭，黑沉沉的，带着无边的孤寂和痛苦。

倒是让封仪吓了一跳，那不是个孩子该有的眼神。

林渡捂着心脏，拧着眉，恍然抬头对上了一张格外陌生的脸。

门倏然被人推开了。

“小师妹，我那不争气的徒弟要准备刮骨了，麻婆婆让我来喊你……”睢渊的声音戛然而止，小心翼翼地看着床上的人，“小师妹，你这是……？”

林渡忽然就笑了，声音还带着哭腔，倒显得癫狂，把封仪和睢渊吓得不轻。她兀自笑了一会儿，擦干了眼角的泪。果然是人压力太大就容易做噩梦，不过是一场梦而已。墨麟不会沦落到梦中那个样子，永远不会。

“没事，我这就来了，就是梦到有个和尚偷了人家的井，我觉得好笑。”

她说着，迅速下床，发觉自己现在大约像个疯子，看着呆若木鸡的师兄，叹了一口气：“让师兄见笑了。”

睢渊没笑，倒是被吓到了。

小师妹这副样子，疯得像是当年在神墓里不知看到了什么的阎野师叔。

他惶然地看向封仪：“七师妹，小师妹这是什么情况？可别失心疯了。”

林渡已经重新把道髻束好了，又取了一个网巾将那些碎毛往头上捋。

一双手忽然替她接管了那网巾的系带：“我来吧。”

林渡乖乖松了手，鼻尖嗅到了一股名贵的幽兰香气。

封仪替林渡拢好全部碎发，系好网巾带子，气定神闲：“师叔当年疯起来不也是这个样子，小师妹这样不是很正常？”

睢渊：听起来挺合理的，就是事情本身有点不合理。

封仪拿帕子替林渡擦了脸：“方才做噩梦了吧？”

林渡沉默了一下，喊了一声：“七师姐？”

“唉，是我。”封仪拍了拍她的脑袋，“走吧，再晚该赶不上了。”

麻婆婆的小屋内终年都是静悄悄的，但此刻却是难得地热闹。

世人皆知麻婆婆喜静，就算来求医也总是尽量少言，哪里会像无上宗的人这般，五个人就搅得小院天翻地覆。

麻婆婆被吵得头皮发麻，那五个人都信誓旦旦说自己是少话之人，她是一点没看出来。一个人说一句话至少有五声回响，再轮流来上这么几回，就一点空隙都没有了。

林渡和夏天无一左一右握着墨麟的手腕，身后站着两个抱着手看着的大人。

寒凉的灵力一蹿进去，墨麟差点下意识松手往夏天无那边扑："嘶。"

林渡的灵力凉得有些过分，像是冰碴子冲进了他的经脉之中。

林渡有些抱歉："忘记收敛点了。"

墨麟赤裸的胳膊上青筋毕露，隐隐还能感受到内里涌动的冰霜，那冰霜还在不断向前蔓延，看得睢渊打了个哆嗦。

林渡年纪小。墨麟赤着上半身，她眼睛上就蒙上了重重洁白的纱布，少儿不宜，非礼勿视。

睢渊越看越眼熟，用胳膊肘捅了捅封仪："阎野师叔还说自己不会教徒弟呢，你看这不是教了个十成十吗？"

夏天无的灵力灌入墨麟身上的时候，原本缩着拼命往右的人"嗷"一嗓子，委屈地看向了麻婆婆。

"我这样，真的不会爆体而亡吗？"

林渡和夏天无的灵力，一个至寒至阴，一个至热至阳，且并不平衡，阳火灵气要撵着蛊虫逃窜，阴寒之气还在逐步抽出，原本寒凉的经脉一瞬间又仿佛被架在火上烤，要不是他经脉坚韧，只怕早在这冰火两重天中断了。

"我没告诉过你吗？"麻婆婆拿刀的手一顿，恍然大悟，"因为你说刮骨也无所谓，所以忘记告诉你了，一个人同时承受截然不同的两种灵力，有一定概率经脉断裂。"

睢渊登时紧张了起来："要不咱们不干了？"

"不干就得死。"麻婆婆回得冷淡。

"我觉得我要变成两半了。"墨麟虚弱地开口。

林渡被遮了眼睛，但嘴没被封住，挡住视线更方便肆无忌惮信口开河了："往好处想，一半烤牛筋，一半冻牛筋，吃一半存一半。"

这显然不是什么安慰的话，墨麟垂着大眼睛，听到自家师父小声道："有点饿。”

墨麟实在没忍住：“您都几百年不需要吃东西了！不要太过分！”

“撒点孜然吧，辣椒面要吗？”封仪问道。

“没见识，这东西当然要刷秘制料汁。”雎渊回撑。

一帮人这么一打岔，墨麟倒是也不紧张了。

麻婆婆却在这时忽然动了，她手中拿着个银镯，结结实实压了下去，墨麟的炼体功夫当世罕见，肌肉坚硬紧实，银镯按上去险些一个没稳住被弹下来。

“老实点，放松。”麻婆婆眼中闪动着莫名的怒火，墨麟在其威压下只能老老实实放松。

旁人看不清那蛊虫到底是怎么游走的，压根也没看出那皮下的异常。

“小孩儿，灵力往前些。”

麻婆婆发号施令，林渡乖乖照做。

尖锐的小刀扎破了皮肉，却不见丝毫的鲜血溢出——林渡的灵力封住了伤口。

麻婆婆口中念念有词，手中倏然多出一个造型奇特的白色骨灯。

此刻若是林渡眼睛没被挡住，就能看到那骨灯分明就是由人骨制作而成的——还是人的胸骨制成的，当中燃着古怪的幽绿火焰。

麻婆婆逼出一点自己的血液——寻常尸傀没有血液，也不知道尸王的血液究竟是如何流动的。那血液点进幽绿火焰之中，骤然散发出诡谲的香气。

随后那火焰被扣在了银镯之内，过了一会儿，火焰倏然灭了。

麻婆婆收了骨灯，将东西塞入一团凝固的油脂内，转而看向破开的口子。那血肉切面都带着诡异的冰碴，但泛着金光的白骨之上有鲜明的青黑之色。

夏天无早就在麻婆婆的命令下收了手。

“蛊虫已经拔除了，下面就要清余毒。”

一声杀猪般的号叫骤然响起。

“婆婆婆婆……婆……”墨麟疼得下意识攥紧了林渡的手腕，“疼疼疼疼，慢慢慢慢点……”

麻婆婆手中拉拽着一根晶莹的银丝，眼力好的人便能看出那并非寻常银线，上头翻腾着古怪的锋锐力量。

如今那银丝没入墨麟被切开的皮肉之下，正在以极快的速度刮过墨麟的骨骼。

她手上动作不变："挫骨而已，你能忍住。"和墨麟当日所说分毫不差。

墨麟的号叫戛然而止，像是被生生塞了回去一般。

他忍得极为用力，林渡的手也被攥得青筋暴起，两人都愣是没吭一声。

"不是，婆婆，我徒弟非要醒着刮骨吗？要不我一棍子给他打晕了？要不然我觉得……"睢渊看着林渡被攥得快断了的手腕，心肝儿有些发颤。

别的也就算了，林渡可是阵法师，这双手可太金贵了，他徒弟要是折了林渡一双手，那就不是什么刮骨的事儿了，是碎骨的事儿。

麻婆婆幽幽抬眼："有麻沸散。"

墨麟默然了一瞬："合着我刚刚的疼白受了？"

"不是，用麻沸散的话，你没法精准感知深浅和灵骨之中仙灵之气散逸的程度。"

麻婆婆说着，勉强找出一块布来："咬着吧，区区挫骨而已。"

自己说出的话，自己就得认，墨麟咬着布不再吭声，浑身青筋暴起，硬是只发出了喘气儿的声音。

夏天无站着看了一会儿，忽然走到另一侧，将墨麟紧紧握着的右手掰开，看着手心被掐出的血印，她无声地洒了点药粉上去，继而在墨麟颤抖着又要握紧拳头之前握住了他的手。

墨麟就算没有灵力，手劲也是极大的，林渡有那么一会儿，脖颈的青筋都疼得暴起。

睢渊看不过眼，想要代替自家小师妹，毕竟自己这个大徒弟的肉身强度几乎都快追上他了。

林渡却没要他上来替她。

"一会儿而已。"

林渡这会儿在剧痛之下，脑子居然格外清醒，比起心痛来说，腕骨的疼痛真的不算什么。

她将梦境内容翻来覆去地想了一会儿，脑海中一会儿是墨麟哭着握着她的手腕，哀求着叫她小师叔的模样，一会儿是阎野苍白睫毛上眨掉的一滴泪珠。

修士入道之后，除非有心魔，否则极少会有梦境。

一切梦境，皆因日有所思，心有所求。人若心中无所求，自然无梦境。

那不是林渡的梦境，那是林渡的执念。

原剧情中，为什么只提及林渡天生不足？为什么只说林渡这个小师叔道心纯粹，修炼速度奇快，超出同入门的弟子数倍不止？

从没有一句话，提过林渡的心疾。原剧情中林渡的心，只怕是好的。

林渡想，或许自己的到来和这具身体的破败，另有玄机。

墨麟不过是因为意外受了这个伤，她都难以接受，也不难猜，梦中的林渡为什么会因为自己这个大师侄道心不稳。

林渡一生颠沛流离，所以格外渴望稳定和平静，谁都不可以把她的平静破坏。她就是经不起大风大浪，颠沛流离，友人离散，宗门被毁。

偏执狂修做不到清静无为，更做不到太上忘情。

林渡就只想一点点拼凑好那些即将支离破碎的东西。墨麟算第一块。

“大师侄，别怕，正好你这会儿动不了，之后只怕也要养着，先前让你看的书看过了吗？”林渡忽然就开始说话。

墨麟没想到这个关头小师叔还要考问他的功课，一双大眼睛无辜地看着林渡，用力眨了眨，却发现她蒙了白布，看不见。

林渡等不到他的回答，就继续说了：“你这炼体归炼体，还得多读点书啊。”

晏青就是读书多。元烨虽然读书少，但是看的事情多，就不像墨麟这个实心眼儿的，容易出事。

林渡絮絮叨叨地劝学：“你实心眼儿，多读书没坏处，‘世俗之人，皆喜人之同乎己而恶人之异于己也。’

“天灾难躲，人祸可防。”

她当着两个师兄师姐的面，还在大喇喇教训这比自己大好多的师侄。

麻婆婆没说话，心中却觉得这小孩儿还是嫩了点。

雎渊倒是被林渡说得一愣一愣的。封仪抱着胳膊听了一会儿，偏头小声抱怨：“阎野师叔到底教给了小师妹什么乱七八糟的东西？”

“道理确实是这个道理啊，这不劝学呢嘛。”雎渊说道。

封仪沉默了一瞬：“不过你那徒弟，确实需要和小师妹中和一下。”

一个以为自己只要足够强就能无视一切阴谋诡计，一个恨不得走一步算一百步。但凡两个人一人分对方一半，估计都能好些。

封仪和林渡相处时间不长，但短短半天，她已然发觉，林渡说的每一句话都是有目的的。哪怕是插科打诨的话，那也是有意为之。

慧极必伤，封仪都害怕林渡的小脑瓜子有一天因为想太多而冒烟。

这一场刮骨持续了很久，本来就是临近傍晚才开始，结束时已经是深夜。

墨麟到后面疼到没有力气，终于松开了林渡和夏天无。

“好了，药也煎好了。”麻婆婆将那早已被染黑的银线扔进盘子里，招呼尸傀来送药。

雎渊接了他们传来的传音符，连夜从无上宗取了天品龙精草，几乎是和封仪前后脚赶到了凤凰城。

四样关键药材齐了，剩下的辅药麻婆婆让他们找，在拔出蛊虫之前就将药熬上了，到这会儿刚刚好。

墨麟被夏天无包扎好伤处，灌下汤药，顺势躺了下去，人已虚脱。强撑许久，方才晕了过去，晕过去之前，还没忘记又去扯林渡的手。

“小师叔，我没事，骨头也好着呢，仙灵之气虽被那玩意蛀了许多，但还有一丝，我很快就好了，你可以放心了。”

林渡身形一僵，感觉到了那只温热的手上的潮湿汗水。

记忆又回到了梦中他双手染血拽着她的手腕的时候，林渡想，这手还是永远干燥，不要染血的好。

接着，她转身出去，并不需要人搀扶，纯靠记忆，顺利地走到了门口，推门而出，然后才摘下了眼上的纱布。

第十二章 飞星派之谋

已是深夜，院子大部分都被藤蔓掩盖，并不能看到完整的天。

林渡干脆利落地翻身上了墙，仰头看着凤凰城的夜幕。

此处在滇西，白日里刚下过一场雨，夜幕也跟洗刷过一般澄澈，难得不见终年的雾岚。

居然是个满月。

林渡忽然觉得心有些发痒，轻声嘀咕了一句：“中情蛊的又不是我，怎么回事。”

那梦中墨麟的情形她看得清楚，心痛难忍，失去理智，神魂却无异状，分明就是中了情蛊。

麻婆婆走出屋门的时候，被那院墙上垂下来的一条腿吓了一跳，顺着那条腿看去，才发现是林渡落拓地坐在矮墙之上，瀑布般的灵藤倾泻而下，月光之下，她身边有无数晶莹的月光花绽放。

“你坐到我的藤了。”麻婆婆开口。

“您这藤不好，月光对您来说也是好物，怎么不让月光照进院子里来？”

“你的腕骨骨裂，还敢跳上去？”麻婆婆自顾自地坐到了月光藤下的摇椅上。

“用的右手。”林渡是个左撇子，但在所有人面前，惯用的都是右手。

麻婆婆被噎得头疼。

“林渡，若你有朝一日活不下去了，可以考虑来找我，你很强，会变得比我更强。”

林渡摆了摆手：“算了，死了就死了。”

“与人斗，其乐无穷；与天斗，劳心劳力。不过一场空。”林渡歪头一笑，“您说对吗？”

麻婆婆无奈地看着她：“书上可不是这么写的吧？”

“可我是这么说的。”林渡笑了笑，右手腕灵力蓄积缠绕，滋养着那点裂开的腕骨。

“如今幕后之人龟缩不出，你想怎么杀？”

麻婆婆在月下不知烧什么东西，传出了一股冰雪的味道。

林渡左手点在曲起的膝盖上，垂眸思索片刻。

她也在犹豫是明着杀还是暗着杀，暗着杀好办，只是……

无上宗的性子，只怕是需要明着杀的。

既然要明着杀，那就要好好布局，占据道德制高点，还要有充足的证据，防止对方反咬一口。

林渡歪着头，不知道想到了什么，粲然一笑：“先让他把那五十万上品灵石给了再说。”

飞星派是大宗门，人多得厉害，资源分配远远比不上无上宗，连封仪和睢渊都不一定有五十万灵石，这个印仲要说没点副业谁能信啊?

封仪和睢渊都感受过阎野那人的性子，但现下还是会被他徒弟的操作震惊到沉默。

真的会有人当着人家养了四百年的大弟子的面讨论如何杀他师父。

“所以，你也不知道自己师父有那么多钱？”

林渡沉吟片刻，点了点桌面：“那你师父之前接触过戚准和邵绯这两个外门弟子吗？”

陶显老实解释道：“师父在宗门长老之中资历尚浅，所以被安排的事务都是油水少但极为麻烦还容易得罪人的活儿，比如管理外门弟子之类的，但师父一直做得很好。”

“他也算天纵英才，在观星命数一道小有名气，滇南各方小世家都喜欢找他观星算命。”

林渡一直盯着他的眼睛，听到这里才有了些反应：“这样啊……”

她这一声意味深长，转头看了一眼封仪：“七师姐，事情大概就是这样了。”

被忽视的睢渊忍不住清了清嗓子。

封仪若有所思："所以你怀疑圈养青泸村的事都是印仲做的，而他是兰句界逃出来的高阶修士阴魂。那日袭击你们的白袍人，也是他带领的？"

"印仲所有的徒弟，都是从那个村子选出来的孩子，他清除对方的记忆，打下了分神烙印，所以那些人都被他操控？"

封仪很快理清楚了，睢渊的咳嗽声也戛然而止。

"不止，戚准和邵绯能进飞星派外门，又接到去北地的任务，只怕都和印仲有关，昨夜袭击我们的白袍人里还有四个是从兰句界来的。"

林渡说着，往桌上扔出一把储物袋和储物戒，都是从那些人的尸体上摸下来的："由此可见，兰句界的缺德鬼已经有不少联合起来了。"

"大家都想活，可我们洞明界的无辜之人，也想活。"

林渡抬眼看着封仪："七师姐，你说我们该从哪一点开始下手呢？"

封仪出身修真世家大族，本是封家少主，拜入无上宗后自愿卸任少主之位，专心问道，但自小养成的处事能力还在。

她微微一笑，薄薄的眼皮宛若一尾灵动的银鱼："人过必有痕迹。你想要知道印仲都接触了什么人，还有什么产业，没有立刻发难把他杀了，不就是想看能不能利用他，把其他的阴魂都一网打尽吗？"

"这个，交给我便是。"封仪眉目含光，伸手摸了摸林渡的头，"年纪轻轻的，少想些，咱们无上宗做事，就算没有理由，那也无妨。"

"当年你师父毫无缘由地下山杀人，满中州都是你师父心魔缠身肆意屠杀的传闻，但依旧无人敢拦他，只是禀告了无上宗掌门。直到你师父和那魔尊打了一架，众人才知晓他杀的那些都是混入中州的魔族密探。

"从那之后，中州有个不成文的规矩：无上宗的人杀人，若是无上宗都不管，那就无须管。"

林渡眼睛一亮："真的？"

封仪敲了敲她的头："前提是你是真的事出有因。"

这世间有许许多多的事没有办法拿出完整的证据，直到事情彻底爆发的那天才能窥得内里早就腐朽的脉络，而及时截断那些阴谋的人，往往还会被误会成小题大做，杞人忧天。

修士岁月漫长，但多数时间都在向天争命，哪儿来那么多钩心斗角。

但也有些人走投无路，会为了那一点机会，耗费时间耐心布下惊人的局。

人心难测，祸由此生。

“修炼要紧，这次你回去之后，我会和掌门说，在八年之后的中州大比前，都不准你下山。”

林渡瞪大了眼睛：“七师姐！”

“等此间事了，你该歇歇脑子了。”封仪摸了摸她的白发，“才十几岁就白头，不知道的以为我们无上宗对弟子有多苛刻。”

“好了，现在你给我立刻去睡觉，剩下的交给我们。”

林渡被“押送”到床上休养神识，封仪和睢渊出了门，当着麻婆婆的面，放出去几张传音符，接着招来了一只鹰。

那鹰爪上有封家的金色图腾，麻婆婆只是看了一眼，就转过了眼睛。

封仪虽然早早放弃了封家少主的身份，可依旧能动用封家的一切资源。

睢渊正在碎碎念：“七师妹，不是我说，就该把我徒弟和小师妹都打包送回宗门养着，你为什么要答应她让她了了这件事再回去？”

封仪这会儿没有对着林渡那般的耐心，脸上淡淡的：“你除了当个棒槌没有一点用，还是这个小师妹的脑子好使。”

这世界上只有两种人，一种是“棒槌”，一种是“莲藕”。

林渡虽然年纪小，但面对盘根错节的复杂局面，却比睢渊这个棒槌更擅长分而治之。

“邪魔是杀不完的，”封仪垂眸，“只要有欲望存在，就会有邪魔。”

“三师兄，管杀不管埋，不是我们无上宗的规矩。”

封仪站得笔直，夜色掩盖了她身上的锋锐。

“林渡是阎野师叔教出来的孩子，从性子到手段，都像了个十之八九，而且她身上偏执更甚，堵不如疏，否则百年之后，要么繁千城再多出一个魔头，要么阵法一道再多一个少年天才。”

麻婆婆忽然开口：“她已经是了。”

封仪和睢渊同时抬眼，看向那多年避世，连天道也无可奈何的六道异数。

“你们看错她了，繁千城永远不会多出一个叫林渡的魔头，但她已经是阵法一道的少年天才了。”

老人站起身来，将彻底销毁的蛊虫埋入地下，化为灵藤的养料。

布阵更耗费神识，但神识比灵力更难修炼，所以阵法师大多大器晚成。

但林渡布下的大阵所需的神识强度，最起码是百岁修士才能达到的。

林渡身上有异常，她师父会察觉不到吗？

但所有的异常，都不妨碍林渡成为一个正道弟子。

林渡这一觉没做梦，睡得极长，等到日上三竿才起来，却也没人说她。

麻婆婆甚至还破例让尸傀给她煲了一碗粥。

林渡抱着粥碗，看着里头奇奇怪怪的条状物欲言又止，到底埋头喝完了。

一碗粥下肚，一声咕噜声在小院内响起，麻婆婆神色诡异地看了过去。

林渡小声解释："本来不饿的，一碗粥下肚，开胃了。"

她又问："婆婆，粥里那个肉，是什么？"

"虫子。"麻婆婆面无表情地招呼尸傀出去买吃的。

林渡虚弱地放下碗筷，游魂一般站起身往回走："我突然有点饱。"

夏天无好心提醒："小师叔，无妨，那虫子是灵物，煲汤和下粥都是常见的，对神识很有好处。"

林渡气若游丝："道理我都懂。"

麻婆婆绷着脸："十个灯盏窝够吗？要酸菜的还是要肉的？"

林渡回答得迅速："各要十个，谢谢。"

麻婆婆阴森森的声音响起："你是第一个吃我的住我的，还敢跟我提要求的。"

林渡转身，掏出一把灵石往那个小尸傀的手里塞："够吗？不够还有。"

她手大，小尸傀两个手兜不下，转头委屈巴巴看向麻婆婆。

麻婆婆忽然觉得脑瓜子有点疼，明明就这么一个小孩儿，怎么能这么麻烦。

"去吧去吧，她给你多少，你就买多少回来。"

小尸傀这才一步一步地向外走去。

林渡得寸进尺，转头抱了那和蛊有关的书坐到麻婆婆身旁，遇上不会翻译的就出口询问。

"你还真打算读完？"麻婆婆看着林渡连文房四宝都摆好了，有些稀奇。

她原以为这小孩儿要了书去，等看到了内里的古文字定然会放弃。

"嗯。"林渡握着笔，"不日要走，书还要还，我争取早点看完。不过婆婆，你介意我记录吗？"

“我若是介意，早该拦着你了。”麻婆婆淡淡道。

林渡就坐在天光下，下笔飞快，偶尔问些看不懂的字句，但更多的时候都在认真记录。

墨麟还需要休养一些时日；封仪不见了踪影；雎渊眼巴巴看着自家徒弟，也不肯回去；夏天无正在帮麻婆婆照料院子后面的各样灵植。

小尸傀回来的时候怀里抱着一大包东西，原本散发着淡淡奇香的小院很快就被油炸的食物的香气覆盖了。

“我那大师侄能吃东西吗？”

麻婆婆摇了摇头，林渡就抱着东西绕到院子后头找夏天无，分完之后又绕回来，坐到了麻婆婆身旁。

“尸王能吃东西吗？”

麻婆婆不动声色地坐远了些：“不能。”

林渡若有所思，但脑子动着也不妨碍她飞速进食，五个灯盏窝下肚，她才长出一口气，感慨道：“还得是灯盏窝啊。”

“婆婆，我有个问题，若一个人中了情蛊，有办法拔除吗？”

“书上不是写了吗？除非蛊师以自己的生命为代价解蛊。”麻婆婆看着林渡打扫院子，清了清嗓子，让尸傀代劳了。

林渡哦了一声：“你是说那个有倒下的小人儿的那句话？”

麻婆婆：蛊族文字被你说成是倒下的小人儿？

整整一天，麻婆婆总觉得自己院子里那股灯盏窝的味道久久不散。

到了晚上，林渡似乎也看出麻婆婆不喜欢熟食的味道，带着二师侄大摇大摆出门去吃饭了。

她也不找什么正经饭馆儿酒楼，专往人多的苍蝇馆子扎。

夏天无不解：“小师叔，你在这街上走了一个来回，为什么选了人最多的饭馆？”

林渡龇牙一笑：“人多的馆子肯定好吃啊。”

中华民族传统特色——排队多的馆子定然是好吃的。

夏天无：很有道理，无法反驳。

两个一看就是大宗大族出身的弟子，无论到哪儿都扎眼。

偏偏林渡好像一无所觉，她坐在当中，点完菜，百无聊赖地把玩着筷子，垂着眼眸，耳朵却时刻支棱着。

“听说了吗？那青泸村的人之前从不与旁人通婚，也从不出村子，今日居然有人出来了！”

“可不是，今日上山采菌子的人说，村子里那口井也没了，只剩下个大洞，也不知哪个缺德的，把人家井口都给偷了。”

“不过说起来那个青泸村有好几个年轻姑娘都跑进城里了，我媳妇的那个绣坊就进来两个，你别说，可当真是心灵手巧。”

林渡听了一会儿，唇角噙着笑，筷子在手上转了一圈，在桌上好好摆正了。

“听说飞星派出了些事。”

“什么事儿？”

“说是那飞星派的一个长老，夜观星象，为了天下太平，拼尽半生修为，算出来有一个灾星降世呢。”

林渡倏然抬眼，看向了说话的人，那人拿着滇南小报，似乎正在一页一页看过去。

“你看这里，这个长老似乎于命道有所长，说是……惊现天煞孤星，刑亲克友，六亲无缘，兄弟少力，若等天煞孤星成大器，必定会导致天下大乱。”

“所以那长老拼死算出了那天煞孤星的信息，说是如今遥遥落于北方，正是霜雪覆林，孤舟不渡……”

“天煞孤星的命数被蒙蔽，说是早就克死了双亲，如今生辰逢四，又要克死一个人了。”

夏天无面色一冷，抬眼看向林渡：“小师叔？”

林渡脸上挂着笑，一双眼黑雾沉沉：“天煞孤星，好算计。”

“命道之上，我师父还没说话呢，他个孤魂野鬼，有说话的份儿吗？”

中州大选五十年方才有一次，测灵根也算命，林渡过了中州大选，自然不会是天煞孤星，所以印仲非要扯出来一个命数被蒙蔽，是拿准了林渡是孤儿，生辰八字或许不准，方才有这么一个说法。

林渡露出了一个标准的反派笑容：“事情真是越来越有意思了。”

此界的林渡或许并不知道自己的生辰八字，可她是现代来的，她念的，是她自己的生辰八字。

她在神识内戳了戳那黯淡无光的白团子：“师父？”

阎野这回反应很快，问道："什么事？"

"师父，有个问题，如果一个魂魄夺舍了一个人的身躯，那这个人的生辰八字和命数是这个身躯的，还是这个魂魄的？"

阎野难得地沉默了一会儿："你一天到晚为什么都跟魂魄过不去？"

"命数自然是魂魄的命数，就算你占据了人的身躯，但也占不了人的命格，若这人命中注定穷困潦倒，夺舍之后入了富贵之家，最终也还会走向自己的命运。

"且若夺舍命中尚有生机的人，极损阴德，为天道所不容……等等，你要干什么？"

"没什么，就是想到了，随便问问，毕竟那阴魂假借旁人身份，都混到了长老的位置，我在想，原本这人该是什么命数。"

阎野啧了一声："异数归异数，那个有违天命，不在天道命数之中，你一天到晚挺闲啊，想得挺多？回来给你加功课！"

林渡无语了片刻："我说，师父，我的生辰八字你看过吗？"

"怎么这么问？"阎野的神念敏锐地亮了起来，一个发光的白团子抵着林渡的神府。

"噢，没事，有个坏人说我是天煞孤星。"林渡完全没发现自己在告状。

"那人定然是胡编乱造！哪个坏人？"

"飞星派印仲。"林渡小声道，"我猜的。"

阎野沉吟了一会儿："等着吧，我传音给风朝说一句。你的菜上来了，先吃饭，别乱想那些有的没的。"

那白团子又团了回去，不亮了。

林渡看着小二上了一大盆菜，漫不经心地道："天凉了，这小报该破产了。"

夏天无：总觉得小师叔不太对劲。

"小师叔，这是……春天了吧？"

"哦，那就……清明快到了，飞星派该出个殡了。"林渡拿起筷子，"吃饭。"

明月高悬，琼楼玉宇，金殿中的人却并不平静。

男子看着眼前无声出现在自己结界内的白发青年，难得地显出一丝胆怯。

殿内的结界不是寻常人能破的，退一万步讲，自己的结界能被人无声破除，飞星派的护山大阵又有谁能无声闯入呢?

那白发青年脸上带了点不耐烦，像是想安生睡个好觉却被半途叫起来了一般，俊朗不羁的脸上全然没有一丝正面情绪，灰眸无光，却带着毫无人情味的冷意。

殿内男子很快认出来了来人：“不知阎野仙尊深夜到访，有何贵干？”

阎野笑了一声：“有何贵干？”

他身材高大，光是站在那里就有沉沉的压迫感。

“没什么，听说你夜观星象，算出来个天煞孤星降世？”阎野说完自己觉得好笑，嘴角的笑意都带了些讥讽意味，“你自己就没发现，你才是那个荧惑星？”

他懒洋洋地抬手：“我的徒弟是天底下最好的徒弟，你想要毁了她，问过我的意见了没有？”

男子仓皇地想要抬手抵挡，设下的禁制却如同一张窗户纸一般被阎野随手捅破，接着那只有力的大手就扼住了他的喉咙。

“眼睛不需要可以捐给需要的人啊，观的什么星？耗费的什么修为？”

阎野轻轻啧了一声，手上慢慢收紧:“不就是我那小徒弟削了你半数修为?何必呢？我家小孩儿不懂事，灭你一个分体怎么了？”

“孩子还小，你这个老东西却实在恶毒，想要毁她心境，还想要她被千夫所指？”

男子费力地想要拉开阎野的手，却发现无论如何那手都如同铁爪一般，将他牢牢扣住。

男子的面色一点点变得青紫，只觉得自己喉管都要被捏断，眼瞧着就要化为灵藤本体，阎野却松了手。

阎野面无表情地直起身，施术洗了洗自己的手，嫌弃地取了一块帕子又擦了擦:“她要亲自了结所有因果,那是她的命数,她的道,所以现在我不杀你。”

“但天亮以后，若有人传言我的徒弟是天煞孤星，我会先一步杀了你。”

“你是……要飞升的人，居然还敢沾染因果？”男子嘶哑的声音响起。

垂坠顺滑的玄色衣袍扫过金殿的砖石,男子坦然将后背暴露在印仲面前。

印仲脑子里想过很多种可能，发现都无法杀死阎野，顶多给他一道不痛不痒的伤痕。

但他依旧打算恶心一下阎野："传言阎野仙尊百年前曾经与魔尊有一战，那一战之后您一夜悟道，进入太清境，当夜放话，你会是洞明界最年轻的飞升修士。"

"难不成，如今阎野仙尊要为了一个入门才一年的小徒弟破戒，甚至放弃立下的誓言吗？"

阎野已经在往门外走了："我说到做到，天亮以后，再有人说这件事，我不介意开杀戒，也就是多在这世间熬几千年消解因果而已，我无所谓。"

他也不是非要争这个第一。

阎野很快消失在了殿内，独留印仲捂着半折不断的喉咙大口喘气。

门外响起一道轻浅的男声："师父，药熬好了，您损耗如此之大，喝完药再休养吧。"

印仲神色晦暗不明，忽然笑了一声，抬手将脖颈之上的痕迹遮掩了下去，哑着嗓子叫人进来。

飞星派主峰之上，掌门正招待着面若寒霜的女修。

"这小报的确不是我们飞星派的产业，封仪真人，您找我，我也没有办法，这民众悠悠之口如何堵住？"

封仪端着茶盏，抬眼觑着打太极一般糊弄人的掌门："如今来找你，不是问飞星派和小报的关系，而是要你解决这事儿。"

女子薄薄的眼皮抬着，宛若银刃："若你不解决，那由我们封家出面，落在飞星派身上的话，可就不好听了。"

"飞星派的观星之术传承有异，长老夜观星象却走火入魔，意图将这太平天下变成乱世，如何？"

瓷盏的盖子轻轻磕上瓷盏边缘，发出清脆的声响，封仪等了一会儿，见那掌门还在打太极，将盖子盖了回去，站起身："既如此，那封某便归家了。"

她凛然迈开步子，快要走出门的时候忽然意有所指："你分明已经察觉到了宗内的乱象，为什么要放任妖人作祟？"

掌门脸上的笑登时一僵。

封仪背脊挺立："你在利用他扫清那些长老手上的权势，等事情败露，再除掉他，重新收拢权力，交于自己人之手？"

“你介意飞星派内部的陈旧世家势力，觉得他们阻碍飞星派的发展，想要清除他们的党羽势力。于是你抬举印仲，养大了他的权势，反正他总有一天会被揭发的，但你就没有一刻想过养肥一只虎要多少血肉？”

封仪轻轻笑了一声：“看来你是想过了，但你不在乎。”

飞星派掌门沉默地站在原地，良久，开口：“封仪真人所说之事，就算不找我，那些人也会想趁机将印仲拉下来的。”

太平盛世，若无外敌，内部势力相互倾轧也是常事。

封仪背对着飞星派掌门：“看来掌门早有安排，既如此，那封家就不干涉掌门布局盘算了。”

“只有一点，林渡是我无上宗的亲传弟子，是阎野仙尊飞升前唯一一个弟子，她的名声，不得有损。”

飞星派掌门行了个道礼：“我尽力。”

林渡是青云榜第一，若是这第一是飞星派的，他们定然也不想要林渡在没有成长起来的时候，被扣上一个人人厌恶的天煞孤星之名。

在原本的布局里他当然没打算为林渡洗清这个天煞孤星的名声。

中州各界对于无上宗垄断天才之事早有异议，偏偏无上宗只收天才，且招收的弟子极少，游离于权力倾轧之外，专心除魔卫道，稳坐中州第一强宗的宝座，叫人无可诋毁。

夜已经深了，布满灵藤的小院之内一片安静，但一间屋子里却还亮着暗淡的灯。

整整一天，林渡将那厚厚一本蛊书看了大半，麻婆婆被问烦了，将人赶进了客房让她休息。

林渡却并未休息，将灵兽袋中的人抖搂出来，不等人醒来，就灌了一碗糖水下去。灵兽袋并不是个什么好待的地方，兽类会自觉休眠保存生机和体力，但人不会，是昏过去的。

邵绯一睁开眼睛，就对上了一张毫无表情的脸。

林渡惯来是带着笑的，就算那日拿刀逼问，也是笑着的。

笑容不过是一层伪装而已，邵绯一度在心里腹诽林渡笑得虚假且不走心，可如今林渡不笑了，她觉得有一点恐惧。

明珠被琉璃灯罩折出煌煌的光，林渡背着光线，一张脸没有任何情绪，眉骨与睫毛在眼下落着重重的阴影，颇有些阴鸷。

“来，我们聊聊。”

林渡开口，拉了凳子，坐到了邵绯面前。

“我问什么你说什么，否则我不保证你会活着回到飞星派，懂了吗？”

邵绯惶然地看着眼前的林渡，费力地点了点头。

林渡倚在桌旁，手指一下一下点着桌面：“从你遇到戚准说起吧。”

搜魂损伤阴德，还耗费神识，上次被苍离教训了半天，戚准是异数另说，邵绯就不行了。

林渡听邵绯事无巨细地说着，自己却在回想那日搜魂时看到的记忆。

戚准当时是收到一则消息，要替人办事，才路过救下了邵绯。

林渡有种预感，那不是意外，如果印仲当真擅长占星卜命的话，这个“路过”，或许就不是路过。

她方才重新看过了一遍剧情，墨麟被挖的是灵骨，而邵绯天生绝脉无法修炼，经脉是有高人替她通的，一开始用蛊虫寄生在丹田内吸纳灵气，换了灵骨后，灵骨取代体内的蛊虫吸引来灵气，她才拔除了体内的蛊虫，成了正道修士。

后来的剧情里，这灵蛊销声匿迹了。

林渡问邵绯：“你的经脉，也是戚准帮你弄好的？”

邵绯沉吟片刻，点了点头又摇了摇头：“是戚准说，他的故人有办法将我的经脉弄好，但我因为生来绝脉，无法吸引灵气，是双绝的死局，只能暂时将嗜灵蛊种在体内，成为蛊师。”

“这样蛊虫的灵力也就是我的灵力。”

“戚准说，不该我问的别问，所以我不敢多问。”

“我通经脉那日，那人戴着面具，跟我说，种灵蛊不如换灵骨，骨头的骨，天生灵骨能吸引灵气，这样我就不必靠蛊虫修炼了，就能踏上正途。”

“毕竟……古往今来，从未有蛊师飞升的记载，蛊师至多只能求长生。”

“可若是可以，哪个修士不想有机会飞升呢？”

林渡听到这里，终于有了反应，长长地应了一声，接着脸上浮现出一种古怪的笑。

她倾身向前，盯着邵绯的眼睛：“那人是不是还跟你说，下次若换骨，可以寻他？”

邵绯愣了一下：“你怎么知道？”

“那你知道怎么寻他吗？”林渡忽然伸手，替她将毛躁杂乱的头发捋到耳后，“你一定知道的，对吗？”

邵绯这回是实打实地害怕，那只手擦过她的耳朵的时候凉得惊人，毫无温度。

林渡实在不像个活人。

“是……我记得，那是个炼器的铺子，在云霄城西街旬空巷最里头。”

“真乖。”林渡拍了拍她的头，“你最好说的是实话，别让我亲自动手搜你的魂。戒律宗规，于我而言，不过是一纸虚言。”

这个法外狂徒，她想不想当，全看邵绯老不老实了。

“最后一个问题，”林渡笑了笑，“你知道——情蛊吗？”

她一直盯着邵绯的神色，见她眼中闪过一抹错愕，心中有了数。

“所以你知道，谁告诉你的？”

“是，是从戚准给我的蛊经中知道的。”

林渡直起身：“那你知道谁是天生灵骨吗？”

邵绯这回眼中只有茫然：“我，我不知道……”

林渡闻言垂眸看着她，像是在看一个侥幸逃生的人。

门吱呀一声开了，夏天无走了进来，夜明珠的光辉落在她的金丝绉纱裙边上，如同雪月里的涟漪。

女声清清冷冷地响起：“方才在外面听到了些话，有些事我可能要纠正一下，我先前把过你的脉，你此前是绝脉没错，如今你的经脉大部分已经通了。”

夏天无迈步走进屋内，清冷的面容恰似月下昙花：“通脉不可一蹴而就，你想必熬过了不少在汤药里泡着痛不欲生的日子吧？”

“可有件事你不知道，只有绝脉之人，却没有完全绝灵之躯，我和我师父看遍古籍，从未见过一个双绝之人。”

夏天无将门重新关上，把给林渡熬好的药放到了桌上：“所以，其实你只要通了脉，即便根骨再差，也可以修炼。”

邵绯本就极差的脸色瞬间变得如同死灰：“我……我不懂你的意思……”

夏天无用目光催促林渡赶紧喝药，林渡面色一苦，抱着视死如归的心态，端起了那碗黑乎乎的汤药，一气儿灌了下去，小脸揪成了一团，被那复杂的味道弄得手脚蜷缩。

“意思很简单，从来没有什么需要换灵骨的说法，也没有什么以蛊虫吸纳灵气的说法，不过你的资质的确不好，对灵气亲和力很低，所以利用蛊虫吸纳灵气也算是个办法。”

夏天无顿了顿，目光莫名有些悲悯：“但你要知道，就算你不成为蛊师，通脉之后，依旧可以修炼，以你如此坚韧不拔的心性，直接走上正道，日后若是能有些洗礼和提升资质的奇遇，也会有一番大作为。”

邵绯面色比喝了味道格外复杂的汤药的林渡还要狰狞痛苦：“这是什么意思，意思是，我……”

“你被骗了。”夏天无诚恳地道，“当然，也可能是那些人无知，不管怎么样，你的认知都是错误的。”

“当前墨麟任务进度 90%，奖励神思远志丹一颗，可用于强健神识。”

林渡往嘴里塞了三块糖才终于冲淡了嘴里的药味：“还有一件事，想必你也知道。”

“蛊师想要拔除体内的本命蛊，无论用什么温和的办法，都会受到反噬。”

邵绯当然知道成为蛊师不算个好选择，她的精神早就在这些时日里变得恍惚，如今被最后一锤击溃。

女子红着眼睛看着眼前的两个正道弟子，喊道：“可我有得选吗？我的人生本就是个死局，我没有你们的资源，没有你们随手可得的古籍医书，我怎么会知道他们骗我？我只想活下去，尽可能地变强，你告诉我，我该怎么办？

“你们高高在上，告诉我他们骗我，告诉我我的路本可以不这样！满口正道邪修，可是我又能怎么办？

“我不过是一介弱女子，从未读过你们读过的书，拥有你们这样的天赋，你们也没有见过那些穷凶极恶的匪徒，没去过那些肮脏下流的地方，你们的衣料不染尘埃，你们本人也目下无尘！

“我只是想求生而已，就因为我命不好，就因为我是绝脉，所以我被抛弃，只能和那些肮脏为伍，就此我被打为了恶人。林渡，你告诉我，如果你是我，你会怎么办？”

林渡忽然笑了，垂眸摩挲着中指上的薄茧：“你很惨，也很努力，很聪明。”

“但从泥泞中爬出来的不止你一个人，被父母抛弃的也不止你一个人。”

“只是我跑得快，跑得远，想办法多读书，”林渡淡然抬眼，对上邵绯此刻憔悴狰狞的面目，“仅此而已。”

“我的经历或许没你那么惨，但我想告诉你，”她声音轻浅，却带着自傲与凛然：“若我生在深渊之中，我也必定在窥得天光之际向上攀爬。”

“但邵绯，听你方才说的话，你分明也知道他们是恶人，害人是不对的，你也知道你自己不择手段，不是吗？”

林渡站在邵绯身前，脸上满是居高临下的淡漠：“你知道是不对的，那就有得选。”

“你可以说我们正道弟子居高临下虚伪做作，但杀害无辜之人的，从不是我。而明知恶而作恶的，是你。”

毕竟，前世邵绯被墨麟解救出来之后，分明是个自由身，她本有得选。

但她依旧选择了作恶。

如今林渡阻止了这一切，但历史验证过了，邵绯就是选了那条最错的路。

眼泪大滴大滴地从邵绯眼眶中滚出，她崩溃的脸上显出一份无望的灰败，她拼命地摇着头，手间的锁链摇晃碰撞发出声响。

“不是的，不是的，我都是被逼的啊……我只想活……若换你来，你不会比我好的……你们天之骄子懂什么……”

“小师叔会比你好的。”夏天无忽然开口，“她什么都懂，所以她到现在都没有杀你。”

她看得分明，林渡方才的未尽之言里，大约藏着很多绝望晦暗的东西。

屋内崩溃绝望的人发狂地拍打着自己的头，发出砰砰的声响。

林渡啧了一声，转身看到了药碗，连碗带盘子端了出去，顺便开了门打算将这味道散一散。

小尸傀还在院子里守着一锅古怪的汤药，原本咕嘟咕嘟的声音被屋内女子哭号的声音掩盖。

“……声音……声音听不到了……”小尸傀垮着脸，“完了，完了，婆婆，婆婆，我听不到泡泡声音是大还是小了婆婆。”

麻婆婆被那绝望的嘶鸣和小尸傀的告状声吵得头疼，从屋内走出来，发现林渡正在拼命刷锅和碗试图去除砂锅和碗里的复杂味道。

“你非要把我这个院子折腾得鸡飞狗跳吗？”

林渡无辜地看向麻婆婆：“人家小姑娘人生希望都破灭了，最后哭吧哭吧不是罪。”

麻婆婆沉默了一瞬间：“你闲着没事就去帮我看锅，等到剧烈沸腾的时候灭火。”

“锅里是什么？”林渡真就走过去了，嗅到了一股农药一般的味道。

“给青泸村的人熬的——不是你求我的？”麻婆婆冷冷回道。

“噢，除草剂啊。”林渡端着板凳取代了小尸傀，到底还是嫌屋里人吵，将灵力团了团，给自己封上了五感。

又是一场蒙蒙细雨，林渡戴着箬笠，闷头跟着麻婆婆走在山间小道上。

“为什么非要跟来，你这张脸，还嫌吓他们不够吗？”

林渡抽出一块从前冬日里用来覆面的纱巾，胡乱遮住了下半张脸，上头箬笠盖着，下头纱巾捂着，瓮声瓮气地问道：“现在可以了吗？”

像个山匪。麻婆婆默然了一会儿后道：“天底下没有你这样能折腾的人，昨儿叫你看炉子，你非要研究什么定时阵法，我那锅药差点白熬了。”

林渡伸手捏了捏耳朵：“我神识都放出来了，闲着也是闲着，顺便练练刻阵而已。”

“然后我的锅盖差点被你炸了。”麻婆婆平静地道。

“那是意外。”林渡轻轻咳嗽了一声，“右手骨裂，一时没稳住，刻岔了一分。”

在器物上镌刻阵法差之毫厘谬以千里，不仅需要神识强大，还需要手稳。

麻婆婆又回头看了她一眼：“你还没回答我最开始的问题。”

林渡知道绕不过去，轻轻咳嗽了一声：“就是想看看，被圈养的人，还知不知道怎么自力更生。”

麻婆婆看了一眼自己的土匪小跟班：“你操心得还挺多。”

林渡没说话，冷不丁被麻婆婆攥住了右手手腕：“婆婆婆婆，疼疼疼……”

那股力量钻入了皮肉之内，林渡忽然收了声，也不装了，由着她探入腕骨之中。

阴冷的力量宛若蛇一般缠绕上她的腕骨："墨麟捏断你的手腕的时候一声不吭，现在喊疼？"

林渡还笑得出来，隔着纱巾都能听出她话里的不在乎："能养好。"

力量骤然抽离，麻婆婆道："难怪你这几天都戴着硬质护腕。"

一贴漆黑的膏药被甩到了林渡的怀里："贴着吧，五日之内，必定恢复如初。"

寻常年轻人骨裂自行愈合要月余，修士有灵气蕴养好得更快，但也要十天半个月的。

林渡低头嗅了嗅那膏药的味道，比她喝的药还复杂，犹豫再三："这里面……不会有虫子吧？"

"那没有，"麻婆婆淡然道，"但是有你更不想知道的东西。"

林渡收了好奇："那我还是不问了。"

她乖觉得很，自己把膏药贴上去，接着又重新固定好护腕，恰好到了青泸村前。

村子依旧笼在蒙蒙烟雨之中，大部分人都还在，只有四五个尚未成年的年轻人进了城。他们维持着原来的生活状态，这些年拼命地生，月神赐予的食物还剩下不少。

人们用寻常青石重新砌了个井口，前面摆着供桌，上头有各样祈福的点心，如今已被天水泡烂，上头似乎还已经生了霉，想来放了好些天无人看顾了。

林渡陪着麻婆婆挨家挨户送药，找的借口却是春日寒冷潮湿，没有月神的庇护，孩子年幼，恐生疫病。

有人千谢万谢，有人却游移不定。麻婆婆和林渡都没有劝，林渡全程表现得比尸傀还要像尸傀，不说话，只负责分发药物。

直到最后一家送完，有人小心翼翼地问麻婆婆："可还收仆役？我家小子比您身后的要健壮能干。"

林渡被认成了仆役。

麻婆婆心说怎么看林渡也该是个山匪，哪里是个仆役。

麻婆婆摇了摇头，见到那家人眼中的灰暗与担忧，到底开口指了路："从前你们没法上山采摘山货，如今可以了。田地荒废，还可以再耕，怎么会没有活路。"

那人茫然地看着眼前的婆婆："可是……我们不会……"

林渡垂下眼睛，手腕的膏药带着辛辣与森冷的寒气钻入她的骨头，那种又凉又辣的滋味并不好受。

她机械地跟着麻婆婆走出了最后一户人家，麻婆婆没有点破，林渡这人年纪小，对于世事却总是极容易共情，这本身在修道上也算一种天赋，足够敏感并不是坏事。

"如今青泸村中的人背地里都在咒骂月神抛弃他们，他们得不到食物，不知如何为生。"林渡倏然开口，"我曾经想过一个问题，假若他们不被抽取生机，不缺吃穿无须劳动，就这么幸福地过完四十年或者六十年，届时再被夺走性命，又当如何？我想或许也有许多人甘愿如此，甚至我也想过如此，衣食住行都被人安排好，整日玩乐发呆，就算之后成为他人的食物也值了。"

麻婆婆顿住了脚步，看向依旧遮着脸的劲瘦少年："你想要被圈养？"

林渡顿了顿："可我今日观来，却还是想，人总该有选择的。"

"如果一出生就被圈养，毫无选择的余地，那是不对的，前人或许都同意献祭被圈养，后人却有不想被圈养的，那些出走的少年人就是答案。"

"正如那孕妇所说，人总该有选择自由的权利。"

天高海阔，大漠孤烟，长河落日，江南烟雨，万里冰封，被圈养而失去自由的人永远无法看到。

当失去劳动力和创造力甚至失去思想的时候，一个人还真的是一个人吗？

麻婆婆听完她说的话，默默收了手上的咒印。

林渡浑然不知自己差一点就要被炼制成尸傀圈养，走出村子后摘下了脸上的纱巾，一双漆黑的眼睛显出深思的暗光："至少我也不算做了件坏事吧，至少我给了他们选择的余地。"

麻婆婆嗯了一声："你顾及太多可不是好事。"

林渡笑了笑，没有说话。

她不想成为那种为了正义随便牺牲他人利益的英雄。

林渡想，如果她的举动会卷起一阵风，那卷起来的风，最好是希望的风。

"墨麟还有五日就能排除余毒，到时候你们赶紧走，天天吵得我院子一团乱。"麻婆婆语带嫌弃，不知想到什么，又补充道，"这些时日，你的师兄师姐可当真是忙碌。"

林渡的眼神骤然变得犀利起来，脸上笑意却更深了：“可不是，毕竟想要彻底拔除一棵藤，那些旁逸斜出汲取生机的根系总要先砍掉。您想听吗？”

麻婆婆断然道：“不想。”

林渡遗憾地耸耸肩，这次封仪和雎渊应该搜罗了不少宝贝。

只差那个炼器铺还没有消息。

小院内的客房里站着四五个人，将本就不大的屋子挤得连日光都透不进来，屋内气氛却严肃。

“迷心草？”

夏天无几乎拍案而起，眉眼间满是愤恨：“这印仲居然偷偷在这些东西里放迷心草获利？只供给显贵门阀和有钱商户，难道没人看出来？”

中州三宗六派十门，曾在许多年前拟定了一则中州共通的律例，虽然中州各城池宗门世家分而立之，但无论各家规矩如何，这中州律例必当遵守。

而这律例之中的一条，就是不得在中州内部贩卖迷心草。

迷心草这东西起先也算个药材，渐渐地人们发现它能让人飘飘欲仙，心情愉悦，于修为甚至体力都有助益，就不光比试前拿来用，还拿来悟道，谁知道没怎么悟出来，人倒是成了瘾。

若戒断几日便神志失常状似疯癫，所以被称为迷心草。

“如今很多人都不知道迷心草是什么了，这东西绝迹近千年。”封仪开口道。

林渡盯着那些被缴获的胭脂水粉和烟叶熏香丹药，轻轻啧了一声。

这些东西本就有浓重的气味，迷心草提取物添加的剂量又极少，还是限量内供，客群经过筛选。听封仪的描述，东西效果很好，是贵重玩意，得了的人都舍不得拿出来给旁人，这才一直没人发觉。

而印仲这些商铺也并不是只出售这些东西，因与各世家都有往来，还借着关系好，掺一脚风口上的买卖投资，倒卖修炼资源和消息，钱滚钱，利滚利。

这印仲也聪明，居然知道不坑穷人。

林渡感慨了一句：“果然能快速捞钱的东西都写在律例里了。”

其余几人齐刷刷看向了林渡，她摊开手，无辜地看向众人：“不是吗？”

雎渊一脸后怕，得亏林渡落在无上宗，要是进了别的宗门，指不定又多出来一个法外狂徒。

“飞星派原本内部分为几大派系，这些派系的先祖不是飞升之人，就是为飞星派立过大功的，有那些老祖宗庇佑，他们渐渐聚集成了修真门阀。入飞星派的弟子，若是不选择一个门阀投靠，必然会遭受排挤，连月例都拿不全。”

“而掌门的权力却被架空，这些年来，六派之中，飞星派隐隐可见颓势，出身平民却资质良好之人得不到好的修炼资源，那些弟子却作威作福。在飞星派，外姓人不当奴才就没有活路。”

封仪说这些并不是说给那几个棒槌听的，而是专门说给林渡听的：“那掌门想要扶持一个人来收回那些权力，而印仲也想要权力。”

林渡已经知道了封仪说这些的目的：“所以印仲的生意师姐没有亲自动手，而是将这个消息，透露给了这些年被打压的门阀势力还有受害的商户？”

封仪点了点头：“也不完全是。印仲藏得很深，甚至没有亲自控制，不过我们封家和无上宗也不是吃干饭的，水烟馆被你师兄盛怒之下都砸了，里头的东西，包括灵石宝物，都被他搜刮了，只剩了些证据交给了飞星派的长老。”

“水烟馆每日收益不菲，你师兄这回把墨麟灵骨养回来的钱应该有了。”

睢渊抱着胳膊：“也不是这么说啊，我那是打击犯法的邪修，顺手没收违法所得……”

林渡垂眸，心说这个飞星派掌门好算计，先推一个人出去将该收拢的权力收拢，该打压的势力打压，然后再亲自出手收拾这个人，收买人心。

最阴的都是老资本家了。

林渡把心思转回来：“他什么时候发现印仲不对劲的？”

这话问的是飞星派掌门。

封仪摇了摇头：“我不知道，但我猜他不知道青泸村和迷心草的事，否则……”

都是正道人士，不会糊涂到这个地步。夺权可以，波及无辜民众的性命，却是大过。

林渡眼瞧着七师姐想得也不比自己少，肃着眉眼的模样颇有些不怒自威的气场。

“这些店铺里，都没有一点和兰句界那帮阴魂联系的迹象，那……我那日说的那个铁匠铺子，师姐你查过吗？”

“问题就在这里。”封仪微微蹙起眉头，“半夜接到你的传音之后我去查过，没有异样。”

林渡小心翼翼地问道：“师姐，你真的……没走错地方？”

封仪惯来宠辱不惊，端方肃穆，如今对着自家小师妹黑白分明的眼睛，居然难得地生出一丝心虚：“应该……没有吧？”

林渡扣了扣桌面：“过几日等大师侄好了，我们一道去飞星派的时候，再去瞧瞧。”

“我在那地方安排了人监视，你不用担心。”封仪又恢复了常态，“若真有情况，总会露出马脚。”

林渡的手还在桌面上无意识地点着，封仪是符修，出身世家，权术人心她懂，暗线交易自然也懂，但林渡总觉得，那个炼器铺子，一定有异。

她站起身：“既然有迷心草，肯定有种植地，内部人员不知道他们在犯法？”

“那些掌柜和核心的人……”封仪顿了顿，丹凤眼显出一点戾气，“神门穴有疤。”

林渡心道果然。

“封家和无上宗的人都在追查迷心草的产地，你放心，总会水落石出的。”

封仪看向林渡：“你自己好好养身子吧。”

林渡垮了脸，在麻婆婆的院子里一天两碗药，早上是麻婆婆熬的养神识的，晚上是夏天无熬的养不足的，她喝得连吃饭的胃口都没了，今儿一共就吃了三盆米粉。

五日后，麻婆婆终于赶走了这帮扰她清净的人。

林渡将那本厚厚的蛊书还给了麻婆婆，又道了谢。

麻婆婆看着眼前一帮人。墨麟身上余毒虽清，灵骨的损伤不小，还需要好好休养；四轮车上吊着命的陶显短短几天已经显出衰败之态，头发花白；另有一个虽然活蹦乱跳但依旧面色苍白的少年人。

老弱病残算是齐了。

“你想好了？”麻婆婆看向陶显。

陶显笑了笑，接过小尸傀端来的维持最后生机的那碗药，一气儿饮下：“多谢婆婆几日的照料，晚辈无以为报，只是我心里总有一口气，非要替我的师弟师妹和我自己讨一个公道，他们在黄泉下死不瞑目，我总要下去告诉他们，我替他们讨回公道了……”

“别说酸话，不就是不想当僵尸，上赶着去投胎，你这么选我也没意见。”麻婆婆看向林渡，“既然有那颗琀珠抵了报酬，那誓言也不用你们立了，就此别过吧。”

林渡行了个道礼：“多谢婆婆传授蛊门之术。”

麻婆婆转过头：“也不是秘闻。”

哪里不是秘闻，这资料外界也看不到。她不是蛊师，却看完了所有蛊门蛊术，那本书后面还有新添的记载，不管麻婆婆如何说，她于林渡都有半师之恩。

林渡笑起来：“若我遇见作恶的蛊师，定然会第一时间斩杀，给婆婆传信。”

麻婆婆皱起眉头：“不必，你太吵。”

“还有，你那身子骨儿，自己掂量掂量吧，我从前说过的，若你这身子衰败，可以来找我。”

林渡只是笑着应了，没有反驳。

真等几人走了，院门缓缓关闭，麻婆婆一个人在院子里舂药，过了一会儿，才低头笑了笑。

“正道弟子，果然……就连陶显那样的庸懦之人都不例外。”

云霄城，孤城临水背依山，颇有些不符合北地宗门建域的选址习惯，北地宗门总喜欢在四通八达、交通方便的地方建城。

不过一路古木参天，山花遍野，景致相当宜人。

正是白日里，云雾青山之间有无数飞行法器拖拽留下的灵力痕迹。

一行人落在山门之下，那看守的弟子尚未开口，就见当中一人脱口而出：“好多人啊。”

无上宗这辈子大约都看不到这么多人。

看守的弟子忍不住腹诽究竟是什么没见过世面的人能说出这句话，可循声看过去的时候却是一惊。

竟是一群神仙人物，穿着打扮虽然并不张扬，衣料和挂饰却皆非凡品。

林渡转头看着陶显：“你们飞星派到底多少人？修真界再多好苗子也不是这么个薅法。”

陶显这会儿看着却如未曾受过伤一般，背脊挺直，穿着一套干净的飞星派弟子服，上头银线密织连缀的北斗七星宝光如聚。

他想了想："杂役弟子和外门弟子每年都会招收，具体到底有多少我也不知道，总归整个门派至少有上万人。"

这回连睢渊都嚯了一声："这么多吗？你们也不怕资源不够啊？"

封仪背着手："寻常弟子耗费不了多少资源。"

无上宗随便哪个弟子拎出来，身上被砸下的资源都能供大宗门养出几十个亲传弟子了。

林渡隐约觉得他们几个人有点"何不食肉糜"的味道了，赶紧转开了话题："走吧，正事要紧。"

"敢问陶显师叔，这几位是……？"

"无上宗的道长们。"陶显言简意赅，他不想在这里停留太久，他的心日夜遭受折磨，在临近终点的时候，却又生出了些怯意。

那看守慌忙躬身行礼："原来是无上宗的道长们。"

无上宗对于寻常修士而言，宛若高山，只存在于那些正史记载之中。

陶显到了那峰底下，却没有第一时间直奔上头的斑斓金殿，他道："道长，你们先行，我想……回趟师兄弟们的住所。"

林渡看了他一眼，他身上的阴气已经很重了，却没有一点怨气。

就是那么冷淡一瞥，与陶显的视线相交，连墨麟这个棒槌都读出了其中的诀别味道。

林渡点了点头："你去吧，我们在上头等你。"

陶显收回视线，却无端觉得身后多了些依靠。

他这一辈子，原本的依靠应该在上头，如今却要依靠外人。

从前他不会想到，无上宗不仅是救人于邪魔之手的天神，也是他这个大门派弟子最后的援手。

无上宗一行人落在了峰顶。

一个穿着亲传弟子服的年轻人候在外头，见了几人也不惊讶："师父早算到今日有贵客登门，让我候在此地，接待诸位。"

五个人进了金殿，那弟子一一给人奉茶，到林渡之时，她忽然剧烈咳嗽起来，端起来的茶杯被剧烈抖动的身躯顺势抖向地面。

那弟子不慌不忙用灵力托住，接着伸手端好，林渡捂着唇垂眸一扫。

掌根处光洁完好。

黑色绸缎裹着林渡瘦削的身形，咳嗽起来脊背紧绷。垂顺的布料就这么挂在她身上，越发显得她嶙峋孱弱。

那弟子看着林渡，眼中不无担忧：“小道长，还好吗？”

夏天无忽然开口：“无妨，实在对不住，我家小师叔本就先天不足，又受了戚准和邵绯的迫害，心肺有损，时常咯血，倒是污了你家师父的金殿。”

林渡伸手接了夏天无递过来的帕子，擦去苍白指缝间漏出来的鲜红，抬起脸冲那人不好意思地一笑。

那弟子脸上也带了点疾恶如仇的愤懑：“都是那邪修作祟，如今外门被那些世家搞得乌烟瘴气，也叫那样的邪祟有了浑水摸鱼的机会。”

林渡端起茶，转头看了一眼封仪，两人视线对上，同时端起了茶盏。

这小弟子的性子……居然是印仲的徒弟。印仲代表的是没有背景出身的草根修士，在宗门内收徒明面上都是收的外门的平民弟子。

这老七，是印仲在上一届中州大选上收的，一个毫无污点的弟子。

这位怎么说也是中州大选选出来的，三十几岁的人了，怎么还没到腾云境？连那几个记名弟子都到腾云境了。这实在有些奇怪。

那弟子忽然抬头，冲着一个方向喊了一声：“师父。”

林渡跟着抬头看了过去，这位传闻中修为折损的印仲长老竟是满头白发，身上还穿着青黑长老服，上头绣着无数星辰，步履稳重，神色沉凝。

她敏锐地觉得有些不对，看了一会儿，终于看出了一些不同寻常的地方。

印仲的脸上那副无悲无喜看透世事沧桑的冷硬神色，和她家师父像了个五成。

林渡脸上的笑冷了些，手不自觉地握上了腰间的浮生扇。

这张脸，可真让人生厌啊。

多留这人一刻钟，她都寝食难安，吃午饭的胃口都倒了。

和林渡有同样感觉的还有封仪，在印仲出场之后，她不动声色地皱了皱眉。

封仪偏头看了一眼林渡，发现她低着头，嘴角挂着笑，正漫不经心地玩无柄短刃，那短刃泛着淡淡的金光，在林渡修长的五指间灵活地颠来倒去，看着就叫人心惊肉跳。

“不觉得眼熟吗？我多时不曾见到你师父，如今这么一看，倒吓了一跳。”

封仪的声音在林渡神识内响起。

“你猜我为什么不抬头？”林渡回道。

多看一眼，她今天吃饭的胃口都要败光了。

阎野那厮狂踿酷炫甚至带了点邪肆的气质只适合他本人那张本来就冷硬狂傲的脸和那具强壮健硕的身体，放在任何一个样貌清正的正道人士身上都有点画虎不成反类犬。

那印仲和众人见礼，封仪和睢渊等人早就站了起来，唯独林渡稳稳坐在座位上，墨麟也被她的灵力压着没能起身。

林渡的咳嗽声压过了无上宗几人的问候声，墨麟福至心灵，也跟着哆嗦着捂着腿咬牙拽住了夏天无的衣袖：“师妹，我骨头疼得厉害，丹药再给我一颗。”

两人浑然坐在那里，一个哆嗦得起不了身，一个咳嗽得起不了身，还在往外吐血。

睢渊眼睛都瞪大了，封仪稳如泰山：“印仲长老勿怪，我家小辈实在身负顽疾，起不得身。”

印仲脸上的笑僵了，他料想过很多局面，总归不是现在这般乱象。

什么正道人士能够这样毫无形象，连礼仪周全都不顾。

“我们此次前来，一是送交你派作乱的邪修。”封仪顿了顿，看向了演上瘾的林渡。

林渡收了那染着血的帕子，站起了身，接着取出一个灵兽袋，在印仲和那弟子诧异的眼神中，抖出来了个女子。

女子落在地上，还昏迷着，只是手脚的锁链落地发出哗啦一声响。

印仲脸上笑不出来了，拧了眉：“这邪修确为我派外门弟子，我们飞星派定然会负责到底，说来惭愧，我身为掌管外门的长老……”

“真人说得对，想必陶显已经告知于你，”林渡截断了他的话，“五十万上品灵石。”

“想要培养一个腾云境大圆满修士和我这么一个青云榜天赋第一，五十万上品灵石都是少的。如今我大师侄灵骨彻底损毁成了凡骨，想要休养好只怕需要百年，此后天赋也不再，而我……”

林渡抬手指了指自己鬓边和脑后的白发：“身体已败，生机被夺，这命只怕也快到头了。”

“今日前来，也不过是要一点小小的补偿，您觉得呢？”

她不等印仲说话，又对封仪和睢渊道：“师兄师姐，我这一生本就是苟延残喘，飞星派赔偿的这点钱，或许不足你们在我身上用药花费的十分之一，但这已经是我能弥补你们的最后一点了。”

睢渊脸上都要绷不住了，硬生生挤出一点眼泪：“何至如此啊师妹，都怪那些歹人啊，不然你还有生机……”

印仲恍若看到了风中飘零的小白莲，饶是经历过许多事，却也没见过如此情景，让他连缓兵之计都使不出来——各个商铺有的被抄，有的被人上门找茬，那些世家心眼子小极了，不知从何处查清了他潜藏的商铺势力，如今他只能打落牙齿和血吞。

他咬着牙掏出了一个盒子，盒子打开，里头有三百枚灵晶。

那是他的全副身家，当着封仪和睢渊这两个人，他还不能发作。

封仪岿然不动：“这才三十万上品灵石啊，想来飞星派的长老定然是信守诺言之人，我们无上宗并非缺这些补偿，可小辈受害，还心中有愧，为我派据理力争求得的补偿，我们必须为她收了。”

天底下怎么会有人能把坐地起价趁火打劫说得如此大义凛然？

印仲咬了咬牙：“剩下二十万，我愿以同价宝物抵之。”

林渡又坐了回去，一副病骨支离的模样，也不看印仲的面容，而是将目光落在他的身上，闻言开口道：“我们也不介意收灵石的，又不是没有储物袋，再零碎我们也有地方放。”

印仲只能又掏出一个储物袋：“这里头，大约还有二十万下品灵石。这里头，还有十万的中品灵石。这里，还有九万的上品灵石。”

印仲东拼西凑，咬着牙开始抖搂家底，一堆东西落在堂中，像是绝望的仓鼠被掏了腮帮子里的家底。

林渡若有所思地看着印仲，这钱飞星派定然是不会出的，印仲却非要一个邵绯。

她身躯已废，还受子蛊反噬，早就快没命了。

为什么？

还有印仲明知自己被砍去一半修为的事即将被揭穿，依旧装作懵然不知，表现得像正派长老一样，都快把自己的裤衩子也赔出去了。

麻婆婆曾经说过，印仲从前去过蛊寨，那村子里的母蛊，恰好就是邵菲体内的蛊，难不成……邵绯对幕后黑手还有别的用处？

林渡看向正在往外掏各种天材地宝的印仲，轻轻出了一口气，唇角那抹笑意真切了些。这一次，她不会再算错一步了。

“就是这些了，两位真人，够吗？”印仲真切地道，“我是负责外门的长老，这件事本就该我全权负责，如今我付出了全部身家，算是尽了全部心意。”

他说着扫了一眼林渡：“毕竟，这两个门派逆徒撞上无上宗两位，也不过是……天命如此……”

林渡抬眸，不闪不避地对上了他的目光，轻轻吐出了一句话：“印仲真人这双眼睛，倒是看得分明。”

堂外忽然响起了一阵人声。

里头的人也被几道气息吸引，印仲不慌不忙：“想是掌门和诸位长老来拜见无上宗两位真人了。”

印仲的弟子却忽然错愕地开口：“大师兄？”

金殿大门之前，陶显抱着满怀的木块，背脊挺直，立于殿前，即便身上死气沉沉，一双眼睛却亮得惊人。

他抬手，怀里的木块稳稳落在地上，众人才发觉那是十五个牌位，上头用暗色鲜血写的是名字——飞星派亲传弟子苏瞳、飞星派亲传弟子严诀……飞星派亲传弟子陶显。

最后一块牌位上，写的是陶显自己的名字。而他身后，跟着许多人，飞星派的掌门和刑罚堂的长老一左一右落在他身后。

第十三章 讨个公道

陶显开口，声若洪钟，掷地有声。

“飞星派天衡峰长老亲传大弟子陶显，携十四名师弟，来向师父印仲真人讨个公道。”

满屋子的人都站了起来，印仲错愕地上前：“陶显，你这是做什么呢？”

林渡忽然将邵绯拖到自己脚下，不动声色地往她嘴里塞了个东西，手心的咒印浮动着诡异的寒气，打入她的丹田之内。

她动作很快，在外人眼里不过是及时给这场闹剧腾出一个场地，所以将人搬了过来。

只有封仪不动声色地看了林渡一眼。

那可不是无上宗教过的咒术。

陶显站在金殿之外，眉眼坚定：“今日徒弟以下犯上，但陶显身为天衡峰的大师兄，要为我那些在无知状态下做下恶事被斩杀的师弟们讨一个公道。”

“今日徒弟有三问，还请师父解答。

“第一问，我与诸位师弟，为何被清除过记忆，为何被种下了分神烙印？除却师父之外，我想不到有旁人会有机会如此对待我们峰上下十五人。

“第二问，滇西青泸村被设下聚阴聚灵阵法，奉月神为神明，却被月神圈养，阴时出生的女子被吸食魂魄，美其名曰成为了月神的新娘，粮食则是月神的彩礼。有灵根的男子被带出村子，神门穴都有疤痕，是清除记忆的证据，其余男子被种下月光藤的种子汲取生机，女子沦为生育工具，生出孩子月神便会奖赏粮食，此月神乃邪修无疑。

“而我与诸位师弟神门穴皆有疤痕，确乃青泸村出身，可我们毫无记忆，只记得被师父带回宗门，是否师父就是那个月神？

“第三问，我这十四位师弟身亡当日白袍银面，被分神烙印控制，目的是屠村，最终无上宗道长为了守护村民，斩杀了他们，那群白袍人中，还有兰句界逃出的阴魂，敢问师父，是否也是兰句界之人？”

陶显一口气说完，红着眼睛深吸了一口气，转身看向掌门：“今日陶显三问，请来掌门与长老见证，质问师父，是我不孝。”

“可师父带我们回来，我们受师父养育教导之恩数百年，究竟为何师父要利用我们，控制我们，罔顾我们的正道本心，驱使我们犯下杀戒与大错，还要与兰句界众人为伍？”

众人神色各异，掌门拧眉看着印仲，一副痛心疾首的模样，几个长老气势汹汹，唯有印仲神色如常，反倒是那个弟子气愤地道：“大师兄你这是说什么呢？如此污蔑师尊，分明是因为你才是那个鬼吧！”

墨麟和夏天无同时皱起了眉头，忍不住想要开口作证，却被林渡强压下。

“等一会儿。”

小师叔这么做一定有她的道理，墨麟只能被迫静观其变，却也一时如坐针毡，恨不得立刻站起来与人激情辩论。

印仲喝退了弟子：“林渊！”

林渡倏然抬眸——林渊。

这个名号她很熟悉，原剧情里邵绯的师父，亦是转世之后，墨麟的师父。

她似笑非笑地往后一靠，手上的短刃晃过了一轮。

林渡这般实在像是在看戏，手上也就缺了一捧瓜子。

林渊不服气地梗着脖子说道：“难道不是吗？师兄你名为大师兄，峰内上下的事务皆在你手中，去定九城接那邪修也是你自己揽的活计，而且，而且……”

他忽然抬手，指着陶显道：“我曾有一次亲眼看见你穿着白袍走出洞府，你也一直跟着无上宗几位道长，那青泸村，说不定就是你在作乱呢？不然怎么解释只有你没事！”

林渡忽然就笑了，因为笑声太过突兀，众人的目光都落到了她身上。

“实不相瞒，他当时也被分神烙印控制了，所以我动了手，”她微微挪动了一下背，换了个更舒坦的靠姿，“留他一口气，不过是为着让他讨一个公道，不然，他为什么抱着自己的牌位？”

有看热闹的长老脱口而出：“你一个琴心境大圆满的小儿，如何能杀了他？”

“晚辈不才，”林渡抬眼，目光却落在印仲身上，“师承阵道魁首阎野仙尊，没什么天赋，唯有苦学。阵修杀人，自可越界，区区腾云境，我怎么杀不得？”

她盯着印仲，笑容天真残忍：“想必真人也知道，我曾经说过，背后之人有多少躯体可借，来一个，我杀一个。”

林渡将目光转回殿外一众长老身上，露出小虎牙，张狂又肆意。

那问话的长老讪讪收了音，阎野仙尊的徒弟，那不就是那个青云榜天赋第一？没什么天赋？这话说得能把人怄死。

“印仲，陶显说的，都是真的吗？”掌门清了清嗓子，将事情拉回正题上。

印仲上前一步：“不是。”

他面容不悲不喜，毫无情绪波动：“你是我的大弟子，我关心林渊，你心生怨气，我可以理解。可如今你被兰句界阴魂蛊惑犯下大错，在死前还要拼上一条命，抹黑你师父，就是你的不对了。”

印仲从容向前：“诸位大可以验证，他神府内的分神烙印与我无关，气息可做不得假，我的神魂也是完整的，没有分出神魂在他体内打下烙印。”

陶显倏然瞪大眼睛：“这不可能！我为什么要嫉妒小七，小七也是我的师弟，他说不定也……”

印仲看着陶显，如同在看着一个无理取闹的孩子：“你看他的神门穴上有疤痕吗？”

“我身边一直只带着小七。让你教导其余的弟子，是因为我放心你教导他们，小七被你排挤，修炼资源和机会一直很少，我都看在眼里，只能将他护在身边。只是没想到，你居然敢对其余师弟们下手，实在是……可惜啊。”

“如今你自作孽，已经不能活，为师可以饶你一命，只是你沦为邪修，我今日就将你逐出师门，交由无上宗诸位审判。”

事态陡然一转，诸位长老神色不定地看着眼前的这一幕，陶显的错愕，印仲的坦然，林渊的愤怒。

究竟谁心中有鬼，居然分不清了。

林渡忽然开口：“既然您说，可以验证分神烙印并非你所打下，那不如验证一番，也好叫那几人死得心安，让飞星派诸位前辈消除疑虑。”

掌门找到说话的机会，点了点头：“对，验证一番吧。”

“还有林渊小道长，也要验证一番，看看有没有遭兰句界阴魂的毒手，对吧？”林渡看向林渊，露出了一个笑容。

“林渊那孩子，其实早在之前受过些伤，探神府只怕不妥，但我可以作保，他日日近身服侍我，定然是没有的。”印仲说着，率先往前走，“谁来探我？”

林渡看了一眼封仪，见她点了点头，开口道：“陶显的神府是我探的，我来，我一个孩子，也不是你们飞星派的人，总不会帮任何一个人作假。”

飞星派掌门看了一眼林渡：“孩子，你的神识……”

封仪开口：“掌门大可放心。”

林渡站起身，走到神色不变大义凛然的印仲面前，抬手道：“冒犯了，还请印仲长老闭上眼睛，我神识有点冷，您忍一忍。”

陶显绝望地看着林渡的背影，心中的冰冷一点点蔓延，原来……原来不是师父？

可是那又是谁呢？

但师父一定知道，还要把这个锅扣在他的头上。

他挣扎着动用着头脑，忽然想到了临行前夜林渡说的话，他抬眼，用最后的力气高喊道：“就算分神烙印不是师父打下的，神门穴的疤痕是我们师兄弟十五人自幼便有的，您在收徒之时曾经给我们都探过身体状况，难道不知道我们神魂有异吗？”

“知道我们神魂有异，您还要收我们为徒？且一连十五个人，除却小七之外，皆出自青泸村，我们被控制突然出门，您是峰主，一无所觉不也很奇怪吗？您不要做个解释吗？”

“还是说，您分明是认识那个打下分神烙印之人？”

他的质问掷地有声，就连原本转了念头的人都眼前一亮。

道理就是这个道理啊！师父是弟子最亲近最信赖的人，只要神识放出去，怎么会不知道自己的徒弟都在干什么，有什么异状？

就算记名弟子不受宠，那还有一帮亲传弟子呢！

林渡的神识已经钻入了印仲的神府，的确没有分出神魂的迹象，但神魂强大，比寻常这个年纪的人深厚很多。

但神识力量除却会随着年纪的增加而增长之外，也可以通过天材地宝和修炼功法来增强，不是确凿证据。

林渡慢慢抽回神识，不等印仲睁眼，忽然取出一个泛着阴气的古怪瓷瓶，泼向他。

她转身大声道："印仲神魂的气息的确不是那道分神烙印的气息，他神魂完整，神识深厚，但是……"

"他的确与青泸村的月神一事有关，不信，诸位请看！"

林渡错开身形："陶显，拔剑！"

陶显义无反顾地提剑踏入金殿，众人来不及反应，就看到那泛着寒光的剑直直砍向了印仲的胳膊。剑刃直直砍断了印仲的手腕，本该流出鲜血的地方却渗出古怪的绿色汁液。落地上的手也变成了一截青色藤蔓。

林渡手上的短刃倏然扎进印仲胸口："诸位，麻婆婆授命于我，务必告知诸位印仲真身为何！"

"数百年前，她曾于一处蛊村中救下一身躯衰败的修士，那修士的身躯乃柳妖所化，她为他换了一副灵藤身躯，正是青泸村那作恶的月光藤！"

林渡目光灼亮，举起一封密信："此乃蛊医麻婆婆交予我的信件，掌门一观便可知我并非信口开河污蔑印仲。"

"青泸村一事，确乃印仲作恶，今日我林渡，就要为青泸村村民讨个公道，不知掌门真人可有意见？"

众人看着林渡身后逐渐长出完好无损的手掌的印仲，齐齐肃了神色。

飞星派掌门开口道："妖邪，当诛。"

直到这会儿，印仲才反应过来，或许这个徒弟的确是冲着讨个公道来的，但林渡不是。林渡纯粹是来杀他的。

没有完整的证据，那就创造一个证据，分神烙印不是他干的，那还有青泸村那些事，只要逼他显露真身，他就无可抵赖。

先前他隐藏得很好，平常状态下他受伤与常人无异，可这林渡到底做了什么？

麻婆婆行事从不分正邪，只凭心意，对正道中人嗤之以鼻，对邪魔也并不深恶痛绝，可以说是平等地厌恶着每一个人，就算知道他是外来的异数，也没有丝毫想要揭发的意思，甚至给了他一副新的身躯。

麻婆婆从不会对任何人解释自己的行事和行为，也不会随意透露过往救治过的病人的特征。

他曾经暗地里想过杀她，却发现那人在六道之外，实力诡异强大，这才作罢。

可为什么如今她竟愿意插手旁人的事？

这不寻常。

印仲极力想要镇定下来：“你对我做了什么？我是人，你用了什么障眼法，让他们误以为我是所谓的月光藤？”

林渡缓缓转过身，直直看向印仲，眼中满是纯粹的恶意，她压低了声音：“是你想要汲取的生机啊。”

“灵藤的本能，不就是汲取生机吗？你既然有了灵藤的身躯，再想当人，也克制不了身躯的本能啊。”

“我只是……想让印仲长老感受一下，身躯被本能支配的感觉，仅此而已。”

正因为林渡泼洒出去的东西没有任何害处，所以印仲的身躯才没有本能的逃避反应。

印仲死死盯着林渡：“你一个正道弟子……居然会为一个六道异数所驱使？”

林渡啧了一声：“我师父都没意见，你算什么东西，也来评价我？有意见就杀了我啊。”

飞星派掌门已经接了林渡递出的麻婆婆手书，这位本就是六道异数，知情者甚少，但中州各派掌门自然有世代传承，知道洞明界有个尸王，这些年来尸王不作乱，自然算是相安无事。

林渡是怎么求得这位不问世事的尸王出面作证的他们不论，但只要证据在，印仲的真身被揭穿，那他身为异界之人，又犯下如此大错，自然可以即刻诛杀。

数道力量齐齐攻向印仲，林渡早已被封仪顺势拉走。

“印仲本为恶鬼所化，自不属于我飞星派门人，为了青泸村的村民和我宗惨死在兰句秘境的弟子，我今日就清理门户，为民除害。”

“印仲，还不速速伏诛！”

无上宗的五个人齐齐给他们飞星派让出了场地，甚至还好心地给陶显贴了个防御符咒。

“来颗糖？”林渡嗅到了浓郁的青汁味道，忽然有点犯恶心，掏出一颗橘子糖压了压那鼻尖萦绕的藤木汁水的味道。

一股奇异的香味爆发出来，睢渊和夏天无同时肃了神色。

“是他。”

自秘境回归宗门的途中，截杀他们一行人的，的确就是这个“印仲”。

睢渊蠢蠢欲动，堂中印仲已经没有机会辩驳。

飞星派的掌门和长老们都只需要一个理由，一个理由就足够了。

先前印仲把黑锅扣到了陶显身上，还试图用天命打压林渡的心境，是确信他们没有确凿的证据——陶显三问，第一问，不是他干的。

只要这第一问是假的，陶显的话，就当不得真。

只是印仲算错了一件事——连一直抬举他的掌门都想要他死。

林渡泼洒的是饱含生机的阴水，而灵藤身躯汲取生机以供再生是本能。

但扎入他心脏的那一刃却极有针对性，阻挡了他心脉的再生。

麻婆婆的那本蛊书上，可不只是有蛊术基础。

印仲起先还强作镇定，只是抵挡，并不出手伤人，想要解释什么，但那几个长老哪里会叫他有机会反驳，杀招处处往他命门上招呼。

金殿平整的砖石被犀利的剑气和杀招震得破碎，裂缝如同那枯败的藤蔓般一路蜿蜒到了林渡脚下，那些规整雅致的摆设都被震碎，代表天象的壁画和穹顶都被刮花，印仲本人身上也有七八道伤痕，初现死气。

更为可怕的是，林渡那短刃对于寻常修士都算不得什么，所以印仲没有第一时间用灵力逼出，而是率先抵御那些人的攻势。

但那短刃上带着禁锢的阵法，此刻深深嵌在他的核心，让他调动不了内里的力量修复内伤。

与其说他将死于眼前这些人手中，还不如说他将死于林渡那扎在心口的一刀。

他缓缓转头，看向了林渡。

林渡正含着糖，橘子糖好是好，就是黏牙，她舔着自己那颗小虎牙，漫不经心地看戏，恰好对上印仲的眼睛。

小孩儿舔着虎牙，顺势露了个恶劣无比的笑。

一柄周身带着诡异吞噬气息的寒剑刺入印仲的丹田。

“师父，这是你教给我的第一招，星噬。”

剑气入体，彻底搅碎了印仲的残躯。

“我虽是个庸碌之人，师父教诲，一字一句，却也从未忘记。”

“师父，我想要个公道，我们师兄弟十五个人，对您来说，究竟算什么？”

陶显握着剑柄，死死盯着印仲。

庸碌之人提剑立于金殿之上，用尽自己最后的生机与力量，只求一个公道。这大约是陶显这一辈子，做得最出格过分的事。

印仲张了张口，喉头只滚出一句：“我给了你们生机，还给了你们修炼和到外面的机会，还不够吗？”

陶显吐出一口浊气，摇了摇头：“师严道尊，您却为师不尊。”

“师弟们因您之故生不知故土，死不知仇敌，这金殿明堂您如何坐得安生？长兄如父，如今陶显弑师，也算给师弟们一个交代。”

翠绿的汁液滴滴答答流淌下来，灵藤逐渐化为原形，盘踞在金殿之内。它粗壮无比，绿意盎然，奇香萦绕在金殿之中，但若细探过去，当中已经没了主导的魂魄。

封仪及时甩出一串灵符，方才孱弱到咯血的人直接踩着当中一张灵符飞跃而起，一道阵纹凌空拍出，将那阴魂啪唧一下甩在了墙壁之上。

林渡往嘴里又塞了一块橘子糖：“你说你们兰句界的人，怎么老喜欢抛弃躯壳逃跑啊。”

封仪看了一眼还在吃糖的小孩儿。那糖做得实在不怎么样，奇形怪状，裹着一层齁甜的糖粉，本身还格外黏牙，就算咽下去了牙根还老是粘着黏腻的糖。

林渡却好像浑不在意。

陶显忍着五脏六腑和全身经脉的剧痛，一步一步走到墙边，对上了林渡的视线。他抬起双手，行了个道礼：“多谢林小道长给我这个机会。”

林渡微微颔首：“不用客气，等我搜了这恶鬼的魂，定然能还你们一个公道。”

就在她低头的一刹那，陶显眼神陡然变得死气沉沉，带着决然之意，一掌拍向墙上被阵纹压制住的阴魂。

围观众人被这变故惊得手足无措，飞星派掌门当即高喊道：“陶显！”

阴魂烟消云散，真相似乎也跟着消失了。

陶显恍然回神，后退了几步，往外大口吐出鲜血，先前被压制的伤此刻直接爆发出来。

阎王要人三更死，他已经拖了足足七日了。

“小道长……不是我……”

他吐着血，说话含混，目光涣散。

林渡抢先一步扶住了他：“我知道不是你。”

地上的黑血几乎蜿蜒汇聚成诡异的寒潭，混合着交杂的鞋印，将砖石地涂了个血里透黑。

陶显死死抓住了林渡的手腕：“林小道长……”

他不断地吐着黑血：“我……”

林渡抢先一步截住了他的话：“我都知道，你放心，我一定将你带回故土安葬。”

陶显脸上露了点笑，喉咙里滚出血泡：“今日，是师弟们的……头七。”

“我给他们……报仇了。”

林渡重复：“是，你给他们报仇了，印仲身躯已毁，阴魂也消散了。”

她能感觉到那握着自己的手力气越来越小，她咬着牙关，哑着嗓子：“他们泉下有知，定然会安心转世投胎的。”

陶显张了张口，瞳孔越发浑浊：“我……也算……干了件……大事了。”

“我……好像记得，我一开始进宗门，是为了……攒钱娶个媳妇……”

林渡用力闭上眼睛，眉头紧紧皱着，反手握着陶显的手腕，那人的生机已经断绝了。良久，她压下心底的戾气，缓缓抬眼：“你放心，下辈子，你娶媳妇的钱，我出。”

林渡面无表情地站起身，在墨麟和睢渊两双愤怒又懵懂的大眼睛的注视下，向飞星派的掌门拱了拱手：“陶显死了，我答应过，料理他的身后事，掌门真人意下如何？”

飞星派掌门的心早飞到料理印仲的后事上了，二话没说点了点头。

“只可惜这印仲的阴魂已散，那同党和那设下咒印之人是查不出来了。”

封仪抢在雎渊前面开口：“是啊，真是，明明只差最后一步了，可惜了，成了个无头悬案。”

她压着林渡的肩膀：“也没事，往后总有机会的，不怕揪不出那些外界恶鬼。”

林渡忽然就又病弱了起来，咳嗽了几声，扯了扯封仪的宽袖：“师姐，饿了。”

封仪宠溺地拍了拍她的头：“倒是我忘了，都是午后了，一会儿师姐带你去吃好吃的。”

飞星派掌门恍然回神：“无上宗诸位难得来一趟，还未尽地主之谊，就让诸位看了个我门派的笑话，实在抱歉。”

“那个……这是金宸长老，由他招待你们，也好叫诸位尝尝我们飞星派的特色灵食。”

他笑着看向林渡，发现那小孩掏出来一个灵兽袋，正在费力地将陶显的尸身收进去，不禁眼皮一跳。

无上宗的人怎么乱用法器啊，灵兽袋是这么用的吗？

林渡把尸身收好，转头看了一眼地上刚刚醒过来的邵绯。

封仪会意：“此次我们也是押解贵派邪修弟子来的，不知掌门要作何处置？”

“这印仲原本掌管外门，想必那两个邪修正是被他蓄意放进来的，”飞星派掌门摇头叹息，“实在惭愧，我竟是错信了此人。”

“掌门这是哪里的话，不过是这印仲善于伪装，又有那些平民弟子拥护，谁知这人皮之下竟是恶鬼，连自己的徒弟都算计，果然恶鬼没有人心……”

长老们絮絮叨叨开始做事后诸葛，又数落起印仲往日的过错。

一地狼藉的金殿之内，无上宗几人凑作一团，长老们围着掌门与无上宗对立，唯有林渊伶仃站着，清正的脸上神情显得格外无措。

金殿之外，十五个粗糙的牌位依旧立着，滇南山间多雾岚，那粗糙木牌浑然融入了山岚之中，分明是牌位丛立，却影影绰绰显出了一份孤冷。

林渡就是在这个时候开口的：“所以邵绯此人，该如何处置？”

“如今她根基受损，命数将尽，就废除修为，赶去山下做杂役吧。”飞星派掌门顿了顿，“不知封仪真人意下如何？”

封仪点了点头：“该处惩的我们已经处惩过了，飞星派的门人自然由飞星派做主。”

林渡点头：“既然如此，禁灵扣我们就解了。”

一个禁灵扣的造价可不菲，阎野亲自设计了几重枷锁，耗材也都是极为珍贵的东西，收回去钧定府还能再用一千年。

她过去从容抬手用灵力解开了那禁灵扣。

墨麟挠了挠头，若有所思：“这禁灵扣的解法，除了去钧定府当过差的人，还有别人知道？而且这个手诀，怎么和我学的不太一样？”

“禁灵扣是她师父设计的。”封仪抱着胳膊，“你是去钧定府当差才学的。”

林渡得到的那是一手教学，估计这才是最原始的解法。

墨麟比画了一下，手指差点抽筋，转头小声道：“我算是知道为什么这个手诀会改良了。”

两个禁灵扣被林渡解开，顺手扔给了睢渊。

睢渊无辜地看着她：“为什么给我？”

“您不是被罚去钧定府算账了吗？”林渡也无辜地看着他，“已经算完了？”

睢渊含泪收下了禁灵扣：“没有，还有春种的采买没算。”

邵绯刚被解开禁灵扣，飞星派掌门便使出一道力量从容灌入邵绯头顶。她费了许多天忍了许多痛楚才通好的经脉就这么被那道力量轻而易举地重新毁去，一路烧到丹田之内。

经脉被废，再无回旋余地。

刑罚堂的长老居高临下看着邵绯：“跟我来吧。”

邵绯全身剧痛，却一句话也说不出来，麻木地站起身，跟上了那长老的步伐。一帮人跟着长老们一同走出金殿，眼看着靠前的人就要抬腿跨过那十几个牌位之时，一道灵力将那牌位尽数高高卷起。

是墨麟。他虽灵骨未愈，灵力却能动用了。

墨麟面不改色将那牌位收好，小心放在了一个储物袋里。

山风将众人的衣摆轻轻吹起，有灵鸟成群结队地划过天际，叫声凄厉，众人无意间看去，却是一群魂灵。

传闻它们是灭国后的魂灵所化，灾祸将至，便会哀鸣哭泣。

林渡忽然回头，看了一眼呆呆站在原地的林渊。

青年孑然一身站在原地，似乎受的冲击太大，已然陷入痴状。

树倒猢狲散，人走茶也凉，辉煌的金殿现在一地狼藉，但在不久的将来，也会迎接新主人的到来。

无上宗众人被飞星派的长老带到膳堂的二楼小阁内，虽说有两个人已经不用靠食物维持生命，但三个青少年还嗷嗷待哺。

“就三个人，不用上这么多菜的，还都是这么珍贵的灵食，这多不好意思。”封仪笑着和那长老客套。

“哪里的话，好不容易能做一回东道主，招待的还是无上宗的贵客，后厨的人只恨不能多生出几双手，好叫诸位尝个鲜。”

“饭菜粗陋，还望几位不要嫌弃才好。”

长老们都在客套，那边三个真正需要吃饭的小的却已经吃上了。

金宸长老一回头发现桌上的十八个菜碟空了一半，瞳孔一颤，下意识看向了墨麟。

墨麟恰好抬头，他犹豫了片刻：“敢问……能加饭吗？”

金宸长老费力地找回了自己的声音：“能，能，我去让后厨再送一盆饭过来。”

墨麟看了一眼夏天无和林渡：“要不……还是三盆吧。”

封仪闭了闭眼睛，僵硬地露出一个礼貌的微笑：“孩子还小，还在长身体，大病初愈，吃得多些，叫长老见笑了。”

“哪里哪里，好事啊，好事啊。”金宸长老已经不知道说什么了，仓皇地起身去叫人添饭。

睢渊小声道：“你们也收敛一点啊，这在别人家做客呢。”

封仪直接拆穿他：“你之前去参加中州大比的时候直接让人家归元宗匀了一桶饭给你，那时候你怎么不知道收敛呢？”

睢渊缩了缩头，不说话了。

林渡今天胃口不太好，吃了三小碗饭搁了筷子，看了一眼封仪。

封仪垂眸笑了笑：“你阵都布好了，急什么？再吃点。”

林渡叹着气，又添了一碗饭：“万一呢。”

即便她连陶显都算进去了，可她还是怕。怕再一次算错。

傍晚时分，邵绯在一帮杂役不干不净的责骂声中麻木地盥洗着衣服，这帮人看她是新来的，又是被罚下来的，没有修为，堂而皇之地将所有的活计都交给她干。

“走了走了，到饭点了，那个邪修还没干完活不准吃饭，其他人去膳堂吃饭去吧。”一帮人呼啦啦地走了，只剩下了邵绯一人。

缀着七星连珠的亲传弟子服落在了邵绯眼前，她缓缓抬头，对上了一张仅有一面之缘的脸。

“跟我走吧。”那人开口，声音清朗温润。

邵绯愣了一下，听到那人继续道：“我带你出宗。”

云霄城西街旬空巷，日暮之时，已经有很多铺子收了摊，巷尾的铁匠铺进了两个新客，木板门也迅速被竖起，竟是要闭店了。

邵绯心中隐隐有不安：“你……带我来这里做什么？”

“做什么？”那人轻轻一笑，“我找你取个东西。”

一颗废子，总该要发挥最后的价值。

邵绯敏锐地察觉到了那人眼底的杀意，下意识想要跑，顺手握住了桌子旁边摆着的一个铁锤，却被人轻松地卸下。青年轻而易举地将她的手折断，铁匠铺内另有一人沉默地看着这一幕。

“他死了？你没被怀疑？”

“他被权力迷了眼睛，我可没有。”青年一掌将邵绯打昏，“那小子命道还是浅了点，占卜出来的邵绯别说打入无上宗内部了，就是灵骨的边都没挨到。”

他蹲下身，一只手毫无阻碍地探入邵绯的丹田之中，但很快脸色一变。

阴冷的力量犹如毒蛇一般缠绕上青年的胳膊。

才封好的木门被人粗暴地踹开，一道含笑的声音在青年身后响起：“林渊小道长，你这是在做什么呢？”

林渊错愕地回头，看到木门外整整齐齐站着的三人。

正是那本该被宗内长老带着游览飞星派的三个无上宗弟子。

当中那个少年人手上还拿着一串糖画，一口咬下了那不知是凤凰还是野鸡的头，冲林渊粲然一笑：“蛊门咒术，可还受得住？”

墨麟今日剑棍在手，巍然立在门口，背后原本绑着剑棍的剑带却绑着一块粗糙木板。他沉默地站在林渡身侧，看着那屋子中已然断了生机的邵绯和一只手漆黑的林渊，禁不住回忆起临行前林渡和封仪对弈的一幕。

林渡没学过围棋，封仪名为教导，谈的却是布局。

“你看，如今你按照你预定的布局行走，却发现对方并未按照你的预计行动，目标也不是此处，你当如何？”

林渡垂眸将黑子送上：“即便终点错了，但方向是对的。”

“诱敌深入，做两手准备，若是走岔了路，那也离终点不远了，总能堵死对方退路的。”

封仪闻言放下了棋子：“你确定？你学的是阵道，要知道失之毫厘谬以千里。”

“如果可以，我会无论是否有误，直接动手，再行搜魂。”林渡顿了顿，无奈一笑，“可惜那样我就和邪修没什么分别了，要是真弄错了，倒是给无上宗抹黑了。”

在没有绝对的实力和权威的时候，人的一举一动都会背上审判的枷锁。

“知道为什么无上宗的弟子常年在外游历吗？”封仪收了棋盘，又道，“修道之人，求长生，求大道，但这条路太漫长了。”

“漫长到，人总会在看不到头的时候，被一些东西牵绊。

“人情世故，世事变迁，功名利禄，在高阶修士眼里不过是过眼云烟，可变强的路上，所需要的资源，总要通过手段去取得，你身上的桎梏，总要想办法去打破。”

“这取得资源的手段，打破桎梏的办法，一切皆是人的修行。”封仪笑着看向眼前的林渡，“你年纪轻轻就知道克制，这是好事，这次我们过来只负责保护你们的安全，旁的，都由你来选。”

正邪不过一念之间，若林渡头一回下山试炼就挣断了身上的枷锁，那她现在就应该在无上宗好好修炼心境了。

那时林渡看向了卧榻上听得昏昏欲睡的墨麟：“人总要求一个彻底的真相的。”

墨麟察觉到林渡的视线，瞌睡都被吓醒了：“小……小师叔，你看着我做什么？”

“没什么，只是在想你和陶显都占了个大师兄的名头，”她转头看向陶显，“我今日逆推了很多次，明日你与你师父对峙之时，或许会有我们猜错的地方，但你要记住一点，你们的身体状况，印仲必定是清楚的，所以不管是谁控制了你，印仲身为师父都逃不了干系。”

陶显似懂非懂地点了点头。

墨麟也跟着对上了陶显惶恐不安的视线，出言安慰道：“你放心，明日我们皆在你身后。”

被雾岚遮掩的天此刻被黄昏破云而出的晚霞染上了明黄的金边,霞光万道。

高大的青年提着剑，沐光而立。

他轻轻开口道：“陶显，我带你来看看。”

林渊率先反应了过来，他感受着自己体内灵力的流逝，咬着牙想要封住自己的经脉，死死盯着林渡道：“阵道魁首的亲传弟子，居然会用蛊门咒术。”

“我想了很久，一个人阴魂有损，要靠吞吃人的魂魄、夺取人的生机来增加修为，延长寿命，怎么能有余力驾驭许多个分神烙印？”

林渡调动着灵力灌入手中的浮生扇中：“为什么他非要将邵绯带回来，邵绯身上还有什么值得他放弃财产得到的？”

“直到我看到一条记载：嗜灵蛊，寄生于丹田之内，蛊虫形似金丹，寄居于人体内汲取灵力的同时，以人体为养分，成长之后，便会绞杀宿主。”

“这东西被炼化之后，却是大补之物，不仅仅能让得到它的人吸纳全部灵力，还有一个妙用。”林渡含笑看着脸色逐渐铁青的林渊，“传闻它能将躯壳和神魂紧密结合起来，叫人看不出夺舍之后的不契合迹象。”

“只是，嗜灵蛊在五百年前绝迹，只因那个蛊村被灭了。”

林渡轻轻叹了一口气：“不知阁下可否解答我一个问题，那个蛊村，为什么会被灭呢？”

林渊的脸色一点点变得可怖：“不愧是青云榜第一，多智近妖，那你知不知道，慧极必伤，你这天生的不足，可是自己作的孽。”

林渡懒得理会他的诅咒，确认守在院子之后的睢渊和封仪早已擒拿住了铁匠铺的其他人，轻轻出了一口气：“反正你会死在我前头，我不亏啊。”

她一步步走入店铺之内：“所有棋子你都想利用到最后，只可惜，你等不及了啊。”

“噢，看样子，你已经准备逃走了？”

林渊咬牙看着林渡：“你在嗜灵蛊上做了什么手脚？”

浮生扇倏然展开，一道酷寒的灵力倾泻而出，林渊急忙后退，被迫解开自己的穴道，调用灵力，那灵力却如同泥牛入海，怎么也提不起来。

他只能将触手可及的一切东西扔向林渡。

“嗜灵蛊天性如此，这不是你教给邵绯的办法吗？怎么，换成逆转吞噬蛊咒就不认识了？”

“嗜灵蛊可吞噬其他蛊虫和躯体的灵力，你们教给邵绯一个逆转子母蛊力量的血阵，所以戚准那些自己都动用不了的灵力都被嗜灵蛊吞噬。”

林渡笑眯眯地用灵力挥开那些重物和法器，接着精准无比地扼住了对方的咽喉。

“你乖的话，还能多活一刻钟。”

“现在，”林渡慢慢收紧左手，“告诉我，为什么要我大师侄的灵骨？”

林渊咬了咬牙：“天命而已，成王败寇，我无话可说。”

林渡笑了一声：“正好，我也懒得和你掰扯。”

同等境界之人，没人是林渡的对手，更何况林渊挖取嗜灵蛊时被嗜灵蛊吞噬灵力，此刻自食其果，如同废人。

苍白的手因为用力青筋慢慢鼓起，铁匠铺内响起一声令人牙酸的咔嚓声。

林渡轻轻啊了一声：“颈椎脱臼处死法，对你这阴沟里的老鼠来说，刚刚好。”

她说完，神识倾泻而出，灌入那人的神府之中。

那人的阴魂剧烈地挣扎起来，试图抵抗林渡的搜魂。林渡还没来得及反应，一道格外强大的白光就替她挡住了伤害。

“你搜你的，这个老怪物，至少活了一千多年了。”阎野的声音在她神识内响起，还不忘补充一句，“下不为例。”

林渡闭上了眼睛，背后倏然响起一声兵刃相击的动静，她也没有在意。

墨麟无声地挡在林渡身后，拎着剑棍，剑眉微拧，看着眼前突兀出现的修士：“偷袭可不是君子所为。”

又是一道虎虎生风的霸道刀气，玄金剑棍从容迎上，灵力碰撞，发出一声铮鸣。

“正好我许久未活动筋骨。”青年松开眉头，直接抬手顶开砸下的大刀，

“想来阁下也愿意陪我练上一练。”

“师兄。”夏天无清清冷冷的声音传了过来，“收敛点吧，小心骨头折了。”

一柄软剑斜地里卷上那人的宽刀，本该是最无害的一击，那覆着面具的人也没有想要立刻抽出，而是想用蛮力挣开。

偷袭者用力一扯，但见火星四溅，接着当啷一声，半截的刀刃落到了地上，而热浪将那人的手都燎出一串水泡。

不等那人反应，剑棍的顶端已经抵上他的脖颈，啪的一下紫雷一闪，那人就已经歪倒了下去。

雎渊忙不迭掏出剩下的那一个禁灵扣，扔给了自家徒弟。

墨麟顺手接过，将那人铐了起来，这才转头看向林渡：“小师叔？”

“小师叔她应当在搜魂。”夏天无拦住了他，“倒是管好你自己，不是说了不能随便拔剑？”

“这不是没拔剑？”墨麟拎着剑棍，这会儿倒是聪明得要命，精准地抓住了她话里的漏洞，“有人要偷袭小师叔，我总不能坐视不理吧？”

“两个师叔都在。”夏天无指了指那边守着另一个被擒住的人的封仪和雎渊，“哪里轮得到你动手？”

墨麟说不过这个师妹，抱着剑棍不说话了。

封仪的目光落在林渡身上，发现她的眉头皱得极紧，余晖倾泻入屋内，在她手上拿着的琥珀色糖画上淋上了一层稠密亮眼的光，糖块恍若正在化去。

良久，林渡睁开了眼睛，那一瞬间灵力倾泻而出，顺着扼在那人脖颈上的手一点点扩散，将他彻底冰封。

林渡轻轻地叹了一口气：“原来是这样，那我还是下手轻了。”

她说完，收回手，在那具尸体倒下的一瞬间，一掌拍下。冰霜未化，不见丝毫血腥。

从来就没有什么林渊，只有兰呈。

墨麟的天生灵骨从被他们知悉的那一刻起，就被他们盯上了。

好笑的是，印仲在兰句界的名字是“兰曦雾”，兰呈是兰曦雾的亲爹。

儿子当了爹的师父，难怪印仲甘愿掏空家底，也要完成亲爹的布局。

兰呈的阴魂并不完整，他的神魂的确有用秘术分割的迹象，清除记忆和设下分神烙印，甚至布阵将整个村子圈养，都是他的主意。

兰曦雾当年逃出兰句界时跟不少阴魂撕咬过，才得以跟自己父亲一道逃出来，因此阴魂受了重伤。

柳树枝化的躯体到底不是长久之计，从前都是正道人士，没人想要靠食人血肉为生。兰呈准备了一切，深入蛊寨，为了夺取嗜灵蛊和秘术，和兰曦雾一同屠了那蛊村。

兰曦雾重伤之后为麻婆婆所救，正在蛊村禁地里找东西的兰呈见儿子被救走，便也没有插手。之后两个人一个要修复阴魂，一个要寻找好的躯体夺舍，这一找就是三四百年。

青泸村天生是半个聚阴阵，阴气极重，适合他们这种恶鬼修行，一次停歇之后，兰曦雾出于本能地吸食了一个阴时女子的魂魄，事后颇为后悔，买了米粮偷偷放在了那人的院中。

兰呈干脆替他设局，让人以为是月神显灵，娶了那女子走了，放在院子里的米粮是彩礼。之后每次兰曦雾看上一个阴时女子，都会提前留下月光花，接着设下幻阵，迷惑那女子，让那女子亲口说“我是被月神选中的新娘，月神要来接我了”。

久而久之，为月神提供新娘居然成了村子里的荣光。

其间他们找到了补天石，设置好了阵法，干脆圈养了青泸村。

两人是最早出来的一批阴魂，也渐渐遇上了些同类，他们很快形成了特定的联络方式，将青泸村设置成了他们瞒着天道进阶的地方。

终于在三十年前，兰呈找到了完全适合自己夺舍的躯体，也凑齐了材料，彻底夺舍，成为林渊，被如今叫印仲的兰曦雾光明正大领回了飞星派，成了印仲座下的七弟子。

只是夺舍之后还需要炼化嗜灵蛊使得阴魂和身躯彻底连接，而他们几百年前夺取的嗜灵蛊还需要最后一个宿主才能汲取足够的养料彻底成熟。

邵绯就是这最后一个宿主，也是印仲卜算出来，和墨麟有缘分的人。

他们要的不是天生灵骨，而是灵骨之内的仙灵之气，这样以后飞升成仙便有了指望。

因而他们想要等邵绯接近墨麟之后，再利用邵绯。

出乎他们意料的是，邵绯和墨麟的第一次相遇出现了偏差，命缘看着也有了变数，百思不得其解的印仲干脆让戚准去救下邵绯，再行安排。

按照原剧情，邵绯是真的成功接近了墨麟，夺得了灵骨，之后林渊会以替她拔除嗜灵蛊为名，取出嗜灵蛊，并且夺走灵骨里的仙灵之气。

而之后剧情中邵绯的病根，也是她的本源被嗜灵蛊汲取过的缘故。

原来从一开始，墨麟的命缘，就有人在暗中布置推动。命中注定的缘分，被人悄悄顺应天命，布下了致命的天罗地网。

林渡冷笑了一声，天命，真是……毫无道理。

“你糖要化了。”封仪走到了林渡面前。

林渡背对着落日余晖，抬眼的时候还带了点沉沉的煞气，在触及封仪面容的时候迅速调整了笑容。

林渡举起那根糖：“没化，我手这么冷，结实着呢。”

她深吸了一口气，咬下一口糖，糖稀不知是不是熬煮得太过，尝在嘴里居然有点苦。

封仪的目光落在那还在颤抖的右手上，顿了顿，过去轻轻拍了拍林渡的头：“别被那些阴魂的煞气影响了，回去找你二师兄……”

“不！”林渡突然就精神了起来，“不不不，我没有，我好得很，师姐，真的，你信我，我师父刚刚给我挡了一下。”

她是真的不想再接受唢呐和奚琴的洗礼了。

封仪狐疑地看了她一眼：“真没事？”

林渡用力点头：“嗯，我师父在我神府里留了一道神念的！”

封仪意外地抬了抬眉：“他何时这么细心了。”

睢渊一无所觉：“就这么一个徒弟，能不宝贝吗？”

“怎么样小师叔？”墨麟一双大眼睛满是期待和好奇。

林渡将最后一颗糖咬进了嘴里，先掏出一个小册子，然后取了笔墨，在那上头划去了两个名字。

兰呈，兰曦雾。

睢渊瞬间了然：“这林渊也是兰句界的鬼？”

林渡点了点头：“没错。”

她囫囵将糖嚼碎了咽下去，收了册子，将事情原封不动地讲了一遍。

听到最后，四人都皱起了眉头。

“所以……他们是冲着墨麟来的？”

墨麟嚯了一声：“何至于如此为我费心啊，还什么邵绯、命缘的，想要仙灵之力我匀他点儿。”

睢渊听着这话一巴掌拍上他的头：“你傻了？人家到你跟前，刚一说完，你不得喊一声‘邪魔看剑！’”

墨麟捂着头：“也是哈。”

夏天无若有所思，看着地上早就死透的邵绯：“大师兄，你缘分没了。”

墨麟：“这个要命的缘分不要也罢。”

林渡闻言忍不住笑了，转头看向门外。霞光逼近了地平线，天上半面是深沉的青蓝，半面是染透了的红晕。

墨麟将陶显的牌位挪到身前：“你看到了吧，给你烙下分神烙印的是你的七师弟，小师叔给你彻底报仇了，你可以放心上路了。”

林渡一拍脑袋：“走，去棺材铺子，别头七都过了，还没给人家祭一回。”

月悬青山上，人立孤坟前。林渡这回认认真真花钱买了十五具棺椁，将人重新收殓安葬好了，连那简陋的木板也换成了石料，只是朴素得很，没什么花纹装饰，上头的字也是墨麟用剑气刻的。

“所以……消业超度符怎么画？”

林渡握着封仪塞给她的符笔，手微微颤抖。

睢渊震惊：“师叔没教你？”

封仪倒是心里有数：“你指望阎野教她什么？他杀完人都不埋。”

歹竹出好笋，说的就是林渡。

睢渊摸了摸下巴：“那也是。”

林渡也震惊：“我师父杀完人不埋？”

“哦，他倒是想埋魔尊来着。”睢渊回道，“可惜埋到一半，发现魔尊没死，那厮直接土遁了。”

林渡沉默了一瞬，所以魔尊化名进他们无上宗，都是阎野给他们造的孽吧？

她算是知道为什么杀人要先讲道理消因果了。

“来，我教你，画符须得一笔成形，集中神识灌入灵力。”封仪握住了林渡的右手，却被林渡挣开了。

“等一下，师姐，换我左手来，我左手比右手稳。”

林渡说着，换到了左手，认真照着封仪的样子凝结神识和灵力，灌入符笔之中。

朱红的笔迹落在黄色符纸之上，要一口气画完整还不出错，并非易事。

毕竟这个符号，林渡看不懂。

看不懂，还只看过一次，就连封仪也没指望林渡一次画好。

于是那扭曲似鬼画符的符画完之后，封仪出声安慰：“没事，我们再来一次。”

林渡运起灵力，打算将灵符毁去，谁知这灵符从头慢慢亮起了火光，接着一路顺着少年修长的指节燃烧。

林渡瞳孔微颤：“符纸都忍受不了自己被我玷污，所以自焚了？”

封仪：那倒不是。

她是符修，不能更明白那是什么意思了。

“你刚刚画的灵符……成了，已经送入了冥界。”

林渡这回是真手抖了：“阎王爷看见我画的那符，还能送陶显好好超生吗？要不师姐还是你来吧，重新写过去道个歉。”

“来不及了，”封仪顿了顿，“不过你可以再练一练。”

林渡就老实地又画了一张，这回好一点，虽然笔锋诡异，有刚无柔，比起蛇，更像蜈蚣。

封仪斟酌了一下言辞：“寻常弟子也极少有画一张就成的，一般都会先提前在寻常的纸上练习几百遍，熟悉了笔画之后再上符纸，并且能一次将灵力均匀灌入一笔画成符的弟子也很少，就算练习好了，也不是每一张都能成的。”

林渡收了笔：“我懂，我都懂，师姐的意思是我真是个小天才。”

“所以今天回去之后，在寻常的纸上画一百遍再交给我查看。”封仪目光和善。

林渡忽然觉得自己回宗后的生活有点无望，一天二十张大字还要加上那么多字符练习。

“七师姐，你也要跟我们一起回宗门啊？”

“嗯，师姐传了音。”封仪想到了那个传音符中风朝的语气，忽然有些头疼，

"她说春日到了……后山的笋挖不过来了，让我回去帮忙教育教育你们这帮新笋。"

林渡：合理，非常合理。

山风拂过灵前，将散落的纸灰打着旋儿吹至坟头。

墨麟从储物戒中取出了一壶酒，淋到坟头，极有讲究地泼了十五次。

"陶显兄弟，我敬你。"

"他什么时候买的酒？"睢渊摸着下巴，"不是只去棺材铺子买了黄纸和棺材板吗？"

"你忘了？那是咱们宗门的仙路引。"封仪倒是认出来了。

"败家子！"睢渊差点跳起来，"那可是上好的灵酒。"

定九城人人好酒，喝酒论斤来，各类好酒也是定九城的特产。

林渡站在陶显墓前，顿了良久："你不是个懦夫，也不是个庸才，更不是俗人。"

从来不是。人的本能是趋利避害，为了生存活命无所不用其极，敢于逆行赴死者，怎么会是庸人。她站了许久，不知道在想什么。直到神识内浮现一道熟悉的声音，林渡才回过神来。

"当前墨麟任务进度 100%，奖励天心莲一株，有清心安神、止血驱热之用，性极寒，除了宿主这种天品冰灵根者以外，直接炼化的人都会被寒气冰封，对宿主的心疾有大益处。"

林渡嚯了一声："至寒之物？这功效怎么看上去用了我的心也不能全好。"

"确实不能呢亲亲，毕竟心碎了也不是随便用个针就能缝好的。"

林渡难得抓到机会和这位"系统"叙叙旧："哟，这是谁啊？居然还能回话？"

系统：好好说话，别阴阳怪气。

"阎野在你神府旁边，你神识波动太大戳到他了不太好。"

"怎么我们是在偷情吗？还不能被我师父发现？"

"我的意思是打扰老人家闭关不太好。"

"那也是。"林渡抄着手，垂眸看着那石碑，"你早就知道这事儿没那么简单，对吧？"

"怎么会呢，我只是个平平无奇的系统而已。"

“那行，小度小度。”

“我在。”

“知不知道比起劝‘恋爱脑’，破案更费心力？看到我的白头发了吗？”

“看不到。”

“我的意思是，得加钱。”

“加不了。”

“那我不干了。”林渡不动声色地查看了一下自己储物戒中多出来的玉盒。

“你的心要彻底治好，还需要三样天材地宝，且都是世间独一无二的，在洞明界，除了我这儿，别处都找不到。”

林渡冷笑了一声：“威胁我？”

“那倒也没有，不过因为你进度太快了，我的确还有点小奖励。”

“嗯？”林渡八风不动。

“支线任务：捉鬼，抹杀闯入洞明界作恶的外界阴魂。每抹杀一个，奖励随机灵液一瓶。”

“你跟我玩修真界版狼人杀吗？穿越书之我在修真界捉鬼？”

“那些药液对你炼体和修炼法术都大有好处哦！亲亲不是曾经口出狂言不修剑术也能夺得中州大比的第一吗？”

林渡忽然有点不想干了：“八年之后就是中州大比了，这九年我都要被困在山上，你另外扒拉个人吧，我看墨麟就挺好的，重生复仇剧本安排上吧。”

“懂了，你不行。”

“你说谁不行？”林渡磨了磨后槽牙。

她一说完，系统就跟怕她反悔一般，迅速将两瓶灵液塞进了她的储物戒中。

“支线任务进度：成功抹杀外界阴魂两个，奖励诃梨勒液两瓶，宿主服用后可强身健体，增强气力。”

林渡沉吟着看着那两瓶药：“这不是……佛门的药液吗？你业务范围还挺广。”

她在神识里和系统斗智斗勇，身后的人看着林渡呆滞的脸色，忍不住想劝一劝。

“小师叔，别太伤感了。”

林渡刚诈完系统得了好处，收了心神，转头冲他们一笑：“没事。”

“只是在想，不知道陶显在黄泉路上，追上他师弟了没有。”

陶显自然是追上了，不光是追上了，对着十四个迷惘若游魂的师弟，犹豫了许久，终究还是没有说出真相。

真相太过残酷，走得不明不白也好。

“大师兄……你怎么也……”

陶显看着自家师弟，摸了摸他们的头，再没了金殿上质问师父的气魄：“来送送你们。”

“那也不至于送到黄泉路上啊！”

投胎要等四十九天，他们阴魂上的残缺一眼可见。周围等着投胎的鬼远远一看，一长串的阴魂都有不足，忍不住咋舌道：“哪儿来这么一群倒霉的二傻子。”

三魂七魄中，爽灵主宰思考、感受和记忆，十五个人的爽灵都有损，是难得一见的奇景。要是魂魄有损，这投胎也艰难。

谁知那鬼差一脸复杂地走了过来：“谁是陶显？”

陶显茫然抬头，十四个阴魂齐刷刷指向了他。

“你是陶显是吧，这里走，第二道，人道，走吧。”

陶显回头看了一眼十四个师弟，“我还有师弟……”

“你们兄弟缘分已尽。”

他只好跟十四个师弟挥手道别，跟上了那鬼差。

“这位大人，我冒昧问……”

“知道冒昧就不要问了。”

“但是……”

那鬼差停下脚步，看向了陶显：“有人给你在上头烧了消业超度符，直达阎王的案头了。”

陶显还是头一次体会到自己上面有人的感觉：“难不成是林小道长？但她说过她不会画符，无上宗还是好人多啊。”

鬼差摇了摇头：“总之，超度你的人，应当是有大功德，或者……算了上头的事我也猜不出来，走吧。”

陶显乐了，那更不可能是林渡了，他跟着鬼差走，忽然觉得有点不舍。

他好像记得……意识的最后，林小道长许诺他，下辈子娶媳妇的钱她出？

只盼下辈子他能聪明点……那小道长老是莫名其妙地开玩笑，失去记忆的他要是被吓得不敢收可怎么办。

无上宗，天已经破晓，朝霞逼退了沉青的天色，露珠滚下竹叶，腾腾的暖气从膳堂后厨的门滚滚而出。

“我记得，师兄师姐和小师叔走的时候，也是这样一个早上。”元烨深吸了一口气，走到了膳堂之前。

“话是这么说的，就是有点奇怪。”晏青身上还带着刚做完早课留下的热气。

“早上起来，拥抱太阳，许个愿吧。”元烨双手合十，诚恳地道，“小师叔，快回来吧，再不回来……”

“你有点离谱了，且不说为什么向着太阳许愿，你在无上宗行佛礼是不是过分了？”

“万一白日有流星呢？小师叔说，许愿就要对着天许，一定有用。看！有流星！”

晏青哧了一声，忽然发现天边闪过一道灵光，他立刻左手包右手，抬至眉前，虔诚地行了个道礼：“小师叔快回来吧，再不回来……欸？那不是流星。”

“那是飞舟！”他放下手，祭出一柄飞行灵器就踩了上去，“小师叔！”

反应慢了一拍的元烨慌忙跟上：“不是，你这个人怎么老抢在我前面！明明是我先发现的！”

从后厨跑出来的倪瑾萱一眼看到了那无上宗的飞舟。飞舟侧边的宗徽折射出了金光，上头立着许多人。她赶忙踩上飞行灵器，也跟着赶向了主峰。

晏青几乎是和飞舟同时落在主峰的。飞舟上下来了一连串的人，还有一位气质非凡却有些陌生的女修。

晏青规规矩矩一个个问好，谁知后面元烨从云端滚下来一嗓子就盖了过去：“小师叔！大师兄，二师姐！你们可算是回来了！”

晏青行礼的动作僵在了半路，刚要继续开口，倪瑾萱雀跃的声音响起：“小师叔！你回来得正好，早饭的包子都蒸好啦！”

封仪抱着胳膊看了一眼睢渊：“也就四个小孩儿而已，阎野教不了徒弟我可以理解，另外三个都有师承吧，大师姐为什么教导不过来？”

睢渊小声道："因为我被罚去钧定府了，二师兄讲究一个对称，不肯多教导一个，所以……"

"所以教导小师妹符术的任务落在了我身上？"封仪看向已经被团团围住的三个人。

"小师妹很好教的，青云榜天赋第一呢，而且不是第一次画符就成功了吗？"睢渊想给封仪定定心。

"是比你在钧定府算账轻松些，"封仪想到林渡那一手"出神入化"的鬼画符，就那样居然诡异地成了，还是有些头疼。

除了下面有人，她想不到别的解释。

睢渊的悲伤如同旭日逐渐升至中天："看看这些孩子，多么团结友爱啊。"

林渡看着挤到自己面前的三个孩子，目光慈爱："好了好了，只是出去十天而已。"不知道的以为他们出去了十年。

"大师兄好了吗？"

"小师叔路上过得怎么样？"

"滇南的吃食还习惯吗？"

三人仿佛有十万个为什么，吵出了七八个人的动静，林渡心中感慨，真该让麻婆婆来看看，她是真的话少。

"好是好了，就是身子骨不大好。"墨麟笑着解释。

"还需要好好养着。"夏天无补充。

"我路上过得很好，也增长了很多见识。"林渡想了想，不光过得很好，麻婆婆那几日每天早上给她喝的东西对神识极为有好处，不但修补了过度疲惫的神识，还有了明显的进益，加上那一本宗门书楼都没有的蛊门秘籍，她简直可以说是收获颇丰。麻婆婆简直是修真界活菩萨。

一帮人叽叽喳喳寒暄完又跟掌门和封仪见过了礼，接着齐刷刷冲向了膳堂。

"我怎么闻到一股焦味？"

还没等落到膳堂，林渡就察觉出了不对。

瑾萱惊呼一声，俯冲而下："蒸包子的水烧干了。"

林渡跟着冲了下去："漂亮。"

回来的第一天就烧干一个锅，真是气运冲天。

一群人七手八脚把火撤了，解救了烧得漆黑的锅，好在包子还在。

五个人快乐地将锅坏了的事抛到脑后，直接将垒得齐齐整整的蒸笼搬到了膳堂里。

“不知道师兄师姐你们今天回来，就蒸了十八个。”倪瑾萱拍了拍脑门，“不过应该还能再做些。”

“不用，之前在飞星派吃到了几个好吃的点心，问他们要了几包带回来了，给你们的。”林渡顺手从储物戒里掏出来了三个纸包，“还有滇西的特色土猪肉，中午给你们炒了。”

元烨和瑾萱两双眼睛看着林渡，只觉得小师叔在发光。

“对了小师叔，你走的那几天，我们三个都跟人比试完了一回哦。”瑾萱扬了扬下巴，杏眼弯弯，还没等林渡问已经泄露了结果。

“都赢了？”林渡顺手往嘴里塞了个包子。

三人齐齐点头，身后无形的尾巴摇出了残影。

林渡咽下去半个包子，忽然想到了什么：“我好像也有个比试来着？”

晏青率先响应：“八年后，中州大比，归元宗巫曦，他还觉得小师叔到时候不能达到腾云境。”

“很好，想起来了。”林渡看了一眼夏天无，“你们都赢了一回了，我也不能输啊。”

春日的风永远吹不到洛泽，甫一进去，便是扑面的至寒之气和过度浓郁的灵气。

林渡回到洛泽的时候，阎野依旧是在冰面上安静入定的状态。

她忍不住小声嘀咕：“不是说要闭关？怎么还在洛泽闭关？不让我出去，难不成还不让我回洛泽？”

林渡刚打算转身去书楼待着，就看到阎野睁开了眼睛，转向了她。

“都回来了不知道来给你师父说一声？”

林渡走了过去，莫名觉得自己像是错过宵禁时间回家后，被坐在客厅沙发上的亲爹抓包的孩子。

阎野刚准备开口训话，忽然发现对面的小徒弟跪坐了下来，接着语气格外诚恳地说了一句：“您真是个好师父。”

他用神识看到，小徒弟神色认真地感慨，毫无戏谑之意，比阴阳怪气更为可怕。

阎野沉默了一会儿："你知道就好。"

看来是被印仲那缺德鬼吓到了。

林渡三言两语将事情讲清楚，接着提了个要求："师父，你修命道，能算出陶显的转世吗？"

阎野看着面前的小徒弟："这是你求人的态度？"

林渡被这突如其来的霸总发言震撼得不轻："你是不是偷看我留在洞府里的话本了？"

阎野轻轻咳嗽了一声："怎么会呢。"

"真的吗？我不信。"

阎野对上小徒弟狐疑的视线，坦然承认了："你走后我去找风朝谈话，她说，想要好好地教育孩子，要先从她的角度理解她，了解她的喜好。"

"然后她给了我一本话本，说是你们年轻人喜欢看的。"

林渡后仰："不，我不喜欢。"

原来风朝也没那么会教育孩子，阎野沉吟："你不喜欢？话本里说，不喜欢就是喜欢，解释就是掩饰……"

林渡用力摇头，嫌弃之情溢于言表："什么都学只会害了你。"

阎野长舒一口气："我就说我徒弟大约没有那么没品位。"

"不过，"林渡决定将话题转移回来，"师父要算的话，会对自身的修行造成麻烦吗？如果会的话，那就不算了，之后若是因果未了，我总能遇到的。"

"不是难事。"阎野无意识地点了点膝盖，反应过来才发现那是多动症一样的坏习惯，"不过，以后不要轻易许诺旁人结下因果，知道吗？"

林渡没说话，阎野又敲了个栗暴。

"就知道你是个犟种，天底下不平之事众多，难不成你样样都要许诺？"

林渡捂着脑袋，还是没吭声。

阎野没法子，嘀咕了一声："小白眼狼。"

林渡忽然开口："师父，你不是想要闭关？为什么……"

阎野神情一僵，不自然地垂眸："也没什么，对了，这回你回来九年都不会下山，这样的话，我先把神念收回来。"

林渡忽然问道："师父，你能通过这道神念联通我的视觉对吗？"

"我好像没跟你说过这个，"阎野伸出的手收了回来，"你怎么会有这种想法？"

"上回你说，菜上来了。"林渡记忆力向来惊人，"但当时我脑子里根本没想这件事，甚至还没反应过来。"

这回轮到阎野心虚："不愧是我徒弟，师父也不是故意窥探你的隐私……"

"我也没什么见不得人的隐私，我洗澡之后都不照镜子，"林渡截断了他的话，"我的意思是，师父暂时留一留，您帮我算出陶显转世，我带您看月出和山海。"

阎野听得前半句刚想再给这个胡言乱语的兔崽子一个栗暴，听到后半句手没扣下去，僵在了半道，仿佛没听清一般："你说什么？"

林渡重复道："我当您的眼睛啊，师父您对我不只有教导之恩，更有养育之恩，我的眼睛都可以送给您，更何况只是借给您用用。"

她这话说得轻松坦然，阎野心中却是掀起了惊涛骇浪。

他愣了好一会儿，悬在林渡额前的手轻轻落下，那根极有力量的手指像是突然脱力一般划过林渡挺直的鼻骨。

林渡犹嫌不够，继续道："若我走在您前头，到时候您一定记得把我眼睛拿走，这样或许您就能看见了。"

梦中的林渡能说出那句话，至少可以证明，她的眼睛是能帮阎野看到的，大约是同是天品冰灵根，就连心法和神识功法都是同源的缘故。

阎野再也骂不出小白眼狼这种话了："胡说什么！我哪里需要你的眼睛！你要再敢说这样晦气的话，就自己跳进洛泽里洗洗脑子。"

他显然是生气了，眉头拧着，在冷峻的脸上似绵延坚冰和孤山遒松。

阎野一生气，林渡就乐了，先前梦中和阎野对峙的阴影也就淡了。

"我骗你的，好人不长命，祸害遗千年，我就是那个祸害，大约早死不了，让师父你失望了。"

她自己利落地爬起来："不说了，我自己去洗脑子去了，出去多日，都没能炼体，荒废了。"

这个身体极为孱弱，也就只能这样锻炼了，名为洗脑子，实则急流勇进，她至今还没能攀上那悬瀑顶端，更别谈夺得中州大比的魁首。

只是话都放出去了，总要一试。

“林渡。”阎野连名带姓地喊人。

林渡砸破冰面的手一顿，背后一寒，转身做乖巧状：“怎么了，师父？”

阎野却又不知道说什么：“没事，我找点适合你炼体的功法和近身防御的体术。”

林渡就又蹲下身，自个儿挖个坑，自己往里跳，水花溅出来落在空中就迅速结了冰，噼里啪啦落了下去。

阎野垂眸良久，落在膝上的手慢慢握紧，手背青筋毕露。

原来……这么早她就想好了后事？他起身，闷了许久，却也不知道向哪里去，只好憋着气往书楼中去，当真去找适合林渡身体状况的功法了。

林渡这回终于攀上悬瀑最底下的一块岩石，最终还是被巨大的冲击力冲回静潭之中。她轻车熟路砸开了冰面，坐在冰面上喘气。

虽然肺腑已经好全了，心脏和整个身体的不足却实在是个拖累，看来还是得早日炼化那天心莲。

道门五术，服饵、丹法、玄典、体术、符咒，这服饵就是服用丹药和天材地宝的学问，是否适合自己的身体状况，何时服用，如何服用，都有讲究。

服用得恰逢其时，那就是事半功倍；若是胡吃海喝，则反伤其身。

林渡自己服用丹药向来谨慎，也不是系统给了立刻就吃。

她站起身，打算先去书楼，午膳之时跟二师侄说一声，下午去找那位五师兄把个脉。

只是林渡没想到，她想见的人，会在书楼。

她五师兄和她师父，一个怕见生人，一个终年不出洛泽，此刻却凑到了一起，似乎正在交流病情。

林渡想了想，悄无声息地进去了，打算在自己的老位置先继续学习《一百零八种阵法大全》。她刚把暖砚拿出来，好巧不巧，听得一句：“若你想养只灵宠，它注定会走在你前面，你还会养吗？”

林渡：直接报我名字吧，求你了。

第十四章 逆天之人

姜良是来还那些与滇南和蛊术相关的古籍的，墨麟的蛊毒清了，他就彻底放心了，刚好碰上前来给徒弟找合适功法的阎野。

阎野遇上姜良的一瞬间，就忍不住又想起林渡那一句话——若我走在您前头，到时候您一定记得把我眼睛拿走。

他嗅着鼻尖的药味，眉头紧了又松，终于还是开了口："姜良？"

"是我。"姜良刚老老实实把一堆书都按门类放好，这会儿正准备走。

两个人见面也不知说什么，到了这个年纪，道不同，论道也难，拐来拐去，只能提孩子。

"若你想养只灵宠，它注定会走在你前面，你还会养吗？"阎野问道。

姜良一早发现了那悄没声进来的小孩儿，想了想，直言道："日后或有奇遇也未可知，你从前能进神墓，或许林渡也能进入第二个神墓。"

"神墓也医不好我的眼睛，更何况是她的心，"阎野淡然道，"神都灭了，得了传承又有什么用？"

他巍然站在那里，眸光冰冷，睥睨着众生，也睥睨着天神。

阎野对天道从来就没有什么敬畏之心，即便修命道，那也只是因为得了传承，只能走上那条道路。他是神墓的唯一传承者，是洞明界的天之骄子，是重霄榜上除了危止以外最年轻的正道强者。

阎野之所以这么年轻就能成为天下第二，也不过是因为他被神墓选中，仅此而已。他算得出命数，却依旧勘不破命道。

林渡是他唯一一次主动顺应天命的选择，是独独给了他迷惘和意外的命缘。

"当年你在神墓中看到了什么你始终不肯说，之后一人单挑潜入的魔族密探和魔尊，传闻你大彻大悟一夜悟道，如今看来，是悟了个镜花水月不成？”

姜良没什么好声气：“反正衣服穿了总要脱，难不成你就不穿了？”

听到了这一句的林渡磨墨的手一滑，面色有些诡异。

确实，阎野他是真不穿啊。

阎野皱着眉头：“能一样吗？聚了总会散，不如不聚。”

林渡听到这里手中的墨条终于滑倒，阎野今日怎么跟林黛玉附体了似的？就那么一句话，杀伤力真这么大？

她清了清嗓子：“养都养了，你还能弃养我？”

阎野闷声道：“没有，不是，我在想要不要养个灵宠，和你有什么关系？”

林渡阴阳怪气：“你没有——你不是——要不我亲自去给你抓只鹅回来给你养着？”

“什么鹅？什么人养灵宠养鹅？”阎野被林渡噎得不轻。

“咱们宗内能养的，鸡鸭猪鹅，还有那个后山禁林里头缩着的做错事的妖兽，最近还多了个小虎崽子，你要吗？”林渡眨了眨眼睛。

阎野抬手，林渡桌上多了三本书。

“一本是步法，一本是拳法，一本是炼体术，今天给我看完，明天带你练。”

他背着手往书楼外走，忽然听得背后小徒弟开口，说话比他还要大逆不道。

“我这个弟子的存在本身，就能帮你验证你的命道，不是吗？”

“师父不甘于顺应天命，弟子比你还要不甘。”

“我这条命的存在，本身不就是逆天之举？”

“只要过程轰轰烈烈，哪怕结局潦草，日后修真界史书之中，也该有我林渡的大名。”少年人狂傲，一如阎野当年。

姜良闻言有些恍惚，还真是师徒传承，两个人都比天还要狂。

这话但凡是旁人说出来都要被笑上百年，但这两个人说出来，却只叫人心绪震荡，并不会惹人嗤笑。

林渡转头看向姜良：“师兄，你替我把个脉，我现在结丹，合适吗？”

姜良板了板脸：“胡说什么呢，你才入道一年。”

他走过去，给林渡把了脉，意外道：“谁给你调养的身体？你的心脏前段时间似乎负荷过重，临近破碎的边缘，不过有药力的维系，并没有衰竭。”

林渡决定拉个背黑锅的：“偶遇一位蛊医麻婆婆，得了她的青眼，用了些药。”

姜良想了想：“也不是不可以考虑，你日日受冰泉冲刷，身体的强度并没有比旁人差，只是填补内里的不足非一日之功，如果到了非进阶不可的地步，有你师父上次给你布的阵法挡一挡，应当也能顺利进阶。”

林渡吃了一颗定心丸：“好。”

她转头看了一眼阎野：“那——师父，那三本书，回头再看？”

阎野：在这儿等我呢？

他憋闷了一会儿：“你自己看着办，结丹之后更好练。”

肉身经过天雷的锤炼，脱胎换骨一次，小病灶被消除，的确更方便炼体。

林渡得了姜良一句话就回了自己的洞府，等坐下才想起来五师兄方才话里的那句“有你师父上次给你布的阵法挡一挡”。

她垂眸摩挲了一下指节，难得觉得良心有点痛。

万年寒冰床上，林渡盘腿坐好，打开了系统放进储物戒的玉盒，天心莲显出一种冰雪琉璃般纤弱半透的质感，她没心思细细观察，直接塞进嘴里囫囵咽了进去，接着将灵力集中到胃部开始炼化。

那东西并没有什么多余的味道，林渡吞得很顺畅，直到动用灵力开始消解的时候，她才知道，这世界独一无二的天材地宝，的确不同凡响。

至纯的冰寒药力席卷她的五脏六腑，恨不得将她体内的血液都冻出冰碴子，药力几乎寸步难行。

自从入道之后几乎没怎么打过哆嗦的林渡此刻却在颤抖。难以消化的药力，还有每一寸肌肉都在痉挛颤抖的身体，无论体内还是体外都让林渡进退维谷。她调整了吐纳，只要功夫深，铁杵磨成针，就算灵药难消化，那也得慢慢消化。

林渡极力调动着丹田内的灵力以消化药力，也没抱着一口吃成个胖子的想法。

外头阎野站在她洞府门口，看了一眼那紧闭的洞门，伸手替她把请勿打扰的牌子转到了正面，接着在洞府门口布下了比上次更为强悍的引雷阵。

他站在门外，想到了林渡今日那句话。他收她为徒，本该是他头一回主动顺应天命，但她却说，她的存在本身，就是逆天之行吗？

原来……也不算是对天命的妥协。

阎野快步走回洛泽，一如当年斩杀魔尊之日。命道在他神识之内缓缓展开，那是一条玄妙艰难，鲜少有人敢触碰的大道，在他面前，神府通达，一路顺畅。

心中涩滞难言的东西也慢慢化解，壁垒咔嚓一声碎裂，太清境后期的意境在他眼前浮现，与天相接，偷天一道。

膳堂之内，头一回被小师叔放了鸽子的一帮小孩你看我我看你："要不……还是叫山下的人送过来？"

墨麟的身子骨倒也不是不能做饭，他撸了袖子："得了，我来吧。"

元烨面容悲伤："怎么小师叔也加入不靠谱的大人行列了？"

晏青揣着手："其实你想，小师叔也是我们的长辈，如今也不过是……和光同尘了。"

"和光同尘是这么用的吗？"元烨似懂非懂。

倪瑾萱神色忧虑："小师叔从来不会食言，难不成是病了？"

夏天无倒是知道点内情："小师叔应当是在闭关准备冲击腾云境，还顺走了我师父为数不多的一点辟谷丹。"

倪瑾萱松了一口气，紧接着瞪大了眼睛，连带着晏青和元烨不大的眼睛都瞪得滚圆："小师叔，她就这么，要结丹了？"

"可是小师叔……不是比咱们都小吗？"

新入门的弟子之中，修为最高的晏青不过琴心境后期。

夏天无倒是不意外："当日麻婆婆跟我说，小师叔若没有这个身体拖累，或者修炼得再早些，如今绝非区区琴心境大圆满。"

元烨咂舌："不愧是青云榜天赋第一，恐怖如斯。"

夏天无见状补充道："不过，麻婆婆也说，小师叔之所以在身体的拖累下还能进阶这么快，是心境超然之故，你们还未怎么下山历练，见到的世情并不多，《心法》也是一知半解，能有现在的修为，已经是修真界难得的天才了。"

倪瑾萱点头："小师叔最聪明啦。"

被念叨着聪明的林渡此刻在心中暗道自己真是个傻子。

她真傻，真的，她单想到自己是天品冰灵根，天心莲是天底下的至寒之物，除了她，也没人敢直接炼化。可她忘了这东西可是世间最难得的顶级天品灵植，灵气药力的惊人程度超出了她的想象。

灵药不过才化开一点，药力就霸道地冲入经脉之中，让她经脉鼓胀，冻得她脑仁生疼。

体内的灵力几乎是在被药力推着走。药力一点点化开，不断地冲刷着经脉，最后灌入心脏之中，如同入了无底洞，像是平白做了虚无的努力，悄无声息地填进去，一点效用也没见。

林渡倒也没有着急，她知道这个身体有多差，在钧定府是假吐血，可在飞星派吐的每一口血，都是真的。

那一战，她就算有凝碧丹维系，心脉还是伤着了。反正都是淤血，吐了也就吐了。能弥补些，算她赚了；不能补好，她也没亏。

这么浑厚澄澈的灵气，已经在冲击着她的境界壁垒。

终于，那被吞进去的天心莲越来越小，只剩下小小一团青光，林渡终于感受到了一些变化。

她的心脉，似乎强韧了不少，就连被冲得生疼的脑仁这会儿也慢慢感觉到了清凉和舒畅。

林渡觉得有些奇妙，从前她遇着一道难题，被指点后明白了关窍会有学术意义上的醍醐灌顶，这还是头一次感受到一种修真意义上的醍醐灌顶。

那是一种极为难言的、令人神清气爽的感觉，像是全身经脉被人自上而下淋了个透。

她彻底明白了为什么修真界人人对于天材地宝趋之若鹜，甚至为了得到它们无所不用其极。既为天品，定然有天品的道理。

货真价实。

道门修士无论分修什么功法，总归都是内丹道，即修成内丹。琴心境和腾云境之间灵力储备天差地别，其中的原因就是进阶时结丹的这个过程，在丹田内结成的金丹，和先前丹田内的灵液比，有了质的飞升。

天品灵根对灵气亲和力高，吸纳灵气快，这也是林渡境界增长飞快的原因。

而平日里吃的灵食、服用的丹药、天材地宝，也都是灵力的来源，比打坐修炼摄入灵气更快更集中，这会儿一个天品灵植就足够林渡丹田内的灵力完成质的飞跃了。

最后一团药力和灵气被消化，境界壁垒轰然破碎，灵力滚沸激荡，呼啸着灌入丹田之中，在不断大周天小周天的周游凝结之下，丹田扛不住内压，灵液越团越紧越来越多，终于被压缩成了一颗浑圆的泛着冷冷光泽的金丹。

身上结的冰霜被爆发的灵力直接震开，林渡甚至无暇顾及自己心脉的变化，睁开眼睛，直接跳下床，径直出了门。

洞府之上已经蓄积了沉沉的劫云。

林渡轻车熟路地站在劫云下，握着浮生扇指着天："一回生二回熟，看在我是个熟客的分上，打个商量，轻点劈我？"

九天玄雷劈头而下。

林渡被劈得外焦里嫩，吐出一口黑烟："老天爷，你杀熟！"

这一回的雷劫可比上次强大多了，宗内众人都走出来站在山头远远看着那汹涌倒悬的昏黑云海。

"小师叔闭关已经有半月了吧？"元烨咂舌。

"才十几天而已。"晏青算了算，"师父当年结丹闭关了三月有余。"

"今儿二月二龙抬头，好日子。"凤朝和封仪并肩而立，仰头看着那劫云。

"我记得，去年立春，那孩子刚进宗门。"

接连几道玄雷声势浩大地劈下，连带着阵法边界都出现了细密的分叉，林渡先用浮生扇抵挡了几回，到第九道劫雷时实在站不住了，干脆盘腿坐下。

等到这个空隙，她才想起来自己的肉身强度比上一回渡天劫时可强了不少，至少一九雷劫的雷能站着扛下了。

二九雷劫的雷劈头而下的时候比一九力量更为恐怖，林渡被劈得眼皮都抬不起来了，干脆闭着眼睛由着雷劈，经脉之内也都是雷电之力，连带着金丹都在被雷电淬炼。

姜良站在背后随时准备冲上去救治，顺带给阎野实时播报情况。

"好着呢，二九都过了。"

阎野忍了忍："我是盲人，不是聋子，我能数。"

结丹天劫是三九雷劫，这一年的激流勇进和日日服的苦药似乎有了很好的疗效，到二九雷劫结束，林渡还稳稳坐着。

直到第二十一道天雷劈下，林渡缓缓倒下，浑身抽搐，脑子彻底麻了。

她老实将自己摊开成大字形，忍受着雷电之力的肆虐，这时候她居然分出了一点心神，想到了上次差点被雷电之力撕开的心脏。

这时候她才发觉，她的心脏稳稳聚拢着，雷电之力从心脉之中顺畅地通过，心脏没有任何碎裂之势。

最后一道劫雷劈下，震耳欲聋，直接将阎野布下的阵法屏障击得稀碎，林渡更是连手指都难以动弹，意识已经模糊。

而先前吸收的药力泛着淡淡的青光，从心脉之中缓缓释放出来，接着反哺整个经脉丹田，原先火辣辣的痛也被抚平，瞬间清凉下来，连带着林渡的神府也重归清醒。

林渡恍然回神，她刚刚差点就看到她太奶了。

劫云缓缓收拢，灵雨淅淅沥沥落下。

二月二，苍龙抬头，阳气生发，风调雨顺，驱邪攘灾，纳祥转运。

被天雷淬炼的身体开始慢慢褪去疤痕，新生出强韧的皮肉。林渡长出了一口气，还躺在地上，懒洋洋伸出了一只手，凭感觉冲阎野所在的方向晃了晃。

“师父，看见了吗？我又逆了一回天！”

白发玄衣的男子拢了拢袖子，垂眸无奈一笑：“浑不吝的小东西。”

浮云山上落下了霞光，青云榜上第一行字涌动，负责抄录的修士急急提笔，看清变动的字之后一怔。林渡的名字之后的文字，已经变成了“腾云境”。

天赋第一，无愧于其名。

都说春雨贵如油，这结丹天劫于二月二降下的灵雨，更是千金难买。

姜良掏出一个大铁盆，在林渡疑惑的眼神中，放到了地上。

这也是上好的汤剂材料，回头就拿去给林渡煎药，“原汤化原食”，羊毛出在羊身上。

地上的林渡好半天才起来，老老实实让姜良把完了脉，忍着饥饿草草在洛泽游了一圈，上岸换了一身衣服，才发觉自己又长高了，法袍的摆已经到了脚踝上头，很有些“捉襟见肘”的意思了。

林渡烘干自己的头发，轻车熟路将头发拧成了道髻盘在头顶，打算下山请几个师侄吃饭，顺便买新的法袍。

姜良看了一眼自觉收回神识的阎野，欲言又止，觉得不太合适，端着盆回去找自家徒弟了。

孩子快长大了，但阎野这个棒槌大约是不懂的。

雨已经停了，天上霞光四射，隐约可见道韵流转，向来劫云在哪儿，代表吉兆的祥云就在哪儿。

但不知道是林渡跑得太快了，还是本就近黄昏，整个无上宗山脉上都罩着漫天的霞光，连带着定九城都沐浴在了金光之中。

修炼至第三候，延年千载，飞行自在，腾蹑眇霞，彩云捧足。

林渡终于不用飞行之前还要先祭出法器了，她行于云间，先给几个师侄传了音，自己落到主峰给掌门汇报了一下自己没事，顺便“拐走”了倪瑾萱，一帮人浩浩荡荡地下了山。

霞光蜜汁一般淋洒在少年们的肩头，衣袍翻飞，铜铃声细碎清越，裹挟着欢笑声，被风拖拽出快活的气息。

“吃福满楼的烤鸭！”

“吃海昌楼的酱烧鱼头！”

“吃宴春阁的炙羊肉！”

林渡被三个师侄吵得头疼：“都吃都吃都吃，大不了吃完一家再换一家，又不是吃不起。”

一帮人热热闹闹进了福满楼。

林渡刚刚渡过天劫，身上气势未收，年纪又小，走哪儿都扎眼。

北地就是到了二月也还是冷的，墨麟身上披着黑狐皮大氅，他生得高挑，远远看着像是偷袈裟的黑熊——瘦弱版。

剩下几个人你一言我一语，吵出了十几个人的架势，一路过去分外惹眼。

“二楼天字号包间，贵客六位。”堂倌话刚喊完，目光落到六人身上的弟子令牌上，笑问道，“不知今日宗门内又有哪位道长渡过天劫了？瞧瞧那祥云，看着都叫人欢喜。”

林渡笑而不语，倪瑾萱看她脸色，将夸耀的话咽了下去。

晏青和元烨眼观鼻鼻观心，也没开口，墨麟拢着衣袖笑道：“是我一位师叔。”

这话的确没毛病。林渡暗道这小子果然还是成长了。

低阶修士无法察觉到比自己强大的修士的具体修为，但堂倌认得墨麟，因而也就笑着迎合：“您师叔定然是个能造福一方的人呢，这二月二龙抬头多好的日子。”

一帮人一路向上走，酒楼里其他人说的话也都落入了他们耳朵里。

“今儿咱们无上宗有人进阶了，你们听见了吗？劫雷响了好久。”

“我数了，三九天劫，像是进阶腾云境的结丹天劫！”

“你们说到结丹我就想起来前几日《修真界轶事录》当中的头条了，欸，你们看了没有？”

“哪个？”

“就归元宗裴钦长老的首徒，本来结丹天劫都要渡不过去了，谁知竟有人舍身替他挡了一下，才让人生生撑过去了，顺利结了丹。”

林渡听到这里，脚步一顿，上楼梯的众人脚步齐齐停了，都竖起了耳朵，聚精会神等着下文。

“嚯，这天劫本来就是只冲一个人的，用法宝挡一挡也就罢了，要是另一个人冲进去不是挑衅天道吗？这不得劈个双倍的？”

“可不是，据说那冲进去救人的女修，当场金丹就碎了，啧啧，这是何苦，一次结丹不成功，那不是还有下次吗？只要没把人劈死，就还有救。”

“只怕是道侣吧，哪里舍得瞧自家情郎受苦，据说那位首徒眼看着就要被天雷劈死了，但见一道白色身影冲进天雷之中，扑在了首徒身上，替他挡住了剩下的天雷。”

林渡忽然若有所思地回头看了一眼夏天无和墨麟。

夏天无今日依旧穿着一身暗绣白衣，只是底下缀着青色留仙裙，嫩得像是柳条上新抽出的芽儿，腰间的玉带丝绦和头上的冰种翡翠、胸口的翠色琉璃璎珞遥相呼应。

她感慨道：“你说，为什么都是一身白衣呢？”

墨麟：“小师叔，你看着我做什么？我又不穿白的。”

林渡转回头：“没什么，想到邵绯了。”

邵绯穿白的，夏天无穿白的，轮到夏天无那位偏缘的白月光，还穿白的。月亮就一个，洒哪儿都是白月光。

墨麟一哂：“小师叔您埋汰我呢？”

“他们缺灵骨飞升，打上了我的主意，自己不敢光明正大来取，还要借助那么个女人，什么缘分不缘分的，听得我头疼。

“要我说，不能飞升还能下地狱当鬼修呢。

“害我这一年都不能练武，我这几天躺得骨头都疼了。”

“骨头疼不是躺的，旁人伤筋动骨一百天，你伤的可是全身的骨头。”夏天无本就和他并肩走着，听到这抱怨转头看着他。

“以你平日的炼体强度，现在一天能骨折三次，给我消停点吧。”

林渡垂眸笑了笑，继续抬脚上楼。

元烨若有所思：“这个首徒，是不是就是那个和咱们小师叔约了九年后比试的那个？叫什么来着？”

晏青接话：“巫曦，神魂打不过兰句界的阴魂差点被夺舍，被小师叔掐着脖子一拳揍成猪头的那个。”

他这么一说，夏天无也想起来了：“鼻骨骨折的那个猪头？”

林渡点头，忍着笑：“是啊，就是那个。”

墨麟狐疑：“为什么师妹知道，我怎么不知道？”

“兰句秘境的时候，你不是没去？”

一帮人说着进了包房点菜，照旧墨麟点菜，其他人一面七嘴八舌地交谈，一面熟门熟路地分发碗筷，往眼前的茶盏里倒茶，一屋子叽叽喳喳。

“巫曦还说咱们小师叔九年不能结丹呢，结果他还要靠人家豁出性命去救他才能顺利结丹，啧啧啧，还得是咱们小师叔。”

林渡始终含笑把玩着手中的浮生扇，听到元烨说这话才有了些反应：“也别幸灾乐祸，人家是人家，我是我，他不知道你小师叔的天赋，也正常。”

“说起来，那替他挡雷劫金丹破碎的，不知是谁？”

林渡抛出这个问题并不是因为她不知道，她手握剧本，她当然知道。

夏天无是不问世事专心研究医药的，若不是他们这帮小孩聚在一起讨论，她是不会听进去的。

林渡想先让夏天无记住，这个巫曦是有个白月光的，免得日后那孙子装单纯小狼狗骗她。

晏青出身泗方城修真世家，离归元宗不远，闻言开口道：“这个我略有耳闻，似乎是当地一个修真世家的旁支出身，名叫崔瑜君，因为被嫡系打压，在家族中资源少，故而离家入了归元宗，在外门弟子大比中夺了第一，一鸣惊人，这才进了内门。”

林渡听到晏青语气中的敬佩与推崇，有些意外。

这个白月光，是拿了“凤傲天”女主角剧本啊！

“不过……我倒是没想到，这位居然会为巫曦挡雷劫。”晏青端起茶盏，摇了摇头，“金丹破碎，只怕肉体也受了不少伤，大宗门的修炼资源总是要集中给有希望的人，这人恐怕是废了。”

林渡也跟着摇头：“恋爱脑害人不浅。”

元烨挠头：“小师叔，什么是恋爱脑？”

“就是……一恋爱就把全部心思放在恋人身上，所有精力都用来维护这段感情，盲目地忽略对方的一切缺点和伤害你的举动，没有底线，没有原则，全然忽略和丢弃自我，甚至奋不顾身为了爱人付出一切。”

墨麟补充道：“甚至付出了金丹。”

林渡鼓掌：“好样的，不愧是你。”

六个人齐齐摇头：“不理解，怎么会有人为了对方连金丹和前程都付出？”

元烨想了想：“可能是巫曦太弱了，三九雷劫扛不住，真的要被劈死了吧，爱深情急。”

“的确，天劫本就是修士进阶的最大考验，如同在鬼门关走了一遭，每年被劫雷劈死的修士也不少。”夏天无补充道，“不过你们天赋异禀，又有灵药加持，资源不缺，一定都能顺利渡劫。”

“但是小师叔是出了名的体弱，也没有渡不过天劫啊。”倪瑾萱发出疑问。

林渡眼神和蔼，傻孩子，小师叔渡劫的时候有洞明界唯一一株天心莲，还有凝碧丹和金乌玄元丹不断修复身体啊。每天在天底下最寒冷的激流里游泳，饭前一碗补药，她浑身的肉捏起来都梆硬，把她抓起来估计都能直接入药。

“还是巫曦太弱了，小师叔一个能打两个。”众人总结。

一个能打两个的林渡端着茶盏的手微微颤抖：别说了，她就是个“一拳超人”，一点体术都不会啊。

一帮人吃完六只烤鸭一大桌菜，算是把肚子填饱了，站起来排成一行往下走，像一群小鸭子，恰好听得一桌人问起堂倌今日无上宗进阶的是谁。

那堂倌挠了挠头，推了打赏的灵石：“不知道啊，约莫是哪位道长吧。”

林渡和墨麟对视一眼：“富泗坊的探子？”

墨麟点点头，理了理重新披上的大氅：“只怕是的。”

上回那个富泗坊的探子浑水摸鱼被他们抓了，这回这个倒是学聪明了，只是打听消息，他们也没法子抓人。

林渡忽然就想到了自己的身价：“说起来，也不知道我如今身价几何。”

“这个我略有耳闻，好像咱们的消息目前都是两千灵石。”元烨眨了眨眼睛，“不过啊，《修真界轶事录》上登了飞星派印仲真人因行邪道被大弟子陶显大义灭亲，检举揭发的事。”

“上头说，印仲屠杀了十五名弟子之后自尽而亡，并且有可靠内部消息证实，印仲还犯下了两件大错。”

“一则是青云榜第一林渡受害，命不久矣，一则是拔了无上宗大弟子墨麟的灵骨。”

元烨嘿嘿一笑：“我已经能想到后日《修真界轶事录》的第一则消息是什么了，定然是青云榜第一置之死地而后生，顺利进阶腾云境，然后肯定很多人好奇小师叔怎么进阶的，身价定然就又要上涨了！”

林渡感慨：“你真的适合去《修真界轶事录》撰稿。”

一帮人陪着林渡买完了法袍，又去购置了笔墨，这才回了宗门，各找各的师父去了。

天色已经暗了，林渡没有回洞府，直接到了书楼，开始老老实实写起欠凤朝和封仪的大字和符咒。

凤朝让林渡写二十篇大字，她左手右手各练了十篇，封仪的就干脆各写了一百个。等她写完的时候，屋内墙壁上夜明珠的光已经煌煌地照着了，她放下笔，看向窗外。今日是二月二龙抬头，空中的星宿该有异象。

她忽然就想到了飞星派的卜命之术，他们是观星卜命，那阎野呢？他应当是不能直接看到真实的星空的。

林渡凭借着梦中的记忆，找到了无上宗那个高峰，那是个孤峰，乱石嶙峋，不好建筑大殿和洞府，峰顶最多只能坐下两个人。

高山风大，却离夜幕极近，澄澈的夜色倾倒人间，恍若抬手可摘星。

她仰头，找到了苍龙星宿，于是戳了戳阎野的那团神念。

阎野没好气地问：“怎么着？玩完回来了？”

林渡被风刮得有点脸疼，懒得解释：“眼睛给你。”

阎野一脸蒙，但很快他就反应了过来，是让他联通林渡的视觉。

林渡此刻似乎正在一个高处，遥遥看向了东方，在那里，苍龙星宿的龙身还隐没在地平线以下，仅仅露出了龙头。远远看去，宛若巨龙刚刚抬头。

不知是因为林渡年幼心境澄澈，还是天当真被洗刷过，黑得那样深远，寒星也显得那样明亮闪耀。

阎野看了好久，直到林渡将整片天空都看完，开始看向人间。

大半无上宗的山脉金殿楼宇和远方定九城的一隅落入林渡的眼底，山中错落着辉煌的宝珠光线，远方城池更是亮着绵延的灯火，暖得惊人。因为夜够深沉漆黑，所以人间的烟火也就显得更加温暖明亮。

阎野从未觉得夜色如此惊心动魄过。从前夜色只是他眼前的虚无，如今却有了实在的分量，光也有了分明的意义。

下一瞬间，他的眼前视角忽然翻转了一百八十度，接着视线迅速远离天幕，一路嶙峋山石与草木也跟着疾速闪过。

“林渡！你疯了？”阎野吓了一跳，怒吼声在林渡的神府内炸开，“你在干什么？跳崖？”

下一瞬间，视线中景物的移动忽然变得越来越慢，接着重新稳定了下来。

林渡随便找了一棵巨松躺了上去：“带师父体验一下自由落体的感觉，这辈子也算跳过崖了。”她的声音还带着笑意，心脏却在幸存之后急速鼓动。

从前是想跳不敢跳，如今能飞了，也能感受一下从高处坠落的失重感了。

“登高跌重，不就是这样？”

阎野只能骂她：“小疯子，你找死吗？”

“不找死，只有快死的时候才会想活。”林渡坐起身，身下的宽大松枝跟着颤了一下，“师父，等我回来练体术。”

她现在终于更能感受修士的强大与自由，这是她一直以来想要的东西，也是她留在这里的意义。

“等你回来？你还要去哪儿？”小徒弟这么疯，阎野的心脏承受不住。

“二师侄说找我有事，跟我的身体和修炼有关。”林渡说着，向五师兄所在的天芮峰飞去。

夏天无独居在山脚的竹楼内，见了林渡也不意外，取出了一本《女丹真诀》。

她过去将门关好，拍了拍林渡的头，目光柔和：“你今年十四了，刚好快到经未行而信至之候，该教你斩赤龙了。”

林渡脑子迅速反应了过来，嗷了一声。

斩赤龙这东西早了也不行，晚了也不行，需要个合适的契机，在修真界这事通常是由母亲亲自教导。

但林渡进宗门的时候年纪尚幼，如今才到十四岁，还有个对此事一窍不通的师父，白日里姜良给林渡把过脉，回来便细细嘱咐了自家弟子。

夏天无本也没把林渡当成师叔长辈，在她眼里，林渡也不过是个刚进宗门不久还没长大的孩子，如今她来教导林渡女丹功，是个再自然不过的责任。

没有比医修更适合教导人女丹功的了。

夏天无关了门转身看着林渡，才发现她已经自己把那本书拿起来了："为什么之前我读的内丹功法之书没有说这件事？"

她看得认真，夏天无等她翻页的时候方才开口："大抵因为师叔祖他根本就不知道这个。"

林渡挑眉："合理，很合理。"阎野那个人，没把她养死就是好事了。

林渡看完《女丹真诀》，仰头看向夏天无："要……背下来？"

夏天无笑道："记不住也没事，第一次我会教你，记不得的我提醒你。"

顺者成人，逆者成仙，这关总要过的。

林渡闭着眼睛在脑子里回想了一下："我好像记住了，只是口诀还需要再背一背。"

夏天无愣了一下："都记住了？"

"具体文字有差异，"林渡懒洋洋地翻开书继续看自己没想起来的地方，"总共不过六七百字，还行，流程记得了，口诀还没记住。"

思维导图这东西好用得很，林渡记东西都先记主干重点，再丰满细枝末节。

夏天无像是在看个稀奇玩意，恨不得亲自把林渡的脑子剖开来看看："传闻当年临湍师祖也是这般过目不忘。"

"我不是过目不忘，我只是记得快。"林渡敏锐地察觉到夏天无的探究心思，抱着经书沉默了片刻，忽然觉得气氛有点不对劲。

"你说的这个教我，它是怎么个教法？"

夏天无指了指床榻："上去吧。"

"我觉得我自己可以。"林渡沉默了一瞬间，"真的。"

夏天无敏锐地察觉到了林渡的不自然，寻常人行功会有不同的体感，难免会想要求问，林渡这态度分明就是讳疾忌医。

“我是医修，在医修眼里，什么人都是一样的，人和小猪崽子也没有区别，你别害怕。”

林渡停顿了一会儿：“我知道我在你眼里就是个小猪崽子。”

但原生家庭在她身上的影响并不小，甚至可以说无处不在。

她是严重的回避型依恋人格，并不擅长处理这样过度亲密的关系，不管是友情还是爱情。至于亲情，她没有那种东西。

林渡深吸一口气，在夏天无众生平等的眼神中，默默爬上了对方的软塌，老老实实开始跟着修炼。

《女丹真诀》有云：“必先息心，心息定而神清，心斯凉矣。”

林渡合上眼睛，调整了吐纳。

夏天无点了清净香，在一旁指导着林渡练功，握着林渡的手找准了每一处的位置，似乎看出了林渡的僵硬和不自然，不过点到即止。还好林渡悟性好，记性更是超群，被她带着比画了一次也就记住了。

林渡努力寻找着书中所说的暖气感，初时不太得法，冷不丁上丹田处被轻轻点了点。夏天无的指尖是温的，落在林渡冷冰冰的皮肤上就显得格外温暖。

“别急，慢慢来，你没错，我看着呢。”

林渡心一定，不再在乎那点想要逃避的古怪想法，顺利感受到了暖气后穿，上过昆仑，降注泥丸，顿觉宽广如海。

夏天无已经发现了，林渡在外是个孩子王，但只要有人主动靠近一点，这小孩儿就会先紧张得僵硬。

她并没有那么多恶趣味，只是觉得奇怪。小师叔好像跟她想的不一样。

不管林渡在外如何运筹帷幄独当一面，细究起来，也不过是从未受过母亲教导的孩子。

林渡练完三次睁开眼睛就被夏天无慈爱的目光吓了一跳，她小心翼翼地开口：“天无？”

“欸。”夏天无替她把了个脉，“行功是对的，一日三次，行功百日，其间有什么异状拿不准的小师叔就来找我。”语气跟哄孩子一般。

林渡点了点头，起身下榻，心里最后那点不自然也就散去了。

你把我当闺女，我把你当师侄，咱各论各的。

她道了谢，又觉得这么说未免疏远，笑道：“二师侄如果有什么缺的药材，或者需要帮忙，也可来寻我。”

夏天无拍拍她的头，目光柔和：“你我之间，不必如此生分，你别有负担。”

门一拉开，就看到院子里有一团黑影，形似一头毛茸茸又有些瘦骨嶙峋的黑熊精。林渡临危不乱，迅速啪地把门关上，脑子反应过来之后又开了门：“大师侄？你半夜在这里干什么？”

墨麟沉默了一瞬：“小师叔你怎么在这里？”

林渡莫名有种被捉奸的错觉，但气不壮理也直：“找我二师侄一起练功啊，你找二师侄干什么？”

墨麟不自然地避开了林渡的眼神：“我也练功。”

林渡：怎么，你也要练女丹功？

或许是林渡的面色一瞬间显得太匪夷所思，墨麟也觉得离谱，但还是站着没动。

夏天无走出屋子，中断了两个人诡异的对峙场面。

“怎么了？”

“我一不留神，吃多了，所以，晚上想小小地练功消化一下。”墨麟含糊其词，到最后声音几乎宛若蚊蝇。

夏天无却一瞬间懂了，声音冷了一分：“你练得太兴奋又忘记分寸把骨头练折了？”

夏天无冷着脸拎着墨麟进屋接骨。林渡背着手从容离开了。

这一晚上她经历了太多，也看透了太多，她得回去睡一觉缓一缓。

那天之后，林渡开始了繁忙且老实的修炼生活。

直到阎野把她拎到那个高峰的时候她才恍然反应过来：“为什么是这里？”

“虽然不知道为什么你会找到这座我练步法时用的山峰，但既然你先找到了，甚至还跳下去了，那就说明你还挺喜欢这个地方的。”

阎野拢着手，一脸淡然地看着眼前不知什么时候个头又蹿了一截的小孩儿：“来吧，我教你。”

这孤峰不光高，还格外嶙峋险峻，宛若无数宽窄不一的石刃堆叠起来的刀锋。

林渡站在山下，直直地看着阎野：“您不是在报复我吧？”

“怎么会呢。”阎野含笑，“你师父我当年就是这么过来的，你还记得你的步法名字叫什么吗？”

林渡机械地吐出三个字：“凌绝顶。”

“对啦。”阎野笑得更加愉快，“不是喜欢跳崖？之后我就让你知道，跳崖的感觉可不怎么好受，你就在这峰上练步法，直到掉下来为止。”

林渡懂了：“你就是在蓄意报复。”

她嘴上这么说，却已经念起口诀调动灵力，按照书中所说的发力方式，登上了那孤峰之上一块立着的嶙峋山石。

这山石不知是鬼斧神工还是人为雕琢，一共也只有那么一点宽，若是步子没落准，定然会踩空，这套步法讲究的是轻且快，并且叫人仰望，捉摸不定。

离山腰还远，林渡就一脚踩空，落了下来。又是一场失重的坠落。

她在空中调用灵力减缓坠落速度，距离地面不过五六尺方才稳住身形，接着老老实实飞回了地上。

阎野开口指点林渡，说明方才那一步为什么错了，又指明她的缺点，接着笑吟吟指着峰顶，“爬，爬到峰顶你今日的步法功课才算完。”

这峰少说有几百丈高，林渡深吸了一口气，压下狂跳的心脏，运足灵力，活动了下脚踝等关节，再度向上。

阎野其实没指望林渡今天第一天就能爬到峰顶，林渡每一次落下来的时候他也浑身紧绷，尽管昨天她发了一次疯之后他就没再动过神念，可那种失重的绝望感依旧每一次都揪着他的心。

“第七次。”阎野开口，“掉下来七次了，以后还跳吗？”

林渡舔了舔因风和运动变得干燥的嘴唇，毫不掩饰眼底的兴奋：“还跳。”

阎野一噎，指着峰顶：“上去，连半山腰都没爬到。”

林渡就又蹦上去了，一次比一次快，一次比一次高，一次比一次娴熟，接着一次比一次跌得狠，阎野也一次比一次心惊胆战。

小兔崽子是跳兴奋了，他提心吊胆，倒像是在自己折磨自己。

每一次肾上腺素的狂飙，都让林渡兴奋异常，脑子也格外灵活清醒，对那步法的印象也越来越深。

这孤峰恰好能与无上宗禁地和后山遥遥相望，晏青每日挥刀都站在固定的地方，今日一打眼看过去，目光恰好捕捉到那在孤峰上上下翻腾的一点，若有所思，转头问元烨："什么鸟会在半山腰来回扑腾啊？"

元烨在和他格外对称的另一边举着石鼎练习臂力，闻言也看了过去："你不知道我更不知道，看颜色，倒像是什么青鸟，再不然就是……狼？"

"什么狼能在山上跳来跳去？"

"修真界的豺狼虎豹哪个不能飞檐走壁？"元烨又举起了石鼎，喘着粗气儿，"实在不行，一会儿咱们去把它打下来，正好给小师叔加餐。"

被人惦记上的林渡此刻终于到了山腰以上，她没停，也不敢停。

逆水行舟，不进则退，修炼也是一样。一旦节奏被打断了，她今日就别想攀上这孤峰了。

林渡感觉到自己的肌肉力量已经快到极限了，隐约有抽搐的感觉，她却不想停。

阎野也察觉到林渡动作有轻微变形，他算过，凭林渡的体力不足以到上头，他面无表情地瞬移到了林渡身后："行了，今日就到这里了，下来吧。"

林渡小腿有点抽筋，但还没停："再高点。"

阎野磨了磨牙："我骗你的，没让你非要到顶上，下来。"

"再高点。"林渡重复道，脚下动作没停，因为蹿得太快，让阎野难以下手揪住她的衣领。

"你就是再高点也上不去，非要那么高干什么？你今日还有体术功课，劲别都用完了。"

"欲与天公试比高。"林渡开始胡言乱语。

阎野默然："别太荒谬了，小兔崽子。"

腿肚子抽筋越发严重，林渡终于停了，她分明可以就此立住，却直接向后一躺。

阎野一瞬间有些慌乱，刚要去抓住林渡，就发现小兔崽子笑得格外恶劣，但还是在慢慢减速，最终慢慢落到了地上。

"高点好啊，落地缓冲时长都增加了。"

林渡靠着山石捏了捏小腿，缓了一会儿，往嘴里塞了颗丹药。

阎野被这小混蛋吓得不轻。他知道林渡疯，不知道林渡这么疯。

高大的男子落到林渡面前，朝头敲下去："你是真的疯了！真不怕死！能不能沉稳点！"

打得还分外有节奏感，林渡抱着脑袋满地乱窜：“我还要去膳堂做饭。”

阎野收了手，板着脸：“吃完饭去算完一个基础阵法，顺便把阵布出来，然后把风朝和封仪给你布置的功课做了，再来找我练体术。”

林渡捂着被敲红的脑壳，拖长了音：“知道了——”

果然老人家经不得刺激。

林渡的字虽然已经有模有样，但画符时，对笔的控制力还不够。

封仪倒也不气馁，练字并非一日之功，更何况是画符。但林渡今日的状态可实在不对劲，她看着纸面上的蚯蚓，狐疑地看了一眼林渡那双手。

“手筋正常，还生得这么好看，到底是怎么画出这么难看的东西的？”

林渡无辜地看向封仪：“今日师父让我攀岩，累得手抖。”

她一抬脸，封仪就注意到了林渡额头上的瘀青：“摔了？”

林渡伸手摸了一下，才反应过来封仪说的是什么：“没有，师父他暴打我。”

封仪沉思了一会儿，道：“你这么聪明这么乖，他还打你？为什么？”

“大概是因为我没能达到他的要求气急败坏吧。”林渡的黑锅一扣一个准。

封仪微微蹙眉：“他当年画的符比你的狗爬字还难看，还放言自己不需要灵符也能过得很好，怎么好意思怪你。”

林渡嘿嘿一笑：“严师出高徒，我是高徒，所以师父严厉。”

封仪默然，乍一听好像没有什么毛病，但是是不是因果倒置了？

“其实是最近师父加大了我的炼体训练，我体力消耗得厉害，控笔就不好。”林渡不正经完了打算给阎野挽回一下形象。

封仪沉吟片刻：“你控笔确实是个大问题，大师姐只叫你练大字，却没叫你练过笔画线条和控笔吧？”

她铺开一张新的宣纸：“来，我从头来教你控笔。”

林渡在某些方面的确算是一个好学生，尽管在阎野的底线上反复横跳，但悟性高，记得快，一点就透，的确让人省心。

但没有人是完美的，从小就一手狗爬字的林渡还是栽在了练字上。

耳边响起一声微不可察的叹息，林渡握笔的手微顿：“我觉得这个笔它有自己的想法。”

封仪拎着一张满版潦草笔迹的纸：“我算是知道为什么大师姐说你的字

已经有很大进步了。”

书法这件事本也急不得，她只看过林渡上交给风朝的大字，虽说笔锋生硬，架构诡异，笨拙无比，一看就知道是一笔一画写出来的，没什么轻重之分，但到底是工整能入眼的。

等随手翻开林渡算阵法的那些草稿笔记，她才知道为什么风朝说林渡的字进步了。实在是……不堪入目。

都说字如其人，林渡的字跟人大约差了十万八千里。

谁能想到一个生得这样清秀的小姑娘能写出这样的字,白瞎了那一双好手。

林渡老老实实练着控笔，那手就跟不听使唤一般，一笔一画总能“蜿蜒曲折旁逸斜出”。

封仪也不着急，不时调整一下林渡的握笔，等她练完规定的量，这才放了人。

“不妨事，练字并非一日之功，你小时候没接触过，这才几天，能写成这样很不错了。”封仪怕她气馁，出言安慰。

蔫头耷脑的林渡站起来：“我觉得，以后这功课顺序得改一改，先文后武，至少练字和符术得放早上。”

封仪想了想自己的修炼时间：“也好，那我以后等你用完早膳之后在书楼等你。”

林渡点了点头，收拾了东西，跟脱缰的马一般蹿了出去。

“多谢师姐体恤，那我辰时一刻就能到书楼。我先走了，师父大约在等我打拳。”

本来定好的时辰没这么晚的，她今日在练字上耽搁了一些时间，炼体的时间就少了，看来以后得重新排个课表。

封仪远远看着林渡在空中迅速飘远的背影，那小孩儿看着对打拳这事儿并不抗拒，倒是比阎野那人好多了。

神识和视力到底不是完全一样的，阎野当年因为符术老是学不好，干脆直接自暴自弃，甚至还一度发过脾气。

画符和布阵完全不一样，至少阵法的东西刚硬曲折都有定数，算得准就成功了百分之九十，画符却实在是手上的具体功夫。

阎野就不愿意在自己天生的弱点之上耗费功夫，林渡却并不是因为自己先天条件不好就轻易放弃的类型。

谁都看得出来林渡先天不足，没有办法进行太过剧烈的运动，步法和体术却都是需要实打实地苦练的功夫。

封仪想了一会儿，觉得林渡是比阎野听话多了。歹竹出好笋。

林渡的身体机能不足以驾驭过于刚硬迅疾的拳法，并且修习拳法本来也需要一定的过程，于是一片冰雪世界里，一身青色劲装的小修士老老实实站在冰面上，站桩。

“未习拳，先站三年桩。”阎野纠正了一下林渡的姿势，“等你三线贯通，就算入门了。”

“虚领顶劲，沉肩坠肘，含胸拔背，立身中正，心静体松……”男子敲了敲小孩的头顶，“欸，别发呆，让你放松不是让你睡觉的！”

林渡睁开眼睛：“哦。”

“认真点。”阎野无奈，“要练内家拳，站桩是最基本的，我问过姜良了，太极拳的确更适合你，等你站桩站稳了，自己去找他练。”

“他是正儿八经的太极亲传弟子，但他这一脉，不适合传给他自己的徒弟，你就跟着学吧。”

林渡叹了口气：“不是我不认真，我这一静下来，脑子就闲不住，没发呆，我在排课表。”

“什么课表？”阎野不解。

“我计划好了，早上起来洗脑子站桩，早膳之后去学符法、练字，然后去峰头练步法，练到午膳时分，饭后去书楼学阵法，再带过来给您检阅，您带我练体术拳法，晚膳之后看书修炼。”

阎野背着手，听着林渡小嘴叭叭说个不停，把自己和一帮师兄师姐连带着他都安排得明明白白。

他神色复杂地看着林渡：“你大约是第一个不用师父安排，反而把你师父安排好的。”

林渡，一个有较强的自我管理意识和向上管理能力的逆徒。

小孩儿笑了，保持着站桩的姿势没动：“您过奖，需要我列好时辰安排并准备好陈情书吗？”

阎野麻了，硬邦邦回了一句不用，转身继续打坐去了。

“不许笑！泄气了吧，加练一炷香的时间。”

林渡龇着的白牙收了回去，继续抱着空气西瓜站桩，肩膀、胳膊和腿都很酸，抖得厉害，还要保持姿势不走形。

蓄意报复，这人一定是在蓄意报复。

新的一天再度到来，天刚刚亮，阎野还在入定之中，就听得扑通一声，接着不等他反应过来，座下的厚厚冰面消失了。

阎野稳稳悬在了空中，还保持着入定的姿势，眼睛都没睁：“林渡你今儿是不是有点不行啊，还没到静潭就要出来。”

水下的林渡翻了个白眼，吐出一串气泡，双腿一蹬，逆流蹿出去几尺。

早晚把阎野的脑子也按进洛泽里洗一洗。

白天一天天长了，林渡站桩的时间也从一开始勉强只能坚持一刻钟，到现在能轻松站上半个时辰，全身浑然如一，气血顺畅，三点就位，可以进行下一步练习了。

所谓三线贯通，便是以腰为点，对角连线，实处张弓，虚处拉弦；以脊为轴，一呼百应，对位拧缠，自律卷纵。不光是全身的肌肉和动作浑然一体，连带着神识一并得到了锻炼。

她得到阎野的认可之后就被扔给了姜良。

姜良虽是医修，精于炼丹，却并非手无缚鸡之力的人。似乎是和林渡混熟了，教导她的时候也没有太过紧张。

林渡在练书法时束手束脚，在练拳法的时候也依旧被迫克制。

“易有太极，是生两仪”，讲究的是运劲如抽丝，迈步如猫行，一动无有不动，一静无有不静，动中求静。

姜良拎着一把拂尘，不时阻止着林渡出劲：“给我克制点，要松沉柔顺，圆活畅通，用意不用力，你像是狒狒砸石头。”

林渡动作一僵，心里泄气：“我觉得我不适合这么柔的功法，我不懂收敛。”

要不是身体不允许，她更喜欢拳拳到肉，粗暴有力的功法。

空有鲁智深的心，却偏偏是比林黛玉还弱的身体。

林渡自暴自弃地将心法口诀换成了小时候体育老师教的：“一个大西瓜，一刀切两半，一半送给你，一半送给他……”

拂尘劈头盖脸落在她的脑袋上，姜良难得主动开口讲话：“你不是不适合，冰虽坚硬，但终属水。”

“水以柔克刚，不争为争，你虽性子刚强，却也明白过刚易折，如冰可摧，所以行事细致全面，通晓以小博大，水德近道，林渡，你可是天生的道种。”

“太极不只是体术拳法，亦是心法与道法，刚好能教你忌偏激，化刚强，内固精神，外示安逸。”

姜良拂尘一推，并未见有多少力气，轻飘飘落在林渡的手上，竟就诡异地带着她以和缓克制的力道动了起来。

林渡沉下心，继续练习。

冷不丁一道传音符落到了姜良面前，引燃后传来风朝的声音。

“老五，有归元宗的外客求见，你见吗？”

林渡脚下步子一顿，拂尘就忽地一下打到了那条本该伸出去的腿上。

姜良面不改色：“不去，我要教小师妹练功，走不开。”

林渡忍不住腹诽：坏了，这回我成背黑锅的了。

林渡虽然不喜欢这样克制又内敛的功法，但也清楚地明白姜良说的都对，她要变强，就必须老老实实把自己不懂克制的劲儿收敛起来。

直接外放的暴力出于人类的本能，而内敛克制的功夫就需要人的自我磨炼。

就如同文明终将胜过野蛮，但文明的进程需要全体人类持之以恒地自我约束和进步。约束常常让人觉得枷锁万重，姜良和阎野看出了林渡热衷于在规则的边缘反复横跳，选择了一个能让林渡自己给自己拴上绳的功法。

林渡这匹桀骜早慧却披着精美人皮的野狼，被早就看透她的长者用一切尽可能柔和的手段引导牵制，渐渐脱胎成一个像模像样的人。

那根拴在她脖颈上的精美项圈不仅仅是在防止她自伤，也保护着她在自由驰骋之际，不会被人视作不受控的异类，继而被抹杀，无论她是否真的是“人面兽心”。

林渡的修炼一日日踏上了正轨，终于在百日后，顺利地一次就登上了峰顶。

日头刚好快要升至中天，已经是暮春初夏，林渡的背上还爬着细细密密的汗珠，这会儿一停下来，汗就一路滴滴答答顺着发热的皮肤滚落下来，高处风大，山脚下带着暖意的风到了山顶也凉透了。

林渡扯了扯衣襟，没立刻坐下来，只是站在峰顶看着人间。

冷不丁远处就飘来两道熟悉的声音。

“你说那青狼是不是开智了？我每天都看着，今天都登顶了，看来得早日打下来给小师叔让后厨加餐了。”

“我怎么觉得，看着不太像狼呢……”晏青拿出大刀。

“可能化形了。”元烨信誓旦旦。

元烨和晏青被太阳照得有点睁不开眼睛，凭感觉挥出去一刀，又甩出去一根捆妖绳。

林渡冷笑一声，抱着胳膊，本想直接让开就算了，还是没忍住，轻飘飘接了那一刀的刀气，抬手将刀气融入掌中化去，接了那捆妖绳，稳稳站在山顶。

“晏青，元烨？”

晏青一惊，元烨吓得一个后仰，双下巴都挤出来了。

“小师叔，怎么是你？”

林渡森森一笑，长风吹得她法袍的摆翻飞，凛然立于刀刃般的孤峰上，一张苍白的脸被阳光浸染也不改雪色，手上攥着个还泛着金光咒文的捆妖绳，指头轻轻一弹，那如同活物一般拼命挣扎想要捆住她的绳子就老老实实垂落了下来。

“小师叔！我错了，你没受伤吧？”晏青吓得差点从自己的飞行法器上跳下去。

林渡阴恻恻地开口：“怎么会呢？就那么点刀气，削根头发都不够。”

杀伤力不大，侮辱性极强。

晏青收了刀捂着自己的胸口：“我那一刀，有七成力道呢。”

林渡哦了一声：“你们逆着太阳来没看清楚我不怪你们，今儿谁洗碗？”

“瑾萱……”元烨垂着脑袋，不敢说话。

“你俩，一个中午，一个晚上，连续七日洗碗，有意见没有？”林渡挪了地方，自己悬在一旁，让两个人落脚，一人给了一个栗暴。

“我是狼？后厨加餐？”

“不是不是。”元烨拼命摇头，对上林渡似笑非笑的脸，吓得一佛出世二佛升天，“离太远了，看不太清楚，就是想来看看。”

晏青倒是还有个疑问：“小师叔，你每天在山上练什么呢？步法？”

“步法。”林渡说着将那绳子还给了元烨，“走了，正好我去做饭。”

晏青还在回忆林渡轻飘飘接了自己的那一刀："没见小师叔用法器，怎么还能挡住我的刀气呢？"

林渡咳嗽了一声，道："靠你姜良师叔教给我的一套强身健体的拳法。"姜良嫌弃她练得空有皮没有骨，不让她出去说自己是他们这太极一脉的传人。

晏青惊叹，晏青震惊，晏青心碎。他抱着自己的刀："原来我和腾云境的差距这么大，从明日起我要再加一倍的练习量，每日挥刀两千下。"

元烨跟着震惊，随即心碎："可是你挥刀两千下，我也要跟着提石鼎两千下，我提不起来，可是师父还在，我俩必须对称。"

"不，你可以！"晏青按着元烨的肩膀，"小师叔可比我俩还小，她都能行，你为什么不行？"

林渡看到了晏青熊熊燃起的斗志，拊掌叹息："不愧是你们。"

三个人一起去了膳堂，一个剁肉，一个洗菜，一个做饭。

等她带着师侄们端着几盆菜出来，就看到桌上坐着个陌生脸孔。

林渡眯起了眼睛，有点眼熟，不确定，再看看。

元烨已经一嗓子吼出来了："小师叔！看！这是那个和你约架的巫曦！"

林渡露出一个和善的笑："叫你们念叨着打野狼，现在好了，真就狼来了。"

青年端坐在膳堂之内，也没想到风朝说的用顿便饭竟真就是一顿便饭。

后厨乌泱泱涌出来一帮人，手上都端着大盆，一路涌动着热气，带着凡间特有的油烟气，偏偏那帮人的容貌和气度怎么看也不能说是正经厨子。

无上宗的这帮人都这么原生态的吗？还要宝贝的亲传弟子端盘子？

一帮人无视巫曦，叽叽喳喳摆好几大盆菜，又直接端出来一大盆馒头，一大盆米饭。

林渡把手里的那盆晶莹剔透的红烧土猪肉放下，自己慢条斯理地擦了手，抬眼看向静观的青年："这不是巫曦道长吗，掌门师姐也没跟我说一声，要不我今儿怎么也得宰只鹅，这粗茶淡饭的，叫您见笑了。"

巫曦抬手行了个道礼："林小道长……"

林渡只是歪了歪头，一身浅绯窄袖法袍的倪瑾萱从身后拿着碗筷走上来："巫曦道友，小师叔和我师父是同辈的，你可以跟我一样，喊她师叔。"

巫曦看了一眼林渡，她身上气息收敛，还带着饭菜的浅淡油烟味道，勉强挤出了个笑："林师叔，早就听闻您前些时日顺利结丹，还未恭贺。"

林渡微微颔首："不过是顺其自然的事，有什么好恭贺的。"

活像班里的学霸说："考第一不是应该的？有什么好祝贺的，都没有进步空间了。"

巫曦有求于人，不敢在无上宗造次，闻言也只是笑道："您天赋异禀。今日叨扰了。"

元烨笑嘻嘻地将一副碗筷送到巫曦面前："我们小师叔的手艺师兄弟们吃了都说好，来都来了，你就当成自己家，随便点。就是我们今日不知道你来，没做你的份，要是吃不饱，我们再去蒸点馒头。"

无上宗的馒头一做就是几百个，整好了放在冰窖里，随吃随取，大概能吃上七八天。

巫曦看着面前一排跟锅一般大的盆，陷入了自我怀疑之中。

他们归元宗的饭食由每一峰的杂役轮流做，他们一个峰头至少几十个人，吃的饭还没有这一盆多，无上宗的亲传弟子也就这么七八个，哪里会不够吃？

自己做饭的天之骄子？巫曦在心里笑了一声，搞不明白无上宗这帮人怎么是这么个奇怪的风格。

六个人对坐着，刚好就他一个落单，对面没有人。长长一张桌子，拨饭的拨饭，拿馒头的拿馒头，吃药的吃药。

林渡皱着眉头灌下去一碗汤药，铁盆里的饭上已经盖了几块最好的五花肉，红亮的汤汁浇透了饱满晶莹的灵米饭，甜咸交织的红烧汁拌米饭，够压药味了。

她匆匆往口里塞了一块炖得软烂的五花肉，扒了几口饭，才压下了药味，转头跟夏天无抱怨："苦，红烧肉都不甜了。"

夏天无面不改色，配合着演戏："你每天都这么说，身子这么差，一日不喝药一日身子就要衰败下去，自己选吧。"

林渡哀怨地叹气："五月雪开得这么好，我还是等花谢了再死吧。"

自从她开始练体术功法之后，每日喝的药都变得强效了些，熬得又浓又苦又酸，味道混沌得让她手脚蜷缩。

死大约是死不成的，要不是林渡之前坑回来的那五十万上品灵石，她和墨麟每天喝药的花销都能把偌大一个内库消耗掉两三成。

巫曦不通药理，却也能感觉出来墨麟和林渡两个人药里的灵气深厚无比。

看来传言倒是真的，这两个人是真的被飞星派那个败类害得不轻。

林渡结丹，只怕也是为了强行续命，能不能活到千岁还不好说。而墨麟这位开门大弟子，只怕也要就这么沉寂下去了。

“巫兄，用饭，用饭，不用拘束。”晏青笑着招呼，接着精准无比地夹走了最后一个鸡腿。

灵雉每日都是按人头来杀的，中午晚上一人一个，多了也没有。

晏青和元烨靠着他坐，替他盛了一碗饭，将一盆青菜往他跟前挪了挪：“多吃点，多吃点。”

每逢林渡做饭，桌上必然会有一盆纯菜蔬，绿油油的，清炒。

巫曦礼貌地伸筷子夹了青菜，接着意外地垂下了眼睛。

即便是外头的高档灵食馆子的菜也不一定有这么纯粹的灵气。

又夹了一块肉，巫曦更是意外：“你们……用化丹境界的灵兽做菜？”

“嗯，怎么了？”元烨瞄准了一颗虎皮鸡蛋，眼疾手快抢了过来，“没办法，这帮猪崽子长太慢了，等它长到化丹境，就杀了吃了。”

巫曦看了一眼那还没结丹的三个人：“化丹境一阶的妖兽相当于人修的腾云境吧，你们……吃了也没事吗？”

三个人无辜地看着他，手上筷子没停：“你不能吃？这已经是我们宗门最低阶的兽肉啦。”

巫曦：你们吃比自己境界高的兽肉还吃这么多，不会爆体而亡吗？更何况要是每顿都这么吃，这得耗费多少钱？

师父说无上宗很穷是被这帮人吃穷的吧？

巫曦低头思量完抬起头，再一次被惊到了。

眼前除了青菜之外，大部分菜都已经没了，只剩下了点汤汁和肉末，而每个人抱着一盆饭，正在疯狂浇着汤汁。

“肉汤配馒头，香到咬舌头。”元烨拍着肚皮，看向僵硬的巫曦，“巫兄，你试试？”

巫曦看着那浓稠鲜亮的红烧汤汁，犹豫了片刻，接过了元烨勉强分出来的一块馒头。

一口咬下去，浓郁的甜咸汁裹着醇厚的麦香。

这万恶的富贵宗门！做菜居然都用的是灵泉水！

一顿饭结束，晏青、元烨自觉收拾碗筷，争论到底谁中午洗谁晚上洗，林渡没有招待人的心思，任何人都不能扰乱她每日固定的课程表。

五月雪细细密密地开在枝头，一阵暖风吹过，细白的花瓣纷纷扬扬飘落下来，迎面就落在出门的众人身上，像是暮春时节的一场雪。

林渡眯起眼睛，还没有说话，就听到了身后一声呼喊。

“夏道友留步。”

林渡脚步一顿，在神识里喊了一声：“小度小度？”

“我在呢。”

“原剧情里应当是没有这一段的吧？”

“原剧情是八年后才开始。”

林渡摩挲了一下中指的薄茧，垂眸轻笑了一声：“有点意思。”

大约问题还是出在那个秘境上。若不是那个秘境，巫曦大约有大把的时间去寻找合适的机遇，顺利结丹。而不是被那阴魂强行占据身体，就算被林渡掐得半死强行救下来了，估计内里神魂依旧有点伤。

结丹天劫没撑下来，让那位白月光提前献身了。

原本的剧情是在一次夺取天材地宝的时候，那位白月光舍身替巫曦挡下妖兽伤害中了寒毒，这才需要夏天无的异火。

林渡听着身后的动静，无非是巫曦求着夏天无向她的师父引荐引荐他。

她笑吟吟地碾碎了手上的那片花瓣，看着手上的一点鲜花汁液，随手打了个净尘诀，隐下黑眸里的暗光：“我已经……迫不及待想去中州大比了。”

夏天无答应巫曦自己会将话带到，回过头才发现一帮人都还没走。

倪瑾萱是负责招待巫曦为他引路的，自然没走，林渡和墨麟却也没走，一个垂眸擦手，一个莫名站在那里拎着剑，膳堂里静悄悄的，听不到洗碗的动静，估计里头两个也竖着耳朵。

夏天无走上前：“你站在风口吹什么风，不是骨头里面钻风吗？”

墨麟嗯了一声，大眼睛盯着她鬓发上落下的花：“五月雪，落到了你头上了。”

夏天无下意识想要伸手拂去，但花瓣纤弱，缠在了珠花上。

墨麟想要伸手替她拈去，又觉得不合适，看那几片花瓣透白，芯子泛绯，也不算难看，背着手道：“留着吧，反正这花落在你头上，也不算被辜负。”

林渡啧了一声，抬脚就走。

林渡算完阵法，慢悠悠到了五师兄的峰头，才发现一向会提前等着她的师兄居然不在。她想了想，还是去了姜良的炼丹房，发现门口站着三个人。

林渡落地的时候收了步法，刻意发出了点动静，接着利落地抬手到胸前，行了个道礼：“裴钦……道长。”

裴钦笑眯眯地抄着手跟林渡打招呼：“林师妹。”

林渡直起腰，放下手，从善如流：“裴师兄来找我五师兄？”

“不是我找。”裴钦大剌剌地拍了下自家弟子的肩膀，“我徒弟，巫曦，之前你就救过他。”

林渡笑看了巫曦一眼：“他来得不巧，这会儿到点了，师兄该看着我练健身操了，我身体不好，需要严格执行时刻表。”

裴钦一听这话拉着睢渊扭头就走:“那你先练着,走,睢渊,你峰头在哪儿?咱们喝酒去。”

巫曦却没走，还站在门外，大有再不出来就下跪的意思，把姜良堵在屋里不敢出来。

林渡叹了一口气，自己开门走进去，炼丹房里摆着许多药材柜子和大大小小的瓶瓶罐罐，一时进去还看不着什么东西。她找了半天，在炼丹炉后面的角落里找到了缩成一团只能看见后背的人，活像个缩在壳里的乌龟。

“师兄，你不至于吧？”她伸手将师兄提溜起来，“来，到点了，练功。”

姜良嘶了一声，又蹲下去了：“别动！我炼丹呢！”

“你丹炉都没开！”

“筛药啊！”

林渡抱着胳膊：“裴钦走了。”

姜良瞬间站直了：“走，练功去。”

“不就是个金丹破碎吗？怎么就轮到你出手？”林渡开了窗户门，“走这儿，不是不想见生人吗？”

姜良匪夷所思地看着林渡：“有门不走你跳窗？”

“一开门就是裴钦他徒弟，小心他看见你就下跪。”

姜良和林渡大眼瞪小眼了一会儿，自己个儿蹦出了窗子。

林渡跟着跳出窗子，直接一路向下去了一片灵田之前。

“他们不只是来求医的。”姜良恢复了平日里的沉稳老练，“还是来求药的。”

“什么药？”

“续命的万年草。”姜良垂眸，“你喝的药里的那种。”

林渡刚刚摆好起势，闻言一愣。

“什么意思？”

姜良抱着胳膊：“我不能见他们，金丹破碎世上还有旁人可医，但你续命的草药，在几百年前就已经绝迹，只有咱们无上宗的内库还有些祖辈们留下的。”

“虽然不知道他们怎么知道的，但我不会见他们，只要不见他们，我现在的病人就只有你一个。”

只要逃避，就不会被道德绑架。

林渡眉头一动：“师兄，宗门里头知道我用这个药的，不多吧？”

风朝绝对不是没问清楚情况就胡乱应下的人。

姜良一拂尘扫在了林渡的腿上：“动起来！愣什么神呢！我算是知道你为什么少白头了，平白一件小事你都想这么深，难怪我给你的药里加了补肝肾的还不管用。”

林渡反而收了势：“我就说最近回来之后我的药味道为什么变得更难喝了！师兄你别乱给我补！我肾好。”

“不好，得补！”姜良的拂尘差点扫到她脸上，“肝气郁结，肾气亏虚，阴阳不足，活该你太极练不好，叫健身操都是抬举你了，健身操至少真的能健体。”

林渡绝望地捂住了耳朵：“师兄你不要再说了。”

她是怎么把姜良逼成话痨的？

“至少七天睡一次觉，你这百日里只睡了三四次觉，其他时候晚上都在修炼吧，活该你肾虚！给我开始练！”

林渡解救姜良于社交地狱，姜良不仅不领情，还把她五脏六腑嫌弃了个遍，连平日里睁一只眼闭一只眼的一些做不到位的小动作都要一拂尘抽上来。

第十五章 孽缘求药

用晚膳时巫曦不在，几个人说话这才随意了起来。

“巫曦现在还跪在天芮峰上呢。”林渡喝完药露出了痛苦的表情。

元烨一惊：“真跪了？”

夏天无点头：“真跪了，我师父现在窝在药田里不敢上去。”

晏青摇头:“虽说他愿意为那名女子负责也算个人,可也不能强旁人所难。”

墨麟颔首：“五师叔的性子我还是知道的，若是病人真到了旁人无法医治的地步，定然是会出手的。”

“古往今来也不是没有金丹破碎的人，那丹方大宗门都有吧，何故非来求五师叔呢？”元烨也摇头。

林渡吃个饭也心不在焉，听到这里多看了旁边一眼，好小子们，果然心眼儿都通透了。

“因为金丹破碎,修为反噬,寿数岌岌可危,只能先续命,然后再重塑金丹,所以才来讨要续命的草药。”林渡没打算瞒着几个人。

晏青听出了林渡话里的意思：“小师叔……这草药只有咱们宗门有？”

林渡坦然道：“我不知道。”

晏青一噎，转而看向了夏天无：“二师姐？”

夏天无放下碗筷，目光冷静：“小师叔，别怕，我们宗门的延年益寿的草药已经被你吃完了。”

林渡：听起来更让人害怕了。

“都吃完了吗？”倪瑾萱心生担忧，“要不我们再出去找找？”

夏天无端起碗：“不必，是被百岁之后的小师叔吃完了。”

林渡要是能安安稳稳过了百岁的关卡，大约就稳了。

倪瑾萱瞬间安心，林渡低头战术扒饭，晏青忽然悟了，还得是师姐，这说话的艺术真伟大。

林渡饭后去主峰交作业，凤朝终于忙完了一天的事务，这会儿正在安安心心点清净香，接着指点了几句林渡的字。

“看来封仪教你控笔还是有用的，看看，都有轻重了。”

凤朝满意了，果然把封仪喊回来教林渡是对的，小师妹天生就该是被这十几个师兄师姐拉扯长大的角色。

林渡还有件事：“万年草绝迹已久，这东西本也不常用，续命的其他灵药也不是不存在，在亲近的宗门眼里，我们无上宗家底早就耗光，穷得连弟子都快养不起了。”

她分析完，皱着眉头，问出了个问题：“咱们家里还有余粮这件事，到底是谁走漏了风声？”

她想不明白，凤朝也想不明白。

“难不成是三师兄喝多了说漏嘴了？”

凤朝摇头：“他满脑子打架招式功法，别的还知道什么？连万年草是什么都不一定知道。”

“因为没读过医书吧。”林渡揣手，“我听瑾萱说了，他师父教她辨认草药的方法是看灵气，不管具体是什么，只要灵气足的就一把薅了。”

林渡感慨：没文化也有没文化的好处。

宗门就这么点人，都不需要筛子，直接一个个点过去，也就想清楚了……才怪。

这么点人，居然想不通到底是谁走漏了风声。

万年草这东西是天地间所有延年的草药中，最适合重病衰败之人的，旁的延年草药多多少少靠激发本源才能延年，更适合身体康健的修士。

一般修士根本不需要万年草，还是林渡进了宗门，年幼早衰命竭，姜良列出了各样对她有益的草药，掌管内库令牌的凤朝看了内库才知道宗里还有这个东西。

凤朝有点忧伤：“我就说我本来就不适合做掌门。”

林渡看她疲惫地揉着太阳穴，出声安慰道：“后苍可比您更不适合，没有比师姐您现在做得更好的人了，少想这个，容易肝肾亏损。”

凤朝看了一眼林渡黑色网巾下的一缕白发：“你先管好你自己吧，崽。”

林渡乖巧起身：“那我先走了。”

谁知道她刚开门，就发现巫曦站在门外。

林渡开门的手一抖。那人行了个道礼，躬身道：“还请林师叔救人性命。”

巫曦那厮还套着一身白金相间的归元宗弟子服，外头那个纱袍被主人虔诚地九十度鞠躬弄得皱缩起来。

林渡一低头，就看到他弓着的背。她轻轻叹了口气。

“求我做什么？我是大夫？”

巫曦岿然不动：“求药，万年草。”

“万年草不是几百年前就绝迹了吗？”林渡故作惊讶。

“林师叔，这世间能够延年而不伤人本源的只有万年草，我知道无上宗有，而您一直在服用，姜良师叔虽说避而不见，可也不曾否认。若您愿意匀给我一株，晚辈必当重金报答。”

林渡抱着胳膊，垂眸觑着他：“有多重？”

巫曦顿了顿：“林小道长大可出价。”

林渡叹了一口气：“五十万。”

巫曦毅然道：“好。”

“上品灵石。”林渡叹了口气，“一株。”

巫曦错愕地抬眼：“小道长是不是太强人所难了？”

就是他师父都没有五十万上品灵石啊。

林渡笑了一声：“我的命，可不止五十万上品灵石，可你要这万年草，不就是要我的命吗？”她尾音拖了起来，怎么听怎么讥讽。

巫曦今日在无上宗碰了许多壁，也不在乎这点了，低声下气道：“我只求能延续她的寿命，等我集齐重塑金丹的药材。只是五十万上品灵石实在太贵，林师叔可否宽限我一回，若是五十万灵石，我立刻就给。”

以崔瑜君的境况来说，一株也足够续命百年了。

林渡笑了一声，没再说话，抬脚就要走。

“林师叔！林师叔！我真的实在拿不出那么多钱。”

巫曦甚至没有直起腰，直接弓着身又到了林渡的身前。

林渡目光一凝，若有所思：“也不是不可以——分期付款。”

巫曦听得懂分期，但听不懂付款，迷惘地抬起头。

林渡解释道：“赊账，打欠条，每年还款。”

“你还不完，还有儿子，儿子还不完，还有孙子，子子孙孙无穷尽也。”《愚公移山》被林渡读明白了。

林渡做事向来心里有数，她清楚地知道自己在门口，风朝一定听见了，听见了还没异议，那她就大可以做主。

她有系统奖励的药物，早日走完二师侄的剧情，倒可以节省下来几株。

“这是此界最后一株万年草，这价格不算高了，别说我坑你，总不能叫宗门库房平白亏了。我这个人命薄，只怕是熬不到到处搜罗天材地宝回馈宗门的时候。”但林渡可以靠系统给的药续命，然后四处坑蒙拐骗，用灵石填满整个内库。

一句话说得巫曦都有些惭愧。

“不过你要是告诉我是从哪儿得知万年草在我们宗门，还一口咬定是我吃的，我可以考虑给你打个折。”

巫曦咬了咬牙，避而不谈：“分期就分期。”

林渡点了点头，转身进去给他写欠条，对上风朝似笑非笑的一双敛光凤眼。

“回馈宗门是拿自己性命回馈的？”

“我心里有数。”林渡笑吟吟地下笔，“何况这价格也差不多。”

风朝看了她一会儿，提醒她：“前段时间你才从飞星派坑回来那么多东西填了内库。”

林渡手上不停，一笔一画写得认真：“我和墨麟吃药不要钱吗？也不能坐吃山空。”

风朝拍了拍她的小脑瓜：“后苍回来后上交了不少天材地宝到了内库里，你应当看见了。”

林黛玉附体的林渡嫌弃地抬眉：“什么臭男人拿过的东西，谁要它。”

风朝很满意林渡这张嘴的杀伤力：“没事，多打几遍净尘诀也能用。”

林渡忽然若有所思地问道：“后苍进过内库？”

“你不是怀疑他吧？”

林渡眨眨眼没说话，搁下笔，用法术将墨迹弄干，赶紧喊人进来签字画押付钱。在还带着酒气的裴钦和睢渊见证下，无上宗喜提五千上品灵石和一张欠条。

林渡麻溜地去内库取了一株草药，却没立即给人。

“打一架吧。”

巫曦愣了一下，俊秀的脸有一丝不解：“什么？”

“你说腾云境之后要与我一战，不必等到中州大比，我现在就与你打一场，不用法器。”

林渡含笑：“你方才拦我的时候，用的是步法，对吧？只用步法和体术，我们打一架。”

睢渊和裴钦看热闹不嫌事大，一人抱着一个酒葫芦：“打！”

“若你输了，”林渡含笑道，“告诉我你从哪儿得知万年草这事儿的。”

裴钦抬起醉得几乎要耷拉下来的眼皮，看了一眼那小孩儿，忽然就明白了为什么富泗坊给这位天赋第一的评语是“冰雪玲珑，黠慧无比，属不世之才”。

千百年来，富泗坊的人评判过许多青云榜第一，林渡是第一个得了这等评语的。他懒洋洋地和睢渊勾肩搭背，有些感慨屁大点的孩子脑子怎么用得这么多。

裴钦有些醉了，心里话就那么秃噜了出来，睢渊听见了，摇头笑道：“小的时候当然要多用脑子，修为跟不上那就智力来凑，等像我们这么大了，就直接打了，还管什么阴谋诡计。”

很多时候，绝对的力量足够压倒一切阴谋诡计。

风朝用灵力隔空弹了睢渊的脑瓜一下：“喝多了就滚回去，别说醉话。”

睢渊当然没醉，裴钦是有五分醉，他最多三分，闻言却老老实实把自己团了起来，看向了巫曦。

巫曦看着眼前的林渡，想到了她的身体情况：“你不是只练过健身操吗？”

林渡点头：“是的，足够了。”

裴钦打了个酒嗝儿，恍然间转头看向好兄弟：“我怎么觉得咱小师妹这句话有点耳熟？”

睢渊嫌弃地让了让：“你这驴唇不对马嘴地说什么醉话呢？”

巫曦行了个道礼：“既然林师叔执意如此，那晚辈恭敬不如从命，但——晚辈未必会输。”

林渡笑了。

无上宗主峰上的广场宽广无比，两个人站在上头，月光泼洒在他们的身上，将林渡一张脸照得惨白脆弱。

三个大人也从殿内出来了，被山风一吹，裴钦脑子清爽了些："小师妹才多大，这副身体……能行吗？"

毕竟那富泗坊把林渡的心眼子夸得天上地下，可没说林渡能打。

"点到即止。"睢渊嘱咐两个人。

林渡咧开嘴，老老实实给对方行了个道礼，站在原地，起了个势："你先。"

她的步法如今算练到了五成，太极始终不见一点进展，今日这个比试也的确算是一时兴起。

月色下，林渡运起灵力，灵力在经脉之中流转，天地之道，以阴阳二气造化万物。动而生阳，静而生阴。

巫曦也就率先出了手，抱着给林渡喂招的想法，脚下一晃，到了林渡跟前，一拳带出破空的炸雷响，灵力也跟着在林渡跟前爆开。

林渡甚至没有动一步，抬手格外和缓地化解了这一拳。

巫曦继而上步，接连几拳嚯嚯有声，林渡接连格挡，不落下风，却也未见如何出招。一方动若雷暴，一方始终不曾离开过脚下的巨大方砖，但听得砰砰有声，灵力激荡接着化开，于林渡双臂之间归于无形。

约莫二十几招之后，巫曦终于拧眉，不再试探，招式大开大合，化拳为掌，运足灵力，一掌劈斩而下，灵力如暴龙，呼啸而下。

林渡也终于动了，一个上步，脚下凌风而动，灵力灌入右掌，劲瘦的腰身一个扭转，半路将那一掌拦在空中，但并未就此停顿，反倒直顶向上。

感受到胳膊上澎湃抵抗的灵力，林渡脸上的笑淡了些，全身灵力化为绵绵的力量涌出，双臂招式保持着备战状态，接着精准地迎着想要退步的巫曦，一掌挥出。

先前挡下的灵力被林渡的灵力裹挟，化而用之，束缚在沉静的绵力之中。

巫曦没有感觉到劲力和杀意，改了避让的想法，抬手而上。

这一招却比他想的棘手很多，灵力如暗涌之水，看着沉静，只有落入其中才能感觉到其中让人难以招架的汹涌诡谲。

巫曦硬着头皮用蛮力抵挡，那暗涌劲力却依旧波及了他关节的薄弱之处，让他的身形在空中一踉跄。青年终于不再留手，双手结印，调动灵力化为掌刀，掌风犀利，可闻其中暴虐的剑意。

一金一青两道身影已经打到了空中，翻腾如春日穿花蛱蝶。夏日黑云滚动，灵光叫人眼花缭乱，气机翻涌似悬瀑冲击。

观战的三人都被灵力冲击得衣袍翻飞，先前还在说笑的雎渊和裴钦神色都渐渐凝重起来。

“小师妹有两下子，居然是想摸透我徒弟的步法，啧啧，不过我徒弟的步法可是归元宗数一数二的，还是童子功，练了二十多年了，悬呐。”

裴钦贱兮兮一笑，再度搂了雎渊的脖子：“我说，咱俩要不也赌一把，小师妹输了你分我一壶仙路引，赢了……”

“五百上品灵石。”

裴钦瞪大了眼睛：“上品灵石？你要我命呢？”

雎渊龇牙一笑：“这仙路引有多贵你知道吗？五百块上品灵石都是友情价！”

风朝无奈地远离了雎渊，哪有当师兄的跟师妹学坑人的？

两个人咋咋呼呼，忽然发觉了空间之内涌动的狂暴灵力。

“一百！”

“成交！”

“好兄弟！”

雎渊的胳膊搭上裴钦的肩膀，两人同时看向空中。

巫曦跟前出现十六道炙金的灵光，在空中流转组成了一只硕大的奎木狼，凶煞无比。

林渡悬在空中，居然闭上了眼睛，感受着周遭的灵力流转，双手保持着起势的姿态，体内灵力绵绵不绝地流转到了双臂之间。如封似闭，防中有攻。

她缓缓向前推掌，令那咆哮而来的灵力停在了空中，继而，脚下一晃，步法似要向上登高。

巫曦脚下一晃，带着奎木这一招想要截住林渡。

谁知林渡在空中利落地翻了个身，继而下行，接着就是一招抱虎归山。

巫曦急忙退避抵挡，与林渡擦肩之际，清晰地看到了林渡的虎牙。

“啊，这次没挡住。”轻飘飘的一声。

林渡爽了，巫曦终于没挡住她的路，她的面子找回来了。

而她也终于明白了，何为真正的太极攻守。

拳势如海，滔滔不绝，动则俱动，静则俱静，劲断意不断，一触即发。

林渡抬手而上，灵力奔涌而出，白光周旋似太极阴阳，将十六道灵光组成的奎木狼卷入其中。

但听得砰的一声，巫曦避无可避，摔了下去，单膝结结实实跪在了地上。

林渡稳稳落在了地上，收了势："你输了，说吧。"

林渡赢得出人意料，却又在情理之中。

巫曦面色发白，这会儿冷静下来浑身的关节都痛得厉害，不光疼，还带着绵绵不绝的阴冷，如同初春时还带着冰碴的江河肆虐过他的薄弱之处，初时并不觉得有多疼痛，但缓下来才发现每一次冰碴子都刮走了一部分血肉一般。

他竟没能立刻爬起来。

一双不染纤尘的银锦法靴落到了巫曦眼底："愿赌服输啊，巫曦师侄。"

巫曦有些恍然，无论是按照经验，还是按灵力的深厚程度，林渡的胜率都只有那么一成，可打到后面，他每一步的灵力走向都好像被林渡预料到了。

他拥有的是几十年来锻炼出来的反应能力，可林渡拥有在战斗时都在不断推演观察的强大脑力，他的的确确输了。林渡，是真的强。

他捂着空荡的丹田，分明是五月里，又刚比试了一场，本该热得厉害，他背后却分明已经冷汗涔涔。

"回林师叔的话，"巫曦费力地开口，"我在富泗坊发布了一则求药任务。"

林渡啧了一声："那有什么不能告诉我的？"

"因为……那个人在富泗坊接了任务之后，要求就是不许外泄答案。"

林渡一哂："那你还说？"

巫曦没吭声，这说也不对，不说也不对。

"若我偏要你给我那个答案呢？"林渡垂眸道，"我记得富泗坊发布任务之后，有人接了任务，上交消息，坊内会给发布者一张记录了完整消息的卷轴吧？"

她声音罕见地多了些威压："一张已经无用的卷轴，换一株救命的万年草，你自己选。"

"你要知道，这世间只剩下最后一株万年草了，要不要全在你。"

两道身影一跪一立，陷入了僵持，那边围观的大人却闹腾起来。

睢渊伸出手：“给钱给钱给钱。”

裴钦试图赖账：“要钱没有要命一条。”

睢渊冷笑一声：“你想赖账？我直接把你扔回青州城信不信，今天都喝了我一壶仙路引了，赶紧，孩子们都看着呢！”

裴钦骂骂咧咧:“我们剑修很穷的,只会打架,又不能靠自己的本事赚钱。”

“我不也是?我也穷,我大徒弟的身子骨还衰败了,小的还在长身体,穷得快养不起了,你快点。”睢渊拍着他的背,拼命摇头叹气,像是明天就过不下去了。

裴钦咬牙掏钱，一边掏一边碎碎念：“你就是个土匪！”

睢渊收了钱，又把人搂回来：“好兄弟！”

林渡耷拉着眼皮，有些不耐烦地看着额上沁出点点汗珠的人：“到点了，我该回去睡觉了，你想好了吗？”

她分明没有将腾云境的威压外放，浑身气息收敛，可站在人跟前，就让人觉得像是在凝视着看不透的雾霭青山。

裴钦想要上前说句话，被睢渊牢牢禁锢着没能脱身。

林渡见巫曦依旧低着头，似乎是在为了什么而挣扎着。

她轻蔑地笑了一声，像是秋日里第一片落下的黄叶，昭示着一个季节的落幕，落在巫曦耳朵里，刺啦一下划破了他岌岌可危的心防。

“林师叔,请。”巫曦取出一个小小的卷轴,那卷轴是用金黄色的绢布做的,拿出来显得颇为富贵。

林渡笑了，接过那卷轴，向风朝走过去。

卷轴里不过寥寥几行字,用朱红色的笔墨写着消息的内容:“无上宗内库,有绝迹已久的万年草,比无为芝更适合金丹破碎之人延年,现为林渡续命所用。”

林渡眯起眼睛，转头看了一眼睢渊，心中无端生出了一种想法。

墨麟天生灵骨只有宗内寥寥数人知晓；她用万年草续命，也只有那么几个人知道。但这些消息，都会刚好传递到觊觎这些东西的人耳中，那背后隐藏的人，或许会是同一拨人。

风朝催促她：“回去睡觉吧，交给我们。”

林渡就老老实实回去了，也没睡，大半夜爬到天芮峰上，径直找到了正准备开炉炼丹的姜良。

她如今练了步法，走路更没有声音，就那么往旁边一站，把姜良吓得手一抖，直接蹲下身缩了起来。

林渡：……

“您老人家不至于吧，要不给你杀个王八，把壳给您，您回头遇上人先缩进去？”

姜良听到声音是熟人这才出了一口气，也没站起来，闷声道：“我筛药呢。”

“你都准备开炉了还筛药？我就是没炼过丹我也读过书啊！”林渡伸手，拎起姜良的后衣领，准备把人拎起来，“我把万年草给出去了一棵。”

姜良原本还想抵抗，听到这句话蹭的一下站了起来，把林渡的手顶了回去，连带着人身形一晃。

“你疯了？知不知道宗内就十株，刚刚好够你到百年大关，你给旁人?!”

他拎着拂尘，劈头盖脸就要往林渡身上打。

林渡被打得抱头鼠窜：“不是，师兄，你听我解释。”

“解释个锤子解释，你想死是不是？我那么费力……”姜良的话戛然而止，因为林渡将一只丹药瓶扔给了他。

“这是什么？”

“不知道，您看看。”林渡站定了。

姜良打开那瓶子，只是那么一扫，就愣了。

“这几颗天品的丹药……你哪儿来的？”

天地玄黄四品，每品分九阶，天品最难得，也最难炼制，姜良就是因为能炼制出天品的丹药，所以才是医道魁首。

“秘境里捡的。”林渡信口开河，系统这事儿也不能漏出来，今日冒险给姜良看，也是看准了他不会和旁人说。

姜良又看了林渡一眼，气闷地把盖子又盖上了，含混道：“运气挺好，能用，你死不了了。算了，给出去就给出去了吧，省得他再跪我。”

林渡就笑了：“我还想亲自送一送我师父呢，哪能那么早死。”

这话说得她要给阎野送终一样，姜良掀起眼皮看了林渡一眼。

“之前阎野跟我说，你练步法的时候每次踩空下落，都会有一段不用灵力托着，直接往下，像是存了死志，问我把脉能不能看出来异常。”

“我说我是活判官，不是真阎王，把脉也不是算命。”

姜良顿了顿，偏过头去收拾东西，只留给林渡一个背影："我们这么多人拉着你，不是让你去死的。"

林渡眨了眨眼睛："我暂时还没有那个计划。"

姜良只是冷哼了一声，没说话。

林渡说出那句话的时候，他是真的以为林渡不想活了。

最后那一株，原本是要留给林渡过百年大关的，万一就缺了那一株呢？

"为什么要把那药草给他？就因为不想让我为难？"

桌上的东西终于收无可收，姜良转身看她。

林渡低头笑笑："他们都已经知道了，巫曦来无上宗几次，又在富泗坊发过任务，并且有人接下了任务，那这个消息就不是秘密了。"

"如果我们不给，传出去我们无上宗也难做人，后面万一还有人来问呢？毕竟我还好端端地活着，我们怎么说都难。"

"索性传出去，最后一株给了巫曦，彻底让外界断绝了心思，想要就去找巫曦好了。"

林渡说到最后嘿嘿一笑，姜良轻嗤了一声："你脑子少想点吧，这大晚上不睡想这么多，活该你……"

"对了，你来就是为了告诉我这个的？"

林渡摇了摇头，她看向窗外，月光薄薄一层，浓雾缠绕着天芮峰，像是怎么吹也吹不走的阴霾，让她看不到通往外头的路。

"刚和人打了一架，有了点感悟，师兄，我再练一遍太极，你来看看，这回还是健身操吗？"

姜良神色一僵："你这大半夜的不睡觉，让我教你练功？"

林渡眼巴巴看着自家师兄。

姜良认命地一甩拂尘："练！练！"

林渡那一战，让她的太极彻底脱离了健身操的范围，而真正有了内蕴。

开悟以后内力流转，也有了真正的天地阴阳流转的痕迹。虽浅，却有了雏形。

姜良看着在林渡周身流转的气韵，清俊端方的脸上露出满意一笑，他特地蓄了胡子，这笑就显得格外不明显，叫外人瞧不出什么变化。

林渡收了势，转头看向姜良，稀罕道：“师兄今日一次都没有打我呢。”

平日里每次练习整套动作的时候，大多有一半的招式会打上来。

“怎么？你欠打？”姜良横她一眼，举起了拂尘，结果只是轻轻拂去了林渡肩上不存在的灰尘。

姜良捋着胡须咳嗽了一声：“也就比健身操好那么一点，这大晚上的，不好打击你罢了。我看了，你的招式虽然已经有了内蕴流转，距离真正的圆融还差得远呢，不过上了第一层罢了。明日我再教你练习，现在，你，赶紧给我滚去睡觉。”

林渡泄气地喊了一声：“我还指望师兄你点出我哪里不对呢，明天白日里师兄记得指出我的不足在哪儿，我照着那个方向练。”

“你还敢给你师兄布置任务？”姜良瞪大了眼睛。

林渡一溜烟地跑了，回去当真睡了两个时辰。

巫曦拿到万年草之后连夜走了。

隔几日外界也渐渐传开了，巫曦两次三番拜访无上宗，求绝迹多年的万年草，而那万年草本是给先天不足的林渡过百年大关的，却无奈那人跪了整整一天，无上宗最终还是将这世界上最后一株万年草给了他。

而凤朝那一夜进了禁地桃林，最终冷着脸出来，还让林渡不要去禁地桃林，要不然辣眼睛。

据说后苍回来之后就被临湍押到了桃林中一处叫“芳菲尽”的阵法之中，里头一直飘着纷纷扬扬的桃花瓣，看似极美，实则都是伤人的利器。

而后苍如今正跪在那里，每日跪一个时辰，要跪满九年，如今不过才一年。

他的上半身都被桃林的花瓣割开了，破破烂烂血肉模糊，难看得很。

总之是小孩儿不宜观看。

因为临湍一直看着，后苍从未出过禁地，也不可能是他。

林渡想了想那个画面，嘶了一声。

当年后苍逃避责任出了宗门，让凤朝顶上，也算是违背了宗规，的确是该受罚的。

末了，凤朝又摸着林渡的头：“总之这件事先交给我们大人，无论如何，都轮不到你这个小孩儿去想。”

林渡不说话，站在原地眼巴巴看她。

风朝无奈：“有消息告诉你！”

林渡得了这话，才把风朝给自己的新字帖拿走了。

山中无岁月，一晃已数年。

林渡的字帖从工整的楷书换成了行楷，写的字也从一笔一画工整粗笨的扭曲方块，变成了初现风骨的小字。最低级的黄品符箓书，厚厚一本大砖头，林渡耗费了五年工夫，也终于学完了。

这日林渡照旧来交作业，如今她的大字作业已经改成了抄写《心法》，却发现风朝眉宇之间难得有些忧愁。

“大师姐？”林渡轻车熟路走到了香炉旁，给她续上已经烧没了的清净香。

风朝抬眸看着林渡，她一身苍色法衣，腰间勒着织银护腰，像是春日里见风蹿高后终于变得坚硬挺直的翠竹，上头蒙着一层灰白阴影，一触碰才发现那是降下的霜。

“林渡……中州大比，墨麟的灵骨不适合参赛，天无是医修，大约……重任在你身上了。”

林渡闻言笑了：“怎么？大师姐，你不相信我？我还不靠谱吗？”

“晏青在闭关结丹，元烨、瑾萱还差点功夫，你如今……”风朝顿了顿，“也是长大了。”

可不是长大了，都快二十岁了，个子都不长了。

林渡前些年还在跟元烨比身高，如今已经停止生长了，元烨比她多长高了一寸。

“我记得这中州大比分为团体赛和个人赛，团体赛是按宗门排名，这团体赛，是要五个人吧？”

风朝还没说安排，林渡已经领会了风朝的意思：“五个百岁以下的弟子，天无是医修，三年后尚不足百岁；我和天无、晏青，三个腾云境；元烨和瑾萱届时也在琴心境大圆满，元烨聪明，瑾萱运气好。”

她龇牙一笑：“我们五个，无敌。”

三年后参赛的几个人年纪都还小，一帮师父们都没对他们抱什么期望，只当是个历练，如果运气好，能拿回来奖励就更好了。毕竟，真正决定宗门排名的，还是百岁以上修士的水平。而无上宗从没有输过一次。

无论少年如何兴风作浪，总有华盖遮风挡雨。

风朝被她没皮没脸的自信闹得也没了眉宇间的愁容，忍不住笑道：“什么无敌不无敌的。”

林渡手停不下来，把东西归位之后顺手将风朝桌上的东西理清，谁知道看到了桌上一张尚未发出去的赤色宗门弟子令。

赤色，代表追杀令。但以风朝雷厉风行的性格，通常写完定然会立刻发出。

她抬眼，对上风朝又要皱起来的秀眉。

“师姐，什么人让您不忍心下杀手不成？还是……太过棘手？”

风朝无奈叹气：“就知道瞒不过你。”

她就是这时候也没忘记考验林渡：“来，说说，宗规第四十九条是什么？”

林渡却没有立刻回答，她定定地看了风朝一眼，右手摩挲了一下中指的薄茧，继而缓缓开口：“无上宗宗规第四十九条：若有背离宗训，违背正道，残害同门者，吾辈弟子，当亲自清理门户。”

风朝垂眸，轻轻嗯了一声，接着开口：“林渡，我之所以担心，是因为墨麟他不在，我怕你们去中州大比，会有异变。”

“墨麟他也过了百岁了吧。”林渡直言道。

风朝歪头想了想：“什么？那孩子他都一百多了吗？”

林渡抱着胳膊，挑了挑眉，没说话，眼里的意味不言而喻。

风朝震惊地看着眼前的人：“长得真快啊小崽子，抱回我们宗门的时候，还在喝奶呢。”

林渡无言了一会儿，抬眼，直直对上了风朝的视线：“师姐之所以担心会生异变，是因为那个叛徒本就是冲着我们来的，对吗？”

“墨麟的灵骨，我的万年草，甚至以后可能是天无的异火。”

“所以，究竟是谁？”

风朝有点后悔，小师妹太聪明了也不好，她只漏了一点点消息，就能被林渡抽丝剥茧，分析出一个无比接近真相的答案。

“这个人，曾经是你的八师兄——文福。我们都以为他已经身死，但他或许并未死。”

林渡看着风朝的眼睛，那双惯常含光的凤眼之中，此刻压抑着沉沉的悲哀。

不是愤怒，不是气急，不是纠结，是悲哀。

“我们和富泗坊做了个交易。”风朝顿了顿，“富泗坊明面上会保护客户的隐私，实际上会记录每一个人留下的痕迹。”

“尽管他模样大变，但我依旧能辨认得出来，那的的确确是他。”

那双凤眼轻轻眨了一下，快得像是夏日掠过湖面的蜻蜓薄翼。

林渡的声音格外冷静地响起：“或许已经不是他了呢。”

“六百年前八师兄是第一批去兰句界的人，这些年，大宗门都在不断排查，飞星派五年前可是揪出来三十几只鬼，如今还有八十九只尚不知踪迹。”

她已经不用人的量词来形容那帮鬼了。

“不，是他。”凤朝苦笑了一声，“我不会认错的。”

“我是大师姐，我不会认错我的孩子的。”

“他叫文福，福气的福，他说他排行第八，日后定然会带着宗门发起来。”

林渡站在原地，清了清嗓子：“大师姐，你刚才还记不得墨麟多大了。”

凤朝：……

她将伤感憋了回去，指着门外：“今年冬天的农具和宗门、定九城的大阵检修你完成了吗？完成了就去给我把免费发放给属地村民的驱兽符画好。”

林渡悲痛欲绝，拖长了音调：“知道了——”

怎么就可着她一个韭菜割啊。不行，得拉上师侄们一起。

晏青结丹结得同样惊天动地，彼时林渡和元烨刚从钧定府出来，远远看见无上宗上空玄雷划破天际，雪亮无比。

林渡嚯了一声，抱着胳膊说道：“天上下刀子了。”

元烨深表同意。他看见过林渡的结丹雷劫，那叫一个蜿蜒曲折、银钩铁画，还能溅出去漫天火花，就像小师叔这个人的心眼一样，能拐出一个九曲十八弯。

可现在晏青结丹的雷劫，就好像一把雪亮的宽刀，自上而下贯彻天地。

元烨看着看着忍不住感慨：“这砸人身上得多疼啊。”

林渡偏头看了他一眼：“怎么，怕了？”

元烨摇头：“上回天劫我试过了，也就跟宫里挨一顿板子差不多，疼麻了就好了。”

林渡笑了一声：“那你也抓紧结丹啊，我看你停在大圆满也有一两年了。”

元烨忽然就长叹了一口气，脸上显出一副沧桑神情：“我好绝望啊，小师叔。”

林渡：“展开讲讲？”

“自从晏青闭关之后，我师父就嫌弃我在山上碍眼，可我实在还没碰到那个壁垒啊，我能怎么办，只能去库房那边锯木头。”

林渡眯起眼睛，这二师兄的强迫症是不是太严重了点，这真的不会对修行有碍吗？

她安慰一般拍着元烨的肩膀：“没事，拉奚琴也是锯木头，没什么区别的。”

元烨：有点道理！

林渡拍着他的头：“中州大比团体赛的考验离不开丹药、符术、阵法、炼器，还有问心和体术，前几日我师父给我出题，让我自己设计一个复合历练大阵……”

元烨忽然觉得不对：“等一等，小师叔你说的是你自己设计，不是……学习？”

两个人在点心铺门口排队，林渡一无所觉：“嗯，怎么啦？”

元烨后退了一步：“您都可以设计阵法了？”

“《一百零八种阵法大全》我五年前就学完了，之后又学了风水、奇门遁甲，这样就能造出我们日常所见的大部分阵法，比如我们宗门的护山大阵，就是很多阵法叠加起来的复合阵法，我们这次中州大比历练的秘境，也是阵法师和炼器师通力合作炼制而成，我设计一个历练阵法图有什么问题吗？”

元烨被林渡的理所当然震惊得无以复加，这别人是去秘境历练的，小师叔都开始造起历练秘境了。这不就是小师叔给的话本里说的那个“降维打击”。

什么叫降维打击啊？这才是真正的降维打击！

林渡说完笑着走到糕点铺前，给了老板三十灵石。

老板笑道：“小师傅，老样子？”

“老样子。”林渡颔首。

两人买完糕点迅速前往下一站——福满楼的烤鸭，打包六只回家，再去买烧鸡、酱鸭和鱼头泡饼。

结丹归结丹，饭还是要吃的。

两个人不紧不慢买完全部的饭菜回了宗门，晏青结丹的最后一道劫雷也终于落了下来。灵雨淅淅沥沥地落在了山峦上，林渡及时打了个伞。

好险，差点就把怀里的点心浇透了。

她往嘴里塞了一块蝴蝶酥，抬脚把蹭伞的元烨踹了出去：“我也就算了，老天爷都把智慧的甘霖撒向大地了，你再打个伞脑子更笨了。”

“多淋一会儿灵雨，说不定你就开窍结丹了。”

元烨老老实实淋雨，也就头和脸浇透了，身上的法袍防水，雨滴一路顺着滚到了地上。

两个人一个撑伞，一个淋雨，落到膳堂门前。

元烨说要去看看晏青，一眼就看见一个赤膊精壮大汉站在雨中。

晏青回头，身上的伤疤一点点愈合，向他发出了邀请：“不能浪费，兄弟你要一起来洗个澡吗？”

元烨后退一步，扭头就往膳堂走。好可怕，这淋过智慧的雨水的书生看上去脑子都淋坏了，还是打伞吧。

等雨过天晴，霞光万丈的时候，一帮人已经齐齐整整坐在了膳堂里头，看着满满当当的一桌菜，听着小师叔的押题规划。

“咱们这回中州大比，团体赛五个人，报上去的名字和情况是：天无医修，我阵修，晏青刀修，元烨音修，瑾萱体修。”

林渡笑了笑：“我看过前几届的秘境策划，发现了个规律。一般都有五到七个关卡，团队协作通关，而这几个关卡，往往就是考验医、阵、符、器、心和最后一个固定项目——团队插旗大战。”

她边说，手上边卷荷叶饼，一帮人筷子不停，耳朵却都竖着，听着林渡分析近些年各个关卡的实例。

“所以，实际上，是修士种类越多越好，并不是越强越好。”林渡笑吟吟地说道，“但——好巧不巧，我们都是全才。”

实际上他们五个人所学可远不止报上去的那么简单。元烨是现世鲁班书为数不多的修炼者，晏青则是苍离的炼器术的真正亲传弟子，倪瑾萱是大师姐一手带大的，符箓心法都是至纯之道。

“所以这一次，我们的目标是……”

“团队第一。”

听话的四个人齐齐举手：“勇夺第一！”

林渡歪着头笑，冷不丁身后传来一道颇为肃穆的女声：“我让你给他们说中州大比的规矩和参赛的名单，凡事量力而行，名次不重要，只要有收获即可，你搁这儿给我阳奉阴违呢？”

“你这个小师叔就是这么教导师侄的？”

林渡虎躯一震，低头把一坨荷叶饼包烤鸭塞进了嘴里，转头看向凤朝，一双清澈的眼睛明明白白地显露着无辜。

凤朝：噎死你算了，哪儿来这么强的好胜心。她清了清嗓子：“名次不重要，要知道这次隔壁归元宗的参赛弟子最年轻的也有三十岁。”

他们这帮人，除了夏天无之外，都还只是一帮二十出头的小兔崽子。

一帮人被训得头昏脑涨，回过神来椒盐鸭架都凉透了。

最后凤朝走了，几个人你看我我看你，一人拿了一个鸭腿架子，互相碰了碰。

“第一！”

直到中州大比快要来临的时候，无上宗这次青年组个人赛派出去的人还没有决定好。

俗话说文无第一武无第二，各个宗门的个人战，按照境界分赛场，一个境界可以派出一个人，别的宗门在中州大比之前都会有个宗门大比，就是为了选出代表宗门参赛的选手。

夏天无、林渡、元烨都被归在不擅长打斗的那一类里，晏青才腾云境初期。

偏偏腾云境大圆满和初期之间的战力差距极大，大概相当于没伤灵骨的墨麟和没学体术的林渡的区别，让晏青出去打架全然不占优势。

但显然，无上宗的人今年除了瑾萱能去琴心境的赛场，别的没有一个能上的。

林渡有话想说，被凤朝提前预判到了：“不，你不可以。”

“我不是小孩子了！让我试试嘛！”林渡强行撒娇。

凤朝抖落一地鸡皮疙瘩，她现在已经对林渡这张脸免疫了……才怪。

林渡趴在她的桌子上，下巴贴着桌面，眼巴巴看着她，大有一副她不答应就不走的样子。

凤朝清了清嗓子：“让你抄的《心法》白抄了？”

“没啊。”林渡开口，下巴还搁在桌子上，说话都有些含混不清，“怎么算白抄呢，都摞得有六尺高了，我现在都拿来当演算的草纸，算完还能烧锅炉呢。”

风朝无言："你这身子骨万一受伤了，回来不得养三两年。"

林渡歪着头："可是这次个人赛的奖品是无定龙竹和一百颗灵晶哦。"

"无定龙竹又名碎骨补，墨麟这八年里，平均每个月骨折一次，还是让他有点参与感吧。"

风朝：这叫什么参与感?

她一时没说话，对面的人就顺利找到那个中州大比的名单，把空着的一格填上了林渡二字。

林渡站起身："那就这么说定了，不说话就是默认了，放心吧，我可是阵法师啊。"

"你现在在腾云境中期。"风朝友情提醒她，"人家腾云境大圆满一招就能把你打下擂台。"

林渡抱着胳膊头也不回："山人自有妙计。"

风朝捂着头:"以后少给我往戏园子跑！也不许看那些乱七八糟的话本！"

林渡早就没影了。

一帮人开始紧锣密鼓地准备中州大比，每天吃饭之前饿着肚子听林渡分析每年的秘境考核和兵法沙盘演练。

膳堂自然没有沙盘，那些汤、饭菜和馒头成了高山、丘陵、据点……

元烨恍惚间如回到了当年跟着太傅学习的时候，偏偏林渡从来不说是沙盘演练，只说一共有十九个大馒头，我们现在只有其中一个，要怎么抢走剩下十八个馒头。跟哄小孩儿一样！导致他回去做梦的时候，梦里太傅讲排兵布阵的沙盘都变成一个一个馒头，水银河变成了蛋花汤。

临行前一帮人一起下了山，名为采买大比所需物资，实则如仓鼠屯粮。

百年一度的中州大比，在无上宗一帮人的殷殷期盼下，终于到来。

中州大比在正德山上,无上宗的一帮人来的时候,广场上已经有许多人了。

除却参赛的人外，密密麻麻的观众席宛若古罗马斗兽场的观众席，一片喧嚷沸腾，围绕着中场，下设十八方座席，正是三宗六派十门的位置，无上宗人少，和济世宗坐在同一面，这十八方座席之后，是一些来浑水摸鱼几乎没什么姓名的小门派。

几个真人带着一帮孩子落到正中刻着无上宗宗徽的座席之上，接着就听到身后一帮孩子脱口而出："好多人啊。"

苍离一巴掌拍了过去："你好歹也是皇子，就这么没见过世面？"

元烨无辜地看着自家师父："是小师叔带头的。"

苍离面不改色："你小师叔和你能一样吗？她年纪小，八年都没怎么下过山。"

元烨瞪大眼睛："她八年前还下山去过滇南呢！我这几年，除了比试之外，也没下过山啊！"

"你不是给宗门属地上的人送终拉过琴？"苍离抱着胳膊，"还给人家做过棺材。"

元烨抬头看天："是吗？"

林渡辈分高，跟几个师兄坐在最前面，这会儿正在指点江山："为什么别的宗门都有弟子服，整整齐齐好有牌面。"

别的宗门光在座席上的人就是无上宗的三四倍之多，除了参赛的，还有观摩的。

归元宗的弟子服是白金瑞兽纹的，济世宗的是水色银纹的，别的宗门的也五花八门但整整齐齐，能凑出一整个光谱，非常炫酷。

但无上宗就只有五花八门没有整整齐齐，身上衣服就没有同一个色的，十分无组织无纪律。

"没事，"封仪安慰她，"我们的脸就是无上宗最好的牌面。"

"我们无上宗是个正经宗门吗？"林渡抄着手小声道。

苍离：好问题。

正不正经他不知道，但反正来都来了。

还没到正式开场时间，晏青从隔壁归元宗认亲归来，给一帮人分享消息："听说归元宗花了足足八千灵石才买到了小师叔的消息。"

"我现在身价这么高的吗？"林渡瞪大了眼睛。

"因为小师叔八年没有任何音讯，不光你的具体修为没有打探到，甚至连是不是还活着都不知道。"

晏青小声道："其他人至少每年都有比试。"

林渡分给他一颗姜良出品的提神醒脑清心解毒的薄荷糖："好孩子，吃糖。"

她满意了。

元烨是个闲不住的，没一会儿就怂恿林渡去观众席上逛逛。

眼见大人们不反对，几个小兔崽子一转眼就没影了。

中州大比算是中州盛会，这会儿小摊贩和赌局也就都开起来了。

他们凑过去看了看，发现这赌局非同寻常。

它不寻常就不寻常在没有无上宗的名字，让他们几个人毫无发挥的余地。

“今年无上宗来的居然是一帮毛都还没长齐的孩子，那几个入宗门才九年吧，还没人家腾云境修士一个小境界修炼的年数多。”一人声如洪钟，大剌剌地戏谑道。

“无上宗上一次都没人能来，这一次怕是为了告诉大家无上宗没断代而已，不然……嘿，据说这一百代弟子里连那个最能打的大弟子都已经不行了，要我说，这无上宗不是早就后继无人了嘛。”

“在一个境界停留十年是什么值得骄傲的事情吗？”一道声音冷冷淡淡插了进去，众人回头，看到了一个劲瘦的苍袍修士。

“天资不足，年龄来凑？”

“嘿，就算是无上宗的天才来了，修炼十年也成不了什么大事儿啊！”先头那人瞪大了虎目，看着有些凶悍。

“年轻人嘛，年轻气盛很正常。”一人试图劝和。

林渡笑了笑，没再理会：“走了元烨，没得押就不押了。”

“不是，等等小师叔，还有个人赛呢，把咱们无上宗押上再说。”

林渡扔给他一颗灵晶：“押，押大的。”

元烨笑嘻嘻押上去，拿了回执心满意足地走了。

等人走了，那几人才反应过来。

“刚刚那几个，押的是无上宗？”

“你没听名字吗？刚才押赌注那个叫元烨啊！青云榜第十九名的元烨！”

“那元烨口中的那个小师叔……岂不是……”

“传闻中的林渡？”

“嘶……林渡还真活着啊，我还以为她快死了，居然还能参赛？”

一帮小孩颇觉无趣地离开之后，赌局那边却炸开了锅。

“刚刚那个林渡的修为，我没看错的话是腾云境中期？她才多大？”一个修为高些的腾云境修士开口道。

“刚是谁说，十年成不了大事儿的？”

一帮人大眼瞪小眼，同时倒吸了一口凉气。

林渡懒洋洋地抱着胳膊握着扇子：“无趣。”

不管到哪个世界，只要看天才跌落神坛，众人便是扼腕之余亦有嘲笑；只要有个老牌冠军团队，那就是“廉颇老矣尚能饭否”，后继无人不复辉煌。

舆论惯来如此，总有部分人瞧不得人好。

“确实无趣。”一道轻浅的声音落入她的耳中。

林渡头都没转：“龙消化完了？”

危止一噎：“至少压制住了。”

林渡看了一眼一左一右一前一后围着她的人，确认了是危止仗着修为高直接神识传音，本体大约又不知道在哪个犄角旮旯里待着呢。

“又来玩了？”林渡看了一眼快坐满的观众席：“你就这么喜欢来中州凑热闹？”

“中州大比，洞明界不管是人是妖是魔，可都盯着呢。你最好收敛点，别出全力，小心被妖怪抓走吃掉了。”

林渡：“我肉少还塞牙，何必呢？”

危止声音正经了一些，继续开口道：“楼临湍跟我说的，她那个曾经天赋第一的宝贝徒弟的叛逆，似乎也和你们宗门那个死了又活了的怪东西有些关系，总之……你这个现任天赋第一，多少双眼睛都在盯着呢。”

“他们想吃一个快死了的人吗？”林渡往嘴里又塞了一颗薄荷糖，嚼得嘎嘣嘎嘣响。

危止笑了一声：“那我可说不好，万一有妖怪看你要死了，想着不能浪费呢？”

林渡轻轻在心底啧了一声：“我那死了又活了的八师兄，想要我死？还是说，和其他外面哪个势力有关？”

“别套我的话，没用的。”危止的声音还带着笑意，“我又不是你那些傻师兄。”

林渡哦了一声：“所以和你们佛门也有关。”

危止不说话了，看台上，穿着青绿玉色袈裟仿佛孔雀开屏的人默默隐身了。

好险……多说一句话都得露馅。

林渡没等到危止的回应，摩挲了一下手指，垂眸若有所思。

所以……要得第一，还要保存实力，让自己看起来不那么好吃？

林渡想了想，叹了口气，难啊。得取巧了。

济世宗的掌门站起来，稳稳落到了正中间，带着其他几个大能一道宣布中州大比正式开始。每次最先开始的就是青年团体赛了。

五人五色的无上宗青年队走下去之后，就是一团一团的小色块齐齐整整到了台正中。等人清点齐了，台上的地面就倏然结成了阵纹，形成了一个传送阵，将这百来个年轻人传送至了秘境之内。

在空间扭曲的一瞬间，偌大的广场之中浮现出四面偌大的水镜，无论在哪个角度，都能叫人一眼看到，此刻水镜不过都是虚无而已。

那四面虚无的水镜次第变得凝实起来，一面分为二十几个画面，除却大宗门外，还有不少小门派的弟子拼拼凑凑参加了——毕竟参加了就有名次，以后招弟子的时候可以说："我们是全中州第二十名。"

非常有可信度和牌面。

最先出现的是无上宗的五个弟子，因为空间被扭曲，修为低和体质敏感的会有一定程度的不适症状。

林渡想了想，自己也不能不合群，于是礼貌地晕了一下，捂着心脏，吐出一口血来。

夏天无目光陡然变得犀利了起来。

林渡这么一吐血，无上宗的人慌了，观众席上的人震惊了。

"这无上宗真不是赶鸭子上架吗？连一个空间传送阵法都顶不住的人居然也参加了比赛？"

"那就是那个传说中的林渡吧，那个隔三岔五就传出来身体不好快不行了，然后突然又进阶了的那个林渡？"

"没错，是她。"

水镜不能传递声音，所以林渡大咧咧地摆摆手："我没事，团体比赛的前面每一关都要算比试时间的，别浪费。"

身在秘境中的几个人没有嗅到血腥味，只有一股甜味，心中一松，并没有再问。

五人扫了一眼眼前的景象，竟是只有一片土地和一间简陋的木屋，屋子前看着光秃秃的，只有几根杂草和一口井。

屋门有特殊禁制，不能强行解开，林渡眯起眼睛："这是要……种田？"

果不其然，几人面前浮现了一行金色的字。

"第一关，请各位种下灵草种子，灵草顺利长成之后，将出现下一步提示。"

元烨乐了："这事儿我们无上宗熟啊！"

林渡看了一眼前面的土地："先松松土吧，这土也太实了。"

她话刚说完，眼前就出现了一堆农具。

"这辈子没打过这么富裕的仗。"林渡拎起一个崭新的犁，低头琢磨了一下，灌入灵力，那法器就开始自动开垦了起来。

元烨和晏青同样眼含热泪，深表赞同，每年冬天修耕地法器的时候的他们仨比山下捡破烂的乞丐还要辛酸，那些个破铜烂铁坏木头和稀碎的阵法，让人很难不怀疑那些东西完成了多恐怖的工作量，开山都不能破成这样。

夏天无伸手接过那一袋种子，扫了一眼："种子还不少，有七八种。"

几个人都看了一眼，接着各自拿起法器，原地开干，热火朝天。

就在他们已经动起来的时候，别的宗门还在研究种子和法器。

"这些……都是什么？"归元宗的弟子陷入了沉思。

"要不……一个个试试看？"另一人拎起一个古怪的法器，"怎么看着像是戟，巫曦，你认识吗？"

巫曦摇了摇头，旁边一个女修看了一会儿："想必是农具吧，不是让我们种草吗？"

"这东西不是挖开土种下去就好了吗？"

有人拿起一个法器，试探着灌入灵力，那曲辕犁登时向前飞速行驶起来，直冲向人堆里，犁舵狠狠撞上了凑成堆的四人。

四个人狼狈散开，归元宗的弟子服是纱制的，飞到空中后，像是轻盈的蝴蝶，只是显得当中的躯体格外沉重。四个人笨重又轻盈地分落在了四方，像是扯了漂亮蝴蝶翅膀的大扑棱蛾子。

观众席上爆发出一片大笑。

"今年这秘境怎么还考种地啊！"

"这帮亲传弟子知道那些家伙事都是什么吗？"

“这玩意只有杂役弟子和外门弟子知道吧！”

“谁说的，我看无上宗的弟子不是用得很好？”

“确实，无上宗的地都犁完了。”

归元宗掌门捂着额头偏头抱怨道：“今年怎么回事，怎么还要种地？”

“据说今年造秘境的时候，无上宗和济世宗掌门给的意见，提出应该返璞归真，加大对基础的考核。”

“我就知道他们没憋好屁！”裴钦脱口而出。

归元宗掌门更不想把手放下来了：“注意言辞。”

水幕之中，无上宗的弟子已经开始播种了。

林渡看着手中的种子：“等会儿，分个类，有的喜阴有的喜阳，你们看，这两个不能种在一起，铃兰和这几个都要分开，不然旁边的就枯死了。”

元烨看了一下：“确实。”

倪瑾萱瞪大眼睛：“为什么元烨你也知道？”

元烨抬眼，咧嘴一笑：“后宫也没啥事儿，我母妃就热衷于种花，常念叨什么铃兰不能和水仙同种，不然就种死了之类的。修真界虽然植物不一样，但总有相生相克。”

“还有你二叔种地。”林渡和夏天无利落地将种子分完，发现了出题人的用心险恶，不只是相克的，还有喜阴喜阳喜水喜旱的，各个属性的都有。

五个人老老实实开始种地，喜阴的栽在墙角，浇水，施肥，接着开始“作法”。

“快长快长。”瑾萱虔诚祈祷。

“这要是不长都对不起这么新的农具啊。”元烨激将。

“人法地、地法天、天法道、道法自然，我们该做的都做了，你不长吗？”晏青对着植物念着经。

“不过说起来，我刚刚感受了一下，井水的灵力应该足够了，这个秘境的时间流速比外界快很多。”

仿佛为了印证林渡说的话，种子开始慢慢破土而出，发芽、抽条、生长。

“请诸位在适宜的时间及时收割灵药，集齐一定数量的灵药之后，屋舍禁制将自动打开。”

夏天无见状扫了一下：“有的药用的是苗，有的是叶子，有的是果实，有的是花。小师叔？”

林渡欸了一声："元烨！"

元烨撸起袖子："来了来了。"

这事儿晏青和瑾萱不熟，但夏天无是医修，元烨的鲁班书中有部分记载，林渡被夏天无的不定时抽查逼得读了不少医药基础，三人动作迅速，按时一点点采集之后用不知何时出现在屋舍门口的玉盒装好。

就在他们忙着次第收割的时候，别的宗门也终于勉勉强强种好了种子，总归就是刨土播种埋起来浇水。

巫曦抱着剑宁死不屈："我的剑怎么能拿来挖坑？"

身旁的女修小声道："那你用手？"

巫曦：……

"剑鞘也不是不行。"

他忍痛用剑鞘开始挖坑。

一帮人鸡飞狗跳，束手束脚，终于也等到了种子发芽。

随着白玉盒里的灵植越来越多，门的禁制被触发，吱呀一声开了。

林渡看了一眼还没完全收好的地："要先进去吗？"

"种都种了，再等等。"元烨正蹲在一个青色的果子面前，"这个，好吃。"

林渡估算了一下时间："也行。"

水镜之中，二十多个分区，唯有无上宗的灵田长势喜人，郁郁葱葱，不断有东西成熟，不断有东西被摘下。

而其余不少宗门地头的灵植开始冒头的时候，绿油油嫩生生的还算喜人，但随着灵植越长越大，不少不是长了白斑，就是枯死了，风吹枯叶，打着旋儿刮过屋前，就差一个奚琴曲尽显悲凉了。

观众席上有散修感慨："不知道为什么，看着这帮宗门精英抓瞎终于有了点满足感。"

"这算什么中州大比，这不是种地比赛吗？"

"难怪济世宗的弟子不参加，这要参加不是碾压别的宗门直接满分。"

"不过说起来，为什么无上宗的这帮天才也会种地啊？"

"还能为什么，你不知道这些年无上宗都穷疯了吗？"

"哦对，无上宗快破产了，听说钧定府都改行卖土特产了。"

最后一颗果子由青转红，元烨兴奋地将果子摘下来，蹲在门口漫不经心啃肉干的四个人唰的一下站起来，元烨一个投篮入筐，五个人就踏进了屋舍大门。

“第一关第一项，种植灵药，无上宗一百五十颗种子，成活一百五十株，正确采摘灵植入药部分三百一十二份，积分：三百一十二，目前排名：第一名。”

无上宗在座席上的真人们齐齐拢手，矜持微笑。

“哎呀，没办法，孩子们就是热爱生活。”

一旁的归元宗长老听到这句话，转头小声和裴钦吐槽道：“什么好宗门把亲传弟子抓过去种地啊？看他们这么娴熟，可见平常没少干，无上宗就是这么暴殄天物的？”

裴钦握紧了拳头：“那也比我那个逆徒用自己的本命剑犁地的好，这才是真的暴殄天物。”剑修心梗。

门吱呀一声在五人背后阖上，元烨率先反应过来：“我的果子！还没吃呢！就没了！”

林渡默默掏出自己的储物袋：“耕地的法器还在，真不错。”

元烨瞪大眼睛：“不愧是你啊，小师叔！”

晏青凑过去看了一眼，两眼含光：“咱们宗门有希望了。”

“日子有盼头了。”元烨接话了。

终于不用在大雪纷飞的日子里三个人蹲在库房修法器了。

三人眼含热泪之际，屋内变得一片雾蒙蒙，空中出现了一行金字。

“请五人快速回答以下问题，一人仅限回答一个问题，每个问题限时十息。”

五人次第站好，仰头等待着问题的降临，倪瑾萱不安地看了一眼林渡：“如果是草药知识，我一点也不会啊。”

林渡摸了摸她的头：“没关系的，小师叔相信你可以。”

“御虚丹需要哪几样药材？”

这是个天品丹药的丹方，一上来就是一个难题，济世宗的长老都有些意外。

但这些难不倒夏天无，她回答道：“宝砂金，风霜灵叶，寒霜花，无相莲，玄精，无根水。”

“请答出一个快速止血的办法，如果是药，请说出具体的草药种类和配方。”

元烨下意识念出了鲁班书内的止血咒：“手执大金刀，大红沙路不通。手执小金刀，小红沙路不通。内血不出，外血不流。人见我忧，鬼见我愁……”

林渡稀奇地看了他一眼，就连空气中的金字似乎都愣了一会儿，方才显示了下一题。

“寒霜龙芝多生长在哪里？”

现场的观众一阵喧哗：“寒霜龙芝这问得也太刁钻了，我都没听说过这个名字。”

晏青从容念出了答案：“妖界月璃城外三百里远的赤龙谷。”

第一个问题，里面很多东西是佛门的，第三个问题跟妖界有关，她推了瑾萱一把：“你先。”

倪瑾萱难得有些紧张，可只能听话，被迫上前。

“镇妖玄石有什么用？”

“镇妖用的。”倪瑾萱即答。

元烨：啊？

晏青：这么简单的问题是合理的吗？

林渡在内心鼓掌，不愧是这位气运逆天的孩子啊。

“雪颜花的作用是？”

这题不算容易，却也不算难。

“润肺止咳，平顺中气。”林渡快速回答完。

“无上宗积分加五十分。”

屋内的雾退去，入目是间格外简陋的屋子，只有一条长案和一张卧榻，卧榻上躺着一个面色青白的“人”，呼吸微弱，胸口更是已经没有什么起伏，见到人了之后便开口说道：“我生了病，请你们用药救救我好吗？”

林渡无端觉得自己进入了游戏之中，对上了一个机械的任务目标，她低头看着桌案上不知何时出现的白玉盒：“就差这么点距离自己不能拿？”

似乎是对林渡的提问表示无语，那道提示再度浮现在他们面前。

“你们偶遇一位道友，他好像快要不行了，赶紧拿草药救救他吧！”

很好，更像是发布游戏任务了。

林渡低头看着白玉盒里的草药，先前种下的那些都在里面，但好像混进去了什么奇怪的东西。

她眯起眼睛，先把元烨心心念念的红果子用净尘诀洗干净扔给了他，接着抬头看向了虚无处。

“拯救道友一共需要五样草药，请挑选出来之后放在桌上。”

元烨啃了一口才反应过来：“小师叔，这个果子不需要吗？”

林渡摇了摇头：“一共长出来了不少呢，不差你这一口。”

“就是……里头混进去了不少毒草。”

元烨一口果子卡在了喉咙里，接着用力咳嗽起来。

“放心，我洗过了。”

元烨又咽了下去：“那就好。”

吓得他小心脏怦怦跳。

夏天无已经给人把完了脉，报出了五种草药的名字。

林渡眯起眼睛，拎出两棵长得几乎一模一样的草药：“大人就是用心险恶啊，居然故意混进去我们没种过的东西。”

晏青看了半天：“这有什么区别吗？叶片和根茎都一样。”

“有区别的。”林渡摩挲了一下两个叶片，“一个背面有绒毛，一个没有。”

林渡一时有些恍惚，仿佛在进行中药识别课的考试。

“没有绒毛的才是二师侄要的碧芯叶。”

林渡说着将那东西扔在了桌上，接着开始寻找第二种。

果不其然，五种药材都被混入了几乎一模一样的东西，只不过药效截然不同。

元烨又开始害怕了：“我刚吃的这个果子，它是正经果子吗？”

林渡和夏天无找出正确的东西，放在了桌上。

“药材正确，无上宗积分加五十。”

“请煎好汤药，救救这位道友。”

丹炉出现的那一刻，林渡迅速退开：“二师侄请。”

林渡闲来无事，开始四下研究这屋子里的阵法痕迹。

她神识强大，五感也敏锐，总觉得还有一道目光如影随形。

如果只是天眼，不可能让林渡产生这样的感受。

她转头看向了那个“任务目标”，恰好捕捉到了他的眼神。

林渡微微挑眉，走向了那躺着连头的角度都不能变的“人”。

她微微倾身，直直盯着他的眼睛。

“病人”有点漆般的眼珠，整个人看着像是固定僵直得不能动弹。她看了一会儿，笑了笑，接着判断了一下天眼的具体方向，招呼了元烨：“来，小师叔带你看看傀儡。”

元烨自然也懂傀儡术，甚至为了更快地锯木头也做了一个傀儡。他凑过去看了看：“这个傀儡……”

两人目光对视一眼，林渡借着元烨的身形掩盖，左手飞快打了个咒印，当着那个傀儡的面，明目张胆地用左手碰了碰他的肩膀。

“我还没见过这么逼真的傀儡呢。”

如果她是设计秘境的人，大约不会在这个傀儡内放入天眼，因为视角有限，没有必要。

最划算便捷的做法是天眼跟着人走，节省成本。

元烨点头，煞有介事地道：“可不是，比我做的拿来耕地的熊好多了。”

两人对视一眼，嘿嘿一笑，想拆傀儡的心蠢蠢欲动。

“你也想拆？”

“我也想。”

“好兄弟！”

“好姐妹！”

夏天无炼丹不行，熬药却娴熟无比，虽说时间、火候、每个药的处理方式及加入顺序都有讲究，但这点还难不倒她。

她格外冷静地倒好汤药，接着抬脚踢了踢那不知道扎堆研究什么的小屁孩儿：“药好了。”

两个人瞬间分开，微笑着请夏天无上前喂药。

林渡不知何时手里拿了两颗果子当核桃在盘来盘去。

那人喝完药，站起身来，对他们行了个僵硬的道礼：“我好了，谢谢你们。”

“恭喜救治成功，积分加一百，第一关顺利通关，总积分：五百一十二分，目前排名：第一名。”

就在这行字弹出来的一瞬间，林渡和元烨同时动手，在传送之前，一人握住了那傀儡的一部分身躯。

看到这一幕的众大能和长老心如刀绞：土匪！这是纯土匪！

你们是来比赛的还是来抢劫的？

无上宗的弟子解题速度太快，在别的宗门还在答题的时候，就已经通过第一关了。在裴钦等人的赞叹声中睢渊等人老神在在，岿然不动：“哎呀，都是我们家小孩们的正常实力罢了，运气好，运气好。”

只不过济世宗几个长老彼此看了一眼，正在小声交谈。

“我们有出那么难的题目吗？”

“好像是没有的。”

“你知道制作御虚丹的药材吗？”

“我还没看过……”

归元宗的掌门轻轻咳嗽了一声：“我觉得今年的第一关，出得不甚好。”

济世宗的人横了他一眼：“哪里不好？我觉得挺好。”

“你看这个种地，高阶修士不会种地的比比皆是。”

散修盟的盟主闻言看向归元宗掌门，目光灼灼：“你居然不会种地？那你们平日里的丹药灵草都是买的吗？”

归元宗掌门心想：那不然呢？但他忍了忍，散修大能也不在少数，还都热爱种田，他不能说话。

“再说那五个问题必须每个人答一个，有的人就是醉心剑道，有什么问题吗？”

“你们不读书吗？”睢渊震惊地道，“就我们宗门那个刀修弟子，他也专心练刀，只是多看了几本书而已。”

归元宗掌门默默咽下这口气：“还有草药辨别……”

“这个我们宗门是教的，有草药识别课的，只是那些类似的，比较刁钻，毕竟万一弟子瞎吃吃死了，也不太好。”裴钦拦住了开始无差别攻击的掌门。

归元宗掌门这辈子没有丢过这么大的脸，心如刀绞，但他很快抬头，看到了无上宗的弟子已经进入了第二个关卡：“这一关考验的符术是我们归元宗的强项！”

这回比分至少能拉回来一点，反超也不是没可能。

林渡和元烨拎着那个傀儡，直接到了第二关的景象里。

也不管这个傀儡如何反抗，林渡先把这玩意强行塞进了灵兽袋里。

夏天无捕捉到了这一幕，欲言又止。小师叔这个灵兽袋里，装过活人，装过死尸，如今还要装傀儡，就是没有装过灵兽。

第十六章 古城隐秘

林渡抬起脸，神识已经将周围扫了一遍。

他们在一处算得上山清水秀的地方，天空之中不见日月，只有青天。

这是人造秘境中常见的景象，生不出日月轮转。

“第二关，请各引一灵绘制出一张符箓，得各灵认可之后，即可通关，根据灵符的品阶、五符完成的时间判定分数。”

所谓灵符，“先天一气即灵符”，重在内修所得的神识与灵气。一道灵符结构分为符头、符胆、符脚，符头为敕令，敕令天地之灵，祭炼灵气神识，方才能成灵符。一共需要五种天地之灵的认可。

天之日月星，地之水火风，日月星辰山川，万物皆有灵。

林渡忽然就明白了这一关的险恶之处。

若是想当然地引日月星辰之力，大抵是得不到认可的。

五人目光一对，林渡指了指天，摇了摇头，四人即刻反应了过来。

晏青引金石之灵，夏天无引土地之灵，倪瑾萱引山之灵，元烨引木之灵，林渡引川水之灵。

五人分列五面，黄色符纸悬于空中，皆凝神静气，全神贯注，运起灵力，灌入符笔之中，一同开始绘制灵符。

原本安静的山谷之内倏然吹起微风来，林渡忽然意识到了什么。

这是秘境，秘境之中的时间流速和外界不同，符术咒法忌在刑破日，只有高阶修士，或是符术一道的大能，可无视刑破日。

难怪她觉得今日的天地之灵不太听话，略显躁动。

林渡咬了咬牙，绘制符箓必须一气呵成，若是强行暂停，别的也就算了，也有可能反噬自身。

可是以他们如今的修为，在刑破日画符，符咒爆裂，伤害巨大，他们无法承受那等伤害。

夏天无和元烨也发现了不对。

元烨的符术和旁人走的不是一个道，不是封仪和凤朝的正统传承，他并没有这个讲究，但他已经感受到了周围人符咒隐隐约约的燥动。

“晏青、瑾萱，你们别画了，我害怕。”元烨声音都抖出了颤音，眼前已经浮现出爆炸中大家被炸成烟花的样子了。

林渡咬了咬牙：“拼一把吧，你们都只画了符头，符胆还没画吧，都改成爆破秘字，这样也不算我们引煞，之后我会用最快的速度结阵护住你们。”

这是个作弊的法子。

“小师叔？”元烨吓得不轻，“这不好吧，小师叔，我害怕。”

“没说你，你是野路子，你随意。”

元烨吓得快哭了：“不是，小师叔你别画了，我害怕。”

他急中生智：“小师叔！我还有个办法，鲁班书中有掩犯掩煞咒！我可以一边画符一边作法！”

“那也行。”林渡迅速妥协。

“我附议！”晏青迅速接话，毕竟他也害怕。

在做题和作弊之间，五人齐齐选择了作法。

在场的大部分人看不明白，但对符术了如指掌的归元宗掌门忍不住开口道：“封仪真人，你们家弟子画符的时机是不是不太对？”

“这……就算在秘境里，也会受伤吧？要不要跟那边说暂停？”

封仪自然也看出来了，从下笔气机流转的那一刻，就有些不对，灵力过于躁动了。她面上含笑：“孩子们自己的历练，难免会受伤，哪个孩子修仙路上不会被摔打摔打呢，小事情。”

苍离一直神色淡淡的，但目光落到自家那个小弟子身上之后，眼中精光一现。

元烨这个胆子……还真不是一般的大，居然敢一心两用。

他也没看错，元烨那性子，的确适合学鲁班书。

一身赤金法衣的凤眼少年已经迅速画完符咒，口中念念有词，原先符纸上稍显躁动的灵力莫名沉静了下来。

四人反应迅速，立笔提腕一口气画成，接着同时接住那画成的灵符，口中念咒，灌入灵力。

五道灵符在指尖迅速燃尽，接着青山移行，草木肆意生发，底下骤然出现一条翻腾的地龙，还在奔涌的川水逆卷入空中，金石铮鸣。

天地震动，五人巍然而立，看似都很有精神，元气满满，意气风发。

然而有的人看着还在坚持，实际“走了”有一会儿了。

被判定成功后，元烨一阵天旋地转，被晏青及时架住：“我脑瓜子嗡嗡的。”

“煞气反噬。”林渡扫了一眼，扔给他一块薄荷糖。

元烨迅速塞进了嘴里，仍然虚弱：“我好疲惫啊，小师叔。”

林渡又扔给他两块：“差不多得了。”

这里头的薄荷也不是凡俗界的薄荷，因为长在上好的灵田之中，时常有灵水浇灌，种子也独特，疏风散热、解毒透疹、清利头目之效尤甚，用于这种脑瓜子嗡嗡的情况，足够了。

元烨把三块一起塞进了嘴里，嚼得嘎嘣嘎嘣响，被凉气冲醒了头脑，这才站定了。

“恭喜顺利获得天地之灵的认可，积分加五百，第二关顺利通过。截至目前，全部宗门第一关都已试炼结束，无上宗通过第一关所用时间最短，加一百，总积分：一千一百一十二分，目前排名第一。”

座席上的几个真人这才放心下来，封仪依旧身姿笔直，红润的唇瓣微微勾起，眼波流转，秀目含光。

“看来是他们心中有数，毕竟等待刑破日过去也是浪费时间，用法子掩盖煞气就好了。元敏掌门不熟悉我们宗的孩子们，担忧是正常的，现在可以放心了？”

归元宗的元敏掌门清了清嗓子：“嗯，放心，放心。”

这无上宗邪了门了，到底怎么化解的？

无上宗已经到第三关的时候，别的宗门才刚刚完成第一关。

本该座无虚席的看台上莫名多了几个缺口，周围的修士却恍若无知无觉，也没有发现身边的座位是空的。

空荡荡的一处，响起了一声轻笑。

“你说，无上宗那几个毛头小子是不是发现了什么？”

“不能吧，无上宗的人不就是个土匪性子，连农具都拿走了，应该就是瞧着新奇所以顺走的？”

“无上宗这五个人，不知尊者如何看？”

“我怎么看？”那道声音格外轻慢，“所谓不世之才，不过如此，已现早衰之相，不必理会。倒是那个鲁班书传人，有点意思，看上去无上宗的人还没发现？”

“应当是没有。”

“至于那个医修和刀修，不过尔尔，还有那个体修……她的气运，我用子坤境瞧着，未免太过逆天，只不过……所谓心思单纯，不过是蠢得可以。”

第三关的内容，远比前两关复杂得多。

五人身处一片孤城之中，万籁俱寂，不见丝毫人影。

林渡眯起眼睛：“这一关考验的是阵法，没关系的，我可是阵法师啊。”

她笑眯眯地拍了拍有些不安地拽着自己衣袖的倪瑾萱：“听我的。”

“第三关，请找出古城人消失的隐秘，并破除阵法，找出生路。”

林渡将神识放了出去，感受到了最诡异的地方：“居然没有气流。”

若是没有气流，那就无法第一时间感知生门。

“先四处逛逛吧。”

几人四处逛了起来，进了第一个大院子，扑面而来是森冷的阴气，院落之中林立着许许多多的石雕，绕着当中紧闭的屋子。

那些石雕都做成了人形，面目各异，姿势也各异，但大体都是两只手两只脚两只眼睛一张嘴。

元烨打了个寒战：“我怎么觉得那么瘆得慌呢。”

尽管那些石雕都是静默的，灰色的表面粗粝晦暗，但一院子立着这么多人形雕像，还是叫人头皮发麻。

细看过去，每一个石雕似乎都维持着走路的姿势，仿佛下一秒就要活动起来。

元烨莫名就想到了第一次进秘境在古城里看到的那些森森白骨，他实在是害怕，这群东西……他要是举着两个石头胳膊，也不像是什么好事。

晏青拎着大刀："我进去看看。"

"先别动，有阵法。"林渡一句话就让晏青停下了脚步——没别的，惜命。

"来吧，给我数数有多少个石雕，晏青左边，元烨右边。"

元烨和晏青开始老老实实数数。

"报告，三十二个。"

"这边也是三十二个。"

林渡走到一个石雕之前，观察了一番，在胸口部位找到个特殊的篆刻印记，"知道了，一共六十四个，你们放心走吧，不会有事。"

"不出意外的话，是八阳阵。"

晏青和元烨也就壮着胆子走了进去。

"小师叔，什么是八阳阵啊？"倪瑾萱对阵法的学习只停留在最基础的十几个常用阵法之上。

林渡微微一笑："六十四人，在铁棺周围摆出八个小八阳阵，八阳阵用以……震慑恶鬼，而八个小八阳，足以构成遽魂大阵。"

倪瑾萱抓住了重点："您是说……屋内可能是铁棺？那恶鬼……还在吗？"

林渡垂眸："这是个死阵。"

"死阵？"不等林渡回答，晏青和元烨已经打开了屋子的大门。

"是棺材！"晏青的声音有些紧张，"铁棺材。"

铁棺可不常见。

元烨紧张地揪住了晏青，口中碎碎念道："开门见棺，升官发财，发财……"

仿佛为了印证元烨说的话，那当中的铁棺内传来了咚咚咚的声音，接着铁棺慢慢升到了空中。

院落中咚咚有声，接着响起了诡异的指甲刮擦金属的声音，折磨着人的耳膜，也折磨着人的精神。

元烨身形一晃，扭头就拉着晏青准备跑路："小师叔！"

林渡悠然踏入院落当中，手中握着浮生扇，灌入灵力，一路顺着敲了过去，每一扇都打在了石雕上。金石碰撞，发出嗒嗒嗒的声响。

林渡走的步法很特殊，八步为一环，一共八环，每过一环，就有八个石雕顺着特定的步法动起来，就这样走遍了整个院落。

最后一扇落下之后，院子里的石雕全部动了起来，迈着机械僵硬的步伐一步步地行动，走动间簌簌掉落碎石灰尘，脚步刮擦着地面，发出石像在地上挪动的声响。

元烨和晏青刚刚转身走进石雕之中，就被那些石雕裹挟着在石像之间穿行，他们尖叫着喊道：“小师叔救我！”

林渡无言：“退回去，谁让你们乱动的。”

她让活人进去就是为了引活气，谁能想到都八年了，这两个人还是这么不靠谱。

元烨和晏青只能含泪退回去，一路上被石雕推来推去，他们不敢伸手触碰石雕，生怕自己哪点不对打乱了这个阵法，看似走了许多步，实则一直在原地没动。

林渡麻了，飞身过去，提溜着元烨和晏青踩着石雕的顶部，落到了屋舍之内。

“还真是……左手一只鸡，右手一只鸭，就差背上……”林渡话还没说完，忽然觉得背上一重，后颈一凉。

元烨惊恐地看着林渡苍白得近乎透明的脖颈上出现了一只漆黑的手印：“小师叔！”

“背上背个胖娃娃，胖娃娃来了是吧。”林渡面不改色，向后使出一记肘击，只觉得撞到了一片带着阻碍的雾气，或者说鬼气。

林渡终于收了笑意：“有意思。”

原来鬼早就出来了，方才那个棺材里的声音，是做给他们听的。

只可惜，林渡抬手结印，元烨也已经念完了咒，一把泛着金光的宽背大刀擦着林渡劲瘦的腰身劈了过去。

林渡身上的灵力护罩骤然气息外放，生生将背上的东西震了下来，顺势迅速转身，一脚踹了过去。

“你说你，出来干什么呢！透气啊？”林渡语气森森，“现在阵法启动，感受到牵引力了？你急了吗？”

“天无、瑾萱，阳火！”

“元烨、晏青，开棺！”

元烨啊了一声：“真要开棺啊？”

林渡一脚踹过去：“别废话。”

元烨被一脚踹到了棺材的一面，和晏青对视了一眼，一鼓作气，一个开卡扣，一个用蛮力撬，合力将那棺材盖弄开，直接掀到了空中。

两道阳火自大门灌入屋内，逼得恶鬼连连后退。

遽魂大阵，在阵法动起来的时候，能把恶鬼运送到指定的位置，也就是阵中的铁棺处。

林渡加了两把火，逼着不知何时逃出来的恶鬼回到棺材内，只要再压上棺材盖，那就成了。

这恶鬼的力量绝对不是现在的林渡能打散的，而且……谜题还没解开，还是暂且镇压为好。

四周的大阵力量压制着鬼魂，铁棺之内也有强大的吸引力，拉扯着恶鬼回到棺内。林渡接着飞起一脚，踩着棺材盖压上了铁棺。

砰！一声巨大的扣棺声响彻院落，连带着地面震动，震起一片浓重的尘埃。

林渡顺势蹲在了棺材盖上，青色长袍下摆轻轻晃动，但她很快皱着鼻子打起了喷嚏："阿嚏……"

元烨握着差点没收回来的右手，使劲吹了吹："好险，差点手就没了。"

"这屋子，少说五百年没人扫了。"林渡一个喷嚏接着一个喷嚏，连眼泪都出来了。

林渡本来还想一屁股坐下去，愣是没敢坐，一个净尘诀下去，都没能立刻干净，这里的灰尘厚得石板都有了松软的脚感。她黑了脸，感受着棺材的震动，一下一下，极为沉重。这鬼的煞气远远超出了她的想象。

夏天无走到林渡跟前，掏出一枚丹药："你的脖子上的阴煞没去掉。"

林渡肤白，是长久不见阳光般的苍白，脖颈纤细，那黑色的手掌印贴在她的侧颈动脉处，黑白分明，愈发瘆人。

林渡把丹药吞了，还蹲在棺材盖上没下去。

"小师叔，现在我们怎么办？还要去别的地方看看吗？"倪瑾萱问道。

林渡沉默了片刻："遽魂大阵用的本该是活人。"

但这些石雕的的确确可以当成活人，因为内核应当有符咒供应阳气。

"小师叔，你的意思是……？"

林渡继续说道："活人最佳，但用这些石雕也行，我看镌刻印记是出自同一人之手，而这只恶鬼……"

她看向元烨，元烨心领神会：“以我的判断，至少是个千年的厉鬼了。”

林渡点头：“这才一个院落，这个城池虽然不大，充其量也就算个小镇子，还在我的神识掌握之内，但……”

“等一下……”夏天无捕捉到了一个细节，“你的神识，已经能覆盖整个城池了？”

林渡眨了眨眼睛：“这是可以说的吗？”

不等他们回答，林渡自己回道：“应该可以，反正外面的人听不到。”

夏天无默默收回了只覆盖到了院落之外的神识：“看来麻婆婆那几碗养神汤药还挺管用的。”

林渡一阵恶寒：“我好虚弱啊，二师侄。”

夏天无拍了拍她的脑袋：“行了，下来吧，我们去别处看看。”

林渡没动，棺材板咚咚的响声非常有节奏，四个人都已经习惯，除了林渡。

“你猜我为什么不下来？”

“为什么？”元烨配合度极高，求知欲旺盛。

“因为我要压住棺材盖……”林渡有气无力地蹲着。

元烨试探道：“我有办法困住他，但这个铁棺材的卡扣似乎因为时间太久，已经松动了，需要一点时间修理，最好……不要剧烈晃动。”

林渡招招手：“知道了。”

于是水镜之中，无上宗四个人齐齐蹲在了棺材盖上，只剩下一个红袍少年还在棺材边缘敲敲打打。

似乎是嫌时间太长了，他们甚至开始啃起风干卤鸭腿。

“我要举报！无上宗弟子不严肃对待比赛！”

“今天算是见到真的混吃等死了。”

“不过这个古城确实有古怪啊，方才那个恶鬼，少说也有千年道行，这秘境是不是太危险了？是几个腾云境的小孩儿能解决的？”

“无上宗甚至连个腾云境大圆满的都没有，今年这也太为难人了吧。”

座席之上，几个长老也神色凝重。

雎渊皱眉：“疯了吧，千年的恶鬼我们才能收拾得了，让那帮孩子去？”

连衡派的掌门也意外地睁大了眼睛：“遽魂大阵……这阵法不光规模大，难度和危险程度也远超其他大阵，且不属于《一百零八种阵法大全》中的阵法，数三十六大阵，并且还是改动过运用石像的遽魂大阵……”

可林渡居然认出来了方才那一步法，走的分明就是八阳阵的步子，以她的年纪，未免学得太快了。

一百零八种阵法需要钻研透，天赋好的也要三五十年。

而此时水镜之下，济世宗的掌门也意外极了：“为什么无上宗青年队抽中了这个高级秘境？这是留给百岁以上修士的……”

“这是现实空间封存的城池，不是我们创造的秘境，”另一个大能接话道，“可秘境预设都是我们亲自调试的，怎么会出现这种问题？”

“不行，把孩子们立刻重新投放到别的空间！”一人当机立断。

“不行，刚才遽魂大阵一出来我就发现了，那个城池和秘境世界的传送结界有问题，是单向的，不能强行抽离，否则整个秘境都会崩溃，出现空间裂缝，这样对其他宗门几百个孩子来说也是一场灾难……”

被空间裂缝吸进去的人，从未有过生还的记录。

“要么放弃无上宗五个孩子，要么放弃其他宗门几百个人……要是你，你怎么选？”

那人盯着另外几个大能，几人齐齐沉默了下来。

“还有其他办法吗？”

“没有，除非……无上宗的孩子，能达成通关条件。”但这对于几个小孩来说几乎是不可能的。

济世宗长老冷笑一声，看着眼前几个大能：“别的我不管，你要知道，无上宗那帮人，要是真的发现了端倪，你看他们会不会把你们的秘境拆了，顺便再把我们这几个老骨头拆了。”

众人沉默不语，其中一人开口道：“罪魁祸首绝不是我们……”

“我们之中一定出了叛徒。”

几个高阶修士你看我我看你，气氛陡然紧张起来，像是被迫一脚踩入沼泽地里，只能共沉沦。

“今年……是谁最后检查的秘境？”

“还有修秘境的阵法师联盟的人，都要查！”

大能们乱作一团，秘境中的孩子们却格外悠闲，鸭腿都快啃完了。

秘境之中，元烨嗅着鼻尖鸭腿的香气，馋得动作飞快，终于在他们四人啃完之前迅速修好卡扣，收了工具，抬手想要从储物袋里掏鸭腿，被林渡隔空一道灵力打中了。

“先洗手，再驱煞，不然一会儿有你哭的时候。”

林渡说着在棺材上站起了身，不等众人有什么反应，将啃得干干净净的鸭腿扔到了门外。

“小师叔你怎么……”

水镜之中，但见那鸭腿骨划出一道格外诱人的灵光，飞了出去，直接穿透了想要一头扎入阵法中的一只黑色鬼面蝠。

林渡利落地跳下棺材，那只鬼面蝠坏了半个翅膀，又被那飞出来的鸭腿骨狠狠砸在了院墙之上，石墙上沾染着一点黏腻的鲜血。

“什么东西？”晏青一惊，也跟着跳了下去，拎起了刀。

“鬼面蝠，这玩意身上带着阴煞之气，一旦闯入遽魂大阵，扰乱了阳气流，阵法就会失效。”林渡脸上浮现出了些冷意。

遽魂大阵难度与危险程度都远超过其余的阵法，一旦被扰乱，不光是棺材盖压不住了，他们五个都要被变成人干。

然后蹲在棺材盖上啃肉干的可就不是他们了，是那只千年厉鬼。

“蝙蝠都是群居动物，很少单独出现。”

她啧了一声：“咱们好像……惹上大麻烦了。”

晏青活动了一下肩膀，拎起手中的大刀：“小事情。”

倪瑾萱拿下长鞭：“没关系的，轮到我出力了。”

林渡咧嘴一笑：“其实也有个办法。鬼面蝠弱点很多，用火、光压制，或者扰乱它们的回声定位就好了。”

在她外放出去的神识之内，已经有一个漆黑的团块向这里飞速前行。

“火的破坏力太强了，天无你先别动。”

林渡笑眯眯安抚蠢蠢欲动的倪瑾萱:“用蛮力干活儿多浪费体力和灵力啊，咱们用用脑子，很快的。”

“晏青，跟我来。”

不就是现场造一个干扰器吗，他们超行的！

晏青本就对金属有极强的亲和力，炼器也早入了门，还有林渡这么个现场画图纸讲解的人，一个出脑子，一个出力，进展神速。

两个人当着众人的面捣鼓起一个古怪的小干扰器。

而夏天无和倪瑾萱已经站在了院门之外，时刻警惕着飞来的鬼面蝠。

门外蝙蝠群已经逼近，门内两个人还蹲在地上捣鼓着莫名其妙的东西。

倪瑾萱睁大了眼睛，看着鬼面蝠群宛若一片翻滚黏稠的乌云压了过来，飞得极低，密密麻麻，还发出细密的声响。

这种蝙蝠之所以叫鬼面蝠，是因为从正面看去，它们的脸宛若狰狞的恶鬼，那扇动的翅膀，犹如一片泥泞的黑海，泛着诡异的光泽。

倪瑾萱下意识觉得有些难以呼吸，就好像空气也变得泥泞稠黑起来。

夏天无本能地想要用火，但想到了林渡的嘱咐，还是拔出了腰间的软剑。

倪瑾萱长鞭一甩，将已经靠近院子的蝙蝠重重甩了出去。

鞭子在空中发出一声脆响，继而爆出一片血雾。

但这远远阻止不了大群鬼面蝠的到来，眼看成片的鬼面蝠已经到了眼前，宛若一片巨大的黑瓦，就要倾盖于院落之上的时候，忽然诡异地改变了方向，一时鬼面蝠群大乱，彼此碰撞的、掉头的比比皆是。

空气中振翅的声音变成了互相摩擦碰撞的声响，生生将那就要翻墙而过的头一批鬼面蝠挡住了。

林渡直起身，揉了揉僵硬酸痛的脖子："元烨在这里看着，其他人跟我出去找线索，有事及时向我们传音，我们会及时赶回来。"

元烨有些害怕，但小师叔的命令不得不从，干脆掏出奚琴，坐在了棺材盖上。

晏青走之前拍了拍元烨的肩膀："兄弟，别怕，没什么可怕的，你要相信你自己，这是你亲手卡住的棺材。"

元烨苦着脸："就是我自己亲手卡住的我才不相信啊！"

晏青默默拔出背上的刀："那你压好棺材盖，肉不能白长，饭不能白吃。"

林渡已经走到了对面的院子之中，开门就是一片灰，好在她早有准备，纱巾一遮口鼻，谁也不爱。

除了看上去有点像土匪之外，没有任何缺点。

倪瑾萱有样学样。这间院子空置已久，林渡索性又将神识放了出去，认真仔细地探索了一下整座城。

这的的确确算是个空城，没有一个活人，许许多多的住所都跟这个小院子一样，荒废了许久，积累着无数的尘土。但也有几间府邸有些怪异，有明显的阻隔，不能探究内部，说明内部还有能量。

林渡看了跟来的三个人一眼。阵法是修士的技艺中最难学的一种，鉴于修士要学的实在太多，很难兼顾，所以他们这个年纪，对于阵法的了解都不多，还是一起行动的好。

林渡像是只带崽子的老母鸡，身后跟着三只小雏鸡，以最快的速度向着有异状的府邸奔去。

几个人有样学样，林渡走过的路，他们才敢走，不敢行差一步，以免招惹到什么不该招惹的东西。

这个府邸比之前的更大，原先那个不过是院落大，这个门口已经有了石狮子，显然是个有身份的人家。

林渡伸手推开门，诡异地没有感受到任何阴气。

几人陆续进门，从斑驳的琉璃瓦、青砖地和雕梁画栋之中依旧能看出原本府邸的华美。只是花园中只有一片枯死的花木，轻轻一触碰，就化为了灰泥，显然风干已久。

夏天无皱起眉头："这些草木……像是生机直接被抽空了。"

按照自然规律，不论是什么孤城，在人离开之后，都会渐渐野生化，哪怕是沙漠戈壁中残留的古城断垣，也有顽强的野草生长。但这个地方是一个绝对的死城。从土壤来看，此处不算沙漠，没道理荒芜至此。

"又有一口棺材。"林渡的声音很平静。

但这不是铁棺，是一具很普通的黑棺，因为时隔太久，上头的漆已经出现了斑驳的裂缝，但棺材上贴着个灵符，历经多年，依旧崭新如初。

林渡在堂屋当中的棺材前站了一会儿。

"小师叔，这个里面也有恶鬼吗？咱们要不要小心一点？"

林渡摇了摇头："不，没有恶鬼。"

不光没有恶鬼，甚至连怨气和阴气都没有了。

她取出一个罗盘，在主院的周围走了一会儿，接着掏出了一个耒耜。

"小师叔，你这是又要挖坑？"

林渡没说话，挖土的速度越来越快，对于挖土这事儿林渡不能再熟悉，很快当的一声，耒耜的头和什么东西有了碰撞。

夏天无眼睛快：“那是……通魅？”

“是通魅，经过万人手沾了童子眉的灵石。”

林渡挖得越来越快，一共挖出了十七枚通魅，这十七枚通魅，刚好在地上形成了一个小七关。

她垂眸看了一会儿，转头看向了那口棺材：“封魂阵。”

比起方才那院子里的阵法，这个阵法惩戒性更强。相当于将怨魂困在其中，永世不得出。

林渡扶着耒耜，似乎是在做抉择，难得地没有笑，微微蹙着眉心，低垂着眉眼。

“小师叔……我刚在整个府邸转了转，里面几乎没有任何……家产了，甚至书架都空了，像是搬家了一般，只剩下了个壳子。”

夏天无和倪瑾萱已经看完了整个府邸，没有找到任何线索。

“不光是这座府邸，别的院落都是这样，只剩下了壳子。”林渡还在沉思，语气没有任何波澜。

“这要怎么找出这个古城的秘密啊？”倪瑾萱也跟着皱眉，“这不是为难人吗？这一关不得上万积分？”

“没有证据本身就是最大的证据。”林渡抬起头，“这已经说明了，这座城池中的人是大规模集体迁徙，甚至可以说是统一弃城而去。”

倪瑾萱顺着这个思路：“大规模的迁徙很罕见啊，加上这个城池已经没有任何灵气，或许是因为灵力枯竭？而且不可能是因为天灾，如果是天灾，房子不可能完好无损。”

林渡点头：“这倒是让我想到了历史资料上的一条整个城池迁徙的记录。”

她看向晏青，晏青点头：“没错，但那个应该是一千多年前的事了。”

两千年前，有镇名黎阳，是个边陲小镇，却也还算繁荣，贸易往来极多，镇子还算富庶，却在一夜之间，成了空城。

《修真界轶事录》曾经有过记载，说这是近千年的十大未解之谜之一。

“那小师叔你的意思是……？”

“如果这里真的是黎阳镇，或者是一比一复制的黎阳镇，那就有意思了。”林渡看向了那个巨大的黑棺。

“我刚才就在想，什么恶人冤魂，要在停灵之时，用如此残忍的封魂阵法，直接不让人超生？”

林渡搓了搓手：“我有点……想要开棺。”

四个人你看我我看你：“要不……那就开棺？”

“万一怨气还未散，那鬼回到躯体内呢？”

“那就……”晏青也搓搓手，“揍他？”

“揍他！”倪瑾萱扬起鞭子。

林渡感慨地看着眼前的三个人，从什么时候起，无上宗的弟子都这么莽撞了？一群莽夫，看来她得给他们拴根绳。

她握着扇子，走到三人面前，哒的一下，敲在了晏青的头上：“莽夫！莽夫！你也……莽夫！”

晏青瞪大眼睛：“小师叔！为什么你只敲我的头？她们两个呢？”

林渡背着手走入堂屋之中：“瑾萱敲头就长不高了，再长长。”

“不是，那二师姐呢！”

“你敢敲她？”

“……”晏青默默抱住了自己的刀。

元烨要是在，就能陪他受过了。

棺材已经钉牢，林渡也懒得拿工具，抬手扯下那张灵符，招呼晏青，直接用刀起钉子。

看到这一幕的众人忍不住咋舌：“缺德啊，缺德啊！”

“缺不缺德另说，这都挖出来了那么凶险的封魂阵，要是开棺后恶鬼还魂，这是嫌死得不够快吗？”

不过一会儿工夫，棺材盖就开了。

两个人联手挪开棺材盖，入目便是一具有些干枯的尸体。这尸体从上到下也钉着极长的钉子，身上的布料却还鲜艳，保存得十分完好。

“这尸体被封了阴脉，再引魂入封魂阵，尸体的怨气得不到补充，只能在千百年间慢慢消散。”

林渡一眼就看出了关窍，转头看向了外头的小七关：“被封阴脉，就算那鬼魂怨气还没消散，回到身体内怨气也得不到补充。”

更何况，足足千年，只怕早就消散了。

林渡看着手中被揭开的符咒，垂眸等了一会儿，轻轻叹了一口气。

看来刚刚预备的锁鬼阵没有用了。

但很快林渡意识到了不对，她忽然直接抬手用灵力重新合上了盖子，迅速翻身踩了上去。

“小师叔？”

林渡皱着眉头：“封阴脉的钉子，应该是七寸，扎入身体之后，应当冒头最长不过三寸，可我们开棺的时候这钉子……”

夏天无断言：“冒头至少六寸。”

阴脉要么是根本没封住，要么是……在这期间，被一点点顶了上去。

阴脉现在至少通了一大半。

“阴气还在，所以这躯体没有腐烂，鬼魂的阴气也能得到源源不断的补充，所以不会消散。”林渡皱着眉头，“可如果那封魂阵里没有鬼魂残留的话，那就只能是……”

几人齐齐背后发凉，几乎要沁出一身的冷汗。

“只能是早在一开始就跑出来了。”晏青接话。

林渡轻轻啧了一声，看了一眼几人，高声道：“晚辈无上宗第九十九代弟子林渡，无意惊扰，只因中州大比被投放至此地，若是前辈肯现身，晚辈解开谜题，自当送前辈入地府。”

夏天无看了一眼林渡：“小师叔，你要不要先从人家棺材盖上下来再说话？”

林渡哦了一声：“不行，还是压住吧，等前辈出来再说。”

屋内倏然刮起一阵阴风，带着刺骨的阴凉，让四人都忍不住打了个寒战。

林渡深吸了一口气，低头看着手中的罗盘，指针飞速地转动着，接着倏然一停，指向了林渡自己所在的方向。

她抬了抬眉，压住心中的惊诧，缓缓转头，露出标准的假笑：“前辈？”

砰！一道格外刚烈的劲风直冲林渡的面门。

林渡直接向后一躺，贴着棺材盖躲过了一劫，接着利落地以腰为支点，身体整个转了九十度，顺势一滑，脚却陷进了一片失重的泥泞之中。

原来在这里等她呢。

林渡被那空间吞噬，睁眼一看，却又好像回到了原本的堂屋。

但不一样，除了那具棺材，整个地面和房梁家具都崭新，甚至泛着久经人气擦洗之后的饱满润泽的光。

幻境，或者应该叫鬼域。总归不是真实存在的。

林渡握着罗盘，正准备直接找到生门破开，却听到了人声。

她眯起眼睛，不动声色地贴到了门边。

院子里响起杂乱的脚步声，接着就是欢快的笑。

一个小娃娃迈着小短腿跑在最前面，蓝衣青年戴着一个斑斓傩面，故意做出张牙舞爪的模样，跟在小娃娃身后装模作样要抓他。

小娃娃短手短脚又格外圆润，跑起来并不快，像是长了脚反而滚不快的球，很快就被青年抓住了。

“哈！被抓住了吧！大魔头要吃小孩咯！”

傩面男子将小孩一下子抱了起来，接着用力颠了颠，将戴着傩面的脸直往小娃娃面前凑。

小娃娃却没有哭鼻子，而是从腰间拔出一把短小的木剑：“魔头！看剑！”

那木剑咔嗒一下，轻飘飘砸到傩面上，青年却真的配合踉跄着向旁边倒去，晃得小娃娃吱哇乱叫，最后两人一起跌在了地上。

小娃娃踩着青年的胸口跳了下去，还耀武扬威地拿着木剑：“好呃！大魔头死了！”

青年摘了傩面，露出一张端方温文的脸：“好样的，不愧是我的儿子。”

“以后遇到了魔头，也要战斗到最后一刻，绝对不做逃兵。”

他坐在地上搂着儿子笑得欢畅。

林渡看着这一幕，若有所思，眼看他们要进堂屋，转身避让到了后头，从后门离开，走过朱红的连廊，绕过一片假山流水、奇花异藤，就到了厢房前。

“这几日边境不太平，你看你，受了这么重的伤，还非要去。”女子的声音带着嗔怪。

“邪魔劫道伤人，我是镇子里为数不多的高阶修士，总不能不去解救。”男子声音平静，赫然就是方才院子里青年的声音。

林渡站在厢房之外，小心翼翼，生怕惊扰了幻境之中的人。

“我总觉得，邪魔伤人的频率越来越高了，最近镇上也不太平，好几个孩子丢了。沉衍，咱们不然还是搬家吧？”女子声音之中满是忧虑。

“如果我都走了，中州的边界……人修能住的城池又要少一个了，已经有人给大宗门的友人去信了，等他们来，我们就能直接将那些作祟的邪魔斩杀干净，以后日子就清静了。”

林渡皱起眉头，黎阳镇的确在中州边境，《修真界轶事录》也写过民间的猜测，最大的可能是有邪魔骚扰，所以渐渐成了空城。

可一个来往贸易频繁的镇子，不会等搬空了才有人发现，因此黎阳镇为何突然成了空城一直是未解之谜。如今看来，还是和邪魔有关。可为什么城内毫无魔气侵扰的痕迹？

屋内已经好一阵没声响了，林渡清楚地看到院子里的花慢慢凋谢，接着又变成了冬日的凋零模样。她抬脚再向内院走去。

没多久就听到了一声声呼喊：“你快去找找啊！我们的孩子，怎么就没了？你是个晖阳境修士啊！为什么孩子会丢？”

女人的哭声仓皇响起，蓝衣青年沉默地抱着怀里还在挣扎的女子，抿着唇，神色灰暗。

“只是一晚上，晖哥儿就没了，为什么？”

“你是个晖阳境的修士，为什么没有察觉到晖哥儿没了？”

女子用力拍打着男人的胸膛，涕泗横流，崩溃无比。

林渡听着耳边的哭声，心中忽然隐约有一个猜测。这镇子里，本身就存在着披着人皮的邪魔。

这是鬼用怨气制造的幻境，所以里头定然是自己生前记忆最深的事情。而那个被封魂的鬼，不出意外的话，就是沉衍，那个孩子的父亲。可他究竟做了什么，让人竟对他用了封魂阵这等使人不得超生的狠法子呢？

林渡在幻境之中，刚要抬脚绕开这一处，忽然听得一声：“谁？”

林渡一眼看到了一个蓝色影子，眼皮一跳，往身上贴了个隐身符，一个俯冲，一巴掌将隐身符拍到晏青的背上。蓝衫书生刚要尖叫，就被林渡封住了喉咙，接着被拎着后衣领强行拖到了一处假山之后。

晏青这才发现是自家小师叔，瞪大了眼睛张口发现发不出声音，只能抬手比画。

林渡直接用神识传音道：“没封你的神识，可以直接给我传音，不要惊动鬼域里的人，否则鬼域崩塌，我们会被锁在他的地盘，彻底出不去。”

晏青的身量这些年一路拔高，穿着蓝衫也算清瘦，这会儿弓着腰被迫蜷缩起来，只怕被人发现。

“好的小师叔！”

林渡本来注意力还在厢房门口，回头猛地一看，恍若看见一只刚被捞上岸的明虾。

“你弓着腰做什么？我打你了？站直了！”

晏青想说打了，但到底没敢说，委委屈屈地指了指假山：“我比假山高。”

这假山的确不高，只比林渡高几寸，晏青不用彻底站直，都能超过假山的高度。

林渡敷衍地嗯了一声：“知道你又长高了，所以呢？”

“不是不要让人看见吗？”

“你以为我干吗拍你？”林渡叹了一口气，“你背上被我贴了隐身符，一炷香的时间之内没事，放心吧，拉你到假山后面是怕你条件反射拔刀。”

拔刀的强烈灵力波动定然是会被察觉的。

晏青这才站直了，厢房前的人却已经没影了。

“小师叔，这个鬼域要怎么破？”

林渡却答非所问：“这个鬼，是个好鬼啊！”

晏青：什么好鬼会被人用那么凶狠的阵法啊？

不得超生这个惩罚，对于修士来说无疑是极为惨烈的。

林渡笑了笑，没有说话，只是带着晏青继续走下去。

走了一会儿，晏青忽然好奇：“为什么总是走不到后院啊，现实中明明是有的，这鬼域却没有。”

“这你就问到点子上了。”林渡笑了笑，“因为他的记忆，对后院不深刻。”

“走吧，去前面的堂屋。”

两人重新绕回了堂屋之中，从后门走回前门，就听到了一声压抑的痛呼。

“夫人！”

“您节哀，她的尸体是在城外被路过的商旅发现的，因为他们曾经受过您的保护，所以认出来是您的夫人，托我将这具尸体带了回来。”

那具尸体被草席裹着时已经显出几分惨貌，如今草席打开，里头的人面色灰败，早不见方才幻境中的鲜活。

宜喜宜嗔的明媚红颜化为一具冰冷尸体。

林渡和晏青看着眼前的景象，忍不住皱起了眉头。

“儿子失踪，夫人去世，我觉得，他做出什么过分的事都正常。”晏青叹了一口气，猛然发觉自家小师叔正一脸诡异地看着他。

“少年，你这个想法很危险。”林渡看着晏青。

晏青沉默了一瞬，慌忙解释道：“小师叔，我不是那个意思！真的！你要信我。”

林渡笑了笑，转过头看着强忍悲痛的沉衍，垂眸想了一会儿。

现在已经有两条线索了：城外的邪魔劫道是常态，城内小儿频繁失踪。

林渡忽然注意到一点细微的灰烬。

“那是……香灰？”

香灰和尘土的成分并不一致，沾染在草席和衣物上的状态也不一样。

修士的目力远超常人，经林渡一说，晏青也看到那女子尸身上沾染的细微香灰。

林渡想到自己在探索全城的时候发现城内有一座供奉神明的庙宇。邪魔怎么会去庙宇？就算是香火神，那也是有灵的。

倏然之间，幻境震荡，阴风呼啸，刺骨的寒凉灌入两人体内，堂前的画面已经如同齑粉一般烟消云散。

一个黑衣老道，面上戴着青面獠牙的傩面，出现在堂屋之前，手中拿着十七枚通魅，正在念念有词地作法。

他低着头，傩面上额心的一点红正缓缓向下，竟是血迹。

堂屋之内摆放着黑棺，此刻忽然多出了约莫七个人，几人手中拿着封脉钉，口中念念有词：“沉兄，你莫怪我们，你丧妻失儿，一念成魔，差点打碎了神庙的神像，惹了众怒。没有神明，谁来保护咱们镇上的人，如今神明发怒，我们都不好过……”

高大的青年此刻已经断了生机，被强行按在棺材之内，封脉钉被钉入他的躯体之内，黑棺盖子轰然阖上，一道灵符迅速贴上那棺材。

继而几人齐齐作法，将那冤魂引入小七关内。

林渡眼尖，看到棺材阖上之前，阴脉上的钉子似乎向上移动了一些。

阴风怒吼，被强行抽出躯体的冤魂在空中挣扎，却被一群人齐齐压入小七关内。

这是……死后的事。也是怨念最深重的一刻。

鬼泣阵阵，宛若凄厉的尖叫、失声的痛哭、孩子的婴啼、妇人的厉声。

晏青皱起眉头:“看来事情没有那么简单,被封住的未必就是坏人。小师叔，现在我们怎么办？”

林渡若有所思：“休、生、伤、杜、景、死、惊、开八门，大致逃不开开、休、生三吉门，死、惊、伤三凶门。”

“这座府邸风水原本极好，坐北朝南，门朝东南开，生门位居东北，本该在后院,而且看方才幻境中的一切,这个堂屋坐落在西南,怎么都像是死门。”

林渡话锋一转：“但这里是鬼域。”

“鬼与生人不同，所以这里的布局是倒置的，鬼的生门，是人的死门，鬼的死门，就是人的生门。”

林渡站在堂屋之内，手中握着一把沉铁折扇，指向黑棺，目光坚定：“这里，就是我们的生门。”

前面晏青都还听得懂，等到林渡说倒置之后，就彻底听不明白了，但他选择相信小师叔。

林渡摘了隐身符咒，鬼域察觉到生人的存在，怨气汹涌而出，狰狞咆哮着攻向林渡。

晏青吓得第一时间挡在了林渡身前，一刀劈出：“小师叔小心。”

刚直的金色刀气刺破了翻腾的怨气,将那几乎凝成实质的怨气横刀劈开。

林渡却已经绕到了那黑棺之前,伸手揭开那黄符,手上的折扇顺势打开,锋利的灵光擦着露出的钉子削过,将那黑棺的漆面剐花。

折扇倏然合拢，林渡一掌拍向棺盖，七根长钉倏然被震到了空中。

目睹这一幕的看台众人忍不住惊呼起来。

“这林渡居然又想要掀人家棺材板？”

“这里是怨气最集中的地方，且是死前怨恨最深的事发生的地方，分明不是死门就是惊门啊！这是哪门子的阵法天才？”

有人恨不得冲进去把林渡摇醒，这么年轻这么好看，活生生白瞎了。

“不，林渡没错，那里的确是生门，也是幻阵阵眼。黑棺在生门之前，除非林渡开棺拔出封了阴脉的钉子，否则永远找不到生门。”连衡派掌门脱口而出。

“可这样的话，就彻底破了那封魂阵，这鬼岂不是就要出来了？这不拔钉子，人被困在幻阵里是死；拔了钉子，被恶鬼撕碎，还是死啊！”

“这鬼，实在聪明！”有人感慨，接着扼腕道，“可惜了。”

可惜了，林渡分明是看出来了，但她还是选择了拔脉钉，开生门。

幻境之中，蓝衫青年手持大刀正与那狰狞的怨气做着斗争，林渡则心无旁骛地掀人家的棺材板。

林渡抬手直接将黑棺的棺材盖掀开，七道幽蓝的阴火骤然升腾起来，林渡却没有停顿，合拢了折扇，不顾那阴火灼烧之痛，将七根封脉钉直接拔除。

霎时间，阴风静止，接着骤然从棺内爆发开来，寒意针扎般钻入人的皮肤之中，鬼啸声带着铺天盖地的怨气扎进人的耳膜之中，如同千万只鬼手刮擦着人的耳膜，震荡着人的神魂。

黑棺之内，那具尸体已经消失了。林渡眼疾手快地扯过挥刀的晏青，拎着他的后衣领带他一同跳入了黑棺之中。

拖着个将近一米九的人对于林渡来说还是太费劲了，倒不是因为体重，而是个头太大，格外碍手碍脚，比石狮子还难拖。

踏入黑棺，两人几乎同时一脚踩空，陷入虚无之中。

踏出生门的第一瞬间，两人同时膝盖一软，林渡几乎是条件反射地握着浮生扇，灌入灵力，接着高声道：“瑾萱、天无，开地火阵！”

不知情况的两个人见林渡突然出现，又听得这一句，慌忙把开棺之前预设好的地火阵彻底补全。

林渡单膝重重跪在了地上，顺势将浮生扇的灵力灌入先前设置好的地火阵中，左手摊开，掌心被阴火燎得青黑交加，而那当中，赫然是七根封脉钉。

一旁的晏青扑通一声双膝跪地，长刀在地上铛的一响：“嘶……波棱盖儿都要碎了。”

他转头，深感不可思议地看着旁边连腿软摔倒都能帅到毫无破绽的小师叔。

围绕着黑棺的地面骤然形成一道赤色阵纹，林渡随手拽过晏青的手：“童子血吗？”

“嗯？”晏青瞪大眼睛。

林渡很急，又问了一遍：“是不是？”

“是，是，是。”

一道白色的灵光从他指尖闪过，林渡将那七根钉子都沾染了晏青的血，这才用灵力止住他的血，接着将钉子抛向阵纹之中的七处。

赫然就是一个小七关阵。

压制沉衍阴脉上千年的封脉钉自然沾染了沉衍的阴气和怨气，童子血阳气极盛，天生克恶鬼，小七关阵是为引魂，为林渡指出那被彻底释放出来的鬼魂所在之处。

空气之中的阴气被地火阵的烈性驱散殆尽，林渡站起身，看着那七根钉子在阵中由横到立，接着又齐齐转动起来，直直指向了同一个方向。

林渡顺着那个方向看去，倏然一怔。

那个位置……在幻境中是堂屋前的一棵很有年份的玉堂春。

当年那个小娃娃和沉衍追逐打闹的时候，两人一齐躺到树下，粉白花瓣落了他们一身。

她以为，恶鬼想伤人，定然在他们周围，所以出来后第一时间激发了地火阵，顺势布下小七关。

小七关引魂，地火阵消磨怨气。只是没想到，那鬼居然在那棵树下。

昔年满树春玉，如今不过一棵枯木。

一道蓝色身影缓缓从树中浮现，接着向林渡行了个道礼：“多谢小道友，替我毁了这阵法。”

林渡轻轻吐出一口郁气：“我真该死啊。”

三人站在了林渡身后：“小师叔，这是……？”

“黎阳沉衍，见过诸位。”

四人齐齐回礼，林渡开口：“无上宗林渡，携师侄到此破阵。”

两方人客客气气见过礼，倪瑾萱便问道：“敢问前辈，这座城，之前发生过什么吗？”

那人眼中闪过一丝哀痛：“我所经历的，正是方才两位小友在幻境中所看到的。”

晏青这才发现还有两个人没有进入幻阵：“为什么你们没有进去啊？这

不公平！”

“因为她们阳气重。”林渡淡然道。

“啊？我是童子身我阳气还不重吗？”晏青瞪大了眼睛。

“不是那个意思……”林渡抬手扶额，“她们……灵根属性问题。”

晏青默默闭嘴。

肯定不是这个原因，但小师叔说什么便是什么吧。

沉衍一直笑着看着眼前的四人，只是眉眼间笼着化不开的阴郁。

林渡也没有点明。

夏天无和倪瑾萱没有进入鬼域，是因为她们手中藏着阳火，只等林渡一声令下，就开启地火阵，鬼当然要避开，她们能进去才怪了。

林渡避而不谈，她总觉得还有一些东西没有串起来，方才幻境也有违和之处。

中州的部分地方虽然供奉香火神，可没有因为毁神像就引发众怒，直接封人家魂魄不让轮回的，这哪里是什么正经信徒，这是邪教教众吧？

一座神像而已，又不是真身。天底下被废弃的神庙还少吗？

走香火道的神仙都会遇到盛衰之景，都是寻常。

破坏了神像就将人弄死，这是正经神明吗？这是邪神吧。

林渡总觉得这古城的秘密像是个洋葱，这才剥开了第一层，就实在辣眼睛。

“敢问前辈，这座城一夜之间成为空城，所有生机都被剥夺，是为什么？”林渡打算开门见山，直接问道。

男人却摇了摇头：“一开始我的魂魄被困在阵中，浑浑噩噩，实在不知道发生了什么，只觉得地动了一瞬，恰巧把一颗封脉钉震上去了一点，我才慢慢和身体恢复了一点联系，之后花了很长时间，也只能将封脉钉挪出去大半，力量恢复到足以逃出阵法，那时我出来一看，黎阳镇已经是现在这样了。”

林渡皱起眉头，地动？什么样的地动，能把钉在肉身的封脉钉都震出来？

她收敛了思绪：“前辈，我在城中还发现了另一只被遽魂大阵关住的恶鬼，您认识吗？”

“前辈若是不嫌弃的话，在我解开黎阳镇的秘密之后，会替您消解怨气，送您入地府转世投胎。”

沉衍再度行礼：“那就劳烦小道友了。”

“那个恶鬼与我并不相识，不过我觉得你们可以去庙中找找线索。”

“虽然阴脉已开，可是不知道为什么，我的怨气越来越淡了，不依附在东西上，似乎就无法移动。”

“总觉得，好像来了个和尚……可是和尚念经应当没有这么缠绵顿挫，倒好像是……”

林渡抬手扶额：“奚琴。”

沉衍瞪大眼睛，提高了声线：“奚琴？”

他仔细听了听：“好像……是。就是拉得跟说话似的呢，好像在说……晓……施术，卧海爬？”

林渡：元烨这个棒槌！

她取出一块死玉：“还请前辈依附在此玉上，事了之后，我定然送您入地府。”

沉衍看了一眼：“这是死玉吧，我进入死玉之中后，你再将死玉放置于你设置的地火阵，是想给我驱散怨气？”

林渡毫无被看穿的自觉，坦然承认了。

若是恶鬼，那就强行逼入死玉；若是好鬼，那就自己进去。

怨气促使人成为失去心智的恶鬼，而想要打败恶鬼，消磨怨气是必要的，没了怨气，保持理智，便不会无故伤人。

这是明晃晃的阳谋，和沉衍方才利用幻境让林渡开脉钉是一样的。

你选与不选，都是一个下场。

沉衍无奈一笑，自己进入死玉，林渡迅速将这块死玉放入了桃木小盒中。

林渡没有先按照沉衍的提示去神庙，反而先回了趟原来的小院子。

走得越近，就越能听见哀哀切切的奚琴声，只不过这会儿不是“小师叔我害怕”了，已经开始拉长句子了。

林渡直接飞落到了堂前，看到元烨坐在铁棺材上，虽然害怕，但手格外稳，不仅能拉出人说话的声音，还能自己回答奚琴拉出来的问题，可怕得很。

奚琴拉：“小师叔你什么时候回来？”

自己答：“应该快了，应该快了。”

你说他拉得不对吧，他还能消解恶鬼的怨气；你说他拉对了吧……实在不对劲。

林渡抱着胳膊，听着那下头铁棺内的咆哮，面色沉痛：“难听到鬼都哭了。”

元烨看到林渡回来才松了一口气：“小师叔！你终于来了，这鬼一直在嚎，我真的好害怕！”

林渡按了按太阳穴：“你真的确定他不是被你吵得嚎起来的？”

元烨点头，眼神诚恳：“我确定，我就是为了让它安静下来才开始拉奚琴的啊。”

林渡确定了：“就是被你吵的。”

“主要是我真的害怕啊，小师叔，要是你，你不害怕吗？”元烨试图寻找认同感，目光往下，看到了林渡垂在身侧的手。

林渡的手是无上宗上下两辈人公认的稳，九年如一日的控笔训练和布阵篆刻训练，她对手的控制力同辈都无人能及，此刻居然在颤抖。

那抖动的幅度不算大，但那手心内侧，依旧可以看到被阴火烧出来的深红紫斑，上头还沾染着点点干掉的血。

林渡一无所觉，面无表情地看着他：“你觉得我会害怕吗？我都觉得下面的鬼会更怕你。”

元烨看了一会儿林渡的手：“小师叔，你的手？”

林渡懒洋洋地将手放到眼前看了一下：“没事，阴火灼伤，一会儿用个生肌膏就好了。”

元烨皱着眉头，他看着都觉得疼：“什么阴火灼伤还会出血啊？”

“不是我的，我没这么重的阳气。”林渡懒洋洋地用净尘诀将自己的手清理干净，敷衍着上了药。

元烨：那倒也是。

林渡属于半只脚踏进棺材里的人，她的血的确没有那么重的阳气。

“小伤而已，倒是晏青……”

鬼域里的怨气极重，为了掩护她，大约耗费了不少灵气，也染上了些怨气，她方才取血的时候顺手替晏青把了个脉，脉搏都有点弱。

林渡一边擦药一边将事情简单跟元烨说了一遍。

元烨一面听一面插嘴，听到鬼域所见时关注点一时有点歪：“这人这么忙的吗？我二叔没事就喜欢在后院种地，按理来说自己家后院不能完全记不得吧？”

“而且按你说这个家坐北朝南，门朝东南开，堂屋在西南，风水这么好……后院是……西北方？按理来说，是乾宫……”

“乾宫，一家之主。”林渡接话，忽然想到了什么，拎着元烨的后衣领，直接飞身蹿回了原来那座府邸的院落之中。

院落很大，当中还有很多草木山石，奇花异藤的残迹被林渡跳下来的一阵风带动，在风中慢慢落下枯枝。

“鬼域由鬼的执念创造，那些的确是真实发生过的，但一定有省略，我最开始以为是这个鬼域的主人对后院印象不深……所以幻境中没有后院的幻象，现在看来，是省略了最关键的部分。”

两个人站在那座府邸的后院，林渡忽然生出了种不妙的预感。

前院的封魂阵被破了，阴气流通顺畅，怨气也被释放。

元烨害怕地咽了咽口水：“小师叔，我为什么感觉……有什么东西在地下？”

林渡握紧了扇子，元烨拿出了灵符。

板结的土地一瞬间化为波涛汹涌的海，只不过滚动的都是泥土。

两个人齐齐运足灵力，跳上院墙，几乎是在他们腾空的那一瞬间，无数蚀骨虫破土而出，千百条颜色诡谲的、覆着甲壳的成虫露出狰狞的獠牙，冲向在场仅有的两个活人。

林渡没有犹豫，一把药粉撒了出去，顺势把堆在自己脖颈上的纱巾重新拉扯上来，掩住了口鼻。

元烨只能用两只手死死捂住自己的口鼻，顺便用灵力支起保护罩。

药粉洒下去的一瞬间，来势汹汹的蚀骨虫瞬间又蜷缩成无数圆滚滚的甲壳虫，滚到地上，一动不动了。

林渡拎着元烨跳到院墙之外。先是鬼面蝠，后是蚀骨虫，都是以阴煞为食的东西。

沉衍对他们有所隐瞒，而且他隐瞒的东西，或许才是古城秘密的关键。

元烨落在墙外，惊疑不定地问道：“小师叔，那是什么？驱虫药粉？可是看颜色，这不是姜良师叔发的啊。”

林渡眼中涌动着晦暗的情绪，闻言淡然道：“你不会想知道成分的。”

一个尸王给的蛊门秘药，里头用的东西的确不是寻常意义上的好东西。

蛊门最擅长的，就是以毒攻毒。

元烨默默闭嘴，不敢再问。

看书多的人真可怕。一本鲁班书，他到现在都还没学完呢。

“走，去庙里和他们会合。”

想要完成第三关就必须探查清楚古城的隐秘，不管那人引他们去神庙有没有旁的险恶用意，尸山鬼海，他们都要蹚的。

夏天无他们三人已经站在神庙门口，见到元烨来了，还有些惊讶。

“不用压着棺材板吗？”晏青正在接受夏天无的治疗，见到元烨第一句话便是这个。

元烨：“我也不知道，小师叔带我来的。”

“我在那里留了个监控，有什么异动，再回去就行。”

林渡实在是不想听见那个奚琴的说话声了，比什么蚀骨虫瘆人多了。

她神识扩散在外，就一直能听见奚琴拉出来的“小师叔，我害怕”。

林渡看着眼前的神庙，依稀能看出原先的富丽堂皇，朱墙黄瓦。大门开着，用的木料极好，甚至经年都不见腐朽之状。

她抬脚迈了出去，径直走向当中的神殿，没走几步，她就停下了。

身后紧紧跟着的人也停下了。

夏天无感受了一下：“有阵法？”

林渡盯着院子中的九个积满了香灰的青铜大鼎，另一边还残留着不少高大巨香的支柱，有二十多根支柱，可见曾经的香火鼎盛。

“不是……我在想这个青铜鼎……值钱吗？”

夏天无：啊？

晏青看了一眼：“值一点，不太多。”

“那算了。”林渡继续抬脚往前走，手中的罗盘正在迟缓地颤动。

阵法是有的，收敛杀意就没大事。

她大概知道沉衍是怎么没的了。

“这个主院内，有精忠阵法。”

林渡身后的几人齐齐停住脚步，不敢再往前一步了。

“没事，我们不是来刺杀的，问题不大，身上的杀气和匪气收敛一下。”

四人齐齐看向了跟前的林渡，四双眼睛都带着怀疑。

林渡发现自己说完身后的人还没有继续走，终于忍不住回头：“你们干什么这么看着我？”

“我们……好像没有那种东西，但是小师叔你，真的没有吗？”

几人友善地提醒道。

林渡：“你们在质疑什么？”

几人欲言又止，看着林渡从容走到了那门槛之上：“那没事了。”

林渡抱着胳膊：“不是我说啊，人要有主观能动性，所思即所见，所见即所想，只要我想我是个大善人，我就是个大善人。”

“我抄的《心法》垒起来比晏青和墨麟都高，你们在怀疑我什么？”

四人齐齐摇头：“不是，没有，您就是大善人。”

五人齐齐整整地站在殿前，彻底看清了庙中的情况。

那庙里供奉的神像巨齿獠牙，双目圆瞪，满脸饰纹，狰狞凶悍，手持战斧，望之便叫人生畏。

即便其他地方的彩漆都已经褪色开裂，这尊神像却依旧是最初的凶煞模样。

林渡看了一会儿：“大约是斩杀邪魔的凶神，所以做成了这样，以震慑邪魔。”

晏青点头：“的确如此，如果是边境的话，常受邪魔侵扰，的确有此风俗。”

那高大的神像高站于石台之上，前面设置的供桌前的香炉上也有无数线香残留的短木棍，密密麻麻，几乎挤得要掉下去。

林渡看着神像：“如此旺盛的香火，就算是个泥人，也会生出些神性吧。”

如今道门无论旁门还是内医道，主打自我修炼，力由己生，无上宗敬奉的是天地万物，不期盼受保佑，只是尊敬。

在无上宗的史书典籍之中，也记载着上古的香火神道。

上古时期，天地未稳，大量法则脱离天道，成为古神。

古神本身即规则之力的化身，因而凡人膜拜信仰古神，形成愿力，古神回馈，供信徒学习感悟规则之力，这是最初的香火神道。

本质上人们信仰的是天道规则，只不过择其一而深信。

后来天地运行稳固，古神重新化入天道，成为规则的一部分，失去了自我意识，算作消亡。

此后的香火神道，就逐渐没落下来，连修行的途径也了。

毕竟古神不存,后来人们膜拜的不过是泥人塑像,谁知道这些愿力催生的,究竟是神是鬼?这些信徒得到的又是什么?

上古的历史，虽然笼统，但五人都是读过的，听到林渡的话，也都明白了她话中含义。

“小师叔你怀疑……如此旺盛的香火愿力,让这神像产生了自我意识?”

林渡点了点头：“只是怀疑，不一定对。”

这句话非常耳熟，四人基本可以确定了。每次小师叔说“怀疑”和“不一定对”的时候，那基本上就是正解了。

“那……这个香火神要做什么，就要看黎阳镇的人求什么了。”晏青很能抓重点。

“他们想要这个神明保佑他们不受邪魔的侵扰，商旅顺利通过。”倪瑾萱的小脑瓜努力转动，试图跟上林渡的思维。

“那都是好的呀。”瑾萱眨着透亮的大眼睛。

“是啊，都是好的祈愿，可这不过是大流，人在拜神的时候，焉知不是在拜自己的欲望？如果有一两个人祈祷的时候存了坏心思，那这香火愿力，就成了毒。”

人不可免俗。

林渡眼神晦暗：“有欲望存在的地方，就有邪魔。”

五人同时静默了下来，倪瑾萱却打破了那沉沉的气氛：“不管怎样，我们找找线索吧，积分重要！小师叔常常说我运气好，我先去搜一搜！”

林渡回过神来，看着杏色衣衫的小师侄笑着点头。

虽说倪瑾萱气运冲天，可架不住林渡本人的倒霉运太强。

总结就是，不出意外的话，一定是会出意外的。

元烨轻车熟路地掀开供桌上头的布，这布已经褪色了，只能依稀看出原来的花纹。

他一手掀着桌布，一面将头整个歪过来，几乎平行于地面，努力探索着供桌底下有没有什么秘密。

晏青瞧他撅着个屁股，看着格外卖力，右脚蠢蠢欲动，想踹。

“不是我说，你脸都快贴地上了，能看到什么？你好歹之前也是个皇子，怎么净干些……”

元烨忽然整个人向后急急一倒,直接坐在了晏青的鞋面上,刚好垫了屁股,没一下子和满是灰的地面亲密接触。

晏青:行。

“小师叔!供桌下有东西!”元烨还没站起来就大声宣布他的发现。

“什么东西?不取出来再说?”晏青觉得脚面实在有点沉,忍不住动了动。

没能抽动。

“我手短,够不到。”元烨理直气壮。

晏青无奈:“你够不到就够不到,坐我脚上还往后靠,大哥你这是怎么个事儿呢?”

元烨恍然大悟:“我就说为什么感觉好像坐到靠椅上了。”

他立起身,拍了拍晏青:“靠你了。”

晏青弯下腰,伸出手,先是用手够了半天,最后开始用灵力,却发现里头的不是金属物,他弄不出来。

目睹了全程的林渡:我那两个没用的师侄。

“瑾萱,你来吧。”

倪瑾萱拿着鞭子就来了:“我来啦!你们俩闪开!”

她弯下腰,长鞭一甩一收,不过试了两回,就扫出来数样东西。

一把积灰的短小木剑和一根雕成玉兰模样的玉簪最为完整显眼,还有些弹丸和腐朽不成形的东西,依稀能辨认出是些玩具首饰。

甚至还有半个破碎的傩面,和那神像的脸近似。

林渡看着那把格外眼熟的小木剑,上头还沾染着一点暗沉的污渍,细看过去,才发现那大约是风干多年的血迹。

来上香的人,再怎么丢东西,大约也不会染血,几乎不用猜测,就知道这里曾经发生过什么。

唯有邪修才会食人精血。那孩子,大约的确战斗到了最后一刻。

她仰头直直看着那座神像,轻轻啧了一声,打开了桃木盒:“沉衍前辈,我有几个问题,冒昧想要请教一下您。”

死玉中没有回答,但林渡无所谓:“您觉得您的妻儿是被神像害死的,对吗?”

过了许久,沉衍方才答道:“是。”

“所以您想要毁了神像？”

“是。”

“您是被神像害死的，还是被……精忠阵杀死的？”

沉衍的语气里含着一份惊讶：“你小小年纪，为什么会知道精忠阵这个阵法？连我都是死到临头，才被告知。”

林渡即答：“我爱读书。”

沉衍：“是的，我没想到这个庙里居然会有精忠阵，或者说，我没想到，这世间居然还会有人甘愿为一座神像布下精忠阵。”

所谓精忠阵，是以阵法师的性命为代价，用阵法师的魂魄捍卫阵中需要守护的东西的阵法。

“最后一个问题：你修的道的一部分，也是香火神道吧？或者说，你的力量来源，有部分是愿力。”

林渡此话一出，让其余四人齐齐看向了她，连元烨的丹凤眼都睁圆了。

死玉迟迟没有动静，但林渡已经得到了她预料之中的答案。

“我一直在想，封魂阵所封的魂魄，必然是怨气极重，无法送入地下的，可你在幻境之中，不过刚刚断气，甚至那血都还能流出来，他们就急忙封住了你的阴脉。”

“而且你说，脉钉是由于地动被震出，可幻境中他们盖棺之前，我分明看到那脉钉向上移了一点。”

“死后无法用灵力，死后四十九日阴气才会慢慢汇聚，刚死的人，还能用什么力量将脉钉挪出一部分？”

林渡垂眸看着死玉，将一道消煞符贴在上头，压制住了他挣脱死玉的动作。

“是愿力，不是吗？”

“愿力无所谓使用者的生死，是鬼是人都能动用。”

林渡苍白的脸上显出一种奇怪的淡漠笑容，与其说是笑，不如说是悲悯。

“在你的幻境之中，孩子活泼，妻子温柔，直到他们一个失踪，一个死亡，每一个地方，都有你最好和最坏的记忆，唯有后院没有出现。”

“代表那里才是最该找的地方。”

“那里能留存以煞气为食的蚀骨虫，敢问沉衍前辈，您妻儿死前，您身上就出现了被愿力之中的煞气反噬的症状吗？”

几人都被林渡的推断惊得说不出话，难以置信地看向了那块死玉。

过了许久，久到消煞符效力用尽，自动燃烧成了灰烬，林渡又续上了一个，死玉中的鬼方才艰难地开口，几乎像是被掐住脖颈的时候在死亡前夕吐出最后的字。

“是，我是为了杀邪魔修了香火神道，是我害了他们。”

林渡垂下了眼睛，嘴角翘起，却不见一点谜题解开了一半的欣慰。

已经荒废的神庙之中，高大的神像还带着昔日的华彩，地上却已一片凌乱。

五人错落站在屋内，却都缄默不语，唯有一道压抑的声音在屋内断断续续地流淌。

“我是为了斩杀邪魔。那座神庙存在很久了，最初香火也不算旺盛，可是邪魔越来越多，边境的灵气有些驳杂，我们修炼的速度很慢，不过胜在来往商旅多，贸易兴盛，我们赚得灵石和获取各地天材地宝的途径很多。

“后来邪魔越来越多，他们以人的魂魄精血为食，境界高一点的修士还能应对，凡人却总是轻易成了邪魔的盘中餐。总要有人守在这里的，可是我们修炼的速度，哪有吃人精血，炼人魂魄的邪魔来得快呢?

“总要想法子的。那天我们城内几个修为高些的道友凑在一起吃酒议事，路过夜晚的神庙，看到里面经久不衰的香火，又看到那不知为何从没有褪色的神像，突然就有了一个想法。

“旁人信奉神明，不过图个心安，也许冥冥之中，真的有力量保佑我们的镇子。可这些香火形成的愿力，又该有多少呢?

“我们几个人都想到了没落很久的香火神道，也恰好从来往商旅贩卖的那些残卷里找到了香火神道的修炼方法。第一次用，是在城外遇上一个强大的魔修时，我们力竭，最后的搏命工具，就是愿力。”

“魔修果然被我们打败了，商旅为了感谢我们，送了我们很多东西，我们说是神明保佑，他们就又去庙中供奉了一炷巨香，几乎有一丈高，格外雄伟。”

“神庙的香火越来越旺，往来的商旅也会为了出行安全，来这里供奉一炷巨香，渐渐成了习俗。”

“为了净化香火愿力中的怨煞之气，我们……养了些东西。”

林渡点头：“鬼面蝠和蚀骨虫。”

“一开始一切都在往好的方向发展，直到我们杀得邪魔不敢来了。”沉衍的声音突兀地停顿了一下，似乎接下来说的每一句都格外费力。

“然后……香火渐渐少了……城内的小孩，开始失踪了。

“我们没想到，香火愿力，养出来一个……吃人的精怪。

“城里的小孩越来越少，去庙里上香的人又重新多起来，不知道邪魔察觉到了什么，也开始在城外肆虐，我的妻子……我不知道她为什么会在城外出现，可那日她分明是来了神庙！

“我们是真的没有想到……我们都是为了斩杀邪魔。

“一个本该斩除邪魔的神明，怎么会成了邪魔呢？”沉衍的声音忍不住激动了起来。

林渡的脸色始终没有变过，连一丝意外和波动都没有，显然早就预料到了事情的走向。

“世事的确难料，但晚辈还有一个问题不解。蚀骨虫和鬼面蝠可不只是以怨气为食，还以尸体为食，敢问沉衍前辈，那些尸体……从哪儿来？只是邪修吗？

“还是……还有其他无辜枉死的路人的尸体呢？”

屋内骤然静得厉害。

良久，沉衍的声音方才响起：“虽然方才你问我问题的时候，我就知道你聪慧至极，非常人可比，可你这孩子，未免太过聪敏。”

“是，的确，邪魔的尸体不够，也有过路人的尸体。”

林渡轻轻啧了一声，那的确有点缺德。

人心总是这样，难以直面自己犯下的错误，更不敢去复盘那些细节，毕竟每次复盘细节，都无异于在反复拷问自己的良心。

或许比起丧妻丧子之痛，沉衍更难接受的是自己的一念之差酿成了大错，也间接导致了自己妻子的死亡，即便追悔莫及想要毁掉神像，一切也都已经归于尘土。

虽然四人早就知道林渡判断力极强，思维也极度敏捷，可依旧每一次都被震撼到无以复加。

或许中间曾经有过忽视和漏算，但她永远会在最后一刻，先他人一步摆出那枚至关重要的棋子。

很难想象，一个人能从那些微不足道的细枝末节里，准确无误地推断出一个和事实所差无几的答案。

同样震惊的还有在水镜前观看的人，在所有人的强烈要求下，他们单独打开了无上宗弟子所在秘境的声音，尽管声音不大，甚至有时候会被众人的议论淹没，但神识五感强大的高阶修士能听得很清楚。

从林渡一步步提问套话开始，一直扑朔迷离的局势方才露了一点微光。

她像是这世间最犀利的刀，带着冰冷理智的雪光，果决地破开了那笼罩在空城上挥之不去的阴霾。

“这小孩儿到底吃什么长大的，这么聪明？”

“你没听见吗？人家爱读书。”

“那也是。”

林渡格外冷静的声音继续传出来：“前辈要我们进入神庙，而绝口不提其中的隐秘，也不提精忠阵的存在，您妻儿的遗物在此，既然您心心念念要报仇，也引导我们来到了这里，那么……”

她揭开驱煞符，将那木剑和玉兰花簪子扔进桃木盒里：“晚辈们就不打扰了。”

林渡转身就走，身后四个人一愣，但下意识跟着走了，面上不敢露一点疑惑之色。

“小师叔，我们真的走啊？”倪瑾萱传音给林渡。

林渡步子迈得很大，甚至没有回头。

“这里的香火神至少被供奉了几百年，而外头这个精忠阵的魂魄能把一个晖阳境的修士弄死，我们留在这里干什么？找死？哪个是我们能惹得起的？让他们该报仇报仇，该抱怨抱怨。三十六计，走为上计。”

倪瑾萱觉得小师叔说得很有道理，几乎无法反驳，但她又觉得，小师叔好像心里不是这么想的，应该有后手。

这一变故让所有人都猝不及防。

刚刚还在夸林渡洞察敏锐的人齐齐收声，满脸都是疑惑之色。

“就这么走了？阵法不破了？邪神不灭了？”

“你们是无上宗啊！除魔卫道的正道弟子啊！你们这就走了？”

林渡抱着胳膊一条腿跨出了门槛，才听到身后的一声疑问：“你们真的走？”

青年鬼魂出现在神像之前："可神像已生邪灵，你们无上宗的弟子不用斩除妖邪吗？"

"前辈你刚才也说了，我是个孩子，我这几个师侄也都是孩子，您忍心看我们这帮孩子一个一个送死？"

林渡头都没有回，彻底走出了神殿，身后四个人有样学样，也跟着她走出了神殿。

沉衍看着几个孩子的背影，看了一会儿，终于无奈一笑，接着蹲下身，捡起了那柄木剑和那根簪子。

"也好，也好，原来在这里，我今日也算……有始有终。"

青年转身看向神像："不过邪灵而已，死前我没能拆了你，今日我定要将你砸碎！"

屋内阴风四起，阴气暴涨，青年的鬼魂越发凝实，指甲与长发疯狂生长，实体也化为了死前的模样。

他手中拿着那支小小的木剑，阴气涌动，疯狂涌入染血的小木剑之内，恍惚间，耳边竟然响起了孩子清脆的笑声。

那场面无疑是滑稽的，高大的青年握着一柄孩童用的小木剑，不像一把剑，甚至不如一把匕首趁手。

但没有人能笑出来，因为那鬼魂挥出来的剑气锐利无比，还带着除魔破祟的巍然剑意。就在他出手的那一刻，屋外的精忠阵感知到了那股杀气，迅速被激发，却因为屋内的并非活人，没有实体，没能第一时间限制住沉衍的动作。

剑气碰上神像，但听得咔嚓一声，神像上出现了一道自上而下的裂纹。

林渡带着四个师侄站在院子之中看着这一幕，掌心的罗盘正在疯狂转动，最终转向了殿内的一块地方。

苍袍青年忽然动了，她大步向殿门走去。

"小师叔！咱们不是打不过吗？你还进去？"

林渡停在了殿门前，感受了一下阵法，确定只在殿内，开口道："对啊，我不进去啊。"

"我只是，站在门口，加个油，助个威。"

众人听到这里无言以对，四个师侄深觉有理，跟在她身后走到了殿门前。

元烨掏出了奚琴："我也加油助威不过分吧？"

这叫听小师叔的话!

奚琴声响起的那一刻，气氛无端变得悲壮起来。

随着乐曲响起，殿内沉衍的鬼魂也变得凝实起来，他并不愿意和精忠阵的阵魂纠缠，紧接着第二剑就迅速挥出。

这一回不再是咔嚓一声，神像响起细密的碎裂声，像是初春冰面开裂，延伸出无数细密如蛛网的裂纹。

哗啦啦，泥塑的神像碎落了一地，露出内里的一具白骨和一块古怪的玄色金石，人骨之上，密密麻麻刻着咒印。

碎裂的神像当中团着一团灰色的雾，在人骨和金石掉落之后，雾团依旧盘桓于高台之上，终于慢慢扭曲、拉伸，变长变宽，最终依稀团成了一个人形。

邪灵露出了它的本源。

林渡眯起眼睛，泥胎之中，却是人骨。人骨之上的咒印，分明是……聚魂咒。那头骨之上最中心的符咒，写了名字：蒙安。

一段旁门史料中记载，黎阳镇供奉的凶神塑像，曾经是为守护镇子而死的一个修士。

林渡大概知道，那铁棺之中，关的是什么东西了。难怪当初开棺的时候，根本只有一只千年恶鬼，而无躯体。

她飞速转身："元烨，你先拉着，晏青、天无跟我来，瑾萱……保护元烨。"

元烨拉奚琴的手差点一抖："为什么我要人保护啊，看不起谁啊？"

倪瑾萱甩了甩鞭子，在空中发出响亮的破空声。

元烨迅速认命："有你保护，我很安心。谢谢小师叔，我拉琴都有劲儿了。"

三个腾云境都走了，目睹这一切的观众一时有些看不懂。

"又跑？"

"而且是三个腾云境，这是要干什么？"

第十七章 道心本善

林渡的速度很快，她甚至懒得走镇内铺好的道路，直接走直线，调用灵力，以最快的速度飞到了先前的院内。

三人齐齐落到了那放置着铁棺的屋子之前，林渡深吸了一口气，甩出一道驱煞符，贴至铁棺之上。

煞气极重，符刚刚扔上去，就因为效力用尽自动燃烧了。

“这么重的煞气？”晏青皱起眉头。

“这鬼脾气有点大。”林渡甩出七张驱煞符，全部贴在了铁棺上。

这回燃烧的速度慢多了。恶鬼的咆哮声越发凶厉，震得人耳膜生疼。

林渡敲了敲铁棺：“你冷静一点，都被镇压千年了，还这么暴躁。”

这回咆哮声中还混杂着抓挠铁棺的尖锐声响，恶鬼的指甲本就锋利，刮擦金属的声音不仅对耳朵是一种折磨，对人的精神也是一种折磨。

铁棺上的灵符再度燃烧起来，林渡皱着眉头，甩出一打驱煞符。

“我数到三，你再不安静下来听我讲话，你属下的魂可就要散了！你也要完！”

恶鬼先是一顿，接着咆哮声越发大了，近乎震耳欲聋。

林渡眯了眯眼睛，运起灵力：“一！”

尖锐的咆哮声混着恶鬼碰撞铁棺的巨大响动，让压着铁棺的晏青和林渡胳膊都有些发麻。

“二！”

砰！巨大的冲撞力使得铁棺直接被冲到了半空，林渡和晏青都被这股力量的余波撞得退出去几尺，法靴擦过地面，留下四道深深的痕迹。

林渡冷笑一声："天无，阳火！晏青，破煞！"

恶鬼诡异地安静了下来，接着咚的一声落到了地面上。

林渡走回到铁棺旁边："我知道你是谁，也知道你为什么会被困在这里，我可以放你出来，但我们要来讲讲道理——听懂了就叩一下棺盖。"

恶鬼依旧倔强地保持着静默。

林渡啪地往铁棺上一拍，整个铁棺都震动了一下。

"好了，我继续讲，你听着。"

晏青瞪大了眼睛，夏天无见怪不怪。

"你本名蒙安，几千年前为了保护镇子免受邪魔侵扰，在一场大战中丧生，后来镇上的民众自发为你塑像纪念。

"而你的挚友，或许是属下，或许是徒弟，为了守护你，为你塑像的时候捡拾了你的尸骨，刻下了聚魂咒，希望香火供奉凝聚的愿力能够将你被邪魔打碎的魂魄聚拢，他自己则化为精忠阵的阵魂，守护着你的塑像。

"只是没有想到，香火有毒，愿力不只聚集了你的魂魄，甚至还造就了一个邪灵，我不知道你是怎么被困到这里的，但我猜是为你塑像和刻咒的人的后人做的，外头石像胸口的镌刻咒印和你白骨上的咒印系出同源。"

林渡说累了："我说得对吗？不对的话叩一声，对的话叩两声，对了大部分叩三声。"

铁棺骤然咚咚咚响起来，持续被敲动。林渡这辈子头一回遇到比自己还叛逆的东西。她又重重拍了一下棺材，将一张誓言咒符贴在了棺上。

林渡清了清嗓子，循循善诱道："现在，我们来商量个事，我可以放你出来，那邪灵如今出世，守护你的阵魂只怕还当那个邪灵是你呢，你说这多侮辱鬼啊，你不想吞吃了那个邪灵？"

"不过放你出来后你不能伤我们，除掉了邪灵之后，我会送你下地府。你要是同意的话，那就叩一声；不叩或者多叩，那就当你愿意看自己的昔日友人认贼作父还为此献出性命和灵魂了。"

看台上的修士这辈子还没有看到过这么会骗鬼的人。

富泗坊给林渡的评价是不是该再添上"能言善辩、巧舌如簧"？

铁棺内传来重重的咚的一声，接着就不响了。

林渡满意了："忘了告诉你，刚刚我已经设置了誓言咒，你叩一声，誓言咒就已经成了。”

诛杀邪灵借力打力还在其次，主要是为了自保。

晏青开棺，林渡出门中止阵法。

遽魂大阵想要中止，需要这八个小八阳阵的阵眼同时停止运行，否则就会导致阵法能量不平衡，造成反噬。

林渡握着浮生扇，步履从容地游走在阵法之中，一下下拍打在石像之上，宛若灵蝶翩跹，在低阶修士眼里几乎像是一条苍青绸缎，绕过这六十四个石像，首尾相连，不过几息的工夫。

最后八下在一息内完成，石像倏然静止。

林渡收了灵力转身看向屋内，晏青刚好挪开了棺材盖。

她若有所思地用扇子抵着下巴：“咱们这一天，尽干掀人家棺材盖的事儿了。”

棺材被彻底打开，千年恶鬼重现人间。

阴气四溢，屋内的温度陡然下降了许多，惹得晏青打了个寒战，心想：和小师叔的灵力有得一拼了。

林渡看着那一团黑雾：“蒙前辈，我方才有哪里说错了吗？”

黑雾缓缓开口，像是久未开口的人，声音粗犷难听：“我不知道精忠阵的存在，也不知道阵魂是谁。”

林渡意外地抬了抬眉：“无妨，前辈随我一道前去，便可真相大白。”

那道粗哑的嗓音再度响起，宛若粗糙的砂纸擦过人的耳膜：“你这不过二十岁的小娃娃，竟也敢算计我？”

黑雾骤然动了，一只漆黑的手拢上林渡的脖颈。

林渡站在原地，一动不动，只觉得像是冰凉的蛇缠绕上她的脖颈，她面色如常：“我还是个孩子，不给自己留个保命符，难不成等死吗？您还要跟我一个小娃娃计较？”

有誓言咒在，恶鬼要伤她，自然也会被符咒反噬。

“更何况，耳听为虚，眼见为实，前辈随我去，自然能知道，我算计归算计，说的可都是真的。”

掌下的脖颈太过纤细，隔着皮肤都能感受到跳动的脉搏和流动的血液，只要稍加用力，就可以了结这个胆大包天的小娃娃。

恶鬼却没有更进一步。

符咒的反噬力量究竟会到哪一步它也不知道，但它已经感觉到了力量的阻碍。最重要的是，林渡太过镇定了，镇定到恶鬼看不出任何的破绽，尽管最后用了激将法，但或许她之前说的话，都是真的。

恶鬼松了手，林渡随即低头服下夏天无送过来的去除阴气的丹药。

“小师叔，你是怎么发现这个铁棺中的恶鬼就是蒙安的？”夏天无用神识传音问道。

林渡垂眸笑了笑：“这个啊，乱猜的。

“反正整个城池我扫了一眼也就这么几处不对劲了，遽魂大阵成功之后，聚魂咒会失效，这个千年恶鬼身上的煞气和沉衍身上的怨气不同，是从血海尸山里练出来的煞气。它性格如此暴躁，力气又这么大，一看就像是生前挥板斧的莽夫。

“反正现在看来，是猜对了。”

夏天无：“到底谁才是莽夫？”

如果这个恶鬼并不是蒙安，甚至是和邪灵同一方的势力，故意同意，出来就反悔了呢？哦，林渡用了誓言咒。难怪她敢冒险。

“那么，前辈，我们走吧，再不去……您的老朋友可能渣都不剩了。”

哦不对，林渡说完就后悔了，这人早就连渣都不剩了，只剩困在阵内的魂魄了。

这边林渡诱拐了千年恶鬼,那边元烨的奚琴已经拉到了紧张激昂的高潮处。

屋内三道灵体打得你来我往，沉衍已经渐渐被邪灵逼到处于劣势，连实体都慢慢变得虚了起来。元烨心中着急，却也不敢跨进屋内一步。

一个受了几百年鼎盛香火的邪灵，和一个死前修为绝对不低的阵魂，沉衍生前打不过他们，死后过了千年，阴气还被压制了一部分，就算精忠阵阵魂的能量会随时间流失，也还是打不过。

眼看沉衍越来越虚弱，元烨福至心灵，不再拉乐曲，而是转而试着拉起了小儿的声音。最初是笑声，接着想到了林渡在给他讲述鬼域中发生的事时说到的那一句话。

奚琴咿咿呀呀拉出了一句：“魔头！看剑！”

倪瑾萱看向元烨，神色有些诡异。音修原来是学的这些吗？

谁知就这么一句并不太像的话，像是小孩儿在作怪的话语，偏偏让沉衍的魂体凝实了起来。

就在这时，三人一鬼也终于回到了神庙。

元烨初时还欣喜地回头说：“小师叔你回来啦……”

等他看到那团黑雾之后声音就变了个调：“我就一会儿不在，棺材盖就压不住了？”

“没有，你没那么重。”林渡抱着胳膊。

“哦。”元烨乖乖把头转回去，意识到了什么又猛地转过去，“嗯？”

“我放出来的。”林渡拍了一下他的后脑勺，“你拉你的。”

元烨用神识传音道：“放出来干吗？”

“一打二多不讲武德，我让它加入来三打一。”林渡笑得肆意。

元烨心道：不是，这听起来更不讲武德，也更不利于形势啊。

但见那一团黑雾毫无障碍地进入那座神殿，殿内好不容易重整旗鼓的沉衍此刻拿着那早就被邪灵之气腐蚀得近乎腐朽的小木剑，剑气坚定锐利，带着同归于尽、孤注一掷之势。

面对夹击，他却不要命地攻击，不再防守。

强大的气息突兀地进入了屋内，让邪灵和阵魂有了那么一瞬间的停顿。

沉衍不管来的究竟是什么东西，是不是也是来彻底抹杀他的，一剑刺入邪灵体内。

那邪灵此刻已经化为了正常人形，浑身色彩斑斓，举着板斧，只不过面上和原先的神像一样，巨齿獠牙，双目圆瞪，满脸饰纹。

先前震慑恶鬼的威严尽数化为了凶残可怖的模样，再次被短木剑的剑气刺中，那邪灵中心一空，有薄薄的灰色雾霭泄漏出来，犹如香火燃烧之时的青烟。

“你是谁？”邪灵转头看向这个让它颇为忌惮的不速之客。

那团黑雾慢慢也化为了一个高大的人形，接着慢慢凝成了一个真正的人的模样。那人生得一张白皙的娃娃脸，也不过寻常男子的身高，不如那塑得高高的泥神像一般凶蛮粗壮，手无寸铁，看着毫无威慑力。

可只是那么一显形，阵魂攻击沉衍的动作就停了下来，满眼皆是难以置信。

“少主？”

“是我，熊哥，你给我塑的这泥像真丑啊，怎么着？故意报复我？按照你自个儿的模样塑的？”

那人的声音也不再像故意威胁试探林渡是否故意使诈时那么粗犷，而是清越甚至有些稚嫩的声音。

蒙安站在那里：“为什么？为什么要做这些？”

阵魂张了张嘴：“你……什么时候回来的？”

“很久了，”蒙安笑了笑，“我还以为小娃娃在骗我，没想到是真的，原来你真的这么憨。”

阵魂刚要说什么，却被蒙安打断了：“不过现在可不是叙旧的时候，斩除妖邪是我蒙家人的职责，还是先杀了这邪灵吧。”

蒙安眉眼弯弯，手上凝聚了大量煞气，变成了一把巨型战斧，与他俊秀的娃娃脸格外不匹配。

邪灵莫名有些慌了神，它转头看向阵魂：“你是守护我这个神像的精忠阵的阵魂，如今有人毁了这神像，还要杀我，你不该杀了他吗？”

阵魂只效忠于一人，可如今神像破碎，阵魂在最初设定的时候，究竟是效忠于神像……还是当时根本不存在的蒙安的鬼魂呢？

显然不可能是蒙安的鬼魂。

但阵魂岿然不动：“我死后守护的，是这个神像内尸骨上的聚魂咒；生前效忠的，是蒙家的少主蒙安。”

“区区愿力催生的邪灵，也配叫作神？”蒙安轻蔑一笑，举起战斧，“我的冒牌货而已。”

神庙之内，情势陡然发生了转变，还真从一打二变成了三打一。

元烨悟了，小师叔的“三打一”，绝对不是正常人理解的三打一。

多么武德充沛且合情合理的三打一啊！真正的高阶修士的打斗并没有那么多的花样和套路，蒙安的战斗力远非一个香火愿力催生的邪灵可比。更何况还是三打一。

蒙安的战斧劈过去，千年恶鬼的强大威压让邪灵头都无法抬起，煞气汹涌刚直，宛若海上变天之时的滔天巨浪。

而邪灵不过是巨浪之下一艘脆弱无比的小船。即便它身形化为了原本的神像模样，几乎是蒙安的两倍多高，却依旧感受到了自上而下的压迫力。

邪灵也举起了自己的战斧。

砰！两柄战斧对撞，对撞的威压将门口第一线看热闹的五个人逼退了近乎七尺之远。

“鞋底早晚要被磨破。”林渡看着自己面前留下的入地三寸的深刻黑印，面色沉重，“下次买厚底鞋，里面缝钢板那种。”

晏青深觉有理：“我觉得可行。”

“小师叔，还拉吗？”元烨有点顶不住威压。

林渡即答：“不拉了，是我们太‘拉’了。”

元烨：“啊？”

林渡回过神来：“意思是我们太弱了。怨鬼沉衍、煞鬼蒙安、神像邪灵、精忠阵魂，四个随便哪一个打我们一招，我们五个都会变成五张在地上铲都铲不起来的肉饼。”

尽人事，听天命。

她已经落下最后一子，只看棋局上摆对位置的棋子们自己厮杀了。

这个秘境之中所有的力量都远超他们现在的境界，要不是他们五个读的杂书多，学得广，丹药、灵符充足，只怕都撑不到查清真相的时候。

要不是元烨的那一个提醒，让林渡想到沉衍有事隐瞒，他们直接被引到神庙之中，在沉衍的诱导下直接攻击神像，那就完全是死路一条。

四人一阵后怕，但小师叔说的的确是事实。

林渡这句话清晰地传到了广场之中，无上宗的几个真人已经齐齐站了起来，看向了当中主席台上的几个大能。

众大能刚刚还在感叹林渡借力打力实在强大，下一瞬间心中升腾起一股危机感。

“怎么说？”苍离拢着手。

“去讲讲道理。”雎渊抱着胳膊。

“商谈商谈，不要动怒。”封仪开口提醒。

三人落到主席台前，封仪先行了个道礼，接着将手放下，猛然撑到了桌面上。砰的一声，长案一颤，半条桌腿陷进地里。

“还请诸位，给我们无上宗一个合理的解释。一个所有灵体的实力都远超腾云境的秘境，为什么可以算作青年组团体赛的项目？”

“故意的？还是故意不小心的？”封仪抬起薄薄的眼皮，眼神犀利似刀。

“我封仪今日，代表无上宗师门上下所有人，质疑这场大比蓄意谋害我们的弟子。如果连裁判和考官都不公正，那么这一场比赛，又凭什么代表中州？”

“今日是我无上宗，我无上宗倒了，以后就会是归元宗！归元宗之后，或许就是六派。”

封仪不过是晖阳境，还远远不到眼前这些大能的境界，但她说的话掷地有声，清晰地传入各宗座席上所有人的耳朵里，也将座中的大能压得喘不过气。

“小友少安毋躁，第三关的秘境是随机自动分配的，我们也不知道这座城池究竟为什么会分给贵宗参赛弟子，可能是因为贵宗的弟子太过出色？你看，他们这不是快要完成第三关了吗？其他宗门也不过刚刚开始第三关。”

“出色就将他们放入高危秘境？你敢说别的秘境危险程度也跟我们无上宗的一样？那我不得不怀疑你们考官就是在蓄意谋害所有宗门的弟子。”

济世宗的掌门开口说道：“封仪小友说得对，我们稍后查明，一定会给你们一个交代，现在，还是弟子要紧，弟子要紧，一切等之后再说，你看呢？”

封仪冷笑一声：“你也就是看跟我们几个晖阳境的修士还能好好商量。可林渡的师父是阎野仙尊，临湍仙尊在弟子出发之前还问过林渡的状况，若是出事，你猜这两位会如何？”

天下第一和天下第二，就是现场这几个大能加起来也挡不住两人的怒火。

这几人本就在修士们被投放至秘境时吓出来一身冷汗，这会儿更是急出一脑门的急汗。

临湍还讲理，可阎野……那能讲理吗？

睢渊和苍离原本还等着唱白脸，封仪唱红脸，这还没等他们当恶人，封仪就突然发难，霸气尽显，把几个大能逼得唯唯诺诺，只能说好话，便齐齐抱着胳膊装随从，不开口了。

看台上忽然一阵欢呼，几人这才看向了水镜。原来神庙之中的打斗已经到了白热化的阶段。

神庙的屋顶都被撞破了，那邪灵正在急速膨胀，直接顶破了房子，变成了巨人模样，不再用笨拙的战斧，改用双手双脚，应对着三个魂灵的围攻。

林渡搂着瑾萱，晏青拎着元烨，五人以最快的速度后撤，以免被膨胀的邪灵波及。

阵魂不能离开院子，只能对着邪灵强壮的身体继续近距离战斗，而蒙安和沉衍已经飞到了空中。

剑气汹涌，带着一个父亲和丈夫决绝的复仇之火，在空中以阴火凝成九星连珠，缠绕禁锢着这个巨大又凶蛮的邪灵。

带着强大血煞之气的战斧变得几乎有一人高，自上而下劈开了一时挣脱不了禁锢的邪灵。霎时之间，那巨大的“神像”化为两团被劈开的灰色烟雾，并且在不断地消散，如同烧到末尾的巨香，渐渐有些朦胧。

那两团烟雾又迅速地凝聚起来，把自己团成了一团凝实的灰色阴影，就要冲向那玄色金石内。

就在这时，沉衍眼疾手快，扔出去一件泛着玉质光泽的短小之物。

那东西破空发出尖锐的声音，精准无比地穿透了那团灰色阴影。

啪的一声，玉兰花簪子掉在地上，断成了两截，而那道灰色阴影也彻底消散在了空中。

沉衍的手再也握不住实物，小木剑穿过他已经渐渐变得透明的手，啪嗒一声，掉在了地上。因为阴火，木剑已经彻底腐朽。

邪灵已灭，怨气已散。

一直当着吃瓜群众的林渡忽然动了，她掏出九把无柄短刃，一把扔出，用神识控制着九把短刃结成通冥阵，接着高喊道：“沉衍前辈，请入阵！”

沉衍几乎是靠着最后的意识进入了阵中。

林渡的食指和中指之间又出现了一把泛着寒光的短刃，自己踏入阵中。

沉衍用最后的意识颤声问道：“为什么？知道我犯下如此大错，还利用你们，你们仍愿意送我入地府？”

林渡笑了笑：“一诺千金，更何况，我只是将你送入地府，你的因果过失，自有阎王审判。”

人这么复杂，哪里是善恶二字就可以评判的。

苍袍青年单膝跪地，接着用力将最后的一柄短刃深深扎入地下，九柄短刃之间形成泛着银光的阵纹。

人阵合一，送鬼入地。

不过须臾之间，慢慢透明的怨鬼已经彻底隐没，进了地下。

林渡直起身，看向眼前的两道灵体。

蒙安身上的煞气和最初的恶意冲撞不是假的，当中定然还有她不知道的事。

或许，和黎阳镇在一夜之间变为一座空城有关。

阵魂看着眼前的蒙安，千言万语到了嘴里，却说不出一句话来。

“少主……”

“如今我可不算什么少主，倒是你，究竟为什么？我死后，你就不是我的护卫了，为什么还要成为精忠阵的阵魂？为什么不好好去投胎？”

蒙安转头看向正在擦拭短刃顺带看热闹的林渡：“那个小孩儿！”

林渡拿着兽皮的动作一顿：“嗯？”

“精忠阵的阵魂，还能投胎吗？”

林渡轻轻啊了一声：“你要听真话还是假话？”

蒙安嘶了一声：“你这小孩儿，怎么那么欠揍呢？”

林渡咧嘴一笑：“您被镇压在铁棺中，一开始可没什么理智，万一我说了您生气了要伤害我和我的师侄呢？我这也是保命要紧。”

蒙安拧眉：“你那一打消煞符不要钱一样给我甩过来，消耗了那么多的煞气，我现在理智得很。”

林渡眼中明晃晃写着“不信”两个大字：“一般来说不能，地缚灵还能救，自愿的阵魂，无法超度。”

蒙安的眉头拧得更紧了，转头看向那个高大壮硕的阵魂：“熊铭，你听到了？为什么要这样？是蒙家逼你的？”

熊铭低着头，声气有些弱：“少主，我是自愿的。当年那场战斗，您的神魂破碎，想要凝聚魂魄需要很多力量，用愿力会更快一点，只是没想到，香火愿力居然会凝聚出一个邪灵来，连您什么时候回来的我都不知道。”

蒙安的娃娃脸上显出了一丝古怪：“你当然发现不了，阵不被激活，你就永远不会出来，又怎么会察觉变化？我出来的时候毫无意识，也没察觉到精忠阵。”

林渡闻言垂眸，凝聚出来的没有意识的鬼魂很有可能对整个镇子造成巨大的伤害。

蒙安叹了一口气：“喂，我说过的吧，你虽然是蒙家买来的，但你不需要把我当主人，你的修炼天赋比我好，好好活着，日后成为大能也不是不可能，为什么要这样？”

熊铭忍不住回道：“不是的，少主救了我，没有少主给我的修炼资源我永远都不可能变强，我生死都是少主的护卫。”

蒙安嗤笑了一声：“蒙家人说的话你还真信？你资质那么好，去别的地方别人也会给你修炼资源的。都说好了，下辈子做兄弟，现在好了，你没下辈子了。”

青年的娃娃脸凶巴巴的，骂得虎背熊腰的熊铭畏畏缩缩，不敢说话。

林渡忽然插嘴：“我刚刚说的是一般来说不能。”

蒙安猛然回过头看林渡，眯起眼睛：“你小子……真贼啊。”

这辈子没见过这么贼的小孩儿。

“说吧，条件是什么？”

“您告诉我您被封印和黎阳镇一夜之间成为无人的空城的真相，我们五个倒是可以试试破那精忠阵，只要你们两个都配合。”

林渡握着折扇，含笑和这个一只手就能掐死她的煞鬼对望。

蒙安定定看着她：“可以。

“城内的事，大约和我有关。”

已经准备掏出肉干看戏的晏青和元烨手一抖，难以置信地看向了蒙安。

“我刚刚被凝聚出来的时候，神志并不清醒，毫无理智，身上都是煞气。邪灵大约察觉到了我的存在，试图吞噬我，我出于本能逃走了——一个煞鬼的本能，只有……”

“维持生前的最后动作，杀人。”林渡接话。

蒙安点了点头：“是。”

“那所有人也不会在一夕之内都搬走。”林渡沉默了一会儿，一只手几欲发动。

想探魂，但不能，这是现场直播。

“也不是没有可能。”元烨捏着自己的小肉干，“如果有个恶鬼满城乱砍人，而且鬼不受宅院限制——”

“那个，熊前辈，冒昧一问，这个聚魂咒，是你自己设的吗？”晏青看向那个壮硕的阵魂。

熊铭摇了摇头："不是，是蒙家找来的聚魂咒。"

"去蒙家旧宅。"林渡若有所思，"蒙安前辈也是被蒙家的人封印的，真相或许在那里。"

蒙安没意见，带着他们去了蒙家的府邸。

那是一座规模庞大的府邸，几乎可以算作黎阳镇上最大的世家基地了。

大门一开，众人就看到了明显的战斗痕迹，入目便是断垣残壁，依稀还能辨认出哪一块是房顶哪一块是倒下的梁柱。

林渡嚯了一声："前辈你家房子塌了。"

蒙安很冷静："人都不在了，塌就塌了。"

林渡没说话，因为她手中的罗盘又开始转动了，这说明这个宅院之内有阵法的能量波动。

"你们家应该有防御阵法吧？"

她像个调皮捣蛋的孩子，四下乱窜了一圈儿，又猛然绕回到了蒙安的前面，把一只鬼都吓得够呛。

元烨和晏青两个人对视一眼，一个原地站着取出了琴，一个扔出了一把古怪的法器："诸位先别动用灵力，我们先探一探这里头究竟有多少人马，又是哪几种力量。"

已经过去了千年，虽然灵力痕迹以修士的神识探测不出什么，但只要现场不是虚无的，有物质存在，就还能从微末的能量磁场反馈中得知这里之前究竟发生过什么。

琴声本质上也是一种能量波动，音修的功法不只能针对人的神魂，也能一定程度上获得各种能量的反馈波动，而法器可以探测到这些反馈波动。

无上宗不养闲人。

水镜之前苍离看着自家两个弟子的动作，含笑拢手，没有说话。还好没给林渡拖后腿，不然回来就让他们加练。

约莫试过十几种不同的乐曲音调之后，晏青开口："行了，别拉了。"

"有煞鬼之力、邪灵愿力，但人修也分作了两拨，一拨混合着愿力，一拨没有愿力。"

很好，更复杂了。

林渡抱着胳膊，下巴搁在扇顶上，只觉得纷乱的线索如同这地面上纵横交错的刀痕和凹坑。

“其实，我倒是有个办法。”蒙安开口，“蒙家擅咒印和阵法，屋前设有明镜，那是个会记录镜前的一些大动静的法器，不过涉及阵法和炼器。我是个体修，不知道怎么看。”

他似笑非笑地看向林渡：“但，你是个阵法师，应该会吧，小娃娃？”

林渡笑了一下，很好，激人者人恒激之。

“我一小孩儿能知道什么？不过，为免丢了师门的面子，我还是，勉力一试吧。”

想要在一片废墟中找到镜子也的确是件难事。

蒙家家大业大，是镇上的第一大世家，尽管后来因为一场和邪魔的决战元气大伤，但府邸规模依旧在那里。

林渡一面扒拉废墟一面感慨：“不动产就是不动产啊，瘦死的骆驼比马大，那是因为硬邦邦的骨头大。”

五个人费了半天劲扒拉出几块镜子。

林渡和晏青一人抱着一块镜子研究，发现这镜子要用蒙家血脉开启。

好巧不巧，如今他们都是外人，唯一一个蒙家血脉，只剩下了白骨，还是被刻满了咒印的白骨，还不如坟头草有用。

林渡看了一眼蒙安，叹了一口气，活像看自己那一帮实心眼的师侄。

没用啊，没用。

晏青提醒：“不如我们拆了它吧。”

林渡问他：“拆了咱们能找到记忆核心吗？能确保先前记录的景象还在吗？”

晏青老实摇了摇头。

林渡又叹了一口气。没用啊，没用。

“但是，小师叔你读书多，这黎阳镇在西南边境，您一眼能看出来那石像和骨头上的咒印同源，那这个镜子……”

林渡懂了：“先去拆几个石像练练手。”

晏青心道：嗯？

林渡揣着镜子就往最初的院子里跑，晏青紧随其后，剩下三个犹豫了一下，也要跟着跑。

蒙安看傻了："她走你们跟她走干吗？你们不是要继续挖吗？"

夏天无镇定地拖住了小师妹瑾萱："给小师叔挖镜子吧。"

瑾萱甩出鞭子把元烨也扯了回来："你也回来吧。"

元烨跑到一半就被拽了回来，落到地上和倪瑾萱大眼瞪小眼："不是……"

他抬头，看着倪瑾萱抬起一根粗壮的房梁柱子，默默咽下了剩下的话。

那边晏青和林渡已经顺利拆了石像的核心。

"是火阳石。"

林渡和晏青对视一眼，都从对方眼中看出同一个意思——这东西值钱！

不过一会儿工夫，六十四个石雕的核心全部被拆下，一人拆了一半，火阳石全部进了自己的袋子。

林渡也没忘记最初的使命，想要模拟八阳阵，只有火阳石还不够，还需要人的精血。

石雕核心的三枚灵咒的其中一个，就是沾有人精血的替身符。

林渡将那些符收集好，又回了蒙家府邸，招呼夏天无："可以把上面的精血提出来吗？"

医修精通淬炼之道，夏天无看了一会儿："可以试试。"

蒙安原先只是百无聊赖地在院子之中闲逛，看到夏天无开始熔炼灵符提取精血，这才有了些精神。

原先以为这一行五个人只有那个嘴欠心黑的小娃娃有点本事，没想到有本事的人不少。

先是那两个男娃娃能想出出人意料的辨别千年前的能量残迹和人马的方法，再是那个女娃娃有非凡的力气，而这个总是不露声色的女修有一手好萃取之术。

想要从灵符中提取已经干掉的精血，而将其他残余笔墨符纸灵力都消除，可不是个简单的功夫。

五个人，竟没有一个是滥竽充数的闲人。

蒙安忽然就理解了，为什么那小娃娃说："我们五个倒是可以试试……"

或许他们真的可以。

"小师叔。"夏天无的掌心只剩下一点殷红。

林渡将几面明镜送到她面前，那点殷红触及镜面，自动没入其中。

很快，千年前的一幕浮现在了他们眼前。从镜中的几次对峙和摊牌中，他们还原出了千年前那一夜的真相。

沉衍发现了神像的不对劲之后，奋力一击，没有伤到神像，但到底动摇了阵法，让蒙安彻底苏醒。而沉衍因为攻击神像，被邪灵和精忠阵的阵魂联手击杀，死前依旧大喊：“我就算做鬼也会将吃人的神像毁去！”

和沉衍一道研习香火神道的修士们害怕沉衍真的死后作乱，在镇上的人的议论声中，将他的魂魄困在了封魂阵中。

邪灵发现了苏醒的蒙安，一山不容二虎，一像又如何容得下二灵，所以邪灵想要将蒙安吞噬。

蒙安力量强大，逃出了神像，但他此前的记忆尚未恢复，反倒被魂魄上的煞气逼得神志全无，被蒙家祠堂的招魂阵招回了蒙家。

邪灵和修习香火神道的修士有共同的力量来源，当即托梦告知那几个修士有千年恶鬼跑到了蒙家。

散修与蒙家两方人马对峙来对峙去，数次产生摩擦动手，后方邪灵和煞鬼打得也是有来有回。

蒙家聚魂，却并非因为父亲舍不得儿子、家族舍不得少主，而是想要用少主的魂魄修补那在先前一场正邪大战中被破坏的黎阳大阵。

有了黎阳大阵，邪魔不得靠近，这个镇子终究会恢复大战前的繁荣太平，这些年生出的那些驳杂的灵气也会被净化。

原本那些香火愿力凝聚出来的该是蒙安的魂魄，不该多出一个邪灵，更不该有那些修习香火道偷取愿力的修士。

黎阳大阵需要那些愿力和一个蒙家人的煞魂，可惜横生枝节，出了太多变故。

最终蒙家人合力结阵，将那些修士和邪灵、蒙安一同埋入阵中，却发现大阵启动的那一刻，花草树木的精气陆续被抽空。

邪灵到底是从无数人的欲望中生出的东西，再如何炼化，其中求生的欲望仍让黎阳大阵出现了反噬。

蒙家人知晓不对，让子弟们迅速转移民众，其余人破阵。

画面到最后，黎阳大阵被煞鬼、邪灵、修士彻底破坏，蒙府一片幢幢的混乱人影，人们受了阵法反噬，出逃的蒙安煞气不减，想要伤人。

自己犯下的错，自然由自己来终结。蒙家人动用遽魂大阵将蒙安封住，而修士们忍着反噬将邪灵重新赶回庙中。

这些留到最后的人，浑身生机近乎全无，满头白发，躯体都在迅速衰败，在漫长岁月里，化为了厚重的尘土。

他们此前进入小院时，踩到的或许不是灰尘，而是蒙家人被风化的骸骨。

民众们或许也不知道为什么一夜之间他们就被送出了城，更不知道城中发生了什么。

而真正知道实情的人们都已经化为了风中尘埃，不见朝阳。

良久，倪瑾萱出声问道："小师叔，为什么……我感觉他们好像，只是好心办了坏事呢？"

林渡笑了笑，轻轻收回支撑着明镜悬在空中的灵力："或许吧，小师叔不知道。"

她话音刚落，明镜却骤然在空中碎裂开来。

林渡嚯了一声："镜子都被我帅炸了。"

蒙安心道：那分明是你的冰灵力没收住好吗？我一个鬼都觉得好凉。

林渡拍了拍瑾萱的头："好心办坏事，是因为许多人的心里还留存着不好的欲望，那是很多坏事、悲剧的来源。

"你是好心，可你无法知道对方有没有其他心思。

"而当初始的好心经过无数人的手，那就像是咱们一人放一勺调料的菜一样，那一锅味道，肯定好不了。

"所以啊，崽，有些事情，不能因为好心就办，不是完全正道的东西，用了总会有后果的。宗规戒律，就是宗规戒律。"

林渡收了手，看向用力点头的瑾萱。

元烨看了一眼蒙安："前辈您生气了吗……其实家国天下，总要有人牺牲的。"

"我知道。"蒙安笑了笑，看了一眼明显是凡俗界的皇室子弟的元烨，"你觉得我会不甘吗？"

"不，我不会的。"

"人就活这一世，早在几千年前，蒙安那一世就已经死了，之后若是魂魄顺利造福一方，是我的功德，若是不能，那又如何？”

蒙安说完，抱着胳膊冲林渡抬了抬下巴：“快，送我和我兄弟上路吧。”

林渡应了一声：“来了，师侄们，随我破阵！”

水镜之前的看客还在回味刚才震撼他们的场景。

方才明镜里头，每个人都是斩除妖邪维系一方太平的正道修士，真正的邪灵只有一个，偏偏那邪灵，是由他们所守护的万民之愿力凝聚而成的。

无数道凌乱的灵光、硕大的阵纹和大阵开启之时如同黎明朝阳一样的光芒。

座中响起带着凉薄讥讽的声音：“都说诡计多端的是妖孽，依我看，诡计多端、面善心黑的都是人啊，这个林渡，要是不早死，只怕老天爷都要害怕。”

“这林渡生得这么好，焉知不是精怪呢？”一道女声嬉笑道。

“你在放什么屁，精怪都在钧定府的地牢里受难吧，还能成为无上宗的弟子？”另一道粗犷的声音响起，“你说对吧，尊者？”

“怎么，这是很值得你骄傲的事吗？你想去那地牢里受难？”

“他想不想去受难我不知道，但千屿，你明目张胆地对无上宗的弟子动手脚，是真想再被埋进土里然后像条钻地虫一样逃走？”

一道柔和至极的声音在几人身侧响起，让原本嘻嘻哈哈的一帮人寒毛倒竖。

天底下能突破他们尊者设的结界的人一只手都数得出来。

那道横插进来的声音带了点不耐烦：“那些不起眼的小动静也就算了，你竟敢把黎阳秘境放出来。”

“哎哟，这是谁啊，这不是我们慈悲为怀的佛子吗？”千屿笑了一声，“佛子果然好心，心怀天下啊。”

危止声音很平静：“不，我单纯想看你和无上宗打起来，可惜你好像很没种，只敢对一帮孩子动手脚。”

千屿默然了一瞬后道：“你有种？你有种只动动嘴皮子看戏？”

危止却依旧淡然：“我一个清心寡欲的佛修，能有什么种？”

千屿转头骂了一句，不说话了。

佛修佛修佛修，杀龙的时候怎么不说自己是佛修。

危止消失了，但千屿一低头，忽然发现自己身上多了个咒印。

这混账东西什么时候下的咒印？他的修为已经这么高了吗？

千屿吓出一身冷汗，仔细探了探，想要强行解开，发现那咒印好像只不过是一个禁制，且并不妨碍他行动，可偏偏他怎么都无法冲破，也就先撂到了一边。

这危止……一天到晚净干些不知所谓的事情。

这精忠阵在三十六山术阵法之中，是偏门的险路子。

林渡正在破阵，手上拎着一根刻满咒印的白骨："你要控制你自己，懂吗？"

熊铭人高马大地站在那里，小声道："我尽量。"

"这不是尽量的问题，是必须！"林渡手上捏着符笔，眼中满是绝望，"你以为我是在跟你商量吗？你一巴掌下去我就没了，那咱们都没得玩了。"

她这也是兵行险着，正常情况下精忠阵是无解的，但若是阵魂守护的东西没了，那兴许还能解开。方才熊铭说自己死后守护的，是蒙安尸骨上的聚魂咒。

林渡就把这刻在白骨上的咒破了就完了。

在精忠阵消失的前一瞬间，直接送鬼入地，让阎王跟人家阵的力量干去吧。

林渡这个想法很好，就是有点费阎王。

蒙安觉得林渡不太靠谱："万一精忠阵消失我兄弟就散了呢？"

林渡指了指自己："虽然您老人家死了多年不太了解，但还是容我自我介绍一下。

"在下林渡，师承阵道魁首阎野仙尊，这城里这么多阵都是我破的，侮辱我师父可以，不要侮辱我。"

蒙安听了前半段虽然不知道阎野是什么时候冒出来的，但好歹有个阵道魁首的名儿，怎么也不会差到哪里去。

"不是……等一下，你最后一句说什么？"

林渡无辜地看向他："您没听清？"

没听说过年纪大的鬼还会耳背啊。

蒙安忽然觉得确实得怪她师父，到底怎么养出来这么一个祸害的。

林渡已经开始布阵了，她在拔阴斗。

用阵将底下蕴藏的全部阴气凝聚起来，源源不断，模拟出一个和熊铭同等强度的"阴魂"。

蒙安看了一会儿，察觉到林渡分明是两手准备，一手破聚魂咒，一手瞒天过海。

这的确冒险，但根本不是莽撞赌命，或许已经是最周全的法子了。

嘴上欠归嘴上欠，她分明就是把一切都算到了。

蒙安沉默地走到了熊铭面前，心想：算了，帮她按住熊铭就是帮自己。

林渡拎着符笔，在四个师侄身上扫了一圈："要血画咒。"

晏青犹豫了一下，拽过元烨的手腕就要下刀："童子血？"

"也不一定。"林渡的目光落在夏天无身上，"还是用二师侄的吧。"

她的血带着异火，能更好地吞噬骨头上的咒印。

林渡用血用得理直气壮，夏天无取血也取得格外有效率。

"你们几个也别闲着，赶紧多画几个消煞符，要不送不走蒙前辈。"

这鬼身上的煞气太重了，需要消磨掉煞气才能送鬼入地，不然施术者抵挡不住煞气反倒会被反噬。

四个人也就取出了符笔，消煞符他们都会画，画几个也不费事。

水镜中别的宗门的人还在各种阵法里抓耳挠腮，这边的无上宗堪称岁月静好。

五个人齐齐盘腿坐着，手拿符笔，当中坐着林渡。她徒手捏碎了一些赤硝石和白玉精，混入血中，用符笔蘸了，在白骨上笔走龙蛇。

另外四个认真画符，画好了就用灵力激活往蒙安身上一甩，流水线作业，一气呵成。

蒙安按着熊铭，防止它控制不住暴起伤了林渡，丝毫没注意自己的后背像是公告板一样横七竖八层层叠叠贴了许多灵符。

那些灵符很快就因为消耗完毕自燃了。

如果忽略蒙安背上乱七八糟的消煞符和在他手底下挣扎的壮汉，还有林渡手上的白骨的话，一切都显得非常岁月静好。

只是这一幕落在众人眼里，还是有些许瘆人。

林渡认真的时候脸上没有过多的表情，再加上面前一具白骨和荒废的破庙背景，唯一的艳色是笔落下的赤红，怎么看都带着一股说不清道不明的邪气。

终于最后一笔写完，林渡催动灵力，白骨上顺着赤色的阵纹燃起火焰，下一瞬间，蒙安被自家兄弟生生掀飞，重重甩到了墙上，啪的一下，成了一片灰色的人形阴影。

而完全不受控制的熊铭气势汹汹地冲向试图破坏聚魂咒的人。

原本还围绕在林渡身边的四人齐齐收笔出手，金色刀气一往无前，软剑带着燎原之势发出刺啦一声，云魄鞭带着打散神魂的爆裂之气甩向了那道壮硕的身影。

元烨顺手改了符咒内容，将定鬼符甩到了熊铭身上。这定鬼符只能定住修为比他高出许多的鬼魂三息，但对林渡来说足够了。

林渡依旧在源源不断地灌入灵力，心里却在感慨。

这下叫什么，叫给法师创造良好的输出环境，四保一战术。

三息过后，白骨上的咒文迅速消失，就在此刻，林渡倏然起身，九把短刃再度被扔出，这一回直接钉在了熊铭周围。

“闪开！”

挡在林渡身前的四人迅速作鸟兽散，林渡飞身一刃，贯穿熊铭的魂体，深深扎入地下。阵纹连接成形，不过眨眼之间，熊铭的魂体就没入了地下。

而那被林渡凝聚出来作为替死鬼的一团阴气已经被精忠阵搅碎消散了。

林渡长长呼出一口气，拔起那把没入地下的短刃，转头看向蒙安。

蒙安刚把自己从墙上拔出来，不自然地摸了摸鼻子，解释道：“是你们一直在给我扔消煞符，我煞气没了，自然挡不住他。”

“不用解释，我们都懂。”元烨看着蒙安，“前辈，请上路。要我给你拉一曲吗？”

“不必。”蒙安眉心一跳，它忽然就想到，自己还被煞气控制的时候，好像一直有人在拉什么曲子，难听得要命！

林渡忍笑行了个道礼：“前辈，请吧。”

短刃再度没入地面，在阵纹浮现之前，林渡耳边轻轻响起一声：“多谢。”

魂体彻底没入地下，阵纹再度消失。

林渡收了短刃站起身，感受到传送的结界被打开了。

“恭喜顺利完成第三关全部任务，积分：五千。截至目前，全部宗门第二关都已试炼结束，无上宗第二关通关所用时间最短，加一百。总积分：六千二百一十二分，目前排名第一。”

主席台前，封仪抱着胳膊，横眉冷笑：“我可告诉你，我们宗门的弟子能出来是他们聪明，别跟我说什么反正人没事的鬼话，这事儿你还是要给我一个交代。”

水镜中无上宗的声音还没来得及关掉，里头传来了一声惊呼：“小师叔！”

封仪猛然转头看去，心头一凉。

倪瑾萱一直看着林渡，等她起身之际才发现地上零零碎碎的血点子，像是浮在黄土上颤巍巍的花。

林渡懒洋洋摆手，示意她没事。就是今天破了太多的阵，得个脑溢血也很正常。她格外习惯和着自己的血吞下丹药的过程，自己把那填补神识亏虚的丹药咽了下去：“没事，走了。”

他们在这一关耗费的时间可真不少。看台上响起一阵叹息，这林渡……虽然天资非凡，可照这个活法，感觉能多活一天都算无上宗家底厚。

第四关通常都是问心。在第五关的团队大战之前，问心很有必要。

或许在旁人眼里这一关并没有什么特别的，但封仪知道，或许这第四关才是林渡的死关。

林渡是个聪明的学生，但绝对不算一个好学生。

她自主意识太强，太有主见，老师灌输的知识她分毫不落，观点却近乎“丝毫不取”，想要动摇她的观念，除非让她亲身经历，才会自我反思有所改变。

用阎野的话说，一个犟种，后山兽园里的八百头牛都拉不回来。

五个人刚刚进入第四关，就已经进入幻境之中，就那么直直站在那里，闭着眼睛，像是五座精美无比的雕塑，只是那么站着都让人心情愉悦。

如果忽略刚刚叼在嘴里的肉干和拿在手上的糖糕的话。

五个人的脚下陆续浮现出阵印，一旦阵中有什么情况，都能透过阵印反映出来些许。

比如倪瑾萱那孩子脚下的阵印五光十色，十分绚丽美妙，可以看出来，幻境很美好，运行很顺畅。

果然，不过一会儿工夫，倪瑾萱就睁开眼睛，茫然地将手中的糖糕举起来咬了一口，发现周围的四人还僵直着没有睁开眼。

她只好自己找个地方坐好了，仓鼠一般抱着糖糕小口小口地啃，一双大眼睛盯着面前的四人。

夏天无脚下的阵纹赤红无比，像是下一瞬间就要燃烧起烈火。

她是第二个醒的，醒来之后深吸了一口气，脸上难得有了些表情。

虽然她醉心医道，但自从因为机缘得到天地之间至纯的本源异火后，修炼上要克服的问题就很多，想要和异火彻底融合并不是一件容易的事。

一个总是炼出坏丹还炸丹炉的医修不算一个好的炼丹师。

幻境在进行到她炼化异火之后就是一次次失败的爆炸声。

直到出现了林渡的身影。

第一次，是她笑嘻嘻地说："那不就是传说的孕子丹吗？"

第二次，是她说："什么废丹？那是我们无上宗的特产，超级无敌霹雳炫酷还附加生化威慑的天雷子。"

第三次，是她练完功懒懒散散地跟着姜良到炼丹房，因为下午夏天无才炸了一个丹炉，而这会儿墨麟正在修房顶。林渡因为那一声爆炸被师兄劈头盖脸打得嗷嗷直叫。

她灰头土脸地找借口去帮姜良修房顶，到了也只和抱着丹炉残骸的二师侄排排坐，一个沉默地自责反省，一个神游太空。

林渡随口指点了一句："你的本源异火太过炽烈，炼丹时又要确保药物炼制够时辰，所以你一直在练对异火的控制，方才我看你能把异火控制成这么稳定又小的一团，控制力应该已经可以了。

"之所以还会炸炉，有没有可能，不是你不行，是炉子不行？异火炽烈，炼丹炉受热不均匀，内外也有温度差，所以才炸了，要不你让我给你这个炉子再加一个阵法？"

林渡从凤凰城回来之后就热衷于给厨房里的锅碗瓢盆刻阵，定时煮饭的锅也顺利研发成功，省了很多时间。

因为太常炸炉子了，夏天无用的炉子不是什么太珍贵的丹炉，但主打的都是耐高温和耐用，理论上是没有问题的。

但为了不伤害林渡刻阵的热情，夏天无还是交给林渡试了试。

林渡和晏青、元烨加上苍离四个人捣鼓了足足几个月才勉强造出来更能承受那异火的丹炉。那炉子虽然有些奇怪丑陋，但从没炸过，炼制丹药的成功率也高了两成。

幻境走到这儿，夏天无才走完问心的关。

她生性冷清内敛惯了，师父也是个闷葫芦，并不太说话，所以直到林渡过来，她才知道或许有的事情可以很多人一起做，哪怕只是和人说说，给人看一看，参考参考，都会好很多。

一味从自己身上找原因，否定自己的价值并没有用，人总是要走出来的。

林渡说出的话很多时候不着边际，但用在无上宗这帮人身上总有奇效。

比如:“不要责怪自己，遇到什么事，咱们先从别人身上找原因，没有别人，就从环境上找原因。”

“毕竟你也是个炼丹鬼才，知道什么叫鬼才吗？就是另辟蹊径，让环境适应人才，不要让人才适应环境。”夏天无走出来了。

之后是晏青，他嘴里含混念着什么东西，最后大喝一声，终于出来了，嘴里的肉干应声而落，被他眼疾手快手忙脚乱地接住了。

“好险好险，真恐怖，我梦见小师叔从书楼里走出来说‘你居然没看过这本书’，吓得我偷偷看了三宿书。”

瑾萱沉思了一会儿：“但是晏青，你读的书还不够多吗？小师叔从没说过你吧。”

晏青心有余悸地嚼着肉干，费力咽了下去：“所以这都是过去的事情了，一切都过去了，现在的我，涉猎很广！无敌！”

他又看了一眼还在阵中的林渡，心虚地补充了一句：“仅次于小师叔。”

这回是三个人排排坐，一起啃起脆甜的灵果。

元烨是倒数第二个醒的，一睁眼就听到了咔嚓咔嚓的咬果子声，长舒了一口气：“真难熬啊，还是修真界好。”

宫里那就不是人过的日子。

林渡向来都是最不用担心的一个，可如今只剩下她一个人还在幻境之中。

今年的问心幻境，用的是轮回术。

进入秘境之后，就会回溯你此前的人生，从出生之日起，磨炼心境。只有你记忆深刻，心底最为在意的关键点才会停留很久，别的没有芥蒂的时光会如落英一般缤纷而去，极为迅速。

但林渡的上辈子无疑有许许多多的坎儿。林渡很不好受。

出生时，奶奶说她是个赔钱货；长大后，父母说她是个拖油瓶。

父母离婚后，养育她的外婆在她十周岁生日前因为心梗离世，从此她彻底成了孤身一人。

为了上学，林渡只能放下自尊，窘迫地一次次做好心理建设，向早就各自组建家庭的父母“讨要”生活费。每一次打电话，都是一次凌迟。

那感觉林渡以为自己已经淡忘，但如今看来，回忆的巨浪依旧浇得人满身狼狈，浑身肌肤都被拍得疼痛，最终麻木。

拼命地读书，考上了好的大学，找了很好的工作，成了所有人眼中的精英，如同一块被人抛弃的石头，拼了命地打磨自己，磨掉原生的灰扑扑的外皮，成了润泽的美玉，却也换不来亲人的愧疚和认可。

拼命想要证明自己的能力，证明自己一个人活得很好，其实毫无意义。

因为她不过是被父母抛弃在失败的过去的、一块不起眼的小石头而已。

他们不会在乎那块石头是不是块璞玉，之后会被雕琢成什么样子，在哪一个展览柜发光。

身边的人来了又往，人潮汹涌，唯有她一人恒定地留在原地，如同一块顽石。最后她被巨浪吞噬，卷入无尽的深海。

直到林渡再睁开眼睛，一只手坚定地拉住了她。

“你没事吧？”是杜芎。

接着是阎野：“现在，有我罩着你了。”

她不服气，给自己定了一个目标，总有一天要赢过阎野，让他感受感受被碾压的滋味。至少……她应该会看得到，被自己徒弟超过之后，阎野的反应。

上辈子林渡看不到父母得知自己考上名校的反应，修真界的林渡可以看到自己师父气急败坏的样子。

“小师叔，你没事吧？”

那道声音混合着担心，像是瑾萱，细听下来又是天无。

“小师叔，我没事。”是墨麟。

“还得是你啊，小师叔。”是元烨，还是晏青？

“想做就去做吧，小师妹。”

“林渡，我们这么多人拉着你，不是叫你去死的。”

“没事，我教你。”

世界上有关系是恒久的吗？不是连维持数十年不变都很艰难吗？

好像……已经过去九年多了。

活着的意义是什么呢？林渡听到了呼唤。

是什么呢？大概，是明知世情冷暖，沧海桑田，却还是会割舍不下人间灯火、日出月落，还是会被每一份温暖触动。从头开始的，坚强而无畏的人生。

林渡睫毛微颤，睁开了眼睛。

入耳是重叠在一起混乱的“小师叔！”的喊声，嘈嘈杂杂地吵得林渡有点想重新闭上眼睛。但她很快意识到了不对。

林渡沉吟地看着自己腕上的手，是瑾萱，瑾萱之后是天无，旁边手搭着瑾萱肩膀的是元烨，元烨身后是晏青。但他们都还没动，因为身上覆着一层薄薄的冰霜。被冻住了。

林渡：“我干的？”

四双眼睛无辜地看着她，同时眨了眨。

回溯自己之前的人生，对有些人来说不过是重温旧时甜梦，对有些人来说却是一场从头开始的酷刑。

元烨以为自己困在里面够久了，却不想他们啃了三个果子、一只兔腿后，小师叔还没有醒过来。

不光没有醒过来，她身上的气息还幽深得像是下一瞬间就要入魔了。

“十三岁那年我去死牢里看我四叔，那个牢里冷得瘆人，感觉从地下源源不断冒着冷气儿，走一圈血都冻成了冰碴子，小师叔现在就像是那地牢的地那么冷。”

元烨一面拿着水囊准备喝水，一面评价道。

下一瞬间，他水囊里头的水就被冻住了。

这水囊难得地保温又保质，炼制所用的材料也格外珍贵，按理来说再冷的天只要不打开就永远不会冻上。

元烨将水囊口朝下，用力晃了晃，一点都没有水流出来的迹象，他绝望地转过头看向了晏青。

“你看我干什么？谁让你非要掀开盖子再说话的，小师叔的灵力有多恐怖你没数吗？”

林渡的灵力就像是冬日的深海，平日里不显山不露水，一旦倾泻而出就跟冬天的海浪一样，劈头盖脸地打在人身上，让人冷得直哆嗦。

瑾萱哪里看得了这个，可人一旦进入问心阵中，就很难被外界影响，她就想要过去陪一下小师叔，从精神上给予鼓励。

毕竟小师叔说了，她气运冲天，自带好运，说不定有用呢。

谁知道瑾萱刚刚握住小师叔的手腕，就感觉到了一股至寒的灵力。

林渡在封冻自己，这本来对旁边几个弟子没什么影响，顶多是他们刚刚拿出来的梨变成了冻梨。但瑾萱被冻住了，夏天无和元烨去查看状况，谁料那冰霜蔓延太快，手刚搭上去他们也被冻住了。

林渡在幻境中，没有办法自保，他们要是想要挣脱开就要用灵力震开这些冰霜，那林渡就惨了。于是林渡一醒来就看到了这帮被冰封的师侄。

“你们这葫芦娃救爷爷一个一个的，是想要跟我一起参加定九城的冰雕大赛？我都想好了，冰雕名字就叫‘无上宗五壮士’。”

林渡抬手弹出四道灵力，四人身上的冰壳应声碎裂。

四个人这才像是活了，搓着胳膊打着寒战。

元烨捂着心口：“我可算知道我母妃为什么总是说寒心了。

“寒心，真正的寒心，不是大吵大闹……”

“差不多得了。”林渡看了一眼他手上的水囊，“你不知道你那个水囊有加热阵法吗？按那个红宝石就可以了。”

元烨眼睛瞪圆了：“是吗？这不是晏青自己做的吗？能有这么高级？欸，红宝石在哪儿？”

林渡沉默了片刻：“哦，忘了，他给你的是他炼的第一个，没有那个功能，那是我后来刻的，现在市场上卖得很好。”

元烨扒拉水囊的动作一顿，转头看向晏青：“寒心……真正的寒心，不是大吵大闹……”

晏青岿然不动，早就习惯了他的唱念：“我看你一点不渴，还能唱戏，应该不太需要水。”

“恭喜五位成功通过第四关，根据心境突破时间，分别积分：一百、九十、八十、六十、五十，累计积分三百八十。截至目前，全部宗门第三关都已试炼结束，第三关无上宗通关所用时间排名第三，加十分。总积分：六千六百零二分，目前排名第一。”

林渡沉默地看着那个评分，觉得自己受到了侮辱。她这辈子第一次得这么低的分数。

“小师叔……其实……”夏天无知道林渡要强，想安慰她。

“不用说，我懂。”林渡摩挲着中指的薄茧，面带笑意，“反正木已成舟，就这样吧，我没事的。”

晏青和元烨瑟瑟发抖，缩在旁边，晏青掏出水囊：“兄弟，喝点热水，喝点热水。”

太瘆人了，像是地牢的地一样瘆人，元烨这辈子没这么害怕过。

第四关一过，他们就进入了新的秘境。

林渡这会儿心情不好，懒得装了，站起身四下看了一眼，五个人站在一面旗帜周围。

那旗帜是玄金二色的，上头绣的分明是无上宗的宗徽。旗杆之下还有几十面旗帜，上头绣的同样是无上宗的宗徽。

放眼看去，他们正在一处丘陵地带，怪石嶙峋，格外贫瘠，一眼就可以看见人，很难隐藏什么。这就是他们无上宗的初始领地了。

第五关，是每年团队赛最引人关注的一关，每个宗门的人要在确保自己的领地不被偷袭的同时，以在领地中心固定旗帜点插上旗帜为标志，尽可能多地占领别的宗门的领地。

时限七日，最后以立起来的宗门旗帜的数量积分排名，因为同时考验人的战斗力、符术、布阵，还有医术和应变能力等等，一面旗帜积分一千，是排名最容易变动的环节。

这是一片极广的区域，林渡扫了一眼，虽然只有些贫瘠的山土，但有石头也够了。

此时天空中已经显现了进入第五关的宗门排名榜，目前只有三个宗门。

第一名：无上宗，六千六百零二分；第二名：归元宗，二千九百五十九分；第三名：连衡派，一千七百九十三分。

林渡抱着胳膊：“差距不大啊。”

倪瑾萱看着天上的数字，仔细算了三遍，怎么也没想明白小师叔说的差距不大，是怎么个不大法。

往年除了无上宗，没有第二个宗门能够在第五关团战中夺得三千分以上，今年来参加的小宗门似乎多了点，大宗门会更好得分，但总积分大约也追不上他们。

基本上第一天大家都在摸索自家的地盘，给自家的地盘布阵，光布阵就要布上两三天，之后开始行动，破阵，打斗，还要守家。

林渡嘴里含了一颗薄荷糖，保持头脑清醒。到底是谁设计的团队赛是五个人？她现在总觉得自己要玩修真版推塔游戏。

林渡看了一会儿，确定了无上宗地盘的地形，招呼几人摆桌子，磨墨，铺纸。她以最快的速度画好自家的地形图——一座什么都没有的山，后面是乱草丛生的山谷，另外三面都是黄土地，没有任何的遮蔽和掩体，想要借势布阵，很难。很适合从任意一个方向偷袭，他们像是活靶子。

虽然知道地点是随机传送的，但林渡忍不住看了一眼倪瑾萱。

这个“小锦鲤”怎么不灵了？还是说她本人的运气差到连“锦鲤”都不管用了？

林渡左右开弓，右手画阵图，左手计算，元烨、晏青两个人被迫下山丈量、报数，瑾萱磨墨，夏天无给林渡熬药。

天上的排名榜上陆续又多了几个宗门，前三却依旧巍然不变。

林渡只是抬头看了一眼，就收回了视线。

“晏青，放鸽子出去探探。”

山下正在丈量土地的晏青从自己的储物袋里掏出五只刷了变色漆的鸟形法器，往里头各塞了一颗上品灵石。

那几只鸟形法器漆黑的眼珠子闪过灵光，接着迅速飞入天上，渐渐竟就和天色融为一体，看不见了。

从林渡画阵那一刻开始，连衡派的长老就坐正了，不错眼地盯着看，但看着看着面色就变得凝重起来。

这林渡的这一手字，好是好，就是有点看不懂。

尤其左手写的字符，线条圆润，不像是中州文字，倒像是云摩罗那边的文字。而且这孩子算阵法，怎么不用算筹呢？就用笔算能行吗？

晏青和元烨已经将无上宗的地盘彻底测量了一遍，林渡那边已经画完了阵图。

“在下面带着家伙等我。”

林渡话还没说完，面前多了一碗味道复杂的汤药，尽得麻婆婆的真传。

她皱着眉头：“这怎么比平日里的味道还要……”

夏天无把碗往前又送了送，一双眼睛定定地看着她：“你又不爱甘草的味道，加别的甜的破坏药性。”

林渡无言，捏着鼻子仰头灌了下去，接着拎起图纸就下山了。

她算个阵法的工夫，宗门已经陆续来齐了。

虽说大部分都按照规矩先布阵防御，但万一有那不讲武德的人呢？

林渡喝了比自己命还要苦的药，这会儿浑身上下都带着“别惹我”的冷肃气场，埋头就开始布阵，只觉得呼吸的空气都是甜的。

夏天无和倪瑾萱都下来帮忙，五个人布阵远比一个人布阵要快得多，也更让屏幕前的人眼花缭乱。

最初时看着像是迷踪阵，半截之后又像是四门斗底，再走过半面又像是八荒阵。就连座席上的长老等人都越看越迷糊，转而问起了专业人士，连衡派的掌门。

掌门答曰：“都有。”

众人：这个都有是怎么个都有法？

“那依您看，这个复合阵法，大约是什么水平？”

掌门答曰：“是你们洛书门护山大阵的水平。”

洛书门门主默然片刻：“嗯？您莫要玩笑。”

“我没开玩笑。”连衡派掌门玉衡摺开手中的算筹，“你们宗门不擅长阵法，所以请的是阵法师盟会的人筹算布阵的，之后你们自己又不相信我们阵法师联盟的阵法师，非要添改，把好好一个完整的大阵削弱了至少三成防御力，现在林渡布的大概就那个水平。”

她淡淡看了一眼洛书门门主：“就凭她在第三关破的阵和方才布的阵，至少能当上我们盟会的玄品七阶阵法师，甚至地品也不是没有可能。”

雎渊和苍离已经回到座席看热闹了，两个人整整齐齐地揣着手，只恨自己没带瓜子。

“他们俩什么情况，玉衡那性子的人怎么会对洛书门的门主这么不客气？”

“还能因为什么，因为洛书门他们家喜欢纸上谈兵，拿着书比画，把天品阵法师的阵法图改了之后说阵法师联盟不行，把玉衡这个主事元老惹急了。”

两个人齐齐转头，发现自己旁边多了一个封仪。

她说完情况，面无表情地扔给两个人一个传音符：“掌门在来的路上了。”

睢渊这才想起封仪和连衡派的掌门似乎关系极好，难怪玉衡这么维护林渡。林渡那小孩儿东一榔头西一棒槌的布阵法，他都没看懂。

睢渊都不用说出来，封仪一眼就知道他脑子里在想什么：“玉衡从不夸大。”

她教导林渡符术，初时就觉得林渡学得很快，《一百零八种阵法大全》她居然一个时辰能算两三个，可之后才发现，阎野给林渡的开蒙阵法居然是上古残阵。

就跟直接上来盖了个空中楼阁没什么两样，这辈子没见过这么会教孩子的人。现在那些阵法对林渡来说，不过都是小孩子过家家，权当饭后消遣。

水镜之中，二十五个宗门陆续都到齐了，无上宗的五个人也快布完阵了。

夏天无看着林渡埋下一串的废丹，还是有些犹豫：“这杀伤力是不是太大了？”

林渡直起腰，一脸无辜：“大吗？问就是你的废丹随手埋了，不知道还有这么恐怖的效果。”

夏天无想了想，那也是。用的时候是霹雳无敌生化武器天雷子，出事的时候那就是自己炼废的丹，没毛病。

林渡放下最后一样材料，神识扩散至整个地盘，接着灵力涌动，灌入阵眼之中。大阵彻底启动，不过须臾之间，繁复交叠的阵纹次第亮起，又迅速隐没于山体乱石和荒草之中，没有丝毫阵法痕迹。

林渡这才又到山下四面敷衍地布了几个基础迷踪阵，让乱石里多出来了些花草树木、迷雾以及荆棘，这才满意地离开。

“晏青，元烨，刚才让你们放在阵法里的法器和傀儡放了吗？”

“放了放了。”元烨嘿嘿一笑，“就放的平常和我们练对打的那些快被打烂的傀儡。”

林渡点点头：“走，上山做饭，进来好些天了，也没好好吃一顿热乎的。”

于是水镜之中，就在其他宗门都在紧张地布阵和侦察的时候，无上宗在枯山之上，支起了大锅。

“这合理吗？”

“不知道为什么，让我想起传说中无上宗之前参加比赛的时候，带了一桶饭。”

“无上宗不辟谷？他们是第一宗，做的辟谷丹用的应该都是好材料吧，不应该啊。”

“可能这就是人家是中州第一宗的原因吧，寻常食物的杂质难以去除，有碍修行，纯粹的灵食咱们吃不起罢了。”

“有理，但为什么无上宗的修士都跟土匪一样在外乱窜抢资源啊？”

“好问题，每年都有人说无上宗穷疯了，但……鬼知道呢！”

“等一下……煮饭就算了，他们甚至炒了个糖色！”

但见那山头上，两口锅都热气腾腾，形成了两道不断升腾的白色烟雾，煞是显眼。

一口锅盖着锅盖似乎在蒸米饭，另一口锅前苍袍青年撸着袖子，面色如常地挥舞着锅铲，那大锅之中，冰糖渐渐熬煮成了金赤色，接着已经炸过的五花肉就下了锅。

“今天凑合吃一锅吧，五花肉、虎皮鸡蛋和青椒大乱炖算了，没别的菜了，我储物戒里就带了这些。”

林渡加水加香料盖上锅盖，拎着铲子叉着腰眯起眼睛远眺着。

“哦，有别的‘菜’了。”

山下有两拨人，一拨人从山后的山谷中过来，另一拨人从侧面过来，看衣服似乎是两个宗门的人。

后山的那个宗门的弟子踩上了乱草中的荆棘阵。侧面的两个似乎是归元宗的，倒是绕出了迷踪阵，下一瞬间就落入了她让晏青在迷踪阵生门位置上挖的坑里。

“菜得很下饭。”林渡做出了评价。

“小师叔，要下去捞人吗？”元烨摆完碗筷问道。

一旁的晏青正在桌案前看着一幅巨大的卷轴，上头缓缓出现了一幅水墨地形图，并且在不断完善，渐渐有了代表人的点，他一面看着一面顺手做出了一些标注。

林渡懒洋洋地掀起眼皮看了一眼，坐在大锅之前：“不用，等等吧，正好菜不够。”

“你要是闲，我们来拆个傀儡玩玩儿吧。”林渡把那个傀儡拎了出来。

元烨兴致勃勃地蹲了过来：“从哪儿开始拆？”

“先取眼睛，再拆核心。”林渡笑眯眯地放下铲子。

不知道为什么，元烨莫名觉得地上的傀儡眼中闪过了一抹恐惧。

“小师叔，归元宗的人好像从坑里爬出来了。”倪瑾萱提醒道。

“爬出来就对了，那坑只是在绝灵阵的范围内，他们要是不能靠肉身力量爬出来，那就实在太菜了，不用管他们。如果他们继续往前，就能进入我们真正的大阵范围里了。”

林渡说着，将神识集中在了傀儡身上，总觉得刚刚一瞬间有点不对劲。

“然后他们走了……”倪瑾萱乖巧地通报着。

“走就走……嗯？这就走了？”林渡转头看向了山下，“还真走了，我还想留他们在山下吃个饭呢。”

“我怎么觉得，刚刚一瞬间……好像有魔气？”元烨敲了敲这个傀儡的胸膛。

寻常人傀的确可以模仿人的样子，但本体依旧是木头和各种机关，以灵石驱动，想要拆依旧是可以拆开的。

林渡定定地看着那双眼睛，接着笑了笑，直接伸手盖上了傀儡的头盖骨。

“什么结构？”元烨好奇地问道。

“嵌套，机关在里层。”林渡检查了出来，“拆了吧。”

两个人很快把傀儡外层套的皮拆了，露出原本的木质结构、繁复的关节结构和肌肉核心架构。但最重要的是，那双眼睛还在。

寻常傀儡不是通过眼睛看东西的，所以外层嵌套的画皮眼珠不会动。

元烨算是懂了为什么林渡要取眼睛。

“那是什么？”

“和天眼是一个东西。”林渡面无表情地随手找了个东西盖住了，“如果是主办方的话，那可有够无聊的。”

解开胸口的核心机关不是林渡的强项，她只会以暴力破局，但这个傀儡精密度很高，很适合留给元烨玩，林渡给元烨让出了空间，自己盯着快要煮好的一锅菜。

元烨的声音有些发紧：“小师叔……”

林渡低下头，那傀儡好不容易被完整拆解开的核心当中，有一颗泛着紫黑光泽的魔晶石。

她嚯了一声，接着指了指傀儡的头部。元烨拆开头部，取出了天眼。

一直在看的夏天无也有了反应：“飞影石，繁千城的东西，被人用神识养出来的，可以记录眼前的影像。”

林渡皱起眉头：“一个飞影石正常情况下要用神识养五十年甚至百年，邪魔这回花费不小啊，我想要个正经留影石都没有。”

“你想要？用神识养这种东西太过浪费了，平日里也没什么用。”夏天无想了想，“下次可以去东海碰碰运气，我记得有种琉璃鱼的眼珠子可以留影。”

林渡没说话，只是摩挲着那颗飞影石，垂眸看了一会儿，用隔绝神识的布包裹好了，重新放了回去。

“这颗魔晶石要不直接毁了吧？上头有咒印，让邪魔可以控制傀儡。”元烨道。

“不，先装起来，我想知道那些邪魔想要干什么。”林渡说着又站起身，“时间到了先吃饭。”

“但是万一……”

“没有万一，我在这个傀儡身上种了个傀儡咒，我想看看，是尸王的傀儡咒厉害，还是邪魔的傀儡咒厉害。”

林渡揭开锅盖，热气蒸腾，汤汁滚沸，香气四溢，肉块软烂浸汁，色泽红亮油润。

“得了，开饭。”五个人一人抱着一盆饭，上头堆了菜，浇了汤汁，排排坐埋头吃饭。

直到爆炸声响起，五个人在一片升腾起来的苦药烟雾之中，默默护住了自己的饭碗。

林渡眼疾手快盖住了锅盖：“下饭啊，真的下饭。”

菜得有些太离谱了。

第十八章 团队作战

山下，在一片让人窒息的诡异味道中，一个修士捂着口鼻不断咳嗽：“不是……这无上宗……不是只有外面的迷踪阵吗？现在这个是什么？什么埋伏？”

“天雷子吧。”另一个腾云境后期的修士看着自己被防御阵炸烂的法衣，心痛万分，“还走吗？”

“来都来了，我就不信了，刚刚不是有人看见上头在生火做饭吗？好不容易破了他们的阵法，总不能回去，我们就要攻其不备，出其不意。”

林渡垂着眼皮，将神识收了回来，根据衣服辨认了一下：“两个都是腾云境后期，是洛书门的人。”

晏青愣了一下：“他们洛书门不是号称万物之韵律规则皆在他们眼中，天文、时令、医学、占卜皆精通无比吗，就这？”

“他们精于计算，”林渡沉思了一会儿，“怎么会没看出来自己已经进入了我正经大阵的外缘呢？不应该啊。”

“目前应该还没有任何一个宗门真的进入小师叔你布的阵法，外头那些装模作样的陷阱和基础阵法不算的话。”倪瑾萱一直在专注地观察，“一共来了七拨人哦，都走了。”

林渡：白布了，努力过头了是吗？

她也是没想到这群人连一个走进大阵的都没有。

“应该是因为别的宗门的阵法师还在自家地盘上布阵吧。”晏青说道，“现在也正常。”

“也行，等吃完饭，摸清那五只鸽子盯着的宗门，就开始吧。”林渡看了一眼那桌上的牛皮纸，已经有了完整的地形图了。

一帮人火速在硝烟中吃完饭，围着桌上的地图就开始布置了。

能够参赛的也都是各宗门的天才翘楚。大部分修士都要到一百岁以上才能突破到晖阳境，百岁以下连腾云境大圆满的修士也少有，但来参加比试的，除了小宗门实在没人，其他所有宗门团队里都有至少两个腾云境后期的，甚至有个腾云境大圆满的，一个人的战斗力就顶得上无上宗的四个人了。

他们硬攻不了，只能智取。

“还是之前说的老办法，空城计和时间差，最好的办法，是把他们都引到我的阵中。”林渡顿了顿，“我有把握，正常人没个三天，出不来，足够了。”

她布阵也不是为了保护初始的领地，而是为了困住人。

“小师叔，他们进去了。”倪瑾萱看了一眼山下，已经不见洛书门那几个人的踪影，这是入了林渡布的大阵了。

“那我们就先拿洛书门开刀吧。”林渡笑眯眯地点了点其中一处，“毕竟他们宗门也就两个是腾云境后期，剩下的不值一提。”

“还没和其他宗门的阵法师切磋过呢，想想还有些小激动。”

元烨摩拳擦掌：“拆了他们！”

五个人“倾巢”而出，直奔洛书门所在的地盘。

受限于秘境规则，他们并不能在空中飞行，好在五个人运足灵力，调用步法，速度也很快。

洛书门的领地离无上宗的不远，有山有水，树木丛生。

五个人大摇大摆，没遮没掩，就这么出现在了洛书门的领地上。

林渡扫了一眼，低头看着转动的罗盘，神识收了回来：“天地回字阵。”

“先不拆了，回头等这个山头变成我们的之后我顺手改改就能用了。”

林渡带着五个人直接走了进去，甚至连先前掏出来的隐蔽符都没贴。

不过须臾之间，林间微风簌簌，轻轻拂过人的面庞，连法衣的衣摆都不曾有丝毫的晃动。

“这个回字阵怎么漏气呢……”林渡感受了一下，“这气流得不对啊。”

“不对吗？”元烨感受了一下，“一般来说，回字阵是个闭合阵，不过说不定内里有天地活气，漏气也正常？”

林渡摇头：“你知道回字有几种写法吗？”

元烨茫然地看向了晏青："你读书多，你来。"

晏青茫然地想了一下："三种？"

林渡咧嘴一笑："四种，只有一种是透气的，回字阵之所以被称为回字阵，是因为它是由最基础的方阵演变而来的嵌套阵法，因而才能防御。"

"有气流才不对。"晏青懂了，"但是小师叔，第四种是哪一种？"

林渡眨眨眼睛："重要吗？"

晏青沉思了一会儿，还是被该死的求知欲折磨了："重要。"

"不重要，别钻牛角尖钻成老学究了，你又不要去元烨家里考八股。"

林渡懒洋洋地走入阵中："跟着我走，别错一步。"

四个人老老实实地跟在林渡身后，一步不错地跟着，就这么走到了回字阵的中心。

一个穿着洛书门弟子服的人正撅着屁股认真地布阵，一手拿着一本书，对面铺着刚算出来的数字，另一只手上还拿着阵中该埋的璃索。

"乾七璃索，艮宫伏土。"林渡抱着胳膊出声提醒。

"哦，好。"那阵法师下意识应了，走出去七步忽然一惊，转头看向不知何时出现在阵中的人，"你们是怎么进来的？"

"我说这阵怎么漏气呢，原来是你没布好。"林渡收回落在那纸上的目光，轻轻叹了一口气，"腾云境初期啊，瑾萱，上，晏青，看着后路。"

噼啪一声，长鞭在空中暴响，在阵法师惊恐的眼神中，长鞭在他周遭绕出一道烈烈的罡气。

"上面应该还有两个人。"林渡想了想，"天无，元烨，去看看，顺便换个旗子，他们这个蓝旗子不好看。"

"好嘞。"元烨应了一声，放出一只跳跳蛙一样的木质小傀儡，"去吧，我的跳跳蛙。"

跳跳蛙被上了发条，却并没有跳，四条腿绕着固定的关节如同轮子一样飞速转了起来，以极快的速度贴着地飞速向山上去。

被瑾萱逼得无路可退的阵法师还抽空看了一眼从他身旁蹿过去的东西，跟个老鼠似的。

阵法师是真的不擅长战斗，尤其在阵法还没布完的时候，几乎不用晏青出手，瑾萱一个人就逼得人无从还手。

虽说腾云境初期者对上琴心境大圆满者有境界压制，但倪瑾萱一鞭子就将人结结实实捆住了。想要强行挣开一件天品灵宝的束缚，那还是有难度的。

林渡转而开始收拾原来的阵法，借用这阵法师准备的材料，顺手改了这个回字阵。

阵法师已经被晏青和瑾萱五花大绑了，他看着林渡布阵，忍不住出声道：“你这个根本不是回字阵。”

林渡诧异地抬眼：“你知道‘回’字有几种写法吗？”

阵法师：“那跟回字阵有什么关系？”

林渡直起腰：“你自己外层还没布好，有个活口你不知道？我这个回就是在你原基础上画的啊。”

“我那是阵没布完，什么阵法师阵没布完之前不会先留个活口？”

林渡看向他，抬了抬眉：“抱歉啊，我就不留活口。”

阵法师：不信。

阵法师布阵时留一个活口是约定俗成的规矩，因为害怕布完之前因为意外导致内里能量锁死，或者因为布阵错误，能量不平衡，造成不可挽回的后果，活口亦是缺口，最后确认无误，能量平衡之后再补上活口。

林渡不留活口，实在是自信过头，迟早会出意外。

从来没有哪个阵法师每一次布阵都是完美的，总会有一两次中途出一些意外。

活口可是给阵法师自己留的生路。

林渡先认真布完，转头问晏青：“门中一巳，是回吗？”

“是啊，回字的古文写法。”晏青点头。

两人齐齐看向那阵法师，眼中流露出同一个意思：“真可怜啊，还是读书读少了。”

阵法师无言了一会儿后道：“《一百零八种阵法大全》上明明白白写着，回字阵取的就是内外嵌套两个闭合框架，是最坚固的防御阵法，你如今外层开了口，如何能算回字阵？”

林渡抱着胳膊：“你就说是不是回字吧？”

她之所以把回字阵改成开口，是把防御阵改成了困阵，还是内外嵌套，只不过内里的“巳”阵是蛇形困阵，外层嵌套是迷踪阵。

来人若是没能走进开口，那就是个回字防御阵没错；进了开口，想要再找出路就难了。但林渡懒得跟这个阵法师讲道理，如果大家全按照书上说的布阵的话，管你什么阵都早晚会有被破的一天，要不为什么各大宗门的护山大阵都是复合阵法和阵法师研究出来的新阵法？

规则就是那个规则，但怎么用是修士的事，自然大家用的效果就不同。

好好一个阵法师，怎么教条得这么厉害？

阵法之所以好玩，不就是能够操纵天地之间的所有东西的灵力，把它们之间的变化波动转化为一个强大的能量场，从而获得无数种超出常理的不同的神奇效果吗？

学了几十年阵法的阵法师莫名觉得自己受到了巨大的冲击：“你那分明就不是回字阵，是个复合阵法！怎么能叫回字阵呢？”

林渡叹了一口气：“我说的回不是阵法那个回，说的不留活口也不是那个活口。”

这人是背书挺厉害的，就是不能开玩笑。

阵法师忽然脖颈一凉：“你们……你们想干什么？这是比赛，你们不会还真想杀人吧？”

林渡想了想，看了一眼晏青：“那倒没有，开开玩笑。”

阵法师松了一口气：“那就好。”

他刚说完这句话，颈边就是一痛，接着眼前一黑。

“晕过去也不算活口，扔困阵里吧，反正试炼结束也能出去。”

晏青拖着人跟上了林渡的脚步，忽然想起来了：“所以小师叔，回字的第四种写法是什么？”

林渡抱着胳膊，昂首阔步地走在前头，闻言威胁道：“你别学洛书门的人啊。”

“没学，我机灵着呢。”晏青一手拎着刀，一手拖着晕过去的阵法师走在林中，沉重的躯体擦着落叶和土地发出拖拽的声响。

“所以第四种到底是什么啊，小师叔？”他快被自己的求知欲折磨疯了。

青山之上，一人坐在上头盯着蓝色的旗子：“不知道为什么，我算了两卦，都是这面旗子会被毁掉。”

另一人抱着剑说道："你都盯着这个旗子看了四个时辰了，你看旗子有什么用，就我们两个还能把旗子弄坏了？你往外看看敌人啊！"

那人被训了也不恼："不是，我是在自己算卦的准确性和宗门的荣誉及名次之间做取舍。"

算对了是宗门无能，算错了是自己无能，反正宗门和自己之中总有一个出了问题。

那人抱着蓍草："要不……我再算一次？"

"你还要不要命了？你学的是窥探天机的路数，算两次得了。"剑修一把将他的蓍草夺了过来，"这种小事你还算？"

"这种小事不折寿。"修士眼睛没离开过旗子，"可是卦象显示，很快就会……"

剑修忽然猛地拔剑，剑气如虹，劈向地面上一个快速移动几乎和土地融为一体的东西，那东西被剑气高高挑到了空中，接着重重落在了另一个修士脚下。

"只是一只蛤蟆而已，师兄何至于如此。"

"什么蛤蟆能贴地跑得这么快？"剑修拎着剑看向那东西。

那木色的跳跳蛙刚刚落到地上，本该是背着地，四条腿却诡异地继续疯狂转动了起来，也不管是正是反，飞速地就往前冲去了。

"这蛤蟆怎么都翻过来了还能跑这么快？"

"因为我就是考虑到了这一点啊。"一道含笑的男声在山下响起，"正着反着都能跑，没想到吧？"

赤衣青年出现在了他们面前，伸手接过了那只反着在地上飞滚的木蛙，剑眉凤眼，嚣张至极。

那剑修心中一凛："你们怎么上来的？"

"走上来的，还能怎么上来的。"元烨笑嘻嘻地把手中的跳跳蛙收了起来，眼见那剑修抬手要打，猴儿一般就往回蹿。

"师姐救我！"

元烨诡异地躲开了一剑，利落地跳到了夏天无身后，理直气壮地告状："师姐，他打我！"

剑修：就这？刚刚那架势不是进攻的架势吗？

“师兄，”另一人也站了起来，守在了宗门旗帜之前，“这个时候大家不都在布阵和侦察吗？李珏还在下面呢！他们是……”

“你看这穿得五花八门的，还能是哪个宗门的，无上宗呗。”剑修拎着长剑，盯着眼前的两个人。

夏天无同样抽出了腰间的软剑，将元烨护在身后：“得罪了。”

她说完，烈火冲天而起，在半空与清冽的剑气相接。

火势如裂帛一般，被剑气撕开了口子，恍若上好的赤色霞锦被一分为二。

元烨嘶了一声，忽然觉得胸口有点凉，在自己的储物袋里掏了半天，掏出来一只巨大的木质食铁兽。

原本还守着旗子的人愣了一下，接着跳了起来：“师兄，好大一只王八！”

“什么王八！这是食铁兽！食铁兽！”元烨跳了起来，用咒术催动食铁兽。那还带着明显木块痕迹并不十分圆的木质食铁兽缓缓站了起来，居高临下地俯视着地上的人类。

接着高高举起了一只爪子，啪的一下，蓝色的旗帜直接被拍飞。

好巧不巧，那食铁兽一拍，直接将旗子甩到了夏天无的剑气之中，蓝色的旗面被烈火烧得连灰都没了。

洛书门弟子：王八犊子！

那剑修的注意力一瞬间被夺走，夏天无趁势再度甩出一剑。

火蛇看似柔婉，内里却带着不容违逆的暴虐，轻而易举地破开了剑修的防御。剑修回过神来，立刻抬手抵挡，剑气纵横似万千流水，盖向对面炽烈的攻势。

夏天无是腾云境后期，剑修是腾云境中期，可剑修属性为水，夏天无属性为火，又是医修，初时水剑一直压制着火剑，但凡是相克，就总有反克之时。

白衣女修眉眼如终年不败的冰川之花，火光在漆黑的眼底映出曲折的光芒，手腕翻转，灵力倾泻而出。

暴虐肆意的火蛇在空中呼啸着撞上水龙般的剑气，刺啦刺啦发出摩擦的声响，接着，强势地冲开水龙剑气。

软剑绕上洛书门弟子的长剑，夏天无无意毁去人的武器，甩腕收剑，剑身在空中弹出一个雪亮的剑花，灵力化为内劲，剑修闪避不及，受力之后重重跌下山去。

“师兄！”另一个被食铁兽一拳一拳轰得满山乱跑的人赶忙冲下了山。

“严禁高空抛物啊！素质呢！”林渡刚刚上山，迎面就掉下了一个重物，吓得赶紧往旁边让了让。

她身法灵巧，身后的晏青和瑾萱赶紧跟着让开来，让上头掉下来的人毫无阻碍地继续下落。

晏青等让开来才发现不对劲：“不对，那好像是个人。”

“哦，人啊，那没事了。”林渡继续往上走，走了几步忽然停了下来，“不对，人吗？抓起来！”

“元烨！我们的吞天蛙呢？”她眼疾手快追了上去。

“来了！”元烨又从储物袋掏出一样巨大的东西，直接扔在那连滚带爬想要下山捞师兄的洛书门小师弟跟前。

那人急急刹住了脚：“怎么又来一个王八！”

“什么王八！你才王八！这是吞天蛙！”元烨气急了。

他承认外观是有待改善，这木材都是一块一块用榫卯接起来的，看着一块一块的，可那个食铁兽眼圈儿和胳膊都被涂黑了，眼瞎才觉得那是王八！

再说这个吞天蛙，这可是小师叔亲自取的名字，怎么能是个王八！

他催动咒术，吞天蛙直接张开大口，一下子将那想要进攻的人吞进了肚子里，只剩下两条腿还在外面乱蹬。

林渡嚯了一声：“下面还有一个，两个一起吞进去吧。”

元烨笑嘻嘻地应了一声：“好嘞。”

那只巨蛙后腿发力，悍然一跳，直接扑到那刚刚稳住身形的剑修面前，接着仰起头，口中乱蹬的人已经滑入了腹中机关内。

剑修拔出长剑：“你们无上宗什么恶趣……唔……喂！”

吞天蛙的大口倏然张开，一口咬住了他的头，身后不知何时赶到的食铁兽用锋利的爪钩钩起他的腰带，将他往吞天蛙嘴里一塞。

吞天蛙嘴巴一闭，又是一仰头，内里的机关锁再次打开又合上。

“得了，送下山去吧。”林渡拿出一面赤金旗帜，插上了这个山头。

第五关刚刚开始六个时辰，分数就开始了变动，创下了最快得分纪录。

此时空中的金榜上，无上宗三个大字之后，两面赤金旗帜无比显眼。

而洛书门之后原本的一面蓝色小旗无声地消失了。

“让我看看，接下来去哪个山头呢？”林渡掏出一面水镜，看了一会儿，“哦，咱们家阵法又进去一个人。我看看，黄色衣服的，哪个宗门啊？”

“天素派？”夏天无过去看了一眼，确认了下一个目标。

“行，晏青，看看天素派。”

林渡说着就在无上宗的新地盘上找了块石头坐下来了：“天都黑了。”

元烨正抱着那个食铁兽感伤：“小师叔，为什么别人都说我的木偶是王八？”

林渡看了一眼：“没有啊，你看这个黑木头，黑眼圈，多明显啊。”

“管他什么东西，做成榫卯结构的傀儡都是一个身子四条腿，没区别的。”林渡做出了评价，“感觉到了就行。”

元烨想了想，重新振作了起来：“也是，感觉至上，小师叔，我又好了。”

晏青正拿着牛皮卷看路：“不过小师叔，你到底打算拿下几个？”

“五个吧，一人守一个。”林渡懒洋洋地眯起眼睛，“我只能确保原来那个阵法没什么太大的意外的话，不需要人看守，但别的就不行了。”

布阵是很耗费材料和工具的，她没那么多精力。

“不过可以随便捣一捣乱。”林渡含着薄荷糖，醒着脑子，“比如说我破他二十四个阵，达成一个破阵王成就什么的。”

她按着太阳穴，对上了夏天无不赞成的目光，及时改口：“算了，随便说说，小命要紧。”

毕竟神识在第三关消耗极大，白头发估计都在嗞嗞往外冒。

“我睡一个时辰，一个时辰之后喊我出去破阵。”

“正好我们也需要休整。”夏天无支起了锅，“小师叔也该喝第二次药了。”

林渡浑身一颤：“啊？进来的时候不是刚喝了吗？”

“进来的时候还是白天，现在已经是晚上了。”夏天无提醒道。

林渡绝望地躺在山石上，转头看向山下：“让吞天蛙过来，我觉得我睡它肚子里挺好的。”

“恐怕不太行。”元烨感受着自己的傀儡的位置，“吞天蛙和别人撞上了。”

林渡一个鲤鱼打挺站起来：“那可不行，走。”

一帮人呼啦啦下了山，独留夏天无一个人守着药炉。

山下，刚从另一处绕过来的归元宗弟子冷不丁看到山上蹿下来一只巨大的木蛙，咚的一声落在他们面前，也吓了一跳。

“这这……这个秘境还有护山兽的吗？”

谁知接下来那木蛙张开了口，当着归元宗弟子的面吐出来两个在蛙肚子里被颠得七荤八素的人。

归元宗弟子后退了两步，大叫起来：“这木蛙还吃人！”

两人齐齐拔剑攻向吞天蛙。

吞天蛙的攻击力不如食铁兽，本来只是元烨用来收麦子和搬运东西的工具。

“下山容易上山难”，受限于下头的阵法，吞天蛙只能一味躲避，越跑越远。

四个人一溜烟就下了山，老远看见一只吞天蛙在前面疯狂逃窜，后头跟着两个归元宗弟子，剑招不断，都被吞天蛙一个猛跃躲了过去。

林渡看了一会儿：“好像也不是很急。”

元烨急了：“那可是我的宝贝！今年秋收还要靠它呢！”

林渡接收到了关键词：“秋收？那不行，那得急。”

晏青拎着大刀就蹿了上去，一刀切断了两个穷追不舍的人的去路：“你们干什么呢？”

“当然是追吃人的……木蛙。”巫曦刚说完，就看到了林渡那张似笑非笑的脸，下意识犯怵。

每一年领年例的时候，那张脸都如同噩梦一般浮现在他的面前，这些年他是真的节衣缩食，疯狂接宗门任务，但凡有点钱都攒起来留着还债了。

每回去还钱的时候，林渡都是这么一副笑脸。

林渡轻轻巧巧落到了两个人面前：“二位，追着我们家小蛙做什么呢？”

两个人目光诡异地看着几乎和小山一般大的木蛙，她管什么东西叫小蛙？

林渡给元烨使了一个眼色：“咱们小蛙还好吗？”

元烨含笑站在刚刚停下的木蛙腿前，给身后的瑾萱打了个手势。

倪瑾萱会意开始拆腿。那榫卯结构本就难拆，她没学过，一个用力，生生将一条腿扯了下来，塞给了元烨。

林渡注意到瑾萱的动静，眼皮一跳。孩子是不太聪明，但是力气大啊。

元烨瞪大了眼睛，转头看了一眼瑾萱，他只是让她拆掉一个小零件，她把整个腿扯下来干什么？但为了配合小师叔，他还是硬着头皮举着腿说道：

“啊……小蛙的腿被砍断了。”

巫曦：不对劲，很不对劲。这味儿可太熟悉了。

于是他听到了林渡那夸张的感慨：“小蛙是我们无上宗养的宠物，只是无聊放它下山散散心，你们居然就追着它打，合适吗？”

“不是……它吃人！”

“那是送人下山！载客你懂不懂！”元烨捂住嘴，痛心疾首，“小蛙热心地把山上的人送下山，那些人一点事都没有，你看他们都跑出去多远了！”

“多么善良的小蛙啊，你们居然断了它一条腿。”林渡接话道，“这是不是……不太好？”

另一个归元宗弟子：真善良啊，听得她都快要信了。

两个人一味攻击，的确不曾看清木蛙到底有没有断腿。

巫曦咬了咬牙：“林师叔，您说吧，要赔多少？”

“我可不是来讹钱的。”林渡正色道，“我们家小蛙是我们宗门的顶梁柱，小蛙断了一条腿，今年我们秋收就要少收二百斤。”

另一人拉住了明显已经被牵着鼻子走的巫曦，出面道：“几位道友，一场误会，更何况这东西在山谷之间乱窜，我们也不知道是谁家的，只以为它要攻击。我向你们道歉，但比试总有意外伤亡，你说对吧？”

“我家小蛙在自己家门口遛弯也算乱窜吗？”林渡瞪大了眼睛。

巫曦皱起眉头：“可你们的山头不在这里啊。”

“不巧，”林渡见有个聪明的不太好讹钱，遗憾地示意元烨把腿装回去，“这座山在一刻钟之前已经变成我们的了。”

归元宗两人抬头一看，这才发现无上宗已经有两面旗了。

就在这时，林渡和晏青已经悄悄运起了灵力。

林渡轻轻叹了一口气：“二位来都来了，为了证明小蛙不吃人，只是交通工具……”

巨蛙张开了巨口，站在前面的两人察觉到了不对，却已经晚了。

林渡和晏青一人一个，连铲带踹，将人送进吞天蛙的肚子之中。

吞天蛙的肚子用最坚固的材料制成，还被林渡刻下了绝灵阵，两个人进去之后再想出来就难了。

“所以就辛苦你们进去了。”林渡抱着胳膊，拍了拍被她强行改名的吞天蛙的脑袋，“目标改变，夜袭归元宗吧。”

元烨在配合完之后适时提出了疑问：“小师叔，你明明给它取名叫吞天蛙的，说听起来霸气，为什么又叫小蛙？”

“因为不管什么东西加个小字，听起来就很弱小无助善良可爱。”林渡笑眯眯地掏出了一张加固符咒贴上吞天蛙的背部。

元烨想了想：“小……师叔，听起来弱小无助善良可爱吗？”

晏青和瑾萱诧异地看着他。

“小师叔不善良可爱吗？”瑾萱瞪大眼睛。

“小师叔不弱小无助吗？”晏青拎着大刀。

元烨后退了一步，呵，这两个人，比他们皇室中人还要昧良心！

林渡转过头，笑容开朗：“说什么呢，小兔崽子们？”

“归元宗，归元宗，我们现在就去归元宗的领地。”

林渡一面碎碎念着一面就要看地图，冷不丁被人揪住了衣袖，她都不用回头就知道是倪瑾萱：“怎么了？”

“小师叔，喝完药再去吧。”倪瑾萱脆声道。

林渡对上她那双澄澈的杏眼，无望地看了一眼天。

黑天之上，归元宗的旗帜是白金二色，格外显眼。

“不行，归元宗的旗太亮了，得去了，不然晚上睡不着，刺眼。”

“药要熬一个时辰，我保证，我回来的时候，应该刚好能赶上，你去和你二师姐说一声，元烨、晏青跟我去，我们讲武德，要三打三，显得比较公平。”

林渡拍了拍倪瑾萱的头：“走了。”

“小师叔，一个时辰啊！不然药熬得时间长了就太苦了。”

“那等时间到了，你先帮我从火上取下来啊。”林渡手上把玩着一把无柄短刃，身后跟着晏青和元烨两个“保镖”，没回头。

“但是取下来会变凉，凉了药效就不对了！”倪瑾萱站在山下高声喊道。

“我会在药凉之前回来。”林渡挥了挥手，“你赶紧照着我给你的路线图回山上，别让人看见了，看好家。”

倪瑾萱撇了撇嘴：“知道了！”

她转头走入了林中。

晏青已经找到了最快的路："归元宗的阵应该已经布好了。"

林渡看了一眼："走，换完旗子回去喝药。"

三人齐齐运起了灵气，在山路之间只留下三道颜色各异的灵光，一路绵延至一条满是雾气的山涧之中。

林渡率先止住了步伐，元烨没刹住，被晏青单手拽了回来。

元烨一脸惊恐："怎么了？"

"有阵法。"林渡试探了一下，"山雾障目，银丝埋地，山石在顶，归元宗的阵法师水平不错。"

"就是走和飞都不行呗？"元烨抄着手蹲下了，身后跟着的吞天蛙咚的一下落在他身后，"但是小师叔，你是怎么看出来的？"

"用神识看的。"林渡淡淡抬眼，"你们还没开始练神识功法，看不出来很正常。"

她修炼的神识功法本就霸道，一点雾气还真的挡不住她。

元烨瞪大眼睛："我师父说修士们基本上要到乾元境以后才会开始修炼神识。"

"你师父他自己还不是晖阳境就开始了？"林渡不能再清楚这帮师兄师姐了，"他们说的都是常规情况，但他们那帮人都是常规以外的特例。"

晏青转头看了一眼："这个蛙为什么跟过来了？"

"我让跟的，要是破不开就让他们拿赎金时顺便探一探，要是破开了就当我没说，吐山谷外面就好。"

林渡说着："这阵法还有用，不强闯，换个办法。"

她仰头看了一眼天："地不能踩，山谷不能动，秘境不能飞，但，他们在山涧内布置，原本是为了借用地势布置水雾。"

"既然是水雾，那就很好办了。"

林渡手上的短刃消失，下一瞬间，化为了一把沉铁折扇。

"小蛙就在外面待着吧，元烨、晏青，给你们十息的时间通过，进去半个时辰内解决了那三个人，换面旗子。"

晏青和元烨对视一眼："十息？"

"算距离够了，我懒得动了，你们最好不要让我失望。"

林渡一面说着，一面将灵力源源不断输入折扇，折扇倏然展开，分明是春日月夜，抬头不见天月，地上却有幽幽冷光。

一扇挥出，山涧封冻，绵延三里，原本潺潺的流水声却没有静止。

林渡的灵气还在源源不断地释放，原本谷中弥漫的水汽一瞬间凝结，却不曾下落。

微弱光线之下，那些空中结成的霜雪不曾触动任何阵中机关，一切都似乎维持着原状。从归元宗弟子的视角看去，山涧的阵中依旧不曾有任何的动静，雾气毫无波动，水声也不曾停止。

“贴好隐身符赶紧进去，落脚最好在侧面，实在不稳了再踩冰面，但往里一里路之后有线布在冰面之外，不行的人回去我会亲自告诉二师兄，加练步法。”

林渡站在阵外控制，灵力源源不断。

两个人听到这句话，不顾眼前这震撼的景象，激发了隐身符，以最快的速度运起步法冲了进去。只一进去，两人就知道林渡究竟干了什么了。

阵中有山涧，水里埋了万千伤人的银线，如果想要从山体上走，触发的就是山顶上的巨石。

而林渡冰封山涧，只封了表层，冰下依旧有水流，雾气看似还在，实则内里已经成为细密可以着力的冰面。

那冰很薄，薄得如果不控制脚下的力度定然会碎，但对于无上宗的弟子来说，这不过是基本功而已，只要用灵力控制好步法就行了。

晏青初时没有收好力道，心一跳，左脚点了冰面，立即又回到了冰上。

元烨早蹿出去了一大步：“嘿嘿，你完了，回去要加训了。”

“你要知道师父从不让我们其中一个单独加训。”晏青极为冷静地跟了上来。

元烨：忘了这茬了。

三里路，十息。

晏青数到第十息，发现完全不够，心中一急。

“继续往前，我撑着呢，十息不是我的极限，是我计算的你们的极限。”林渡的声音极为冷淡地从他们的弟子令牌之中响起。

晏青：……

虽然这种方式的确消耗灵力，但他们真的没有那么弱啊！

两个人在第十五息终于渡过了山涧，无声地落在了归元宗的领地上。

此处是个天然的好山谷，当中白金色的旗子在火堆里格外显眼。

归元宗的三个弟子正围着火堆打坐，两个腾云境中期的似乎已经入定，还有一个腾云境后期的正在守夜。

“这山里的夜怎么这么冷啊？”那人小声嘀咕了一句，默默往火堆里加了几根树枝，噼啪几声爆响。

元烨嘶了一声，和晏青神识传音：“我们两个真能打过？”

晏青笑了笑，回道：“你想回去加练？”

元烨啧了一声，掏出了个麻袋：“他还没发现我们，正面打不过，咱们套麻袋打。”

晏青想了想：“有理。”

两个人无声地上前，那个唯一醒着的修士眼前登时一黑：“谁！”

元烨也迅速将另外两个入定的修士套上了麻袋，接着不等人反应就利落地祭出了捆妖绳，将两个人捆好。

被当头套了麻袋的人一手扯头上的东西，一手迅速祭出了一道剑气符。

剑气纵横，划破了夜的静谧与漆黑。

晏青一刀挥出，刀气击溃了剑气，不等人扯开头套，上去就是一刀。

砰的一声，刀气与金刚符对撞，那人乘势拽开了麻袋，晏青他们身上的隐身符也刚好失效。

“无上宗？”那人看到眼前一红一蓝两人，神情一凝。

晏青笑道：“欸，对了，就是你爷爷我。”一只巨大的食铁兽从天而降。

元烨确定将另外两个人捆得结结实实了，这才来帮还只是腾云境初期的晏青对付起了那符修。

符修的肉身力量并不强，但归元宗出身的符修有的是灵符。

元烨起辅助作用，不断控制着食铁兽截去人的退路，晏青扫开符咒，刀气节节攀升。

砰！爆炸符将整个山谷都炸得震动起来，晏青以灵力护身，不顾爆炸余波，一刀向前。刀气在空中划出一道犀利无比的金色光弧，带着切开小山的刚直压迫力，破开了空中地品防御符形成的护盾，重重砸在了对方的胸膛之上。

归元宗弟子的纱袍被刀气破开，那人下意识后退，直接撞入了食铁兽的怀抱里。

修士惊恐地看着自己的身体被两只钢制爪子抓了起来，高高举到了空中。

“欸，不是，点到为止！点到为止！”那人高喊起来。

于是那食铁兽不动了，两个爪子依旧牢牢禁锢着那人的上半身，钢爪交错在人的胸膛之前，紧紧箍着那人的胳膊。

元烨嚯了一声：“行了行了，好好送出去吧。”

食铁兽闻言举着人往山上走去。

林渡正抱着胳膊犯困，冷不丁远远看见夜幕之下的山上突然出现了一只造型奇特的食铁兽。

那食铁兽站立在山顶之上，将一个状似人的东西高高举了起来，然后瞄准了远方，以投掷铅球的标准姿势，扔了出去。

嗖的一下，白金色的人影就变成了天上的一颗流星。

林渡：人造流星是吧，那就……浅浅许个愿吧。

接连三个人，都被食铁兽铆足了力气远远扔了出去。

好在元烨还知道在扔出去之前解了人家身上的捆妖绳，让他们至少落地的时候还能用灵力缓冲，不至于受伤。

林渡站在原地，数了一下，三颗人造流星。

夜幕之上，无上宗的旗帜已经变成了三面，而归元宗那碍眼的白金旗帜终于不见了踪影。

林渡当即进入了阵中，在原基础上开始加东西。

“晏青、元烨就在里头守着吧，归元宗的人应该不会轻易认输。我在改阵法，没意外的话他们进不去，有意外的话，你俩最好守住。”

林渡靠着强大的神识巧妙地躲过了机关，接着一路过去将原有的阵法师印记毁去，在那阵法师给自己人留的生门路径上一路铺了几个杀阵，这才出了山涧，将雾气化为漫天大雪。

山谷之内，收到林渡给自己人留的具体出路之后，两个人默默掏出了大氅。

“你冷吗？”

“我猜你也挺冷。”

两个人裹着大皮袄子，偏头看着山涧之中白茫茫的一片，齐齐打了个哆嗦。

“再加一个火堆，再加一个火堆。”元烨开始当着自己那木质傀儡的面烧木头。

晏青拢着大氅："你说，小师叔把我们留在这儿，自己在外面，不会出什么意外吧？"

元烨想了想："小师叔那个人，就算有意外，出意外的也是别人吧？"

晏青嘶了一声："那也是。"

而他们口中的出"意外"的人正慢悠悠地走在路上。

还有小半个时辰药才熬好，不着急。

但很快林渡觉得自己得着点急了。

黑天夜路，撞鬼对修士来说是送上门的功德，但撞这么多就不是什么好事了。

她凭借神识感知到四面八方的地下开始躁动，不由得轻轻啧了一声。

三十六计，走为上计。林渡运起步法，疯狂向前，在路上留下了一道苍青色的浅淡灵影，如同晨间青山弥漫的薄雾。

底下燥动的东西是什么林渡已经无暇顾及，但显然那群翻涌的东西没打算放过在场的唯一一个活人，疯狂地朝林渡涌动而去。

远处传来了一声惊叫。

第一天的夜晚，大部分宗门已经布完阵，摸黑出来探查的不在少数。

林渡都已经蹿出去一段距离，神识内看到了那副惨状，终究还是拐了回去。

"师姐，是千魔虫！你快走，不用管我！去给各大宗门报信！"

那人已经被拖拽了下去，泛着古怪光泽的虫子破土而出，张开圆形的口器，内里是一眼望去就叫人牙酸的细密锯齿。

"不行，师弟，一起走！"

一道白色的灵光破开了浓稠昏暗的夜色，汹涌如冰山雪崩一般的灵力倾泻而出，苍青长袍的青年从天而降，手持琉璃折扇，姿态从容，将一地涌动的虫子尽数冻在了原地。

两人还没来得及松一口气，折扇锋利的边缘横在了他们的脖颈之上。

林渡挑眉看着眼前人身上黄色的弟子服："天素派？"

两个人点头："是，我们是天素派弟子，多谢道友。"

林渡眯着眼睛，彻底看清两人的脸："你们大半夜在外面做什么？"

两个人默然地看了一眼林渡，大家都是在外面混的，大半夜出门在外还能干什么？

到底人家救了他们，那女修强行让自己忽略了那带着冷冽杀意的扇缘，温声回道：“我们宗门两名弟子外出迟迟不归，不知道是不是出了什么意外，所以想出来找一找。”

林渡收了折扇：“你们触动了什么东西？底下为什么会有这么多刚刚化生的千魔虫？”

那女修想了想：“我们放出了一张钻地寻人符，一直指引我们到了这里，我们本以为是师兄们在这里，没想到……”

林渡看了一眼两个人的修为，一个腾云境初期，一个还没结丹，难怪会被困住。

她看了一眼四周，在中州大比的秘境中，哪儿来这么多魔修那边才有的奇奇怪怪的东西？总不能中州秘境的承包商是邪魔吧。

“你先救你师弟吧。”林渡收了折扇，垂眸看着那些幼虫，随手扔出去三颗被激活的废丹，借用爆炸的力量撒出去一把驱虫药粉。

很快那些被冻得僵硬的幼虫开始陆续彻底死亡。

林渡握着折扇往回走。

这秘境绝对不对劲，先是魔族的傀儡，再是千魔虫，如果主办方还没意识到问题，那大概要被各大宗门群起而攻之了。

“请道友留步！”那女修好不容易忍着恶心，用刀将被七八只千魔虫缠咬的师弟解救了出来，眼见林渡要离开，赶忙喊住了她。

林渡转头：“怎么了？”

“敢问道友名讳，在下天素派徐英，多谢道友相救，若有机会，想要报答道友一番。”那女修站直身体，恭恭敬敬行了个道礼。

“无上宗，林渡。实在想要报答，给钱就行。”

青年脸上还挂着点笑，但一眼能叫人看出是浮于表面的，不耐烦的。

那女修愣了一下，竟然真的是林渡。

“我……我的意思是，听闻道友身体不好，或许缺灵药，我们可以……”

林渡听着忽然精神一凛，想到了要事：完了，药要凉了。

“那也行，出去之后谢礼送到我们宗门座席上就行，我师侄喊我回去喝药了，之后再见。”

她速度极快，一眨眼就没影了。

徐英愣了一会儿，小声道："这样的大事，难道不用一起去告知各宗门吗？"

她自己站了一会儿，却又想到了那人居高临下睥睨人的模样，脸上却泛着病态的白。这样的人还有那样好的心肠，实在是可惜了。

林渡几乎用上了最快的速度，快跑到山头的时候才刹住脚，装模作样地缓步上山。

倪瑾萱正守着已经移火有一会儿的药罐子，看到林渡之后噌地站了起来："小师叔，药要凉了！"

林渡都不用去碰就知道："药不是还没凉吗？"

她懒洋洋地揭开盖子，在嗅到药味的一瞬间脸有点扭曲，终究还是咬牙倒了一碗黑乎乎的药汁出来，仰头准备一口闷。

夏天无坐在旁边，清冷开口："先把气喘匀，心率平缓之后再喝。"

林渡端碗的手微微颤抖，对上了夏天无的视线，强自镇定："嗯？"

"别告诉我刚刚从山下一息之间就蹿上来的是只流萤。"夏天无看了她一眼，"丹田内灵力都快用尽了吧？还有多余的灵力化开药吗？还不赶紧补上。"

林渡嘶了一声，犹自逞强："二师侄你还没把脉怎么知道我灵力用光了？"

"我用眼睛看的。"夏天无指了指自己的眼睛，"你现在换身衣服说是鬼也有人信，本来就没有多少血色，灵力充沛的时候还好，灵力一缺脸色跟死灰一样白。"

林渡倒吸了一口凉气："二师侄你变了，你之前不是这样的，你之前只对大师侄这样凶的。"

夏天无定定看着她，没说话。林渡默默低头自觉吞了点补充灵力的丹药，随后端起药碗仰头把药灌了进去。

关羽温酒斩华雄，好歹人家有马啊，她全靠两条腿和灵力，能赶回来就很不错了。

等喝完了药，林渡一面消化着药力，一面风轻云淡地放出个"大雷"："刚回来的路上，遇上千魔虫了。"

夏天无眼神一凛："那种东西怎么会在秘境之中？"

林渡懒洋洋地盘腿坐着："是刚刚化生的，有人用了钻地寻人的灵符，估计一路过去惊动了还没化生的虫卵，所以幼虫才会提前破开卵出来了，不过估计现在天素派战力大降，不如我们……"

"你行吗？"夏天无提出了质疑。

"天素派有两个人在我的阵里，还有两个人外出寻找，其中一个受伤了，腿都被啃出白骨了，肯定走不快，现在他们的领地上就剩下一个人，这白送的旗子不要白不要。"

林渡伸了个懒腰："你们觉得呢？"

她心平气和地露出了一个善良的笑容，指了指倪瑾萱："小师侄该练练手了。"

夏天无想了想："有理。"

"那得了，我带瑾萱去，天无你留守看旗子。"林渡看了一眼早就在旁边跃跃欲试的瑾萱，站起了身，"走吧。"

林渡端着小师叔的架子，夏天无也没了法子。

"喝药之后，不得妄动灵力。"

林渡已经往山下走了，背着她摆摆手，拖长了声音："知道了。"

她本来也没打算动手。

一个阵法师不会打架很合理吧。

倪瑾萱跟在林渡身后蹦蹦跳跳下了山，却也没被暂时的目标转移注意力："小师叔，秘境里为什么会有千魔虫啊？"

"小师叔不知道。"林渡握着折扇，步伐从容，"这该问筹办中州大比的那群大能。"

总共就两种可能：一是大能无能，没能察觉到魔修做了手脚；二是大能之中出了叛徒，那还是无能。

不管是哪一种可能，反正都轮不到他们这帮小孩操心。

如果不是那钻地寻人符，魔修做的手脚还不知道什么时候才能被发觉。

林渡思索了一会儿，原剧情之中，似乎没这茬啊。

"原剧情中你也没来啊。"

林渡被神识里突然出现的声音吓得一激灵："您还在呢？"

这玩意很久都没露头了，她差点都忘了它的存在了。

“原剧情中因为墨麟超龄，你身体不好，无上宗凑不够五个人，没有参加青年团体赛。”

“就是这几个人的故事线里都没有这个青年团体赛？”

林渡垂眸想了想，危止赛前就提醒了她，可能是早就发现了什么，说不准还在里头推波助澜了一把想看热闹。

林渡咧嘴一笑：“背地里搞些小动作多没意思，怎么不闹个大的。”

系统毫不怀疑，要不是场合不对，林渡能拍着手喊“打起来打起来”。

“可打起来你也在内啊，你可不是看热闹的。”

“既然追求刺激那就要贯彻到底啊。”林渡落到了天素派的领地之前。

“收手吧别玩了，外面都是邪魔啊！”

天素派所在的整个山体在黑天之下显得更加寥落静谧。

林渡看着眼前的树林：“比起对付藏在暗处的敌人，我更喜欢把暗处的人拉到明处。”

她进入树林之中，身后的瑾萱紧跟着。

他们都已经习惯于跟着小师叔的脚步前行。

“瑾萱啊，这阵很容易破，所以，你自己来吧。”

林渡放出了神识：“我看着你。”

天素派法修极多，但这帮人或许是真的不擅长布阵，这种基础阵法以倪瑾萱的能力，是完全可以安全通过的。

倪瑾萱看了一眼林渡，发现她真的不走了，似乎在等着自己上前，也就乖乖走上了前。

“去吧，我看着呢，要是不行我再出手。”

林渡跟在瑾萱身后，保持着一个一息之内可以到达的距离。

这阵的确很容易破，地下埋着一触即发的符咒，周围还有简单的防御阵法，然后四处设了些普通陷阱和吊索绳阵而已。

倪瑾萱扔出去一个滚草球探了探，果然噼啪几声爆炸声，她小心翼翼往另一条路扔出去一个滚草球，确认没有任何机关之后这才抬脚迅速通过。

林渡笑了一下，还好瑾萱正经起来还是挺聪明的。

腰间的弟子令牌微微响动：“小师叔，归元宗的人抢到了一个不入流的小宗门的领地了。”

林渡抬头一看，也不意外："知道了。"

"咱们不去抢？"元烨问道。

"你们还真打算逮着一只羊使劲薅啊？"林渡看了一眼前面的瑾萱。

她刚刚触发了一个吊索绳阵，无数吊索正向人飞卷而来，电光石火之间，长鞭卷至树梢之上，杏色法袍在空中晃出一道漂亮的弧形，铜铃碎响。

林渡抬眉看着这一幕，没有出手。

"这不是小师叔你说他们的旗子太亮了看着睡不着吗？"元烨有点委屈。

"我戴眼罩睡。"林渡随口敷衍，"对了，看好你们那个区域的地下，有邪魔。"

林渡说得平静，像是在说一件小事，原本还坐在地上的元烨却吓得跳了起来，警惕地看了一眼四周，小声道："没啊，邪魔在哪儿呢？"

晏青偏头看一眼元烨，发现这人弓着背弯着腰，瞪大眼睛抻着脖子，鬼鬼祟祟贼头贼脑的："你现在这样比邪魔更邪性。"

铜铃不断发出碎响，对于林渡来说是小师侄成长的欢快背景音乐，对于天素派的人来说，就实在算得上骇人。

倪瑾萱顺利落地的时候，天素派唯一留下来的弟子已经运好灵力，站在了灵力弩之后，准备发射了。

林渡还没动作，倪瑾萱已经一鞭甩了过去，将那几支急射出来的灵力弩箭打碎。

眼见小师侄这般有用，林渡施施然后退："今儿打过了这个，回头小师叔给你加餐。"

林渡转身去加固阵法，顺手用灵力钩走了人家摆在旁边的灵力炮台。

这么好的东西要人操纵多浪费啊，扔阵里刚刚好。

身后的灵力冲击和爆炸声不断，林渡并未回头。真的幕后黑手从不回头。

"给你一刻钟，一刻钟之后打不过就换我来。"

林渡的声音轻飘飘地落到了倪瑾萱耳边。

还没暂停通信的晏青脸上缓缓露出了一个匪夷所思的表情："小师叔她为什么给我们半个时辰，还没说打不过换她来？"

元烨冷笑一声："还能为什么，因为她弱！我们厉害！"

“是这样吗？”晏青想了想，“有理。”

“说到底还是小师叔的阵法行，不然……”元烨抬头看了一眼天，“第四面旗了。”

晏青也跟着抬头：“嗯，第四面，小师叔是不是说要六六大顺来着？”

“是。”林渡的声音从传音符里传了出来，“但前提是你们能守得住。”

“好说。”晏青擦着刀，“守不住我们回宗门加训。”

林渡笑了笑：“小伙子，有前途。”

天渐渐泛了青，众人眼睁睁看着无上宗后头的四面旗帜，忍不住心头一凛。

而好不容易休整好走到半路的天素派弟子眼睁睁看着自己的宗门名称之后没了旗帜。

“师姐……咱们的家被偷了。”

出去找人没找到，家还被偷了，无处可去。

那弟子心中无望，总觉得风也萧萧叶也飘摇。

“怎么会这样，是谁……”徐英仰头，看到了无上宗多出来一面旗帜。

原来是好心人的宗门。

徐英一时无言，半晌，方才缓了过来：“想是……年纪还小，胜负欲强。”

毕竟这次其他宗门的参赛弟子平均年龄都在五十岁左右，无上宗那帮弟子的年龄实在是太小了。

“这林渡也太缺……”那弟子一时嘴快，想到方才林渡救了他们，也实在说不上缺德。

林渡在天亮之后才彻底布好了阵法。

“我得睡一觉。”林渡看了一眼周围，对着弟子令牌下了最后一句师叔的命令，“你们最好都守住。”

她在储物戒里翻了半天，翻出一块结实的布料，随手做了个吊床，躺了上去。

“没大事别喊我，我真的累了。”

一天之内布了一个大阵和三个小阵，没有脑溢血都算她神识强大了。

林渡找了块布盖到自己脸上，声音有些沉闷。

倪瑾萱刚刚应了一声，就看见林渡闭上了眼睛，下一瞬间就睡着了，很难说究竟是睡过去的还是昏过去的。

林渡这一觉睡得不甚踏实，意识全然陷入沉睡的时间格外短暂，之后便总断断续续地听见耳边吵吵嚷嚷，噼里啪啦和放鞭炮似的。

直到天光大亮，林渡才猛然睁开了眼睛，杀气四溢，把来人都吓了一跳。

林渡意识还不甚清醒，但在发现眼前人面貌陌生的时候，立刻抬手扼住了那人的脖颈，翻身下床。

她看着眼前惊慌的人，开口询问，声音嘶哑："干什么？"

"不是……道友……道友你先松开手。"

林渡的视线越过他的肩膀，看到了那还立着的旗帜和一旁的倪瑾萱，心一松，手却更用力了："说。"

"在下连衡派孟翎，虽然勉强走出了你的阵法，但是我们确实打不过你们，我们就是想说，我们发现了点不太对劲的东西，听说无上宗林道友的阵法非凡，所以想请教一番。"

孟翎被林渡这突如其来的一手吓得忙不迭地解释，连一开始准备好的都忘了，只觉得脖颈之上的手格外冰凉有力，不似活人。

林渡闻言这才放下了手。

她看过往年的很多记录，连衡派精于阵法，但战力不算太够，一般都采取守而不攻的策略。

消极比赛，但效果一直很好，至少每年都有一千分。

"抱歉，刚睡醒，不太清醒，冒犯道友实属无意。"林渡抬手按了按太阳穴，"什么事儿？"

倪瑾萱小声道："小师叔，我说了，让他等等，没大事不能喊你，但是他就是不等，说有大事，我又没能拦住。"

林渡看了一眼被她的鞭子捆得结结实实的另外一个人，知道她确实没工夫拦："没事，辛苦你了，阵还在吗？"

"破坏了三成左右，我们实在是找不到生门了。"孟翎小声道，"道友介意的话，我给你修修？"

林渡摇头："不用，我的生门是隐门，找不到很正常，没大事。"

她往嘴里含了颗薄荷糖醒神，姿态懒散："说说，是怎么个大事儿？"

孟翎顶着林渡的低气压小声道："是这样的，我们在布阵的时候，发现山体之内有不明的能量波动。"

他刚说完，就看见林渡那张懒散没什么表情的脸上露出了个堪称可怕的笑容。

“这里你们测过了吗？”

“还没有，但我们先前悄悄破了一个小宗门的阵测试了一下，谷中深潭亦有不明能量在动，不是活物。”

林渡垂眸思量了一会儿，懂了他的意思：“那你们觉得是什么阵？”

“道友见谅，我们想了很久，却想不出来。”

“不是想不出来，是你们不敢想。”林渡活动了一下睡得僵死的关节，“走吧，去别人的领地看看。”

“但是万一我们猜错了的话，强闯人家的地盘，难免要和别的宗门开战的。”孟翎在林渡犀利的目光下声音越来越弱，“我们连衡派，可能打不过。”

林渡示意倪瑾萱给人家松绑，自己回头睨了一眼孟翎：“你刚刚不是强闯我们无上宗的地盘了？怎么着，还指望我给你们当护卫？”

“不是，我是觉得，无上宗的弟子出面更有说服力，而且和懂阵法的人比较好讲理。”

但孟翎现在后悔了，他没想到林渡上来就是一个锁喉，看着就不太讲理。

另一个女弟子却开口：“方才我们破阵太急，不曾有时间探查，但现在若是道友跟我们一同在此处探查一番，或许也会发现不明能量波动。”

林渡笑了笑，一面凝结出一块冰块洗着手，一面低头叼了倪瑾萱拿出来充饥的梅花糕，眼睛却打量着那个连衡派的女弟子。

女修知道林渡还在怀疑，目光不闪不避，努力让自己看起来更真诚且一身正气些，脸却不由自主地红了。

“方才我家小师侄绑了你是自我保护，您也见谅。”

林渡拍了拍倪瑾萱的头：“小师叔跟他们走一趟，你看好家。”

林渡跟着两人走入林中，脑子已经彻底清醒了过来。

撇开秘境的秘密不谈，她对他们用的探测工具十分好奇。

“我布阵时用寻常罗盘都没测出来，你们是怎么测出来的？”

连衡派不愧是专出阵法师的宗门，因为倪瑾萱本身还没有结丹，所以林渡在外面布的阵法强度很高，但两个人依旧走了进来。

阵道魁首唯一的徒弟对两人的能力表示肯定。

“准确地说，我们一开始也没测出来。”孟翎一面留意着林渡的神色，一面斟酌开口，“直到昨夜……”

“我们宗门为了检测是否有人闯入阵中，有个特制的法器，名叫天地仪。”那个女修接话，“昨夜我们忽然观测到了天地仪的西北侧有异动，但我们找过去的时候，发现并不是有人闯阵。”

林渡听到这里出言打断：“昨夜何时？”

“约莫……亥时三刻左右？我们是子时交班值夜的，当时我正盼着交班休息，结果就出事了。”孟翎说道。

林渡垂眸在脑子里算了算：“差不多，昨夜亥时，天素派的人放出去了一张钻地寻人符，激活了千魔虫卵，可能是牵引了原本内里的阵法。”

大阵从来都是牵一发而动全身。

连衡派两人对视了一眼：“那千魔虫的方位是……？”

“在你们派领地的东南方，千魔虫喜阴湿。”林渡顿了顿，看到了两人奇怪的眼神。

“那么看着我干什么？你们能找到我们无上宗的领地，我知道你们连衡派领地在哪儿不是也很合理？”

女弟子晋芮小声道：“我们是遇上被你们赶出去的那个天素派弟子了，不然我们也不知道你在哪儿。”

林渡抱着胳膊挑了挑眉：“不要污蔑我们啊，什么叫赶出去？那叫合情合理地请出去。”

她说着，目光逐渐聚焦在对方手上的罗盘上，似乎和她日常用的检测能量波动的罗盘不一样。

不愧是专业阵法师门派，连工具都如此先进专业。

想要。

晋芮也注意到了林渡的眼神，主动开口介绍道：“这是我们掌门为阵法师盟会新研制的阵法师专用探灵阵盘。”

“我们不对外贩卖，道友在此前还没见过吧？”

林渡点点头，这种新一代的技术产品无上宗还真没有，他们舍不得花钱买，新的法器都是自己做的。

有些东西是老的值钱好用，但这种探测法器还是新的好使啊。

“道友如果想要的话，只要通过阵法师盟会的考核就可以了！”

“通过考核就送？”林渡眼睛亮了。

“有购买资格了。”晋芮对上林渡期待的眼神，有些于心不忍。

林渡的眼睛重新失去了光芒：“那没事了。”

“不过如果考过玄品的话……”

“白给吗？”林渡又有了希望。

“可以半价购买。”

林渡心如死灰：“那没事了。”

花钱是不可能花钱的。至少能自己做的，无上宗的人是绝对不会花钱的。

晋芮心生不忍，无视了孟翎疯狂制止的眼神，将那阵盘给了林渡：“你先拿着玩吧。”

林渡接过阵盘，神识探了探，不带任何意味地摸索了一会儿。

外层是天地之间难得的没有属性的无问石，表盘是琉璃，指针是五相金，内里的阵法和内容还要再研究研究。

林渡抬眸看向晋芮，声音放柔了些，带了笑：“谢谢姐姐，姐姐真好。”

孟翎给了无数的眼神示意晋芮赶紧拿回来，眼珠子都要动抽筋了，晋芮愣是一点没看到，眼神只落在林渡身上，还柔声给林渡讲起了用法。

倒是林渡抬头的时候看到了：“孟道友，你眼睛怎么了？抽筋了？”

她说着，往前走了走，阵盘内显示能量大小的一格狂涨起来。

林渡似笑非笑地看着眼皮彻底开始抽筋的孟翎：“抛开我的阵法，这下面应该还有更强大的东西，毕竟……强度都快破表了。”

三个人继续走，划定了底下的阵法范围和强度。

“应该是大阵的其中一个阵眼。”

寻常基础阵法阵眼只有一个，但复合阵法阵眼可以有很多个。

孟翎捂着右眼，定睛看着林渡徒手画出来的草图。

林渡站在原地，一手将纸按在树干上，一手将整个阵眼的形状范围和强度大小记录了下来，接着转头将笔塞给了晋芮，换了一张空白的纸：“你们的呢？”

晋芮接了笔，很快和孟翎一同将他们自己宗门地盘内的也画了下来。

“走吧，去别的地盘看看。”林渡看了一眼两张图，心里有了些数，“不过先喊个保镖。”

她取出弟子令牌：“晏青跟我去趟……我看看最近的一个——无极门的领地见，元烨守好家，不然回去加训。”

晋芮愣了一下：“你们宗门的弟子令牌可以直接传音吗？”

林渡跟着愣了：“你们的不能吗？”

她视线缓缓下移，看到了两人腰间的弟子令牌。

哦，只有刻录功能，材质很单一，难怪。

无上宗的令牌外面看着是紫金，里面还有很多东西的，比如万里螺的子螺珠，传个音是没什么问题的。

不过这是上古时候的东西，现在有钱也难求了，得亏他们无上宗人少，要不那也是不够用的。

三个人出了林子，这一回晋芮见识到了无上宗的天才和他们这帮人的差距。

晋芮茫然地看着一瞬间就蹿出去的苍色身影，看着身旁的师兄：“不都是腾云境中期吗？能跑这么快吗？”

孟翎被那灵力爆发时强有力的风抽了脸，他捂着右脸：“这速度带起来的风，跟大耳刮子似的。”

“谁知道呢，步法吧，估计是天品步法，不愧是无上宗的天才啊。”晋芮眼里满是赞叹。

孟翎匪夷所思地看了一眼晋芮：“不是，师妹，你不觉得奇怪吗？”

如果是天品步法，练好之后对速度和轨迹都有特殊加成，对于善战的修士来说，炼体之后练步法是顺其自然，可林渡那个病秧子相，那身体强度，是怎么支撑得起那么高强度的步法的？

“有什么奇怪的，天才嘛，正常。”

“知道她是天才你还敢把我们宗门独门的阵盘给她？”孟翎深吸了一口气。

“我本来也不想的，可是她叫我姐姐啊。”晋芮目光触及自家师兄的死人脸之后，清了清嗓子，决定好好和他讲点道理。

“她的布阵水平至少和师兄你齐平，早晚会进阵法师盟会的，现在只不过是提前给她用一下而已。

“再说，是你想要求助无上宗的。”

孟翎幽幽地说道：“你就是因为她长得好看，还叫你姐姐。”

“你要这么想我也没办法，一会儿等事情结束之后要回来行了吧？”晋芮说着看了一眼远处的灵光，“赶紧跑，要不然跟不上了。”

林渡到了地方，抽空研究起罗盘，脑子里有了个雏形。

腰间的弟子令牌也在这个时候恰好响起：“小师叔，我也到了。”

林渡故作从容地从巨石之后走了出来，面目和蔼：“来啦，那我们开始吧。”

无极门的阵法是独门秘籍，但阎野年轻的时候出于好奇闯入过无极门一个大能故居的防御大阵，好巧不巧，为了难住林渡，他把那个大阵留给她当作业了。

林渡运起灵力，带着晏青进入他们的阵法之中。

这无极门的领地一面是山一面是水，湖光山色，尽在眼前。

一个人入阵有一个人的走法，两个人入阵有两个人的走法。

“听我口令，按照我的指示走，我让你下刀你就下刀。”

一蓝一青两个身影在山水之间如同山间鸟雀、水上蜻蜓，以奇诡的八卦蛇形路径一点点向前。但见一人持扇，一人持刀；一人破水，一人裂石。

浅湖之上一点灵光，顺着扇顶飞速地向前，如同打水漂的石头，一点点跳动向前。林渡收起折扇乘势飞速在灵光消失之前踩上去，一步步进入了无极门的内部。

晏青也跟着那一块块震动的石头飞速向上。

眼看就快要到岸边，无极门的人也发现了湖面上的林渡，远远一道带着迅疾驱赶之意的箭镞直冲向林渡的面门。

林渡几乎是条件反射一般地以腰为支点，在空中横身一转，转过半圈之后方才又立身于水上，那带着尖锐哨声的利箭几乎是擦身而过。

她刚刚直起身体，就看到了如同暴风雨一般扑面而来的几十支箭镞。

林渡轻轻叹了一口气：“一个腾云境大圆满的修士守在湖边，里面守旗帜的应该还有两个腾云境初期的，另外两个估计在外面。晏青，给你一炷香的时间。”

晏青飞速地回答：“没问题。”

林渡犹豫了一下，没有甩出短刃，转而飞入阵中，远远扔出去几张灵符。

要打也能打，但林渡还想给自己留一些底牌。

她最强的撒手锏不是浮生扇，而是可以在短时间之内成形的短刃杀阵，还有近身的拳法。这是她最后的两张底牌。她不能揭开。

如何在不暴露自己实力的情况下，成功越阶击败一个敌人呢?

当然是靠宗门底蕴深厚家里有钱乱造这个外挂啊!

砰！砰！两个巨大的爆炸水花在岸边冲天而起，这回不是废丹，而是墨麟自己炼制的天雷子。

总得让大师侄有点参与感。

天雷子的威力本就巨大，林渡还算好了两个冲击波叠加的最大范围，刚好能够作用于那腾云境大圆满的修士站着的地方。

水混着雷电之力，带着强烈的冲击波，生生将一个腾云境大圆满的人直接炸到了天上，手脚麻痹。

尽管只麻痹了几息，但对于腾云境的修士而言，已经是致命的了。

林渡跳上岸边，浮生扇横在那人的脖颈之上，锋利的扇子边缘离人的动脉仅有一点皮肉的距离。

“抱歉啊，我送你去找外头的两位同门吧。”

林渡声音含笑。

那人对上林渡的眼睛，五脏六腑还残留着强烈的震荡和麻痹造成的痛感，心中忍不住暗骂：万恶的富家子弟！天雷子都是两个两个地用!

对付他一个腾云境大圆满的弟子，这个天雷子的强度，一个不就够了吗?

一炷香的时间之后，连衡派的人刚摸到无极门的地盘之前，就看着头顶的排行之上，无上宗的旗帜已经变成了五面。

两个人对视一眼，都从彼此眼中看出了惊愕。

林渡恰好从林中出来：“来了？进来吧。”

非常自然的主人做派，惊呆了连衡派师兄妹两个人。

“不是……不是说我们只是进人家的地盘测一下有没有不明大阵的阵眼吗？你们怎么还……”

“哦，顺带，顺带。”林渡笑了笑。

孟翎：……

他小心翼翼地问道：“那之后十几二十个地盘我们都要这么测吗？”

林渡笑了："怎么会呢。"

"本来是有这种想法的，但是就算插了旗也没人看守，我也没工夫布阵，所以就算了。"

林渡面容平静，语气遗憾。

孟翎：她还真的想过?！离谱！

"走吧，今天也快结束了，我们才探了三个阵眼。按照这个进度，恐怕不等我们探查完剩下的二十二个，彻底搞清楚这个大阵究竟是什么，我们就都要完了。"

林渡拿着那个罗盘，自然地走到了晋芮身边，将罗盘放在两人之间，方便她一起查看。

于是孟翎就眼睁睁看着自己的师妹被林渡拐走了。

太离谱了！

他跟在后头，一时没留神，发现这两个人拐了个弯儿，自己却一头撞上了一棵大树。

孟翎捂着额头，道："我有种预感，那个阵或许在水下。"

林渡拿着罗盘："这个罗盘应该是防水的，姐姐会水吗？"

晋芮点了点头："阵法师嘛，也要感悟天地之灵，有些阵法要在水下设置，总会学的。"

"那我们走吧。"

两个人毫无询问身后缀着的"尾巴"的意见的意思，直接一同跳入了湖中。

孟翎站在湖边板着一张青紫交加的死人脸定定看了一会儿，还是默默地站在了原地，神识探入水下，防止出事。

林渡天然对水有亲和力，加上日日在洛泽洗脑子，不管水下何处都能以最快的速度到达，就算是带一个人也不在话下。

晋芮这时候才发觉，林渡看着瘦，力气却很大，像是直入深海破开一切寒冰的长矛，沉默着就抵得上千军万马。

两个人到了湖底，罗盘上代表能量的一格再次暴涨，发出的光芒甚至能直接当探照灯用了。

林渡心里有了数，带着晋芮在水下摸了一遍，忽然在一处被晋芮拉住了手腕。

-01-
师徒

无上宗第九十八代弟子阎野，人如其名，不仅行事恣肆、不讲规矩，外表也别具一格，散发披袍，山野中人一般，问就是自小眼盲，腰带和发带怎么束？就算束了，又有什么所谓？

众人都说，都是因为他师父收阎野这个关门弟子的时候已经修为大成，亟待飞升，无暇悉心教导，所以阎野才会被养成这般不讲究的模样。

阎野路过听了一耳朵，不动声色地用灵力让衣摆结了霜，让肆意翻飞的衣裳静止下来。

师父这个词儿，即便入了无上宗，他还是觉得陌生。所谓师者，传道授业解惑也。又有俗语说，师父领进门，修行在个人。这两句话，阎野都知道，却都不以为然。

领他入门修炼、开蒙学习，甚至授业解惑的，都是他的师兄师姐，甚至是师侄们。

人人都说他是师父命中注定的关门弟子，年纪轻轻就成了无上宗的小师叔，运气可真是好。

可阎野想不明白，就因为命中注定，所以他师父不在乎他先天的残缺，也不在乎他究竟学得怎么样，心性如何。他们甚至连面都没有见过，他就这么成了他的徒弟。

只要收下他，全了这份缘分，了却这段师徒因果，就算完了吗？

可惜没人能给他答案。

入门前，他不“识”字，所以要先入道开神识，再开蒙识字，师兄师姐们比他年长得多，每日轮流给新弟子们授课。可他在这些课业上的学习进度，远远不如他日日飞涨的修为。

到最后他只能和小师侄们一道学习基础的道门五术与修真界的史书律法。

他研读寻常书籍极耗费神识，刚入道神识力量并不充沛，就算是天资聪颖，读书记事也比常人慢得多。

尤其有个本来就已经学得融会贯通的封仪，她似乎在家当惯了少主，见他本就进度慢，还在课上懒懒散散，总想在下课后来指点他。

阎野听大师姐提过，这人本是符箓世家精心培养的少主，不知为何离家另拜山头，就连少主之位，都让给了自己的弟弟。

“你这符笔画结构全错了，没练过字吗？”

封仪转头瞧着那黄纸上几乎算得上乱涂的笔迹，甚至还有些笔画出了符纸画到了桌上，登时两眼一黑。

符箓世家曾经的传人不允许任何一张符纸被如此对待，这人明显就是根本没用神识，随意乱画。写得不好可以接受，可完全不用心地乱涂她绝不允许。

阎野浑身反骨，日常从不在意眼盲给自己带来的一切不便，所以也不把这些进度慢的功课当回事。

那些需要耗费神识的课，比如习字、画符，他就学得格外不好。

阎野本就不耐烦练这个，干脆丢了笔不干了，往后一仰，闭目养神：“没有，你让一个瞎子练字？再说了，你不是说什么符法书画本为一体吗？我这不画得挺有艺术性？”

他态度散漫戏谑，毫不在意，信手将那些符揉皱了扔到一旁。

封仪气结：“你都入道了算什么瞎子，窗景里的老梅树枝好歹还是个景儿，你这最多算个鬼画符。都说字如其人，我瞧着你的画也同你的人一般没骨头。”

阎野立刻回嘴：“都和你一般，跟木头傀儡似的，恨不得每一张符的每一个笔画位置和转角都几乎一模一样就好了？”

不说画符，就是封仪每日行走坐卧，簪子的角度都没变过。

封仪转头，瞧着那苍发少年放荡不羁的坐姿，反唇相讥：“乖戾不羁，不讲规矩，毫无师叔风范。”

文绉绉的，阎野听得龇牙咧嘴。第二日上课，瞅着空倏然间把人椅子变没了，想要看这个所谓世家典范的人是不是还能坐住。

结果屁股下面凳子没了，封仪也没摔，她稳稳悬在空中，依旧是那个坐姿，脊背挺直，双腿并拢，甚至还能端个茶喝，如果不看桌子下面，简直风姿不减。

阎野罕见地吃瘪，一向吝啬释放的神识此刻僵在了空中。

封仪自小被教养得体，对族人和同门极有责任心，平生有两恨，一恨不上进，二恨不规矩，阎野似乎两个都占了。

目睹了一切的闷葫芦姜良难得开了口：“你完了阎野。”

哑巴都开了口，盲人想装聋也不行了。

谁知封仪只是淡淡扫了他一眼，没计较，此后再也没课后指点他。

阎野觉得怪没意思的，往后这等符法课上，干脆在一旁合着眼睛歪着，倒也不是睡觉，是修炼。

他修炼从不按五心朝天的方式打坐，想怎么歪怎么歪，可照样能吸纳灵气运转功法，这是其他人都学不来的功夫。

封仪如同他从未谋面的师父和睁一只眼闭一只眼的师兄师姐一样，似乎也完全放任他了。谁知这日他从书楼出来，在群山中遇到她在原地打转。

如果忽略她在反复绕圈走，光看她步伐稳健，面色从容，姿态端庄，还以为她没有迷路，就是在正常遛弯。

他的嗅觉和听觉极其敏锐，即便不用神识，也嗅到了不远处封仪身上的熏香，大概是封家什么名贵的特产，和这个人一样一板一眼，从未变过，连浓淡都一致，好认得很。

在封仪第三次回到原点的时候，阎野终于上前，手中的竹杖敲了敲人的肩头：“你在这里打转做什么？”

这是个僻静地方，离她所在的峰头很远。

封仪回头，目光顺着那杆蒙着白霜的竹杖，一路向上，对上了同样蒙着白翳的眼眸，他生得有些冷硬粗犷，居高临下的，不似寻常未长开的清瘦少年人。

宗门里曾经有人讲笑话，说姜良和阎野，一个哑巴，一个盲人，带着个破盆到闹市里或许能赚不少。

封仪觉得未必，拦路打劫来钱更快些，瞧这模样光是往前一横，就够叫人丧了胆气。

“我找你。”封仪回答得大大方方，从容不迫，好像刚才那个无头苍蝇不是她一样。

阎野默然片刻：“我的洞府在西北的山谷中，你在的这个地方，在宗门的西南面，这种路我是盲人我都能走对，你怎么……？”

封仪依旧风度翩翩，且理直气壮：“我不辨方向。”

阎野笑了一声：“没想到无所不能的封家小少主，居然还有个不认路的毛病？”

“我不是封家少主，”封仪纠正了他的说法，随后很自然道，“人无完人，各有缺点，谁能十全十美？你眼盲，我心盲，都不过是小毛病，不碍事。”

阎野见她并未避讳，说得极为自然，有些意外：“我？小毛病？”

封仪认真劝学，假装没发觉他语气里的古怪意味：“你是没有手以画符结印？

没有天赋以日进千里？还是没有神识以看书练功？就比如我，我路盲也不妨碍我外出历练啊，心盲也不影响我记下几千个灵符。”

“本就是个天才，别摆出那副因噎废食的样子，浪费你的天赋。”

两个少年都是聪明人，短短几句往来，其实都心知肚明，阎野看似毫不在意他先天眼盲的劣势，实际上是用另一种表面坦然的逃避方式，来避免刺痛内心自出生就有的陈伤。

原本封仪不说，阎野只以为她不认识路，最多不辨方向，一个路盲也就是下山历练有些妨碍，可没想到封仪居然是心盲，是一个无法在神识中形成具体事物形象的人，难怪她不太记路。

对别的修士不要紧，可对符修来讲，没有办法在神识中模拟出灵符笔画形状，就很难记住和画出精准的灵符了。谁能想到，洞明界第一符修家族的“小少主”，居然是个心盲。封仪主动暴露自己心盲的“小毛病”，对阎野来讲足够震撼了。

合着身残志坚的另有他人——自己迷路成这样，也不忘督促人学习。封仪简直是天生的教习苗子，比起师侄，更像他师父。阎野是领情的。

“谁说我不努力？”他抱着胳膊，微微抬眉，那双没有焦点的冷淡灰眸显出些难得的活气儿，“我只是不愿意在耗费大量时间也当不成魁首的课业上努力罢了，毕竟我眼盲。”

封仪蹙眉，微微后仰，像是要远离莫名自大的“咸鱼”：“小师叔，容我提醒你，你连基础的都没学完，就想着当一门大道的翘楚了？这世上可没有不会画符的魁首。”

阎野明知封仪是激将，却还真就被激起了好胜心。

“等着吧，有了我，这世上自然就有了不必画符的一门魁首。”

他站在山岩上，一手提溜着高度快赶上封仪个头的竹杖，颇有高人风范。四下的风卷过来，将他的大话吹到天上去。

阎野抬脚跳下山，用竹杖挽了个无师自通的剑花，衣袍一角带出托底的灵力，将誓言冻在地上成了霜。

张狂，自傲，但还稳妥，知道自己的斤两，还知道跳下山要用灵力托着，封仪在心里作出了评价，看来今天没白自揭短处。

虽然该上的课不能停，但阎野还是没听她讲课，只是答应了她会自己努力。

看书耗费神识，那就修炼修炼神识，再多看书。

神识难修，在能快速修炼灵力进阶的年纪，没必要耗费那么长的时间去修不一定能修成的神识，寻常修士都是结丹以后方有时间修习，师兄师姐们都不同意他这么早修炼神识。

阎野干脆去藏书楼里自己找了修炼神识功法。谁也没想到阎野一个刚入道不久的修士居然这么大胆，敢在没人教导的情况下，自己照着一个不知是否合适的功法修炼。

师兄们发现后吓了一大跳，生怕阎野把脑子练坏了，检查了脑子没事之后方才松了一口气，狠狠训斥一顿还不够，将此事告到了他那个从未谋面的师父面前。

少年人浑身是胆，被师父召见后也没有做错事的觉悟，行完礼还不忘把神识落在师父身上。

这还是阎野头一回见到自己的师父，想要打量打量究竟是何模样。

潜明老祖倒也没在乎自己小弟子的冒犯，只是大能灵力罩上天然的威压就够小弟子受的了。

果不其然，阎野倒吸了一口凉气，神识飞速缩回，打了个冷战。

即将大圆满的太清境修士的灵力，哪怕有意收敛，毫无针对之心，他的神识也难以承受。

“听说你现在就想修习神识功法？为什么？”

“因为我眼盲。”阎野回答得理直气壮，怕师父不明白，继续道，“神识长时间外放需要很强的神识力量支撑，这样才不耽误我学习。不然，只怕师父飞升了，我还没能得到师父的传承。”

直截了当，和少年人不羁的外表一般。潜明差不多读懂了这个小弟子。

倒是一个纯粹的冰灵根，只是并不圆融，倒像是极北之地几十万年不化的冷硬寒冰，边边角角都刚硬不已，肆意生长，风雪刮不去他任何棱角，只会将他塑造得更加坚强。

挺好，这才适合做他的关门弟子。

他开口告诉阎野：“你我注定有一场师徒缘分，若不能完成这场缘分，我的道就不圆满，就不会飞升，所以你大可以放心，慢慢来，不必为了见我急于求成。”

一个师徒缘分，就能够把一个修为已经达到顶峰的人绑在修真界，只能等着缘分了断吗？阎野不懂，忽然觉得自己或许是师父的最后一个麻烦。

为了不那么麻烦，还是学快点吧。他心中这么想着，脸上线条也跟着决然硬朗起来。潜明看出来了，这是个有反骨的。

潜明养孩子很有经验，知道这种人越压越生反骨，还不如顺毛捋，若是当面不让他学了，只怕背地里还要偷偷学的。

于是他找了一本特殊的天品神识功法出来："你想要修炼神识，不过是为了有取之不竭的神识力量用以学习，可你现在修为尚浅，历练更是不足，选择的功法不对也不过是在浪费你的修炼天赋。去吧，再弱小的溪流也能够绵延不绝。"

阎野接了功法才觉出师父的作用来——替他挑选合适的书。

这功法比他自己找的好多了，修炼起来如鱼得水。他读书的时候神识得一直外放，消耗很大，以前用完就完了，现在勉强能源源不断地使用，坚持更长时间，还能一边用一边积蓄。

等他将基础的东西快速学完，师父笑问更喜欢哪一门的时候，阎野想了许久，方道："我喜欢数字。"这不在道门基础的五术里。

"算术？"潜明讶异。

"不，我喜欢既定的东西，既定的数字，既定的方位，我喜欢一切都能靠计算预估的变化和结果。"

方圆之地，风水堪舆，经纬天地，皆在掌握，比起他随时有可能面对的不测来说，他喜欢能够预先计算的空间和结果。

他是个盲人，盲人总要面对很多不确定，自幼磕磕碰碰多了，他最得意的，就是自己能够快速掌握空间结构，避免第二次的磕碰。

年幼时他常常坐着，握着一把用废弃竹杖制成的小算筹，听父亲拿着建筑图册念叨，须臾之间他就能得出答案。

他想创造确定可掌握的空间。

那就是阵法。

这个答案超出了潜明对阎野的预期。

"我以为你会不信邪地做个盲眼剑客。"潜明开了个玩笑。

一个盲眼的阵修，只怕比盲眼的剑客更为稀罕些。

但潜明不会干扰阎野的决定。

与其叫小弟子阳奉阴违，背地里作妖，不如让他自己历练，知难而退也好，磨砺出锋也好。

阎野龇牙："那等以后再说吧。"

宗内年年有擅剑的，但他师父并非最擅剑的那一个。

潜明也没有手把手地教导阎野阵法，只是将一本本札记手书扔给小弟子，叫他自己读透算好，若有不懂的再问。

阎野不适合寻常的教学方式，他主意很大。

阎野日常还是与同岁的师侄们相处更多，他对师父教导自己的记忆，也就只有这为数不多的几个片段。

有师父，但也不算完全有师父。

入什么门，修什么道，都是阎野自己做主，就算不合常理，也从未有人强行要求他改变，于是冷硬刚强的冰山，从未折过一处棱角。

所谓师父，大约也不过是，让他从只能用拐杖摸索着走路，变成能飞着走。

走路的方式变了，可不管是走哪条路，还是怎么走，走到哪儿，都是阎野一个人来决定。

-02-
命数

无上宗的弟子在达到琴心境以后，就会频繁进入秘境和参加赛事历练。下山后，阎野的风评就变得诡异起来。

原本只是："虽然命不好但天赋异禀"，"运气好被收为关门弟子"，"无上宗又一个少年天才"，"小小年纪天赋过人，已经是青云榜前列"，"也不知眼疾有没有机会治好"，"听说睡着都能修炼进阶"。

后来众人见了真人，对阎野的评价就变成了："简直是个野人"，"有种没有经历过教化的纯粹的野性美"，"热衷于划地盘，只要在他的地盘，连草根都是他的”。

初见只觉得是个很野的美人，一起下过秘境之后都知道这是个很美的野人。

阵法师大多眼明心亮，沉稳谨慎，风度翩翩，大器晚成。偏偏他一个盲人成了阵法师，急于求成，狂野不羁，无时无刻不在圈地盘，为了经验只身一人破了几十个宗门的护山大阵，毫无道义可言。

一个只能依靠神识布阵的盲人，需要花费超出常人几倍的精力去学习，也比正常人更难布好精密阵法与大阵。

但阎野只花了几十年的时间，就成了阵法师联盟的天品阵法师，成了所有人口中的“中州第一奇迹”。许多人质疑，又有许多人败下阵来。

他打破了所有世俗的成见，也让人感慨：“只可惜命不好，天生眼盲，不然就是第一等的完人了。”

就算他努力用最快的速度积蓄天材地宝，修为飞涨，在阵法一道登堂入室，可他的师父依旧还没有飞升。

阎野不明白。为了向天道证明自己已经长成，他还特地去考了他本不屑于去考的天品阵法师，以证明自己已经有所建树，未来也已经是一片坦途，可为什么师父还被自己拖累不得飞升？

他去问大师姐临湍，临湍也不知道师徒缘分究竟如何圆满，于是他干脆去问了师父：“我已立业，为何师父还被我拖累不能飞升？”

潜明正坐在一片星河倒影里，打坐的身体与水面相接，却不留痕迹，星光划过法衣绸面，一路落到灵气馥郁的静水之中。

天品水灵根，是最适合上善大道的天赋。潜明总是温和的，不似阎野刚强，也没有其余大能那种不容忽视的强横气息，像融化在这水天之中，一派自然。这是修为早已达大圆满的标志。

“你不是我的拖累，是我命中不可缺少的一份缘。更何况依我看，你还没有成长到令我放心飞升的地步。”潜明声音柔和，水面被吹起涟漪。

阎野还是不解。他还要如何让师父放心？难不成，是因为他还不够强？

阵法的确不适合日常防身。阎野决定去修习剑术。

再过些时候，就有阵道大比，恰逢他过百岁，以百岁为界限，修士彻底脱离了凡俗的桎梏，真正走上了修仙路，这才是修士的“成人”。

成人之际即成一门魁首，花最短的时间成长到顶尖位置，之后再修习剑术防身，最好顺便拿个中州第一，世间不会再有什么东西能够威胁到他，未来便都是坦途，那师父还能有什么不放心的呢？

阎野想得很轻松，全然不知道这想法有多么惊世骇俗，只一心一意成自己的道。

在阵法大比中，击败三个千岁阵道大能的那一日，阎野回去找师父，却没说自己已经成了阵道魁首，只是向师父汇报："师父，我要学剑了，等我成为中州大比的第一，你一定就能放心了。"

潜明瞧着阎野，忽地笑了："你最该想的，不是要怎么让你师父飞升，也不是如何争那个头名，而是，你成为魁首，成为第一，然后呢？"

"然后你想走什么路？"

阎野刚想回答，那就飞升啊，可却又顿住。

"你的路总是走得理所当然，可就算你是天下第一，也总有你圆不了的东西，争取不了的命数。

"你先天眼盲，你理所当然地觉得这是你命中该有的坎坷，你天才人生中唯一的小缺陷，虽然介意那一点不圆满，可你却从不去想，你天然想要向命运和世俗抗争。

"世人觉得盲人不能成为阵法师，你就顺利成为阵道魁首；世人觉得盲人不能成为第一剑修，可从你拿起剑的那一刻起，我就知道你一定会成为中州第一。

"你以为你在反抗命运，实际上你就是在顺从命运。"

这一句话下去，叫阎野心神震荡。他抬头瞧着师父，千万年的坚冰被一滴水击穿，可他心底的不解却愈发浓厚。

"我一直等着你停下来想，可惜你从未停下你向前的脚步，我只能拦一拦你，话说到这儿，我这师父才算真的做得圆满了。

"去吧，孩子，这是我给你上的最后一课，也是唯一一课，你听进去了，那么以后的路，就要自己走了。"

潜明没能见证阎野在中州大比成为第一。他在阎野夺得第一之前飞升了。

那时阎野心底的疑惑依旧存在，这疑惑成了坚硬冰层之下蕴藏的尖锐骨刺，他越不明白，就越拼命去证明，他不管是握着算筹阵盘，还是拿起剑，都会是这一门的天下第一。

世人皆道阎野狂傲，却又不得不拜服于他逆天的实力。

中州北方天色澄明，似水面倒悬于天地之间，祥瑞经久不散，比试台上的战斗难分难解，看客们却在此刻分了心神，看向远方，一片沸腾。

阎野站在比试台上，发觉了那代表着有人飞升的异象，顷刻之间意识到了此中的意味，神识滚沸，灵力爆裂，长剑发出了啸音。

剑锋裹挟着浓重的灵力，一路滚滚向前百丈，满场结霜，世界寂静，只剩下结冰的声音。冰雪如珠，顷刻之间没入对手的眉心，锋锐的冰冷将人的神识冻结，刹那间无法思考。

凝滞的瞬间，盲眼修士的白发被剑气裹挟向前，半面硬朗的线条被掩盖，只露出一双迷茫空洞的灰色眼眸。

剑尖直抵对方眉心。

胜负已分。

就在师父飞升的后一刻，阎野成了中州第一。

究竟什么是命数？又什么是圆满？

他在逆天而行？还是在顺天而行？

直到在古神之墓中，被命道选择时，阎野恍惚间才明白，是道择人，非人择道。

他被命运裹挟向前，或许他努力与自己的命运抗争，也不过是命运料定的一部分，他终究是自己走到这里，可这何尝不是一种命运的安排。

阎野依旧勘不破师父最后留下的问题，在命道上挣扎向前。他和师父一样，也能算出每一个人的命数走向，算出轮回所在，可偏偏，他看不透自己的命运，也不懂要走到哪里才算圆满。

他一烦闷，修真界作恶的邪修邪魔就都遭了灾。

整个洞明界，都开始害怕那个白发苍衣的剑修。

有人传他阴晴不定，性子莫测，不管正邪，说杀就杀。不管是修真世家的精英，还是大宗门的小长老，妖界天上飞的、水里游的、地上跑的，也都祭了他的剑——大约还有可能祭了无上宗弟子的五脏庙。

曾经有妖修亲眼看见，一只大鹏鸟被串在竹杖上烤。

阎野不解释，也不想解释。

他行走人世间，只活自己的，不想费力去和旁人解释那些诡异的命运线。

“他们不会去往冥界，因为地狱也不会收到他们的魂魄。”

这是他在接连杀死不少修士后给出的唯一交代，像是甩落刀锋上的血沫一般，轻飘飘抛向赶来质疑的人。

阎野言尽于此。

可惜世家宗门们没听懂。

杀了人还诅咒这些人不得超生，宗门世家终于忍受不了阎野的压迫，揭竿而起，狂写二十七页讨伐书，痛诉无上宗弟子阎野的罪行，他们可以理解年少成名的天才狂傲一些，可年纪太轻，修为太高，心性不定，这不是成圣的道路，这是要成魔啊！

无上宗在这样浩荡的声势之中，做的第一件事，不是抓捕在外游荡的阎野，而是发动四散的弟子，见到讨伐书，就往上刷红漆，挡住威逼阎野自裁的宣言。

平素最讲道理的和归还提笔在红漆上写了一句话：“妄听妄闻，不如盲昏。”

无上宗这样的态度激怒了整个中州，就在众人喊打喊杀，质疑无上宗不顾公益法理，一味护短，忝居第一宗之位时，阎野在中州边境现身。

沙漠一夜之间冰封千里，魔气都被冻得失了滚沸黏湿的邪性，即便如此，众人还是看见了那猩红的天地，昭示着此刻与阎野战斗的人，就是那个掌权以来野心勃勃的魔尊。

舆论旋涡中心的人物，完全没有被那些自己人的喊打喊杀影响。在阎野心中，他平等地不在乎每一个人，所谓善恶、公理、规矩，他都不在乎。

他本就是匹孤狼。

无上宗是他的地盘，还是他背负的责任，但他师父飞升之后，他努力的动力就不再是让师父顺利飞升，而是解开命道的谜题。

师父留给他的，是一个他解不开的命题。

而神墓镜中所见的所谓“未来命运”，他也不愿意接受。

阎野不知道怎么解开，所以他做着每一个正道都会做的事，去清除他遇到的所有正道的敌人，以期在命道上更进一步；他在干扰每一个宗门世家正道的命数，以期让那不知如何缠绕蔓延的命线，止步于无上宗所有人消亡之前。

魔尊千屿的确很强，光靠剑术修为，阎野几乎招架不住。他的灵力被急速消耗，散落的长发也被魔气纠结，沉坠腥臭，精力几乎被耗尽。

高大的松柏几乎要被淤泥浸透。

但阎野不是个只会比拼硬实力的剑修。

剑光所至之处，每一个阵石都被剑气激活，最后连缀成致命的杀阵。

直到这时魔尊才知道，阎野这人杀了那么多自己派出去的探子，靠的也不只是一手好剑术。

“正道之人居然使这等诡计?!”

“诡计？我是正道，用什么手段重要吗？”阎野毫不在意。

“更何况，论阴谋诡计我还是比不上你们邪魔，一个个披着人皮，混迹在正道宗门中兴风作浪。”

千屿妍丽的面容慢慢狰狞起来，他看着眼前这个盲人：“正道？你不是被正道中人打为恶人异类，急于处置吗？”

“你是个盲人，可那些正道人士的眼睛比你还盲，居然怪你杀了那些邪魔，你难道不觉得讽刺吗？正道之人就是这般愚昧固执，虚伪庸俗，只会用所谓的道德仁义绑架自己人，可你现在居然还要为了他们跟我开战，你不觉得自己很可笑吗？别说你如今打不过我，就是勉强打过了，你身后所谓的正道人士，只怕也会乘你重伤，将你杀了祭奠他们所谓的正道。”

“那倒不会，”阎野懒得回复这挑拨，嘲讽的话倒是张口就来，“我打你，就是单纯想打你，惹人生厌的秃鹫，只会吃腐肉臭魂，谁路过了都想踹一脚的。”

阎野在自己圈出来的地盘重振旗鼓，阵中封存的剑气纷至沓来，密不透风地困住了千屿。

刺目的白光太过锋锐，几乎割伤邪魔的瞳孔，也吸引了远处修士们的注意。

众人终于知道了阎野这些年来都在杀什么，也明白了那句话的真正含义。

什么东西被杀之后，灵魂不会去往地狱？是邪魔。

那些被杀的人，是邪魔的探子。

暴怒的千屿被困在阵中，不知道他的嘲讽已经传了出去。

一个天品阵法师布置出来的阵法，就连魔尊也难以招架。

阎野趁机恢复了些灵力和神识，凝结出的巨大的剑阵似审判的铡刀，轰然而下。

千屿发出尖锐的嘶吼，下一瞬间横切的剑光之中，有纷乱四溅的浓稠魔血。

阎野掏出铲子，准备就地埋人。

无上宗的规矩他很少在乎，但这种约定俗成的小习惯他目前还在遵守。

冻土难挖，阎野慢吞吞地挖坑，又将挖出的土块砸到魔尊的尸体上。

他隐约觉得魔尊不可能这么轻易地死去，果不其然，尸体上的土块堆积到看不见人脸的时候，他猛然将竹杖扎进去，没能触碰到那具尸体。

堂堂魔尊，居然“死遁”了。

阎野高大的身躯靠着那个对比起来显得有些矮小的铲子，那铲子在无上宗传承了无数代，还有点“附魔”效果——锈迹斑斑。

他在思索，他本来也没有指望彻底杀死魔尊。

因为邪魔本身就是个奇怪的物种，一个魔尊死了，会让一群邪魔更喧沸。但他至少要给千屿一个教训，砍断他意图伸向无上宗和中州的爪子。

他想要改变那日镜中窥得的命运走向。

如今这般，能解决吗?

阎野不知道，他转身离开了本该是荒漠的冻土。

一片冻结的焦土，厚重冷硬的冰面之下压制着浓稠的魔气，昭示着那座冰山的棱角依旧坚硬。

不管是邪魔，还是世俗，都没能打磨掉分毫。

邪魔缩回了他的爪子，至少表面上如此。阎野回到阔别百年的无上宗，那个一直替他顶着风雨，无条件给他撑腰的地盘。

他要在无上宗给自己圈个地盘，去消化这些年在人间历练所触碰的所有命数因果。

如今阎野重新成为正道标杆，雪山依旧是雪山，但又从人人畏惧的不毛之地，变成了神圣顶天的所在。

阎野不喜欢应付喧沸的人间，那太吵。

那个师父留下的问题，他似乎隐约勘破了些许，又没完全理清。

这世界上，似乎有很多事情，努力了之后结果也不会完全改变，他只能延缓或者加速事情的进展。

他独自待在自己创造的洛泽里，修为与日俱增，一路成为重霄榜第二，也几乎再也没有出禁地一步。

对阎野这样的修士来说，时光是最不值一提的东西，悄然流逝，外界的掌门更迭，同门离散，新旧交替，顶梁柱换了一批人，大能们或是触摸不到飞升的境界自我兵解转世，或是选择与世隔绝，彻底没了踪迹。阎野再睁眼的时候，给他送传音符的掌门已经是凤朝了。

五六封传音符，除了第一封是告诉他掌门换人了，后面几封都在问他："今年大选你要收徒吗？"

大能不收徒的很少，就算存世的时候不收徒，走之前，也会留下遗址，让自己的道得以传承。

作为掌门，为了无上宗能代代相传，凤朝有责任规劝真人们收徒。

阎野之前没考虑过这个问题，考虑完了之后，第一反应是否决。

"如果我收到像我自己这样的徒弟，大概会被气死，根本不想养。"

他师父也没养过他，除了给他功法书籍之外，只给他留下了一个巨大的问题。

这个问题成了他无法勘破的心结，也在他的道途上应验了。

快速变得强大，变得无人可撼动，然后呢？

他不信命，可他走出来的路，不就是他的命吗？

阎野忍不住想起了那日镜中，他还"见"到了一个人。

一个陌生的人，一张陌生的脸，但他就是知道，那是他的徒弟。

她弯下不该弯下的脊梁，白了不该白的发，在一片惨烈的混乱之中，轻得像一片薄雪。

他的命中，是注定会有一个徒弟的。但第一眼，他就不喜欢她。

他的徒弟，如果注定是这个结局，他就不想要了。是个大麻烦，还是个不喜欢的大麻烦，估计还很脆弱难摆弄。

阎野不喜欢这个弟子，也不想要这个弟子，或许还有一层原因，是他依旧想要反抗命运的安排，不想要落入他师父的箴言之中。

阎野撑着头想了许久，却还是没能阻止那个孩子进入无上宗。

林渡进入无上宗的地界时，他就通过自己设置的护山大阵中的机关"看"到了她。

是她。

是他命中注定的弟子。

如同他是他师父命中注定的弟子一般。

一个麻烦。

是属于阎野本人的麻烦。

那双眼睛，浓黑不驯，一看就知道扎手，并不是他想象中的脆弱、软弱、会弯下脊梁的小孩。

还是个小病秧子。

到他面前的时候毫无敬畏师长之心。

“我叫林渡，渡人渡己的渡。”

阎野在心底轻嗤一声。

这是一个听上去就挺违背命道的名字——个人有个人的命数，非要渡人，就如逆水行舟，洪流倾泻，再如何努力也只能被冲刷搁浅。

大概率是个逆徒。

阎野虽然不想要一个和自己一样麻烦的徒弟，但也不喜欢一个和自己背道而驰的弟子。

阎野没教过孩子，也几乎没有被好好教导过。

即便在修行一道上他有师兄师姐甚至师侄教，但自根源上来说，他至今仍然不知道师父这个角色究竟意味着什么。

但命运已经将他的小徒弟推到了他的面前。

虽然出发点是为了解决那涩滞的心肺经脉问题，顺便看看这小徒弟的本事，但阎野内心的恶劣因子作祟，他选择以一场恶劣的考验来庆祝这场师徒初见。

他毫无预兆地将林渡丢入冰面之下，看着她被寒流冲刷，后继无力，沉入洛泽。

-03-
好物

阎野感受着林渡被湍急的寒潮冲刷，看着她一遍遍试图打开冰面。

直到哗啦一声，冰面咔嚓被突破，他的神识范围内，溅起的细碎冰晶被阳光折射出亮丽的闪光，那瘦弱的小孩艰难冒头。

远远超出阎野对林渡的期盼——他以为今天会以他把人捞上来扔去姜良那边，顺便让他帮忙养孩子收场。

她孱弱，瘦小，天生患有心疾，头发枯黄，说明之前十几年根本没吃过饱饭，本该比他更像个野兽，但她看起来和野沾不上一点边，倒像是浮雪。

沉寂多年的冷硬寒冰审视着初生的小雪花，并对那须臾即逝的生命嗤之以鼻。

阎野心里还是厌烦，但这孩子自己最好还是别养死了。

至少她看起来心志还算坚定，好像也能自己照顾自己，应该不算太难养。

他暂时接受了这个徒弟。

阎野还是委托姜良好好给林渡养病。

姜良难得地收到了阎野的传音符，虽然大师姐早就嘱咐过他同一件事。

新入宗门的那个小师妹，大概率又是一个新的“疑难杂症”，和她的师父一样，是他医修生涯中难以跨越的鸿沟。

阎野嘱托完，又接触了一下这个徒弟，发觉这孩子对他也毫无了解，甚至根本不知道自己拜了个什么师父。

至少当年他当徒弟的时候还是好好问过了自己师父究竟修的是什么，又是什么性子，可林渡好像根本不在乎，对他的了解只有当年他中州大比，封冻中州的那一剑，还问他她能不能像他一样封冻整个中州。

开玩笑！不说他是堂堂阵道魁首，如今重霄榜第二，就说她这个看起来挥一下剑就要喘不过气的样子，还想学剑？

而且听她话里的意思，根本没指望治好自己的病，还想当剑修？

阎野决定给她轻描淡写地展示一下自己究竟有多厉害，至少前无古人。

林渡认真听完了他这个阵道魁首、中州第一的剽悍人生。

他是个盲人，可依旧能成为需要精密测算排布的阵法师；封仪是个心盲，依旧以符法入道。就算这个徒弟先天不足，身躯破败，但没有什么是不可能的。

所以最好好好活着，有劲儿地活着，才配得上说是他的徒弟。

人人都说他是中州第一奇迹，如今他想要创造第二个奇迹。

他审视着这个如他曾经一样懒懒散散，好像什么都无所谓的人。林渡站起身来，在奔向自己的鸡腿之前，转头看向他，眸光明亮，兴致勃勃，让沉寂了数百年的洛泽重新有了生机。

“要打个赌吗？”

“赌我比你更快成为阵道魁首，无须修习剑术，依旧能成为中州第一。”

少年人第一次在他面前崭露峥嵘。

阎野微微笑起来，看着她撂完狠话，转头就急匆匆冲向膳堂，他又给姜良传了音。

“我命中就这么一个徒弟，别给我养死了。”

姜良有些头疼，但小师妹的反应让他更头疼。

和阎野如出一辙的不在意。

当初阎野不在意他的眼睛究竟能不能治好，而现在他的徒弟也说：“能治就治，治不了算了。”那副无赖样子，很容易就让姜良联想到一个少年“野人”在符法课上不好好练字的模样。

好在林渡也和阎野一样口是心非，她看起来不太想活，但姜良对于每个垂死病人求生的意志格外敏感。

姜良觉得，其实林渡没那么想死。

这种求生欲，每见一次，就多一点，跟她的体重一样与日俱增。

好像是……他给了她日渐增长的，想活下去的希望一样。

他罕见主动地和阎野汇报了这个消息，此前他曾经单方面不联系阎野很久了。

姜良愧对阎野，因为他没有做到年少时的承诺。

哪怕阎野不在意，但道心是一个人的修行。

每个人的心里都有过不去的坎儿。

阎野知道之后摸了摸下巴，传音符讲完之后在空中燃烧，光却没落进那双蒙了尘的灰眸里。

他忽然伸手，制止了传音符的燃烧，将剩下的半张符扔进了洛泽里。

想活，是一件好事。

他不想把林渡养死了。

尤其……在她毫无畏惧地、近乎狂傲地挺过第一道筑基的坎儿之后，阎野这个小徒弟的名字，出现在了青云榜第一。

并不算辱没他这个师父的威名。

很好，阎野这么想。

最好活得久一点，到最后也这么坚韧，别随随便便就折了腰，白了发。

这才是他阎野养出来的弟子。

筑基之后，风朝给他传音汇报林渡的学习情况，作出了评价：“简直是翻版的您。”

阎野坚决不认同这个观点，并嗤之以鼻。

比起他来还是差远了。

风朝也没惯着他。

“天赋一模一样，进宗的情况和身份也如出一辙，都是年纪小辈分高的‘小师叔’，学起来有种没有明天的架势，身上不知道背负着什么，总有种时间紧迫的感觉，明明修炼并不需要快速；有时候自傲，但又很有些自知之明，对自己的天生的缺陷也并不畏惧，最重要的是，她倔得像一头驴，这一点也和您一样。”

堂堂仙尊隔空冷嗤一声：“你对我误解不少啊。”

风朝觉得没有误会，如果非说有误会，那就是林渡显然比阎野可爱多了，也通情达理多了。

虽然师徒两个都喜欢悄悄作妖。

风朝笑说林渡和阎野很像，但其实林渡的先天不足比先天眼盲可麻烦得多，又是阵修，虽然天赋过人，却也没什么太强的自保能力。

阎野本来是不打算放她出去历练的，尤其还是和修为还不如林渡的新弟子一起。

风朝反对他的看法：“因噎废食是大忌，该让孩子去看看。那秘境很安全，林渡完全有自保之力。”

阎野反问：“安全？那文福呢？”

风朝哑口无言，沉默了半晌，又问：“你瞧不起自己亲自养的徒弟，也瞧不起自己？”

阎野又想到了那镜中的预言。

世间好物不坚牢，彩云易散琉璃碎。

林渡毫无疑问是个“好东西”。

镜中那个林渡，大约是心性太过纯善，所以才那么容易道心破碎。

阎野怔然，忍不住想起那日让她筑基之时，她笑吟吟地与他道别：“瞧不起谁呢？”

初见时瞧着命不久矣却毫不在意的人，其实也是自矜自傲的，他瞧得出来。

阎野牵着混乱的命运的线，脑子里回旋着雷劫之前林渡的话，最后还是松了口，放林渡去秘境。

但他也确实不放心，干脆找上苍离，带着准备好的监视阵法，让他做出小世界的天眼来，若有任何不妥，他随时能划开界门，将人带出。

苍离几百年都没能收到自己这个师叔的传召，没想到一来就是这么个任务。

他们当年可都没有这么个待遇。

“还说不是宝贝蛋？这都看成什么样了。”

苍离语调戏谑，冲这位看着冷若冰霜的仙尊笑得意味深长。

洛泽温度又下降了些，水汽扎进毛孔里，跟冰刃似的，苍离打了个颤，知道这位不高兴了。

他啧啧称奇，两个孤寡性子的凑成一对师徒，一个表面不羁心里牵挂，一个表面乖巧心里叛逆，大概这辈子林渡都不会知道她师父有多看重她。

头一回历练，林渡自己没事，倒是挖出来个大事，跟抽丝一般，将被掩藏了将近六百年的惊天隐秘给抖了出来。

谁知天眼在的地方没出事，回来的路上却遭了难。

一个总是在生死边缘大鹏展翅的徒弟，无疑是在挑战阎野的底线。

阎野最初对这个徒弟的要求很低，活着就行。

但林渡好像总是不懂。

阎野听完凤朝的汇报，知道林渡一行人从兰句秘境回来的路上被袭，气得冷气直冒。谁都知道林渡就是个破了口的瓷器，甚至不需要推，只需要一阵风过去，她就能碎得一团糟。

师侄无能。

阎野冷着脸这样想。

但林渡在他面前，裹着厚厚的裘衣，狐狸毛围了一圈儿，小脸惨白，居然还大大咧咧嘲笑他的防御阵法被人破了。

阎野自然看出来这小兔崽子是故意笑他，以转移他的注意，避免被他责骂。

一个逆徒。

林渡用宗训反驳他，坦坦荡荡地说：“无上宗宗训第七条：若我族道友陷入危困之际，无上宗弟子，当舍生取义，以身救世。”

阎野蓄积的所有怒气被一瞬间击碎，神识中又浮现镜中所见的未来。

所以……是因为这个才精疲力竭，道心破碎，不复生机？

一直以来在教导下生长得笔直的树，在遇到那样不堪、不符合她世界观的事情的时候，大约是无法承受，会就此折了脊梁的。

阎野沉默许久，看着就算受了内伤还活蹦乱跳的小徒弟，隐隐约约觉得该叫她见识见识什么叫世界和人心的险恶。

可林渡好像又都知道。

她天分过高，甚至是有些超过他的。

天分高的人大多清高自傲，比如阎野自己，他并不想要让清白染尘霜。

这条路他走过，外人看着艰难奇绝，他倒也没觉得怎样。林渡那嬉笑之下掩藏的清正傲骨，他看到了，也知道未来这傲骨会被打断，凄惨无比。

在养孩子这件事上，他难得地没有自信。

阎野想找旁人询问一番，仔细将当了师父的人筛选一番。

大师姐不行，临湍自己带孩子都带出个差点欺师灭祖的逆徒；姜良不行，打一棍都憋不出个屁来；苍离不行，性子太散；睢渊不行，无能；封仪倒是可以……就是人不知道迷路到了哪里。

那就只有风朝了。

风朝虽然因为事情忙没有收徒，但带过好几个师弟，甚至带过他。

应该还行。

他转头示意风朝不忙的时候过来找他一趟。

风朝觉得有些稀奇，但带孩子似乎成了大人们成家后唯一的话题，面对这个孤僻仙尊的不耻下问，风朝有问必答：“我说你们很像，是因为你们进宗门的时候就已经行成了一个坚定的自我意识体系，不会被外界所动摇，之后的所有学习，都不会改变你们的世界观。”

“所以无论你如何教导，她心性已定，这不是坏事，她比你想的更坚强。”

虽说过刚易折，可正道人哪个没有不可折辱的脊梁。

阎野云里雾里听了一大段话，还是忍不住问：“那，这师父到底该如何当？”

风朝认真地看着他，眸光坚定温和：“你已经是师父了。”

阎野怔然。

就像风朝说的那样，阎野从小就是个主意很大的人。

就算是有个大能师父，他也习惯性掌控自己的人生，现在他的人生里多了个小东西，这个小东西自然也得他来做主。

他是阵道魁首，所以他的弟子，就必须主修阵法。

在该修习什么这件事上，林渡没有像少年时的他一样非要自己拿主意。

她接受了阎野的安排，哪怕他故意跳过基础，直接将进阶的阵法书扔给她，林渡也解完了，甚至学得比他当初快许多。

一个真正的阵道天才。

林渡，像是一个天生就该成为他徒弟的人。

阎野在看着林渡解开的上古残阵图时，倏然觉得顺从命运也并非不好。

但他不喜欢命运给出的结局，他还是想要掌控命道。

所以阎野费劲地去做他想象中的师父，去掌控他弟子的路，以期不动声色地改变那个，命中注定的结局。

但是林渡并不是他的人偶，她的主意极大，除却阵法功课之外，其他的东西，阎野其实根本没有办法替她做决定。

或许早有端倪，毕竟初见第一眼，阎野就从那双眼睛里读出了骨血里的不驯。

他知晓一个主意太大的人，一定是会撞墙的，就算天赋可以叫他们成功撞开铁墙，也不代表成功了就不会疼、不会遍体鳞伤。

阎野在林渡执意前往滇南陪同墨麟就医的时候深觉挫败。

他几乎没有挫败的时候，所以他将挫败理解为气恼。

气恼于林渡的奇怪的道德标准和倔强的性格——仿佛天塌下来都得她顶着。

那种奇怪的责任心，让仙尊很不满意。

他的徒弟，如果能因为一件根本算不得她的责任的事轻易转变生活重心，甚至毫不顾及自己的身体和修炼情况，冒险去做一件本不需要做的事，就实在有些过于愚蠢，难怪最后会落得那个结局。

阎野不想要那个结局。

但林渡的一句话如同藏在薄雪之下尖锐的冰刃，直接揭开了他们藏在看似平静相合的水面之下的深长冰山裂隙。

“就好像师父你，其实本来也没想过要怎样教育我不是吗？你命中注定必须收我为徒，而剩下的一切，都交给我自己来，我会把自己教好的。”

原来林渡第一眼就察觉出他对命运的不满了。

阎野被说中心思，霎时水面下冰山本体被撞得崩裂，海面掀起惊天波澜，搅得他喉咙堵塞、头皮发麻。

他不算是个好师父，这件事如同他生来的眼疾，连他自己在内，人人都觉得他无所谓，但总在微小处，能被特殊的人一眼看穿。

可这时候阎野其实早就不排斥这个弟子了。她脆弱，但坚韧；她油滑，却又持重；有点难养，但又不太难养。

成为林渡的师父其实是一件很叫人满足，又有点挫败的事。

他想，正如凤朝所说，他已经是个师父了，可他如今想要成为一个好师父。

可惜他的师父就是这么教他的，他甚至比自己的师父做得更多，他至少还过问了林渡的身体，一直将人放在身边，他做了他所知道的每一点。

可林渡依旧觉得他不是个好师父。或者说，不光阎野不知道好师父该是什么样子，林渡也不习惯有一个好师父。她并不习惯什么亲密关系，和阎野一样。

他们这样的人，生来就是要自己给自己做主的。他们要做命运的赌徒，要做掌控者，要做主宰自己命运的人。

林渡不是他能豢养的，不是只要他小心翼翼保护好、封存在洛泽就能安全度过一生的小雪花。阎野放开了手，让雪花自己成为一片雪原。

两人说开之后，林渡倒是学会了把阎野当成个师父，或者说把他当成了人形的书楼，叩叩神念询问就得到答案。

甚至学会了告状："有个坏人说我是天煞孤星。"

阎野有些意外，很快找凤朝弄清了林渡说的那个坏人是谁，又是如何编派污蔑自己的徒弟是灾星的。这可不行。

他几乎不假思索地跨越万里，飞星派的护宗大阵还是当年他亲手设下的，他来去自如。那人显然意外到了极点，像是不明白为什么他一个即将圆满飞升的大能会出世，为一个命不久矣的弟子去沾染负面的因果。

阎野想，这人也是师父，怎么会不懂呢？

就因为林渡是他的徒弟，所以他才会漏夜前来，为他执意远行的弟子扫清一些不该沾染的尘埃。

他曾经体会过世人口伐笔诛的滋味，尽管他不在乎，可他从无上宗弟子们的反应中知道，那绝非什么好过的处境。

阎野自己一个强大的杀星都会被群起而攻之，而没成长起来的灾星，大约就是人人喊打，很快就会死去。他不允许这等污蔑落在林渡身上。

阎野没有杀了印仲，乘月而归。

风朝等在禁地里，瞧着他笑。

“你没杀他。”是肯定句。

阎野挑了挑眉：“嗯。”

风朝继续说道：“也没出手解决一切。”

“嗯。”阎野顿了顿，“是觉得我该杀了他，或者解决掉那些谣言？”

他不太会解决谣言，但不杀他并非不想沾染恶果，只是他觉得……林渡大概还需要这个人解决一些事。

风朝摇头，掌门深重的紫衣划过经年霜冻的叶：“不，这样很好。现在你明白了吗？你已经是一个师父了。”

阎野站在原地，满头月华。

他明白了，所谓师父，不是要为徒弟做很多，而是要站在徒弟背后看着，看她上路走远，即便会生忧生怖，即便偶尔情急他需要出手，为徒弟归正道路，也一定要让孩子自己走路。

或许，他的师父真的是个好师父。

-04-
所念

因为害怕林渡在外再次出事来不及通知他，阎野在她神识内留下了一道神念。

也是通过这道神念，阎野看见了光。

真正地看见。

和用神识“看见”的完全不同，那道光破开那昏昏沉沉的天地，让他忍不住闭上眼睛，因为觉得太过耀眼。

耀眼到奢侈。

谁知道从那以后，阎野看见了很多东西。

最开始的时候，林渡还只是直接拿神念当传音符用，问七问八，小心翼翼。

敏锐察觉他能联通自己的视觉之后，林渡就开始尝试些奇怪的用法。

起先还知道叩叩神念招呼一声，后来知道他虽入定闭关，但看到的东西可以留存在他记忆里，只要闭关结束，一下就能察觉到之后，林渡就开始闷声不响给他看乱七八糟的东西。

有时候是滚着厚厚红油的奇怪面汤，有时候是奇诡的藤花，有时候只是石缝里冒出来的唯一一根草，有时候是尸傀的裹尸布，有时候是半夜的风月，有时候是日落的红晕。

从山河壮丽到鸡零狗碎，好看得触动内心的，难看得令人作呕的，什么都有。

简直不像话。

但阎野没说过一句不好。

孩子乐意孝敬就孝敬吧，就是这个孝敬的方式有点独特。

阎野难得明白了为什么有人那么想当爹，有时候孩子的孝心确实让人满足。

就是这个徒弟聪明过了头，从初见就能从自己那句阴阳怪气的话中读出他对命中注定的师徒缘分的不满，再到轻而易举就试探出了神墓中八观镜的存在。

甚至，轻而易举地知道了他曾经看到了她的死相。

当年那个神墓选择了他，授予他八观之术，即为命道之术，那当中的一面镜子，给他演示了他命中注定的徒弟的最终结局。

那是他解不开的心结。

这“心结”从洛泽里湿答答爬出来，狼狈又鲜活。

她说：“我命由我不由天，最好天命也顺我意。”

“我的存在，本身不就是逆天而行？”

“可天命也不是定死的。”

“谁说向上半步台阶就不是改命呢？”

前面几句或许是少年人不知天高地厚的宣言，可最后一句，却叫阎野心神震颤。

她说，向上半步台阶，也是逆天改命。

困扰阎野已久的，对林渡这个弟子的愧疚、遗憾、不舍、挣扎，在这个弟子从命运的洪流里破冰而出的时刻，全部化为乌有，只剩下莫名的激昂。

他总担心事情一步步走向那个结局，却从未想过，对林渡而言，所求的从不是让命运全部逆转，而是让她原本的路，走得更长些，让她达到的高度更高些。

所以她总是做那些危险的,甚至有些不顾后果和性命的事,只为了,再上一步台阶。

她会为了同门挺身而出，会为了道义不折钢骨，也会为了自己，冒着被吞噬意志成为雪灵的风险，去博一线生机。

林渡几乎是一步步推着他，带他看他没看过的世界，解开他不可破的心结，送着他往飞升的阶梯上走。

直到阎野亲眼看见炼化了雪灵的林渡出现在自己面前，才惊觉，原来林渡真的和他很像。

一直负重，一直努力地不让自己成为师父飞升路上唯一的阻碍。

她还比他聪明许多，比起从前他愣头青一般横冲直撞争第一，她还更能抓准他的缺漏，更准确地帮他。

连他表面不在意的眼盲，她都会想要帮他圆满，更何况是自己本身。

可不是的，阎野终于明白了师父的心情，林渡不是麻烦，不是阻碍，是他的命缘。

林渡似乎也知道自己触犯了他的底线，躲避不了就装疯卖傻，连“失散多年的亲女儿”“钦慕仙尊有感而孕”这种话都说得出来，将他闹得气也不是，笑也不是。

阎野对这个回炉重造，莫名其妙成“亲生父女”的场面敬谢不敏。

吞噬一个雪灵，意味着雪灵也想吞噬她。阎野甚至怀疑过林渡已经不是林渡了，可她神识里没有被吞噬的意识又在证明，她实实在在是林渡。

阎野瞧着林渡变白的发和似乎有疾的眼睛恨得咬牙切齿，转头看见了林渡的野师兄，更是气不打一处来。

那是他闺女！有这个佛门妖僧什么事！

即便阎野知道这妖僧也是谣言的受害人，他也不允许自己的徒弟被一个外人教导，还瞒着他！

林渡有他这个天下第二的师父，还有天下第一的师伯，还不够？还要这个天下第三来教？

阎野忽然觉得，自己好像真成了林渡的老父亲，总有操不完的心。

可林渡已经推着他，走到了圆满，也在悄然推动着命运的变迁。

命数从不是一成不变的，总有人能强大到让命运拐个弯。

阎野隐约察觉到，那力量似乎来源于上界。

林渡是他命运的最后一块拼图，也是最晚来的一份功绩，比之阵道魁首和天下第一，他最后想要的名头，是阵道魁首和天下第一的师父。

而且他想要亲眼看着林渡接替他，成为这个阵道魁首。

至少……别让林渡像他一样，留下一个遗憾，一个不能向师父证明自己的遗憾。

即便在师父心中，这个弟子已经足够好，不需要证明自己了。

阎野一直拖着，感受着身上的枷锁越来越沉，牵引的力量一日大似一日，可林渡的使命，她的愿景，似乎还有很远。

他却暂时不能站在她背后看着了。

天道衰微，罪孽之眼，是横亘洞明界万年的隐患，为虎作伥的叛道者，瞒天过海的偷渡者，将一界的兴荣推向险境，但从上古时代谛听神训的传承者们，也会有命中注定的领袖，他们会抓住所有的关键信息，串联起天地的线索，逆流向前。

旧时代的天柱在少年人手中轰然倒塌，新的天柱，由无数正道修士挺直的脊梁支撑。而他命中注定的徒弟，有着与生俱来叫人追随的能力，也是救世的领导者。

她是救世的领导者，那身为师父和师伯的他们，就做她救世路的奠基人。

阎野想了一圈，找临湍商量完正事，还是低头去会了林渡的那个野“师兄”。

他其实也和危止打过交道，知道那个众人口中的妖僧，其实底线和人品都十分值得信任。而这个人，为了陪伴在林渡身边，甚至能忍受失去力量的无助感。

他亲眼看过危止入宗之时手上的缚灵锁。

就算是天下第二的阎野，也无法忍受失去力量而不受掌控的处境，可危止居然能够将性命随意扔在林渡手上。

虽然搞不清楚他为何如此顺从林渡，大约是救命之恩逆来顺受吧。

一人一龙心照不宣，即便他们都知道，就算背着她商讨，林渡也会在之后抓住他们言行的细枝末节，摸清他们和天道在藏着的，究竟是什么。

他们都知道她有解决问题的能力，但年长者总下意识想要守护。孩子可以摔跤，但最好不要头破血流；可以被打倒，但一定要留有足够的时间和空间重新站起来。

让这条艰难的路上，别那么荆棘丛生。让孩子们可以大胆向前走。

林渡也的确没有辜负他的教导，叫他亲眼看见了她的阵法大成之作。

绵延六千里的长线，浓烟之下，是他的传承者淋漓尽致的宣言。

若说阎野所修阵法皆暗藏肃杀锐气，林渡自创的阵则总立于万民之前。他禁不住想起林渡随口嘀咕的一句话——以人为本。

她的道，她的阵，皆在芸芸众生中长成。原来……师父领进门，修行在个人，也不是假话。

阎野想，自己这段师徒缘分，圆满得像从他少年时踏入无上宗那一刻开始，就画出了第一笔弧线，隔了近千年，遥相呼应，串成这世间最满的圆。

阎野想起了他的师父走之前留下的最后一问。

以为在反抗命运，实则在顺应命运。他被困了八百多年，停下想了三百多年。

现在他懂了。这就是命运，人人都在挣命，所以在命运的怒涛之前力挽狂澜，才是人这一生的命题。他窥探得了命运，也能改变命运，但被改变的命运，也是命运。

这就是命道。

玄雷惊天，乌云沉沉，阎野在天劫之下，听到了命运的回响，伸手握住世间纠缠的命运线，放声大笑。

“我命在我不在天，还丹成金亿万年！”

再没有东西能困住向前的孤狼。

阎野飞升之后，因为是个天盲，也有一阵子成了天宫的话题中心。

他习惯了，倒也不在意。

更何况，这世间也没有什么他没见过的稀奇东西。

司命府中，他只是个初来乍到的小仙。

可他却没有选择去做个小仙。

这世间能够修成命道的仙人寥寥无几，天宫不会放过，而他也不会放弃这个机会。

他也想看看，自己走了之后，无上宗和洞明界那群人的命运变迁。

谁知帝君见他第一眼，竟笑了。

“等你许久了。”

熟稔得让阎野诧异。他向来不羁，当问则问：“帝君，是等我许久，还是等新人许久？”

帝君笑了笑：“是你，你来了便好，好好历练，别放弃修炼，以后这命簿的执掌者，就会是你。”

阎野愕然。

“你先天目盲，这是修炼命道的天赋。”

帝君含笑，满意地看着眼前屹立的人。

“人们都说世事无常，命运变幻莫测，难以窥探，这世间每一刻每一个人的命运都在变化，人人都恐惧骤变的命运。

“可阎野，你会恐惧未知的前路吗？”

阎野摇头，倏然明白了司命府这位顶头上司的意思。

他是一个天生的盲人，盲人生来就是看不到路的，所以他习惯了摸索向前，习惯了各种突发的状况。

因为天生目盲，看不到眼前的路，所以才会习惯于应对无常的世界。

“你渴望的有序，将来就在你掌中。去吧。”

阎野难得对上位者起了敬意，恭恭敬敬行了个道礼：“多谢帝君教诲。”

他转身离开，前路莫测，但他孤身大胆向前。

他这一生，自来野鹤孤云，不甘受缚，可天命牵引，目盲者得以窥探命运，他质疑过，痛恨过，无奈接纳过，最终他终于明白了一切，于是他握住了阎王殿在上界的命簿。

师徒

阎野本以为师徒缘分已尽，自己应该就不用受林渡的折磨了。

没承想都圆满了这徒弟还不让人省心，飞升上来就暗搓搓想着改换天地，胆大包天。

比他胆子都大！

“我已经寻了师兄师姐们，无上宗在仙界的散修们已经收到了宗门密诏，二师兄三师兄他们已经答应了帮我调查取证，那几个兔崽子我就不面对面道别了。在见道祖之前，我最后来见一见师父你，也是想请你最后助我一臂之力，我洞府附近的阵法，我只放心交给师父你。”

林渡飞升上来多时，和他见面的时间不多，每次都能给他带来新的麻烦。

阎野有些头疼，那句俗话叫什么来着？“儿女都是债”。

可他没想到，徒弟也是债！但无上宗没有人能忘记宗训，也没有人可以对潜藏的致命危机坐视不理。

林渡已经走了九十九步路，没道理无上宗和仙界正道修士不去走那最后一步。

他看着已经走得比他还远、站得比他还高的徒弟，在看似仙境实则火海的天宫里，游刃有余。

只是他估摸着，林渡大约只有在督财府里才笑得真心些，但真心也不多。

能怎么办呢？自己的徒弟，从他替林渡布下第一个阵法的时候，他就注定会永远出手相帮。

“一日为师终身为父，不管你走到多远的地方，师父都会站在你背后，你放心。”

阎野到底还是同意了林渡将那仙界最大的脓包一举挑破，他知道林渡喜欢冒险，他也喜欢。

正面对敌，也不算辜负他这些年来的修为。林渡笑嘻嘻的表情慢慢收敛，不再故意装样。

这些时日查天宫的魔种，查仙界各处隐秘的端倪，在闭关之前林渡要全部布局完，她只有在阎野面前才能勉强放松表情，但也极力克制着，没有露出疲态。

司命府寂静了下来，阎野瞧着这个徒弟。

她越大，和他就越像，仙童们还私下议论过，不知道他们究竟是父女还是师徒。

在下界的时候，她身上还有许多少年气，偶尔峥嵘，时常阴郁，如今全收进了骨子里，白发仙君不会顾盼生辉，言笑晏晏的时候风流雅致，转头就能收了笑，通身是道祖座下真传弟子的气派，目光犀利，这会儿微抿着唇，血色退尽之后就显出薄薄的杀意。

阎野忽然有些心口堵。

他的头发白无可白，再操心，只怕得掉了。

他难得失态抓了抓头发，早已丧失了师父的威仪。

林渡却倏然抬了眼，瞧着自己这个“父亲”，她再度开口，血色回归唇间，微微勾起一点弧度。

阎野直觉这小崽子不会说什么好话。

“您知道吗？见到您的第一天，我脑子里只有一个念头。”

“那就是，等我学成了，我一定要把你也扔进洛泽洗洗脑子。”

阎野忍不住笑起来，随即正色，果然不是什么好话。

“你没机会的。”

林渡很遗憾：“可惜您飞升前我没希望，如今我有希望了，却没洛泽了。”

“不过我来的时候，瞧着司命府前头，往紫薇宫的方向，有个金明池不错，传闻那是太阳落下的地方，您觉得呢？”

阎野抬眉，那张已经收敛了嚣张的脸显出一份错愕，像厚重的冰面裂开了缝隙。

林渡歪头，咧嘴一笑：“可以吗，师父？”

阎野想拒绝：“逆徒！我看你才该涮涮脑子！”

但他忽然察觉了什么，神识落向了禁制之外的浮动的人影。

“非得如此？”

阎野生性不喜欢做戏，他要帮谁，在谁的阵营，就敢承担任何风险，就算是扶桑帝君又如何。

“可我不确定司命府有没有旁人，您就算掌握命簿，也不能抵挡旁人的暗害。”

林渡轻声道：“我曾经觉得，我要证明给父母看，后来我发现，从不需要证明，所以我想要超过我的父亲，完成对我自己价值的认可。我曾经以为，只有打败师父，弟子才能独立于天地之间。”

阎野眉头松了又皱，他怎么记得，林渡是个孤儿，这父母，不会都指的是他吧？

“但如今我比您强，”她的小虎牙短暂露出了一瞬，很快收敛，“可您依旧愿意站在我身后，从这一刻，我就知道，我不需要打败您，也不必打败您。”

“你是个好师父，我永远的师父。”

“我是你的弟子，所以我像你，这不丢人，我们之间的关系，不需要抹除，只是个小小的争执而已，毕竟我是个逆徒，一个为了扫清天宫甚至质疑师父的逆徒。”

“所以，”她笑了笑，“您教训教训我吧，像我小时候那样。”

然后她就可以顺理成章地寂静下去，就算有人想要借机清除她的势力，也无从下手，孩子们都各有去处，就剩下阎野了。

他很强，但林渡想要自己的“老父亲”万无一失，所以还得暂时做些样子。

顺便满足一下她的夙愿。

“好师父”这词一出口，阎野就知道，他没法拒绝。

林渡是他唯一的徒弟，也是最好的徒弟。他是她的师父，她也认可了他是个好师父。可这个徒弟成长得太快了，快到已经反过来想要保护他。

阎野低头，轻轻叹了一口气，随后和林渡几乎同时抬手，仙力澎湃，一瞬间司命府的温度降至冰点。小童子低头，看着自己碗里的甜汤一点点结了霜。

下一瞬间，轰然巨响。

结界被暴力拆除，这日天宫都看见，一大一小两位白发仙君大打出手，从司命府打到金明池。

两人都白发灰眸，瞧着似乎是嫡亲的父女一般，偏偏吵得是不可开交，甚至互相按着对方的脑袋，想要按进金明池里涮一涮，如出一辙的冷冽仙力直接将饱含太阳之力的金明池封了一半。

围观群众很多，最后灵微道君略胜一筹，镇野真君那么大的个头哗啦砸破冰面，好大的动静，把扶桑帝君的太阳都给惊动了。

阎野沉在水底咬牙切齿，被太阳之力烧着屁股，彻底后悔接受林渡的提议。

这小兔崽子就是没安好心！她就是想把自己扔进水里！

等他上岸的时候，林渡已经走了。

阎野恢复常态，冷冷扫了众人一眼：“看什么？如此逆徒，我这一百年都不想看见她！”

可他没想到，林渡这一走，就真走了一百年。

他有时候想要动用自己那道神念，最后都作罢了。

林渡不是小孩子了，她比自己还要强。

自己就好好准备着，等她出来之后，再兴师问罪。

一场蓄谋了两千多年的大战终于爆发，他站在了她的身后，站在了她的阵中。

而他的徒弟，失去了那颗他和姜良都努力想要弥补的心脏。

他的徒弟，终于彻底更新了天宫的秩序。

雪花总是平等地落在每个人肩头。

大打一架的师徒两人，终于又重新大大方方凑在一起，说起了话。

“我有个问题。”

阎野很认真地看了一眼远处的那条龙。

“你神识里，为什么多了个东西？”

或者说，在那条龙施同命咒的时候，阎野就觉得不对了。

同命咒只在有血缘和契约关系的人身上才能使用。

很显然，林渡就算是他生的也不能是危止生的。

林渡下意识摸了摸额心,这位新晋帝君总是冷清的脸上显出一份不自然的心虚。

阎野认真盯着林渡：“所以他是你的坐骑？”

林渡又摸了摸鼻子，垂下眼睛：“也不完全是吧，就是，同道伴侣。”

阎野哦了一声，没回过味儿来：“就道侣呗，行吧，也正常，救命之恩跟班为报。你知道现在那群仙人说我俩是什么吗？”

师徒两个，目盲者掌命，无心者执法，皆是奇葩。

两个白毛同时轻哧一声，站在金明池前，互相用仙力按住了对方的头，试图再分高下。

又是父慈女孝的一天。

危止远远瞧着这一幕，笑着摇了摇头，想起自己多年前对上林渡，算出她的师徒缘分，天命指出了八字谶言。

孤狼在前，雪原留影。

"等一等。"晋芮做了手势。

林渡凝神，顺着晋芮修长的手指看到了一块石头。

那石头初看没什么，但等晋芮费力将它扭转过来，就看到了细密的鳞片。

那是魔族的食人鱼的鳞，因为质地坚硬，并且对人修血肉有特殊的感知作用，常被魔修用于制作寻找人修的阵盘。

这东西绝不可能随便出现在一个人修秘境的湖底。两个人在水下对视一眼，都看出彼此面色凝重。

如果说之前这些奇怪的能量波动还有可能是主办方为了保护他们设置的阵法或装置发出的，如今这种可能性几乎为零了。

这是秘境，是炼器师和阵法师、机关师用息壤、天石、陨星等各种珍稀材料炼化而成的人造小世界，不可能会出现那样阵眼明显并且能量在波动的阵法。如今只剩下了一种可能：魔修作祟，布置了一个遍布第五关秘境的大阵。

林渡看了一会儿，晋芮拉了她一把，指了指口鼻，又指了指阵盘。

她们该赶紧把整个湖底探测完，上去画图了。

只要了解了大部分阵眼的能量分布状况，他们基本上就可以判定究竟是什么阵法，该怎么一一去除了。

孟翎等到了面色严肃的两个人。

林渡将自己弄干，看到孟翎那张听完事情之后眉目纠结的死人脸，忍不住笑了。

"孟道友，没记错的话，你是连衡派新一代的首徒，不到百岁就已经是玄品阵法师了，是如今最负盛名的天才阵法师，青云榜上，似乎就在瑾萱之后而已，为什么总是这么一副大事不妙的样子？"

孟翎见她还是八风不动的样子，忍不住疑惑："如果是魔修出手，那定然也是修为高深之人，实力不在中州大能之下，否则不可能在这里面做手脚，我们才什么水平，我甚至都想不出来这究竟是哪一个阵法……"

他对上了林渡那不以为意的表情，心里有些发堵。

随后他听到了一段还带着笑意的，堪称狂妄自大的回答。

"怕什么？我们可是阵法师啊。"

"你们用天地玄黄四品三十六阶来划分阵法师，可扪心自问，天品阵法师的阵法，你真的一点看不懂？真的完全破坏不了？"

“说难听点，一颗老鼠屎能坏一锅粥，阵法这东西，只要坏一点，终究会波及整个大阵。”

“我们年幼力微，见识不够，可我们的脑子灵活得很。如今列在青云榜石柱上的，是我们的名字；天赋异禀的，是现在的我们。”

林渡定定地看着孟翎，抬眉歪了歪头：“你信不信，老谋深算的或许是他们那帮老家伙，但脑子更好使的，一定是我们年轻人。”

中州有许多人都曾经想过这次的青云榜天赋第一究竟是何等风姿，坊间传闻极多。

人人都知道这个天赋第一先天不足命不久矣，她露面不多，坊间有人说林渡貌若天神不似凡人，有人说她羸弱青面似无常再世，有人说林渡出身市井是毫无教养的天生坏种，也有人说她天赋非凡多智近妖。

今日初见林渡，孟翎却觉得传闻大约全对，只是要再添一样——恃才傲物，狷狂不羁。

孟翎是新一代已有盛名的阵道天才，走入林渡的阵中却依旧惊讶于她的缜密多变，可如今眼前的人眉目张扬，分明是慵懒调笑的语调，说出来的话却狂傲到大约会惹得许多大能不满与非议。

她好像天生就有股掀翻这昏沉天地的力量。

林渡已经转头去跟晋芮一道绘制阵眼图了。时间紧张，容不得他们从长计议。等绘制完，天已经又要黑了。

天空之上各个宗门名字之后的旗帜依旧在不断变动，除却无上宗的五面旗帜之外，归元宗的旗帜也在夜幕落下之后，悄然变成了两面。

（更多精彩内容敬请期待《且渡无双 2》）